花の魔法、白のドラゴン

ダイアナ・ウィン・ジョーンズ 作

田中薫子 訳／佐竹美保 絵

ローワン・ダルグリーシュへ

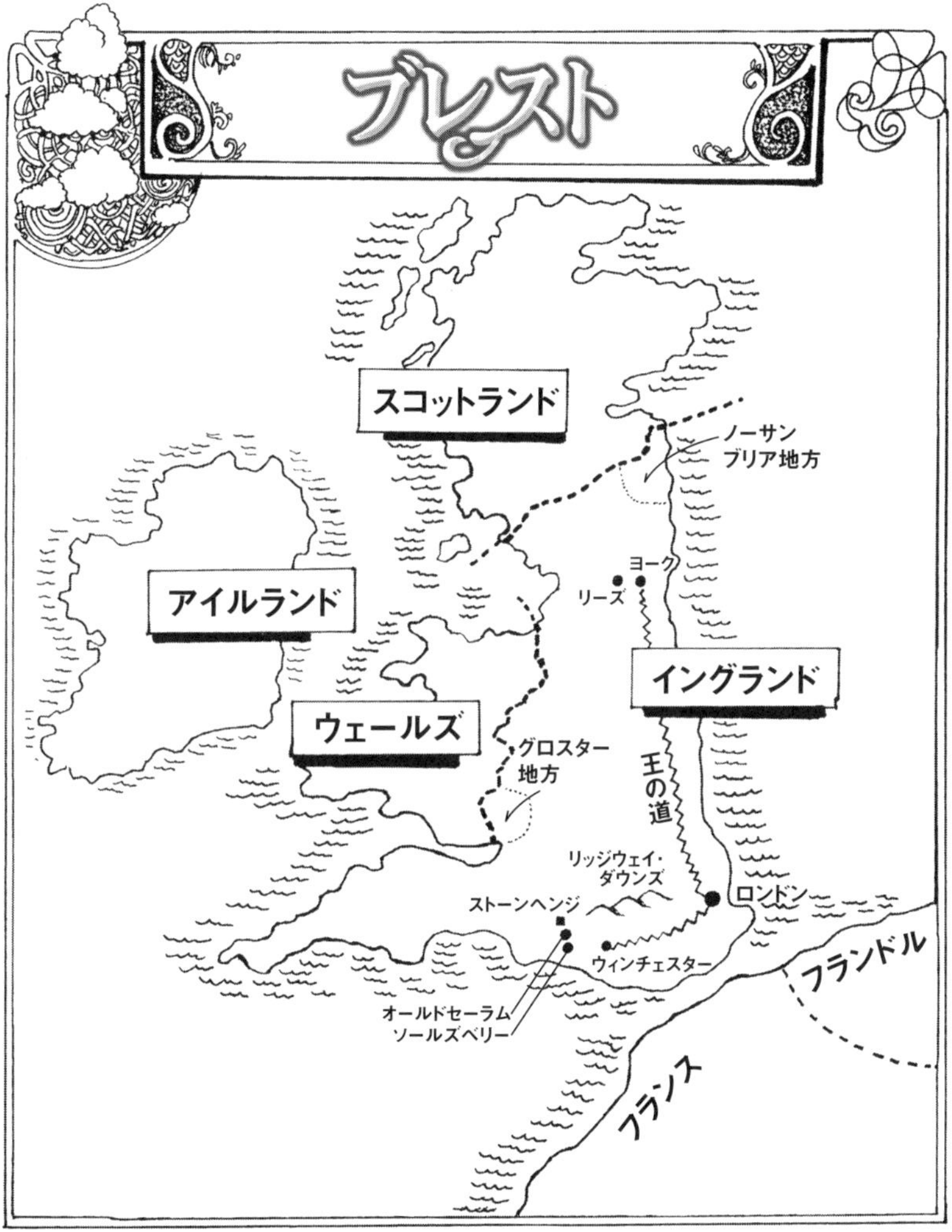
ブレスト
スコットランド
ノーサンブリア地方
アイルランド
ヨーク
リーズ
イングランド
ウェールズ
グロスター地方
王の道
リッジウェイ・ダウンズ
ロンドン
ストーンヘンジ
ウィンチェスター
フランドル
オールドセーラム
ソールズベリー
フランス

［花の魔法、白のドラゴン］　登場人物

〈ブレスト〉

ロディ（アリアンロード・ハイド）……イングランド国王の廷臣《ていしん》の娘、十二歳《さい》
グランド（アンブローズ・テンプル）……ロディが弟のように世話を焼く少年
ダニエル・ハイド……ロディの父。宮廷《きゅうてい》付《づ》き「天気魔法使《まほうつか》い」
アニー・ハイド……ロディの母。〈巡《めぐ》り旅《たび》〉の財務官《ざいむかん》
ハイドお祖父《じい》ちゃま……ロディの父方の祖父。「マジド」と呼ばれる魔法《まほう》の使い手
ドーラ……ロディの父方の叔母《おば》
トビー……ドーラの息子
ヘピィ（ヘプジバー・ディンバー）……ロディの父方の祖母。世襲魔女《せしゅうまじょ》
ジュディス……ロディの父方の叔母。ドーラの姉
イジーたち（イザドラとイルザビル）……ジュディスの双子の娘、八歳
シビル・テンプル……グランドの母、宮廷付き「大地の魔法使い」
アリシア・テンプル……グランドの姉、十六歳。王のお付き
スペンサー卿《きょう》……王の廷臣。ベルモント城主
「マーリン」……国の魔法を司《つかさど》る、最高位の魔法使いの称号《しょうごう》
キャンダスの奥方《おくがた》……「治《おさ》めの貴婦人《きふじん》」の称号を持つ魔女
グウィンお祖父様……ロディの母方の祖父。ウェールズ国に住む

〈地球〉

ニック・マロリー……………………英国のロンドンに住む十四歳の少年

テッド・マロリー……………………ニックの養父《ようふ》。有名なホラー小説家

〈プランタジネット〉

アーノルド、デイヴ、
チック、ピエール……………………プランタジネット帝国の「賢者《けんじゃ》」たち

〈ロッジア〉

「祈禱師長《きとうしちょう》」……………………強大な権力を持つ高位祈禱師《こういきとうし》

ジョエル……………………少年祈禱師

ジェイフェス……………………少年祈禱師

＊　＊　＊　＊　＊

ロマノフ……………………複数の世界のきれはしで作った島に住む魔法使い

ヘルガ……………………ロマノフのヤギ

ミニー……………………異世界のサーカスにいたゾウ

1
ロディ

1

私は生まれたときからずっと、王様とその廷臣《ていしん》が国じゅうをまわる〈王の巡《めぐ》り旅《たび》〉の一員として、旅をしていた。

……このあと、どう書けばいいか、わからなくなった。出《で》だしのこの文を、ただじっとにらんでいたら、グランドが言いだした。

「書けないんなら、ぼくが書くよ」

グランドのことを知らない人だったら、なんて親切なのかしら、と思うだろう。でも、全然ちがう。だってグランドには、読み書き障害《しょうがい》があるんだもの。よっぽど一生懸命《いっしょうけんめい》考えないと、言葉を真ん中から先に書いたり、おしりから書いたりする。グランドは「まんなか」って言葉が「なんかま」、「おはなし」が「はなおし」なんていうのに変わってしまった文を、ひん曲がった字で紙の半分ほど書いてみせ、私をおどしたのだ。

それはちょっとまずいわ、と思ったので、まずグランドのことから書くことにした。もちろん、私のことも。

私はアリアンロード・ハイド。ロディって呼ばれる方が好きだけど。グランドのことは小さいときから、ずっと面倒《めんどう》を見ている。何年か前のこと、まだロンパースをはいていたグランドは、子ども用バスのいちばんうしろの席に、ひっそりとすわっていた。そばかすだらけの顔は真《ま》っ青《さお》だった。おもらししてしまって、しょぼくれていたのだ。そのころは私もまだ五歳《さい》くらいだったけど、この子はきっと泣くこともできないくらいしょげてるんだ、ってなんとなくわかった。だから立ちあがって、大きくゆれながらすごい勢いで走るバスの中を、服がしまってあるロッカーへよろよろとむかい、きれいなロンパースを出してきて、着替《きが》えさせようとした。

すんなりとはいかなかった。グランドはそんな小さいころから、とってもプライドが高かったのだ。私がなんとかして着替《きが》えさせようとしていると、もっと大きい子たちと一緒《いっしょ》にすわっていた、グランドの姉のアリシアがふりむいた。

「おもらしっ子相手に何してるの？」アリシアはそう言って、そばかすだらけの不格好《ぶかっこう》に長い鼻をつんと上にむけた。「ほっときなさいよ。その子、どうせ役たたずなんだから。しかも、ぶさいくだし。鼻が長いんだもの」

アリシアは八歳《さい》だったけれど、そのころから見た目はずっと変わらない。まっすぐな金髪《きんぱつ》、がっしりした体つき、それにいかにも私はみんなよりえらいのよ、とでも言いたげな、人を見くだした態度。

「そう言うおくしゃまだって、鼻が長いじゃない」私は言った。アリシアにいやみを言うときは、いつも「おくしゃま」って呼ぶ。「アリシア」を急いで言うと、ちょうどお上品ぶったくしゃみ（って、まさにアリシアのイメージそのもの）そっくりに聞こえるでしょ。アリシアがグランドのことをおもらしっ子だなんて呼んだから、仕返ししてやったわけ。でもアリシアがそんなことを言うのは、母親のシビルの真似《まね》をしているから。二人はいつもグランドに意地悪《いじわる》をする。父親の方は、グランドが生まれる前にシビルから逃《に》げ出した。私が覚えているかぎり、シビルとアリシアはいつだってなかよし親子で、グランドはかわいそうに、まるっきり仲間はずれだった。

グランドが私たちと一緒《いっしょ》に授業を受けるようになり、読み書き障害《しょうがい》があるとわかってからは、二人の意地悪《いじわる》はいっそうひどくなった。シビルはため息をつき、「あの子はほんとにばかで……」とだれにでもぐちをこぼしたし、アリシアは面とむかって「ばか、ばか、ばか！」とはやしたてた。もちろんアリシアの方は、算数だろうと魔法《まほう》だろうと乗馬だろうと、なんでも上手にできた。十歳《さい》で、王様のお付きに選ばれたぐらいだ。

先生がたは、グランドがばかではないとわかっていた。でも言葉をひっくり返して読んだり書いたりするのにはすっかり閉口《へいこう》してしまい、やっぱりため息をついて、グランドのことを「変わり者くん」と呼んだ。グランドに読み書きを教えたのは私。「グランド」って呼び名をつけたのも私で、同じころだったと思う。どうしてそう呼ぶことにしたのか、自分でもよく覚えていない。でも本名のアンブローズ（ギリシャ語で『神々の』という語からできた名前）なんかよりずっと合ってる、と思ったのだ。すると、またたくまに宮廷《きゅうてい》じゅうの人たちも、グランド（低い声でうなるイメージがある言葉）と呼ぶようになった。

私は読み書きを教えているうちに、グランドには計《はか》り知れないほど強い、〈ひっくり返しの魔法《まほう》〉の才能があることを発見した。

「この本、つまらない」あるとき、グランドはぼそぼそと文句《もんく》を言った。「ジャックとジルが買物に行きました、って？　イヌのローヴァーがボールを追いかけました、って？　それがどうしたっていうの？」

私が、教科書なんてみんなそういうものよ、と言っているあいだに、グランドはどうやったのか、持っていた教科書を漫画《まんが》に変えてしまった。絵ばっかりで字がない。裏表紙から始まり、表紙の方で終わっている。しかも絵を見ると、ボールがローヴァーを追いかけていて、食料品の方がジャックとジルを買っていた。巨大《きょだい》なチーズのかたまりが二人の人間を買うなんて、グランドじゃなきゃ、思いつかないことだ。

　グランドは、もとどおりにするのはいやだと言った。この方がずっとおもしろいから、だって。いろいろがんばってみても、私にはもとの本に戻《もど》せなかった。とりあえず、古い教室バスの座席の隙間《すきま》に押《お》しこんだけど、今もそのままだと思う。グランドはプライドが高いうえに、恐《おそ》ろしくがんこなのだ。

　私がグランドの姉代わりになった、といってもいいかもしれない。私とグランドは、いつも二人だけでくっついていた。私は一人っ子だし、ほかの宮廷付《きゅうていづ》きの魔法使《まほうつか》いたちの子どもはみんな、アリシアと同い年か、もっと年上だった。私たちと同じくらいの子というと、宮廷付《きゅうていづ》きの事務官の息子や娘《むすめ》で、そろって魔法《まほう》の才能がなかった。その子たちは、もちろんとてもなかよくしてくれた（それはまちがいない）。ただ、私たちとはちがって、もっと普通《ふつう》の人らしいものの見方をしていた。

〈王の巡《めぐ》り旅《たび》〉で親と一緒《いっしょ》に旅をしている子どもは、私をふくめて三十人くらいしかいなかった。廷臣《ていしん》たちのほかの子どもは、クリスマスなどの大きな宗教的な行事のときだけやってきた。グランドと私は、その子たちのことがうらやましかった。だって、いつもちゃんとした服を着ていなくてもいいし、宮《きゅう》廷《てい》の礼儀作法《れいぎさほう》に気をつけなくてもいいんだもの。私たちみたいに、夜のあいだも移動しつづけて、朝起きたら、ノーフォーク地方（イングランド東部）の真《ま》っ平《たい》らな草地だの、ダービーシャー地方（イングランド中部）の人里離《はな》れた谷間だの、どこかのにぎやかな港町だのに着いているなんてこともなく、いつだって自分の行くところがわかっている。ひどく暑い日が続くのに、バスに乗ったままなんてこともない。何よりも、好きなところを散歩したり、探検《たんけん》したりできるのがいい。私たちはじっくり探検《たんけん》できるほど、ひとつの場所に長くいたためしがない。せいぜい、王様が滞在《たいざい》されるいろいろなお城や、大きな館《やかた》の中を見てまわるくらいしかできなかった。

二人とも、特に王女様がたや小さい王子様たちが、うらやましくてたまらなかった。一年のうちほとんどは、ウィンザー城（ロンドンの西にある英国王室の居城）にいらっしゃるから。宮廷《きゅうてい》のうわさでは、外国から嫁《とつ》いでいらした王妃様《おうひさま》が、決まった場所でずっと暮らせないのなら母国デンマークへ帰ります、と王様におっしゃったらしい。宮廷《きゅうてい》のみんなは、王様が旅を続けておいでなのは王国の安泰《あんたい》をたもつためなのに、王妃様《おうひさま》がご理解くださらないなんて、と残念がった。ブレスト諸島《しょとう》の魔法《まほう》すべて——あるいはもしかしたら〈ブレスト〉の世界全体——が、王様がつねに移動しながら、イングランドじゅうをくまなくおとずれることによって守られているんだ、と言う人もいるくらいだ。

私はこれが本当なのかどうか、ハイドお祖父《じい》ちゃまにきいてみたことがある。ハイドお祖父《じい》ちゃまは「マジド」で、国々の魔法《まほう》とか、ほかの世界とかにくわしい人だから。お祖父《じい》ちゃまの答えはこうだった。〈巡《めぐ》り旅《たび》〉と魔法《まほう》は、多少は関係あるかもしれないし、〈ブレスト〉の魔法《まほう》がいろいろな理由からとても大事なのはたしかだが、みんなは少し大げさに考えすぎだ。魔法《まほう》を安泰《あんたい》にしておく役目を実際に負《お》っているのは、「マーリン」なのだから。

私のママは、何かというと、ロンドンに住むこのハイドお祖父《じい》ちゃまのところに私をあずける話をもちだした。でもそうなると、グランドがシビルとアリシアのいいようにされることになるから、この話がちょっとでも始まろうものなら、私は〈巡《めぐ》り旅《たび》〉の一員なのを誇《ほこ》りに思っているわ（これは本当のこと）、これ以上望めないほどの教育も受けているし（これはまあまあ本当のこと）、と言って、ママが話を続けにくい雰囲気《ふんいき》を作る。ママが本当に心配して、こういう旅暮《たびぐ》らしは子どもにはふさわしくないって言いだしたら、お祖父《じい》ちゃまがダリアをどんなに念入《ねんい》りに育てているか（ダリアを上手に育てるには、支柱を立てる、脇芽や花殻をつむなど、こまやかな手入れがいる）忘れたの、ってきく。ダリアみたいに育てられるのだけはごめんだもの。

ママはつい最近も、ノーサンブリア（イングランド北東部）地方で雨がふっていたときに、またいつもの心配に襲《おそ》われた。ヒースの生《お》い茂《しげ》る深い谷間にテントをはって、スコットランド王がイングランドの王様を公式訪問してくるのを待っていたときのことだ。あたりにはほんとに何もなくて、王様がお泊《と》まりになれる家さえ一軒《けん》もなかった。キャンバス地が黄土色《おうどいろ》に見えるほど濡《ぬ》れた王様のテントを見おろしながら、ママと私は外を歩いていた。あちこちにぐっしょり濡《ぬ》れて光る羊の糞《ふん》が落ちていて、何度も踏《ふ》んですべりそうになる。私はこのときもお祖父《じい》ちゃまのダリアの育て方のことを、あれこれしゃべった。

「……それにダリアの栽培《さいばい》なんて、力ある魔法《まほう》の使い手がやるようなことじゃないでしょ！」

「お祖父様《じいさま》のことをそんなふうに言わないでちょうだい。ただ花を育てているだけじゃなくて、もっといろんなことをしてるのは、ロディだって知っているでしょう。お祖父様《じいさま》はすばらしいかたよ。あなたがいとこのトビーの遊び相手になってくれれば、お祖父様《じいさま》も喜ぶはずだわ」ママが言った。

「トビーなんか、草むしりをさせられても文句《もんく》を言わない、いくじなしよ」私はそう言って、濡《ぬ》れてくりくりになった黒い髪《かみ》を透《す》かして、ちらっとママを見上げた。どうやらダリアの話をもちだす作戦は、これまでのようにはうまくいかなかったみたい。ママはまだ心配そうな顔をしていた。うちのママって、とってもまじめ。〈巡《めぐ》り旅《たび》〉の財務《ざいむ》という、責任の重い仕事をしょいこんでいるからなんだろう。でも、私はママを笑わせるのが得意だ。いったん笑いだすと、ママは体をのけぞらせて大笑いする。私の笑い方とそっくり。ママも私も顔がちょっと細長くて、ほっぺたはピンク色。えくぼもちょうど同じところにある。ちがうのは、ママの目は黒いけど、私のは青いことくらいかしら。

ママは雨のせいで気分が落ちこんでるんだな、ってわかった。コンピュータに雨水がかからないようにしなくちゃいけないとか、トイレ用の小さなテントはパタパタはためくし、中がびしょびしょになるとか、いろいろあるから。おまけにこのときは、私がリューマチ熱《ねつ》（発熱、関節炎、のどの痛み、心臓障害を伴う子どもの病気）や肺炎《はいえん》にかかって死んでしまうかもしれないなんて、心配しはじめたらしい。このままじゃ最強の切《き》り札《ふだ》を出さないかぎり、お昼までにロンドンへ送りつけられることになってしまう。

「もう、やめてよママ！　お祖父《じい》ちゃまはママのお父さんじゃなくて、パパのでしょ。そんなに私を親《しん》戚《せき》にあずけたいなら、ママのお父さんの方にしたら？」

ママはしずくで光っている防水マントをぎゅっとかきよせ、うしろに一歩さがった。「ママのお父さんはウェールズ人よ。ウェールズは外国なのよ。もういいわ。ほんとにこんな旅の暮らしをがまんできるっていうんなら、この話はやめましょう」

ママはついと行ってしまった。自分のお父さんの話が出ると、いつもこうなのだ。きっとよほど怖《こわ》い人なんだ、と私は思った。そっちのお祖父様《じいさま》について知っているのは、ママがだれと結婚《けっこん》するのも許さなかったことくらい。だからママはパパと結婚《けっこん》するために、家出をしなくちゃいけなかった。かわいそうなママ。しかも私はそれを利用して、ママを追いはらった。ほっとしたけど、うしろめたくもなって、私はため息をついた。それからグランドを捜《さが》しに行った。

ひとつの場所にしばらく滞在《たいざい》すると、グランドは決まってふだんよりひどい目にあう。私がうまいこと連れ出してやらないと、シビルがグランドを自分のテントにひっぱりこみ、アリシアと一緒《いっしょ》になってグランドの悪いところを責めたてるから。

ところが今日、シビルのじめじめした暗いテントにもぐりこんでみると、いつもよりさらにひどいことになっていた。シビルの男友だちが来ていたのだ。そいつはシューシューいうような、いやらしい笑い声をたて、「なあ、この子を私にあずけてみないか。すぐにりっぱな男に仕立ててやるぞ」と言っていた。グランドに目をやると、いつにもまして青い顔になっている。

私が宮廷《きゅうてい》じゅうでアリシアより嫌《きら》いなのはただ一人、このシビルの男友だちのジェイムズ・スペンサー卿《きょう》。とっても感じが悪い人。ほんとに不思議なんだけど、シビルもふくめ、宮廷《きゅうてい》じゅうの人が、こいつはいやなやつだと思っていながら、王様のお役にたっているからというので気がつかないふりをしてる。いったいなんでかしら。実業家の中にもやはり、不正をしているようだという報道をひんぱんにされていても、王様の役にたっているからか、ちっとも逮捕《たいほ》されない人たちがいる。スペンサー卿《きょう》も同じだ。でも私には、この人がどんなふうに王様の役にたっているのか、全然わからない。

スペンサー卿《きょう》は私を横目で見て言った。「恋人《こいびと》が私に食われてないか、たしかめに来たのか？　なあ、アリアンロード、なんでこいつにかまう？　私にきみほどの有力な血縁がいたら、アンブローズぼうやになど見むきもしないぞ」

私は相手の大きくてあばただらけの鼻と、真ん中によりすぎている両目をじっと見つめ、せいいっぱい宮廷《きゅうてい》の礼儀作法《れいぎさほう》にのっとって「おっしゃることがわかりませんわ」と言った。言葉はていねいだけど、思いっきり冷たい調子で。自分の血縁が特別有力だとは思わなかった。私の父は宮廷付《きゅうていづ》きの「天気魔法使《まほうつか》い」でしかなくて、シビルよりもずっと地位が低いのだから。なにしろシビルは、イングランドの大地そのものを司《つかさど》る魔法使《まほうつか》いなのだ。

スペンサー卿《きょう》は私にむかっていやな笑い声をあげた——ヒーッシッシ。「魔法使《まほうつか》いの血筋《ちすじ》としちゃ、上流中の上流ではないかね、お嬢ちゃん。自分がだれの孫だか考えてみたまえ！　きみのようなかわいいうら若き乙女《おとめ》には、次のマーリンとなる男の愛を勝ちえる資格だってあると思うがね」

「なんですって?」シビルが声を荒《あら》らげた。アリシアは、はっと息をのんだ。憤慨《ふんがい》して、顔じゅうのそばかすがピンクの斑点《はんてん》になっている。アリシアはグランドよりさらにそばかすが多いのだ。シビルの二重あごになった面長《おもなが》の顔も、怒《いか》りくるったようすだ。うすい青色の目をむいて、私をにらんでいる。

二人とも何をそんなに怒《おこ》っているのか、私にはさっぱりわからなかった。いやだなあ! こうなったら、ものすごく礼儀正《れいぎただ》しくして、しかもちょっとおばかさんっぽく、二人のようすに気づかなかったふりをするしかない。スペンサー卿《きょう》がいるといつもこうなる。まわりのみんなをかっかさせて喜ぶ人なんだもの。私は言った。

「次のマーリンだなんて。今だってちゃんとりっぱなマーリンがいらっしゃるのに!」

「でも、年よりじゃないか。よぼよぼの老《お》いぼれだ」スペンサー卿《きょう》は上機嫌《じょうきげん》で言った。

「そうですけど」私は本当に頭が混乱してしまった。「でも、だれが次のマーリンになるかなんて、わからないでしょう?」

スペンサー卿《きょう》はあわれむような目でこっちを見た。「うわさというものがあるだろ、お嬢ちゃん。それとも、きみの小さくてうぶな耳には、うわさ話なんぞ聞こえないのかね?」

「ええ」と私。なんの冗談《じょうだん》かわからないけど、もうたくさん。私はとっても礼儀正《れいぎただ》しくシビルの方をむいて言った。「これから私の父が仕事するところを見に行くのですが、グランドも一緒《いっしょ》に連れていってよろしいでしょうか?」

シビルはがっしりした肩《かた》をすくめて言った。「ダニエルが、子どもにじろじろ見られながら仕事をしたいっていうんなら、勝手にすればいいわ。どうぞ、連れていって。この子ったら見ているだけでもいらいらするもの。いい、グランド？　昼食の時間までには戻《もど》ってきて正装に着替《きが》えるんですよ。でないとおしおきです。さあ、とっとと行きなさい」

グランドと外の雨の中へとびだすと、私は言った。「ほんとに、おやさしいお母様ね！」

グランドはにやっとした。「戻《もど》らなくていいんだ。この服の下に正装してるから。その方があったかいんだよ」

私も同じことを思いつけばよかった。もうすぐ夏至《げし》だなんて思えないほど、うすら寒かったんだもの。でもこれで、グランドを連れ出すことはできた。次はパパが、仕事するのを見ていてもいいって言ってくれますように。パパは邪魔《じゃま》されるのをいやがることもあるから。

天気魔法《まほう》用テントの入口の布をそっと持ちあげてみると、パパはちょうど仕事の準備をしていた。防水マントを脱《ぬ》ぎ、制服の重たそうな青のローブをするりと肩《かた》から落として、シャツのそでをまくっている。すらりとした体つきで背筋《せすじ》がしゃんとしているから、天気をあやつる魔法使《まほうつか》いというよりは、これから決闘《けっとう》にむかう剣士みたいだ。

「あっちのすみに行ってなさい。気を散らさないでくれよ。これがうまくいかないと、三人とも王じきじきのおとがめを受けることになる。今日のこの仕事には、特にこまかくご指示をいただいているんだ」パパはそう言いながら、私たちの方を見てにっこりした。ここにいてもちっともかまわないよ、ってことらしい。

グランドは、さも何か考えているような、いつものまじめくさった表情で言った。

「質問はしてもかまいませんか？」

「それも遠慮《えんりょ》してくれ。気が散るからな。でもやりながら何をしているか、話してやってもいい。なにしろ」と言いながら、パパは私に期待するようなまなざしをむけた。「きみたちのうちのどちらかが、いつか私と同じ仕事につこうと思うかもしれないからね」

パパとはめったに顔を合わせることがないけれど、私はパパのことが大好き。どうやらパパは、本気で私に天気をあやつる魔法使《まほうつか》いになってほしいと思っているみたい。悪いけど、パパをがっかりさせてしまうことになりそう。天気の魔法《まほう》もおもしろいとは思うけど、ほかの魔法《まほう》だってみんな同じくらいおもしろいんだもの。宮廷《きゅうてい》で習う魔法《まほう》しか知らなかった当時でさえ、そう考えていたくらいだから、今はますますそう思う。

だけど、パパが仕事しているところを見るのは大好きだった。気がつくと、パパが天気魔法《まほう》の台へ近よるのを、にこにこしながら見ていた。台といっても金と銅の針金でできた、ただの枠組《わくぐ》みが、がっしりとした脚《あし》で支えられているものだ。脚《あし》は移動するときには折りたためるようになっている。台全体もたたむことができ、一メートル二十センチくらいの細長い木箱の中にしまえる。パパのことを考えるとその箱が頭に浮《う》かぶくらい、小さいときからずっと見なれている古い箱で、スギのいい香《かお》りがする。

パパは台の横に立つとうつむいた。すごく真剣な顔になるから、仕事を始めるには勇気がいるのかなって、私はいつも思ってしまう。小さいときには、そんなパパのことが心配でたまらなかった。本当は、天気魔法《まほう》の準備をやっているだけなんだけど。

魔法《まほう》がパパの呼びかけに応《こた》えるのを見るたび、私はなんともいえない驚《おどろ》きを感じる。その日も、枠組《わくぐ》みの中に霧《きり》のようなものがわきだしたとき、静かに息をのんだ。枠《わく》いっぱいに広がった青と緑と白のもやもやが、すぐにブレスト諸島《しょとう》の小さな立体図になった。濃淡《のうたん》の緑に覆《おお》われたイングランドがある。町のあるところは小さな茶色のしみがついたようになっていて、ペニン山脈（イングランド北部から南に走る山脈）が背骨《せぼね》、その南の丘陵地《きゅうりょうち》帯《たい》は腰骨《こしぼね》みたいに見える。川も全部ブルーグレーの細い糸みたいに通っていたし、森らしい濃《こ》い緑のかたまりもあった。水や木々、丘《おか》のことを考えながら像を生み出すことが、天気魔法《まほう》にとって大事なんだ、とパパは言う。それにしても、南の方の白いがけまではっきり見えるのには、感心してしまう。スコットランドも、茶色っぽい色に見えていた。その茶色の土地の上を、灰色と白の雲の筋《すじ》が何本も横切っていく。いちばん北の方、どんよりした灰色の厚い雲があるところは、たぶんジョン・オ・グローツ（スコットランド北端の地名）のあたりで、ひどい嵐《あらし》なのだろう。ウェールズはイングランドのすぐとなりにあって、ブルーグレーの雲がかかっているせいで、うっすらと緑色に見えるだけだ。でもアイルランドはどこも晴れ。エメラルド島（アイルランドの別称）と呼ばれるだけあって、とってもきれいな緑。さざ波のような日光がたっぷりとふりそそいでいる。

　パパは台のまわりをひとめぐりしながら、海の色をよく見ようと上からのぞきこんだ。次にうしろにさがって、ななめにのびながら飛んでいく雲のようすを見ると「ふむ」とつぶやき、イングランド北東部の、煙《けむり》みたいな白っぽい霧《きり》に邪魔《じゃま》されて、地表がほとんど見えないところを指さした。

「これが目下《もっか》の悩《なや》みの種になっている雨だ。見ればわかるように、ほとんど動く気配がない。陛下《へいか》はこの雨をやませるようにと仰《おお》せだ。さらに、できれば、スコットランド王が到着《とうちゃく》したときにぱっと日が射《さ》すように、とのことだ。さて、スコットランドを見てみよう。こちらは晴れたところが少ししかない。ここの雲が波のように横切っているせいで、十分おきくらいにふったり晴れたりしている。晴れが長続きしないんじゃ、スコットランドの天気をもらってくることはできない。こまったな」

　パパは緑の地形と、動く雲の中をゆっくりと歩いていった。雲の下には枠組《わくぐ》みの針金があるはずなのに、まるでないみたいに通っていく。これを見ると、私はいつもぞっとしてしまう。人が硬《かた》い金の針金を突《つ》きぬけるなんて、どうしてできるの？

うすぼんやりした緑のウェールズの上で、パパは立ちどまって手をかざした。「問題は、このウェールズの天気だな。アイルランドから晴天をもらってくるにしても、あいだにあるウェールズの雲まで一緒にひっぱってしまうことがないようにしなくてはいけない。ウェールズの今の天気は本当にひどいからな。この雲を北の海の方へ移動できないか、やってみるしかない。というわけで、もっと全体的な雲の流れを見てみるとしよう」

パパは腰《こし》の高さまである、もやもやと動く像の中で、手をふり動かした。像全体がちょっともりあがって横にずれ、灰色の広い海のうねりが見えてきた。海の上には白っぽい雲の筋《すじ》がいっぱいあり、まるでしまネコみたいだ。それから、急に反対側に像がずれたので、ちょっとめまいがした。今度は緑と茶色の北海沿岸の低地帯や、フランス王国などが見えてきた。そっちには、しましまの雲がもっといっぱいあった。

「ふむ、思ったほど悪くはなさそうだ」パパはまた言った。「天気全体はもともと北にむかって動いている。ただ動きが遅《おそ》いんだな。少し早めてやろう」

パパは天気を動かしはじめた。パン屋さんが台の上で生地《きじ》をこねるみたいに、雲のかたまりを押《お》したりもんだりして、手のひらで海の上のしましまの雲を押《お》しやりながら、アイルランドとウェールズの上の空を力いっぱい突《つ》いた。ウェールズの上の灰色がかった雲にちょっとだけ割れ目ができ、緑がもう少し見えるようになった。でもそれ以上、雲は動こうとしない。パパは片手をあごにあてて、そのようすをしげしげと見ていた。

「いかんなあ。こうなったらもう、風をうまいこと起こすしかない」

私たちは、パパが陸と雲の像の中を歩きまわっては、かがんで風を起こすのを見ていた。風はたいてい、パパがやさしくふうっと吹《ふ》くか、ただ口を開いて息をするだけで、思いもしないところから吹《ふ》きはじめた。グランドがけげんそうな顔をしたのに気づくと、パパは説明してくれた。

「ヨットを走らせるのに似ているんだよ。ヨットを前に進めるためには、帆《ほ》の横から風を受けなきゃいけない。ただ、風というのはいつも渦状《うずじょう》に起こるから、反対方向は軽いそよ風になるように気を配らないとな。いくぞ」パパは口笛みたいにヒュッと息を吐《は》いて〈風の魔法《まほう》〉が働くようにすると、台から離《はな》れて立ち、時間を計《はか》りはじめた。

数分のあいだ、いろんな機能がついている大きな腕時計《うでどけい》と、台の上の動きとを代わるがわる見ていたあと、パパはうしろに歩いていって自分のローブを拾いあげた。天気の魔法《まほう》は見た目よりたいへんな仕事らしい。パパは顔から汗《あせ》をだらだら流していた。そして少し荒《あら》い息をつきながら、ローブのポケットの中から携帯遠話《けいたいえんわ》を取り出した。ちょっと考えて今日の番号を思い出すと、王室旅官長《りょかんちょう》のところにかけた。

そこの人が出ると、パパはこう言った。「こちらダニエル・ハイド。雨は十二時二分にやむでしょうが、日が射《さ》すのは午後一時までむりだと思います……はい……ほぼおっしゃるとおりにいたしましたが、残念ながら風を使わざるをえませんでした。十一時半から正午までのあいだ、かなり強い風が吹《ふ》くかもしれません、と陛下《へいか》にあらかじめお伝えください。十二時半には弱まりますので……はい、その後数日はいい天気になるはずです」

パパは携帯《けいたい》をしまい、ローブを着ると、私たちにむかってにっこりした。「カフェバスに行かないか？　何かあたたかいものが飲みたいよ。うんと甘《あま》いケーキも、少し食べようかな」

http://www.tokuma.jp/kodomonohon/

徳間書店

読者と著者と編集部をむすぶ機関紙

子《こ》どもの本《ほん》だより

2018年5月／6月号　第25巻　145号

児童文学『ポケットのなかのジェーン』より　Illustration © 1975 by Prudence Seward

本との再会

編集部　小島範子

小学校の同級生と久しぶりに会い、一緒に児童書専門店に行きました。彼女のお子さんはすでに大学生なので、子どもの本とはご無沙汰しているとのこと。店内をゆっくり回り、ときどき「これ、なつかしい！」と呟《つぶや》きながら、じっくりと本を見ています。と、急に足を止めました。一冊の本を手に取り、愛おしそうにページをめくっています。そして、「私、この本大好きだったんだ。捨てないでって言ってあったのに、実家の母が勝手に処分しちゃって…」と差し出したのは、『くまのパディントン』。その時、思い出しました。私がパディントンを読んだのは、彼女が薦《すす》めてくれたからだったのです。小学校高学年で、少し背伸びをして大人向けの小説に手を伸ばしていた時期。「子どもっぽい（！）本だな」と思いつつも、前に彼女が薦めてくれた別の本がおもしろかったこともあり、読んでみることに。結局、パディントンの起こす騒動のめちゃくちゃぶりにすっかり夢中になり、シリーズを次々と読み進めることになりました。

　友人はなつかしの本と再会し、私は本にまつわる思い出が蘇《よみがえ》った、素敵な一日でした。

子どもの本の本屋さん〈第127回〉

静岡県
静岡市

子どもの本とおもちゃの専門店　百町森《ひゃくちょうもり》

今回は、ＪＲ静岡駅北口にある子どもの本とおもちゃの専門店「百町森」をお訪ねし、代表の柿田友広《かきたともひろ》さんにお話を伺《うかが》いました。

Ｑ　来年、開店から四十年だそうですね。

Ａ　三世代に渡ってお越しくださっている方もあって、嬉しいですね。創業は一九七九年。きっかけは、私が大学生の頃、間接的に翻訳家・清水真砂子先生の影響を受け、絵本や児童文学と出会ったことです。また、児童文学が大好きな友人がいたこともあり、図書館の児童書コーナーに行って、片っ端から絵本を読んだり、児童文学もよく借りて読みました。その頃、「月刊絵本」という雑誌が出ていて、それを読むのも楽しくて夢中になりました。後に『絵本論』という本になる瀬田貞二さんの連載は、今でも私の絵本や児童文学の見方のベースになっています。そして、その「月刊絵本」にある時載っていた、ニューヨークには子どもの本の専門店がある、という記事を読み、こういうことをやりたいな、と思ったんです。そこで「卒業後、静岡に帰ってきたら、こんなことやりたい」、と父に相談しました。すると「やってみたら」と…。こうして、子どもの本の専門店「百町森」を開店することになりました。人脈もお金もありませんでしたが、実家の印刷所が移転したばかりで、その旧事務所に本を置くところから始めました。

最初は本をどうやって仕入れるのかも知らず、出版社に直接買いに行きました。いろいろな出版社に行くと、みなさん「書店だから」と、掛で売ってくれました。そんななか、ある出版社に伺ったところ、奥から社長が大声で「一生懸命やってるようだから、おまけしてあげなさい」と言ってくださったのは、忘れられないですね。こうして、最初は五十冊ぐらい揃えて開店しました。

Ｑ　不安はありませんでしたか？

代表の柿田さん。スタッフは11名。月に一回、図書館員や家庭文庫の方々が集まる勉強会『子どもの本を学ぶ会』にできる限りみんなで参加しています。

Ａ　「大丈夫か」と心配してくださる方はいましたが、私自身は楽しくてしょうがなかったです。店にいらしたお客様をつかまえては、「絵本っておもしろいですよ」と声をかけたりして。本の取次会社のことやラッピングの仕方も、お客様から教えていただきました。新聞で紹介されたこともあり、お客様も増えていきました。

Ｑ　いつ頃からおもちゃも扱うように？

Ａ　十年目から、本格的に置くようになりました。というのも、五年ぐらいたった頃からだんだん経営が苦しくなってきて…。気持ちだけでは経営はできないということを痛感し、自分の力量のなさを感じました。それで、途中から木のおもちゃを置き始めたところ、お客さんも支持してくれました。ヨーロッパの木のおもちゃ屋さんには、いい絵本も置いてあることが多いのですが、それと同じです。おもちゃと子ども

書棚には本がぎっしり。天井からはおもちゃの車がぶらさがっていたりと、飾りつけがとてもにぎやか。

の本の間には、似たコンセプトがあるんです。

Q　本は、ロングセラー中心のようですが、新刊も置いていらっしゃいます。どのように選んでいるのでしょう？

A　取次会社の新刊案内などに目を通したうえで、できれば手に取って、仕入れるかどうかを決めています。うちの店では、二年前の本までは「新刊」としてとらえているんですよ。

Q　徳間の本はいかがですか？

A　『マップス』をはじめとする大判絵本はもちろんですが、新刊では『お人形の家にすんでいたネズミ一家のおはなし』や『カエルになったおひめさま』がいいですね。

Q　ブッククラブもあるんですね。

A　はい、年齢別のコースから科学などのテーマ別に選書したコースまで、全部で四十三コースあります。また、おもちゃと子どもの本の情報誌「コプタ通信」を毎月全国の会員にお送りしていますが、その中でお薦めの本を紹介していますが、掲載した本はけっこうご注文をいただくので、みなさん、よく読んでくださっているな、と嬉しくなります。

　通信では、おもちゃの紹介もしていますが、おもちゃに関するこんなに濃い情報はウチ独自のもので、子育てにもすごく役立ついい紙面になっていると思います。当店では、ドイツやヨーロッパを中心に、いいと思えるおもちゃを販売しています。日本ではよく、「知育玩具」ということばが使われていますが、実際は「教育玩具」と言うべきで、遊びを通じて、知的なことだけでなく、協調性など、さまざまなことが育まれていくのです。「子どもは遊ぶことで成長する」をコンセプトに、おもちゃと本を選び、お薦めしています。

店内は３部屋に分かれ、入り口を入ると本が、右手にはおもちゃが並び、左手は、親と子が遊べるプレイスペース（写真・有料）になっています。

Q　なにか気をつけていらっしゃることは？

A　来店されたお客様には、必ず声をかけるようにしています。本やおもちゃをただ置くのではなく、どんどんお客様と接していきたいのです。子どもの本について詳しくないお客様は、話題のもの、奇をてらったものに目がひかれるようですが、地味な本にもいいものがありますよ、という会話をしていけば、次の機会にはその本を手にとっていただけるかもしれません。

Q　今後の抱負は？

A　この店を、文化が生まれる場所にしたいです。そして、骨のある本を残して生きたいと思います。ネット書店の影響などもあり、経営は大変ですが、リアル書店が活気を持ち続けていかなくてはだめだと思っています。

ありがとうございました！

お店の情報

子どもの本とおもちゃの専門店
百町森

〒420-0839
静岡県静岡市葵区鷹匠
1-14-12
ウインドリッヂ1F

TEL：054-251-8700
FAX：054-254-9173

営業時間：10：30～18：00
定休日：月・火

http://www.hyakuchomori.co.jp

JR静岡駅徒歩８分

絵本の魅力にせまる！

絵本、むかしも、いまも…

第124回「描くことの必然」石川えりこ『ボタ山であそんだころ』

文：竹迫祐子《たけさこゆうこ》
1956年生まれ。安曇野ちひろ美術館副館長。趣味はドライブ。

今では、「ボタ山」という言葉になじみのない方が多いかも知れませんが、石炭の採掘で出る捨石の集積場のこと。かつては全国に大小合わせて約五〇〇あった炭鉱も、一九六〇年代に、石炭から石油に替わる、いわゆるエネルギー革命を前後して閉山が相次ぎ、ボタ山も次第に姿を消していきました。『ボタ山であそんだころ』（二〇一四年　福音館書店）には、福岡県嘉麻市《ふくおかけんかまし》の山野《やまの》炭鉱がある町で生まれ育った作者、石川えりこの子ども時代が描かれています。

父親が炭鉱の仕事をしている「わたし」は、三年生になって、けいこちゃんと友だちになります。けいこちゃんのお父さんは炭鉱夫でした。ふたりでボタ山に登ったり、石炭の粉が溶けた黒い川で飛び石を渡ったり、文字通り真っ黒になって遊びますが、その日々も炭鉱のガス爆発事故で突然終わりを告げました…。

石炭が「黒いダイヤ」と呼ばれた時代、それは、戦後復興と重なって、輝ける一時期だったとも言えますが、一方で炭鉱での労働は過酷を極め、三井三池炭鉱に代表される労働争議や、合理化等による労働災害も多々起こりました。炭鉱町で生まれ、その盛衰を見聴きして育った作者にとって、この絵本を描くことは、創作者としての必然だったと言えます。

画家だった祖父のひざに座って幼い頃から絵を描いていたという石川えりこ（一九五五―）は、九州造形短期大学デザイン科を卒業し、いくつかの広告代理店でデザインの仕事をした後、フリーのイラストレーターになります。絵も話も自分で描いた絵本はこれがはじめての作品ですが、学生時代の一九七五年、当時、絵本の世界のオピニオン・リーダー的存在だった『月刊絵本』の「創作えほん新人賞」に、「ゆうれい橋」という、やはり炭鉱事故を描いた作品で応募し、佳作となります。そのときの審査委員のひとり、田島征三は「絵本だからといってコケみたいな花やボケッとした主人公なんか登場しなくともいいと思います。地底の苦役、死、ゆうれい橋をわたる死者、そういったモチーフにドラマをもたせれば今年の最優秀賞になった作品だと思います。おっしいなあ！」（『月刊絵本』一九七六年五月号）と、評しました。同年の最優秀賞の一冊は、長谷川集平の『はせがわくんきらいや』。森永ヒ素ミルク事件の被害者のひとりである作者の自伝と言えるこの絵本は、奔放なタッチの斬新な絵と圧倒的リアリティのある物語で、絵本の世界を揺るがせました。この絵本賞の経験は、石川えりこという作家にとって小さなものではなかったでしょう。その後、さまざまな物語に挿絵を描く仕事を重ねながら、ずっと自分の描きたいこと、描くべきものを問いつづけたのだと思います。

今日、新刊絵本は年間二千冊以上出版されていますが、作家にとっての必然故に生まれる絵本は多くはないでしょう。諦めず自らに「描くことの必然」を問い続けた作者に拍手を贈りたいと思います。

『ボタ山であそんだころ』
石川えりこ　さく・え
福音館書店 刊

野上暁の児童文学講座

「もう一度読みたい！'80年代の日本の傑作」

第53回 三輪《みわ》裕子《ひろこ》『ぼくらの夏は山小屋で』（一九八六年／講談社）

文：野上《のがみ》暁《あきら》
児童文学研究家。著書に『子ども文化の現代史～遊び・メディア・サブカルチャーの奔流』（大月書店）ほか。

講談社児童文学新人賞を受賞した「子どもたち山へ行く」を改稿改題したこの作品は作者のデビュー作でもあり、当時たいへん話題になった一冊です。いまでも読みたい人がたくさんいるでしょうが、残念なことに書店で買えない上に古書店でも手に入りにくいため、図書館で探してみるのがいいですね。

夏休みに、高校の先生をしているお父さんに連れられて、中学一年生の長女・千秋《ちあき》、長男で小学六年生の真《まこと》、次男で五年生の純平《じゅんぺい》の三姉弟と、従妹《いとこ》で六年生の多美《たみ》、五年生の直《なお》子、三年生の泉《いずみ》の三姉妹が、上越地方の山奥にある山小屋に向かいます。去年までは一週間でしたが、今年は夏休みの間じゅう山小屋で過ごすのです。山小屋にいる間は、お父さんが隊長で、子どもたちは登山隊の隊員です。

ガスも電気も水道もない山小屋での生活は不便ですが、初参加の泉をのぞいてはみな体験済みで、それも楽しみの一つです。しかも今年は、みんながユングフラウと名づけた山にテントを張って、本格的なキャンプをしようというのですから、山小屋に着いた最初の晩から興奮してしまいます。

ところが翌日、みんなで昼ごはんを食べているところに、麓《ふもと》にある民宿の息子で五年生の茂太《しげた》が、駆け込んできました。茂太は、千秋たちのお父さんの学校から電話が来て、すぐに連絡してほしいと言っている、とのお母さんからの言伝に、山道を走って来たのです。山小屋には電話などありませんから、急な連絡には麓の民宿まで行かなければなりません。

お父さんは東京にもどることになり、千秋を中心に子どもたちだけでの山小屋生活が始まります。楽しみにしていた予定が次々とくるって皆がっくりしている中、三グループに分かれてユングフラウ登頂を競うことになりました。千秋と泉、純平と直子と多美、茂太と真が、それぞれ山頂を目指して悪戦苦闘する様子は臨場感にあふれ、読み手の冒険心を刺激します。

沢をのぼる途中で、純平は大岩壁から滑落して負傷した男を発見します。三人は動転したものの、思案の末、多美が一人で山頂に向かってみんなに知らせ、純平が民宿まで走って救急隊の手配をし、直子は怪我人に付き添うことにするのです。

三人がなかなか山頂に来ないのを待つ四人もふくめ、それぞれが不安と恐怖を感じながら、いままで体験したことのない緊急事態に対応し、勇敢に行動するあたりはとてもスリリングで、ドキドキしながら読めます。

夏休みの山小屋での楽しみが一転し、七人の子どもたちが予期せぬ事態に遭遇しながらも、それぞれが知恵と勇気を振り絞って立ち向かう姿はとても爽快です。登場人物のそれぞれが自立的に描かれているところに、作者の子ども観も読み取れて、いま読んでも素晴らしい一冊です。

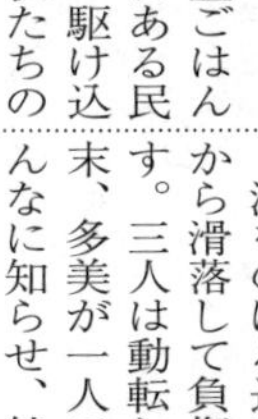

『ぼくらの夏は山小屋で』
三輪裕子 作
ふりやかよこ 絵
1986年
講談社 刊

著者と話そう　さくまゆみこさんのまき

西アフリカの市場を舞台にした絵本『チトくんとにぎやかないちば』（三月刊）を訳された、さくまゆみこさんにお話を伺いました。

Q　さくまさんは、これまでに何度もアフリカの市場にいらしているそうですが、実際の市場とこの絵本に登場する市場を比べてみて、いかがでしたか？

A　実際に西アフリカの市場を知らなければ描くことができない、生き生きとしたお店や人びとのようすが、市場に行ったことがない人にも伝わってくるように、きちんと描かれていると思いました。

　私はアフリカの市場が好きで、ナイジェリアやケニアやタンザニアなどを訪れ、市場を見てまわったことがあります。たとえば、ナイジェリア北部のカノという都市では、昔からある市場と新しくできた市場とスーパーマーケットがあり、売っている物も市場のようすもそれぞれ違います。建物の中に売り場をもっている商人は、比較的お金持ちであることが多く、野外に屋台を出している商人は生活が厳しい、という事情があります。でも、裕福な家庭は少なく、みな自分の家族を支えることで精一杯なので、絵本のように気前よく食べ物を与えてくれる人は、実際の市場にはあまりいないかもしれませんね。

ナイジェリア北部の都市カノの昔からある市場。

Q　アフリカに興味を持たれたきっかけは？

A　アフリカの昔話と音楽です。日本には勧善《かんぜん》懲悪《ちょうあく》の昔話がたくさんありますが、歴史の中で、その時どきの体制や大人の都合のよいように整理され、書き換えられている場合が多いのです。一方で、アフリカの昔話はまだまだ「読む」のではなく「語る」もので、整理されていないエネルギーに満ちています。勧善懲悪のお話も多くはありません。アフリカの昔話のそんなところに惹かれました。

　実際に語りをきくと、お話に、身振りや踊りや歌がついていて、演劇や落語と同じように、その場でしか体験できないパフォーマンスとしてのおもしろさがあります。落語も、文字にしたらおもしろさが半分になってしまいますよね。

　そういえば、ＪＢＢＹ（日本国際児童図書評議会）は、世界や日本の語り部に東京に来てもらって昔話を語ってもらう企画を考えています。企画が実現するかどうかは、資金との兼ね合いがあり、まだわかりません。また、世界の子どもの本やバリアフリー図書を集めた「子どもの本のオリンピック・パラリンピック」も、開催できればと考えています。

Q　実現すると、おもしろいですね。さくまさんはＪＢＢＹの会長として、そのほかにはどんな活動をされていますか？

A　日本のすぐれた児童書を英文で紹介するブックリスト『Japanese Children's Books』を毎年発行していますが、今年からはその日本語版『おすすめ！日本

さくまさんは、アフリカの音楽を専門に流すネットラジオをよく聞かれるそうです。

の子どもの本』の発行も始め、三月に刊行しました。また今は、日本で出版された、海外のすぐれた絵本や児童文学を紹介する『おすすめ！世界の子どもの本』を発行する準備も進めています。

Q　さくまさんは、「アフリカ子どもの本プロジェクト」で東アフリカのケニアに二つの図書館を作られたそうですね。

A　エンザロ村とシャンダ村に作りました。二つとも貧しい地域の村ですが、図書館は大いに利用されています。図書館には現地で購入した本や教科書も含め、それぞれ一五〇〇冊くらいの本が置いてあります。

　図書館員のお給料の振り込みや現地との連絡を、以前は現地で活動する日本の非営利団体に頼んでいたのですが、今は京都大学の松田素二先生にお願いして、先生の現地での協力者の方に依頼しています。松田先生の研究する地域が図書館からそう遠くないところにあるので。

市場の人たちと親子のようすがユーモラスで楽しい絵本です。

Q　図書館を利用している子どもたちについて、教えてください。

A　シャンダ村の図書館は小学校の敷地にあり、小学校や幼稚園の子どもたちがクラス単位で利用しています。一方で、エンザロ村の図書館は小学校や幼稚園から離れた場所にありますが、学校が終わると図書館にやってくる子も多いです。近くに図書館がないので、ほかの地域から子どもたちがやってくることもあります。

　今は、貧しい子どもたちでも学校に通うことができますが、農村地帯だとまだ教科書が全員に行き渡ってはいません。ケニアの小学校では、小学校低学年から母語ではない国語のスワヒリ語、小学校中学年から英語でも授業をします。エンザロ村の図書館が開館するときには、『エンザロ村のかまど』（さくまゆみこ文／沢田としき絵／福音館書店）というノンフィクション絵本に英語の訳文を貼りこんだものを二〇冊くらい持って行ったのですが、どれもボロボロになるまで読んでくれていました。ほかの本も、どれもよく読まれています。

エンザロ村の図書館のオープニングのときに、集まった現地の子どもたち。（写真はどれもさくまさん提供）

Q　それは、すばらしいですね。

A　現地の子どもたちは、もともと工夫する力があり、おもちゃや楽器を自分で作ったりしますが、図書館のおかげで学校の成績もあがり、大学進学者も増えています。

Q　今後の抱負を一言お願いします。

A　ＪＢＢＹでも、まだまだやることはたくさんあるのですが、個人的には、アフリカ人が造った子どもの本をもっと翻訳したいし、あちこちで集めたアフリカの昔話の本を訳してテーマごとにまとめたいと思っています。

ありがとうございました！

さくまゆみこ（作間　由美子）東京生まれ。出版社勤務、教職などを経て、フリーの翻訳者・編集者に。ＪＢＢＹ会長、「アフリカ子どもの本プロジェクト」代表。著書に『エンザロ村のかまど』（福音館書店）、『どうしてアフリカ？　どうして図書館？』（あかね書房）など、訳書に『宇宙への秘密の鍵』（岩崎書店）、『ブルンディバール』（徳間書店）ほか多数。

私と子どもの本

第120回「人間の体はソフト」『二十四の瞳』

文：こだまともこ
東京生まれ。早稲田大学文学部卒業。創作に『三じのおちゃにきてください』（福音館書店）、翻訳に『このねこ、うちのねこ！』（徳間書店）他多数。

五年生のとき、親友の林さんが、目を輝かせていった。

「四中のそばの大きな家、あれって、〇〇書房の社長さんの家だよ」

「そうかあ！」

わたしも、うっとりとしてしまった。アイドルの家じゃあるまいし、出版社の社長の家にうっとりするなんて、今では信じられないだろう。でも、わたしが小学生のころはテレビすら持っている家庭は少なく、子どもたちの楽しみといえば日暮れまで原っぱで遊んだり、本を読んだりすることだけ。出版社の社長は憧れの存在だったのだ。

そんなある日、お小遣いをもらったわたしは、林さんと本屋に行った。わたしが手にとったのは『五十一番目のザボン』(与田準一作)。すると、林さんはかぶりをふって「ぜったい、こっち！」と一冊の本を渡してくれた。壺井栄《つぼいさかえ》の『二十四の瞳』。どちらも新刊なので、林さんは読んでいるはずがない。だったらなぜ「五十一」でなく「二十四」なのか、単に奇数より偶数が好きだっただけなのか、いまだに謎だ（ちなみに「五十一」のほうも名作です）。

林さんの予感どおり、『二十四の瞳』はすぐに評判になって映画化され大ヒットした。岬の分教場に赴任してきた若い「おなご先生」と十二人の一年生の出会い。やがて辛い戦争を経て四十歳になった先生と子どもたちが再会するまでの物語を、わたしも一気に読んだ。だが、それから半世紀以上も読み返すことなく忘れていた。

『二十四の瞳』がふっと蘇《よみがえ》ってきたのは、英国の作家、デイヴィッド・アーモンドの「ベイビー」という物語を読んだときである。自らの少年時代の思い出をもとに書いた短編集『星を数えて』（金原瑞人訳）に収められているもので、少年と、針仕事で暮らしを立てているミス・ゴライトリーのふれあいを描いている。ミス・ゴライトリーは若いころ看護師をしていて、兵士である恋人を戦場で失っている。ミス・ゴライトリーは少年に着せた服に待ち針を打ちながら、十歳の少年の頬の丸みに触れ、こうつぶやく。「あのひとにいったの。行かないでって。看護婦ですもの、人間の体がどんなに傷つきやすくてもろいか知ってるわ」。

原文では「傷つきやすくてもろい」が「ソフト　アンド　フラジャイル」になっている。この日、少しばかり夢見がちになってきたミス・ゴライトリーは、うっかり少年の肌に針を刺してしまった。そのことを考慮した上手い訳だと思う。だが、原書を読んだときはソフトという言葉の響き、SとFの柔らかい音に、老女の遠い日の悲しみや恋人の肌のぬくもりまで感じられて胸にしみた。そう、いくら世界情勢が変わっても、最新の兵器ができても、人間の体はいつもソフトで温かく、傷つきやすくてもろい。『二十四の瞳』が世に出たころの日本人は、みな実感としてそれを知っていたのではないか。そして、瀬戸内海の小さな島の物語を自分の物語として受けとめていたのではないかと、今にして思う。林さんのお父さんも、軍医として赴いた戦場で亡くなっていた。

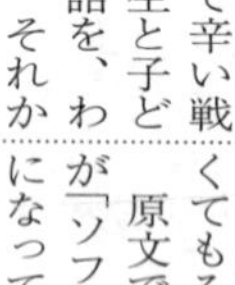

『二十四の瞳』
壺井栄 著
講談社 刊

上大崎発 読書案内
『ぬすまれた宝物』

編集部おすすめの本をご紹介します。

絵本『ロバのシルベスターとまほうの小石』でコールデコット賞を受賞したウィリアム・スタイグは、日本でも人気の高い絵本作家ですが、おもしろい児童文学作品も何冊か書いています。

『ぬすまれた宝物』は、ガチョウのガーウェインが泥棒と疑われ、裁判で有罪になってしまうという話。

ガーウェインは、誠実で信頼できる性格をみこまれて、王様からじきじきに国の宝物殿の見張り役に任命されました。ところがある日、宝物殿のルビーがなくなってしまいました。すぐに警備を強化しますが、その後も宝はなくなり続けます。宝物殿は、だれも入ることができない構造。となると犯人は、鍵を持っている王様か、ガーウェインということになってしまいます。初めはガーウェインを信じていた王様ですが、しだいに疑いが強まり、しまいにはガーウェインが有罪に。

裁判では必ずみんなに無実だとわかってもらえると思っていたガーウェイン。ところが、だれにも信じてもらえず犯人にされてしまったので、激しい怒りが燃え上がり、空へ飛び立ち、逃げ出しました。誇り高いガーウェインは、みじめに悔し涙を流しながら、森の奥でひっそり隠れ暮らすようになったのです。

一方、この裁判をはらはらしながら見ていた者がいました。それは本当の犯人。欲にかられて盗んだとはいえ、ガーウェインが犯人にされるとは考えてもみなかった真犯人は、ガーウェインの疑いを晴らすために、あることを思いつくのですが…？

子どものころの私にとって、世の中は、白と黒がはっきりしていました。お天道様はいつだって見ている。悪いことには、必ず天罰が下るはず。

ところが、歳を重ねるにつれて、世の中はかなり灰色だということがわかってきます。白や黒と単純に分けられないことがあることの方が多いのも確かですが、絶対悪いはずのことがうやむやになったり、まかり通ってしまうような場面もたくさん見えてきました。このごろでは、度重なる汚職や、社会で不当な扱いを受ける市井《しせい》の人々のことを知るにつけ、腹を立てることすらあきらめ、言いようもない無力感に襲われてしまうこともあります。

そんな時、スタイグの作品を読むと、はっと胸をつかれるような思いがします。登場人物たちの身にふりかかる突然の不幸にドキドキし、胸を痛めているうちに、子どものころに当然のようにわかっていた「許してはいけないこと」とか、どんな子どもでも素朴に願う善への憧れとかを取り戻し、正気になる。そう、世の中はこうでなくちゃ、と。

こんなふうに書くと、スタイグの作品は勧善懲悪もののようですが、そういうはっきりした筋立てではなく、子どものすむ世界と親和性の高い、善良さと清らかさとユーモアに満ちています。

ほかの児童文学作品『アベルの島』『ドミニック』でも、ドラマチックな事件が起き、人生の無情さ、正義や幸せについて描かれています。そのどれもがふるっていて、すっかり曇ってしまった目が、洗われるような心地よさがあります。スタイグの作品は、いつでも私の本棚でキラリと光っているのです。

（濱野）

『ぬすまれた宝物』
ウィリアム・スタイグ 作
金子メロン 訳
評論社 刊

徳間のゴホン！

第118回「雨の日にぴったりな絵本」

六月は梅雨の季節。雨の降る日が多くなります。みなさんは、雨の日にどんなことをして過ごしますか。雨の日を楽しく描いた絵本をご紹介しましょう。

『**すてきなあまやどり**』に出てくるブタくんは、大きな木の下で雨やどりしたはずなのに、ずぶぬれです。ぬれた理由を聞かれたブタくんは、同じ木の下にネズミが一ぴき、ハリネズミが二ひき、それからバッファローが三びき入ってきて…と説明がどんどんエスカレートして…？　木の下に増えていく動物たちの絵は迫力があり、ブタくんの言い訳がとってもおもしろい絵本です。

雨の日といえば、かさ！『**かさどろぼう**』には、魅力的なかさがたくさん出てきます。

かさのないスリランカの小さな村に住むキリ・ママおじさんは、生まれてはじめてまちに出かけ、色とりどりのかさに魅了され、買って帰ります。でも、そのかさは誰かに盗まれてしまいます。何度かさを買っても、盗まれてしまったキリ・ママおじさんは、あることを思いつき…？

『**キムのふしぎなかさのたび**』は、かさに乗って旅をする絵本。大きくて、きれいなかさをさして、ママのお買い物がおわるのを待っていたキムは、かさを舟にすることを思いつきました。ひっくり返したかさにとび乗ると、どんどん流れにのり、ジャングルをとおり、海に出て、海のなかをもぐって…。キムと一緒に、ドキドキする不思議な空想の旅へ出かけてみませんか？

『**おたすけこびとのまいごさがし**』では、雨ふりの午後に、はたらく車とこびとたちが大活躍！　こびとたちは、まいごになったこねこをあちこち探してまわります。

お話だけでなく、こびとたちがそれぞれの場面で、どんなことをしているのかをじっくり見て楽しめる絵本です。

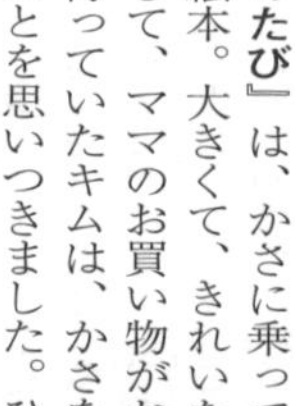

最後にご紹介するのは『**あめのひ**』。朝、男の子が目をさますと、雨がふっています。男の子は外で遊びたくてたまりません。でも、おじいちゃんは、雨がやむのをまとうと言います。ようやく雨がやんで、男の子がドアをあけると…？

雨の日をていねいに描き、スタジオジブリの宮崎駿監督から「雨つぶをみごとに描いています。すばらしい」と一言いただいた、雨の季節にぴったりの絵本です。

（編集部　高尾）

絵本『すてきなあまやどり』バレリー・ゴルバチョフ作・絵／なかがわちひろ訳『かさどろぼう』シビル・ウェッタシンハ作・絵／いのくまようこ訳『キムのふしぎなかさのたび』ホーカン・イエンソン文／カーリン・スレーン絵／オスターグレン晴子訳『おたすけこびとのまいごさがし』なかがわちひろ文／コヨセ・ジュンジ絵『あめのひ』サム・アッシャー作・絵／吉上恭太訳

編集部のこぼれ話

○月×日

新社屋に越してきて、初めての春。近くには桜並木で有名な目黒川があります。さっそく、昼休みに出かけてみました。約八百本あるといわれるソメイヨシノが、淡くけむるように咲いて

いて、見事としか言いようのない桜並木が数キロにわたって続いており、夢見心地になります。最初に植樹されたのは約九十年前。また九十年先も、変わらぬ風景があるといいなあと思いました。

○月×日

ボローニャ・ブックフェアに行ったときのこと。弊社からも『図書館にいたユニコーン』『ゾウと旅した戦争の冬』等を刊行しているマイケル・モーパーゴ氏を囲むパーティーに出席しました。モーパーゴ氏は、長年にわたる著作活動、社会活動を評価され、二〇一八年にイギリスで爵位を受けました。

自作を朗読するモーパーゴ氏。

第二次大戦下、ナチスドイツに迫害された人々を守る少年を描いた新刊を朗読したあと、人種差別や戦争といった辛い体験を知らない子どたちに、そういうことがたしかにあったことを伝え、同じ過ちを二度と起こさないよう事実を忘れないためにも本を読んでほしい、と穏やかな口調でお話しになりました。

直筆のサインをいただきました！

こうしたメッセージのこめられた作品の数々を、多くの子どもたちに読んでもらいたいと改めて思いました。

○月×日

小学生のころ、遠足で上野動物園に行きました。当時の人気者だったパンダのカンカンとランランを見るのを楽しみに、長いこと電車に揺られてやっと到着。さあ、パンダ舎へ！　ところが…パンダはお休みの日だったのです。そのときのみんなの落胆ぶりは忘れられません。

あれから四十年が経ちましたが、今も人気のパンダ。徳間書店では、シャンシャンの写真絵本を五月に刊行します。成長の様子がよくわかる、かわいい写真が満載！　ぜひご覧ください（詳細はP13）。

■お知らせ

新しい児童書目録「徳間書店の子どもの本2018」ができました。現在出版されている児童書すべてがご覧になれる、便利なカタログです。ご希望の方は、メールまたはハガキでお申し込みください。

＊記入事項
氏名・住所・電話番号・希望部数

＊あて先
〒141－8202
東京都品川区上大崎3－1－1
目黒セントラルスクエア
（株）徳間書店　児童書編集部
「カタログ」係

＊メールアドレス
children@shoten.tokuma.com
※件名を「カタログ」希望としてください。

メールマガジン配信中！
ご希望の方は、左記アドレスへ空メールを！（件名「メールマガジン希望」）
→tkchild@shoten.tokuma.com

児童書編集部のツイッター！
ツイッターでは、新刊やイベントなどの情報をお知らせしています。
→@TokumaChildren

絵本5月新刊

きのうをみつけたい！

5月刊

絵本

アリソン・ジェイ作・絵
蜂飼耳訳
２６cm／３２ページ
５歳から
定価（本体一八〇〇円＋税）

きのうは、いままででいちばんたのしい日だったな。もういちどきのうにもどりたい！　でも、どうやったらきのうにもどれるかな？　ひかりよりはやくうごく？　タイムマシンをつくる？　それとも、ものすごくはやいロケットをつくる？　うちゅうにはむかしにもどれるあながあるっていうけど…。

迷った男の子がおじいちゃんに、きのうにもどれる方法をきいてみると、おじいちゃんはこれまでの人生で楽しかった日々を語ります。

そして、最後におじいちゃんが孫に語ったこと…。

未来への希望をあたたかく描き、読んだあとに前向きな力をもらえる絵本です。また、おじいちゃんの思い出が一つ一つ美しく描かれているのもこの絵本の魅力です。

人気絵本作家アリソン・ジェイの新作を、詩人・作家の蜂飼耳が訳しました。

■好評既刊　アリソン・ジェイの絵本

『みつばちさんと花のたね』

大きな町に住むデイジーは、あらしの日にみつばちを助けてあげて…？　文字のない絵本に、蜂飼耳が文章をつけました。

A・ジェイ作・絵／蜂飼耳文／定価（本体一七〇〇円＋税）

『ちょっぴりおかしなどうぶつえん』

ここは、ちょっぴりおかしな動物園。動物たちがおりに入ることなく、自由に過ごしています。どんな動物に出会うかな？

A・ジェイ作・絵／蜂飼耳文／定価（本体一七〇〇円＋税）

『くるみわりにんぎょう』

クリスマスイブの夜。クララがねずみの王の攻撃から、くるみわり人形を助けると…？

E・T・A・ホフマン原作／A・アンダーソン再話／A・ジェイ絵／定価（本体一六〇〇円＋税）

絵本5月新刊

おたんじょうびおめでとう！ 子パンダ シャンシャン成長日記

5月刊

ノンフィクション

二〇一七年六月十二日、東京の上野動物園で、ジャイアントパンダの赤ちゃん、シャンシャンが生まれました。

母パンダ・シンシンの愛情あふれる子育てと、動物園の方々の細やかな飼育で、すくすくと大きくなったシャンシャン。

生まれたときは毛が薄く、ピンク色の体でしたが、少しずつ毛がのびて白と黒の色もどんどんはっきりしてきました。犬歯が四本はえ、はじめて木に登り…と、日々成長していくシャンシャンの約一歳までを追った写真絵本です。

ジャイアントパンダについての豆知識も掲載、親子一緒にシャンシャンの成長ぶりをお楽しみください。

徳間書店児童書編集部／編
（公財）東京動物園協会／写真提供
32ページ
3歳から
定価（本体一四〇〇円＋税）

■好評既刊 動物のこどもの写真絵本「サバンナを生きる」シリーズ

アフリカの野生動物保護区で撮影をした迫力の写真絵本。動物の誕生から成長までのようすを、わかりやすく紹介します。

ガブリエラ・シュテープラー写真・文／たかはしふみこ訳／25cm／48～64ページ／小学校中高学年から／各定価（本体一八〇〇円＋税）

『カバのこども』

『ゾウのこども』

『ライオンのこども』

『シマウマのこども』

『キリンのこども』

絵本6月新刊

あかちゃんが どんぶらこ！ 6月刊 絵本

アラン・アールバーグ文
エマ・チチエスター・クラーク絵
なかがわちひろ訳
19cm／32ページ
3歳から
定価（本体一六〇〇円＋税）

ある朝、あかちゃんが乳母車にのって、砂浜におでかけをしました。おねえちゃんたちと、その友だち、二匹の犬もいっしょです。ところが、おねえちゃんたちが目をはなしたすきに、乳母車は波にさらわれ、どんぶらこっこと海のうえへ！

あかちゃんは、乳母車にのっていたお人形やぬいぐるみたちといっしょに、沖へと流されてしまいました。あらしがやってきたり、ぬいぐるみが海に落ちたり…。でも、お人形たちが大活躍して…？

まるでなにかに守られているかのように、運よく危険を切りぬけるあかちゃん。アールバーグのユニークなお話を、クラークが躍動感のある画面構成で描いています。ハラハラどきどき、最後はほっとする、英国発のたのしい絵本です。

母が作ってくれたすごろく ジャワ島日本軍抑留所での子ども時代 6月刊 絵本

アネ＝ルト・ウェルトハイム文
長山さき訳
B5変／56ページ
小学校中学年から
定価（本体一六〇〇円＋税）

八歳のとき、わたしは母と姉と弟とともに、日本軍の「抑留所」に入れられました。父がどこへ連れていかれたのかは、わかりませんでした。抑留所は二重の鉄条網に囲まれていて、中はひどく汚く、食べるものも不足していました。

そんな中で、母はわたしたちが遊べるようにと、自分で絵を描いて、すごろくを作ってくれました。そしてわたしたちにも、抑留所で見たことを絵に描いて、記録しておくように、と言いました…。

八歳からの二年あまりを、日本軍に占領されるまではオランダ領だった、インドネシアの抑留所で過ごしたオランダ人女性が、当時使っていた品々や自分たちが当時描いた絵に寄せて、子どもの目から見た戦争と抑留生活を伝える、稀有な記録。

すごろくを作ってくれた母が亡くなったとき、再び同じようなことが起こらないように、何があったかを子どもたちに知らせたいと思った、という著者の強い思いが、まっすぐに伝わってくる写真絵本です。

児童文学6月新刊

四つのお人形のおはなし
ポケットのなかのジェーン

6月刊　文学

ルーマー・ゴッデン作
久慈美貴訳
A5判／80ページ
小学校低中学年から
定価（本体一四〇〇円＋税）

小さな女の子が、ロンドンのおもちゃ屋で、小さなお人形を買ってもらいました。ジェーンと名付けられたそのお人形は、女の子のポケットに入れてもらって大喜び。ポケットからは外のようすが見えるからです。

ところが、家につくと、ジェーンは人形の家に入れられてしました。次の持ち主も、その次の持ち主も、ジェーンを人形の家におきっぱなしにしてしまいます。

そんなある日、人形の持ち主の家に遊びにきた男の子ギデオンが、ポケットに入って外に出たい、というジェーンの声を聞きつけました。ほうっておけなくなったギデオンは、ジェーンを盗みだしました。冒険が大好きなジェーンは、ギデオンと毎日楽しく遊びました。ギデオンはどこにでもジェーンを連れていってくれます。でも…？

『人形が生きることとは、つまり祈ることなのだ』と語る、物語の名手ゴッデン。強い意志を持って願いを叶えるお人形のお話四作を、今後復刊していきます。その第一弾の作品です。

■好評既刊　ルーマー・ゴッデンの本

『帰ってきた船乗り人形』

船乗り人形のカーリーは、家からいなくなった人形たちを探しに行きたいと願ううちに、窓から落ちてしまいます。そして、船乗り学校の生徒に拾われ、海に乗り出すことに。人間の子どもと人形たち、それぞれの悲しみや喜び、ワクワクする冒険を描いたドラマチックなお話。

L・ゴッデン作／おびかゆうこ訳／たかおゆうこ絵／A5判／256ページ／小学校低中学年から／定価（本体一六〇〇円＋税）

『ねずみの家』

ねずみの女の子ボニーは、地下室にある植木鉢に住んでいます。でも家族が多すぎて、家の中はぎゅうぎゅう。そこで家を出て、人間の住む世界にいったボニーが、人間の女の子メアリーの部屋で見つけたのは…？かわいい挿絵がいっぱいの幼年童話。

L・ゴッデン作／おびかゆうこ訳／たかおゆうこ絵／A5判／112ページ／小学校低中学年から／定価（本体一三〇〇円＋税）

◆読者のみなさまへ◆
「子どもの本だより」を定期購読しませんか？

徳間書店の児童書をご愛読いただきありがとうございます。編集部では「子どもの本だより」の定期購読を受けつけています。お申し込みされますと二カ月に一度「子どもの本だより」をお送りする他、絵本から場面をとった絵葉書（非売品）などもお届けします。ご希望の方は、六百円（送料を含む一年分の定期購読料）を郵便振替（加入者名・㈱徳間書店／口座番号・００１３０・３・１１０６６５番）でお振り込みください（尚、郵便振替手数料は皆様のご負担となりますので、ご了承ください）。

ご入金を確認後、一、二カ月以内に第一回目を、その後隔月で「子どもの本だより」（全部で六回）をお届けします（お申し込みの時期により、多少、お待ちいただく場合があります）。

また、皆様からいただくご意見や、ご感想は、著者や訳者の方々も、たいへん楽しみにしていらっしゃいます。どうぞ、編集部までお寄せ下さいませ。

読者からのおたより

●このコーナーでは編集部にお寄せいただいたお手紙や、愛読者カードの中からいくつかを、ご紹介しています。

●絵本『ムーミンのめくってあそぶ　おおきなえほん』

家族そろって昔からムーミン一家が好きなので、孫達も喜んで見ています。めくって遊ぶという子ども達の関心を上手に活かした本となっていて、ページごとに、あいさつ、色、数、日用品などを学べるしくみには、三歳の孫があきずに魅了されています。一歳の孫は、めくって破ってしまうのでは？　と心配していましたが、兄が大切にめくっていることで、自分もまねて、ゆっくりそっとめくっては楽しんでいます。

ムーミン絵本ということで孫に与えましたが、本の工夫にとりこになっていて、大変よかったと感じています。

（群馬県・羽島久美子さん）

●児童文学『イースターのたまごの木』

イースターやハロウィンやクリスマスをメインに、絵本を買い求めています。今回、ネットでこの本を見つけました！　絵も内容も、私的には最高のイースターの本になりました。なんて素敵な本なんでしょう。イースター好きの友人達に早速すすめています。カバーをはずしてもすばらしい。パーフェクトなイースター本で、ワクワクしているところです。出版してくださって本当にありがとうございます。

（大分県・岩瀬雅子さん）

●児童文学『時の町の伝説』

私がダイアナ・ウィン・ジョーンズのファンになるきっかけとなった本です。スピードよくどんどん進んでいく物語に私はすいこまれていって、現実と本の中の区別がつかなくなっちゃいました。時間について、もういちどゆっくり考えてみようと思いました。

それにしても、こんなにたくさんの出来事をテンポよく進めていくなんて！　さすがＤ・Ｗ・Ｊ！　あこがれます。田中薫子さんの読みやすい文も、佐竹さんの絵も素晴らしかったです。

（鳥取県・秋本沙耶さん・十一歳）

●アニメ絵本『崖の上のポニョ』

ポニョを読んで、まほうっていいなって思いました。わたしも、まほうをつかいたいです。

（広島県・Y・Nさん・八歳）

2

パパの予報どおりだった。私たちはごうごう吹《ふ》きつける雨まじりの風の中、〈王たちの会合〉に出かけることになった。ベルベットのスカートやローブがバタバタし、脚《あし》にからみついた。ごてごてした飾《かざ》りのついた帽子《ぼうし》をかぶってきた人たちは、脱《ぬ》いで手に持っていた。どうしてもかぶらなくちゃいけないときまでそうしているつもりらしかったけど、それぞれの位置へむかいながら、私たちと同じように〈うましパン〉やパスティー（肉、魚などをつめたパイ）を食べようとしたものだから、片手しか使えなくてこまっていた。いちばん身なりにかまっていないのは、シビルだ。黄色い髪《かみ》がばさばさなびき、手に持った帽子《ぼうし》の緑のリボンも、びらびらとゆれている。シビルはぎゃあぎゃあまじないを唱えたり、最近不幸があった人たちにむかって、不吉だからバスのうしろにさがってなさい、と叫《さけ》んだりしながら走りまわっていた。大地の魔法使《まほうつか》いだから、足ははだしだ。草が濡《ぬ》れているので、ベルベットのスカートのすそをひざまでたくしあげている。ものすごく脚《あし》が太い。

「まるで穀物袋《こくもつぶくろ》の下から、丸太が二本突《つ》き出してるみたいだな」王様のテントにむかうパパが、私とママを追いぬきざま、意地悪《いじわる》なことを言った。パパは私に負けないくらい、シビルのことが嫌《きら》いなのだ。シビルのだんなが逃《に》げていったのも当然だ、っていつも言っている。そして最後にはたいてい、こうつけくわえる。「しかもシビルのだんなは、次代《じだい》マーリンになれと言われていたんだ。パパが同じ立場でも、とっくの昔に逃《に》げ出しているよ。シビルを妻に持ったうえに、この国で最悪の仕事に就《つ》くことになるなんてな！　気の毒になるよ」

パパが丸太なんて言うのを聞いたせいで、ママがめずらしく例の大笑いを始め、ペストリーのくずを吸いこんでむせてしまった。スコットランド人たちがそろそろやってくる、という知らせがまわってきたときも、私はまだママの背中をたたいてあげていた。そこで大あわてで、グランドのとなりの自分の位置まで走った。王様のお付きじゃない子どもはみんな、王室護衛兵《ごえいへい》の前に一列にならぶことになっていた。

そのころには、王様の大きなテントを残して、ほとんどのテントがたたんであった。バスやトレーラー、トラック、リムジンはみんな、北側を開けた巨大《きょだい》なコの字型にならんで停《と》まっている。それぞれの車の上に高々と掲《かか》げられた王室の旗のはためく音が、バサバサととてもうるさかった。車の列の内側には、赤い服を着た王室護衛兵《ごえいへい》がならんでいた（この人たちはかわいそうに、夜明けからずっと装具《そうぐ》をみがいたり、ベルトを白く塗《ぬ》ったりしなくちゃいけなかった。でもおかげで、赤と白があざやかで、とってもりっぱに見える）。その列のさらに内側に、正装をした私たち宮廷人《きゅうていじん》が、冷たい風にふるえながら、花壇《かだん》の花のように色あざやかにならんでいた。グランドは王室付《づ》きの世話係の人たちがうらやましい、と言った。ぬくぬくとバスの中にいられるうえ、全体がよく見渡せるから、スコットランドの宮廷《きゅうてい》の人たちがやってくるのが、いち早く見えたはずなのだ。

すべてが予定どおりに進んだ。事務官たちが朝からずっと働きづめで、遠話《えんわ》で話しあいながら手はずを整えたおかげだ。まず、スコットランド人たちが、地平線から姿を現した。近づくにつれて、まばゆく輝《かがや》いて見えてくる。行列の両わきにバグパイプ（スコットランドの民族楽器）の奏者たちがいて、厳粛《げんしゅく》に歩を進めながら演奏している。バグパイプの音色ってすごくすてき。こんなにわくわくする音、ほかにないと思う。続いてイングランド側の楽隊の演奏が始まり、バグパイプの音がトランペットにかき消されてしまったときには、とても残念だった。

トランペットは、王様がテントからお出になり、スコットランド人たちの前へ進まれる合図だった。そういえば、どこかの町に長くとどまることがあって、町の人と話したりすると、きまって「毎日王様にお目にかかれるんでしょう！」とうらやましそうに言われるのだけど、毎日なんてお目にかかれない。ほんとに。王様はたいてい、旅のあいだは行列の先頭にいらっしゃるから、私なんか何週間もお見かけしないことの方が多い。見かけたとしても、たいていは今日みたいに、黒っぽい服を着た背の高いお姿を遠くから拝見するだけ。かっこいい茶色のひげを生《は》やしてらっしゃることと、はっとするほど威厳《いげん》がおありなことくらいしか、私にはわからない。

このときは王位継承者《おういけいしょうしゃ》のエドマンド王子様も一緒《いっしょ》だった。王様同様、地味な黒っぽい服をお召《め》しになっている。王子様は十八歳《さい》で、この一年は王の務《つと》めを学ぶため、父ぎみについて旅をなさっていた。

お二人をはさんで片側にマーリン、もう片側にヨーク大主教《だいしゅきょう》も進み出た。マーリンも大主教《だいしゅきょう》もとても年をとっていて、ローブをはためかせて立っている姿は堂々としていた。二人のうしろから、主教《しゅきょう》たち、高官たち、〈古《いにしえ》の力〉を司《つかさど》る祭司《さいし》や巫女《みこ》である魔法使《まほうつか》いたちがぞろぞろ続く。その人たちの序列を知っていなくちゃいけないことになっているけど、すぐ忘れてしまう。わかっているのは、シビルは大主教《だいしゅきょう》のすぐうしろを歩くほどえらいということ——今はたくしあげていたスカートをおろして帽子《ぼうし》もかぶっていた——と、パパは祭司《さいし》ではないので、行列の最後尾《さいこうび》あたりにいることくらい。

私はスコットランド人の方ばかり見ていた。スコットランド王はかなり若く、前に見た人とはちがっていた。スコットランドの王になるべきは自分だ、と名乗りをあげる人はたくさんいる。いくつもの氏族《し ぞく》がそれぞれそういう人をかついで戦争を起こし、王が替わることもたびたびなのだ。この王はなりたてみたいだけど、見たところそう簡単に取って代わられることはなさそう。強そうでやる気にみちた顔つきをしていて、スコットランドばかりか、世界は自分のもの、とでも思っているような態度で歩いている。たくさんの廷臣《ていしん》に囲まれてただ一人、伝統のタータン（格子縞の肩かけやスカート）を身にまとっているので、とても目立つ。廷臣《ていしん》たちの服は、どれもとてもおしゃれだった。こんなにいろいろなスタイルや色、フランスふうの最先端《さいせんたん》のファッションを見たのははじめてだった。スコットランド王は、オウムの群れの中にいるタカみたいに見えた。

スコットランド王は一人大股《おおまた》に歩み出て、出迎えた私たちの王様と抱《だ》きあった。このときばかりは、なんて友好的な会合だろう、と思った。王様がエドマンド王子様を前に呼んで紹介《しょうかい》すると、スコットランド王も、ローズピンクの絹のドレスを着た若い女の人を紹介《しょうかい》した。王妃《おうひ》かもしれないし、そうではないかもしれないけど、スコットランド王はその人にとても親しげに笑いかけている。次は大主教《だいしゅきょう》とマーリンが進み出て、みんなを祝福する番だった。

恐《おそ》ろしいことが起こったのは、そのときだ。

マーリンが〈祝いの魔法《まほう》〉を呼びおこそうと両腕《りょううで》を広げた。魔法《まほう》を使うとき、腕《うで》を広げるなどの動作は本当はしなくていいんだ、とパパはいつも言っている。だからパパは、ぎょうぎょうしい身ぶりをするシビルが気に食わないらしい。でも、このときのマーリンは、自分が魔法《まほう》を使っていることを、みんなにはっきりわからせなくちゃいけなかったそうだ。そこでかなりの年だというのに、マーリンは両《りょう》腕《うで》を広げ、思いっきり高く上げた。と、もともとかなり青白かった顔が、変な色になった。私がいたところからでも、白いひげの中にのぞくマーリンのくちびるが、紫色《むらさき》になっているのがわかった。マーリンはさっと両腕《りょううで》をおろし、自分の体を抱《だ》きかかえた。それからゆっくりと前かがみになり、濡《ぬ》れた草の上にばったり倒《たお》れた。

だれもが一瞬《いっしゅん》、あっけにとられた。このとき、パパが準備した晴天がついにおとずれた。日がさんさんと照りはじめ、急に息苦しいほど蒸《む》し暑くなった。

パパが真っ先にマーリンのそばに行った。双方《そうほう》の王がむきあったとき、うしろの者たちは横に広がるようにならんだため、パパはマーリンまで、大股《おおまた》でほんの二歩ほどしか離《はな》れていない位置にいたのだ。パパはすぐにひざまずいた。あとで聞いたら、マーリンは急な心臓発作を起こしていたようだけど、そのときはまだまちがいなく息があったという。でもすぐにエドマンド王子様が近づいていらしたので、パパは身をひいた。王子様はマーリンの背中に手をのばしかけてぎょっとしたお顔になり、さっと手をひかれた。そして王様の方をむいて、何か言おうとしたけど、結局何もおっしゃらなかった。ちょうどそこへシビルがとんできて、マーリンをあおむけにひっくり返した。そのときにはもう、マーリンは明らかに死んでいた。取り囲む人たちの脚《あし》のあいだから、目を見開いたままのマーリンの顔がちらっと見えた。グランドもあとで言ったとおり、どう見ても死んでいるとしか思えなかった。

「死んでる！　わが師、わが長《おさ》が！」シビルが叫《さけ》んだ。さっと顔を上げると、帽子《ぼうし》が落ちた。それからスコットランド王にむかってまた叫《さけ》んだ。「死んでる！」

シビルはそれだけ言うと、すっくと立ちあがった。ベルベットのドレスのひざのあたりが、草にひざまずいたせいで濡《ぬ》れて黒っぽくなっている。シビルは両手を組んで胸にぎゅっと押《お》しあて、スコットランド王をじっと見つめた。

王様が、スコットランド王にひややかな声でおっしゃった。

「陛下《へいか》は魔法《まほう》の心得《こころえ》がおありでしたかな？」

スコットランド王はじっと見つめ返し、ひと息置いてから言った。「両国の友好関係は、もはやこれまでとなりましたな。ごきげんよう」

スコットランド王はタータンの肩《かた》かけをなびかせてくるりと背をむけ、同行者たちを連れて歩きだした。そう遠くまで行かないうちに、たくさんの車が丘《おか》を越《こ》えて迎えにやってきた。ほとんどが軍用の乗り物らしく、そのうちの何台かに王と側近《そっきん》たちがわかれて乗った。残ったスコットランド兵たちはこっちをおどすように、国境のところにずらりとならんだ。

私たちの王様が仰《おお》せになった。「何キロか後退するとしよう」

それから週末までは蒸《む》し暑くて、だれもが混乱していた。グランドと私は、ほかの子どもたちと一緒《いっしょ》にあちこちへ追いやられたり、いそがしくかけずりまわっている王様のお付きの代わりに、伝言を運ぶよう言いつけられたりした。何が起こっているのかわかるまでに、何日もかかった。

どうやら、報道のバスの中から撮影《さつえい》された会合の一部始終が、そのまま放送されてしまったらしい。マーリンが死んだとわかって、国じゅうが大さわぎになった。しかたなく、王様がじきじきに報道のバスに出むかれ、新たな放送を流させた。不幸な事故だったが、スコットランド王のせいではない、と語られたのだけど、お顔がひどくけわしかったので、だれもが本当はその反対なのだろうと受けとってしまい、さわぎはおさまるどころではなかった。そのさなか、〈王の巡《めぐ》り旅《たび》〉はいつもの倍も手際《てぎわ》よく荷物をまとめ、ノーサンブリアの南へと移動していた。王様がカメラの前でしかめっつらをしていらっしゃるあいだも、報道のバスは道を走っていたのだ。〈巡《めぐ》り旅《たび》〉のほかのバスはしょっちゅう道のわきによって停《と》まり、スコットランドとの国境にむかう軍隊のために道を開けなくてはならなかった。だから私たちは、軍の緑のトラックに追いこされる中、かたむいたバスの窓から生《い》け垣《がき》を見てばかりいた。スコットランド王も、放送をするらしい。わが国スコットランドが侮辱《ぶじょく》されたと言って、やはり国境に軍隊を送りこんだのだそうだ。

「でもあちらの王だって、あれはただの事故だってわかっているはずよ」やっとママに会えて、何がどうなっているのときいたら、ママは心配そうに言った。

ママの話がきけたのは、王様がお泊《と》まりになるだけでなく、魔法使《まほうつか》いたちがマーリンの検死《けんし》もできるような大きな領主の館がある村に着き、館《やかた》のまわりにテントをはることができてからだった。グランドと私は、ほかの魔法使《まほうつか》いたちや軍司令部のバス、報道のテント、王室旅官長《りょかんちょう》や侍従長《じじゅうちょう》のところへ、急ぎの伝言を運ばされた。その一日か二日あとには、審問会《しんもんかい》が開かれていた村の集会所へも行くことになった。ほんとにいろんなことが起こっていた。国をあげて新しいマーリン捜《さが》しが行われ、魔法使《まほうつか》いたちのほとんどがそれに巻きこまれた。ほかの者たちは審問《しんもん》に追われた。調査の結果、マーリンのまわりに呪文《じゅもん》のあとが見つかったのに、どういう呪文《じゅもん》かはだれにもわからなかったらしい。マーリン自身がかけた呪文《じゅもん》ということだってありえた。

審問《しんもん》にはパパも呼ばれた。パパがマーリン殺しの罪を着せられるかもしれないというので、私は一日じゅう心臓がどくどくいいっぱなしで、自分でもその音が聞こえるようだった。ママは真《ま》っ青《さお》で、うろうろしながらつぶやいていた。「そんな、あの人のせいのはずないじゃないの！」

マーリンが死んだときそばにいたのは、パパのほかはみんな王族か、位《くらい》の高い人だった。それで、立場の弱いパパ一人に疑いの目がむけられてしまったらしい。

パパが呼ばれているあいだ、どんな思いでいたかは、とても言葉じゃ言えない。

でもそのあと、すべてが落ち着いた。

たぶん、みんなハイドお祖父《じい》ちゃまのおかげだ。その夜、パパが荒《あ》れはてた山の上で何週間も眠《ねむ》れない夜をすごしてきたみたいなようすで村の集会所から出てきたあと、少ししてから、お祖父《じい》ちゃまが新しいマーリンを連れてやってきた。二人はまっすぐ王様の御前《ごぜん》へむかった。

私たちがお祖父《じい》ちゃまに会えたのは、夜ふけになってからだった。王様、お祖父《じい》ちゃま、新しいマーリン、審問官《しんもんかん》たち、エドマンド王子様、そして次のマーリンが見つからなくて大さわぎしていた魔法使《まほうつか》いたちの一団が、そろって村の緑地へ出てきたのだ。新しいマーリンはひょろっとした若い男の人で、あごがとがって、のどぼとけが目立っていた。突然《とつぜん》こんなに注目されて、ちょっとばかりぼーっとしているようだった。それとも催眠状態《さいみんじょうたい》にあったのかもしれない。エドマンド王子様はひどくびっくりしたような、不思議そうな顔つきで、マーリンをちらちらとごらんになっていた。

そのあいだに王室旅官長《りょかんちょう》の事務官たちが、ふだんどおりにてきぱきと、緑地の広いところを人が入れないようにし、王の護衛《ごえい》がすぐに、その真ん中でかがり火をたいた。私たちはまわりに立ち、何が始まるのかと思いながらようすを見守った。と、お祖父《じい》ちゃまが私たちに近づいてきた。ママは泣きそうな顔でお祖父《じい》ちゃまにしがみついた。

「ああ、お義父様《とうさま》！　ひどいことになっているんです！　助けてください」

「落ち着くんだ。すべてうまくいった。ダニエルの疑いは晴れた。わが息子のために、王と直談判《じかだんぱん》せねばならなかったがね」そう言うと、お祖父《じい》ちゃまはパパの肩《かた》をぽんとたたき、私をきゅっと抱《だ》きしめた。お祖父《じい》ちゃまの体は骨ばってごつごつしている。

「やあ、ロディ、グランド。たぶんこれで、ごたごたはすっかり解決できたよ。もちろん、もうしばらくようすを見ないことにはわからんが、おそらく、だれのせいでもなかったということに落ち着くだろう。なにしろ、長年『マーリン』として働いてきたランドーじいさんは、八十をとっくに越《こ》えていたはずだ。いつぽっくりいってもおかしくなかったんだよ。あいにく都合の悪いときにやってくれただけだ。そんなことで国じゅうが大さわぎする必要はない」

そのとたん、ほっと心が静まって、胸がすっとした。すっかり落ち着いたおかげで、いろんな感覚がとぎすまされてきたようだ。今まで気づかなかったけど、踏《ふ》みつけられた草や車の燃料のにおいがしてきた。村のむこうからは、干し草の甘《あま》く埃《ほこり》っぽいにおいもただよってくる。かがり火がパチパチいう音も、緑地のまわりの木立から、鳥がさえずる声も聞こえた。粗朶《そだ》のあいだを黄色い炎《ほのお》がちょろちょろのぼっていくのが、信じられないほどはっきり見えて、なんだか意味ありげに思えた。頭の中があんまり澄《す》みきっておだやかになったので、そうね、お祖父《じい》ちゃまの言うとおりかも、と思った。

でもそのあとで、スペンサー卿《きょう》は老マーリンが死ぬってわかっていたことを思い出した。スペンサー卿《きょう》は、とあたりを見まわしてみたけど、どこにも姿がなかった。考えてみれば、ここ数日見かけていない。シビルは今もほかの魔法使《まほうつか》いたちと一緒《いっしょ》にいるけど。

かがり火が燃えあがったとたん、位《くらい》が高い魔法使《まほうつか》いが前に進み出て、ここに新しいマーリンを宮廷《きゅうてい》および国民に紹介《しょうかい》します、と告《つ》げた。歓声《かんせい》があがって、若いマーリンはいっそうぼーっとした表情になった。それから審問官《しんもんかん》の一人が、前マーリンの死をめぐる問題は解決したものとみなします、と言い、王様に一礼すると、うしろにさがった。

王様は新マーリンに声をかけられた。「それでは〈予言〉をしてもらえるかね?」

「は……はい」とマーリン。ちょっと甲高《かんだか》くて弱々しい声だった。

「だれが、あるいは何が、前マーリンに死をもたらしたかを告《つ》げよ」

そこで若いマーリンは両手を組みあわせ、腕《うで》をおろした。なんだかロープをひっぱっているみたいな格好《かっこう》だ。それからぐらぐらと体をゆらしはじめた。かがり火もその真似《まね》をするように、何本もの細長い三角旗がゆれるみたいにオレンジ色の炎《ほのお》にわかれ、パチパチゴウゴウ音をたてながら、大きならせん状の煙《けむり》を上げて、火の粉《こ》を夜空高く飛ばした。ひときわ明るくなった炎《ほのお》で、マーリンのあごのつんととがった小さな顔に涙《なみだ》が流れ、きらめくのが見えた。マーリンは大きくしゃくりあげはじめた。

「おやおや、こいつは泣くたちだったのか！」ハイドお祖父《じい》ちゃまがうんざりしたように言った。

「知っていたら、席をはずしたのになあ」

「〈予言〉をするときに泣くマーリンは多いそうですよ」とパパ。お祖父《じい》ちゃまは言い返した。「わかっている。でも私が好きでなければならん理由はなかろう？」

そのとき、マーリンが甲高《かんだか》い声で切れぎれに話しだした。かがり火がピシピシゴウゴウとうるさいのと、マーリンがすすり泣きながらしゃべるせいで、ひどく聞きとりにくかった。たぶん、こう言っていたんじゃないかと思うけど……「とがめは——とがめあるところ——とがめの主《ぬし》は——ドラゴンの行く手に」

「さて、いったいどういう意味だ？　今度はウェールズ（ウェールズはドラゴンの住む地といわれている）のせいにしているわけじゃないだろうな？」お祖父《じい》ちゃまはいらいらしたようすでつぶやいた。

同時に、王様も当惑《とうわく》したようすながら、ていねいにたずねた。

「うむ……われらの先々のようすがとなるような言葉はないか？」

それでマーリンはまたもやひとしきり、泣くことになった。変なふうに両手を組みあわせたまま、体を前後左右に曲げながらむせび泣いた。かがり火がどっと燃え立ち、渦《うず》を巻き、金色の火の粉《こ》が噴《ふ》きあがった。

ようやく、マーリンはまた切れぎれに何か語りはじめたけれど、さっきよりもっと聞きとりにくかった。私の耳にはこう聞こえた……「マーリン去りて——出《い》づる力——世界はゆらぎ——暗き方《かた》に——主《ぬし》しばられ——力、見出《みい》だされ——異人来たりて——大地は崩《くず》れ——ドラゴン飛びて——すべておさまる」

「こりゃ、あいつにとっちゃ何か意味があることなんだろうがな」お祖父《じい》ちゃまがぶつぶつ言った。

魔法使《まほうつか》いたちの何人かは、聞いた言葉を書きとめていた。きっとそれぞれ、ちがったものになっているると思う。私も自分に聞こえたとおりに書くしかない——でもあとになってみると、気持ち悪いほどぴたりとあたっていた。

〈予言〉はそれで終わりらしかった。マーリンは組みあわせていた手を離《はな》してハンカチを取り出すと、落ち着きはらって涙《なみだ》をぬぐった。王様が私たちと同じくらい当惑《とうわく》した顔で、「ご苦労であった、マーリンどの」と言った。かがり火の勢いも弱まった。

王室世話係の人たちがスパイス入りのあたたかいワインのグラスを運んできた。この人たちにはほんとに頭がさがる。テントをはるときには、旅官長《りょかんちょう》や侍従長《じじゅうちょう》の指示にすべてしたがわなくちゃいけないし、王様がどこかの家に泊《と》まるとお決めになれば、その家の中を整えなくちゃならないし、どんな天気でも、いかなるときも、王様にふさわしい食事を出すのも務《つと》めのうち。どれもこれもとてもたいへんなのに、いつもきちんとやってのけている。ワインは、みんながちょうどほしかったものだった。パパが作ってくれたいいお天気はまだ続いていたけど、夜になると冷たい風が吹《ふ》きだして、あたり一面が露《つゆ》に濡《ぬ》れていたのだ。

私たちはグラスを受けとって、緑地のはしの方にあるベンチに腰《こし》をおろした。ここからだと、かがり火のそばをうろうろ歩いているマーリンに、エドマンド王子様が熱心に話しかけていらっしゃるのがよく見えた。王子様はマーリンに夢中におなりのようだ。この二人は見た目からすると同じ年ごろらしい。王子様が王となられても、このマーリンがお相手するのだろう。アリシアがその二人の近くにいるのも見えた。王のお付きの服を着ているせいか、とてもきちんとして見える。アリシアは、マーリンがほかの人の倍も多くワインやおつまみを口にすることができるよう、気を配っていた。お付きとしての務《つと》めをはたしているってことだろうけど、アリシアはもう十六歳《さい》だし、マーリンの年にも近いから、もしかしたら――といっても、マーリンの方はほとんどずっと王子様の話に耳をかたむけていたので、アリシアのことなどほとんど目に入っていないようだった。

パパとママは、どうやって新しいマーリンを見つけたんですか、ほかのだれにもできなかったのに、とハイドお祖父《じい》ちゃまにたずねた。お祖父《じい》ちゃまは、いやいや、と謙遜《けんそん》するように言った。「マジドのわざさ。なに、むずかしいことじゃない。あの男には何年も前から目をつけていたんだ」

マジドっていうのはどういう人のことなのか、正直いって私にはよくわからない。聞いた話では、お祖父《じい》ちゃまは私たちの世界だけじゃなくて、いくつもあるほかの世界でも仕事をしているらしい。並の王や魔法使《まほうつか》いには手に負《お》えない問題を解決する力を持っているのだ。お祖父《じい》ちゃまは続けて言った。「王とは真剣《しんけん》に話しあったよ。スコットランドの王に言ったのと、同じことを申しあげたんだ。ブレスト諸島《しょとう》が平和であることはきわめて重要なんです、とね。われわれの世界〈ブレスト〉、特にブレスト諸島《しょとう》は、多元《たげん》世界の半数ほどに存在する魔法《まほう》のバランスをたもっているのだから」

「今度のマーリンは何歳《さい》なの？」私は口をはさんだ。

「二十五だ。見た目より年がいっているだろう？　強い魔法《まほう》の力を持つ者は、若く見えることがあるんだ。なあロディ、グランドを連れてどこかで遊んでいてくれないか？　大人の話がいろいろあるんだ」

お祖父《じい》ちゃまっていつもこうだ。子どもの前ではおもしろい話をしたがらない。私はグランドと一緒《いっしょ》にぶらぶら離《はな》れていった。

「アリシアには年上すぎるわ、あのマーリン」私は言った。

グランドはきょとんとしてきいた。「そんなことで、姉さんがあきらめると思う？」

2
ニック

1

ぼくは最初、これは夢だと思った。そのくらい変な感じだった。

おやじに連れられて、週末にロンドンのホテルで開かれた作家の集まりに行ったときのことだ。おやじはテッド・マロリーという作家で、悪霊《あくりょう》が出てくるホラーものを書いているが、この集まりは推理小説作家のためのものだった。おやじは変わったやつで、自分の作品を書くとき以外は推理小説ばかり読んでいて、そういうものを書ける人たちを心から尊敬している。自分のようにホラーなんか書くやつらより、よっぽどすごいと思っているらしい。中でも大好きな作家が、その集まりで講演をすると聞いて、おやじはめちゃくちゃ興奮していた。

ぼくは行きたくなかった。だが、おやじが言った。

「いや、来るんだ。おまえに留守番させた、このあいだのイースター休みのことを思い出すと、今でもぞっとするからな」

「おやじのウィスキーを全部飲んじゃったのは、ぼくじゃなくて友だちだよ」

「ああそうだ、そいつらが家具をこわして、台所をスパゲッティーまみれにしたのに、おまえは指をくわえて見ていたんだろう。だからな、ニック、父さんは決めた。まず、おまえのぶんも一緒《いっしょ》に予約をとる。そして出かけるときには、おまえを外に出して、家に鍵《かぎ》をかける。だから一緒《いっしょ》に来ないのなら、週末は道ばたにすわってすごすんだな。さもなきゃ、庭の物置を使え。物置の鍵《かぎ》は開けておいてやってもいいぞ」

おやじは本気だった。その気になれば、ひどいことだって平気でできるんだ。おやじの方を物置に閉じこめてやろうか、と考えてみた。ぼくは次のクリスマスの前の日に十五歳《さい》になるが、おやじよりも体がでかいし、腕力《わんりょく》もある。でもまあ、おやじはぼくの本当の父親じゃないし、おふくろが殺される事件があったあと、ぼくとおやじが一緒《いっしょ》に暮らすと決めたのは、(ふだんは)おたがいが好きだからなんだ。だいたい、一緒《いっしょ》に暮らしてなかったら、おやじもぼくも今ごろどこでどうなってることやら、わかったもんじゃない。

そんなことを考えていると、おやじが言った。「なあ、行こう。おまえも楽しいかもしれないぞ。めったに姿を見せないマクスウェル・ハイド氏に会えた、とあとで人に自慢《じまん》できるしな。ハイド氏が講演をするのは、これがやっと三回目なんだ——父さんの勘《かん》では、とてもおもしろい講演になるはずだ」

このマクスウェル・ハイドってのが、おやじの大好きな作家だ。一緒《いっしょ》に行ってやらないと、おやじの楽しみをだいなしにしちゃうだろうなってわかったから、ここは折れてやることにした。おやじはすごく喜んで、ハイドさんの書いた本を読んでみろ、と言って一冊くれた。

ぼくは推理小説は好きじゃない。くそつまらないから。でもマクスウェル・ハイドの本は、ただつまらないのより、たちが悪い。なにしろ、どの本も異世界を舞台《ぶたい》にしているんだ。おやじはそういうところが好きらしい。マクスウェル・ハイドさんの描《えが》く異世界のイングランドはいかにも実際にありそうだとか、異世界の描写《びょうしゃ》がこまやかだ、とかほめまくる。でもぼくに言わせると、それはつまり、この世界とのちがいを、ぐだぐだと説明してるだけってことだ。たとえば、そこの世界では王がひとつの場所にとどまっていないとか、議会はウィンチェスター（イングランド南部の都市。アーサー王伝説の円卓があるといわれる。現代の英国ではロンドンに議事堂がある）に拠点《きょてん》をかまえているけど、たいしたことはしていない、とかいったぐあいに。でも何よりしゃくにさわるのは、行けもしない世界の話を読まなくちゃならないことなんだ。実際、もらった本を二ページ読んだだけで、この世界に行きたくて、体の中で炎《ほのお》がめらめら燃え立つような気分になった。

世界がいっぱいあることぐらい、ぼく自身いくつかの世界に行ったことがあるから、わかっている。本当の両親も、この世界の人間じゃない。でもぼくは一人じゃ、どの世界にも行けないようなのだ。かならずだれかに連れていってもらわないとだめみたいで、一人では何度やってみても、成功したためしがない。ほかの世界に行きたくてたまらなくて、夢にも見るくらいだっていうのに……。何かやり方がまちがっているにちがいない。そう思って、夏休みの最初の一週間は、正しいやり方がわかるまで、いろいろためそうと思っていた。だから、ぼくを何がなんでも集まりに連れていくとおやじに言われたときは、とてもその気になれなかったんだ。だけど結局、行くって言ってしまったから、行った。

集まりは、思った以上につまらなかった。

会場は暗い感じの大きなホテルで、参加者はきちっとした格好《かっこう》の、自分のことを大物だと思ってそうな連中ばかり。中には大物どころか、神かシェークスピア気どりの作家もちらほらいた。そういうやつには、目立つ服装をしたばりばりのやり手という感じのとりまきがいっぱいくっついていたから、気軽に話しかけられる雰囲気《ふんいき》ではなかった。講演は一時間ごとに行われた。本物の警察署長や弁護士による講演もあった。ぼくはすわって聞きながら、必死であくびをかみ殺していた。目がうるみ、鼓膜《こまく》の奥《おく》がペコンと鳴る。でも明日の日曜には、私立探偵《しりつたんてい》による講演もあるらしい。それだけはおもしろそうだ。

ぼくみたいな十代のガキにかまうやつはいなかった。たいていの人は、ぼくのジーンズを見ていやな顔をしたあと、きっとまちがってまぎれこんだんだろうって目つきで、こっちをちらっと見る。何よりいらいらしたのは、おやじがこの集まりに興奮しまくって、いろんな作家の本を山ほどかかえ、サインをもらってまわっていたことだ。自分が世界的に有名な作家だってことを忘れて、一介《いっかい》のファンになりさがっている。ぼくがいちばんむっとしたのは、私は神よ、シェークスピアよって感じの女が、おやじが開いてさしだした本の上で、ペンをふりながら「お名前は？」ときいたときだ。

おやじはひかえめに言った。「テッド・マロリーです。私も少々ものを書いております」

神だかシェークスピアだかって女は、さらさらとサインしながら言った。「ペンネームで書いてらっしゃるの？　どんな本をお書きなのかしら？」

おやじは正直に答えた。「ほとんどがホラーです」

するとその女は、「あ、そう」と言って、まるで汚《きたな》いものにさわったみたいに、本をおやじに突《つ》き返した。

でもおやじはその女の態度に気づかなかったようだ。すごく楽しそうだった。マクスウェル・ハイドの講演（どうせ自慢話《じまんばなし》だ）は今晩行われることになっていて、おやじはしきりに待ちきれないと言っていた。それから、けっこう感じのいい作家の一人（ぼくみたいにジーンズをはいていた）が、マクスウェル・ハイドさんとは顔見知りだから、一緒《いっしょ》に来れば紹介《しょうかい》してあげますよと言ったので、おやじはすっかり舞《ま》いあがってしまった。

おやじは最高にうれしそうだ。ぼくの方はもううんざりして、こっそりあくびをしては、おやじに見られそうになるたびに、ぱっと口を閉じていた。ぼくたち三人は、反対方向からやってくる人々を押《お》し返しながら、廊下《ろうか》という廊下《ろうか》をせかせか歩きまわって、マクスウェル・ハイドを捜《さが》した。ぼくはそのあいだも、ひょいと廊下《ろうか》をそれて、ちがう世界へ行くことができたらいいのになあ！　とばかり考えていた。はじめて異世界へ行ったときにはホテルにいたから、ホテルってのはほかの世界へ行きやすい場所なのかもしれない、と思ったんだ。

とうとう三人でマクスウェル・ハイドを見つけたときも、ぼくはそんなことを夢見ていた。その人はもうすぐ自分の講演が始まるので急いでいるようだったが、感じのいい作家が声をかけると、大きなホールに入ろうとする参加者がわきをぞろぞろ通りすぎる中、礼儀正《れいぎただ》しく足を止めてくれた。

「ハイドさん、あなたにとても会いたがっている方《かた》がいるのですが、ちょっとだけお時間をいただけませんか？」感じのいい作家は言った。

ぼくはそのハイドって人をあんまりちゃんと見なかった。ただ、銀髪《ぎんぱつ》の姿勢のいい紳士《しんし》で、昔ふうの革のひじあてがついた古びたツイードの上着を着ていることには気づいた。ハイド氏がおやじの方をくるっとふりむくと、ウィスキーのにおいがぷんとした。なんだ、この人もおやじと同じで、人前で話すときにはあがるんだ！　とぼくは思った。度胸《どきょう》をすえるために一杯《いっぱい》飲んだにちがいない。

混《こ》みあった廊下《ろうか》で、おやじとハイド氏が握手《あくしゅ》して話しているあいだ、ぼくは通っていく人とぶつかって、うろうろしていた。ぼくが二人のすぐ横によけたとき、ハイド氏が言った。「テッド・マロリーさん？　悪霊《あくりょう》の話をお書きでしたね？」

ちょうどそこで、ぼくにぶつかってきたうちの一人が――たしか、男だった――静かに言った。

「さあ、行け」

ぼくは相手に道をゆずろうと、また一歩横にそれた。

これは夢だ、と思ったのはそのときだ。

屋外にいた。飛行場みたいなところだ。あたりはひんやりして暗かったが、だんだん明るくなってくるように見えたから、早朝にちがいない。目の前に広がる草の上には、ピンク色の霧《きり》がかかっていた。あまり遠くまでは見えなかった。濃《こ》い茶色《ちゃいろ》の、でっかいヘリコプターみたいな乗り物が何台もならんでいて、片側の視界をさえぎっていたし、もう片側には人がいっぱいいたからだ。全員男で、ずいぶんいらいらしているようだった。ぼくは男たちと何機ものヘリコプターにぴったりはさまれるようにして立っていた。すぐそばにいる、汚《よご》れた生成《きな》りのスエードの上下を着た男が、ひどくいらついたようすで煙草《たばこ》を何度か深く吸いこむと、草の上に投げ捨てようとしてこっちをふりむき、ぼくに目をとめた。

「なんだ、そこにいたのか！　なぜ来たと言わなかった？」男はそう言い、むこうをむいてほかの人たちに叫《さけ》んだ。「諸君、安心しろ。新入りがやっと現れた。出発できるぞ」

全員がやれやれというように声をあげた。一人が携帯電話《けいたいでんわ》を手にしゃべりはじめた。「こちら、境界《きょうかい》護衛部隊《ごえいぶたい》であります。ただいま人数がそろいました。皇太子殿下《こうたいしでんか》にご出発いただけますとお伝えください」電話《でんわ》から怒《おこ》ったような声がガーガーピーピーもれてきた。それがおさまると、電話を持った男は言った。「了解《りょうかい》であります。本人に伝えます」そして行け、と合図するように、ぼくたちに手をふった。

みんなはそれぞれ、自分のそばに停《と》まっていたヘリコプターにかけつけ、はしごをのぼりはじめた。はじめにぼくに話しかけた男が、ぼくを押《お》して先にのぼらせ、自分も続いてはしごにとびついた。そのせいで目の前にぼくの脚《あし》が見えたらしく、腹だたしそうに言った。「こういうときには革を着るって、学院で習っただろうが？」

そうか、これは異世界へ行った夢なんだ。しかも、まっぱだかでバスに乗るとか、ズボンの前をはだけたままで好きな女の子と話をするとかいった、変なタイプの夢なのにちがいない。だからわけのわからないことを言われても、さして気にせず、ぼくはただこう返事した。「いいえ、習ってません」

男はチッと舌を鳴らした。「職務中は〈空衣《そらぎ》〉でなければならん。学院の連中だって知っているはずだ！　ところで、まさか来る前に何か食べたりしなかっただろうな？」そうだったらけしからんぞ、という口ぶりだった。

「食べてません」とぼく。そういえば、腹がぺこぺこだった。マクスウェル・ハイドの講演が終わったあとで、おやじと夕食を食べるつもりだったのだ。

「それならまあいいだろう」男はぼくをヘリコプターに押《お》しこみながら言った。「今回のような重要任務の際には、断食《だんじき》する決まりだからな。おまえはうしろにある補助席を出してすわれ」

ふん、そうかい！　窓際には気持ちよさそうなふかふかの座席がならんでいるのに、うしろにある補助席ってのは、ただの板みたいなもんだ。ほかの連中はみんな、いい座席にゆったりとすわり、シートベルトをカチャンとしめた。ぼくも板についていたベルトを見つけてしめた。しめ終わって顔を上げると、さっきの携帯電話《けいたいでんわ》の男がぼくにのしかかるようにかがみこんでいた。

「おまえ、遅《おそ》かったたな。おえらがたがおかんむりだぞ。皇子《おうじ》を二十分近くもお待たせしたんだからな。殿下《でんか》は気が短いおかたなんだぞ」

「すみません」とぼくは言ったが、その男は上から、がみがみ言いつづけた。でもそのうちエンジンがかかって、ガガガガと轟音《ごうおん》がしてゆれはじめたので、男の言っていることはほとんど聞こえなくなった。外のほかのヘリコプターの音もすごかった。目の前の男の顔が邪魔《じゃま》でよく見えなかったが、全部で六機くらいが次々に空へ上がっていく。どうやって飛んでるのかな？　翼《つばさ》も回転翼《ローター》もない、変なヘリコプターだ。

だいぶたってから、ピン、という警告音《けいこくおん》が鳴った。がみがみ男はぼくをおどすようににらみつけてから、前の方へ行ってやっと着席した。そっちの連中は、軍服みたいなものを着ている。がみがみ男のそで口には、色のついた線が何本かあった。たぶんこいつが将校なんだろう。ぼくのすぐ近くにいる四人の方は、そろって汚《よご》れた生成《きな》りのスエードを着ていた。これが〈空衣《そらぎ》〉ってやつかな、よくわからないけど。

ぼくたちのヘリコプターも空へ舞《ま》いあがり、轟音《ごうおん》をたててあとに続いた。ぼくはここがどこだかわかるかもしれないと思って窓に顔をよせ、下をのぞいてみた。密集した家のあいだをくねくね流れるテムズ川が見えたから、ロンドン上空にいるようだ。でもいかにも夢らしく、ロンドン塔《とう》とタワー・ブリッジはあるけど、ロンドン・アイ（二〇〇〇年にテムズ川南岸に完成した巨大観覧車）は見あたらない。セントポール大聖堂があるはずの場所には、三つの四角い塔《とう》と尖塔《せんとう》がひとつついた、巨大《きょだい》な白い教会が立っていた。その後、ヘリコプターは旋回《せんかい》して南の方へむかったので、下に見えるのは霧《きり》でかすんだ緑の草地だけになった。しばらくすると、海の上に出た。

そのころには轟音《ごうおん》も少しおさまって――耳がなれただけかもしれないが――スエードの服の男たちの話を聞きとれるようになった。ぼくにはわからない冗談《じょうだん》をまじえながら、こんなに早起きさせられて、とか、もう腹がへってきた、などと文句《もんく》ばかり言っているようだったが、さっき最初にぼくに話しかけてきた男がデイヴで、外国なまりがある体の大きな男がアーノルドというらしいことはわかった。ほかの二人はそれぞれチック、ピエールと呼ばれていた。四人とも、ぼくには見むきもしない。

デイヴはまだいらいらしている声で、「皇子《おうじ》がクリケット（英国でさかんな球技。「紳士のスポーツ」と呼ばれる）に熱を入れる気持ちはわかるが、いったいなんだってまた、マルセイユ（フランス南東部の都市）くんだりで試合しなくちゃいけないんだ?」と言った。

ピエールはちょっとびっくりしたように言った。「皇子《おうじ》が入ってるイングランドチームがそこで試合をするからさ。殿下《でんか》は実際、世界的なバッツマン(クリケットの打者)だろ?」

「だが、ゆうべまで試合に参加しないことになっていたじゃないか」とデイヴ。

「皇子《おうじ》の気が変わったのさ。皇族《こうぞく》の特権というやつだ」アーノルドが外国なまりで言った。

「そうそう、われらがジェフ皇子《おうじ》は、そういうお方《かた》なんだ!」とチックが笑った。

「わかってる。だから心配なんだ。皇帝《こうてい》になったらどうなるのかねえ?」とデイヴ。

「まあ、まともな側近《そっきん》が何人かつけばだいじょうぶだろうよ」チックがなだめた。「今の皇帝《こうてい》だって、皇太子のときは息子そっくりだったらしいぞ」

これはほんとにめちゃくちゃな夢だな、とぼくは思った。フランスでクリケットだなんて!

空の旅はうんざりするほど長々と続いた。のぼってきた太陽の光が、左側の窓からぎらぎらと射《さ》しこんでくる。じきに、前の席の兵士たちは全員上着を脱《ぬ》ぎ、退屈《たいくつ》しのぎにカードゲームを始めた。スエードの服の人たちの方は、上着を脱《ぬ》いではいけないらしく、四人とも汗《あせ》だくだった。ぼくのいるうしろの席のあたりは、かなり汗《あせ》くさくなった。しかも、ヘリコプターの中では煙草《たばこ》を吸っちゃいけないんだろうと思ったのに、兵士たちはあたり前のように、煙草《たばこ》に火をつけた。デイヴもだ。機内は汗《あせ》くさいのにくわえて、けむたくなった。アーノルドが細くて黒いものを取り出して火をつけると、くすぶったたき火みたいなひどいにおいがしてきた。これはたまらない。

「うへっ! そいつはいったいどこで手に入れたんだ?」ピエールが言った。

「アステカ帝国《ていこく》さ」アーノルドは茶色の煙《けむり》をゆったりと吐《は》きながら答えた。

この夢が覚めたら、ガンになっているぞ！　板の座席は硬《かた》かった。おしりをもそもそ動かしてみたが、痛くてしょうがない。一時間もすると、ほとんどの人は寝《ね》てしまったのに、ぼくは眠《ねむ》れなかった。このときは、夢の中でさらに眠《ねむ》ることはできないからだと思っていた。おかしな理屈《りくつ》だとわかってはいたけど、何もかもがほんとに変だったし、もう何カ月も毎晩のように、夢の中でほかの世界へ行っていたから、本気で、これもそういう夢だと信じてしまったのだ。

ぼくはえんえんと続く空の旅のあいだ、汗《あせ》をかいてすわっていた。それでも、これは現実かもしれない、とは思わなかった。夢の中では普通《ふつう》、長旅なんてものは早送りになるけど、今はそうなっていないと気づきもせず、この旅も夢だと、はなから思いこんでいたのだ。

とうとうまた、ピン、と警告《けいこく》するような音が鳴った。将校が上着に手をのばして携帯電話《けいたいでんわ》を出し、どこかに短い電話をした。それから上着を着ると、スエードを着た男たちの方へやってきた。みんなぼーっとした顔であくびをしたり、のびをしたりしている。

将校が言った。「諸君に与《あた》えられる時間は二十分だ。皇室《こうしつ》の飛翔艇《フリット》は、皇子付《おうじづ》きの賢者《けんじゃ》たちによって守られ、上空で待機《たいき》したのち、二十分後にはパビリオン（スタジアムに隣接する選手控え用の建物）の屋上に着陸する。諸君はそれまでにスタジアムの守りを固めるのだ。いいな？」

アーノルドがうなずいて返事した。「了解《りょうかい》であります！」でも、将校がほかの兵士たちのところに戻《もど》ってしまうと、こう言った。「こんちくしょう！」

「こりゃ大急ぎだな」チックが言い、ふいにぼくの方にあごをしゃくった。「こいつはどうする？〈空衣《そらぎ》〉じゃないぞ」

責任者はアーノルドらしい。アーノルドは、はじめてぼくの存在に気づいたかのようにこっちを見て、目をぱちくりさせ、言った。「たいした問題じゃない。輪の内側に入《い》れなければいいだけのことだ。境界警備《けいび》にあたらせよう」そのあと、はじめてぼくに話しかけてきた。「おいぼうず、これからはずっと、おれたちの言うとおりにするんだぞ。防護域《ぼうごいき》にちょっとでも足を入れてみろ、とっちめてやるからな。わかったか？」

ぼくはうなずいた。これから何をするのか、まるっきりわからないと伝えなくちゃ、という気もしたが、なんとなく言いたくなかった。そのうち、ヘリコプター――飛翔艇《フリット》だかなんだか知らないけど――はいっそう大きな音をたて、空にじっと浮《う》いていると思ったらがくん、またがくん、というぐあいに降《こう》下《か》しはじめたので、気分が悪くなってきた。ぼくはぐっとつばをのみこんで座席に深くすわり、まあ、どうせ夢なんだから、何をするかはたぶん自然にわかるはずだ、と思って、窓の外を見てみた。人でびっしり埋《う》まった観客席の中央に、大きな楕円形《だえんけい》の緑の競技場があった。そのむこうに真《ま》っ青《さお》な海がちらっと見えたと思ったらもう、キキキー、どっすんと着地し、みんな、座席の上でとびあがった。

兵士たちはすぐに足音をたてておりていき、着地したパビリオンの屋上でそれぞれの位置にならんでいった。大きな銃《じゅう》をかかえているから、大まじめな警護《けいご》なのだろう。ぼくたちも続いておりた。

外は焼けつくような太陽が照りつけていた。乗ってきた機体がゴウゴウ音をたててまた浮《う》かびあがり、すぐ上を飛んだので、ぼくはとっさに頭をさげた。機体の下になったとき、一瞬《いっしゅん》だけ濃紺《のうこん》の影《かげ》に覆《おお》われた。ぼく以外の人たちは、デイヴが取り出したコンパスらしきものをのぞきこんでいる。

「北は、ここからスタジアムのむこうはしの方向だ」デイヴが言った。

「よし。では近道を通ろう」アーノルドが言うと、先に立って屋上のはしにあった短い非常階段を一気におりた。続いて、みんなでパビリオンの正面を通る非常通路みたいなのをガタガタ走ったあと、さっきよりもっと急な階段をかけおりていった。とちゅう、すれちがった身なりのいい人たちがみんなふり返り、こっちをじろじろ見た。「魔法使いたちだ《ス・ソン・レ・ソスィエ》」とだれかの声がした。階段をおりきってきれいな白い門の前まで来ると、今度は白いコートを着た、しわくちゃのおじいさんが門を開けてくれて、横にいた人にわけ知り顔で、やはり「アー。レ・ソスィエ」と言った。たぶん、「魔法使《まほうつか》い」って意味だと思う。

ぼくたちは巨大《きょだい》な競技場の中へかけこみ、遠くてはっきりとは見えない観客の、顔、顔、顔にじっと見つめられながら、青々とした広い芝生《しばふ》の上を大急ぎで走った。先頭のアーノルドは楕円形《だえんけい》の競技場を一直線につっきろうとしている。これは今まで見た悪夢の中でも最悪だ。すごく落ち着かない気持ちになった。アーノルドは芝生《しばふ》の真ん中のひときわ青々とした一画にある、平《たい》らでちょっと茶色っぽいウィケット（クリケットで使う、木製の小さな三本柱の門。投手側と打者側にひとつずつある。それが立ててある領域をさすこともある）のところへ、ぼくたちをひきつれていく気らしい。

ぼくはそれほどクリケット好きではないけど、ウィケットは選手にとって神聖《しんせい》なものだから、ぜったい上を走ってはいけないことぐらい知っている。注意しようかどうしようか迷っていると、ピエールがあえぎながら「あの……アーノルド……ウィケットはだめだ……ほんとに」と言ってくれて、すごくほっとした。

「なんだって？　ああ。そうか」とアーノルドは言った。ぼくたちは土が見えるくらい芝《しば》がしっかりとローラーでならされたウィケットを、小さくカーブを描《えが》くようにぎりぎりよけていった。

ピエールは、まったくもう、というように天をあおぐと、小声でチックに言った。「やつはシュレスヴィヒ・ホルシュタイン（ドイツ最北端の州）の出身だ。知らなくてもしょうがないよな」

「わが帝国《ていこく》は、野蛮人《やばんじん》、だらけだ」チックがあえぎながら、ひそひそと言い返した。

ぼくたちは競技場のはしまで来ると、サイトスクリーン（濃いえんじ色のクリケットのボールを、打者が見やすいように、両ウィケットの後方に置く白いスクリーン）のところでまた迂回《うかい》して、観客席の下にあるアーチ形の通路の入口へむかった。入口をふさいでいる鉄格子《てつごうし》を警備兵《けいびへい》たちが開けてくれたので、ぼくたちはひんやりする暗いコンクリートの通路に突入《とつにゅう》した。

それからは本当にいそがしくなった。通路は競技場を囲む観客席の下を一周できるようになっていて、パビリオンにもつながっていた。どうしてこんなによく知っているかというと、そこをぐるぐると三周も走らされるはめになったからだ。

アーノルドは、ちょうど競技場の北のはしにあたるとデイヴが言った地点で、持っていたバッグをさっとおろし、中からそそぎ口が上に突《つ》き出た大きな容器を五つ取り出すと、「とっとと準備しろ」と言って、ぼくの手にもひとつ押《お》しつけた。中には水がいっぱい入っている。ぼくはみんなのうしろに押《お》しやられた。みんなは一列にならんで立ち、何かまじないのようなものを早口で唱えると、走りだした。そしてぼやぼやしないでついてこい、とこっちにむかってどなり、アーチ形のコンクリートの通路に水を威勢《いせい》よくまいていく。ぼくも言われたとおりついていったが、何度も水の線の内側に踏《ふ》みこみそうになり、そのたびに外側へ押《お》しのけられた。やがて、デイヴが「東」と言った。するとみんなは立ちどまって、またべつのまじないを唱え、またもや水をまきながら、先へずんずん進んでいった。デイヴが「南」と言うと立ちどまり、やはり早口で何か言う。それからまたしても突《つ》っ走《ぱし》っていき、「西」でも何か早口で唱えると、さらに「北」までぐるっと走った。水はちょうどそこでなくなった。

これで終わりかな、と思ったけど、そうはいかなかった。全員がからになった容器を投げ捨てると、アーノルドが火のついたロウソクみたいな形の、懐中電灯《かいちゅうでんとう》らしいものを五つ取り出した。なかなかよくできていて、本物のロウソクの火みたいに、ちらちらと暗くなったり明るくなったりする。変わった電池でも使っているのかな。ぼくたちはその明かりを手に、コンクリートの通路に足音をカンカン響《ひび》かせながら、ふたたび東へとかけていった。デイヴが「東」と言うと、今度はチックが自分のロウソク電灯を床《ゆか》に落とし、直立不動《ちょくりつふどう》の姿勢になって何かを唱えた。それからベルトにさしていた小さいナイフのようなものに手をかけ、タフィー（糖蜜でできた、やわらかいあめ）をのばすみたいにびよーんとひっぱりだして長い剣《けん》にすると、切《き》っ先《さき》を上にむけて顔の前でかまえた。チックのすることに目をうばわれていたぼくは、置いていかれるところだった。気がついてから全速力で走ったけど、追いついたときにはもう、デイヴが「南！」とどなっていた。ピエールをそこに残し、ぼくたちはまたかけだした。ピエールもナイフをひっぱりだして剣《けん》にしたのが、ちらりと見えた。

西に来ると、デイヴが何やら唱えてナイフを剣《けん》に変えた。二人きりになったアーノルドとぼくは北へ急いだ。アーノルドは図体《ずうたい》がでかくて、走るのが遅かった。おかげで、息は切れたけど、なんとかついていけた。アーノルドのバッグがあるところまで一周して戻《もど》ってくると、アーノルドはロウソク電灯を放《ほう》り出して言った。「おれが北を守るのは、いちばん強いからだ。この方角がもっとも危険だからな」それからベルトのナイフをひきだすのかと思ったら、ぼくの手からロウソク電灯をうばいとり、代わりに巨大《きょだい》な塩ふり器をさしだしてきた。

ぼくはそれをまじまじと見つめた。

「これをまきながら、もう一周するんだ。ぜったいに線をとぎらせないように気をつけろ。かならず線の外側を走るんだぞ」とアーノルド。

ああ、これはやっぱり悪夢なんだ。ぼくはため息をついた。そして塩ふり器をひっつかみ、気分を変えてこっちから行ってやろうと、逆の方向へ歩きだした。

「ちがう、ちがう！　反時計まわり（不吉とされる）じゃない、ばかやろう！　時計まわりだ！　しっかり走れ！　皇子《おうじ》が着陸するまでにすませないといけないんだ！」アーノルドがわめいた。

「一キロ二分半（普通の人には、ほぼ限界の速さ）の全力疾走《ぜんりょくしっそう》三周目、行きます！」とぼく。

アーノルドはうなずいた。「よーし。行け！」

そこでぼくは塩をまきながら走りだした。線がとぎれてないか、ふりむいてたしかめていたので、足がもつれてしまった。剣《けん》を持って彫像《ちょうぞう》みたいに立っているチックの横を通りすぎ、さっきは急いでいてほとんど目に入らなかったけど、実は十五メートルおきに立っていた警備兵《けいびへい》たちの前をすぎ、やはり彫像《ちょうぞう》みたいになったピエールのところまで来た。すると、ヘリコプターの近づく音がバタバタと聞こえてきた。かすかに歓声《かんせい》も聞こえる。ピエールは急げ、と言わんばかりにぼくをにらんだ。皇子《おうじ》ってのが、もうすぐ着陸するのだろう。ぼくは塩をまきながら必死で先を急いだ。だんだん、こつがわかってきた。それでも、デイヴのところまで行くのにはかなり時間がかかったし、アーノルドのところへ戻《もど》るまでには、さらに長い時間がかかった気がした。そのころには頭上から聞こえる歓声《かんせい》は、雷《かみなり》のようにすさまじくなっていた。

「ぎりぎり間に合ったな」アーノルドが言った。ロウソク電灯は床に置きっぱなしで剣《けん》を持ち、ほかの三人と同じようにじっと立っている。なんとなく、心ここにあらずといったようすだ。

「塩の線が、始めたところとつながるようにするんだぞ。すんだら、塩ふり器をバッグの中に戻《もど》して、警備《けいび》に立つんだ」

「えーと……警備《けいび》ってどう……」とぼく。

「まったく、学院のやつらはなんにも教えてないのか？　文句《もんく》を言ってやる」アーノルドはぼくにむかって吠《ほ》えるように言った。それから少し気をとりなおしたらしく、緊急《きんきゅう》のときに九九九番にかける（日本では一一〇か一一九番）方法を大ばか者に教えるみたいに、順序だてて説明してくれた。「自分の場所を選んだら、軽いトランス状態（自分の意識をどこか他の場所にとばすこと）になって〈世界のはざま〉へ行き、そこにいる自分の〈トーテム獣《じゅう》〉を見つけて一緒《いっしょ》にパトロールをする。異変《いへん》に気づいたら、どんな小さなことでもいい、おれに言いに来る。さあ、とっととやってこい！」

「わかりました」ぼくは塩ふり器をバッグに放《ほう》りこみ、ぶらぶらと歩いていった。さて、どうする？　フランスのクリケット・スタジアムのまわりに、皇子《おうじ》を守る〈魔法《まほう》の輪〉を大急ぎで作ったのはまちがいない。でもなんだか機械的な魔法《まほう》って感じで、おもしろくもなんともなかった。あんなのでちゃんとうまくいくのかなあ？　でもここのみんなは、あれで気がすむんだろう。皇子《おうじ》ってやつも。今まで魔法《まほう》を習いたくてたまらなかったことを思うと、ばかみたいじゃないか。ぼくがほかの世界へ行こうとがんばってきたのは、ちゃんとした魔法《まほう》の使い手になりたいという気持ちが底にあったからだ。魔法《まほう》を学んで、使えるようになりたかった。でもこの夢によると、魔法《まほう》なんて全然つまらないし、役にもたたないってことになる。

夢ってそんなもんだよな、と考えながら、観客席の下の通路をぶらぶらと歩きつづけた。アーノルドに言われたとおりにしようにも、やり方がさっぱりわからないから、目の届かないところに行くしかない。この先の「東」にいるチックにも、見られない方がよさそうだ。ぼくは一人目の警備兵《けいびへい》の前をとぼとぼと通りすぎ、通路のカーブでそいつの姿が見えなくなるなり、外側の壁《かべ》にもたれてぺたんとすわりこんだ。

通路はずいぶん暗くて陰気《いんき》だった。ざらざらいうような耳ざわりな音が響《ひび》いてくるし、コンクリートのいやなにおいもする。ここで小便《しょうべん》をするやつもいるらしくて、よけい鼻につく。しかもじめじめしている。さんざん走って、汗《あせ》びっしょりになったあとだから、たちまち冷えてべたついてきた。真っ暗じゃないだけ、まだよかった。コンクリートの天井《てんじょう》に、蛍光灯《けいこうとう》みたいな細長いオレンジ色の明かりが何本かついていたし、うしろのコンクリートの壁《かべ》の高いところには鉄格子《てつごうし》の窓もあり、そこから明るい太陽の光が、埃《ほこり》っぽい空気をななめに切りさくように、等間隔《とうかんかく》の白い筋《すじ》になって射《さ》しこんでいた。

さっきひいた塩の線くらいしか、見るものはない。でも少なくとも、アーノルドやほかの三人にくらべればまだましだ。剣《けん》をじっとにらんでなくたっていいんだから。それからはじめて、どのくらいここにいなくちゃいけないんだろう、と考えた。このクリケットの国際大会に皇子《おうじ》が出ているあいだ、ずっとだろうか？　それだと、何日もかかるかもしれないぞ（クリケットは一試合に数日かかる場合がある）。頭上からかすかに拍手《はくしゅ》が聞こえてくる――この夢のいらいらするところは、このさわぎのもとである皇子《おうじ》ってやつを、この目で拝《おが》めもしないってことだ。

2

ぼくはそのまま眠《ねむ》りこんでしまったのだと思う。それもそのはず、時差《じさ》ぼけみたいになっていたのだ。なにしろ夕食の前から始まって、いきなり夜明けになり、南フランスまでずっと空の旅をしたあげく、スタジアムのまわりを三周走ったのだから。

だが、あまり眠《ねむ》っているという感じはしなかった。むしろすわっている自分の体から離《はな》れ、立ちあがったような気分だ。青くかすむ小道がふと目に入ったので、誘《さそ》われるように足を踏《ふ》み入れた。コンクリートの通路からわきにそれて、のぼっていく。いやなにおいやしめっぽさからのがれて、サワサワいう涼《すず》しい森に入った。すごく気持ちよくて、疲《つか》れが吹き飛んだ。のびをして、緑の香《かお》りを胸いっぱいに吸いこむ。マツの木のにおいだ。ぼくの背丈《せたけ》くらいもあるシダ植物からは、つんとするゴムみたいなにおいもする。お香《こう》のような香《かお》りもただよってくる。ぼくは森の奥深《おくふか》くへと、ずんずんのぼりつづけた。

と、目の前のお香《こう》のにおいのする大きな茂《しげ》みが、ガサガサいいはじめ、シダの葉がゆれた。

ぼくはぴたっと足を止め、そのまま動けなくなった。心臓が破裂《はれつ》しそうだ。何かが近づいてくる。だめだ、まだ心の準備ができてない！

シダの葉が左右にわかれ、黒いなめらかな頭がするりと現れた。大きな黄色の目が、こっちをのぞきこんだ。その一瞬《いっしゅん》、ぼくはばかでかいクロヒョウと鼻を突《つ》きあわせていた。

気がついたときには、ぼくは手近のいちばん高い木にのぼっていた。

そのときは、心底恐《しんそこおそ》ろしかったことぐらいしか記憶にない。よくよく思い出せば、ヒョウが声を出さないヒョウの言葉かなんかで『どうも』と言って、それでぼくは悲鳴をあげたんだ。とっさにあたりを見まわして、いちばん高そうな木を選ぶと、とびついてのぼりだしたのもなんとなく覚えている。息がヒイヒイいってた気がする。そういえば、のぼっているときに指の爪《つめ》が一枚はがれて「いてっ!」とわめいたんだっけ。

ところが結局、ヒョウがあとから木をのぼってくるのを、枝にまたがってがたがたふるえながら見るはめになった。

「くそっ!　ヒョウは木にのぼれるってこと、忘れてたよ!」ぼくはつぶやいた。

『のぼれるのは、あたりまえ』とそいつ。そしてぼくのむかいがわにのびている枝に腰《こし》を落ち着けた。大きな前足を片方ぶらぶらさせ、しっぽもゆらしている。

『ここで何をしているわけ?　狩《か》り?』

ぼくに話しかけていることはまちがいない。まあ、夢なんだもんな。しょうがない、返事してやるか。

「ちがう。皇子《おうじ》が魔法《まほう》か何かで攻撃《こうげき》を受けたりしないか、見はってるんだ」

ヒョウはあくびをした。顔がぱっくり割れて、長く白い牙《きば》に縁《ふち》どられたあざやかなピンク色の口しか見えなくなった。

『つまらない。狩《か》りに行くのかと思ったのに』

「もうちょっと、あとでな」ぼくは言った。恐《おそ》ろしくて弱気になっていたから、とにかくどこかへ行ってくれないかな、と思いながら続けた。「ほんと、見はりはつまらないよ。何時間もじっとしてることになるかも」

『ふうん、そう』ヒョウは残り三本の足も全部だらんとたらすと、黒いあごを枝に休め、寝入《ねい》ってしまった。

はじめは、よそ見したらその隙《すき》にのどをがぶりとやられるんじゃないかと思って、目が離《はな》せなかった。そのあとも、身動きしたら起こしてしまい、やっぱりのどをがぶりとやられそうな気がして、ぴくりとも動けなかった。だいぶたってからやっと、寝《ね》ている大きなクロヒョウを前に、木の上にいることになんとなくなれてきて、用心しながら、そろそろとあたりを見まわしはじめた。アーノルドが「自分の〈トーテム獣《じゅう》〉を見つけろ」と言っていたから、このヒョウがぼくの〈トーテム獣《じゅう》〉なのかもしれないが、ぜったいそうだとも思えない。〈トーテム獣《じゅう》〉ってのは、シャーマンみたいな魔法《まほう》の使い手の精神の象徴で、守り神のようなものだというのは知っていた。つまり〈トーテム獣《じゅう》〉は生身《なまみ》の生き物じゃないんだ。なのにこのヒョウは、どう見てもぼくと同じ、現実の生き物だという感じがする。とにかく、生身《なまみ》じゃない方に賭《か》けてみる気にはなれなかった。ぼくはじっとすわったまま、ゆっくりと首をまわした。

すると、木々のてっぺんが見渡《みわた》せ、ここがどこだか知らないけど、ごく普通《ふつう》なのは森だけだとわかった。森のむこうになだらかにかたむいて、なんていうか、光る地図みたいなものが見えている。地図のいちばん手前のあたりは、線や丸い点々がぼんやりと光っているから、たぶん町なのだろう。電灯みたいにまばゆく光っている、奥《おく》のだだっ広いところはきっと海だ。海と町にはさまれたところに、ものすごく目立つトルコブルーの楕円《だえん》が見えた。まるで宝石に光があたっているみたいだ。左右のはしに小さな白っぽい光の玉があり、手前と奥《おく》にもそれぞれひとつずつ、小さな光る玉がある。

「なんだ、あいつらの魔法《まほう》はちゃんと働いてるじゃないか！」ぼくは思わず大声で言った。「あの光る玉がアーノルドやデイヴたちだ！」

ヒョウがぴくりと動き、のどを鳴らした。うなり声なのか、いびきなのか、それとも相づちをうったのかはわからなかったが、ぼくはすぐに口を閉じた。それから、光る地図をだまって見ていた。すごくきれいだ。トルコブルーの楕円《だえん》のスタジアムの中できらきら明るい点がいくつも動いていて、ひときわ光るやつがほぼ真ん中へんでじっとしている。あれが皇子《おうじ》だろうか。審判《しんぱん》かもしれないけど。少したつと、海の沖《おき》の方でもかすかに光る点がいくつか動いているのに気づいた。あれは船だな。もっと速いスピードでまっすぐに動く点々は、町の上も横切っているから、飛行機だろう。

どの点もとびきりきれいな色をしていた。危険な感じはまるっきりしない。といっても、皇子《おうじ》に危険がせまっているしるしが現れたって、ぼくにはわからないだろうけど。

とにかく、ヒョウがどこかへ行く気になってくれないかぎり、この木からおりられないわけだ。しょうがないから、ただすわって光る地図をながめ、森の木々がサラサラいう音や、鳥の鳴き声に耳をかたむけていた。襲《おそ》われたらいちころまちがいなしのクロヒョウと、一メートルしか離《はな》れてない木の上でじっとしていなくちゃならない人間にしては、まあまあ落ち着いた気分だった。

と、ヒョウがむくっと体を起こした。

ぼくは思わず身をひいた。でも相手はこっちを見ていなかった。

『だれかが来る』ヒョウは頭を上げ、枝の上に立ちあがった。それから、黒い油を流したみたいに、音もたてずにするすると木からおりていった。

ほっとしたとたん、ひたいにどっと汗《あせ》が出た。耳をすましてみたけど、何も聞こえない。そこで、用心しながら、枝づたいにおりてみた。あのヒョウがいちばん低い大枝の上でうずくまっているのが見えた。その下には土の地面が広がり、松葉がいっぱい落ちている。まわりの茂《しげ》みから、松葉を踏《ふ》みしめ、べつの動物が出てきた。今度は巨大《きょだい》なチータみたいなやつだ。体に斑点模様《はんてんもよう》があって脚《あし》が長く、頭はかなり小さい。しまった体つきで、爪先《つまさき》だけのネコらしい歩き方をしながら、斑点《はんてん》だらけのみっともないしっぽをすばやくふっている。クロヒョウもしっぽをゆらしているが、もっと優雅《ゆうが》なふり方だ。斑点《はんてん》だらけのでかいネコは顔を上げ、クロヒョウには目もくれず、まっすぐにぼくを見つめた。大きな緑色の目があまりに賢《かしこ》そうなので、落ち着かない気分になった。そいつは木のそばまでやってくると、すとんと腰《こし》をおろし、あざけるような目つきでぼくを見つめた。

次に、同じ茂《しげ》みから、男が現れた。

狩人《かりゅうど》のようだ。歩き方が軽《かろ》やかだけど隙《すき》がないし、獲物《えもの》を狙《ねら》っているかのように身がまえていて、面長《おもなが》の顔は日焼けして真っ黒だ。その男は、アーノルドと仲間たちが着ていたようなスエードの服を着ていた。ただ、こっちのはすごく着古されて、てかてかし、のびてたるんでいるから、よく見ないとスエードだとはわからなかった。べつに狩人《かりゅうど》がスエードを着たっていいとは思うけど……

男は、巨大《きょだい》な斑点《はんてん》ネコの横に立ち、ネコのふさふさした丸い両耳のあいだに手を置いた。それからゆっくりと顔を上げ、ぼくを見つけると静かに言った。

「ニック・マロリーか?」

いいえ、ぼくの名前はニコソデス・コリフォイデスっていうんです、と言いたかった。それが本名だから。おやじと一緒《いっしょ》に暮らすと決めたときから、ニック・マロリーと名乗ることにしたんだ。

「そうですけど」ぼくは答えた。用心深い大人だと思われたかったのに、反抗《はんこう》している弱気な子どもみたいな声になってしまった。

「それなら、おりてこい」男は言った。

そのとたん、ぼくは木の下の松葉の上に立っていた。男と斑点《はんてん》ネコから、五十センチくらいしか離《はな》れていない。改めて見ると、この男は魔法《まほう》の使い手で、今まで出会っただれよりも力があるのがわかった。魔法《まほう》がシューシュー音をたててあふれだしそうだ。普通《ふつう》はできないようなことができたり、すごい技や深い知識を持ってそうな感じがする。たったひとことで、ぼくを木からおろすこともできるんだ。それに、今気がついたけど、ぼくと一緒《いっしょ》にヒョウもおろしたらしい。ヒョウのやつはあわてて体を低くし、松葉の上をはいつくばるようにしてぼくの脚《あし》にすりよってきた。かわいそうに、まるでぼくが助けてくれると思っているみたいだ。さげすむような目でヒョウを見ている斑点《はんてん》ネコが、怖《こわ》くてたまらないらしい。

「おまえの居場所をつかむのに、かなり苦労したぞ。ここで何をしているんだ？」男が言った。

「皇子《おうじ》をおびやかすものが現れないか、境界を見はっています」とぼく。恐《おそ》ろしくて、声がかすれてきたので、せきばらいして、やっと続けた。「あなたは皇子《おうじ》をおびやかしに来たんです……よね？」

男は肩《かた》をすくめ、なんの話だという顔で、あたりを見まわした。ぼくもまわりに目をやると、今はまわりじゅう木に囲まれているというのに、光るトルコブルーの楕円《だえん》のスタジアムと、そのむこうのきらきらする海がまだ見えていたので、びっくりした。まるで森とスタジアムは、それぞれちがう周波数《しゅうはすう》にのっかってるみたいだ。でもそれより気になったのは、男の横顔が、稲妻《いなずま》みたいにはっきりしたジグザグの形だったことだ。こんなに危険な感じの顔は見たことがない――斑点《はんてん》ネコには負けるけど。ぼくはできるだけじっとしていた。

「ああ、プランタジネット帝国《ていこく》（プランタジネットは中世イングランドの王朝の名）のことか。その皇子《おうじ》ならおびやかす必要もない。皇帝《こうてい》になったとたん、フランスの領土とドイツの大部分を失って、二年後には死んでしまうからな。用があるのは皇子《おうじ》じゃない、おまえだ。おまえを抹殺《まっさつ》してくれと大金を積まれたものでな」

ひざがくがくしてきた。なんでぼくを、って言いたかった。皇帝《こうてい》にはなりたくない、とちゃんと言ったんだから。つまり、ぼくの本当の父親は、ここはちがうどこか別世界にある、コリフォニック帝国《ていこく》の皇帝《こうてい》だったんだ。でもぼくは、世界から世界へ渡《わた》り歩けるマジドになりたいんだ。だれかにうらまれるようなことなんかしていない。そう説明しようとしたけど、口を開けても舌がはりついてしまったのか、ひきつったうなり声しか出てこなかった。

男は恐《おそ》ろしくするどい目つきで、ぼくをじっと見た。黄色といってもいいような、うす茶色の目だ。

「ああ、こうして見ると、おれも驚くよ。まったくの役たたずに見えるからな。おまえが先々やることが理由で、頼《たの》まれたのかもしれん。そのヒョウがおまえの味方になるくらいだから、かなり強力な潜在《せんざい》能力《のうりょく》は持っているようだ」

味方だってさ！　どこが味方だよ、まったく！　すっかり腹がたったせいか、はりついていた舌がまた動くようになったので、しゃがれ声でなんとかこう言った。「ぼく……彼《かれ》は生身《なまみ》の生き物じゃなくて、ぼくの〈トーテム獣《じゅう》〉なんです」

男はびっくりした顔になった。「彼女《かのじょ》がなんだって？　なんでまた、そんなことを考えついたんだ？」

「軽いトランス状態になって、〈世界のはざま〉で自分の〈トーテム獣《じゅう》〉を捜《さが》せって言われたから……そうだとしか思えないんですけど」

男はじれったそうにため息をついた。「くだらない。〈プランタジネット〉の賢者《けんじゃ》たちにはまったくいらいらするよ。やつらの魔法《まほう》はすべてそんなぐあいにいいかげんで、半分はでたらめなんだ！　ほかでたしかめないかぎり、やつらの言うことなど、ひとことも信じるんじゃないぞ。魔法《まほう》ってのは多彩《たさい》で奥《おく》深いものなんだ。もし本当に、そいつが生身《なまみ》でないと思うなら、さわってみろ。手をそいつの頭の上に置け」

この人に何かしろと言われると、一も二もなく体が動いてしまう。びくびくするひまさえなく、ぼくは体を横にかたむけて、ヒョウの頭の上に手を置いていた。ヒョウはいやそうに耳を倒《たお》したが、たじろぎながらもがまんしている。黒くて丸い頭はあったかかった。毛はネコとちがってやわらかくない。ごわついていて、一本一本がちくちくする。たしかに、ぼくと同じ生身《なまみ》だ。自分が大ばかに思えた。男は心から軽蔑《けいべつ》するように、こっちを見ていた。しかもだ、ぼくはこのヒョウが、めすだとわからなかった。でも、そういえばぼくは、ここでは生身《なまみ》じゃないんだっけ。ぼくはヒョウから手を放《はな》し、背筋《せすじ》をのばしながら考えた。ぼくはトランス状態になってるんだから、体はあのスタジアムに残っているはずなんだ。それにしても、この男に命令されると、本当になんでもやってしまうようだ。「さあ、死ね」って言われたら、生身《なまみ》のぼくがどこにいようと、死ぬことになるだろう。

ぼくは言った。「じゃ、彼《かれ》――彼女《かのじょ》は、〈トーテム獣《じゅう》〉じゃないんですね」

「そうとは言ってない。トーテムだからこそ、おまえのところに来たのだ。おれが言いたかったのは、そいつはここにいるおれのスラッチ同様、血の通《かよ》った生き物だってことだ」男はそう言うと、手をのばして斑点《はんてん》ネコの頭をなでた。細くひきしまった、いかにも魔法使《まほうつか》いらしい手。こんな手だったらいいなあ、とぼくがずっと思ってたような、魔力《まりょく》にみちた手だ。その手の下から、斑点《はんてん》ネコが皮肉たっぷりな目でこっちを見つめている。「おわかり？」と言っているみたいだ。

きっともうじき「死ね」って言われるぞ、と思ったぼくは、必死で時間かせぎを始めた。「じゃあ、この森は？　この森も、実際にあるものなんですか？」

男は黒く細い眉《まゆ》をいらだたしげにひょいと上げた。「〈世界のはざま〉にある小道や森とてみな、実体はある」

「でも……」ぼくは斑点《はんてん》ネコの機嫌《きげん》を損ねないように、なるべくゆっくりとトルコブルーの楕円《だえん》の方をさし示した。「スタジアムがここから見えているのに？　森とスタジアムの両方が、同じ場所に存在することはできないでしょう？」

「なぜできない？」男はぴしゃりとはねつけた。「おまえは実体というものに関する了見《りょうけん》が、やけに狭《せま》いな。おまえがたしかに実在すると思うところに行けば安心するのか？」

「おっしゃる意味が――」ぼくは言いかけて、はっと口を閉じた。その瞬間《しゅんかん》、スタジアムの客席の下にあるコンクリートの通路に戻《もど》っていた。頭上からパラパラと拍手《はくしゅ》が聞こえる。ぼくは木の下にいたときのまま、男と恐《おそ》ろしいネコの正面に立っている。でもクロヒョウはいなくなっていた。あいつはほっとしてるだろうな、と思いながら、さっとうしろをふりむいて、壁《かべ》によりかかってトランス状態になっているはずの自分の体があるのを目でたしかめようとした。

体はなかった。靴《くつ》のかかとでこすったあとがあるから、体があった場所はわかった。でも、ぼくはこのぼく一人しかいない。時間はあのときよりずいぶんたっているようだ。鉄格子《てつごうし》から射《さ》しこむ光は前と逆の方にかたむいていて、もっと金色っぽくなっていた。上から聞こえる拍手《はくしゅ》も小さく元気がない。長かった一日も、もうじき終わるのだろう。

これはただの夢なんだ！　ぼくは必死で自分に言い聞かせた。ぼくの体を持ち逃《に》げできるやつなんて、いるわけがない！　そうだろう？

「おまえは森にも、自分の体ごと来ていたんだ」こんなばかにはかまっていられないという顔で、男は教えてくれた。ここでは、さっきよりもっと力にみちて見える。ぼくよりそれほど背が高いわけでもないし、体もぼくよりやせているけど、恐《おそ》ろしい強力破壊兵器《きょうりょくはかいへいき》みたいな感じで、今にも爆発《ばくはつ》して、何キロも先まで破壊《はかい》しつくしてしまいそうだ。斑点《はんてん》ネコの方は、高性能爆弾《こうせいのうばくだん》だ。軽蔑《けいべつ》していることがありありとわかる目つきで、こっちを見上げている。その目がオレンジ色の明かりに照らされて深みをまし、ガラスのようにきらめいた。

「ぼくを殺すんだったら、あなたがだれで、だれに雇《やと》われたのかぐらい教えたらどうですか。それと、理由も。そのくらいの義理《ぎり》はあるでしょう」

「義理《ぎり》なんぞない。おれは、おまえが抹殺《まっさつ》すべき存在だと思われたわけを知りたかっただけだ。おまえなど殺す価値もない。今のおまえはあまりに無知で、だれの脅威《きょうい》にもなりえない。この依頼《いらい》はことわるから、依頼主《いらいぬし》にそう話しておく。そうすれば、そいつらもおまえに関心を持たなくなるはずだ……。だが、もしまたべつのやつが雇《やと》われて、追われることになったら、おれのところに来るといい。身を守るすべを、一から教えてやる。料金はそのときに相談しよう」

　男が背筋《せすじ》をのばしたので、やっと行ってくれるのか、とほっとしかけた。でも斑点《はんてん》ネコは不満げだ。しっぽをピシャッピシャッと床《ゆか》に打ちつけている。男がちゃんと押《お》さえられるといいけど。このネコ、ほんとにでかいもんな。頭がぼくの胸ぐらいの高さだし、首のまわりに筋肉がこぶのようにもりあがっている。ぼくののどを食いちぎりたくてたまらないって顔をしてるぞ。

　すると、男は、また身を乗り出してきて、やけに黄色いするどい目でぼくを見た。ぼくは腰《こし》を抜かしそうなほど恐《おそ》ろしくなった。男は言った。「最後にもうひとつ。おまえとは縁《えん》もゆかりもないこの世界で、賢者《けんじゃ》になりすましたりして、どういうつもりだ？」

「さあ……どうせ夢ですから」

男はなに？　というように片方の眉《まゆ》をつりあげた。最初からかなりばかにされてはいたけど、今では本気で軽蔑《けいべつ》されてしまったみたいだ。

「夢だと？」男は肩《かた》をすくめた。「人間ってのは、どこまでおめでたい生き物なんだろうな。あきれるよ。いいかおまえ、二十歳《はたち》より長生きしたいなら、どんなときにも真実を見抜《みぬ》けるよう、しっかり訓練しろ。この助言はただにしてやる、ありがたく聞いておけ」男はそう言って、もうぼくを見ているのもいやになったのか、くるりと背をむけ、今度こそすたすた去っていった。斑点《はんてん》ネコもばかにするようにしっぽをふりながら、筋肉をもりあがらせて立ち、男のあとを爪先《つまさき》歩きでついていく。

「ちょっと待って！　せめて名前を教えてください！」ぼくはうしろから叫《さけ》んだ。

きっとそのまま歩いていってしまうだろう、と思ったのに、男は立ちどまった。肩《かた》ごしにふり返ったから、またもやあの稲妻《いなずま》みたいな横顔が目に入った。

「そうだな、私の名はロマノフだ。へっぽこ賢者《けんじゃ》のやつらにきいてみたらどうだ」

男はむこうをむき、斑点《はんてん》ネコをしたがえて、通路を歩いていき、カーブの先へ姿を消した。笑ってる場合じゃないのに、ぼくはふきだしそうになった。あの男と斑点《はんてん》ネコ――歩き方がそっくりじゃないか。

通路の先にいる警備兵《けいびへい》とはちあわせすればいいのに。でも、そうならないのはわかっていた。会ったとしてもひどい目にあうのは、兵士の方だろう。

3 ロディ

1

ハイドお祖父《じい》ちゃまがすべて丸くおさめてくれたみたい。イングランドとスコットランドのあいだに冷たい空気は残ったけど（今もそれは変わらない）、どっちの国も国境から兵をひいた。スコットランド王のことはほとんど話題にのぼらなくなったし、亡くなった老マーリンのことを口に出す人もへった。今では、宮廷《きゅうてい》も報道陣も、近々ウェールズとの国境で行われる予定の〈王たちの会合〉のことを心配している。ログレス（英国の伝説の王アーサーの国のこと。ここではイングランド王をさす）とペンドラゴン（ドラゴンの頭という意味。ここではウェールズの王をさす）の会合は平和に行われるだろうか？　といったような話だ。隣国フランドル（オランダ、ベルギーなどの北海沿岸をさす）の貿易のやり方は気に入らない、というふだんどおりの話題も、くり返されるようになった。

もうパパが疑われることもなくなった。お祖父《じい》ちゃまは、王様がじきじきにパパにやさしい声をおかけになったのを見届けるとすぐ、去っていった。書き終えたい小説があるからだって。新しいマーリンも〈巡《めぐ》り旅《たび》〉を離《はな》れた。これから一生続く仕事の手始めとして、国じゅうの〈力の地〉を訪ねなくてはならないらしい。〈力の地〉はウェールズにも二、三カ所あって、そこにも行くのだそうだ。そこで、自分と地の力を同調させるんだって。新マーリンはお祖父《じい》ちゃまが一緒《いっしょ》に行って、いろいろ教えてくれるものと思っていたんじゃないかしら。お祖父《じい》ちゃまが〈巡《めぐ》り旅《たび》〉を去るとき、なんだか悲しそうな表情をしていたもの。新マーリンは、そういう顔をするだけで人を思いどおりに動かせるタイプの人だけど、お祖父《じい》ちゃまはその手にのらなかったらしくて、車を買うのにつきあっただけで、行ってしまったのだ。マーリンはなんとも悲しそうな顔で、小さな茶色の車に乗りこんで、ガタゴト去っていった。

私たちの暮らしはふだんどおりに戻《もど》った。つまり、次に行くのはどこだろう、とうわさをしながら、ほとんど毎日バスにゆられていたってこと。目的地がどこであれ、それが私たちや国じゅうの人に知らされるのは、どんなに早くても数時間前だ。王様は、つねに人々の気をひきしめておきたいらしい。

いつもとちがうといえば、とびっきりの晴天が続いていること。どうしてなのか、パパにきいてみたら、ウェールズとの国境での〈王たちの会合〉のときまでこのままにするよう、王様に命じられたんだって。おかげで寒い思いだけはしていない。

思いがけず、リーズ（イングランド北部ウェストヨークシャー地方の都市。織物工業がさかん）で三日間すごすことになった。王様が工場を視察《しさつ》することになさったからじゃないかと思うけど、いつもどおり、〈巡《めぐ》り旅《たび》〉は市議会から盛大な歓迎《かんげい》を受けた。そのあと、とってもすてきなことが待っていた。家に泊《と》めてもらったのだ。おまけにママはシビルにうまいこと言ってお金を出させて、私とグランドを買い物に連れていき、新しい服を買ってくれた。時間はたっぷりあった。午前中は町の子と同じように、部屋の中で机の前にすわって授業を受けて、午後には市内を探検《たんけん》できた。乗馬のレッスンもあり、ふだんはそんなに好きじゃないのに、楽しかった。暑い日射《ひざ》しの下、荒《あ》れ野《の》に馬を走らせながら、草でていねいに覆《おお》いなおしてある石炭の採掘坑《さいくつこう》や、石切《いしきり》場《ば》のあとを通りすぎた。

「大きくなったらリーズ市長になるんだ」真《ま》っ青《さお》な空の下で一緒《いっしょ》に馬を走らせていた朝、グランドがきっぱりと言った。「そしてバスルームつきの家に住むぞ」心の底からそう思っているらしく、「バスルームつき」と言った声は、いつにもまして低く、力がこもっていた。グランドも私も、バステントが大《だい》っ嫌《きら》い。設備はよく整っていて、ボイラートラックから来る熱いお湯がとぎれることはめったにないし、洗濯《せんたく》バスからタオルももらえる。でも、キャンバス地の浴槽《よくそう》から出るときは、隙間風《すきまかぜ》にふるえながら、濡《ぬ》れた草の上に立つことになるのだ。

リーズを離《はな》れるのは残念だった。〈巡《めぐ》り旅《たび》〉の一行はぞろぞろと出発した。先頭と最後尾《さいこうび》は、何キロも離《はな》れている。王様はたいてい、護衛《ごえい》と魔法使《まほうつか》いたち、側近《そっきん》をしたがえ、公用車で半日早く出発される。そのあとにいろんな廷臣《ていしん》の車がついていく。デヴォンシャー公の、窓が色ガラスになっている大きくて長いリムジンから、スペンサー卿《きょう》の運転するけばけばしい青い車まで、種類はいろいろだ（スペンサー卿《きょう》は、私たちがリーズを離《はな》れるときになって、またひょっこり姿を現した）。こうした車のあとを、どんな事件も見のがしてなるものかと、報道のバスが大急ぎで追う。続いて、役人たちのバスが何台も連なる。そのうちの一台にママも乗っているはずだけど、窓から顔を見せてくれるひまもないくらい、いそがしいみたい。それから、あらゆるものを運ぶトラックがゴロゴロと続く。停《と》まったときすぐ必要になることがあるから、料理や熱湯の湯気《ゆげ》を上げて走るトラックもあれば、テントや兵士を運ぶトラックもある。あんまり重要じゃない人たちを乗せたバスが、そのあとを行く。私たちの乗るバスは、いつも最後だ。

三十キロちょっと進むのに、たいていはまる一日かかる。王様ご一行がもっと楽に移動できるように、ちゃんとした新しい道路を作ろう、と議会はしょっちゅう提案しているけど、王様が賛成してくださらないから、いっこうに実現しない。国じゅうで、まともな道路といったら二本の〈王の道〉しかない。ロンドンからヨーク（イングランド北部ノースヨークシャー地方の都市。リーズの東北東にある）まで続く道と、ロンドンからウィンチェスターまで続く道だけ。だから旅のあいだはだいたい、曲がり角だらけの道をタイヤをきしらせて走ったり、生《い》け垣《がき》がバスの両側をこするほど細い道を通ったりすることになる。

リーズを出てから二日間は、そんなふうに進んだ。道幅はどんどん狭《せま》くなっていき、二日目には、窓から見える野山がどんどん深い緑に変わり、そのうちうそみたいにあざやかなエメラルドグリーンの丘《おか》の合間を、ギシギシ走るようになった。夕方には、細い小道の両わきに泡《あわ》みたいに咲《さ》き乱《みだ》れる白いシャクの花を押《お》しわけて、ガタゴト進んでいた。私たちのバスは、小道を横切っていた小川にはまってしまったため、ほかの車よりだいぶ遅《おく》れて目的地に到着《とうちゃく》した。

着いたところは丘《おか》のふもとで、てっぺんにはお城があった。スペンサー卿《きょう》のベルモント城。王様はそこにご滞在《たいざい》とのことだった。とっても大きいのに、ほとんどの部屋はりっぱな来賓室《らいひんしつ》で、王様とその側近しか泊《と》められないのだそうだ。ほかの人たちはみんな、庭園のすぐ外の野原にテントをはっていた。私たちが着いたときには、もう何日も前からそこで野営しているみたいに見えた。事務テントでは、ママと他の役人たちが、できるだけ日の高いうちに仕事をすませてしまおうと、ずっとノートパソコンにむかって一生懸命《いっしょうけんめい》働いていた。パパは魔法使《まほうつか》いたちのテントで、ここで必要となりそうな魔法《まほう》について話しあい中だ。先生がたは今日のぶんの授業をしようと、私たちを待っていた。

「あのお城の中を見てみようよ」一緒《いっしょ》に教室バスへむかうとちゅう、グランドが私に言った。

「授業がすんだらね。夜にでも行こうか」と私。

でも授業のとき、その夜は特別な王の儀式《ぎしき》が行われる、とわかった。魔《ま》法《ほう》の力を持つ者は、全員参加することになっているらしい。つまり、アリシアと、老マーリンの孫たちと、ほかの子ども六人にくわえて、グランドと私も出なくちゃいけないってこと。

「えーっ？」と私。ほんとうにがっかりしてしまった。

だけど夕食のとき、この城には何日もいることになるらしいぞ、とだれかが言った。王様がここをお気に召《め》したうえ、ウェールズとの国境も近いから、これ以上先に進まなくても、一週間後にはちゃんとウェールズ王に会いに行けるからだそうだ。

これはいい知らせね、と私が言うと、グランドはむっつりした顔で答えた。「まあね。でも、これだからみんなより遅《おそ》く着くのはいやなんだ。うわさでしか何もわからないんだから」

だれも、この夜の王の儀式《ぎしき》がどんなものか、前もって教えてくれなかった。〈内庭〉という場所で日没《ぼっ》後《ご》すぐ始まるとしかわからない。私たちはいい服に着替《きが》えたあと、みんなのあとについて〈内庭〉へむかった。着いたら何をするのか、だれか教えてくれないかなと思いながら、ローブを着た魔法使《まほうつか》いたちと、式服を着た他の人たちの行列の最後をのろのろ歩いていくうちに、花壇《かだん》の横をすぎ、イチイの木の長い生《い》け垣《がき》のわきを通りすぎた。芝生《しばふ》をつっきる小道を通って、崩《くず》れかけた高い塀《へい》の方へ進んでいく。塀《へい》にはシダみたいな形の葉の植物がからみついていた。

「おもしろくない儀式《ぎしき》に決まってる」グランドが言った。グランドは儀式《ぎしき》が苦手だ。たぶん、グランドの魔法《まほう》の力がさかさまに働くせいだと思う。魔法《まほう》の儀式《ぎしき》があると、グランドはよくめまいを起こす。聖なる〈力の地〉で吐《は》いてしまうなんてことも一、二度あった。

「つばをぐっとのみこんで、なるべくこらえてね」

古い石造りの門をくぐるとき、私はグランドに言った。

入ったとたん、はっとした。こんなところははじめてだ。〈内庭〉というのは、庭園の中の古い塀《へい》に囲まれた、もうひとつの庭だった。カップのような形に落ちくぼんだ小さな谷になっていて、緑にあふれ、大昔からあったみたいに見える。古い石造りのものがそこらじゅうにある。すりへった板石に花でいっぱいの茂《しげ》みがかぶさっていたり、堂々とした古木がならぶ横に、ぽつんぽつんとアーチ形の門があったりする。外よりさらに青々とした芝生《しばふ》もあった。何よりも目をひいたのは、ほとばしる水の流れ。澄《す》んでいておいしそうだけど、少し不思議な感じのする水が、石の管《くだ》から勢いよく流れ出し、古い石の水路を通って、あちこちにあるいびつな形をした石のため池にそそぎこんだり、古い塀《へい》のうしろで滝《たき》となって落ちたりしている。

「すてきなところね！」私は言った。

「うん、ほんとだね！」グランドも、びっくりした顔で言った。

「スペンサー卿《きょう》みたいな人のところに、こんな庭があるなんて！」と私。

この〈内庭〉は広さがよくわからない。りっぱな服を着たみんなが先に入っていったはずなのに、不思議と、姿がほとんど見えないのだ。あざやかな緑の芝生《しばふ》の上を歩くうちに、まるで庭に吸いこまれるように消えてしまったり、木々の陰《かげ》に隠《かく》れたりした。実際入った人数の倍いたって、たぶん気づかないだろう。

でも、シビルが儀式《ぎしき》を始めようとして、王のお付きたちにロウソクを渡しはじめると、自然とまたみんなが見えるようになった。「全員ロウソクを持って……陛下《へいか》もおひとつどうぞ。できるかたはロウソクに火を呼びおこして、できないかたはお付きの者に声をかけてください」シビルは緑のベルベットのスカートをたくしあげ、はだしでどたばた走りまわって指示をした。それから王様にかけよって、王のロウソクに自《みずか》ら火を呼びおこした。エドマンド王子様のロウソクにはマーリンが火をつけていた。へえ、マーリン、〈巡《めぐ》り旅《たび》〉に戻《もど》ってきてたんだ。前にくらべると、ずっと落ち着いて、悲しそうではなくなったみたい。

でも、ロウソクに次々と火がともって、まわりの庭が暗く青く見えるようになると、私はだんだんいやな感じがしてきた。ここはもともと、秘密の場所として作られたのだから、うす暗くなきゃいけない、という気がしたのだ。水面をちらちら照らす夕明かりのほかに、明るいものがあってはいけないのに、ロウソクの光は、あたりを明るくしすぎている。

グランドと私は顔を見合わせた。どちらもだまったまま、ロウソクに火を呼びおこせないふりをした。二人がいつもは火をわけなく呼べることを、シビルは知っているから、そろそろとあとずさって茂《しげ》みの中に隠《かく》れ、崩《くず》れかけた塀《へい》のうしろにまわった。私たちのことを、シビルが思い出さないでくれるといいんだけど。

運よく、シビルはそのあとすごくいそがしくなったので、私たちは、いないと気づかれずにすんだ。シビルは仕事となるときびきび動きまわるけど、今夜くらいよく動いている姿は見たことがなかった。両腕《りょううで》を高く上げて大きく開き、そり返ったりかがんだりした。力いっぱい何かを呼びよせているように見える。それからすごい速さで走りながら、ぴょんぴょん高くはねると、声をはりあげた。「庭の精よ、来たりてわれらに力を与《あた》えよ！」それからくるりとむきを変え、腕《うで》をふりまわすと、手近にあった、口から水を勢いよく噴《ふ》き出す動物の石像のところへ行った。そして銀の杯《さかずき》をさっと取り出し、さしだして水でみたすと、空にむかってさしあげ、自分のくちびるに押《お》しあてた。

シビルは叫《さけ》んだ。「ああ！ 霊験《れいげん》あらたかなる、この水の力よ！」乱れた髪《かみ》が汗《あせ》まみれの顔にかかるのもかまわず、シビルは杯《さかずき》を王様のところへ持っていき、声高らかに言った。「どうぞ、陛下《へいか》！ この水の力、癒《いや》しの水の恵《めぐ》みを、ぞんぶんにお受けください！」みなの者も陛下《へいか》に続きます！」

王様が杯《さかずき》を受けとり、品よく口をつけられるとすぐ、マーリンがべつの杯《さかずき》に水をみたし、エドマンド王子様にさしだした。

シビルは歌うように「飲めや、みなの者！　遠慮はいらぬ！」と言いながら、次々に杯《さかずき》を取り出しては水をみたし、配っていった。なんだかすっかり興奮しているみたい。その興奮がうつったのか、ほかの人たちもひったくるように杯《さかずき》を受けとると、のどがからからだったみたいに一気に飲みほした。

こんなの、変よ！　と私は思った。そりゃ、気分が高まってないとうまくいかない魔法《まほう》だってあることは知っているけど、そういう魔法《まほう》はこの庭にふさわしくない。ここは静かなところなんだから。だからその……その……（私は、この庭に合う魔法《まほう》はどんなものかを言いあらわすのにぴったりの言葉を、頭の中で捜《さが》していた。シビルのひきおこす魔法《まほう》のすさまじい勢いに押《お》されて、なかなかちゃんと考えられなくなっていたのだ）、そうだ、たぶん庭に「よりそう」っていう感じの魔法《まほう》のはずだ。こんなふうに大さわぎをして、意地汚《いじきたな》く力を吸いとるんじゃなくて、庭の方が近よってくるのを待つべきなのだ。

ここは〈世界のはざま〉の小島のようなところ。静かな力にみちている。セヴァーン川（ウェールズ中部から北東、さらにイングランド西部を南下してブリストル湾にそそぐ川）が大きく曲がるところにあり、川の南にある三日月型の大きな森（セヴァーン川河口付近にあるディーンの森と思われる）の主《ぬし》、セヴァーンの貴婦人《きふじん》のもの。ここは貴婦人《きふじん》の秘密の庭なのかもしれない。それなら聖なる地としてそっとしておかなくちゃ。

少し離《はな》れたところに、ロウソクにぼんやりと照らされたスペンサー卿《きょう》の顔が見えた。杯《さかずき》をかたむけて、おいしそうに飲んでいるけど、本当なら主《あるじ》としてこの秘密の場所を守るべきなのよ。こんなさわがしい魔法《まほう》をさせてはいけない。たとえ王様のためだとしても。

なんでこんなことを思ったのか不思議だったけど、まちがっていない自信があった。私はグランドにむかってささやいた。「私はぜったい飲まないわ」

グランドは悲しそうに答えた。「水に何か悪い魔法をかけたんだよ」

グランドはたいてい、母親のシビルがやろうとしていることがわかるのだ。きっとグランドの言うとおりだ。「なんのために？」

「わかんない。でもきっと飲まされるよ。ぼくが飲まなかったら、ばれるに決まってる」

「もっと上の、水が流れてくる方へ行ってみましょうよ。シビルの魔法《まほう》がかかってないところがあるかもしれない」私は言った。

私たちは火をつけていないロウソクを持ったまま、水のみなもとをめざしてそろりそろりと横むきに歩きだした。だれも私たちには気づかないようだった。みんな、ロウソクをふりながら笑顔で杯《さかずき》をまわしあい、「ああ、生き返ったみたい！　いい気分！」などと口々に叫《さけ》んでいる。酔《よ》っぱらっているのかしら、と思ったほどだ。おかげで暗がりにひそんで、水の流れをさかのぼるのはわけなかった。どの水路の水も、それぞれちがったいい力を与《あた》えてくれるもののはずだという感じがした。すべての水路の水は、斜面《しゃめん》のてっぺんに近いところにある、いびつな形のため池から流れてきている。

「ここはどう？」ため池のほとりに着くと、グランドにきいた。おだやかな雰囲気《ふんいき》のうす暗いところで、鳥が二、三羽チイチイ鳴いているほかは、なんの音もしない。すぐそばの木から強い香《かお》りがただよってくる。でも、暗がりの中で白く浮《う》かんでみえるグランドの表情は、暗かった。グランドは首を横にふって言った。

「母さん、ここにも来たみたい」

ため池は、土手の上にある石造りの動物の口から流れる水でみたされていた。土手には石段があり、黒々とした森の中へ続いていて、いっそう秘密めいた感じがした。水はこの上から来てるんだ！　グランドの先に立って石段をのぼると、黒い木々に囲まれ、板石が敷《し》かれた空間があった。真っ暗だったから、二人でしばらくじっと立っていたけれど、目がなれてくるうち、足もとに井戸《いど》があるとわかった。木の板で上を覆《おお》ってある。板の下からチョロチョロとやさしい音がして、今まで感じたこともないような力が伝わってきた。

「ここならだいじょうぶ？」私はささやいた。

「どうかな。ふたを開けてみないと、なんとも言えない」グランドが返事した。

ひざまずいて二人でふたを持ちあげようとしたものの、暗すぎてどこをどう持ったらいいかわからなかった。手に持っていたロウソクをポケットにつっこみ、今度は両手でやってみようとした。そのとき、下の方からどっと、楽しそうなおしゃべりと笑い声が聞こえた、と思ったら、声はすぐに遠ざかり、聞こえなくなった。みんなが庭を出ていったらしい。それで私たちは安心して、思いきりふたをひっぱってみたところ、ふたのこっち側にちょうつがいがついているとわかったので、反対側にまわって指をさしこみ、持ちあげた。ふたが数センチ開いたとたん、すごく強い魔法《まほう》が噴《ふ》き出してきた。こんなに強い魔法《まほう》を感じたことはなかった。涼《すず》しくておだやかで、深みがあって、世界の根っこから出てくるように思えた。

ふいに、石段の方から、人の声と足音がした。

「まずい」グランドが小声で言った。

私たちはふたをできるだけそっともとに戻《もど》すと、急いで立ちあがり、一緒《いっしょ》に奥《おく》の木立の中へそろそろと入った。木の根がいっぱい出ていて地面がでこぼこしていたせいで、つまずいてしまいながらも、葉が茂《しげ》っているうえにとても暗かったのに助けられ、なんとか身を隠《かく》すことができた。と、火のついたロウソクをふって、板石の敷《し》かれた井戸のところへ、楽しそうにずんずんやってくるシビルの姿が見えた。

「ご心配なく、うまくいきましたとも！　今のまま、スコットランド王とイングランド王の不和《ふわ》をたもっておけば、だいじょうぶ！」

シビルは叫《さけ》ぶと、反対側にあった丸太《まるた》のベンチに、どさっと腰《こし》をおろした。「ああ、疲《つか》れた！」

「ウェールズ王とも不仲になるよう、できたらいいのだが」スペンサー卿《きょう》がやってきて、シビルの横にひょいと腰《こし》をおろしながら言った。「そっちの方はうまい方法を思いつかないからな。さて、これで、おまえが魔法《まほう》をかけた水を、みんなが飲んだわけだ。うまくいくんだろうな？」

「もちろんよ。こんなにがんばったんだもの。ねえ、あんたはどう思う？」シビルが話しかけた相手はマーリンだった。マーリンはゆっくりと井戸のそばにやってきて、ロウソクをかざしながらあたりを見まわした。

「今のところはいい調子だ」マーリンの声は甲高《かんだか》くて弱々しかった。「王と宮廷《きゅうてい》の者たちは、われらが手中《しゅちゅう》に落ち……」

「魔法使《まほうつか》いたちもよ。忘れないで」シビルが誇《ほこ》らしげに口をはさんだ。

スペンサー卿《きょう》がくつくつと笑った。「だれ一人として疑う者なし！　今やだれもがシビルの言いなりというわけだな？」

まだあたりを見まわしながら、マーリンがうなずいた。「しばらくのあいだは。魔法《まほう》はここにかけたのか？」

シビルが正直に答えた。「いいえ。ここはちょっと力が強すぎて、時間がかかると思ったから、石段の下にある、ため池の方に魔法《まほう》をかけたの。だってこの井戸《いど》から流れ出た水は、まずあの池にたまってから、全部の水路に行き渡《わた》るでしょう？」

マーリンは「ふむ」と言って、バッタみたいにひざを曲げて、井戸《いど》のそばに不格好《ぶかっこう》にしゃがみこむと、かたわらにロウソクを置いた。「ふむ。なるほど」マーリンはまた言い、井戸《いど》の上のふたを勢いよく持ちあげた。

グランドも私も、離《はな》れていたのに力があふれでてきたのを感じた。足がぐらついてしまうほどだった。マーリンは立ちあがって、よろよろとあとずさった。そのうしろにいたスペンサー卿《きょう》は、「あいたっ！」と言って顔を覆《おお》った。

「わかった？」とシビル。

「ああ。おい、早くふたを戻《もど》すんだ！」とスペンサー卿《きょう》。

マーリンはふたをバタンと閉め、言った。「知らなかった。これは強い。われらのものとするには、べつの力の助けがいる。そのような力に、あてはあるか？」

「あるとも。特にウェールズの方に」スペンサー卿《きょう》はそう言って、シビルの方をむいた。ロウソクの明かりで、肉づきのいいわし鼻とふくれたくちびるの横顔が見えた。「どうだ？　これからもうひと仕事できないか？　首尾《しゅび》よく進んでいる今のうちに、その力を呼び出した方がいいのだが」

シビルのくちびるも分厚《ぶあつ》かったから、しゃべると、あごに影《かげ》が射《さ》した。「ジェイムズったら、私はくたくたなの！　今晩は身を粉《こ》にして働いたから、これ以上は何もできないわ！　ずっとはだしでいても、力を回復するのに三日はかかるわよ」

「ではいつから、また大きな仕事にとりかかれる？」マーリンがロウソクを手に取ってきいた。「同志ジェイムズは正しい。今の勢いのまま、事を進めなければ」

「われわれも手伝うが?」スペンサー卿《きょう》が機嫌《きげん》をとるように言った。

シビルはうつむき、太い腕《うで》をさらに太い腿《もも》の上に置いた。髪《かみ》の毛《け》が前に落ちて顔が隠《かく》れる。しばらく考えていたシビルはやっと、不機嫌《ふきげん》そうに答えた。「やはり三日はいる。こっちの力も強くないとその仕事はできないから、だれに助けてもらったって、そのくらいはかかる。この井戸を私たちのものにするには、そんじょそこらの力だけではとても足りない。何か大きな力を呼び出さなくてはならないわ」

スペンサー卿《きょう》はちょっと顔をこわばらせた。「飲ませた水の効力《こうりょく》はそれまで続くか?」

シビルが見上げると、マーリンは言った。「今のところはよく効《き》いていると思う。一週間はもつんじゃないか。効《き》き目が切れる前に、また飲ませることもできるだろう」

「ならばよし」スペンサー卿《きょう》はほっとしたのか、とたんに陽気になって、ぱっと立ちあがった。「ではこの庭をふたたび閉ざして、外で酒を飲んで祝おうではないか。シャンパンはどうだ?」

スペンサー卿《きょう》はポケットから鍵束《かぎたば》を取り出し、ジャラジャラ鳴らしながら、大股《おおまた》で石段をおりていった。手に持ったロウソクの炎で、黒い木々が次々に照らされていく。

「シャンパン? いいわねえ」シビルは、よっこいしょと立ちあがると、ふざけてマーリンの背を押《お》し、先に石段にむかわせた。「ほら行って、よそ者ぼうや!」

グランドと私は、このままだと庭に閉じこめられてしまう、と気づいてあわてた。シビルの姿が見えなくなるとすぐ、板石の敷《し》いてあるところへとびだしたが、そこでまた気づいた。〈内庭〉を出るには、三人がおりたのと同じ石段をおりて、いびつな形のため池のところに行くしかない、って。それからがたいへんだった。スペンサー卿《きょう》とシビルとマーリンに気づかれないようにあとを追い、三人が塀《へい》にある門へたどりつく前に、どこかで先まわりしなくちゃならなかったのだ。

石塀《いしべい》や水路、茂《しげ》みがいっぱいあって、ずいぶん助かった。庭の不思議な広がり方のおかげもあるかもしれない。スペンサー卿《きょう》たちがどのへんを歩いているかは、ロウソクの光がちらちら見えたから、簡単にわかった。しゃべったり笑ったりする声もずっと聞こえていた。シビルは本当に疲《つか》れているらしく、歩くのが遅《おそ》くて、ほかの二人を待たせてばかりだった。私たちはラヴェンダーや、名前は知らないけど背が高くて頭のたれた花のうしろを走り（といっても、もうかなり暗くなっていたから、全速力というわけにはいかなかった）、崩《くず》れた古い塀《へい》の陰《かげ》にかがんでちょこちょこ進むうち、やっとなんとか追いこせて、三人がバラのアーチの下を陽気にやってくるより足早く、門を出ることができた。

私はもう、どうかなりそうな気分だった。でもグランドはもっとつらかったと思う。自分の母親が陰《いん》謀《ぼう》にくわわっているとわかったんだもの。二人で門をとびだしたあとも、小道を避《さ》けてうす暗い庭園を走りつづけた。芝生《しばふ》の先の、柵《さく》のむこうに野営地の明かりが見えるところまで来てやっと、足を止めた。

「これからどうしたらいい？　パパに言おうか？」私はハアハアいいながら、グランドにきいた。

「何言ってるんだよ！　あそこでほかの魔法使《まほうつか》いと一緒《いっしょ》に水を飲んでたじゃないか。これから二週間くらいは、まともに耳を貸してなんかくれないよ」

「じゃあ、王様は？」私はあてずっぽうに言ってみた。

「王様は真っ先に飲んだだろ。ちゃんと頭が働いてないんじゃない？」グランドの言うとおりだ。頭の中はもうごちゃごちゃだ。落ち着こうとしても、なかなかうまくいかない。グランドは突《つ》っ立ったままうつむいて考えこんでいたが、しばらくして、こう言った。

「ロディのお祖父《じい》さんに話せばいい。遠話《えんわ》番号はわかる？」

「ああ、うん。ママにきけばわかると思うわ。携帯遠話《けいたいえんわ》を借りるくらいは、パパに頼んでも大丈夫よね？」

ところが野営地に着いてみると、運悪く、パパもママも王様のお召《め》しで留守だとわかった。遠話《えんわ》を貸してもらえる相手ならいっぱいいるけど、番号がわからなければ意味がない。ハイドお祖父《じい》ちゃまの番号は、遠話帳《えんわちょう》にはのっていないし。

「明日まで待つしかないわね」私はしょぼんとしてしまった。

その夜は、女の子用バスの自分の寝棚《ねだな》で何度も寝返《ねがえ》りをうった。新しいマーリンはどうやってシビルとスペンサー卿《きょう》の仲間に入ったのかしら、とか、新しいマーリンが悪い人だったってこと、お祖父《じい》ちゃまにどう伝えたらいいのかしら、とか考えていたら、眠《ねむ》れなかったのだ。マーリンを選んだのはお祖父《じい》ちゃまだってことが、すごく気になっていた。お祖父《じい》ちゃまがまちがえることなんて、まずないのに。

それよりも心配だったのは、三人の陰謀《いんぼう》の狙《ねら》いがなんなのか、わからないこと。でも大逆罪《たいぎゃくざい》にはちがいない。王様に魔法《まほう》をかけること自体が大逆罪《たいぎゃくざい》にあたるし、今後何かもっと悪いことをしようとしているのも明らかだ。

私は寝返《ねがえ》りをうち、また寝返《ねがえ》りをうっては考えにふけった。しまいにアリシアが、がばっと起きあがって叫《さけ》んだ。「ロディ、これ以上ばたばた動いたら、天の力の助けを借りて、あんたを彫像《ちょうぞう》に変えてやるわよ！」

「ごめんなさい」私はぼそぼそ言い、小さな声で「おくしゃま！」とつけたした。アリシアがいなかったら、バスで寝《ね》ているほかの女の子たちに、マーリンたちの陰謀《いんぼう》の話をうちあけていたかもしれない。でもアリシアが聞きつけたら、すぐにシビルのところへ告げ口《ぐち》に行くに決まってる。だいたいアリシアも、ほかのお付きも、一緒《いっしょ》に魔法《まほう》のかかった水を飲んだじゃない。あーあ。やっぱり明日まで待てっててことか。
だから私は、なすすべもなく待った。手遅《ておく》れになるとも知らずに……

2

私は寝《ね》すごしてしまった。のっそりと起きあがって、あくびをしながら食堂テントへ行き、ジュースと、冷《さ》めてロウ細工《ざいく》みたいに見える目玉焼きをもらっていると、心配そうな顔をしたグランドが現れた。

「ここにいたの！　侍従《じじゅうちょう》長から伝言があるんだ」

侍従《じじゅうちょう》長が私に用があったことなんて、今まで一度もなかったのに。びっくりして、伝言の中身をきき返すことも思いつかないうちに、ママもかけよってきた。「まあ、ここにいたのね、ロディ！　みんなであちこち捜《さが》したのよ！　お祖父様《じいさま》がお呼びなの。迎えの車が来ているわ。今、お城の外であなたを待っているのよ」

私のお祈《いの》りが通じたのかしら、と最初は思った。でも、ママの顔を見上げると、まるっきり血の気《け》がなくなってて、ふたつの目が大きな黒い穴みたいに見えた。私の肩《かた》に置いた片手なんて、ぶるぶるふるえている。

「それって、どっちのお祖父様《じいさま》？」私はきいた。

「もちろん、ママの方よ。侍従《じじゅうちょう》長を通してあなたをよこせと言ってくるなんて、いかにもあの人らしいわ。王様に直接言ってこなかっただけでもありがたいくらい。ああ、ロディ、ごめんなさいね！　あの恐《おそ》ろしい屋敷《やしき》にあなたを泊《と》まりに来させろって言うんだけど、ママにはとてもことわる勇気がないの！　お祖父様《じいさま》は遠話《えんわ》で、侍従長《じじゅうちょう》にとんでもなく失礼なことを言ったそうよ。その調子じゃ、あなたを行かせなかったら、もっと恐《おそ》ろしいことをしかねないわ。次には王様を侮辱《ぶじょく》するかも……ああ、ママを許して」

かわいそうなママ。すっかりまいってるみたい。そのようすを見て、こっちまで気が重くなった。

「なんで私を呼んでるの？」

「まだ一度もあなたに会ったことがないし、私たちは今、ウェールズに近いところにいるでしょ。だから、送り迎《むか》えが簡単だからって……」ママはぼーっとしたように答えた。「侍従長《じじゅうちょう》のところの人たちに、母親といえども、私にはあの人のたった一人の孫を遠ざける権利などない、って言ったんですって。だからね、行かなくちゃいけないのよ……侍従長《じじゅうちょう》がぜひそうしなさいって……でも、くれぐれも失礼のないようにね。お願いよ。〈王たちの会合〉がすんで〈巡《めぐ》り旅《たび》〉が出発するまでには戻《もど》ってこられるから、ほんの二、三日のことよ。帰りも車で送ってくれるそうだし」

「そうなの」ちょっと考える時間がほしくて、私は適当に返事した。目玉焼きに視線を落とすと、死んだ生き物の大きな黄色い目玉ににらまれたような気がして、オエッとなった。私が行ったら、グランドがここで一人になっちゃう。グランドが魔法《まほう》のかかった水を飲まなかったことに、シビルが気づいたらどうなるのかな……

「グランドも一緒《いっしょ》だったら行く」私は言った。

「あのね、ロディ、それはちょっと……」とママが言いかけたが、私はさえぎって続けた。

「ねえ、ママ。お祖母様《ばあさま》が亡くなって、お祖父様《じいさま》とママが二人きりで暮らしていたから、うまくいかなかったのよね」

「いえ、べつにそういうわけじゃ……」ママはまた言いかけた。

「だから、友だちを連れていけば、お祖父様《じいさま》と二人きりにならなくてすむでしょ？」と私。ママがまだ迷っているようだったから、さらにこう言った。「そうしてくれないなら、侍従長《じじゅうちょう》のところに行って遠話《えんわ》を借りて、行かないってお祖父様《じいさま》に言っちゃうから」

それを聞いて、ママはぞっとしたらしく、とうとう折れた。「わかったわ。でもなんて言われるか、考えるのも恐《おそ》ろしいわ……グランド、怖《こわ》いおじいさんに会いに行くなんて、いやじゃない？」

「べつに。こまったことがあったら、お屋敷《やしき》の遠話《えんわ》を借りて助けを呼べばいいんですよね？」グランドが言った。

「じゃあ、したくをしてらっしゃい」ママは好きにしなさいという調子で、グランドに言った。「汚れてもいい服を持っていくのよ。散歩させられるでしょうし、もしかしたら乗馬も……ほらロディ、あなたも急いで！　昔っからのおかかえの運転手が来ているんだから。待たされるのが大嫌《だいきら》いな人なのよ」

どうしてママは自分のお父さんだけじゃなくて、運転手のことまで怖《こわ》がっているんだろう？

私はジュースを一気に飲みほすと、トーストを一枚取って、食べながら走りだした。ママはぼーっとしたようすのまま私についてきて、セーターと歯ブラシ、運動靴、櫛《くし》、アドレス帳など、持っていった方がいいものを次々にあげていった。陰謀《いんぼう》だの悪だくみだのについて話すのにいいときとは思えなかったけど、荷物をかばんにつめ終わって、城までの急な坂道をかけあがっていたときに、一生懸命《いっしょうけんめい》ママに言ってみた。二人でけちらした砂利《じゃり》が、うしろからやってくるグランドの方にピシピシとんでいく。

グランドは大きなかばんをしょって、前かがみになってついてきた。

私はあえぎあえぎ、ゆうべ聞いたことを全部話し終えると、ママにきいた。

「ねえ、ちゃんと聞いてる？」

ママはうなずいたけど、年老《としお》いた恐《おそ》ろしい父親に自分の娘《むすめ》がつかまってしまう、という思いで頭がいっぱいなのか、ちゃんと聞いてないみたいだった。あとで思い出してくれますように、と祈《いの》るしかなかった。

運転手かお祖父様《じいさま》は、私が王様と一緒《いっしょ》にお城に泊《と》まっていると思ったらしく、車はお城の表玄関《おもてげんかん》の前に停《と》まっていた。黒くて霊柩車《れいきゅうしゃ》にそっくりで、不吉な感じがした。「昔っからのおかかえ」の運転手が、私たちに気づいて車から出てきた。白くて重い石の彫刻《ちょうこく》に、紺《こん》の服を着せたような感じの人で、ごつごつした大きな手をのばし、私のかばんを持とうとした。

私は息を切らして言った。「おはようございます、お待たせしてごめんなさい」

運転手はひとことも返事をせず、私のかばんを取ってトランクに積みこんだ。それからやっぱり石の彫像《ちょうぞう》みたいな顔のまま、グランドのかばんも取った。そのあと、後部座席のドアを開け、取っ手を握《にぎ》ったまままじっとそこに立っている。ママの気持ちがなんとなくわかってきた。

負けるもんか、と私は思い、声をかけた。「いいお天気ですね」やっぱり返事はない。そこで、ふり返ってママをぎゅっと抱《だ》きしめた。「ね、心配しないで。私は強い子だし、グランドもそうよ。すぐ戻《もど》ってくるから」

私とグランドが後部座席に乗りこむと、霊柩車《れいきゅうしゃ》みたいな車はすぐに走りだした。いろんなことがばたばたと起こったので、二人ともめまいがしていた。

そのあと車はどんどん走りつづけ、そのせいでさらにくらくらした。どこをどう走ったのか、今考えてもよくわからない。グランドも、方向がまるっきりわからなくなってしまったんだって。覚えているのは、目をみはるほどあざやかな緑の、高い丘《おか》のあいだをくねくねと通る、灰色の道を走ったこと、森の中に入ると、丘《おか》の中腹《ちゅうふく》には網目《あみめ》のようにひびの入った灰色の岩壁《がんぺき》や断層《だんそう》がたくさん見えていたこと、光が射《さ》さなかったこと木の枝がトンネルみたいに生《お》い茂《しげ》っていて、レースごしみたいにちらちらとしか光が射さなかったことくらい。パパの作った天気はますますよくなっていて、空の色はどこまでも青く、白い雲が強い風に流され、緑の丘《おか》にまだらの影《かげ》を落としていた。ヒースの茂《しげ》みが雲の影《かげ》の下に入って黒っぽくなったあと、またすぐ紫色《むらさきいろ》にもどったり、ハリエニシダの花が明るくきらめいたと思ったら、ただの地味な黄色になったりした。峡谷《きょうこく》に見え隠《かく》れしながら、元気な音をたてて流れる小川も、日にあたって輝《かがや》いていた。

ながめはどこもかしこも、きれいだった。でも、道のりの長かったことといったら。緑の山の奥《おく》をめざしてえんえんと走ったあと、やっとその山中をくねくねのぼりはじめた。するとまた、緑と灰色と雲の影《かげ》しか見えなくなり、どこにむかっているのか、まるっきりわからなくなった。山のてっぺん近くの、草の生《は》えた平地でキキッと車が停《と》まったときには、とびあがるほどびっくりした。

石の顔の運転手が車をおり、私の横のドアを開けた。

「さっさとおりろ」という意味だろう、と思ったから、ところどころ岩肌《いわはだ》が見える緑の地面にごそごそおり立ち、あたりを見まわした。はるか下に深い谷が走っていて、エメラルドグリーンの斜面《しゃめん》が、青くかすむほど遠くまで続いていた。さらにそのむこうには、青や灰色、黒に見える山の頂《いただき》が幾重《いくえ》にも連なっている。こんなに冷たく澄《す》んだ空気を吸ったのは、はじめてだ。あたりはしんと静まり返っている。静かすぎて、なんだか落ち着かない。このときはじめて、自分がずっと大勢の人や騒音《そうおん》に囲まれて生きてきたんだなって気づいた。こうして切りはなされてみて、それがわかった。

家といったら、お屋敷《やしき》が一軒《けん》だけ。強い風をよけるためか、緑の頂《いただき》の少し下に立っている。黒っぽい煙突《えんとつ》だけは何本も、頂上とほぼ同じ高さまでそびえていた。お屋敷《やしき》全体も黒っぽく、細くまっすぐで、玄関《げんかん》も窓もみんな背の高いアーチ形をしている。もともとは礼拝堂《れいはいどう》だったのか、それとも礼拝堂《れいはいどう》に似せて造った家なのかしら。庭らしいものは見あたらなかった。山の斜面《しゃめん》を背にした家と、その片側に、大きな石を積みあげた塀《へい》があるだけだ。

運転手は、私たちのかばんを持ち、細いアーチ形の玄関《げんかん》にむかって草の上をゆっくり歩いていった。私たちもあとを追って、天井《てんじょう》の高い、暗い玄関《げんかん》ホールへ入ってみると、運転手はもういなかった。でもどうしようと思ったらすぐ、奥《おく》の方でドアがバーンと開く音がして、お祖父様《じいさま》が姿を現した。

お墓を守る彫像《ちょうぞう》みたいに、しゃきっと背が高くて、冷たい感じのする人だった。司祭《しさい》らしい黒い服のせいで白い顔がきわだち、死人みたいに見える。両肩《りょうかた》にひんやり冷たい手を置かれ、細長い玄関口《げんかんぐち》の光の方へ体をむけさせられたとき、お祖父様《じいさま》は髪が真っ黒で、白髪《しらが》が一本もないのがわかった。黒々とした目には深みがある。目のまわりにくまができてはいるけど、とても整った顔だちだ。

お祖父様《じいさま》は低い声で重々しく言った。「おまえがアリアンロードか。やっと会えたな」声がホールじゅうに響《ひび》き渡《わた》って、私は鳥肌《とりはだ》が立った。これじゃ、ママもお祖父様《じいさま》を怖《こわ》がるわけよね、と思っていると、続いてこう言われた。「娘のアニーによく似ているな。アニーはおまえがここに来ることを喜んでいたか？」

私は歯がガチガチいわないようにがんばって答えた。「はい。私は友だちのグ……ええと、アンブローズ・テンプルも一緒《いっしょ》なら行く、と言いました。泊《と》まれるお部屋がよぶんにあるといいんですけど」

そこではじめて、お祖父様《じいさま》はグランドに目をやった。グランドはそばかすだらけの顔をむけてまじめそうにじっと見返すと、礼儀《れいぎ》正しく言った。「はじめまして」

「この子は、おまえなしにはいられぬようだな」お祖父様《じいさま》は言った。

グランドも泊《と》めてくれるなら、お祖父様《じいさま》がどう思ったってかまわないわ。

そう考えていると、お祖父様《じいさま》がこう続けた。「二人とも、ついてきなさい。それぞれの部屋を見せよう」私はすごくほっとした。

私たちはお祖父様《じいさま》のあとについて、暗い急な階段をのぼっていった。お祖父様《じいさま》のしゃんとのびた背中からたれるローブのすそが、木の踏《ふ》み段《だん》の上に広がるようすを見ながらのぼっていくと、暗い木の廊下《ろうか》へ出た。家のうしろの山の中へ入っていくような気がしていたのに、案内されたふたつの部屋の窓からはなぜか、うねうね続く緑の丘《おか》が見おろせた。どちらの部屋も、客を迎える用意ができていた。ベッドはきちんと整えられているし、化粧台《けしょうだい》の上に置かれた大きな洗面器にはお湯がはってあり、湯気《ゆげ》が立っている。まるで、グランドを連れてくることがわかっていたみたい。片方の部屋には私のかばん、もう片方にはグランドのが置いてあった。

「もうじき昼食の用意ができる。その前にまず、手や顔を洗って、身なりを整えたいだろうな。もし風《ふ》呂《ろ》に入りたいなら……」お祖父様《じいさま》はそう言って、次の部屋を開けた。ドアのむこうはすごく広いバスルームで、むきだしの木の床《ゆか》の中央に、鉤爪《かぎづめ》のある脚《あし》つきの浴槽《よくそう》があった。「使うときには前もって言ってくれ。オルウェンに湯釜《ゆがま》からバケツで湯を運ばせるからな」とお祖父様《じいさま》は言い、階段をおりていった。

「蛇口《じゃぐち》がないなんて、バステントと変わらないじゃないか」とグランド。

私たちは手や顔を洗って、急いでしたくをした。廊下《ろうか》でまた顔を合わせたとき、おたがいに持ってきた中で、いちばんあたたかい服を着こんでいるのに気づいた。思わず笑いたくなったけど、声を出して笑う雰囲気《ふんいき》の家じゃないから、やめた。二人とも、まじめくさった顔をして階段をおり、天井《てんじょう》の高いひんやりした食堂へ入っていった。お祖父様《じいさま》は黒くて高いテーブルのむこうに立って、待っていた。

私たちを見ると、お祖父様《じいさま》はふたつの椅子《いす》をさし示し、立ったままウェールズ語で食前のお祈《いの》りを始めた。ガラガラゴロゴロ鳴《な》り響《ひび》くような言葉で、ひとこともわからない。私は急に恥《は》ずかしくなった。でもグランドはいかにもわかっていますという顔で、落ち着きはらって聞いていて、お祈《いの》りが終わると静かに腰をおろし、お祖父様《じいさま》を見つめた。

私はドアの方を見ていた。おなかがぺこぺこだったし、すごくいいにおいがしてきたのだ。石みたいに無表情な太った女の人が、ふたのついた深皿をちょうど運びこんでくるところだった。

昼食はとてもおいしかった。食べはじめのころは、しーんとしていたけど。まず出てきたのはネギのスープ。みんながお代わりできるくらいたっぷりあった。続いて、肉をくるんだパンケーキに肉汁《にくじゅう》がかかったもの。そのあとには、砂糖をまぶした熱々の小さなパンケーキが、山もりで出てきた。グランドがそのパンケーキをばくばく食べたので、女の人は次々にお代わりを作ることになったけれど、それがうれしかったらしく、三回目に運んできたときには、ちょっぴりほほえんでいるようにさえ見えた。

お祖父様《じいさま》がくぐもった低い声で言った。「パンケーキは、この国の伝統的な料理だ」

少なくともママは、ここでひもじい思いだけはしなかったようね！　でもお祖父様《じいさま》は、どうしてこんなに堅苦《かたくる》しくて近よりがたいのかしら。どうしてにこりともしないの？　きっとママもここに住んでいたときは、毎日何度もそう思っただろう。私はママが本当にかわいそうになった。

「あのう、こんなことをきくのはおかしいかもしれませんけど、なんとお呼びしたらいいんでしょう？」私は言った。

お祖父様《じいさま》は怖《こわ》い顔のまま、びっくりしたように私を見た。「私の名はグウィンだが」

「では、グウィンお祖父様《じいさま》とお呼びしましょうか？」

「そうしたければ」お祖父様《じいさま》はどうでもよさそうに言った。

「ぼくも、そう呼んでいいですか？」グランドがきいた。

お祖父様《じいさま》はしばらくのあいだ、考えこむようにグランドをじっと見ていた。グランドの血筋《ちすじ》を、顔から読みとろうとしているかのようだ。それからようやく口を開いた。「おまえにはそう呼ぶ権利がありそうだ。さて、おまえたちにきく。ウェールズについて知っていることは？」

私にかぎって言うと、「あんまりない」というのが正直な答えだ。でもそんなことはとても言えない。と、グランドが先に答えてくれた（グランドが一緒《いっしょ》でほんとによかった！）。グランドは読むことが上手にできないぶん、私よりよほどしっかり授業を聞いている。だからいろんなことを知っているのだ。

グランドは言った。「ウェールズ国はいくつもの州にわかれていて、それぞれを小王が治めています。その小王たちのさらに上にペンドラゴンという大王がいて、すべての法を定めています。ここの法はイングランドのとはちがうそうですけど、どうちがうかは知りません」

お祖父様《じいさま》は満足そうな顔になり、きいた。「では、大王の呼び名の意味は？」

授業でいきなり先生にさされたみたいな感じだけど、これなら私にもわかる、と思って言った。「『ドラゴンの息子』という意味です。ウェールズの奥地《おくち》には、ドラゴンが眠《ねむ》っているといわれているからです」

いい答えじゃなかったみたい。お祖父様《じいさま》はひややかに言った。「まあまちがってはいないが。ペンドラゴンというのは、イングランドの連中がつけた称号《しょうごう》なのだ。本来ならば、イングランド王こそ、そう呼ばれるべきなのだが、イングランドの連中は、自分たちのドラゴンの存在を忘れてしまったのだ」

「イングランドには、ドラゴンなんていませんけど！」と私。

お祖父様《じいさま》はいかにも不満げに私をにらんだ。「いや、いるのだ。〈赤のドラゴン〉と〈白のドラゴン〉のことを聞いたことがないのか？　かつて、二頭のドラゴンが激しく戦った時代があったのだぞ。ブレスト諸島《しょとう》に平和がおとずれる前のことだ」

私は言い返した。「でもそれは、ウェールズとイングランドが戦ったということを、たとえて言っただけでしょう」

どうもさっきから、まちがったことばかり言ってしまっているようだ。大理石みたいな顔のお祖父様《じいさま》は、黒い眉《まゆ》をかすかに上げた。たったそれだけのことなのに、ひどくばかにされた気分になった。お祖《じ》父様《いさま》は私を無視して、またグランドに話しかけた。「イングランドにはドラゴンが何頭もいる。〈白のドラゴン〉はその中でいちばん大きいにすぎない。スコットランドには、水陸どちらのドラゴンもたくさんいるといわれているが、私はよく知らない」

グランドはすっかり興味をそそられたらしく、「アイルランドはどうですか？」ときいた。

「アイルランドは大部分が緑の低地で、ドラゴンの住まいにはむかない。いたとしても、聖パトリック（アイルランドの守護聖人。アイルランドからヘビをすべて追いはらったという伝説がある）に追いはらわれてしまったはずだ。それはともかく、ウェールズの法の話に戻《もど》ろう。ウェールズには、イングランドのような裁判官はいない。必要なときには裁判が開かれるが……」

お祖父様《じいさま》は長々と説明を始めた。グランドは夢中になって聞いている。私はすわったまま、二人の横顔を見ていた。グランドの顔は青白く、鼻が長くてそばかすがある。お祖父様《じいさま》は古代遺跡《こだいいせき》の美しい彫《ちょう》像《ぞう》みたいだ。お祖父様《じいさま》も鼻はけっこう長いけれど、顔全体の釣《つ》りあいがとれているから、全然おかしくない。二人とも、声が太い。ただ、グランドの声はしゃがれていてちょっと耳ざわりだけど、お祖父様《じいさま》のは深みがあってブンブン響《ひび》く。

この二人、相性がいいんだわ！　グランドを連れてきてよかった。

そう考える一方で、ママの気持ちが、またちょっとわかってきた。お祖父様《じいさま》が、ただ冷たくて厳《きび》しくて人を突《つ》きはなすだけの人だったら、嫌《きら》いだと思えばすむ。なのに、この人にはなんともいえない気品みたいなものがあるから、なんとしても気に入られたい、という気持ちになってしまうのだ。私は、グランドにばっかり話しかけないで、こっちにも目をむけてほしい、せめてもう少し私のことをよく思ってほしい、と心から願うようになっていた。ママもきっと同じ気持ちだったのだろう。でも、どんなにがんばっても、お祖父様《じいさま》からすればママは気が弱すぎるし、感情的になりやすいから、ばかにされていたんだろうな。

お祖父様《じいさま》はまた、私のことはべつの理由でばかにしている。私は背の高いテーブルの前にすわったまま、いたたまれない気持ちになった。私は宮廷生《きゅうてい》まれの宮廷育《きゅうていそだ》ちで、利口《りこう》だしお行儀《ぎょうぎ》もいいけど、人の欠点やまちがいを見つけては、優越感《ゆうえつかん》にひたるところがある。お祖父様《じいさま》はそういう人間を頭から軽蔑《けいべつ》するんだわ。胸が痛い。グランドは変わっているかもしれないけれど、心はきれいだから、お祖父様《じいさま》に気に入られたのね。

食事がすんで、天井《てんじょう》の高い寒い食堂を出たときには、ものすごくほっとした。お祖父様《じいさま》は先に立って、私たちを玄関《げんかん》から外へ連れ出した。外はまぶしいほど明るく、空気は澄《す》んで冷たい。私が目をぱちぱちさせていると、お祖父様《じいさま》が言った。「さて、〈赤のドラゴン〉はどこで横になっていると思う？」

グランドと私は顔を見合わせた。それから二人でおずおずと、地平線のはるか彼方《かなた》にかすむ、ぎざぎざした茶色の山々を指さした。

「そのとおり。あれがドラゴンの背だ。今は眠《ねむ》っている。危急《ききゅう》の際に、起こし方を知っている者の呼びかけによって起きるが、起こされるのは好まない。目覚めたあとも、ただごとではすまないぞ。イングランドの〈白のドラゴン〉とて同じこと。覚悟《かくご》のうえで呼ぶのだな」

お祖父様《じいさま》の口調《くちょう》に、私もグランドもぞっとしてしまった。お祖父様《じいさま》はそれから、もとの調子に戻《もど》って続けた。「そこらを探検したいだろう。どこへ行ってもかまわないが、めす馬に乗ろうという気は起こすな。六時が夕食の時間だから、それまでに帰ってきなさい。おまえたちがふだん食べているような、豪華《ごうか》なものではないぞ。さて、私は私でやることがある」

お祖父様《じいさま》はお屋敷《やしき》に戻《もど》っていった。玄関《げんかん》ホールの奥《おく》に書斎《しょさい》があるらしいとあとで知った。結局、中は見ていないけれど。お祖父様《じいさま》の仕事って本当は何かしら？　司祭《しさい》だとしても、礼拝《れいはい》などのお務《つと》めをしているところは一度も見なかったし、教区《きょうく》の人たちに会うこともなかった。そもそも、何キロも先まで家なんか一軒《けん》もないんだもの。まあ、グランドも首をかしげながら言っていたように、このお屋敷《やしき》にいた何日かは日曜でも祝祭日でもなかったから、司祭《しさい》らしいところを見てなくたっておかしくはないけれど。

礼拝堂《れいはいどう》は、家の左側にたしかにあった。灰色の石でできた小さな建物で、芝生《しばふ》に覆《おお》われたくだり斜面《しゃめん》に立っていた。屋根の上に石のアーチがあり、中に小さな鐘《かね》がさがっている。建物の横には、芝生《しばふ》がこんもりともりあがったところがあり、中からちょろちょろと水音がした。このあたりは軽々しく近よってはいけないような畏《おそ》れ多《おお》い雰囲気《ふんいき》だったので、私たちはまた斜面《しゃめん》をのぼって、今度はお屋敷《やしき》の裏手にまわってみた。すると石造りの車置き場に、私たちが乗ってきた車が停《と》めてあった。

その先に見つけた裏庭はごく普通《ふつう》だった。オレンジ色の小さい花に囲まれた菜園や、ポンプ式の井戸がある。ちょうどそこにいた太った家政婦のオルウェンが、井戸の水をくみあげてみせてくれたけど、たいへんそうだった。ポンプの取っ手は、ふだんははずして台所に置いておくらしい。

裏庭を越《こ》えていくと、牧場《まきば》がふたつ見えてきた。片方には牛が二頭と子牛が一頭、もう片方にはずんぐりとした、おだやかそうな葦毛《あしげ》（白い毛に黒・茶などの差し毛があるもの）のめす馬がいた。

そのころには、ここにいることにもなれていた。まったく知らない新しい場所に行くなんて、いつものことだから、もうくつろいだ気分だった。柵《さく》によりかかって、おとなしそうなめす馬を見ていると、馬は真っ白い顔を上げて私たちを見返してから、おだやかに草をはみつづけた。

めす馬がこっちに全然興味を示さなかったことが、グランドの気に入らなかったのだろう。グランドはいたずらっぽく、にやっと笑うと、言った。「こいつに乗ってみようっと」

「どうなっても知らないから」と私。本心を言うと、グランドがお祖父様《じいさま》に叱《しか》られればいい、という意《い》地悪《じわる》な気持ちになっていた。そういう自分がいやになる。

グランドは一見やわに見えるけど、実はすごくたくましいから、私なんかよりずっと上手に馬を乗りこなせる。私は、乗馬はごくごく基本のことしかできない。ママに似てあれこれ考えすぎるから、私を乗せて言われたとおりにしなくちゃいけない馬のことが、気の毒になってしまうのだ。グランドは、そんなのばかげてるって言う。馬ってのは人を乗せるために飼われているんだろ、だって。どんな馬でもたいてい、グランドの言うことはよく聞く。

グランドはひょいと柵《さく》をとびこえ、何食わぬ顔で、馬にむかっていった。馬はちらっとグランドに目をやると、またそっぽをむいた。グランドが両手をかけても、見むきもしない。背はさほど高くない馬だったから、グランドは楽々と背にのぼり、しっかりすわると、舌を鳴らして歩けと合図した。そこでやっと馬はうしろをふりむき、ぎょっとしたようにグランドのことを見つめた。

それから……私には何が起こったのかわからなかった。グランドもわからなかったらしい。なんていうか、グランドの下から馬が、ぱっと消えたのだ。グランドはたしかに馬の背に乗っていたのに、気がついたときには、空中でただすわった格好《かっこう》のまま、ぽかんと口を開けていて、馬は三メートルほど離《はな》れたところでまた草をはみはじめていた。グランドは背中からどさっと地面に落ちた。

グランドは立ちあがると、足をひきずりながら柵《さく》のところまで戻《もど》ってきて、大まじめな顔で言った。

「もうやめた。あの馬、ずいぶん年よりだよね、毛が白くなっちゃってるもん」

それを聞いた私は、大声で笑いだした。グランドはひどく気を悪くして、年よりだからいろんなずるいわざを知っているんだ、と言いわけし、私はますます笑ってしまった。そのうち、グランドも照れ笑いを始めた。すわった格好《かっこう》のまま宙に取り残されたときは、すごく変な気分だったよ、あの馬、いったいどうやったんだろう、としきりに不思議がった。私たちはずっと笑いながら、お屋敷《やしき》のうしろの山の頂上までのぼっていった。

てっぺんに着くと見渡《みわた》すかぎり、山が連なっていた。お屋敷《やしき》のあるこの山は、あたりに連《つら》なる山々のひとつにすぎないとわかった。ドラゴンかもしれないと思ったぎざぎざは、もうどれだかわからない。

私は反対側の斜面《しゃめん》を、かがんですべりおりながら、グランドにきいてみた。

「さっきさしたところ、本当にドラゴンの背中だと思う？　あのときのお祖父様《じいさま》の言い方、頭がおかしいみたいじゃなかった？」

私はお祖父様《じいさま》の気がふれているのかもしれない、と本気で心配になっていた。それならもちろん、ママがお祖父様《じいさま》をあんなに怖《こわ》がることの説明はつくけど。

グランドはきっぱりと言った。「お祖父様《じいさま》はおかしくなんかない。ウェールズのドラゴンの話は、だれだって知ってるよ」

「そうかなあ？　言うこともやることも、普通《ふつう》の人とは全然ちがうじゃない」

「ちがうっていえばちがうけど、ぼくも宮廷《きゅうてい》で育ってなかったら、きっとああいう感じになってたんじゃないかな。なんだか、はじめて会った気がしないんだ。根っこのところが、ぼくと似ているんだよ」

それを聞いて、すごく気が楽になった。お屋敷《やしき》のある山の背後には、ヒースの荒野《こうや》が広がっていた。私たちは風に髪《かみ》をもみくちゃにされながら、かけだした。雲の影《かげ》が次々に通りすぎていく。空気がとてもさわやかだ。道路もバスもなく、人もいない。たまに大きな鳥が、空高く飛んでいくのが見えるだけ。

やがて、地面から小さな噴水《ふんすい》のように水がわきだしているところを見つけた。わき水がたまっているところには、あざやかな緑の草がびっしり生えている。天然の泉を見たのは二人ともはじめてだったから、すごくうれしくなった。水がわきだしてくるところを両手でふさいでみたけど、水は止まるどころか、指のあいだからほとばしった。氷みたいに冷たい水。

「たぶん、スペンサー卿《きょう》の〈内庭〉にあった井戸《いど》も、こういう泉なんじゃないかな。ここの水には魔法《まほう》なんか、かかってないと思うけど」グランドが言った。

私は思わず叫《さけ》んだ。「やめて！　あのときのことはなんにも思い出したくないの！　あの人たちが何をたくらんでいるか知らないけど、私たちにはどうしようもないでしょ」そして、風にむかって両腕《りょううで》を広げ、さらに言った。「百年ぶりに自由になった気分なんだから！　だいなしにしないで」

ぐしゅぐしゅした草の上に立っていたグランドは、考えこむように私をじっと見ていた。「大げさな言い方しないでよ。そういうのはいやだな。でもほんとに元気になったみたいだね。〈巡《めぐ》り旅《たび》〉にいるときはいつも、踏《ふ》まれて割れたうすい氷みたいな感じがするんだもん。あちこちがとんがってて、ぼく、ときどき、けがをしそうな気がして怖《こわ》かったんだ」

私はぎょっとしてしまった。「じゃあ、私がどんなふうだったらいいっていうの？」

グランドは肩《かた》をすくめた。「うまく説明できない。もっと……うーん、感じのいい木みたいだったらいいかな」

「えーっ！　木なの？」私は大声をあげた。

グランドは低い声で言った。「のびのび育ってるもの、ってことだよ。あったかみがあってさ」

グランドが足を持ちあげようとしたら、ゲポッとおかしな音がして、私は思わず笑ってしまった。

「足に根が生《は》えちゃったのは、グランドの方よ！」

遠くの方に倒《たお》れそうにかたむいている岩が見えたので、私たちはそっちにむかってぶらぶら歩いていった。岩の前に着くと、風のあたらないひなた側に腰《こし》をおろした。しばらくだまっていたあと、私は口を開いた。「スペンサー卿《きょう》の庭でのことを思い出したくないって言ったのは、本気じゃないの……ただ、私にはどうしようもない気がして、くやしくて……」

「それはぼくも同じだ。ずっと気になってるんだけど、やっぱり前のマーリンは殺されたんじゃないかな？　あの庭へ行くまでに、新しいマーリンと交代してなくちゃいけなかったから」

「そんな恐《おそ》ろしいこと言わないで！」と私。でも言われてみて、私も考えずにはいられなくなってしまった。「だけど、新しいマーリンは清く正しい人のはずよ。お祖父《じい》ちゃまが見つけてきたんだもの」

「だまされたのかもしれない。マジドだとはいっても、ハイドおじいさんだって生身《なまみ》の人間だよ。まちがうことはあるさ。こっちのおじいさまに相談してみたらどうかな？」

「グウィンお祖父様《じいさま》に？　でも、お祖父様《じいさま》に何ができるっていうの？　ウェールズ人なんだし」

「でもさ、さわぎを起こすのは上手じゃないか。きみをここに呼ぶだけのために、侍従長《じじゅうちょう》のところの人たちを大さわぎさせたんだから。そうだろ？」グランドが答えた。

またぶらぶら歩きながら、私は考えてみた。でも、あんまりゆっくり考えているひまはなかった。それからまもなく、太陽が沈《しず》みかけているのに気づいて、それぞれ時計を見てみたら、もう五時をまわっていたのだ。そこでうしろをむいたはいいけれど、どっちへ行ったらいいかわからない。荒野《こうや》を取り囲む緑の山々の頂《いただき》は、どれもそっくりに見えた。いくつかのぼってみて、やっと正しい頂《いただき》を見つけ、反対側の斜面《しゃめん》をすべりおり、お屋敷《やしき》に戻《もど》って急いで身なりを整えたら、すぐに夕食だった。

「ここの食事っていいなあ！」グランドがうなった。

テーブルの上には四種類のパンと大きなケーキがふたつ、おそろいの器にもられた六種類のジャムと、チーズ、バター、クリームがぎっしり。私たちが食堂に入ると、オルウェンがすごく大きなティーポットを持ってきた。お祖父様《じいさま》がとどろくような大声でお祈《いの》りを言い終わるなり、オルウェンは山もりのソーセージとフライドポテトをふた皿持って、また戻《もど》ってきた。グランドはすごくうれしそうな顔をして、もりもり食べはじめた。私はケーキにありつく前におなかがぱんぱんになっちゃったけど、グランドは紅茶を何杯《なんばい》もお代わりして、一時間近くもがつがつ食べつづけた。食べながら、ごく普通《ふつう》の人を相手にするみたいに、お祖父様《じいさま》と楽しそうに話していた。

お祖父様《じいさま》は少しあきれたような顔で、グランドが食べるのを見ていた。でも話しかけられることはいやではなさそうだ。ときどきはふたことみこと、低い声で返事もした。グランドは、私が話にくわわりやすいようにと思って、こんなにおしゃべりになっているのにちがいない。スペンサー卿《きょう》の〈内庭〉で耳にしたことを、グウィンお祖父様《じいさま》に話しだすのを待っているのだ。でも私にはできなかった。どうせ言ったってお祖父《じい》さまは、眉《まゆ》をつりあげて見くだすようにこっちを見るだけで、ひとことも信じてくれないに決まっている。話すと想像しただけで、たじろいでしまった。

ママも食事のとき、よくこんなふうにだまってすわっていたのかな、と考えていると、グランドが三きれ目のケーキをもらおうと手をのばした。真剣《しんけん》な顔で切る角度を測りながら、ずっとしゃべっている。

「ケーキはあと二十五度ぶんだけ食べようかな。そのあとはまた、ソーダブレッド（イーストを使わず重曹などでふくらませたパン）とジャムにいこうっと。オルウェンが料理をしてるのは、お祖父様《じいさま》の奥さんが死んじゃったからですか？」

するとお祖父様《じいさま》は私の方をむいた。不機嫌《ふきげん》になっているってわかった。凍《こお》った池の冷気《れいき》に似た雰囲気《ふんいき》がただよってくる。

「アニーは私のことを、やもめだと言ったのか？」お祖父様《じいさま》は私にきいた。

「自分の母親のことは何も知らないと言ってます」私が言った。

「なるほど、うそはついていないわけだな」それで話をやめるのかと思ったら、お祖父様《じいさま》は考えなおしたらしく、思いきったように口を開いた。「私と妻は」と言ってちょっとためらったあと、続けた。

「別れたのだ」

自分でこんなことを言うのはつらかったらしく、お祖父様《じいさま》は暗い顔になった。私は急にかっとなって叫《さけ》んだ。「もういや！　離婚《りこん》だの別居だのって、大《だい》っ嫌《きら》い！　ハイドお祖父《じい》ちゃまも奥さんと別れて暮らしてて、私、そのお祖母様《ばあさま》にも、一緒《いっしょ》に暮らしてるっていう叔母様《おばさま》にも会ったことがないんだもの。その叔母様《おばさま》も離婚《りこん》しているそうよ。それからハイドお祖父《じい》ちゃまと一緒《いっしょ》に住んでる叔母《おば》ちゃまだって離《り》婚《こん》しているから、いとこのトビーはすごくつらい思いをしているの。宮廷《きゅうてい》の人たちも半分は離婚《りこん》しているのよ！　王様だって、ほとんどずっと王妃様《おうひさま》と別れて暮らしてらっしゃるし！　どうしてみんな、そういうことをするの？」

グウィンお祖父様《じいさま》は、探《さぐ》るように私をじっと見ていた。深みのある黒い目が私の頭をこじあけ、中の考えをほじくりだしているような気がする。お祖父様《じいさま》はかみしめるように言った。「一緒《いっしょ》になった理由がもとで、のちに別れることはよくある。人間とはそういうものだ」

私はかっかしてきた。「そうかもしれないけど、そのせいでみんな傷つくんじゃない。グランドだってそう。両親が別居しているの」

「離婚《りこん》。父さんが出ていったんだ」グランドがうなるように言った。

「でも、こればっかりはしょうがないわよ！　それまでよくシビルなんかと一緒《いっしょ》にいたなって思うもの。でもグランドを連れていくべきだったのよ」

「おやおや」とグウィンお祖父様《じいさま》。なんとなくおもしろがっているような声だ。「アリアンロードの氷がやっと解《と》けたようだな」

首から頭のてっぺんまで、一気に真《ま》っ赤《か》になったのが自分でもわかった。お祖父様《じいさま》まで、グランドと同じような目で私を見ていたなんて。私はかちかちの氷ってわけ？　もうすっかり気がたっていたから、いつもアリシアに対してやっているみたいに、お祖父様《じいさま》に食ってかかった。

「よく言うわ！　そっちこそ、かちんこちんの氷山じゃない！」

お祖父様《じいさま》は今ではほんとにおもしろがっている。表情がゆるんで、もう少しで笑いだしそうだ。

私はどなった。「ちっともおかしくないわ！　きっとそういう態度で、ママをふるえあがらせていたんでしょう！　ずっとばかにしたように、こっちを見もしなかったくせに、急にからかったりして！」

それからはっとして、かたずをのんだ（といっても、怒《いか》りで、息はまだ荒《あら》かった）。お祖父様《じいさま》みたいに厳《きび》しい人がこんなことを言われたら、ぱっと立ちあがって、出ていけ、と雷《かみなり》のようにどなるに決まっている。

ところがお祖父様《じいさま》は、もの思いに沈《しず》んだ顔で、こう言っただけだった。「たしかにそうかもしれんが、アニーの方にも、かえって問題をこじらせるようなところがあったからな」あんまりおだやかな調子だったので、こっちはびっくりしてしまった。さらにこう言われたときには、もっとびっくりした。

「さあさあ、アリアンロード。そんなにかっかしている本当の理由を教えてくれ」

私はわっと泣きだしたくなった。ママならそうしたかもしれない。でも、お祖父様《じいさま》はそういうのは嫌《きら》いだろうな、と思ったから、涙《なみだ》をこぼす代わりに、堰《せき》を切ったように話しはじめた。

「じゃあ言うわ。陰謀《いんぼう》が……イングランドの、宮廷《きゅうてい》の人のほとんどが、魔法《まほう》の水を飲まされたの。王様さえも。一味の中にはマーリンもいるの」

「知っている。これ以上、魔法《まほう》のバランスが崩《くず》れないうちにと思って、おまえをここへ呼んだのだ」

一瞬《いっしゅん》、私はあぜんとした。それから、なんだ、お祖父様《じいさま》は魔法使《まほうつか》いなのね！　と思ったら、急に気持ちが楽になった。グランドがグウィンお祖父様《じいさま》の方をぱっと見て、顔を赤らめたので、やはり同じことに気づいたんだとわかった。

お祖父様《じいさま》は私たち二人に言った。「くわしく教えてくれ。どんな言葉でもしぐさでも行動でもいい、覚えているかぎり話すんだ」

そこで、私たちは話した。けっこう時間がかかった。しゃべっているあいだにグランドは、ケーキをあとふたきれ、うわのそらで平《たい》らげた。食べずにはいられない気分だったんだと思う。自分の母親が悪いことをやったと説明して、楽しいはずないもの。そうでもなかったら、ブタになるわよって言ってやったところだ。

グウィンお祖父様《じいさま》は片腕《かたうで》をテーブルについたまま、身を乗り出して、私たちのひとことひとことに聞き入っていた。

最後にグランドが言った。「なんとか助けてもらえませんか?」

お祖父様《じいさま》がゆっくりと首を横にふったので、私たちはがっくりしてしまった。お祖父様《じいさま》は言った。

「残念ながら。たった今、おまえたちの話を聞いてわかったのだが、私はこの先、いかんともしがたい立場に立たされることになりそうだ。ひどく気に入らないやり方でな。したがって当分は、直接手を貸してはやれない。だがアリアンロード、勇気さえあれば、おまえにはできることがある。どうすればいいかは自分で探《さぐ》らねばならないだろう。悪いが、私には関わることのできないたぐいの魔法《まほう》なのだ。おまえの母親は勇気を出せず、ついぞ手に入れることのなかった魔法《まほう》でもある。だがおまえにその気があるなら、明日、行くべき道を教えてやってもいい」

私は、天井《てんじょう》の高い寒い食堂にすわったまま、お皿や食べ残しのむこうから真剣《しんけん》にこっちを見ているお祖父様《じいさま》の白い顔を、だまって見つめていた。グランドもかたずをのんで、私の言葉を待っている。

「私……私、やってみる」背中がぞわぞわするのがおさまってから、私は言った。「だれかがなんとかしなくちゃいけないでしょ」

……なんだ、グウィンお祖父様《じいさま》ってちゃんとにっこりできるのね。思いがけないほど、あったかくてやさしい笑顔に、少しはげまされた。だってほんとは、怖《こわ》くてしょうがなかったんだもの。

4
ニック

1

ロマノフがいなくなったあと、ぼくは前とまったく同じところに腰《こし》をおろし、うしろの壁《かべ》にもたれて、靴《くつ》で床《ゆか》をこすったあとにかかとを合わせてみた。アーノルドやほかの連中に、ぼくがずっと同じ場所にすわっていたと思わせたかったからだが、ほんとはそんなことはどうでもよかった。全身がくがくふるえていて、涙《なみだ》が出そうだった。

だれかがぼくのことを殺そうとしてるなんて！　ショックだったし、恐《おそ》ろしくてたまらなくて、うろたえていた。コリフォニック帝国《ていこく》の人たちには、皇帝《こうてい》になる気なんかないってはっきり言ったのに！　その人たちに連れていかれたいくつかの世界で、腹ちがいの兄のロブが、代わりに皇帝《こうてい》になれるように、いろんな書類にサインした。ぼくは皇位継承権《こういけいしょうけん》を放棄《ほうき》したことになっているはずなんだ。ほんとにわけがわからない……そんなことばかり考えていた。

ロマノフに軽蔑《けいべつ》されたことでも、ぼくはすっかり傷ついていて、それが頭から離《はな》れなかった。ぼくはよく人に自分本位《ほんい》だと言われていた。だからがんばって直してきたつもりだった。おやじの面倒《めんどう》だって見てるし、人に思いやりを持てるようになった気もしていた。でもロマノフはそういうことをひっくるめて、ぼくの心を見透《みす》かした。たしかに思いやりのある行動はとれるようになったけど、今だって心の中は自分本位《ほんい》だ、って。だけど、こんなにがんばっているんだから、少しぐらい認めてくれたっていいじゃないか。しかもロマノフのやつ、ぼくがものを知らないからって軽蔑《けいべつ》するなんて、ひどすぎるぞ！魔法《まほう》の勉強だって、やっているんだ。魔法《まほう》について書いてある本は片っぱしから読んでるし、ほかの世界へ行こうとしてみてもいる。それに、マジドを統《す》べるやつら（マジドたちはなぜか「上《うえ》の衆《しゅう》」って呼んでる）にぼくもマジドの見習いにしてもらえるよう、できるだけのことはやってきた。それに応えてもらえないのは、ぼくの責任じゃない。

それからロマノフ自身のことを考えてみた。千歳《さい》まで生きたって、ロマノフより魔法《まほう》の力にあふれた人に会うことはないだろう。そのくらい、圧倒的にすごかった。マジドには何人か会ったことがあるけど、ロマノフの放《はな》つ力にくらべたら、ちっともたいしたことはなかった。ロマノフはすさまじい。ぜったい不公平だよな、そんなに力のあるやつがいるなんて。剃刀《かみそり》の刃《は》のようにするどくて、雷《かみなり》みたいに強烈《きょうれつ》だ。全身がぞくぞくしてしまう。

あの大きなネコたちにもぞっとしてしまった。本物だってわかったときには……待てよ。これは、夢なんだろ。悪い夢ではきまって、恐《おそ》ろしくいやな思いをするもんだよな。これはただの悪夢なんだ。

そう思ったら、気持ちがすっと楽になった。見上げると、頭の上にある照明のオレンジ色が濃《こ》くなっている気がした。窓の鉄格子《てつごうし》の隙間《すきま》から見える外は、ピンク色に染《そ》まっている。もう日が暮れるらしい。まあ、夢って、よく早送りみたいになるものな……

五分ぐらいして、道具入れのバッグを持ったアーノルドがどたどた歩いてきても、ぼくはあわてなかった。がっしりとしたアーノルドの色白の顔には、疲《つか》れがありありと見える。

「立てよ。帰るぞ。夜のあいだは皇子《おうじ》直属の賢者《けんじゃ》たちが警護《けいご》を務《つと》める」

ぼくは、夢を見ている気分のまま立ちあがった——なんでこんなに苦労して、今に領土を失ってすぐ死んでしまう皇子《おうじ》の警護《けいご》なんかしてるんだろうな。まるでむだじゃないか。でも、そもそもなんでロマノフがそんなことを知っているんだ？　そうか、どうせ夢だもんな……

あれこれ考えているうちに、最初の兵士の前を通りすぎた。兵士はうらやましそうにぼくたちのことを見た。

「やつらは気の毒に、ひと晩じゅうここにいるんだ。爆弾《ばくだん》をしかけられないともかぎらないからな」とアーノルド。チックのところに着くと、アーノルドはさらに言った。「終了《しゅうりょう》だ。ホテルと食い物、どっちを先にする？」

「食い物！」チックは言い、剣《けん》をナイフの大きさに縮《ちぢ》めると、両腕《りょううで》を広げた。「腹がすきすぎて、その新入りを食ってもいい気分だ」

「おれは馬の方がいいがな」とアーノルド。三人でパビリオンの下のところまで歩いていった。デイヴとピエールが二人一緒《いっしょ》にぼくたちのことを待っていた。アーノルドは二人にもきいた。「ホテルと食い物、どっちが先だ？」

二人とも、「食い物！」と言い、デイヴがつけくわえた。「それとワインだ。そのあとは、ナイトクラブにでも行こうぜ。この町にくわしいやつは？　だれか、いいところを知らないか？」

ぼくは四人がひたいをよせあって相談するのを見ていた。ロマノフに会ったあとだと、ちょっと自信家の、ごく普通《ふつう》の人たちだという気がして、一緒《いっしょ》にいるのがつまらなくなってきた。

結局、マルセイユにはだれもくわしくなかったらしい。最後の最後にぼくもきかれたけど、知らないと答えた。そこでぼくたちは、とりあえずパビリオンの下にある、守衛《しゅえい》の立つ扉《とびら》を通って外に出た。アーノルドがタクシーを停《と》め、ぼくらがみんな乗りこむと、アーノルドは言った。「こんどういり、ぬ、あ、ゆぬ、ぼん、ぷらす、あ、もんじえ」たぶんフランス語で、「食べるのにいいところへ連れていけ」というつもりで言ったんじゃないかと思うけど、ドイツ語なまりも入っていて、何語かと思うような感じだった。

でも運転手には意味がわかったらしい。すさまじい音をたてて、海の方にむかって坂をくだりはじめた。道路に丸石が敷《し》かれているとか、タクシーがぼろいとかを考えに入れてもすごい音だから、たぶん、ぼくが知っている車とはエンジンの働き方が全然ちがうんだろう。十倍くらいうるさかった。

でも、ともかく車はちゃんと走り、まもなく、耳をつんざくような音をたてて停《と》まった。運転手が言った。「はいよ《ヴォワラ》、お客さん《ムッシュー》。この通りは全部、お客さん方が食事できる店ばかり」ぼくらのことを英国人だと見抜いていたらしい——でなきゃ、アーノルド（とたぶんチック）はどう見てもフランス人ではないと思ったんだろう。連れてこられた通りには、小さなカフェがたくさんならんでいて、どの店の窓にも大きな手書きのはり紙があった。どれも変な英語だ。「スカンブル・エッグ」と書いてあるのもあれば、「カタシムリ」となっているのもある。「ボテットチフスつきカエルのあし」、「ステッキあります。モニングセットもあり」というのもあった。

ぼくらはどっと大笑いした。長い一日のあと、これだけ思いっきり笑えるとすっきりする。デイヴは丸石の敷《し》かれた道の上でよたよたしながら、顔の涙《なみだ》をぬぐってわめいた。「おれはなあ、おれはぜったい、ぼてっとチフスのついたカエルの脚《あし》なんぞ食わねえぞ！」

「『スカンブル・エッグ』にしてみようぜ。どういう卵料理か見てみたい」チックも笑って言った。

アーノルドは「ステッキ」の方がいいと言ったけど、結局みんなで「スカンブル・エッグ」のはり紙があった店に入った。ぼくたちは笑いながらどやどやと入っていき、メニューをさっとつかんだ。たぶん、店の人たちは、ちょっと怖《こわ》いと思ったんじゃないかな。まるでぼくたちの機嫌《きげん》をとろうとするみたいに、すぐに大きなカラフェにワインを入れて持ってきた。そのあと、全員がトイレに行きたかったことに気づいて、いっせいにすっくと立ちあがったら、本当に怖《こわ》がっていた。

トイレはひとつしかなかった。場所は店の奥《おく》の、電話と台所の前をすぎて出た、裏庭の片すみだ。順番を待ってならんでいるあいだ、店のフランス人の太った女が、うさんくさそうにぼくたちのことをにらみつけていた。新入りのぼくはもちろん列の最後だったから、いちばん長いことその目つきに耐《た》えなくちゃならなかった。

でもテーブルに戻《もど》ってからは、ほぼ文句《もんく》なしだった。ワインをがぶがぶ飲み、たくさん料理を頼《たの》んだ。英語のとんでもない文字まちがいのあるものをいくつかとったほかは、フランス語で書かれたものにしたから、何が出てくるかわからなかった。でもひたすら食べて食べまくって、最後のチーズや甘くてべたべたしたペストリーが出たころになってやっと、ゆっくり食事を楽しめるようになった。デイヴは食後すぐにナイトクラブへ行きたい、と言いだした。

「ひと休みしたらな。その前に報告を聞いておこう」アーノルドが言い、あのいやなにおいのするアステカ産の煙草《たばこ》に火をつけると、ノートを取り出した。「チックはどうだった？　東から侵入《しんにゅう》してこようとするものはなかったか？　兆《きざ》しは？」

「〈世界のはざま〉は、今まで見たことがないほどおだやかだった」

ほかの二人も同じことを言った。それからアーノルドはぼくに目をやった。「おまえがパトロールしたところはどうだった？　ところでおまえ、名前はなんていうんだ？」

やっときいてくれたか。「ニックです」

アーノルドは顔をしかめた。「おかしいな。モーリスとかいう名だと聞いていたんだが」

「それはぼくの名字です」ぼくはとっさにうそをついた。「報告があります。ロマノフという男が現れて、それで……」

「ロマノフだって？」畏《おそ》れとも恐怖《きょうふ》ともつかない叫《さけ》び声があがり、大さわぎになった。みんな、すっかり驚《おどろ》いているようだ。アーノルドはぼくにきいてきた。「ほんとにロマノフだったのか？」

「相手がそう名乗ったんです。だれなんですか？　あれほど魔力《まりょく》が強そうな人に会ったのは、はじめてですけど」

「なに、魔法《まほう》の最高実力者だ。あらゆる世界のほとんどの魔法《まほう》の使い手が、ただ夢見ることしかできないような、すごい魔法《まほう》を使えるんだ」チックが言った。

「夢見るどころか、想像すらつかない魔法《まほう》だってできるのさ。だが、やってくれと頼《たの》むと、とほうもない金を要求されるらしいぜ」ピエールが言った。

「そいつを見つけられたらの話だがな」アーノルドが皮肉っぽく言った。

デイヴが続けた。「聞くところによると、少なくとも七つの異なる世紀にある、十以上の異なる世界のかけらからできている島に住んでいるそうだ。奥《おく》さんから逃《に》げ出して、そこに行ったんだとよ」

「賢明《けんめい》なやつだ」アーノルドがつぶやいた。

「やりたくもない魔法《まほう》の仕事がまわってきそうになって逃《に》げた、とも聞くぞ。魔法《まほう》を独学で覚えたってうわさは、本当か？」とピエール。

デイヴが言った。「ああ、そうだ。そこがロマノフのすごいところだ。おれが聞いた話じゃ、〈トゥーレ〉（世界の果てという意味）だか、〈ブレスト〉だか忘れたが、かなりへんぴな世界の貧民街《ひんみんがい》の生まれらしいのに、自分で魔法《まほう》を勉強して、貧しい暮らしから抜《ぬ》け出したんだとさ。こんなことは異例だから、それだけ魔《ま》法《ほう》の才能があったってことだ。ほかのだれにもやり方がわからない魔法《まほう》を生み出して、高い値をつけて売ったおかげで、すぐに金持ちになったそうだ。今じゃきっと、おれたちの帝国《ていこく》がまるごと買えるくらい金持ちだぞ。買わないでくれ、とは怖《こわ》くてだれも言えないだろうしな」

アーノルドはまだ半信半疑《はんしんはんぎ》という顔で言った。「それはいいとして、ニック・モーリスが会ったやつは本当にロマノフだったのか？」そしてこっちをむいてあのいやな煙《けむり》をふうっと吐《は》くと、茶色い雲みたいな煙《けむり》ごしに、大きな青い目でじいっとぼくを見つめ、きいた。「おれが言ったとおりにしていたのなら、そいつの〈トーテム獣《じゅう》〉も見えたはずだ。どんなのだった？」

チックが口をはさんだ。「サーベル・タイガー（八千年ほど前に絶滅した大型ネコ類。長く大きな犬歯を持つ）だって聞いたな」

僕は答えた。「いいえ、トラとはちがいます。大きくて意地悪《いじわる》そうなネコ科の動物で、ちょっとクリーム色っぽい体に黒ずんだ斑点《はんてん》がありました。耳の毛がふさふさしていて、緑色の目はこっちをあざけっているみたいで、ロマノフはめすだと言った気がします。ぼくの腰《こし》の高さくらい背丈《せたけ》があって、ほんとに怖《こわ》かったです」

アーノルドはうなずいた。「それならロマノフにちがいない」

四人とも、本当に感心しているようだ。アーノルドがさらにきいてきた。「そこに来たわけを言わなかったか？　皇子《おうじ》のことを捜《さが》していたんだろうか？」

「それはきいてみました。そうしたら、皇子《おうじ》は魔法《まほう》でどうにかされなくても、いずれ自分でまずいことをしでかすだろう、というようなことを言ってました。皇帝《こうてい》になってからの話だそうですけど」

みんなはそれを聞いて、心配そうに顔を見合わせた。

ディヴがぶつぶつ言った。「そのとおりになるのかもしれない。聞いた話じゃ、ロマノフの島の一部は、三十年先の未来の世界でできているそうだから」

チックもうなずいた。「ロマノフはうそをつかないって言うしな」

ぼくはほっとした。これだけ話のたねを出してやったんだから、もうぼくのことを考えるのはやめてくれるといいんだけど。名前はモーリスのはずだ、とアーノルドに言われた瞬間《しゅんかん》、一気にわかったのだ。これは夢じゃない、現実なんだって。どうしてそうなったのかはまるでわからないけど、前からずっと望んでいたとおりに、ひょっこりべつの世界にやってきたんだ。本物の異世界へ。着いたところがちょうど、あのヘリコプターのそばで、新入りが来るのを待っていたこの人たちは、ぼくのことをそいつだと思いこんでしまったわけだ。

ということは、こっちの世界のロンドンのどこかに、本物のモーリスってやつがいるんだ。そのモーリスがぼくと同じくらいの年で、朝食を抜《ぬ》いてまで飛行場に行ったのに、おいてきぼりにされたとなれば、頭にくるに決まってる。きっと学院とやらに戻《もど》るか、電話するかして、どんな目にあったか話すはずだ。もしぼくがものすごくついているなら、学院の連中はただ肩《かた》をすくめて、遅《おく》れたおまえが悪い、と言うだけだろう。

でも運をあてにはできない。

それより、なにしろこのクリケットの試合は優勝決定戦で、何日も続くだろうから、学院の方は今日のうちに、本物のモーリスがあとからマルセイユへ来られるよう、手配をしたんじゃないだろうか。それから皇子《おうじ》の護衛部隊《ごえいぶたい》のだれかに電話して、モーリスは今そちらにむかっている、とでも伝えたんじゃないか？　ぼくがこれはみんな夢だと考えながら、あのコンクリートの廊下《ろうか》にすわっているあいだに電話が来なかったのは、うそみたいに運がよかったというだけのことだ。もし連絡が来ていたら、否応《いやおう》なく現実だと思い知らされるはめになったはずだ。でも、学院側がいくら旅の手配に手間どったとしても、もう電話ぐらいはかけているだろう。あるいはモーリスが、とっくにここへ到着しているかもしれない。

たぶん、この賢者《けんじゃ》たちが腹ぺこだったおかげで、どこに行くか言い残さずにぼくを連れてタクシーで出てきてしまったから、ぼくはこの二時間くらい、逮捕《たいほ》されずにすんでるんだ。

逮捕《たいほ》されるのはまちがいない。ぼくの世界でだって、女王の護衛隊《ごえいたい》にひょっこりまぎれこんだりしたら、つかまるはずだ。しかもこの世界は、クリケットの競技場を魔法《まほう》の輪で囲まなくちゃならないほど、ぶっそうな世界なんだ。その円を作るのに、ぼくもくわわった。ということは、魔法《まほう》テロかなんかの罪で訴《うった》えられるぞ。ぜったいそうに決まってる。なんとしても逃《に》げ出さなくちゃ。

ここのみんなはまだ、なんとなくぼくに注目しているが、今は〈トーテム獣《じゅう》〉のことと、それぞれの獣《けもの》が、いかに自分たち賢者《けんじゃ》の人格を反映しているかといった話に花を咲《さ》かせている。ぼくは新入りらしく、おとなしく話に聞き入っているふりをした。ロマノフの〈トーテム獣《じゅう》〉はロマノフ自身と似たところがあったか、ときかれて、ぼくは答えた。「はい。歩き方がそっくりでした」

みんなは笑った。それからチックが不思議そうに言った。「だが、ほんとに皇子《おうじ》のこと以外は何も言わなかったのか？」

「ぼくのことを、何も知らないやつだと言って、うんざりしたようすで行ってしまいました」

ロマノフをよこしたのは、モーリスの学院のやつらだろうか？　ぼくが魔法《まほう》テロを起こす前に始末しようとしたのかな？　いや、それはおかしい。だってロマノフは、ぼくの名前を知っていたんだから。

ぼくはついさっきまで、自分の名前を言ってなかったわけだし。

アーノルドが首をかしげながら言った。「たまたま通りかかっただけじゃないか？　それにしても妙《みょう》な話だが。ホテルに着いたらすぐに上に報告した方がよさそうだ。ニック、おまえは皇子付《おうじづ》きの賢者《けんじゃ》たちにくわしく説明できるようにしておけ」

「もちろんです」そう言いながら、ホテルに行く前にずらからなくちゃ、と思った。

アーノルドが言った。「デイヴ、勘定《かんじょう》を頼《たの》んでくれ。『らでぃしおん』とかなんとか言うんだろ。みんな、さんざん飲み食いしたぶんの金は持っているんだろうな？」

ぼく以外の四人は、金を取り出した。ちらっと見ただけで、ぼくのズボンのうしろポケットに入っている二枚の十ポンド紙幣《しへい》とは、似ても似つかないのがわかった。みんなの持ってる紙幣《しへい》は、白っぽい紙に黒い字が印刷してあって、まるで役所の書類みたいだ。硬貨《こうか》は巨大《きょだい》だし重そうで、テーブルの上に放《ほう》り出されると、教会の鐘《かね》みたいにガランガラン音をたてた。ずらかるのは今しかない！

ぼくは立ちあがった。「もう一度トイレに行ってきます」

「食《く》い逃《に》げする気か？」ピエールが笑いながら言った。

ほかの三人も笑った。「おいニック、おまえの〈トーテム獣《じゅう》〉は何か、まだ教えてくれてなかったな。国家機密《きみつ》なのか？」とチック。

「そういうわけじゃ……クロヒョウです」ぼくはじりじりとあとずさった。

「ほんとかよ？　それならおまえはかなりの魔力《まりょく》の持ち主だぞ！」とデイヴ。

「冗談《じょうだん》です、ただの冗談《じょうだん》」ぼくはあわてて言った。そして陽気なやじや、どっとわきおこった笑い声をあとに、さっさとその場を離《はな》れた。あと味《あじ》が悪かった。けっこういい人たちだったのに。

走る勇気はなかったが、かなりの早足で廊下《ろうか》を進み、店のフランス人の大柄《おおがら》な女の横を通って（またにらまれた）、裏庭に出る扉《とびら》を開けた。幅の狭《せま》い扉《とびら》だったので、体を横むきにしないと通れなかったが、おかげであのヘリコプターに乗っていた将校が、カフェの表の扉《とびら》から入ってくるのが目に入った。携帯《けいたい》電話《でんわ》をふりまわし、かなり興奮しているようすだ。ぼくたちのことをあちこち捜《さが》しまわっていたのだろう。

ぼくはなるべくそっと扉《とびら》を閉めて、出口をめざして裏庭を突《つ》っ走《ぱし》った。出たところはごみ箱がいっぱいある路地だった。兵士たちの姿はない。今のところは、だ。将校はぼくたちがたしかにここにいるとわかってはいないだろうから、まだ店を包囲させてないはずだ。でも表の方には、部下をたくさん連れてきているにちがいない。逃《に》げないと。

ぼくは必死で走った。その路地を抜《ぬ》けて、さらに何本かの路地を抜《ぬ》け、最初の通りから遠ざかれそうなのぼり坂を見つけるたびに、そっちへ曲がった。でもそうしたのはまちがいだったかもしれない。階段になっているところもあるほど、どんどん急な坂になっていったからだ。それに、人通りも多くなった。カップルがぶらついていたり、戸口に人が腰《こし》をおろしていたりしたから、叫《さけ》び声《ごえ》や警笛《けいてき》、どやどやと坂をのぼってくる足音がうしろから聞こえてきても、走るわけにはいかなくなった。ここで走ればあやしまれて、告《つ》げ口《ぐち》されるに決まってる。

やがて、さらにまずいことになっていった。いきなり、ぼくの頭の中に響《ひび》き渡《わた》るように、アーノルドの声が聞こえてきたからだ。『ニック。ニコラス・モーリス。戻《もど》ってこい。ちょっとききたいことがある』……あの人たちが賢者《けんじゃ》だということを、忘れていた。たぶん、魔法《まほう》でぼくの行方を追っているのだろう。

デイヴの声も聞こえてきた。『おい、ニック、ばかな真似《まね》はよせよ。ニコラス・モーリス、厳戒態勢《げんかいたいせい》が敷《し》かれたから、逃《に》げられないぞ』

ぼくの名前はニコラスじゃない！　ぼくは半狂乱《はんきょうらん》で自分に言い聞かせた。本当はニコソデス・ユーサンドル・ティモスス・ベニゲディ・コリフォイデスっていうんだ。この長ったらしいへんてこな名前が本名だというのが、こんなにうれしかったことはない。この名前を唱えていると、頭の中の声は小さくなった。ぼくは自分の名前を何度もくり返しながら、丘《おか》をのぼっていった。しまいには息が切れた。全身が燃えるように熱い。ぼくはあとひと続きの階段をドスン、ドスンとのぼっていきながら、名前を区切って唱えた。「ニコソデス……ハア……ユーサンドル……ハア……ティモスス……ヘエ……ベニゲディ……フウ……コリフォイデス！」

と、まばゆい明かりの下に出て、頭の中の声がすうっと消えていった。あたりには店が立ちならび、人もいっぱいいいる。

やったあ！　人混《ひとご》みの中にまぎれてしまえば、なんとかなるぞ！

これぞ都会、という雰囲気《ふんいき》のところだった。舗道《ほどう》にならんだテーブルで飲み食いしている大勢の人たちの前を通っても、だれもぼくには目もくれなかった。夜を楽しくすごしている幸せそうな人たちと一緒《いっしょ》に、広い道路を渡《わた》ったときもそうだ。みんなぼくよりいい格好《かっこう》をしていたが、どうせこっちなんて見やしないから、気にしなくてよかった。が、渡《わた》った先の歩道をゆっくり歩きながら、高級そうな店のウィンドーをのぞいたりしているうちに息が整い、もうだいじょうぶかなと思いかけたとき、前もうしろも制服だらけになっていると気づいた。警官と兵士たちが通行人を足止めしていて、さらに何十人かがぼくのいる方にむかってきながら、道行く人々に身分証を出せと、片っぱしから命令していた。

ぼくは脇の路地に入り、坂をかけあがった。つきあたりに大きな教会みたいなものが見えたとたん、立ちすくんでしまった。ライフルを持った兵士が二人、入口に立っていたのだ。ひょっとするとこの世界では、祭壇《さいだん》にすがってひざまずき、「聖域！」と叫《さけ》べば、逮捕《たいほ》されずにすむ（中世では教会など神聖な場所では犯罪人の逮捕ができなかった）のかもしれないが、これだけ守りが固いんじゃ、中にかけこむこともできない。ぼくは路地の壁《かべ》にもたれ、これからどうしようかと考えた。やるべきことならわかっている。さらにほかの世界へ行くか、自分の世界へ戻《もど》ればいい。でもどっちもできそうになかった。どんなに強く壁《かべ》に肩《かた》を押《お》しつけてみても、どうもならない。家でやってみたときと同じだ。何をどうしたらほかの世界に行けるのか、さっぱりわからなかった。

そうだ、待てよ！　今日はほとんどの時間を、ここは全然ちがう場所の木の上ですごしたじゃないか。あそこならきっと安全だ。行けたら、の話だけど。とにかくやってみよう。

ぼくはあたりを見まわした。一瞬《いっしゅん》、目がおかしくなったのかと思った。あの森へ続く小道だけじゃなく、ほかにもいろんな小道が、ぼくの立っているところのすぐ前から、四方八方へ広がっていたのだ。どの小道も青くぼうっとかすんでいて、路地に対して妙《みょう》な角度でのびていたが、ロマノフが言っていたように、ちゃんと本物らしく見えた。ぼくはいちばん手近の小道をかけあがっていった。

ここも夜のようで、かなり暗かったが、そう遠くまで行かないうちにトルコブルーに光る楕円形《だえんけい》のクリケットの競技場が見えてきた。そこから方角の見当をつけ、ぐーんとカーブを描いて森の中にかけこんだ。

森の中は真っ暗だった。ガサゴソいう気味の悪い音や、あやしげな鳥の鳴き声がうるさい。でもそんなことに気をとられるもんかと、そのまま走りつづけた。あのクロヒョウを見つけるんだ。木にのぼって、守ってもらおう。そうすればなんとかなるだろう。

次に行きあたった低木の茂《しげ》みの中を進んでいるとき、肉屋みたいなにおいと一緒《いっしょ》に、ガリゴリバリバリと骨をかみ砕《くだ》いているようなものすごい音がしてきた。きっとクロヒョウだ。と思ったらやはり、ひとつ先の低木の下の暗がりに見えた黒いものが、クロヒョウだった。でもぼくが何か言うより先に、そいつは恐《おそ》ろしいほどよく響《ひび》く声でうなった。

『あっち行け。いそがしい。食事中。私のもの！』

ぼくは大急ぎでその茂《しげ》みを抜《ぬ》け出した。そっとしておかなかったら、ぼくもがぶりと食ってやるって感じだったぞ。おとなしい〈トーテム獣《じゅう》〉だなんて思ったら大まちがいだ。ぼくは、ぞっとすると同時にひどく心細くなった。あの獣《けもの》に守ってもらえるかと思ってたのに。それがだめなら、とりあえずはやっぱり木にのぼるしかないか。そう思ってうろうろ歩いていると、のぼりやすそうな木が見つかった。いちばん低い枝に片足をかけて幹に腕《うで》をまわしたとき、また声が聞こえてきた。

『ニコラス・モーリス、ここにいることはわかっているんだぞ。出てこい』

ぼくはぎょっとして動きを止めた。声のする方をふりむくと、黄色っぽく光る幽霊《ゆうれい》みたいなものがふたつ、木々のあいだをすりぬけ、地面から三十センチほどの高さをふわふわと近づいてくる。トルコブルーの楕円《だえん》の方角から続いてる小道にそって、かなり近いところまで来ていた。幽霊《ゆうれい》のようすをよく見てみたら、チックとピエールだとなんとなくわかった。しまった、あの連中にはこういうこともできたんだっけ。

ぼくは自分の姿を見おろしてみた。光ってなどいないし、しっかり実体があるようだ。といっても、ちゃんと見えたのは、木にしがみついて血の気《け》がなくなっている両手だけだったけど。たぶんチックとピエールの目には、自分たちのことがしっかりと濃《こ》い色で、ぼくの方が幽霊《ゆうれい》みたいにぼんやり光って見えるんだろうな。でもそれ以上のことはわからないんだから、こまってしまう。ただ、どうやらまだ見つかってはいないらしい。

『ニコラス・モーリス！』二人は朗々とした声で、ぼくをおびきよせるように呼んだ。

『ニコソデス！』ぼくは自分に言い聞かせた。そして自分の名前を唱えながら、木から離《はな》れ、そっとあとずさった。木やとげのある茂《しげ》みにぶつかりながら、そろそろとさがっていくあいだも、幽霊《ゆうれい》みたいな二人がだんだん遠くへただよっていくようすから目を離《はな》さなかった。とげのある茂《しげ》みのまうしろにまわりこむと、相手はすっかり見えなくなった。そこでうしろをふりむくと、右手の方に、またべつの青い小道がくねくねと上にのびているのが見えたから、そこを一気にかけあがった。

この小道は岩だらけで両側に切り立ったがけがそびえていた。がけも道もひどくでこぼこして濡《ぬ》れていて、何度もころびそうになった。でもトルコブルーの競技場の光がすっかり見えなくなるまでは、と思ってかけつづけた。足は止めないまま、もういいかなとふり返ったとき、がけにガツンとぶつかり、ぼくは倒《たお》れてしまった。

2

ぼくは長いあいだ、そこにすわりこんでいた。またもや恐《おそ》ろしくてたまらず、うろたえてしまっているが、前よりひどいことに、がけにぶちあたったせいでひざがじんじん痛むし、しりは水たまりにつかっているらしい。これ以上ないほどみじめな気分だ。そのうえ、真っ暗ときている。

おやじのところに帰る方法はなさそうだ。森に戻《もど》って、幽霊《ゆうれい》の姿をしたチックとピエールにおとなしくつかまるか、この小道をずっと行くか、それともほかの小道に入るかのどれかを選ぶしかない。どれにしたって、あまり望みはなさそうだ。

すごくいやな気分だった。うしろめたい気もする。なにしろぼくは、護衛部隊《ごえいぶたい》の全員をだましたことになるんだから。わざとやったわけじゃないが、これはみんな夢だと頭から思いこんでいたから、「すみませんけど、ぼくはお捜《さが》しの新入りじゃありません」と言えばいいものを、それすらしなかったのだ。あるいは、頭のすみで自分を守ろうとする気持ちが働いて、正直に言ったとしても、やっぱりつかまって尋問《じんもん》されるにちがいないと思ったのかもしれない。いや、ちがう。本当の理由はわかっている。ずっとやりたいと願っていたとおり、夢でなく実際に、本当にまちがいなく、自分一人の力でほかの世界に来られたからなんだ。それをだいなしにしてしまうのはもったいない、と思ったわけだ。

だがそのせいで、ぼくは今、とんでもなくまずいことになっている。ぼくがだましてしまった賢者《けんじゃ》たちも同じだろう。アーノルドとデイブは、必死になってマルセイユじゅうを捜《さが》しているんだろうな。チックとピエールは今もトランス状態で森を捜《さが》しているはず。四人とも、こまってるにちがいない。ぼくを見つけられなかったら、たぶん四人の方が逮捕《たいほ》されることになるんだ。

　これじゃ、だれかがロマノフを雇《やと》ってぼくを抹殺《まっさつ》しようとしたのもうなずける。今のぼくはとんでもないやっかい者じゃないか。ぼくが先々やることが依頼《いらい》の理由なのかもしれない、とロマノフは言っていた。ロマノフは、ぼくがどんどんまずいはめにおちいっていくことを知っていたにちがいない。

　ぼくがマジドになるんだって思ったのが、そもそもの始まりだ。マジドっていうのは、強力な魔法《まほう》の使い手のことだ。世界から世界へ渡《わた》り歩いて、魔法《まほう》の流れを望ましい方向に導く人たちで、魔法《まほう》にかぎらずあらゆるごたごたを解決する役目にもなっている。マジドの多くはいくつもの世界の問題（ものすごくおもしろいのばっかり）に同時に関わって、さまざまな魔法《まほう》のわざを使って解決する。ぼくもそういうことがやりたかったんだ。こんなに何かをやりたいって思ったことはなかった。でもマジドを統《す》べる上《うえ》の衆《しゅう》がならせてくれない。訓練を受けさせてもくれなかった。だから知らないうちにあちこちうろうろして、こんなまずいことをひきおこしてしまったわけだ。ロマノフに軽蔑《けいべつ》されてもあたり前だ。

　それからまた、ロマノフのことを考えはじめた。ロマノフは、どんなマジドよりも力が強いにちがいない。ロマノフ――ロマノフっていえば、昔のロシアの王朝（一六一三〜一九一七）の名前だ。ロマノフは魔法《まほう》の最高実力者なんだから、王みたいなものかもしれない。英国に麻薬問題担当長官《まやくもんだいたんとうちょうかん》ってのがいるように、ロマノフは魔法問題担当長官《まほうもんだいたんとうちょうかん》なのかも。今のまずい状況《じょうきょう》をどうすればいいか相談できたらいいのに。ロマノフなら、ぼくが自分の世界に帰る方法を知っているはずだ。

　変なことが起こったのは、そのときだった。

どう説明したらいいかわからないが、まず、においとも感触《かんしょく》ともいいきれない何かを感じた。ロマノフのことを考えたのがきっかけとなって、小道の先からかすかなそよ風が吹《ふ》いてきた、という気もした。だが、実際には風は吹《ふ》いていなかった。しめった空気は、そよとも動いていない。それなのに、どこかにあるという島に帰るロマノフが通ったのはまさにこの小道だ、と、いきなり「嗅《か》いで、感じる」ことができたのだ。

ぼくは声に出して言った。「だれかに追われることになったら、自分のところに来いって言ってたよな。よし、行ってやろうじゃないか」

ぼくは立ちあがり、手探《てさぐ》りで小道をたどっていった。

それからどのくらい歩いたかわからないが、とにかくひどい道で、ものすごく暗かった。岩壁《がんぺき》のあいだに空が見えるとはいえ、その空も小道とほとんど変わらない暗さだ。月も星も、道を照らしてくれるものは何もない。濡《ぬ》れてごつごつした岩を探《さぐ》る自分の右手と、ぶるぶるゆらしながら前にのばした左手が、ぼんやり見えるだけだ。左手をのばしていたのは、がけのとびでたところや角にぶつからないようにするためだ。ほかの何かにぶつかるかもしれない、なんてことは考えたくもなかった。でもピシャピシャいう音がずっと聞こえていたから、今にも何か大きくてぬるぬるした生き物か何かをさわってしまう気がしてしょうがなかった。ギイギイいう音もした。パサパサ乾《かわ》いた羽音《はおと》もして、それがいちばんいやだった。パサパサいう音がするたびにうなじの毛が逆立《さかだ》って、えりのあたりがむずむずした。

地面もでこぼこしていた。足もとが見えなくて、何度も石ころをけってしまったし、急にのぼり坂になってよろめいたり、くだり坂になってすべったりした。爪先《つまさき》を思いっきりぶつけてしまったことも何度かあったけど、何にぶつかったのかはわからずじまいだった。水たまりをバシャバシャ歩き、泥にまみれた砂利《じゃり》をザクザク踏《ふ》んでいくうちに、足が濡《ぬ》れて冷えきり、じんじん痛くなってきた。そのうえ次には何がどうなるか、見当もつかないのだ。

さらに、雨がふってきた。「これじゃ、あんまりだ！」ぼくはうめいた。どしゃぶりの冷たい雨で、あっというまにずぶぬれになった。雨水が顔をだらだら伝い、濡《ぬ》れて細い束《たば》になった髪《かみ》の先が目をつつく。あんまり寒くて、歯がガチガチいいはじめた。でも、信じられないような話だけど、実は雨はかえって好都合だった。生き物たちは雨が嫌《きら》いだったのか、さっきまでの耳ざわりな音がやんだ。今は雨がザアザアいう音や、水たまりにピシャピシャ落ちる水音、岩をチョロチョロ伝う音しか聞こえてこない。それに、岩がすごく濡《ぬ》れたおかげで、空のかすかな明るさを反射しはじめ、水たまりもちょっときらきらして、行く手がどうなっているか、少しはわかるようになった。ぼくは目にかかった髪《かみ》をかきあげると、先を急いだ。

雨が霧雨《きりさめ》に変わったころ、少し明るくなってきた。岩の角という角がかすかに銀青色に光ったおかげで、岩が裂《さ》けてできたみたいな細い道が、くねくねとのびているのが見えた。そのうち、前方から何か音も聞こえはじめた。さっき聞いたのとはちがい、だれかがわめいているような音が響《ひび》いてくる。

ぼくは用心してそろりそろりと進んでいった。右の肩《かた》を岩壁《がんぺき》にぴたっとあて、一歩一歩、すり足で進み、曲がり角に来たときには、まず行く手をのぞきこんだ。何か大きな生き物が、すっとんきょうな声をあげているらしい。

三回曲がったあたりから、わめき声が言葉として聞きとれるようになった。「われらは耕《たがや》し、爆弾《ばくだん》をまく！（賛美歌の一節『われらは耕し、よき種をまく』のもじり）」もうひとつ角を曲がると、「王ウェンセス、ラストに見しは……じゃ、最初に見たのはいつなんだ？……聖ステパノ祭の夜！（十九世紀からクリスマスキャロルとして親しまれている歌『よき王ウェンセスラス』の一節。ボヘミアの守護聖人「ウェンセスラス」のことを歌ったものだが「ウェンセス、ラスト」とまちがって覚えられることが多い。聖ステパノ祭は十二月二十六日）」というのが聞こえてきた。

　声をあげて笑いそうになったけど、用心するに越《こ》したことはないと思い、だまってそろそろ進んでいった。あたりはだんだん明るくなり、わめき声はずっと続いた。あまりに調子っぱずれで、とても歌とはいえない。次の角を曲がろうとしたとき、やっとさわぎの主が目に入った。

　がりがりにやせた白髪頭《しらがあたま》の酔《よ》っぱらいだ。出っぱった岩によりかかって、大声で歌っている。岩かげからそっとのぞくと、そいつは「千歳《ちとせ》の岩よ、わが身を囲めぇぇぇ！（賛美歌『千歳の岩よ』の一節）」とわめきながら、しわだらけのふるえる両手の中の小さな青い炎《ほのお》を掲《かか》げていた。炎《ほのお》で服がきらきら輝いているだけでなく、濡《ぬ》れた岩や、叫《さけ》んでいるしわくちゃの顔も明るく照っている。ぼくがのぞいていると、相手は炎《ほのお》をさらに高く掲《かか》げて叫《さけ》んだ。「さあさあおいで、二人とも！　それとも二重に見えているだけなのかな？　出てきて、お二人さんの姿を見せてくれ。こそこそするんじゃない！」

　ぼくは前に進み出た。ちっとも危なくなさそうだったから。これほど酔《よ》っぱらった人は見たことがない。友だち連中がおやじのウィスキーを全部飲んじゃったときだって、ここまでひどくはならなかった。こんなにへべれけじゃ、人に危害をくわえようったってむりだろう。こっちをちゃんと見ることすら、できないみたいだ。そいつはよろめきながら小さな炎《ほのお》をかざし、目をぱちくりさせて、ぼくをじっと見つめた。炎《ほのお》はアーノルドたちが使っていたような懐中電灯《かいちゅうでんとう》の光か、アウトドア用のロウソクの火かと思っていたけど、そうじゃなかった。青い光は、そいつの両手の中で浮《う》かんだまま、小さく渦《うず》を巻いていたのだ。

　そいつが言った。「私は、でんぐでんぐに酔《よ》っている。まずは酔《よ》わないことには、ここを通れないんだ。怖《こわ》くてかなわんからな。なあ、きみは怖《こわ》くないのかね？」

「怖《こわ》いです」ぼくは小さな炎《ほのお》に目をうばわれていた。こんなすごいものにはめったにお目にかかれない。

「それ、持っていて手が焦《こ》げないんですか？」

「いやいや、いやいやいやいやいや」そいつは叫《さけ》んだ。酔《よ》いすぎて、大声でしかしゃべれないらしい。「こりゃな、実質は私の肉体の一部なのだよ、痛くもかゆくもない。えんま、じゃない、魔炎《まえん》と呼ばれるものだ。熱くはないし、ぬくもりすらない。それより、さあ、言うんだ！」

「言うって、何を？」

「してほしいことか、ほしいものに決まっているじゃないか。ここでは、三回こまっているやつに会って、そのたびにできるかぎりの手助けをしてやらないことには、自分の行きたい世界に行けないのだよ。きみが私の三人目なんだ！」そいつはぼくの鼻先で、小さな炎《ほのお》を前後にふりながら叫《さけ》んだ。「というわけで、早いとこきみの件を片づけて、ここから出ていきたいのだ。さあ、きみの望みはなんだね？」

このときぼくは、ロマノフを見つける方法が知りたい、と頼《たの》むべきだった。今になってみると、それがわかる。そうしていたら、いろいろなことがちがったふうになったはずだ。でもぼくは、その小さな青い炎《ほのお》にすっかりたまげてしまっていたから、光が目に入らないようにあとずさりしながら、炎《ほのお》を指さしてこう言ったのだ。「それ、ぼくにもできますか？　炎《ほのお》の出し方を教えてほしいんですけど」

そいつはよりかかっていた岩から体を起こすと、よろよろと歩いてきて、ぼくの顔をのぞきこもうとして倒《たお》れそうになり、あわててまた岩の方に戻《もど》ってよりかかると言った。「こりゃ、たまげた。きみはここに来ているってのに、こんな簡単なことができないのかね？　ひかりをだすだけだぞ？　待てよ、ひだりを貸すって言うつもりだったのかな？　まあどっちでもいい。とにかくできないんだな。なぜだ？」

「やり方を教わったことがないからです」ぼくは言った。

そいつはゆらゆらゆれながらも、まじめな顔になって言った。「いいかね、私はいくつかの世界の文学界では、わりと名が知れている方なのだが、あえて他人の文章を引用させてもらうぞ。『やれやれ、今どきの学校では、何を教えてるんだろう？』……何からの引用かわかるかね？」

「ナルニア国物語のうちの一冊でしょう。シリーズの最初に出た話（C・S・ルイス作『ライオンと魔女』）ですよね。その光を出すのをやってみせてくれませんか？」

「見せるじゃない、教える、だ」そいつはますます大まじめな顔になって言い返した。「光は自分の内面から出てくるものだから、代わりにやってみせることはできない。まずは、自分の中心を見つける。できるかね？」

「中心って、へそのあたりのことですか？」

「ちがう、ちがう！」そいつはわめいた。「きみは女（魔術では女の中心はへそ、男の中心はみぞおちだという考え方がある）じゃないだろうが！　それとも女なのか？　実を言うと、きみのことがよく見えないんだが、声からして十代の少年とにらんでいるんだ。どうだ、合ってるか？」

「はい」

「しかも、まったくの無知ときている」そいつはぶつぶつ言った。「こんなことも知らないなんてなあ……いいか、きみの中心はここだ！」

そいつはいきなり突進《とっしん》してきて、ぼくのみぞおちを強く突《つ》いた。同時に酒くさいにおいがぷーんと鼻をついて、ぼくは小道の反対側の岩壁《がんぺき》へ、ふらふらとあとずさった。そいつの方はバランスを失い、倒《たお》れかかりながらぼくの脚《あし》をつかもうとして失敗し、足もとにばったりと伏《ふ》してしまった。青い光は地面一面にちらばったように見えたが、すぐにそいつの片腕《かたうで》をのぼり、濡《ぬ》れて光っている肩《かた》の上に落ち着いた。

「たいそうしんけいしつ。たいそうしんけいしつが、中心なんだ」そいつは声をしぼりだすように言った。

「けがは？」ぼくはきいた。

そいつはぐしょぐしょに濡《ぬ》れた白髪頭《しらがあたま》を持ちあげた。「でんぐでんぐに酔《よ》っぱらったやつはな、特別な酒護天使ってのに守ってもらえるんだ。だから、ここに来る前には酒を飲むというわけだ。なあ、つじつまが合うだろう？　さあ、光を呼びおこすやり方はわかったか？」

ぼくは正直に言った。「いいえ」

「太陽神経叢《たいようしんけいそう》（みぞおちにある自律神経の集まったところ）がどこにあるかも知らないのか？」

「さっきは『たいそうしんけいしつ』って言ってましたけど」とぼく。

そいつは手とひざをついてよつんばいになり、悲しそうに首を横にふった。まるで濡《ぬ》れたイヌが体をゆするときみたいに、しぶきがとんだ。「私をからかっているのか。まあいい、許そう。なにせ許さないことには、ここから出られないんだからな。だが、これだけは言っておくぞ、お若いの、きみは年長者に対する礼儀《れいぎ》をわきまえとらん。『たいそう神経質』とはいやはや！」それからぼくの足もとの地面を手探《てさぐ》りしはじめた。「どこだ？　あの光のやつをどこにやった？」

「あなたの肩《かた》にのってますよ」とぼく。

そいつは横をむき、光に鼻をつっこんだような感じになった。「今度は私を笑い者にするのか。だが紳士《しんし》たる私は、きみの失敬《しっけい》を忘れてやる。さもないと、おたがい、ひと晩じゅうここにいることになってしまう。さあ、つかめ」

吐《は》きけがするほど酒のにおいがぷんぷんするから、本当はそいつにさわりたくなかった。でも光の出し方がどうしても知りたくて、かがんでぐしょぐしょに濡《ぬ》れた上着をつかんだ。ところが相手は気にさわったらしく、「手を放《はな》せ！」と言うなり、よつんばいのまま、ずりずりとあとずさった。

「頼《たの》んだのはそっちでしょう」ぼくはもういやになってきた。

「いいや、そんなことは頼《たの》んでいない。私はただ、おたがいが助かる手として、私の魔炎《まえん》をつかめ、と言ったのだ。つかみあげてもまだ光っていたら、自分で光らせていることになるからな。さあ、さっさとつかめ。熱くはないし、私ならまたいくらでも作れる」

本気かどうかわからなかったけど、言われたとおり、そっと近よって、小さな炎《ほのお》を両手で包んでみた。感触《かんしょく》はほとんどなかった。ちょっとあったかいかな、という程度だ。立ちあがっても炎《ほのお》がまだ手の中にあったので、すごくうれしくなった。と思ったら、炎《ほのお》は小さくなり、消えそうになった。

「こらこら！　気にかけるな！　すぐに何かほかのことを考えろ！」そいつはそう叫《さけ》ぶと、岩壁《がんぺき》の方へすばやくはっていき、どうにか立ちあがった。そして指をパチッと鳴らし、また新しい青い炎《ほのお》を出すと、しわくちゃの手のひらの上にバランスよくのせた。「そらな、また作れただろう？　さあ、ちがう話をしろ」

「えっと……」ぼくは手の中の青い炎《ほのお》から目をそらして言った。「三回こまっているやつに会わなくちゃいけないって言いましたよね。ぼくにとって、あなたは一人目ですか？」

「もちろんちがう！　私はこまってなどいない。ここを出たいだけだ。きみは私の三人目だから、私の方はこれでもう行ける」

「ぼくの前にはだれに会ったんですか？」

「ヤギだ！　メーわくな話だろう、ハハハ！　道に迷っていたらしい。それから生意気《なまいき》な少女にも会った。ふとどき者、じゃない、双子《ふたご》の妹から隠《かく》れているとかで、居場所を教えないでくれ、だと」

「ヤギにはなにをしてあげたんですか？」ぼくはさらにきいた。

「ヤギにしてやれることなどそうあるか？　くるりとむきを変えさせて、しりを押《お》してやっただけだ。正直いって、はっきりとは思い出せないよ。だが二回とも、きみにくらべたらよほど楽だった。もうこつがわかってきたか？」

ぼくは思いきって自分の両手を見おろしてみた。マッチの炎《ほのお》くらいの大きさしかないが、明かりがたしかに、ちょろちょろとゆらめいている。もっと大きくなれ、と念じてみたが、どうもならなかった。

「まあなんとか」ぼくは答えた。

そいつはよりかかっていた岩を押《お》してはずみをつけ、よろよろとこっちへ見にやってきた。吐《は》く息に混じったアルコールのせいで、炎《ほのお》が一瞬《いっしゅん》、まちがいなく倍くらいの大きさになった。「よしよし、もうだいじょうぶそうだな。こんなところにぐずぐずしている用はなくなったわけだ。さよなら、別れましょう……ヤナギの木で首つるな！（女性の失恋を歌ったイングランド民謡『街の居酒屋』の替え歌）」そいつはまた調子っぱずれの大声で歌い、ぐらぐらゆれながら歩きだした。

むかいの岩壁《がんぺき》にまっすぐぶつかるなと思ったら、どうやらそこに出口があったらしく、そいつは岩の中につっこんでいった。手に持った青い炎《ほのお》で、岩がぼうっと銀青色に光る。そいつはまだ声をはりあげて歌っていた。

「たどりてゆきし……熱を帯《お》びたる、王の悪態《あくたい》……悪態《あくたい》でも勝手につきやがれ……（『よき王ウェンセスラス』の替え歌。もともとは熱を帯びた王の足あとが、こごえる従者をあたためたという内容）」そんな声が岩の中から響《ひび》いてきた。

ぼくはくすくす笑いながら、また手の中の炎《ほのお》に目をむけてみた。どうやらもうすっかり安定したようで、左手だけに移してもだいじょうぶだった。ほんとに消えないかどうか、しばらくようすを見てから、また小道を歩きだした。

今度はそんなに悪くなかった。あたりがちゃんと見えると、歩くのもすごく楽だ。自然と早足になる。霧雨《きりさめ》がやんで、また変な音が聞こえるようになったとき、音のする方へ青い炎《ほのお》をかざしてみた。何もない。ぼくが勝手に怖《こわ》がってただけなんだ。そこで、今度は少しゆったりと歩き、軽く口笛を吹《ふ》いてみた（ぼくの方があの酔《よ》っぱらいじいさんより、音程《おんてい》がしっかりしている）。炎《ほのお》は口笛が気に入ったらしく、だんだん大きくなってきた。それで少し安心して、炎《ほのお》で遊びはじめた。腕《うで》の方へすべらせて、肩から耳、頭のてっぺんへところがしていくと、炎《ほのお》は頭の上だといっそう明るく光るとわかった。これならたぶん宙に浮《う》かべることもできるんじゃないかと思ったが、なくしたらこまるからやめておいた。頭の上にのせておくと、両手が自由になったので、冷たくなった両手をポケットにつっこんであたためながら、口笛を吹《ふ》き吹《ふ》き、堂々と大股《おおまた》で歩いていった。

次の角をくるっと曲がったところで、さっそく一人目に会った。

女の子だ。ぼくとむかいあうように立っているが、小道にいるわけではないらしい。ぼんやりとした光の中にいて、背後にことはちがう景色が見える。光はその子のまわりにあるだけで、小道の岩や地面は暗いままだ。その子はぼくと同い年くらいか、ちょっと年下で、その……ほら、頭の中で思《おも》い描《えが》く理想の女の子像ってあるだろ？　その子はまさに、ぼくの理想だった。髪《かみ》は黒の巻き毛で、ぼくには感じられない風に吹かれ、ふわふわなびいている。ブルーグレーの目はすごく大きいし、まつげが長い。

顔も体もほっそりしている。古ぼけた灰色の手編みのセーターを着て、ひざから下が細くなったズボンをはいていた。でもそんなことより、この子がぼくの理想のイメージよりずっときれいだ、ってことにびっくりした。それに、すごく自然に育った木、というか……すっくとのびたタチアオイみたいな感じがする。まるでひょっこり「発生」した、とでもいうような。そういう女の子は大好きだ。年に関係なく、ぼくの好みのタイプなんだ。

ぼくは、ゆっくりと女の子の方にむかった。近づくにつれ、片手にみすぼらしい花束を持っているのが見えた。花がきれいだからつんだわけではなさそうだ。知らない花ばっかりだったが、中の一本は長い茎《くき》にそってずっとぽつぽつと黄色い花がついていて、葉っぱはこまかい毛に覆《おお》われていた。そこからイモムシがぽろっと落ちたから、よけい目をひいた。

光の中の女の子は、けっこう高い丘《おか》の斜面《しゃめん》に立っているということもわかった。うしろの方が低く、青くかすんでいるからだ。そして女の子のうしろの、青くかすんでいるところよりは手前の斜面《しゃめん》のはずれに、ガキ……少年がいた。背中を丸めてすわっていたから、顔は見えなかった。そいつは身動きしなかったし、しゃべりもしなかった。ぼくがここにいることにも気づいてもいないようだ。

でも女の子の方は、ぼくが近よるのを見守っていた。そしてぼくの頭の上にのっかった炎《ほのお》に目をとめると、口を開いた。

「よかった。あなた、魔法使《まほうつか》いなのね。ぜひぜひ魔法使《まほうつか》いを、ってお願いしたの」

「悪いけど、ぼくはまだ魔法《まほう》を習いはじめたばかりなんだ」ぼくは言った。何もかもがふだんとすごくちがっていたから、恥《は》ずかしくはなかったし、おどおどもしなかった。どこかよそで会っていたら、こうはいかなかっただろう。

「まあ、それでもいいんじゃない？　私たちを助けてくれる人をってお願いしたんだから、きっとあなたにどうにかできるはずだわ。名前はなんていうの？」

「ニコソデス」とぼく。本当の名前を言わなくちゃいけない気がしたのだ。「ふだんはニックって呼ばれてるけど」

「私はアリアンロード。あなたのと一緒《いっしょ》で、長ったらしいでしょ。だからロディって呼んでもらってるの」

ロディよりアリアンロードの方が響《ひび》きがいいよ、と言いたかったけど、なんとなく、そう言うと怒《おこ》らせてしまいそうな気がしてやめた。いや、思い返してみると、そのときはそんな話をしている場合じゃないって感じたんだろうな。「ぼくに何をしてほしいんだ？」

女の子は心配そうに眉間《みけん》にしわをよせた。今思えば、終始《しゅうし》、ひどく心配そうだった。

「それが……どういうことをしてほしいのか、自分でもわからないのよ。どうにもできない気もするし。私たちの国が今、恐《おそ》ろしいことになりそうなんだけど、それを知っているのは私だけ。それともちろん……」女の子は手をうしろにやって、ガキの方を指さした。「グランドゥーンも。スペンサー卿《きょう》がどうやってだか知らないけど、マーリンを言いなりにしているみたいなの。でなきゃ、マーリンも悪い人になってしまったのかも。シビルも一味にくわわっているわ。マーリンはまだなりたてで若いし、ちょっと気が弱いのはわかっているけど……」

ぼくは言った。「ちょっと待ってくれ。マーリンってのは、アーサー王の時代（六世紀ごろといわれる）の魔法使《まほうつか》いだろう。白く長いひげを生《は》やしたおじいさんで、ネ……ネメシス（ギリシャ神話の復讐の女神）だっけ、そんな名前の女に閉じこめられて……」

女の子がぼくの言葉をさえぎった。「そういう人もいたんじゃないかしら。白く長いひげを生《は》やしたマーリンって、けっこういっぱいいたらしいから。でも今のマーリンは若いの。つい最近、役についたばかりなのよ」

「ちがった、ニムエだ。閉じこめた女の名前。え、それできみは、マーリンはたくさんいるって言うのか？」

女の子はじれったそうに言った。「あたり前でしょ。役職の名前だもの。マーリンは、王様が国を治めてらっしゃるのと同じように、魔法《まほう》を治めているの。でも今度のマーリンは魔法《まほう》だけじゃなくて、国も治めたいと思ってるみたい。それとも、スペンサー卿《きょう》の方がその気で、マーリンをあやつっているのかも。スペンサー卿《きょう》って、ほんとに悪い人なんだけど、王様はお気づきにならなくて。今じゃ、王様と王子様の両方がそいつの言いなりになってしまっているの」

「わかった」と答えたものの、話がすっかりのみこめたわけじゃなかった。「ぼくがきみの国に行って、悪いやつらをなんとかするのを手伝えばいいんだね」われながらなんててきぱきして落ち着いたしゃべり方なんだろう、と考えながら、一方ではこうも思っていた——おいニック、ばかな真似《まね》はよせ。きっとそのマーリンってのと、なんとか卿《きょう》ってのに、こてんぱんにやられるに決まっているじゃないか！

でも心の内がどうでも、いやとは言えなかった。あの酔《よ》っぱらいじいさんが教えてくれたことによると、ここから出るためには、ロディを助けなくちゃいけない。そこでぼくは、ロディのいるぼんやりとした光の中へ入ろうと手をのばしてみた。でも、ちょうど花束のところで、硬《かた》い岩にぶつかったみたいな感じがした。なぜか驚《おどろ》きはしなかった。むしろ、すごくほっとした。「だめだ、行けないや」

ロディはため息をついた。「そうじゃないかと思った。いつになったらこっちに来られる？」

「うーんと……きみはどこにいるの？」

ぼくの質問に、ロディはびっくりしたような顔になった。「ブレスト諸島《しょとう》に決まっているでしょ。来るのにどのくらいかかる？　急いでほしいんだけど」

「先にまず、あと二人、だれかの手助けをしなくちゃいけない。そのあと、ロマノフにどうしたらいいかきいたら、すぐ行くよ。今はそのくらいしか約束できない」

ロディはしかたなさそうに、こう言った。「じゃあ、なるべく早くね」

「ああ、なるべく早く」ぼくはうなずいた。

ぼくは体を横むきにして、ロディを包む光のわきをすりぬけようとした。おかしなことに、ロディは平たい円盤《えんばん》の中に入っているみたいな感じで、真横へ来ると、たわんだ日光の筋《すじ》しか見えなくなった。その筋《すじ》を通りすぎると、何もない。ふり返っても何も見えなかった。さっき自分が立っていたところまでひき返してみたが、もう黒々とした岩しかなくなっていた。

「なんだ」がっかりしたんだか、ほっとしたんだか、自分でもよくわからない。生身《なまみ》のロディにちゃんと会えたらどんなにいいだろう、と思う反面、そうなったときは、知りもしない世界の魔法《まほう》や政治に関わらなくちゃならないらしいし、そんなことはできそうにない、とも思った。そこでとにかく、先へ進むことにした。今のは失敗で、これからさらに三回だれかを助けるべきなのか、それともほんとにロディを助けると決まって、それがここから出るためにやる手助けの一回目ということになったのか、どっちだろう？　都合よく考えるなら、ロマノフがぼくのところに来たのは、ぼくが将来そのブレスト諸島《しょとう》ってところでやることを阻止《そし》するためだったのだろう。それなら大人になってから、そこに行って、助けてやればいいんじゃないか？　そのときにはロディも大人になっているだろうし……うん、これはすごくいいぞ。ぼくは一人でにやにやし、たぶんさっきのやりとりでロディを助ける約束をしたことになって、手助けの一回目に数えられるんだ、と思うことに決めた。約束を果たすのを何年かあとにすれば、すべてがうまくいくんだ。

そんなふうに夢中で考えていたから、まわりに注意がむかなかったんだろう。ぼくは小道がふた手にわかれたのを見落とし、そのまま進んでしまうところだった。

わかれ道から先へ、一歩、二歩と進むあいだ、つい今しがた目に入ったものが頭に浮《う》かんだ——青い炎《ほのお》に照らされて、目の前に突《つ》き出した高い岩壁《がんぺき》。その両側にそれぞれ暗い小道がくねくねのびている——ぼくは足を止め、二歩さがった。するとたしかに突《つ》き出した岩壁《がんぺき》があり、そこから小道はふた手にわかれていた。何も考えずに左側の道に進んだらしい。たぶんロマノフもこの道を通った気がしたからだろう。ところがこうしてわかれ目に立ってみると、ロマノフは両方の道を通った、となぜかわかってしまった。どちらもそう昔のことではないようだ。

いくらロマノフだって、同時にふたつの場所には行けないだろう。きっとそれぞれべつのときに通ったはずだから、最近通った方がどっちか、わかればいいわけだ。だがそれがわからなかったので、突《つ》っ立ったまま、どうしようか考えこんでしまった。結局、最初に左側の道に入ったのは、無意識に正しい道を知っていたからだ、と考えることにして、左を選んだ。

だがそれは、とんでもないまちがいだった。

5
ロディ

1

次の朝、グランドがベーコンと卵をがつがつ食べたあと（実は私もいっぱい食べた。ベーコンが特においしかった）、オルウェンが小さなリュックをふたつ持ってきた。サンドイッチがいっぱいつまっていて、重い。私一人だったら、少し置いていってもいいですか、ってきいたと思うくらい、ぎっしり入っていた。でも、食パン一斤《きん》ぶんくらいの大きさの包みが何個も入っているのをのぞいたとき、ふとグランドのことを思った。これじゃ、足りないかも。

そのあとお祖父様《じいさま》が地図を持ってきて、行き先を教えてくれた。「おまえが行くべきところは古代の村だ。今は廃墟《はいきょ》になっている。村の下の木立に流れている川が目印になるだろう。川は、体や服を洗うのに使われていたのだ。村そのものは丘《おか》の頂《いただき》に近い、開《ひら》けた土地にある。家の立っていたあとがはっきりわかるはずだ。じっくり見てまわるんだぞ」

お祖父様《じいさま》はグランドに地図を渡《わた》すと、なんだかわからない仕事をしに書斎《しょさい》に行ってしまった。

私たちはお祖父様《じいさま》に言われたとおり、玄関《げんかん》を出てまっすぐ前へ歩きだした。そうすると、お屋敷《やしき》の前のくだり斜面《しゃめん》にあるくぼ地のふちを、ぐるりと伝っていくことになった。歩きながら見おろすと、くぼ地の先は、緑の深い谷になっていて、灰色の道がジグザグに下にのびている。はるか遠くまでくねくねと続く谷のどこを見ても、家は一軒《けん》も立っていない。

「礼拝《れいはい》に来る人たちは、どこに住んでいるのかな」グランドが言った。

「地面の中からとびだしてくるのよ、きっと」

そう言ったら、私もグランドもなんだかぞっとしてしまって、それから長いこと、だまって歩きつづけた。よく晴れ渡《わた》った暑い日で、地図にしたがって通っていった山の頂《いただき》でも、風はほんのちょっとしか吹《ふ》いていなかった。空の低いところにはかすみがかかっていて、遠くがぼやけている。歩くにつれてちがう方向から見える緑や灰褐色《はいかっしょく》の峰《みね》はぼんやりしているし、そのむこうは濃《こ》い青にかすんで見える。歩けば歩くほど、暑くなってきた。

「パパが雲をもとに戻《もど》すのを忘れちゃってるんだわ」私は言った。でも変だ。パパはふだん、天気を変えたら、あとでかならずもとに戻《もど》すべきだ、と言っているのに。王様が晴れが続くように、とおっしゃったことは知っているけれど、そろそろ小さい雲とか、突風《とっぷう》とか、パパがもとの天気を呼《よ》び戻《もど》するしが現れてもいいころだ。

「ペンドラゴンに会うまでは、ずっとかんかん照《で》りがいいって王様がおっしゃったのかもしれないよ」グランドが地図を一生懸命《いっしょうけんめい》見ながら言った。地図といっても、普通《ふつう》のものとはちがっていた。丘《おか》や山を簡単に絵で記したもので、森のところには小さな木がいっぱい、湿地《しっち》のところにはイグサの生《は》えた沼《ぬま》が描《えが》かれている。私には本物の地図よりわかりやすいけど、グランドは文句《もんく》たらたらで、「こんな絵が頼《たよ》りになるの？」と、くり返している。

私たちは、枝の黒々としたハリエニシダが自分たちの背丈《せたけ》より高くのびている丘《おか》の斜面《しゃめん》を、とぼとぼ歩いていった。ハリエニシダが黄色い花をいっぱいに咲《さ》かせ、バニラみたいな香《かお》りをただよわせていた。ごつごつした岩のわきを通り、マツ林の続く長い斜面《しゃめん》をのぼると、今度はマツのぴりっとくるいやなにおいがした。次に、黒々とした沼《ぬま》があちこちに広がる湿地《しっち》に出た。ここではちょっとしたできごとがあった。一歩足を踏《ふ》み出すたび、たき火から煙《けむり》が上がるみたいに足もとの草から羽虫《はむし》の大群がわっと舞《ま》いあがり、うんざりしたグランドが、ひときわ青々とした草が広がるところに踏《ふ》みこんだ。でもそこはずぶずぶの泥地《でいち》だったのだ。グランドは靴《くつ》を両方ともなくしてしまい、二人ではいまわって捜《さが》すことになった。捜《さが》しているうちにおかしくてたまらなくなって、大笑いした。全身、黒々とした泥《どろ》にまみれながらも、やっと靴《くつ》を見つけた。泥《どろ》はまた歩きだすと日の光で乾《かわ》き、はがれ落ちて、村の廃墟《はいきょ》が見えてきたころには、だいたいもとどおりきれいになっていた。

「家のあとがほんとにはっきりわかるね」グランドが丘《おか》を見上げて言った。

着いたのはお昼だった。もしかしたらお昼をすぎていたかもしれない。廃墟《はいきょ》は庭園みたいになっていた。きちんと積まれた石の山があちこちにあり、石のあいだからナナカマドやセイヨウサンザシの低木が生えている。ヒースやハリエニシダ、エニシダの大きな茂《しげ》みもあれば、ビルベリー（ツツジ科の低木で青黒い実を結ぶ）の小さな木も見える。木々のあいだには、ありとあらゆる野の花が咲《さ》いていた。背の高いものではジギタリス、ケシ、セイヨウノコギリソウ、中くらいはキンポウゲ、小さいものとしてはスピードウェル（ゴマノハグサ科ベロニカ属）や小さな野生のパンジーがある（いずれも薬用植物）。私はとりわけ、日のあたるところに咲《さ》いていた濃《こ》い青のラッパみたいな花や、ほっそりとしてきゃしゃなイトシャジン（花の色は青）の群《む》れにうっとりとしてしまった。青は私の大好きな色だから。グランドは熟したビルベリーの実を見つけたとたん、しゃがんで食べはじめた。その前をチョウがたくさん、ひらひら飛んでいく。ハチの羽音《はおと》もしたし、キリギリスの鳴き声もさかんに聞こえていた。

「探検する前に、お昼にしない？」私は言った。

「うん！」と言ったグランドの口は、ビルベリーで紫《むらさき》に染《そ》まっていた。

私たちは、ぽかぽか日のあたる、手近の崩《くず》れかけた壁《かべ》の上に腰《こし》をおろした。すぐ横には、昔は玄関《げんかん》だったらしい、しっかりした踏《ふ》み段《だん》が残っていた。盛大な虫の声を聞きながら、私たちはうそみたいにたくさんあるサンドイッチを、のんびりと心ゆくまで食べた。

「きっと、かなりりっぱな村だったんでしょうね」私は言った。

「でも、ずいぶん遠くまで水くみに行かなくちゃいけなかったんだね」グランドは丘《おか》の下でザワザワいっている木立を指さした。そっちの方から、かすかに川のせせらぎも聞こえる。

「たぶん、なれればどうってことなかったのよ」

急に、木立の中に細い小道が何本も通っているようすが、はっきりと目に浮《う》かんだ。子どもたちが笑いながらかけていく道もあれば、汗《あせ》だくの男の人たちが、水浴《あ》びしようと大股《おおまた》で歩く道もある。女の人たちが洗濯物《せんたくもの》のかごをかかえ、おしゃべりしたり言い争ったりしながら通っていく道もあった。滝《たき》のすぐ上のあたりに、プリベットとサンザシがうっそうと茂《しげ》っている場所があって、そこはなんだか……秘密の場所って感じがした。でも、どれもみんな私の想像なのかもしれなかったから、グランドには教えず、ただこう言った。「もうそれだけ食べたんだから、そろそろとりかかりましょ」

グランドは小さくうめきながら、立ちあがった。私たちは家のあとをひとつひとつ見ていった。崩《くず》れた石壁に囲まれた円や楕円《だえん》の空間があるだけだったけれど、部屋のように仕切られているところもあったし、テーブルか踏《ふ》み段《だん》に使われていたらしい大きな板石も残っていたから、たしかに人の住む家だったことがわかる。たくさんのチョウにぱたぱたまつわりつかれ、暑い日射《ひざ》しでぼーっとなりながら一軒《けん》一軒《けん》まわっていくうちに、私にはどの家もちゃんとした農家に見えてきた。一階の壁《かべ》は石がむきだしになっているけれど、二階はきれいに漆喰《しっくい》が塗《ぬ》ってある。窓にはひき戸式の雨戸がついていて、帽子《ぼうし》みたいな丸いかやぶき屋根が上にのっている。ほとんどの家には片側に、塀《へい》で囲まれた小さな庭がある……でも、これも自分が想像しただけなのかも、と思った私は、今度もグランドには教えなかった。

グランドはのろのろと歩きまわりながら、ここに住んでた人たちは家の中で立っていられたのかな、とか、どの部屋もやけに小さいな、とかぶつぶつ言っていた。そしてきつい調子で、私にきいてきた。

「お祖父様《じいさま》はここで何を見つけてほしいんだって？　埋《うず》もれた財宝？」

私たちは最後に残った、ひときわ小さい家の前まで来ていた。その家は村の中でもいちばん低いところにあって、ほかの家からは少し離《はな》れていた。円を描《えが》くようにぐるりと積まれた石壁は、六十センチくらいの高さまでしか残っていない。石の輪の内側は、緑豊かなウェールズにしてもひときわ青々としていて、ほかのどこよりもたくさんの花が咲いていた。この家には仕切《しき》り壁《かべ》がないから、ひどくつつましい家だったのね、と私は考えていた。すると突然《とつぜん》、私たちのまわりに、チョウの大群が現れた。白、青、小さくて茶色いの、大きくて黄色いの、ヨーロッパヒオドシチョウ（英国ではほとんど絶滅したといわれる）もいるし、羽の先がオレンジ色のもいれば、ほとんど真《ま》っ赤《か》なのもいる。あらゆる種類のチョウが、ぐるぐる渦《うず》を巻きながら私たちを追いこして、この小さな家の中へ入り、黄色い花がいっぱい咲《さ》いている片すみへ羽をふるわせておりていった。

「ついていこう。何か意味があるはずだ」グランドがきっぱりと言った。

私たちは、中のみずみずしい草の上に足を踏《ふ》み出した。とたんに、このためにお祖父様《じいさま》は私をここへよこしたんだ、と確信するできごとが起こった。ほんの一秒のあいだのことのような気もしたし、百年続いたようにも思えた（グランドは一分だったと言う。私は一分ほど、彫刻《ちょうこく》みたいにじっと突《つ》っ立っていたらしい）。説明するのはすごくむずかしい。あまりにたくさんのことが、いっぺんに起きたから。

まず、だれかにドスンとなぐられたみたいに、右の腿《もも》に激痛を感じた。あまりの痛さに、立っているのもやっとだった。それから、本当はずっと廃墟《はいきょ》の日だまりの中に立っていたはずなのに、廃墟《はいきょ》になる前の家の中にいる気がした。室内はけっこう暗かったけれど、大昔の家とは思えないほどものがそろっていて、きちんと整っていた。ただし、ほとんどのものは床《ゆか》に置いてあった。ナイフや鍋《なべ》やコップや編み物といったものがみんな、敷物《しきもの》の上にきれいにならべてある。チョウたちが集まった場所に見える、低いベッドに横たわった女の人が、立たずに暮らせるようになっていたのだ。立ったり歩いたりするのがつらいらしい。その人は、激しい喜びと苦々しさが入りまじった表情で私を迎えた。

女の人はそれは力のある魔女《まじょ》だったから、十五歳《さい》のとき、しきたりにのっとって傷を負わされた。村の長《おさ》が魔女《まじょ》を村のために働かせようとして、右《みぎ》の腿《もも》の骨《ほね》を砕《くだ》いたのだった。魔女《まじょ》は長《おさ》を決して許さなかった。村人には、自分が魔力《まりょく》によって得た知識をぜったいに伝えるまい、と心に誓《ちか》った。でも、知識というものは、かならずだれかに伝えなければならない。だから魔女《まじょ》は、自分の魔法《まほう》を伝えるのにふさわしい相手を求めて、何百年、何千年先まで捜《さが》したのだ。そして見つけたのが、私だった。

魔女《まじょ》は私に知識をくれた。

大量の知識が頭になだれこんできて、私は圧倒《あっとう》されてしまった。魔女《まじょ》が知っているすべて、魔女《まじょ》のできることすべてばかりか、魔女《まじょ》の一生までまるごと受けとったようなものだ。たとえば私がママのノートパソコンだとして、だれかに勝手に過去五十年ぶんの世界の株式取引を一気にダウンロードされてしまった、とでもいう感じ。めまいがして、まわりがよく見えなくなった私は、足をひきずり、よろよろと小さな家を出た。チョウの群《む》れがぱっとちらばり、現れたときと同じように突然《とつぜん》、飛びさったのが見えたけど、脚《あし》がずきずき痛いということしか考えられなかった。

グランドは怖《こわ》くてたまらなかったらしい。そのときの私は顔が真《ま》っ青《さお》で、目がぎらぎらしていたそうだ。グランドは悲鳴をあげたいのをがまんしているような、ふるえる小さな声で言った。

「だいじょうぶ？」

私が答えないでいると（答えようとはしたけれど、ヴーヴーいう変なうなり声しか出せなかった）、グランドは私の手首をぎゅっとつかみ、古代の村からひっぱりだしてくれた。私がほとんど歩けない状態だったから、ゆっくりと進むしかなかったけれど。右の腿《もも》の骨《ほね》が折れているという気がした。

二人で花の咲《さ》き乱《みだ》れる草地をくだり、川の流れる木立の中へ入っていった。グランドは私の荷物まで持っていた。たぶん、どうやってお屋敷《やしき》に帰ろうかと考えていたと思うけど、まずは腰《こし》をおろして休んだら、と私に言った。でも私はできなかった。だって脚《あし》が痛すぎて、かがむことも無理だったから。するとグランドは私をひっぱり、滝《たき》の裏側にあった暗い岩場を通って川を越え、その先の丘《おか》の斜面《しゃめん》へ連れていってくれた。

どうやらそこで、目に見えない境界を越えたらしい。痛みがぴたりとやんだ。もう、痛くもなんともない。私は言った。「ああ、よかった！　あんな痛い思いをずっとすることになったらたいへんよ、グランド！」

「もうだいじょうぶ？」グランドが真剣な顔できいてきた。

「ううん」と私。脳がふたつになっちゃったみたいに、頭がはちきれそうだった。「ごめんね、横になってちょっと休まないとだめみたい」そう言うなり、草とヒースの茂《しげ》る地面にぱたんと倒《たお》れ、気を失うように眠《ねむ》ってしまった。

グランドが言うには、私はそれから少なくとも二時間は寝《ね》ていたらしい。グランドはずっと心配しながら、そばにすわっていてくれたのだそうだ。ロディはどうしたんだろう、このまま目を覚まさなかったらどうしよう、と考えていたとか。私がほとんど息もしていないように見えたらしい。あとでこの話をしてくれたときは、平気な顔をしていたけど、そのときはずいぶんがんばって、恐《おそ》ろしい思いに耐《た》えたんだと思う。

私がいきなり、ぱっちりと目を覚まして起きあがったときには、太陽はかなりかたむいて、グランドと私の頭上にはブユの大群がいた。まだ、新しい知識が頭の中でぐるぐるかけめぐっているのが感じられた。

「もうよくなった？」グランドはとても落ち着いた声できいてきたけれど、見ると両方の脚《あし》と片方の腕《うで》と頭をかきむしろうと、手をふりまわしていた。顔はいつにもなく紅潮《こうちょう》し、汗《あせ》だくだ。

「うん。おなかぺこぺこ。何か食べるもの、残ってない？」私はきいた。

グランドは大急ぎでリュックをひっくり返し、サンドイッチやケーキやリンゴを出すと、「何があったのか教えて」とせがんだ。

私はぱくぱく食べながら、説明しようとした。おかしなことに、自分がどんな気持ちだったかについては、言葉にできなかった。話せたのは、自分が知ったことだけだ。「あの家に昔住んでいた女の人は、魔女《まじょ》で、巫女《みこ》で、癒《いや》し手でもあって、とても力のある、すごく賢《かしこ》い人だった。私が会ったことのあるだれよりも、魔法《まほう》についてよく知っていた。それで……」

「でもその人に会ってなんかいないだろ、あの廃墟《はいきょ》にはロディとぼくしかいなかったじゃないか」グランドが口をはさんだ。

「うん、でも会ったのよ。チョウが集まった場所に、横たわっていたの」グランドの言ってることが正しくて、魔女《まじょ》は実際にはあそこにいなかったってわかっていたけど、このときも私の心の目には魔女《まじょ》の姿が映っていた。小柄《こがら》でほっそりしていて、肌《はだ》は濃《こ》い褐色《かっしょく》で、しわだらけだった。魔女《まじょ》は自分のことを年よりだと思っていたようだが、本当はそんなに年をとってはいない。ママより若いくらいだ。ママは三十二歳《さい》で、今の時代じゃ年よりだなんていわれない。魔女《まじょ》の髪《かみ》は、私のみたいに黒くてくるくる縮《ちぢ》れている。ただ、私のより長いし、ぐしゃぐしゃで、ちょっとべとついていた。魔女《まじょ》は、見たこともないほど大きくて黒いきらきら輝く目に、苦々しさと喜びをたたえ、私を見上げた。痛くてつらいはずなのに、乾《かわ》いたくちびるのはしをつりあげ、ほほえんでもいる。私はまるでその人のことを何年も前から知っていて、何カ月もずっと話をしていたような気がした。そのくらい強烈《きょうれつ》な印象だった。

私はさらに説明した。「その人、歯も悪かったみたい。ともかく、村人たちが魔女《まじょ》の力を自分たちだけのものにしようとしたことが、そもそもの始まりなの。魔女《まじょ》は十五歳《さい》のとき、丘《おか》のむこうから来た男の人と結婚《けっこん》しようとしたんだけど、村の長《おさ》が魔女《まじょ》の魔法《まほう》の力を村から出すまいとして、魔女《まじょ》の右の腿《もも》の骨《ほね》を砕《くだ》いたのよ。

だから魔女《まじょ》は、一生結婚《けっこん》しなかった。ほとんど歩くこともできなくなった。それで、村人たちを憎《にく》むようになった。だけど自分の仕事はきちっとやった。村人の病気を治したり、村全体を魔法《まほう》で守ったり、作物を実らせたり、村をおびやかす相手をしりぞけたりした。一方で、世界じゅうのだれよりも魔法《まほう》の知識を身につけるけれど、村人には何ひとつ教えてやるもんか、と自分に誓《ちか》ったの。もともと、魔女《まじょ》の手伝いをする人たちはみんな頭が悪くて、どんなにがんばってもせいぜい簡単ないぼ取りのおまじないぐらいしか覚えられなかったんだけど。

でも魔女《まじょ》はひとつこまったことに気づいた。魔法《まほう》の知識というものは、かならずだれかに伝えなくてはならないの。伝えずに死ぬと、主《あるじ》を失った魔法《まほう》が、世界に害をおよぼすから。そこで、魔法《まほう》の知識をどんどん頭の中にためていって、もうじゅうぶんと感じたとき、今度は未来をずっと探《さぐ》って、自分の知識をゆずり渡《わた》す相手を捜《さが》したの。グウィンお祖父様《じいさま》が私をここによこしたのは、そのためだったのよ。魔女《まじょ》が私を見つけるようにしたかったわけ」

「じゃ、ロディは魔女《まじょ》が知っていた魔法《まほう》をもう全部使えるの？」グランドがきいた。とても信じられない、という口調《くちょう》だったから、ものすごく感心したのにちがいない。

「まだよ」私は答えた。しゃべっているあいだに、頭の中でひとまとまりになっていた知識が、開きはじめたのを感じた。たぶん死ぬまで、こんなふうに次々と知識が開いていくんじゃないかしら。

「魔女《まじょ》は知識をひとかたまりにしてくれたんだもの。少しのあいだだけだったけど、脚《あし》の痛みもつけて。もらった知識は、全部リストになっているの。コンピュータのファイルに似ているわ。ファイルのひとつひとつに、ちがう花の名前がついているから、たぶん、どの花がどんな魔法《まほう》を表すのかを知って、必要なときに呼び出せるようにしなくちゃいけないんだと思う。知識のほとんどは、私が捜《さが》そうとするまでは、頭の中で小さくたたみこまれたままになってるんじゃないかしら。でも、今わかるものも少しある。最初のファイルがベニクサフジ（マメ科ソラマメ属。ツル性でフジに似た花が咲く）で、中には時間の魔法《まほう》が入っているわ。魔女《まじょ》が未来を探《さぐ》るのに必要だったファイルよ。それから、ものすごく変なものもあるわ！」

私はそう言いながら、頭の中のファイルをのぞいていった。頭の中に、はるかかなたのいくつもの別世界や、自分では思いつきもしなかったような、とてつもなく奇妙《きみょう》な考えが浮《う》かんだ。まるで渦《うず》を上から見ているみたい。

「どうしてロディが選ばれたのさ？」私をじっと見ていたグランドが低い声で言った。なんだか不満そうだ。グランドはのけ者にされた気分なのだ。

「私の脳が、魔女《まじょ》のとよく似ていたからだと思うわ。人柄《ひとがら》とかより、ちょうどいい脳を捜《さが》していたみたいよ。私が悪い人じゃないとわかって、よけい喜んでいたけどね。魔女《まじょ》はもうじき死ぬところだった。腿《もも》から体の中まで悪くなっていたの。村の人には本当に、自分の学んだ魔法《まほう》を教えなかったみたい。魔《ま》女《じょ》が死んだあと、村はすぐに滅《ほろ》んだようよ。私、お礼を言ったわ。あなたの知識は、私たちの時代で村ひとつより大きなものを救うことになりますからって」

「ほんとにそう？　今ならマーリンの魔法《まほう》にも勝てる？」グランドが身を乗り出してきた。

それはどうかしら、と私は思った。マーリンに勝てるだけの知識が頭の中につまっていることはたしかだけど、何が入っているのか、どうやって使ったらいいのかがわからなければ、どうしようもない。

「よく考えたら、なんとかなるかも……お屋敷《やしき》へ帰りましょう。まずはいったい何を知っているのかを、つきとめることから始めなきゃ」

夕暮れどきのやわらかな日射《ひざ》しを浴《あ》びて帰りながら、私はずっと頭の中を探《さぐ》っていた。新しい花のファイルが次々に見つかった。あとのものほど、中にいっそうたくさんの知識がぎゅうぎゅうにつまっていた。魔法《まほう》にこれほどたくさんの種類があるなんて、思ってもみなかった。一度、じゃなくて二度、突然《とつぜん》笑いだしてしまって、グランドにけげんな顔をされた。最初に笑いだしたのは、宮廷《きゅうてい》で習った魔《ま》法《ほう》は、どれもちっぽけでかたよっていて不完全なんだ、とさとったとき。本当の魔法《まほう》は、もっとずっと奥が深いのだ。宮廷《きゅうてい》の先生たちが複雑だと言っていた魔法《まほう》が、本当はごく単純だったり、逆に単純だと教えられたものが複雑だったりした。

このことを教えてあげたら、グランドは低い声で言った。「ふうん、そう。ぼくは前からそうだと思ってたよ」

二度目に笑ってしまったときには、こう説明した。「魔女《まじょ》の人柄《ひとがら》がわかったの！　ファイルについた名前がね、だいたいどれも乾《かわ》いた感じのくせのある植物なの。アザミとか、イバラとか、ティーゼル（とげがある）みたいにね。それとハリエニシダ。このファイルは大きいわ。でもタンポポとか、ユリとか、ワスレナグサみたいな花は全然ないの！　この魔女《まじょ》、ほんとに心の乾《かわ》いた頑《かたく》な人だったんだわ！」

「邪悪《じゃあく》な魔法《まほう》じゃないだろうね？」グランドが心配そうにきいた。

「ううん。それが意外なところなの！　ひどく痛い思いをさせられて、村を憎《にく》んでいたんだから、悪い魔法《まほう》を使いそうなものだけど、そういうことはしなかったの。プリベット、イチイ、ツタウルシ（いずれも毒性がある）といった悪い魔法《まほう》のファイルもいくつかあるんだけど、そういうのは読みとることしかできないみたい。だれかに悪い魔法《まほう》を使われたときにどう対処したらいいかの参考用、という感じ。ひとつひとつに打ち消しの呪文《じゅもん》がついていて、それだけは使えるようになっているけど、残りはただの……そう、純粋《じゅんすい》な知識なの。魔女《まじょ》がどんなつらい思いをしていたかを考えたら、ほんとによくこんなことができたと思うわ」

魔女《まじょ》がずっと味わっていた、先の丸い長い歯が何本も、腿《もも》のつけ根に食いこんでいるような痛みを、何度となく思い出した。あれだけの痛みがあっても、魔女《まじょ》は自分の仕事をちゃんとやって、いい魔法《まほう》だけを使ってきたのだ。それを思うと、もらった贈《おく》り物《もの》にふさわしい人間になろうと誓《ちか》わずにはいられない。ちゃんと使えないのなら、まったく使わない方がいい、とさえ思った。

谷ぞいに大きく曲がってお屋敷《やしき》が見えるところまで来たら、お祖父様《じいさま》がお屋敷《やしき》の玄関《げんかん》の前で、炭の棒のように突《つ》っ立って待っている姿が目に入った。私たちがくぼ地のふちを歩いているときも、お祖父様《じいさま》は目の上にかざしていた片手をおろしただけで、じっとしていた。やっとそばまで行くと、お祖父様《じいさま》は口を開いた。「何も言わなくていい。捜《さが》しに行ったものが手に入ったようだな。夕食の用意ができている」

お祖父様《じいさま》の背筋《せすじ》がのびたうしろ姿を見ながら、お屋敷《やしき》の中に入っていったとき、きっとママは、お祖《じ》父様《いさま》がこんな態度をとったときに傷ついたり、いやな気分になったりしたにちがいない、と思った。自分はどうだろう、と考えてみたら、ちっともいやじゃなかった。外で私たちを待っていてくれたのだから、私たちのことが心配だったのはたしか。無事に首尾《しゅび》よく帰ってきたことは見ればわかるから、あえて言葉は必要ない、と思ったのだろう。お祖父様《じいさま》はそういう人なのだ。こんなこと、ママにうまく説明できるかしら。説明できたとしても、わかってもらえるかどうか……

夕食はまたたっぷりと出た。もりもり食べてお祖父様《じいさま》とおしゃべりするのはグランドにまかせて、私はほとんどしゃべらなかった。頭がつめこまれた知識でまだ重く、ぼーっとしていた。食後、グランドは天井《てんじょう》が高くてちょっとかびくさいにおいのする客間で本を見はじめたけれど、私は部屋に上がってベッドに入るだけで、せいいっぱいだった。着替《きが》えはちゃんとしたらしい。翌朝目が覚めたときには、ねまきを着ていたから。でも覚えているのは、あっというまに眠《ねむ》りに落ちたことだけだ。

2

眠《ねむ》りはとても深く、夢も見ないぐらいだった、と言いたいところだけど、実際にはちがった。寝《ね》ているあいだじゅう、頭の中で知識がどんどん開いていくのを感じていたし、真夜中ごろには夢を見たらしい。

その夢は、小さな礼拝堂《れいはいどう》の鐘《かね》が鳴りだし、枕《まくら》から頭をもたげたところからはじまった。「見に行かなきゃ。でも、やったことがないから、うまくできるかしら」私はそうつぶやくと、小さな鐘《かね》がカン、カン、カンと澄《す》んだきれいな音で鳴っているあいだ、眠《ねむ》い頭で新しく得た知識の中から目的の魔法《まほう》を探《さぐ》りあてた。そしてベッドに体を残したままふわりと浮《う》きあがり、窓から外へ出て、宙を舞《ま》うようにお屋敷《やしき》の玄関《げんかん》へまわりこんだ。外は風が吹《ふ》きすさんでいたうえに暗かったけれど、どうにかあたりのようすは見えた。礼拝堂《れいはいどう》のアーチ形の扉《とびら》が開いている。中の暗がりから、黒っぽい服を着た人が、何人も馬に乗って出てきた。見たこともないような生き物の背に乗っている人もいる。二、三人ずつ組になって、ゆっくりとお屋敷《やしき》の方へ上がってくる。

礼拝堂《れいはいどう》の鐘《かね》が最後にカン、コンと鳴り終えて静かになると、少なくとも五十人くらいは集まった人々が、何かを期待するように顔を上げた。するとお屋敷《やしき》の裏手から、あの葦毛《あしげ》のめす馬に乗ったお祖父様《じいさま》が現れた。司祭《しさい》の服ではない、体にぴったりした黒い服を着て、その上に絹のようなマントをはおっていた。裏地だけ白いマントが、黒ずくめの体のまわりではばたばたひるがえっている。

近づいてくる人々にむかって、お祖父様《じいさま》はお祈《いの》りのときと同じ、よく響《ひび》く声で言った。

「私は召換《しょうかん》された。けっしてよい目的ではないが、ともにまいれ」

お祖父様《じいさま》は葦毛《あしげ》の馬に乗ったまま、草の上をまっすぐ前へ進み、谷のふちから上空へ飛んだ。ほかの人たちも黒々とした列をなして、あとに続いた。

私も、これは夢なんだわ、と思った。同時に、お祖父様《じいさま》はただの魔法使《まほうつか》いなんかじゃない、とも感じた。私もお祖父様《じいさま》たちのあとを追って、急いで飛んでいった。

しばらくのあいだは、本当に夢を見ているみたいだった。眼下《がんか》に青黒い景色が勢いよく流れていく。そびえる山々、くねる青白い道路やきらめく川、そして黒々とした森が、ずんずんせまってきたと思ったらすぐ、うしろに消えた。ときおりは、明かりのともる家々の上も通った。その明るい黄色の光は、宝石を連《つら》ねたり積みあげたりしたように見え、ひとつひとつが大切なものだという気がした。お祖父様《じいさま》はずっと飛びつづけた。小さな飛行艇《ひこうてい》が、バタバタブルブル私たちの前を横切っていく。中にはきっと、ぎっしり乗客が乗っていて、私たちを見てしまった人たちは、目の迷いでありますようにと祈っていることだろう。

そのうち、丸い丘の近くにやってきた。頂上に城らしきものがぼうっと見える。するとお祖父様《じいさま》はぐんぐん下降しはじめ、城の上空で大きな弧《こ》を描《えが》いて、城の庭の芝生《しばふ》へとおり立った。

私も続いておりていったとき、この場所を知っていることに気づいた。庭のすぐ外の右手に、たくさんのテントやトラック、バスがきちんとならんでいるのが見えた。〈王の巡《めぐ》り旅《たび》〉が滞在しているベルモント城だ。

でもお祖父様《じいさま》は野営地にはむかわず、乗り手たちをひきつれ、広々とした芝生《しばふ》を静かに通って、あの〈内庭〉の黒っぽい塀《へい》の前へと進んだ。そして門の前に来るとさっと横をむき、速度を上げて塀《へい》の外をまわりはじめた。乗り手たちもあとをついていく。なぜだか、今はただ待っていればいい、とわかった。そこで暗い空中に浮《う》かんだまま、お祖父様《じいさま》たちがますます速度を上げながら、塀《へい》の外を時計まわりに三回まわるのを見ていた。白っぽい馬に乗っているうえ、マントの白い裏地がきらめいていたから、お祖《じ》父様《いさま》は目立った。だから二周目に移るとき、お祖父様《じいさま》が青白いのぼりか旗らしいものを持っているのに気がついた。三周目には、あとをついていく乗り手たちのほとんどが、かすかに光る青白いものを持っているのが見えた。一行はちらちら光るものを手に、音もたてずに門の前まですばやく戻《もど》ってくると、大きな弧を描《えが》いてまわれ右し、塀《へい》にそって今度は逆方向へまわりはじめた。

私はぎくっとした。時計と逆まわりだわ。宮廷《きゅうてい》の先生たちによると、反時計まわりは悪い魔法《まほう》にしか使わないはずだ。でも古《いにしえ》の魔女《まじょ》からもらった知識が、だいじょうぶ、と教えてくれた。お祖父様《じいさま》はそんな決まりごとにはしばられない、数少ない者たちの一人だそうだ。どっちにしろ、反時計方向にも三回まわらないと、〈内庭〉の門が開かないようになっているらしい。

実際、お祖父様《じいさま》たちの列がすごい勢いで反時計方向に三周し終わると、門がぱっと開いた。一行は並足になり、落ち着いて中へ入っていった。さっきまではしんとしていたのに、私があとについて入ろうと急降下していくと、急にひづめの音や馬具がかすかにキイキイ、カチャカチャいう音、走ったばかりでまだ荒《あら》い馬の鼻息が聞こえてきた。

私はうっかりして、少しお祖父様《じいさま》たちを追いこしてしまった。自分の体を置きざりにしてふわふわ浮《う》いていることに、まだなれていなかったのだ。奥のいびつな形のため池の上の方にある、井戸のそばの茂みから、光がちらちらもれていたので、お祖父様《じいさま》たちはそこにいるのだろうと思った。ところが実際行ってみると、火のついたロウソクがたくさん、二重の輪を描《えが》いて置いてあり、輪の中にシビルとスペンサー卿《きょう》とマーリンの三人が妙《みょう》な姿勢で立っていた。マーリンは両腕《りょううで》を曲げたまま宙に上げていた。低い天井《てんじょう》を押《お》しあげようとしているみたいに見える。

「来るぞ……とうとうやってくる！」マーリンはあえぎながら言った。

シビルは見えないロープをたぐっているような格好《かっこう》で、息を荒《あら》くしている。

「早いとこ来てほしいわ。もう限界！」

スペンサー卿《きょう》は口を開かなかった。三人の中でいちばん魔法《まほう》の力が弱いから、自分の役割をこなすだけでせいいっぱいなのにちがいない。両手をぎゅっと握《にぎ》りしめ、顔からだらだら汗《あせ》を流しているのが、ロウソクの明かりで見える。

白っぽい馬が私の横の斜面《しゃめん》を上がってきて、足を止めた。背にまたがったお祖父様《じいさま》が、大理石みたいに硬《かた》い、軽蔑《けいべつ》しきった表情で、マーリンたち三人を見おろした。「呼んだか」

ロウソクの輪の中にいる三人はほっとした顔になり、ありがたい、というように深いため息をついた。

「やっと来たようだぞ」マーリンが言った。

「ああ、よかった！　ずいぶん遅《おそ》かったこと！」とシビル。

スペンサー卿《きょう》は腰《こし》を曲げてひざの上に両手をつき、ハアハア息を吐《は》いていた。「もったいぶっているんだ。なにしろ、〈大いなる力〉を持つ者たちってのは、お高くとまっているからな」

三人とも、お祖父様《じいさま》の方は見ていない。そうか、この人たちにはお祖父様《じいさま》のことが見えないんだ。

お祖父様《じいさま》は口を開いた。「おまえたちは私を召換《しょうかん》し、むこうみずにもおのれの意にしたがわせようとしている。あらかじめ告《つ》げておくが、私を呼び出せるのは、三度までだ。その先はもう私をしばることはできないぞ」

マーリンが懸命《けんめい》に耳をすまして言った。「何かしゃべっている。文句《もんく》を言っているみたいだが？」

スペンサー卿《きょう》がいらいらした調子で言った。「ああ、いつだってぶつくさ言うのさ、〈大いなる力〉の者たちは。人に頭をさげることになれてないんだ。いいから、何をするか教えてやれよ、シビル。私はくたくただ」

今にしてみれば、シビルが何を言うか、ちゃんと聞いておくべきだった。でもそのときは、ひどくいやけがさして、その場を離《はな》れてしまった。このいやな三人組が、姿も見えなければ声も聞きとれないくせに、お祖父様《じいさま》を呼び出し、ものみたいにあつかったり命令したりするものだから、むかむかしてきたのだ。ちょうど、門の近くの芝生《しばふ》のところで、ほかの乗り手たちがかなりうるさい音をたてていて、何をしているのか知りたくなり、大急ぎでそっちへ戻《もど》った。

乗り手たちは楽しそうにしていた。何人かは手綱《たづな》を片腕《かたうで》にひっかけて地面におり立ち、ぺちゃくちゃおしゃべりをしながら、たいまつのようなものを取り出して、手に持ったちらちら光る小さなランタンの火を移していた。残りの人たちは、芝生《しばふ》にわざと足あとをつけているらしい。頭をぴっちり覆《おお》う暗い色のフードをかぶった男の一人は、何度もしつこく芝生《しばふ》を踏《ふ》みつけているし、べつの一人は時計まわりに円を描《えが》いてどすどす歩き、足あとがくっきりと深くついたのを見てくすくす笑っている。ほかにも、乗ってきた馬をけしかけて足踏みさせるか、うしろ足で立たせるかして、ひづめのあとをつけている人もいた。一人の男などは、見たこともない生き物を二頭ひいて、馬にするみたいに口笛を吹《ふ》いてなだめながら、ため池の近くのしめった地面を行ったり来たりさせていた。生き物たちはひかれるままに鉤爪《かぎづめ》のついた二本足で同じところを何度も踏《ふ》みつけた。シュウシュウいったり翼《つばさ》をガサガサいわせたりして、変なにおいも出している。

「あれはワイヴァーン（飛竜。二本足の翼のある竜で、しっぽの先が鉤状になっている）だ」お祖父様《じいさま》が葦毛《あしげ》の馬をひき、私のそばまでおりてきて言った。私がここにいることにちっとも驚《おどろ》いていないし、迷惑《めいわく》がってもいないようだ。

「この人たちは何をしているの？」私はきいてみた。

意外にも、お祖父様《じいさま》はくすくす笑いだした。「足あとをつけているのだ。われわれは嘘《うそ》をつくことは許されていないが、人をまどわすことはできるからな。ここで待っていなさい」そう言うと、馬の鞍《くら》につけてあった白い旗みたいなものを竿《さお》ごとはずして、水がちょろちょろ流れこむ池のむこう側の斜面《しゃめん》を、ずんずん――ママのお父さんなのだから、けっこう年をとっているはずだけど、それにしては驚《おどろ》くほどすばやく――上がっていき、やわらかな芝生《しばふ》に竿《さお》を三十センチぐらい深くまでさしこんだ。竿《さお》はしっかりと立ち、先についた旗のようなものが風になびきはじめた。うす暗い中で見えるかぎりでは、竿《さお》の先に細長い頭蓋骨《ずがいこつ》のような形をしたものが刺《さ》してあり、そのまわりについたたくさんの革ひもが風にゆれている。

「あまりじっと見ない方がいいぞ。あれは警告《けいこく》のしるしだ」戻《もど》ってきたお祖父様《じいさま》が、馬の手綱《たづな》を手に取りながら言うと、斜面《しゃめん》をのぼったときと同じ、軽やかな身のこなしで馬にまたがった。

でも私はじっと見てしまった。すごくあやしいもので身の毛がよだった。やさしい魔法《まほう》にみちたこの庭が汚《けが》されている――でも考えてみれば、ここの魔法《まほう》はシビルが池の水にまじないをかけたときからもう、だめになっていたのだし、庭の持ち主のスペンサー卿《きょう》には当然の報《むく》いなのかもしれない。

私がその「しるし」を見つめていると、お祖父様《じいさま》についてきた人たちが、馬やワイヴァーンに乗って大声をあげ、準備した燃えさかるたいまつをふりまわしながら、しるしが打ちこまれた小山にむかって走りだした。と、たいまつの一本一本からまわりの空気に火が移ったみたいに、あのしるしがささった小山全体が、あっというまにごうごう燃えあがった。炎《ほのお》はたったの数秒で消えたけど、一瞬《いっしゅん》だけ、しるしの正体がはっきりと見えた。くさりかけた馬の頭蓋骨《ずがいこつ》の上に人間の頭蓋骨《ずがいこつ》をのせ、串刺《くしざ》しにしたものだ。風にゆれていたのは、ふたつの頭蓋骨《ずがいこつ》からはがれた血まみれの生皮《なまがわ》だった。私は思わず、顔をそむけた。

古《いにしえ》の魔女《まじょ》からもらった知識がまた開いて、吐《は》きけに襲《おそ》われた私を助けてくれた。私のお祖父様《じいさま》は魔《ま》法使《ほうつか》いなどではなく、〈大いなる力〉の一人らしい。〈大いなる力〉の者たちは、普通《ふつう》とはちがう決まりに支配されている。「力」と「苦痛」というのは、魔女《まじょ》が身をもって学んだように、表裏一体《ひょうりいったい》なのだ。どんなにりっぱで心やさしいものも、不快な一面がなければ、完全とはいえない……

私は声に出して言った。「りっぱで心やさしいもの？　グウィンお祖父様《じいさま》はりっぱな人だけど、心やさしいとは思えないわ！」もう二度とお祖父様《じいさま》とは口をききたくない、という気分になっていた。

ふとわれに返ると、〈内庭〉に夜明け前の白い霧《きり》がかかりはじめ、スペンサー卿《きょう》がワインの瓶《びん》とグラスを手に、小山をななめにおりてきていた。ほかの二人もワインをすすりながら、あとをついてくる。三人とも、自分たちの背後に立っている、あのぞっとする竿《さお》が見えていないようだったけど、門のそばの芝生《しばふ》の変わりようにはちゃんと気づいた。一面に露《つゆ》のおりた芝《しば》が踏《ふ》みつけられて、土と草がまじりあい、人の足あととひづめのあと、巨大《きょだい》な三本鉤《かぎ》の足あとがそこらじゅうについていた。

三人はかけよってじっと地面を見ていたが、しばらくすると踊《おど》りだしそうなほど大喜びしはじめた。シビルが叫《さけ》んだ。「強い力が本当に手に入ったのね！」

マーリンがそのとおり、というようにくっくっと笑った。「ああ、その力を使って、さらに強い力を手に入れるんだ！」

私は、またむかむかしてきて、その場を去った……

3

目を覚ましたときは、ベッドの上にいた。よく晴れた朝だったけれど、心配でたまらなかった。グウィンお祖父様《じいさま》の力を手に入れたのなら、シビルの一味にはもう怖《こわ》いものなんてないことになる。だれ一人、何ひとつ、安全なものはなくなってしまった。おかしな夢を見ただけだ、と思おうとしてもできなかった。全部、本当に起こったことにちがいないのだ。

その証拠《しょうこ》に、朝食の席に着いたのは私とグランドだけで、テーブルの用意も二人ぶんしかなかった。オルウェンがゆで卵を運んできたとき、私はきいてみた。「お祖父様《じいさま》はいないの？」

「お仕事で、馬でお出かけです」オルウェンは答えた。

オルウェンが出ていくと、私はむっつりと言った。「グウィンお祖父様《じいさま》に助けをお願いするっていう、あのグランドの計画、もうだめね」

「うん、だって助けられないって言ってただろ？」グランドは落ち着きはらったようすで卵を三つ取り、コンコンたたいて、殻《から》をむきながら続けた。「どうしたの？　なんでそんなにがっくりしてるの？」

そこで、夜のあいだに見たことを話してやった。自分の母親のさらなる悪事を聞かされて、いい気分でいられるはずもなく、グランドは落ちこんだ顔になった。でも、しかたないとあきらめたらしく、三個目の卵を食べると、言った。「助けてくれる人はほかにもいるはずだよ。だからこそ、お祖父様《じいさま》はきみに、それだけたくさんの知識をもらいに行かせたんだろ。考えてみてよ」

「そうね、そのとおりだわ。考えてみる」

　グランドがトーストを食べるのを見ながら、私は頭の中のファイルを次々に開いていった。ティーゼル、アザミ、ツタ、ハリエニシダ、イバラ、ノバラ、ヤエムグラ。ほかにも名前は知らないけど、頭の中に浮《う》かぶ絵からすると、とげがあったり地味だったりする植物のファイルを、いくつか調べてみた。なんだかようすがおかしい。どのファイルにも、魔法《まほう》がぎゅうづめになっていて、それぞれにどんな魔《ま》法《ほう》が入っているかまでだいたいわかるのに、こまかい点はぼやけたままなのだ。ゆうべ知らずに使った魔法《まほう》——マグワーツ（キク科ヨモギ属）【体外離脱《たいがいりだつ》】——すらも、今はぼやけてしまっている。

　結局、たくさんあるファイルの見出しを順に見ていき、やっとひとつ、中身がぼやけていないものを見つけた。イトシャジン【目に見える魔法《まほう》の民《たみ》との取引】だ。「魔法《まほう》の民《たみ》」の全リストも読めた——〈ドラゴン〉、〈大いなる力〉、〈神々〉、〈小さき民《たみ》〉、〈ケルピー（馬の姿をした水の精）〉、〈ボガート（たちの悪いいたずらが好きな妖精）〉、〈幽霊《ゆうれい》〉、〈エルフ〉、〈ピクシー（小妖精）〉などなど。魔法《まほう》の民《たみ》が、こんなにいるとは思わなかった。それからもうひとつ、ビロードモウズイカ（ゴマノハグサ科）は、【目に見えない魔法《まほう》の民《たみ》との取引】で、イトシャジンのファイルとならんでいた。目に見える魔法《まほう》の民《たみ》の助けではうまくいかないときのためなのだろう。

ただ、イトシャジンの絵の方が、心の目にくっきりと映って見えた。最初、このファイルはどうもあやしい、と思った。魔女《まじょ》が見出しに使っている植物の中で、これだけは乾いた感じがしないし、とげもないからだ。でも、うす青色のつりがね型の花は水分が多そうに見えるけど、茎《くき》は針金みたいで、ほかのファイルの花同様、水気が感じられない。どうやらだいじょうぶそうだ、と思いなおした。今必要なのは、魔法《まほう》の民《たみ》のうちでも賢《かしこ》い者の助けだ。

私はまた、魔法《まほう》の民《たみ》のリストを見ていくことにした。すると、リストが勝手に流れだした。〈ドラゴン〉か〈神々〉のところで自然に止まってくれるかと思ったけど、そうはならなかった——考えてみれば、そんな大きな存在が私たちと話をしに来たら、この世界の魔法《まほう》がとんでもなくかき乱されてしまうにちがいない。たとえシビルが気づかなかったとしても、マーリンにはわかるだろう。そう考えたら、かえって希望がわいてきた。あの三人は、自分たちの陰謀《いんぼう》をグランドと私が知っているとは思ってもいない。だから陰謀《いんぼう》を阻止《そし》する方法を見つけるまでは、このまま疑われずにいた方がいいのだ。リストは頭の中を次々に流れていき、やがて止まった。〈小さき民《たみ》〉。なるほど、という気がした。

グランドが私のようすに気づき、トーストの最後の一枚を残念そうにトースト立てに戻《もど》すと、言った。

「わかった？」

「うん。イトシャジンって、どこに咲《さ》いてる？」

「あの廃墟《はいきょ》になった村にはいっぱい咲《さ》いていたけど、あそこまでは何キロもあるよ。お屋敷《やしき》の前の谷にそって少し行ったところにも、固まって咲《さ》いてなかったっけ？　きのう、お祖父様《じいさま》の姿が見えるほんのちょっと前に、見かけた気がするんだ」

「行ってみよう！」私はぴょんと立ちあがった。あんまりうれしかったから、汚《よご》れたお皿を重ね、ティーポットも一緒《いっしょ》に持って、台所まですっとんでいった。オルウェンはすごくびっくりした顔をした。私は「お昼には戻《もど》るわ」と言って、大急ぎでグランドのあとを追った。グランドはもう外に出て、きのう私たちが歩いた方向へ走っていた。

そううまくはいかなかった。グランドの言った場所には、イトシャジンは二、三本しか生えていなかった。でも必要なのは、イトシャジンの群落《ぐんらく》なのだ。イトシャジンがたくさん生《は》えそうな、丘《おか》の頂上に近くて雨のあたりにくい傾斜地《けいしゃち》を見つけるまでに、何時間もかかってしまった。お屋敷《やしき》から礼拝堂《れいはいどう》がある側に進み、丘《おか》をいくつも越《こ》えたところに、あたたかい小さなくぼ地がやっと見つかった。イトシャジンのうすい青色のつりがね型の花がびっしり咲《さ》き、風にゆらゆらゆれている。二人とも、日のあたるくぼ地のはしに腰《こし》をおろした。私はそっとイトシャジンの花を五本つむと、針金みたいな茎《くき》を左手の五本の指に正しいやり方で巻きつけ、ファイルにあったとおりの言葉を三回、声に出して唱えた。

そして待った。

長いこと待つうちに、丘《おか》の草の斜面《しゃめん》に射《さ》していた私たちの影《かげ》が、見てわかるほど移動した。グランドは草の上に大の字になり、寝入ってしまった。でもそのすぐあとに、イトシャジンに覆《おお》われた斜面《しゃめん》の一画が、ゆっくりと上にずれはじめた。目に見えなかったひだがまっすぐのびて、はしから小さな人を押《お》し出したような感じだった。グランドは目を覚ましてぱっと起きあがったけれど、現れた小さな人を驚かさないよう、そのままじっとしていなくてはならなくなった。それからは、そばかすだらけの自分の鼻が見えるほど横目を使って、一部始終を見ていた。

小さな人はひだを押《お》しあげるような格好《かっこう》で片手を上げたまま、ひどく息を切らして言った。

「すまぬ、賢女様《けんじょさま》。しんぼう強いお方。ずっと待ってくだすった」声は高く、かすれている。

私はその人を見て、斜面《しゃめん》を見た。「〈小さき民《たみ》〉にとって、空間はたたんだりのばしたりできる、びょうぶのようなもの」と、頭の中の知識が教えてくれた。そのとおりのようだ。このくぼ地の中には、丘《おか》全体の倍ぐらいの空間が折りたたまれて入っていて、この人たちはその中でひそかに暮らしているのだろう。私は、ひだも小さな人もあんまりじろじろ見ないようにした。その人の背丈《せたけ》は私のひざの高さぐらいだ。そのときまで、〈小さき民《たみ》〉は体は小さくても、見た目は人間そっくりなのだろうと思っていたけれど、ちがった。体じゅうやわらかそうな砂色の毛に覆《おお》われ、頭の上と先のとがった両耳には特にたくさん生《は》えていた。毛むくじゃらだからかもしれないけど、服はほとんど着ていなくて、長い上半身は交差したズボンつりみたいなものだけ、下半身は明るい赤のゆったりしたパンツ一枚だ。じろじろ見ちゃいけないと思っても、どうしても脚《あし》に目がいってしまった。なにしろ、人間とは逆に、ひざがうしろむきに曲がっているのだ。手や腕《うで》は毛むくじゃらだけど、人間のものととてもよく似ていた。心配そうな顔はというと、小さくてネコみたいな感じ。目は茶色だ。片方の耳につけた金の耳飾《みみかざ》りを、不安そうに何度も指ではじいていた。たぶん、私がとてつもなく大きく見えるのだろう。

ただじろじろ見るために呼んだのか、と思われたくなかったので、頭の中のファイルが教えてくれた言葉を使って、ていねいなあいさつをした。

小さな人は恐《おそ》れ入《い》ったような顔をして言った。「古《いにしえ》の言葉をごぞんじとは。でもお気づかいなく。古《いにしえ》の言葉、今日《こんにち》のわれわれ、よく知らないです。あなた様をお待たせした、なぜなら、私、呼んでこられたからです。私、ただ一人、あなたがたの言葉、話します」

私は自分の指からだらんとさがった五本のイトシャジンの花々を見て、小さな人に教えてやった。「これであなたがたの言葉がわかるようになってるはずなの。ふだんどおりの言葉で話してくれない？」

小さな人はひどくあわてたように言い返した。「でも私、あなたがたの言葉、勉強しないと！　勉強いります。私、話せる言葉より多くのこと、知っているらしいです。ご自分の言葉、使ってください」

「わかったわ」そう言ってやるしかなさそうだ。「実は、あなたにききたいことがあって来たの。私たちを助けてもらえませんか？　お返しはどうしたらいいですか？」

「いえ、いいえ。お返し、いりません。大きな人の話すこと、聞きたいだけです」小さな人はぴょんと前に出てくると、うしろむきに曲がるひざを折って、私の真ん前にしゃがんだ。グランドはとても見づらくなったらしく、ますます横目になった。

小さな人は「さあ、話してください」と言って、人間の手に似た両手を、脚《あし》の前で組みあわせた。小さな人の体のにおいがかすかに感じられた。きれい好きなネコのにおいに似ている。

「長い話、してください。ゆっくりしゃべって。私、聞いて勉強します」小さな人は、期待にみちた目でこっちを見上げた。

いっぱいしゃべってと言われると、ひどく気が重くなるものだなんて、はじめて知った。最初のうちは、すごくまわりくどい説明をするたびに、自分でももっと簡単に言えばいいのに、と思っては、ううん、この人は言葉をいっぱい覚えたいんだからこれでいい、と思いなおしたりした。そのうちだいたいなんでも二度言うようにした。小さな人はずっと、目を輝《かがや》かせてこっちを見つめたまま、しきりにうなずいていたけど、私のほうは、どうせひとこともわかってないんだ、と暗い気分になった。

でも、ちゃんとわかっていたらしい。私がぼそぼそと小さな声になって、ようやく話し終えると、小さな人は耳飾《みみかざ》りをぱちっとはじいてまじめな顔になり、深刻《しんこく》な調子でしゃべりはじめた。

「悪いことです。グウィンのような偉大《いだい》なおかた、わなにかけるなんて。自分が呼んだはだれか、わかっていない、変です。グウィンのもうひとつの名前しか、知らない、しれません。力ある者はみんな、いろいろ名前持っているから。愚《おろ》かな連中です。本で知った名前、だれのことか、わかってないです。何よりいちばん悪いのは、そういう愚《おろ》かな連中、とほうもない計画をたてている、です。ちょっとお待ちください。私、考えます」

うしろに曲げた脚《あし》の前にもしゃもしゃのひじを突《つ》き出し、あごのない顔を両手で覆《おお》いながら、小さな人は考えはじめた。私は不安な気持ちで待った。グランドはその隙《すき》に、目をいったん正面に戻《もど》していた。しばらくたってから、小さな人は考えこんだまま、口を開いた。「われらが民《たみ》の賢《かしこ》い者たち、魔法《まほう》、乱れている、と言っていた。このせいだったか」

「で、その人たちはどうしたらいいと……」私が言いかけると、小さな人は私をさえぎるように、くすんだピンク色の手のひらを前に突《つ》き出した。

「まだお待ちください。まだ考えます」

グランドと私はさらに待った。ようやく、小さな人は考えをまとめたらしく、ネコみたいなひげがいっぱい生《は》えた顔を上げて、にこやかに言った。「ふたつのこと、するといい、思います。ひとつはうまくいかない、しれません。もうひとつは、恐《おそ》ろしく危険です」

「いいから教えて」私は言った。

小さな人はうなずいた。「教えますです。でも全部混《ま》ざりあっていて、むずかしいです。〈ブレスト〉の世界で魔法《まほう》、混《ま》ざりあっているに似ています。〈ブレスト〉の魔法《まほう》、みなぴったり重なりあって、織物のようです。愚《おろ》かな連中、その織物から糸を何本かひきぬこう、しています。織物がすっかりほつれてしまう、そのくらい悪いことになる、しれません。あなた様も〈ブレスト〉で何かしようとしたら、なおさら悪いことになる、しれません。まずどちらかをするです、ひとつは外でするです。完全にです。秘密にです。もうひとつは、とても大きなことをするです。激しすぎて、危険、ほつれてしまう、しれないけど。おわかりですね？　きっとよくおわかりと思います」

おわかりだなんて、とんでもない。よくよく考えて、やっとなんとなくのみこめてきたから、きいてみた。「つまり、〈ブレスト〉ではすべての魔法《まほう》がからまりあっている……ってこと？　だから、こっそり安全にどうにかしたかったら、完全に外、つまり〈ブレスト〉の世界を離《はな》れて何かしなさい、それとも、もし相手に知られてもいいのなら、この〈ブレスト〉で何かどーんと大きなことをすればいいけど、そのせいで魔法全体《まほうぜんたい》がよけいかき乱されちゃうこともある……そういうことなの?」

小さな人は、とてもうれしそうな顔になった。「どーんと大きなこと」と何度か言ってみたあと、「いい言葉」とつけくわえた。

「でもいったい、何をすればいいの?」と私。

小さな人はびっくりしたようだ。「古《いにしえ》の知識が頭にいっぱいの賢女様《けんじょさま》、なぜそんなこと、おききになる? 私、古いこと知らない、ただの人。でも言います。〈ブレスト〉の外の方、暗い道を通る人に頼《たの》みます。全部の世界の外にある道です。それをしても、〈ブレスト〉の人、だれも気づきません。でもうまくいかない、しれません。〈ブレスト〉の方、どーんと大きなことは、国を起こすです。激しい危険です。もしかしたら、えー、あれがばらばら、めちゃくちゃになる、しれません、その、えー……なんて言う?」小さな人は片手をぐらぐらゆらしてみせ、訴《うった》えるような目つきでまたきいた。「なんて言う?」

今度は何を言いたいのか、さっぱりわからなかった。「ゆれる? うねる? ゆさぶる?」と言ってみた。

「バランスだろ!」グランドが低い声で言った。だまって聞いていられなくなったらしい。「魔法《まほう》のバランスのことに決まってるだろ、ばかだな!」

小さな人は、ぎょっとしたらしく、バッタみたいに横っとびにぴょーんととんだ。「その人、死んでない!」死んでいると本気で思っていたのだろう。「その人、安全? ちがう。私、もう行きます」

「ううん、待って、グランドは安全だから。お願い、行かないで！」私は言った。

「地の底からみたい、低い声、話します。どーんと強い魔法《まほう》。私行く」小さな人は言い、イトシャジンの一画《いっかく》のひだをぱっとめくると、するりとすべりこんで消えた。本当に行ってしまったので、私はひどくがっかりして、グランドに文句《もんく》を言った。

「なんで邪魔《じゃま》したのよ？」

グランドは起きあがり、目をぐりぐりまわして凝《こ》りをほぐした。

「だってロディがばかみたいに、にぶいからだろ。あいつは国を起こす……っていうのはどういうことかわかんないけどさ、それをやると、〈ブレスト〉の魔法全体《まほうぜんたい》のバランスを崩《くず》すことになるかもしれないって言おうとしていたんだ。ここだけじゃなくて、ほかの世界もおかしくなるんじゃないかな。だから、どうしてもきみにわかってもらいたかったんだ。たぶん、それをやるのは、世界の外の道を使う魔《ま》法《ほう》がうまくいかなかったときだけにしろ、と言いたかったんじゃない？　世界の外の道を使う、ってのも、どういうことかよくわかんないけど」

「じゃあ、まずそっちの方をやってみるわ。あーあ、でもおどかさないでほしかったのに！　いなくなっちゃったじゃない」私はうらみがましく言った。

「でもあいつはもう、言いたいことは全部言い終わっていたじゃないか」とグランド。

「それはそうだけど、人間の言葉をしゃべる練習をしたがっていたのに。あの話し方じゃ、たしかに練習がいりそうだったでしょ。グランドさえ静かにしてたら、まだずっと、いてくれたはずだわ」

「そうなってたら、お昼を食べそこねたよ。ねえ、いいから行こう」

グランドったら、いつも食べ物のことばっかり考えて！　私は言った。「〈小さき民《たみ》〉と話ができたこと、すごいって思わないの？」

グランドは低い声で言い返してきた。「話したこと自体は、すごいなんて思わないけど。ロディはあいつのことを人じゃなくて、博物館に飾ってあるものみたいに思ってるんじゃないの？　ぼくはお昼を食べに帰るからね。行くよ」

グランドの言うとおりだった。私は小さな人のことを、そういう目で見ていたのだ。小さな人は、恐《おそ》ろしいけれどちゃんとした助言をしてくれた。なのにグランドのあとを追いかけて斜面《しゃめん》を走っていくあいだだって、なんてめずらしい変わった民《たみ》なのかしら、と思うのをやめられなかった。あの小さな人が自分の言葉をしゃべってくれていたら、もっと自然に受けとめられたかもしれないのだけど。

4

その日の午後、私たちは暗い道とかいうところにいる人に助けを求めてみることにした。グランドと一緒《いっしょ》にお屋敷《やしき》を見おろす芝生《しばふ》の上にすわりこんで、頭の中にある花のファイルを次々に呼び出し、ほしい知識を捜《さが》していった。ぜったいどこかにあるとは思っていたけど、ビロードモウズイカのファイルの中の、【死者との対話】という項目《こうもく》の中に見つかったときには、ぎょっとして、暗い気分になった。これから助けを求める相手が、どうか死者でありませんように。死んだ人じゃ、助けになるとは思えないもの。

【死者との対話】の中をのぞいてみたら、またひとつこまったことに気づいてしまった。それぞれのファイルについた花の名前は、ただ適当につけてあるわけじゃなくて、たいていはそのファイルの中にある魔法《まほう》で実際に使う植物をさしていたのだ。朝のイトシャジンの魔法《まほう》を使ったときに気づいてもよさそうなものだけど、今の今までわからなかった。古《いにしえ》の魔女《まじょ》の知識を自分のものにするには、実際に何度か使ってみないとだめなようだ。

「暗い道ではいかなるときも、ビロードモウズイカを明かりとして手に持つべし」とある。でもビロードモウズイカなんて、そのへんに見つかるかしら？　案《あん》の定《じょう》、見つからない。私はしだいにいらいらしてきた。とにかく不安でしょうがなかった。私たちがこうやって丘《おか》の斜面《しゃめん》やお屋敷《やしき》のまわりをうろうろ捜《さが》しまわっているあいだにも、シビルの一味は着々と計画を進めているだろう。手遅《ておく》れになってしまうかもしれない。

実は、私はビロードモウズイカがどんな姿の花か、あまりわかっていなかった。でもグランドは知っていた。字がすらすらと読めないから、理科の授業ではいつも、図ばかりながめていたのだ。グランドはマツヨイグサに似た花だと教えてくれた。でも続けて、たぶんそこらのどんな花を使ったってだいじょうぶだよ、と言いだしたので、ちょっとしたけんかになってしまった。

「ためしにカブでもふってみろよ！」グランドはついにぷいと背をむけて、吐《は》き捨てるように言うと、うんざりした顔で礼拝堂の方へおりていった。

グランドのことは放《ほう》っておいて捜《さが》しつづけると、ローズマリーとプリベットとラッグドロビン（リクニス・フロスクリ、ナデシコ科センノウ属）は見つかった。頭のファイルによると、プリベットとラッグドロビンはブリオニア（ウリ科ブリオニア属）、レッド・キャンピオン（ナデシコ科シレネ属）、クリスマスローズ、スズランとならんで「使うときは細心《さいしん》の注意が必要」らしい。何がそんなに危険なんだろう、と不安になって花を見ていると、グランドがどすんどすんと戻《もど》ってきて言った。

「礼拝堂《れいはいどう》の裏手の壁《かべ》ぎわに、イモムシがいっぱいくっついた綿毛だらけの草があるよ。来てごらん。ビロードモウズイカじゃないかと思うんだ」

グランドの言うとおりだった。行ってその植物を見たとたん、そうだとわかった。こまかい毛に覆《おお》われた白っぽい葉とうすい黄色の花が、茎《くき》のてっぺんから下までびっしりとくっついていて、おまけにイモムシもびっしりついていた。タチアオイ（高さ二メートルほどになる）みたいに高くのびている。グランドはイモムシをはらい落として、宮廷《きゅうてい》ふうの気どったおじぎをしながら私に花をさしだした。

「どうぞ。いるのはこれだけ？」

私は言った。「ヒロハギシギシ（タデ科の雑草）もいる」

「礼拝堂《れいはいどう》の入口の門のそば。いっぱい固まって生《は》えてるよ。それから？」

「えーとね、アスフォデル（ユリ科）とヒメツルニチニチソウ（キョウチクトウ科）もあると助かるけど、もう大事なものはそろったわ。山のてっぺんにのぼりましょうよ。空がいっぱいに見えるところへ行かなくちゃいけないの」

山をのぼっていくうち、グランドが何か考えているとわかった。てっぺんに着くなり、グランドはこう言った。「魔女《まじょ》の魔法《まほう》をやるときには、ずっとアリシアみたいになっちゃうんだったら、もう手伝わないからね」そしてくるりとお屋敷《やしき》の方をむき、背中を丸めてすわりこんだ。

ふだんの私なら、アリシアみたいだなんて思われただけでも、かっとなったはずだ。でもこのときはやらなくちゃならないことで頭がいっぱいになっていたから、「じゃ、好きにすれば！」と言っただけで、すわっているグランドを放《ほう》っておいた。

おかしなことに、魔法《まほう》を始めるとすぐ、グランドがそばからいなくなったみたいに感じた。握《にぎ》りしめた花束から、ものすごい力がはじけるようにとびだして、その瞬間《しゅんかん》から、私のいる山のてっぺんだけがこの世界から切りはなされて、ひとりぼっちになった気がした。でもその方がよかった。グランドが横で聞いていたら、呪文《じゅもん》を唱えるとき、恥《は》ずかしくてたまらなかっただろう。

呪文《じゅもん》は詩みたいになっていた。ファイルには古《いにしえ》の魔女《まじょ》の古代の言葉でどう言うかが記してあって、その呪文《じゅもん》の意味の説明もついていた。私は頭をしぼって考え、自分の言葉で詩らしく訳した。しおれてきた花束をふりまわしながら、「石の道を歩む足、見えぬ目よ、世界の外の魔法使《まほうつか》い、出《い》でよ、われを救いたまえ！」とくり返し大声で叫《さけ》んでいると、なんともばからしく思えてきた。なさけないし、むなしい。

こんなことしたってうまくいくわけない、と思っていたら、ふいに、目の前に暗い空間がぽっかりと現れた。最初は、からっぽの空間をのぞく窓ができただけかと思った。「われを救いたまえ」私は消え入りそうな声で何度目かの呪文《じゅもん》を言い終えた。と、真《ま》っ暗闇《くらやみ》の空間で青い光がきらめき、濡《ぬ》れた岩がたくさん見えてきた。だれかが岩陰《いわかげ》から姿を現し、よろめきながら私の方にむかってくる。私はぎょっとして、あとずさりそうになった。

真っ先に気がついた大事なことは、その男の人がおでこに小さな青い炎《ほのお》をのせていたことだった。〈ブレスト〉の魔法使《まほうつか》いたちも、大事な儀式《ぎしき》のときにはそうする。私は言った。「よかった！　あなた、魔法使《まほうつか》いなのね」でも、本物の人間とはいえ、この人は私のいる世界とは全然ちがう場所にいるんだ、と思い出すと、ひどく落ち着かない気持ちになった。

相手にも私の姿が見えて、声も聞こえているらしい。でも自分がちゃんとした魔法使《まほうつか》いだとは思っていないようで、魔法《まほう》はまだ習いはじめたばかりなんだ、というようなことをぼそぼそ言った。ちょっとがっかりした。青い炎《ほのお》のせいで顔がひどくひしゃげて見えたけど、年も私とたいして変わらないのがわかる。両目のところが影《かげ》になって見えないから、悪魔《あくま》みたい。まあ、よくわからないけど、よその世界の人はみんなこんな感じなのかもしれない。〈ブレスト〉の世界の人だったら、インドのあたりから来たのかしらって思いそう。髪《かみ》は黒くて、背は私よりずっと高いようだ。

私は自分に言い聞かせた。だいじょうぶ、この人でいいのよ。ビロードモウズイカの魔法《まほう》に呼び出されて来たんだから、ちがうはずがない。花のファイルによると、次には何がなんでも相手の本当の名前を言わせなくちゃいけないらしい。そこで名前をきいたら、ニコソデスだ、との返事だった。聞いたこともない名前。ニコソデスはちょっと顔をしかめてこっちを見ている。さっきのグランドのように、私のことを、なんていばってるんだろう、自分の悩《なや》みのことしか頭にないんだな、と思っているみたい。そりゃ、私は悩みで頭がいっぱいで、いばったしゃべり方をしていたかもしれないけれど、わざとそうしたわけじゃない。そこで、自分の名前を教えて、おたがい長ったらしい名前ね、とおどけてみせた。

ニコソデスはしかめっつらのままだったけど、次にはてきぱきと、「ぼくに何をしてほしいんだ？」ときいた。

私は説明した。というより、説明しようとした。でも何を言っても、ニコソデスにはぴんとこないようだった。しかも、すぐに、思いがけないところで話をさえぎられてしまった。ニコソデスはマーリンのことを、伝説のアーサー王とかいう人の時代にいた、白く長いひげを生《は》やしたおじいさんだと思ったらしい。アーサーなんて王様は聞いたこともなかったけれど、私は話をあわせた。「白く長いひげを生《は》やしたマーリンも、けっこういっぱいいたらしいわ。ついこの前死んだマーリンもそうだったから」そしてマーリンは代々魔法《まほう》を治め、国を治めている王を助けていると説明した。

ニコソデスにはさっぱりわからなかったようだ。わかりたくないと思われているような気さえした。私はもうすっかりやけになって、国全体、ひいては世界全体、さらにもしかするとほかの世界までもが危機に瀕《ひん》していることを話した。今にして思えば、だれかに助けを頼《たの》むたびに味わう気持ちだったのだけど、このときは、私がウェールズの山の上、ニコソデスがどこだか知らない暗い道にいて、おたがいすごく離《はな》れているから、こんなに絶望的《ぜつぼうてき》な気分になるんだ、と思った。

なお悪いことに、ニコソデスはその暗い道から、そのままこっちへ来ることはできなかった。ためしに手をのばしてみてくれたけど、ガラスの壁《かべ》にあたったみたいに、べたっと手のひらがはりついて白くなり、しわが赤い線になって見えただけだった。

「わかった」ニコソデスは私よりずっと明るい顔になり、どうしたらいいか、だれかにききに行くことにした、と言った。「そうしたら戻《もど》ってきて、きみとグランドゥーンの手伝いをするよ」

「グランドゥーンなんて言ってないわ、グランドよ」と私。

「ああ、そいつも」ニコソデスは明るい声でさらりと言った。「ところで、きみはどこにいるの？」

その言葉を聞いたとたん、この呪文《じゅもん》、だめじゃない、と思ってしまった。いくらなんでも、こんなあたり前のことぐらいは、わからせておいてくれなくちゃ！「〈ブレスト〉に決まっているでしょ」

「じゃあ、なるべく早く会いに行くよ」ニコソデスは言うと、私のわきを通ろうと歩きだした。青黒い影がこっちにぐんぐんせまってくる、と思ったら、すぐ横で、ぱっと見えなくなった。暗い空間はぎゅうっと縮《ちぢ》まって少しのあいだ残っていたあと、空中にかき消えた。

「これじゃ、全然だめじゃない！」私はぷりぷりしながら、グランドにむかって言った。

グランドはちょっとびくっとした。「もう終わったの？」

「終わったわよ！」私は握《にぎ》りつぶしてしまった花束を地面に投げつけた。「頭がにぶくて自分本位《ほんい》で、うぬぼれやの十代の魔法使《まほうつか》いなんて、かんべんしてほしいわ！」

「うまくいかなかったの？」グランドがきいた。

「まるっきりだめ。ねえ、これからどうしよう？」

グランドは日がかたむいているのに気づき、腕時計《うでどけい》に目をやって、びっくりした顔になった。

「戻《もど》って夕食を食べたらどうかな。夕食が早いのって、これだからいやだよ。すぐ帰る時間になっちゃうんだもん。ところでさ、お祖父様《じいさま》、帰ってきたみたいだよ。あそこの囲いの中に、あの白っぽい馬がいるのが見えるだろ」

二人ですべるようにそろそろと斜面《しゃめん》をおりていくとき、グランドはとても楽しそうだった。どうしてか理解できない。私はものすごく落ちこんでいた。あれだけ一生懸命《いっしょうけんめい》花を捜《さが》しまわったのに、全部むだになってしまったのだ。あの魔法使《まほうつか》いの男の子は、なんの助けにもならない。ばかなんだもの。世界の外から助けを呼ぶよう勧《すす》めた小さな人に、文句《もんく》を言いたい気がしたけど、ほんとは小さな人が悪いわけではない。呼んだら何も知らない大ばか者が来るなんて、小さな人だって思いもしなかったはずだ。

でもこれで、世界の外からの助けは望めないことが、はっきりしてしまった。ということは、あとは、〈王の巡《めぐ》り旅《たび》〉に戻《もど》って、「国を起こす」とはどういうことで、何をしたらいいのかを、なるべく早くつきとめるしかない。この知識は、花のファイルの中には見つからないにちがいない。古《いにしえ》の魔女《まじょ》の時代には、やる必要がなかったはずだもの。そのころのブレスト諸島《しょとう》はもっとたくさんの小さい国にわかれていたから、それぞれの王もたいした存在ではなかった。〈ブレスト〉の魔法《まほう》がほかの世界にとっても重要な意味をもつなんてことも、まだなかったんじゃないかと思う。

お屋敷《やしき》では、グウィンお祖父様《じいさま》が食卓《しょくたく》のそばに立ち、私たちを待っていた。ぱっと見たところでは、これまでよりいっそう暗く無表情で、ちょっと疲《つか》れているようだ。パンケーキがどっさりのったお皿を見て、グランドがわあっと歓声をあげたのが気にさわったように、お祖父様《じいさま》は片方の黒い眉《まゆ》をぴくっと動かすと、びんびん響《ひび》く大声でいつもより長いお祈りを唱えた。それからちょっとだけこっちを見て、私にだけわかるように、ふっとほほえんだ。もうおまえは私の秘密を少し知っているね、というように。

そう、お祖父様《じいさま》がシビルのしもべにされてしまったことも知っているわ。だから今はお祖父様《じいさま》には何も話せないのよ——そう思ったけど、お返しに、にっこりしないではいられなかった。

するると、三人で席に着いたとき、お祖父様《じいさま》が言った。「それでいい。アリアンロード、おまえはまじめすぎる。あまりものごとを重く受けとめすぎない方がいいぞ。もっと大らかに、肩《かた》の力を抜《ぬ》いた方が、ずっとおまえのためになる」

自分のことは棚《たな》に上げてよく言うわ！　私は言った。「グウィンお祖父様《じいさま》、私が今、不安な気持ちでいるのには理由があるんです。グランドと私は、すぐにでも〈巡《めぐ》り旅《たび》〉に戻《もど》った方がいいと思います」

「私もそう思う。車の手配はしてある。明日の朝いちばんに出られるよう、したくをしなさい」とお祖《じ》父様《いさま》。

グランドは見るからにがっくりしていた。こんなに幸せだったのは生まれてはじめてというほど、この暮らしを楽しんでいたからだ。グランドは言った。「だったら、パンケーキをもうひと皿もらえませんか？　食いだめしておかなくちゃ」

お祖父様《じいさま》はまたかすかにほほえみらしいものを浮《う》かべた。「もちろんだ。明日帰るときにも、ひと包み持っていくといい」

お祖父様《じいさま》は約束をちゃんと守ってくれた。たぶん約束はかならず守る人なんだろう。次の日の早朝、グランドと一緒《いっしょ》に荷物をひきずって、よたよた階段をおりていくと、お祖父様《じいさま》は黒い柱みたいに玄関《げんかん》ホールに立ち、ちょっと油のしみた袋《ふくろ》を指の長い両手で持っていた。ホールにはこれまでになく日が射《さ》しこんでいる。開けはなした玄関《げんかん》から、のぼりはじめた太陽と、緑と金が混《ま》ざったような色の空が見えた。霊柩車《れいきゅうしゃ》みたいな車が、ガタゴトいいながらゆっくり走ってきて、外の草の上に停《と》まった。そのせいで光がさえぎられ、ホールは少し暗くなった。

お祖父様《じいさま》は、持っていた袋《ふくろ》をグランドに手渡《てわた》した。「オルウェンが朝食にと作った弁当だ。車の中で食べるといい。さらばだ」

お祖父様《じいさま》は車のところまで送ってくれたけど、私が内心ほっとしたことに、キスしろとは言わなかったし、握手《あくしゅ》の手をさしのべてもこなかった。車が動きだしたとき、さよならのしるしに片手を上げただけだ。お屋敷《やしき》の中に戻《もど》るお祖父様《じいさま》のしゃんとした黒い背中が見えたと同時に、車はくだり斜面《しゃめん》を曲がってしまい、それからは山の稜線《りょうせん》しか見えなくなった。なんだかグランドと同じくらい、ここを離《はな》れるのが残念になり、ため息が出た。

オルウェンは前と同じようにサンドイッチを山ほどと、おまけにパンケーキまでつめてくれていた。グランドと私は長い道中のほとんどを食べてすごし、外の景色はたまにしか見なかった。でもなんとなく、行きより少し近道を通っている気がした。今通っている、よく日のあたる広々とした峡谷《きょうこく》と、その真ん中をごうごう流れる灰色の急流は、行きに見た覚えがない。でもグランドも言っていたけれど、二人ともお祖父様《じいさま》のお屋敷《やしき》で不思議な数日をすごすまでは、車に乗っているときにまわりの景色を見るなんて、あまりしたことがなかったのだ。

「なれっこになってたんだよ。景色はただ流れていくものだと思ってたんだ」グランドは言った。

グランドも私も、お祖父様《じいさま》のところを離《はな》れて残念だったし、〈巡《めぐ》り旅《たび》〉に戻《もど》ったら何が起きるのかを思うと不安でたまらなかった。

「母さんは、なんて言うだろうな。ロディと一緒《いっしょ》に行くって、言わないで来ちゃったんだ」とグランド。

「ママが知らせたと思うわ。シビルだって、怒《おこ》るひまもなかっただろうし。知ってるでしょ。最近いそがしくしてるって」

真《ま》っ青《さお》な空を背景に丘《おか》の上のベルモント城が見えてくると、残念さと不安が入りまじった思いはいっそう強くなった。焼けつくような暑さになっていたから、パパが〈王たちの会合〉のためにまだいいお天気のままにしているのかな、と思った。でも車が巨大《きょだい》な城門をすうっと通りぬけて、くねくね曲がりながら砂利道《じゃりみち》をのぼりだすと、道のわきの木々がほとんど枯《か》れかかっているとわかった。ちょっとやりすぎじゃないかしら。このままじゃ、日照りをまねいてしまう。そんなこと、パパがするはずないのに。

運転手が、行きに乗せたお城の玄関《げんかん》の前に私たちをおろすつもりだとわかって、私は、はっとした。玄関《げんかん》の前におろすのは、やめてほしい。グランドも同じことを思ったようだ。私たちは顔を見合わせた。でも、この運転手に話しかけてもむだなことはもうわかっていたから、どちらも何も言わなかった。車は丘のてっぺんに来ると、ザクザク音をたてながらきれいな弧《こ》を描《えが》き、お城の両開きの扉《とびら》の前に停《と》まった。運転手は私たちのために後部座席のドアを開けたあと、砂利《じゃり》の上に荷物をどさっとおろした。私たちはたったひとこと、「ありがとう」とだけ言った。それぞれまだ残っていたサンドイッチとパンケーキの袋《ふくろ》を握《にぎ》りしめて立っているうちに、車は熱のせいでちらちらゆらぎながら、ザクザク道をくだっていってしまった。

「あの運転手、〈巡《めぐ》り旅《たび》〉のことがちっともわかってないんだな」グランドが言った。

私もそのとおりだと思った。あの運転手は、お祖父様《じいさま》の一族は王族と同等だ、と思っているのかもしれない。二人とも自分の重い荷物を持ち、野営地に続く急な坂の上までえっちらおっちら歩いていった。

そしてあっけにとられた。

野営地だった草地は、からっぽになっていた。タイヤのあとや、何度も踏《ふ》まれてできた茶色い小道、草の緑がうすくなっているテントがはってあったあとはたくさんあったけど、〈巡《めぐ》り旅《たび》〉の一行の姿はどこにもない。ふだん、いちばんあとからぞくぞくと出発するバスも、一台も残っていない。最後尾《さいこうび》の私たちのバスさえ。なんにもなし。ちりひとつ落ちていない。草地のようすからすると、もう何日も前から空地になっているようだ。

「行っちゃったんだ……」私はばかみたいな口調《くちょう》で言った。

「遠くまでは行ってないはずだよ。ぼくたちは三日しかここを離れてないんだし、王様は出発する前にウェールズ王と会ったはずだから。お城の人にきいてみようよ」グランドが言った。

そこで、草地を見おろすところに荷物とサンドイッチの袋《ふくろ》をおろし、砂利《じゃり》を踏《ふ》みながら、巨大《きょだい》な玄関《げんかん》の方へ戻《もど》っていった。つやつやにみがかれた真鍮《しんちゅう》の握《にぎ》りをひいて、呼《よ》び鈴《りん》を鳴らした。返事がなかったので、また一度、さらにもう一度鳴らした。三度目には、お城の中にはだれもいないのかしらと思いはじめていた。

あきらめてうしろをむきかけたとき、ガタガタとかんぬきを抜《ぬ》く音がして、両開きの扉《とびら》の片方が少しだけ開き、ワイシャツ姿の男の人が顔を出した。スペンサー卿《きょう》の執事《しつじ》なのかもしれない。呼びつけられて迷惑《めいわく》がっているようすで、扉《とびら》の隙間《すきま》から上半身だけ出して立っている。呼《よ》び鈴《りん》を鳴らしたのが子どもだとわかると、さらに不機嫌《ふきげん》そうに顔をしかめて「何か？」と言った。

私たちはせいいっぱい宮廷《きゅうてい》ふうにお行儀《ぎょうぎ》よくし、必死になってきいた。「お邪魔《じゃま》して申しわけございません、私はアリアンロード・ハイド、こちらはアンブローズ・テンプルでございます。どちらも宮《きゅう》廷付《てぃつ》き魔法使《まほうつか》いの子でして……」と私が話しはじめると、グランドが言いたした。

「ぼくたちはけさ、〈王の巡《めぐ》り旅《たび》〉に合流することになっていたんです。もしよかったら、教えていただきたいのですが……」

男の人は、私たちの言うことを信じていないようだった。「ここでだれと合流するだって？　そんな冗談《じょうだん》が通じると思っているのか？　王はもう一週間近く前にお発《た》ちになったのだぞ。ウェールズ王にお会いになったあと、すぐにな」

一週間近く前ですって？　そんなばかな！　と思ったけど、宮廷《きゅうてい》ふうの態度は崩《くず》さずに、ていねいな口調《くちょう》できいてみた。「でしたら、私の両親から伝言をあずかっておいでではありませんか？　ハイドかテンプル宛《あて》の……」

「悪いね、ないな」口ではそう言ったけど、男の人は悪いなんてちっとも思っていないようだ。「伝言などあずかってない。宮廷《きゅうてい》の連中は、荷物をまとめてそのまま出ていったよ」

信じられなかった。ママなら、最新の遠話《えんわ》番号を書いたメモぐらいは残していってくれるに決まってる。私がロンドンのハイドお祖父《じい》ちゃまを訪ねるときには、かならず運転手付《つ》きの車を借りてくれ、〈巡《めぐ》り旅《たび》〉がいきなりどこかへ移動してしまった場合でも、ちゃんと追いつけるよう、帰りの合流のしかたをこまかく説明しておいてくれるのだから。

相手をうそつきだと責めずに、うまく話を聞き出すにはどう言えばいいかと考えていると、グランドがひどくせっぱつまった調子できいた。「ひょっとして、発《た》つ前に、〈内庭〉でもう一度儀式《ぎしき》があったのではありませんか？」

男の人はうなずいた。「ああ、あったとも。みんなであそこの水を飲む大きな儀式《ぎしき》だ。私も参加した。それがどうかしたのか？」

「いえ、なんでもありません、ありがとうございました」グランドは礼儀《れいぎ》正《ただ》しく言った。

グランドのおかげで、何が起きたかわかった。ママも魔法《まほう》がかかった水を飲んでしまって、シビルの思いどおりに動くようになっているのだ。シビルはいつだって、私とグランドのことは、忘れてしまいたがっていたし……。私は男の人にきいてみた。「では、〈巡《めぐ》り旅《たび》〉の行き先にあてがおありでしたら、教えてくださいませんか？　お願いします」

「あてはない」男の人はきっぱりと言い、半開きにしていた扉《とびら》を閉めはじめた。

「どっちの方にむかったかは？」グランドがすばやくきいた。

男の人は手を止めた。これを言ってやったらおもしろいだろうな、と考えているのがわかった。

「知っているのは大きな港のどれかってことくらいだ。王が紛争《ふんそう》をおさめに行かれたんだ。どこの港かって？　サウサンプトン（イングランド南部）だったかな、リヴァプール（イングランド北西部）だったかな？　ま、そんなところだ。ニューカッスル（イングランド北部）だったかもしれん。これ以上はわからないな。悪いね、あんまり助けになれなくて」男の人は体をひっこめ、扉《とびら》をぴしゃっと閉めた。

「あんまりどころか、ちっとも助けになってないじゃない！」私は閉まった扉《とびら》にむかって叫《さけ》んだ。それからグランドにむきなおった。「ねえ、あの人、うそを言っていたのよね？」

「どうかな。今日は何日なのか、調べた方がいいと思うな」

「えっ、じゃあ、おとぎ話みたいなことが起きたかもしれないってこと？　私たちが思ってたより、こっちでは時間が進んでいたってわけ？」

グランドはむっつりとした顔でうなずいた。

私たちは荷物を置いたところへ歩いて戻《もど》り、ここにいてもどうにもならないようだったから、熱気の中、砂利道《じゃりみち》をとぼとぼくだりはじめた。門まであと半分というあたりで、グランドが言った。

「きみのお祖父様《じいさま》は、時間をわざとどうにかしたわけじゃないと思う。お祖父様《じいさま》たちみたいな人の時間は、ぼくらのと同じじゃないんだよ。たぶん、自分でもどうにもできないことなんじゃないかな」

「ふうん、そう、でもこれからどうすればいいわけ？」私は言った。

6
ニック

1

五歩ぐらい歩いて角を曲がったら、なんとも奇妙《きみょう》な町にいた。こんな変な町は見たことがない。

ぼくが立っていたのは、アーケードつきの商店街の、人混《ひとご》みの中だった。ざわざわといそがしそうな人々に囲まれていることに、まず気づいた。みんながふりむいて、こっちをじろじろ見ている。なぜそんなにぼくのことを見るんだ？　そのとき、アーケードを支える柱のあいだにある、店のショーウィンドーに、自分の姿が映っているのが目に入った。ずぶぬれになった若い男がいる、と思ったら自分だった。ぐしょぐしょの髪《かみ》がへばりついたひたいの少し上に、青い炎《ほのお》が浮《う》かんでいる。これじゃ、だれだってじろじろ見るだろう。雨に濡《ぬ》れたりなんかしないアーケードの下じゃ、なおさらだ。

「くそっ！」ぼくはどうにかこうにか、魔炎《まえん》を自分の中にひっこめた。また出せる自信はなかったけど、まわりの人の視線が突《つ》き刺《さ》さるようだったから、そうするしかなかった。みんながみんな、すごく凝《こ》った服装をしているせいで、ぼくはよけい目立っていた。女の人たちは胴《どう》まわりがぴちっとしている代わりにそでとスカートがたっぷりした、明るい色の服を着ていた。服全体が刺繍《ししゅう》で覆《おお》われている。男の人たちは腰《こし》まわりがぴったりした上着とだぶだぶのズボンという格好で、こちらも刺繍《ししゅう》だらけだった。刺《し》繍《しゅう》をいっぺんにこんなにたくさん見たのは、はじめてだ。ぼくの姿が映っているウィンドーにも、いろんなデザインの刺繍《ししゅう》がほどこされた布がたくさん飾《かざ》ってあった。自分がものすごく場ちがいな気がする。

ひき返して、さっきのわかれ道を右に行くんだ。急げ！

だがそのころには、人混《ひとご》みにさらわれ、だいぶ先へ来てしまっていた。太い柱の立ちならぶ胸壁《きょうへき》の方へと押《お》されていく。胸壁《きょうへき》のずっとむこうにも商店街らしきものが見えるから、あの胸壁《きょうへき》が商店街の歩道と道路を仕切っているのだろう。さっきまでいた小道はどこへいったんだ、とふりむいたそのとき、あたりが急に静まり、大勢の通行人の足音と、店から流れる音楽以外は、何も聞こえなくなった。高速道路をパトカーが通るとき、どの車もいっせいに速度を落とすのに似ているな、と思った。

実際、静かになった理由は似たようなものだった。通行人たちはわきにより、のしのし歩いてくる明るい黄色の服を着た二人の男のために道を開けていた。二人の黄色い服にも刺繍《ししゅう》がある。いかにも役人という感じの、盾《たて》の模様だ。高いふちなし帽《ぼう》の正面にも、役人を思わせる柄の刺繍《ししゅう》がほどこされている。でも、この二人の服装でいちばん目立っていたのは、もこもこした羊の毛皮でできた黄色いロングブーツだった。足が巨大《きょだい》に見える。おやじが前に、ブーツを見れば警官だとわかる、と言っていたのを思い出した。こんな格好《かっこう》をした警官なんて見たことがないけど、すぐにそうだとわかった。

警官に目をつけられたらいやだな。道路を渡《わた》った方がよさそうだ。そこで、人の流れにのって胸壁《きょうへき》の方へむかった。だが行ってみて、ぎょっとした。胸壁《きょうへき》のむこうは道路ではなく、深い峡谷《きょうこく》になっていたのだ。

谷底までは何百メートルもありそうだ。同じくらい遠くに、むこう側の斜面《しゃめん》が見える。商店街が道路のむこうにもあると思ったのはまちがいで、実は谷をへだてた斜面《しゃめん》にはりつくように何層にも積み重なった、屋根つき通路のひとつが見えていただけだったのだ。店や家がならんでいるのが上にも下にも見えるし、ずっと下の方の何層かには、さびれた工場らしきものもあった。谷のむこう側とこちら側を行き来できるよう、手のこんだ造りの鉄橋がかかっている層もある。

のしのし歩いていく二人の警官を横目で見ながら、ぼくは胸壁《きょうへき》から首をのばして横方向も見てみた。峡谷《きょうこく》は右にも左にもたくさん枝わかれしていて、はるか遠くまでのびている。無数の家や店ががけというがけにそって積み重なっているし、橋もいっぱい見える。この世界の陸に枝状に深いひびが入ってしまったから、人間たちはがけにはりついて暮らすことにしたのだろうか？　それにしてもなんとも壮観《そうかん》だ。明るい色をした、貨物《かもつ》をのせる巨大《きょだい》なエレベーターみたいなものが、建造物の各層を支える太い柱と柱の合間にいくつも造られていた。すごく複雑な機械のようだ。

警官たちがゆっくりと行ってしまうと、はるか下の方から水がほとばしるような勢いのいい音が聞こえてきた。川の音だ、と思って胸壁《きょうへき》にとびつき、上半身を乗り出して下をのぞいてみた。川じゃなかった。列車の音だった。しかも二台。はるか下の谷底の両側から、銀色の弾丸《だんがん》が飛んでくるみたいに近づいてきて、停車場に停《と》まった。白っぽい電灯の光に照らされ、点みたいにちっこい乗客が、長い列車から次々におりるのが見えた。

ぼくはすっかりおもしろくなってしまった。だれもぼくのことを見ていないし、あと少しだけここにいよう。

むかい側のエレベーターのうちの二台が、列車からおりた人々を乗せて上がりはじめた。あれが停《と》まったら、さっきの小道を捜《さが》しに行くんだぞ、と自分に言い聞かせたが、同時にこんなことも考えた——あの酔《よ》っぱらいが言ってたようにあと二人助けなくちゃならないなら、ここで見つければいいじゃないか。これだけ人がいっぱいいれば、こまっているやつの一人や二人、すぐに見つかるだろう。そこで、それを言いわけに、胸壁《きょうへき》の上によりかかって谷をながめていた。

見ていなくても、エレベーターがぼくのいる層に停《と》まったかどうかあてるのは、簡単だった。商店街を歩く人が、急に倍ぐらいに増えたからだ。ふりむいて見ると、これまではちょっと混雑しているだけだったのが、あっというまに人でいっぱいになり、ごった返してきたのがわかった。ぼくは道行く人たちにあっちからもこっちからも押《お》され、足を踏《ふ》まれるわ、買物袋《かいものぶくろ》をぶつけられるわ、とひどい目にあった。人の話し声もうるさくて、頭がくらくらする。

と、そのとき、すぐ目の前をロマノフが横切っていった。

ぼくはすぐさまあとを追った。ほかの人をひじで突《つ》き、手で押《お》し、ぶつかってどけながら、ロマノフの耳に届くよう、声をはりあげ「おい！」「すみません！」「ちょっといいですか？」などと叫《さけ》んだ。ロマノフが赤と青の花柄《はながら》の刺繍《ししゅう》入りの白い上着を着ていたおかげで、見失うことはなかった。白を着ている人は、ほかにほとんどいなかったのだ。百メートル近くあとを追ったあと、橋のたもとでやっと追いついた。ロマノフはなぜか子どもを二人連れていて、曲がって橋を渡《わた》るところで、その子たちがはぐれないよう、足をゆるめたからだ。ロマノフが小さい子の方に手をのばしたとき、ぼくはやっと追いついて、刺繍《ししゅう》だらけの背中をとんとんたたき、ハアハアいいながら声をかけた。「すみません！」

ふりむいたその人は、ロマノフじゃなかった。それどころか、ロマノフに似たところなんてこれっぽっちもない。髪《かみ》は真っ黒じゃないし、めがねをかけている。めがねの奥《おく》の目は淡《あわ》い青で、顔は青白くてつるりと細く、いかにも横柄《おうへい》そうだ。立ち方だって、ロマノフとはまるでちがう。ロマノフはこっちをのぞきこむように少し身をかがめて立っていたけど、この男は、しゃんと背筋《せすじ》をのばしている。しかも、ものすごく腹をたてているように、ぼくをにらみつけていた。ぼくはじっと見返しながら、いったいなんでまた、こんなまちがいをしでかしたんだろう、と思った。顔がかあっと熱くなる。

でもそれからは、恥《は》ずかしいだけじゃすまなくなった。子ども二人がぼくの両腕《りょううで》をつかみ、わめきだしたのだ。大きい方の子はギャーギャー叫《さけ》んでいるし、小さい方は汽笛《きてき》みたいにピーピーいっている。そのせいで、まわりにいたほかの人たちまでさわぎだしてしまった。小さい方は、とんでもないクソガキだった。しつこくぎゅうぎゅうつねってくるので、しまいに腹がたって、けってやった。するといっそううるさい悲鳴をあげたものだから、まわりの人たちの半分くらいが、わっとぼくにつかみかかってきた。ぼくは、あっというまに大勢の人に押《お》さえつけられてしまい、ふりはらおうと必死でもがくはめになった。

ふと横を見ると、そばに雪男の足みたいな、もこもこの黄色いブーツをはいた人が二人、立っていた。ぼくはくらっとして、気分が悪くなった。たいへんだ。「待ってよ、ちょっとまちがえただけなんだ！」だが、だれも耳を貸してくれなかった。まわりじゅうの人が警官たちにむかって何か叫《さけ》んでいる。どうやらぼくがロマノフもどきの財布をすったと思っているらしい。このときには意味がわからなかったけど、ちがうことを叫《さけ》んでいる人もいた。クソガキのやつは悲鳴をあげつづけ、年上の子は、ぼくが弟をけった、というようなことをぎゃあぎゃあわめいていた。ロマノフもどきはかんかんに怒《おこ》った顔で突《つ》っ立っている。自分にふれるだけで犯罪だ、とでも言いたいんだろうか。それから、ピンクとうす紫《むらさき》の刺繍《ししゅう》の服を着た金髪《きんぱつ》のおばさんが、警官の一人の腕《うで》をつかみ、しきりにぼくを指さしてまくしたてた。ぼくが極悪人《ごくあくにん》であるかのような口ぶりだ。おばさんの服は、警官たちの制服の黄色とならぶと、ものすごくどぎつく見えた。

さらにもう二人、警官が現れた。ぼくはそいつらに両脇をかかえられ、ひっぱっていかれた。こっちが何を言おうと、おかまいなしだ。行き先はそう遠くはなかった。商店街にそって曲がったすぐ先で、むかい側にまたエレベーターがある建物の前に来ると、警官たちは扉《とびら》をけって開け、ぼくを中にひっぱりこんだ。警察署らしい、と感じでわかった。口ひげを生《は》やした男が、机のむこうにすわっていた。黄色の刺繍《ししゅう》が、ほかのやつらよりもっといっぱいついていて、いっそう役人らしい感じがする。かなりえらい上役なんだろう。そいつはいやな目つきでぼくをちらっと見ると、親指で奥《おく》をさした。と、二人の警官がうなずき、ぼくをせきたてて奥《おく》へ連れていった。がけを掘《ほ》って作ったらしい通路を進むと、二人はまた新たなドアをけって開け、ぼくを独房《どくぼう》に押《お》しこんだ。ぼくがよろよろと中へ入ったとき、表の扉《とびら》がさっと開き、さっきのさわぎに関係したやつら――ロマノフもどき、二人のガキ、ピンクのおばさんなどなど――がこぞってとびこんでくるのが見えた。全員がまだうるさくわめいている。

と、独房《どくぼう》のドアがバン、と閉まり、だれの声も聞こえなくなった。寝台《しんだい》のようなものがあったから、そこにすわった。すみの方には、岩をくりぬいた穴がある。トイレだろう。ほかには何もないし、粗《あら》くけずられた岩壁《がんぺき》は、かなり昔に白く塗《ぬ》ったきりのようだ。ドアののぞき窓にはまった格子《こうし》の隙間《すきま》からしか光が入らないので、暗くてめちゃくちゃ寒かった。

ぼくは腰《こし》をおろしたまま、こういうときは腹をたてるもんだぞと思ったが、疲《つか》れた、としか感じられなかった。これで一昼夜以上ぶっ通しで、変な冒険《ぼうけん》をしていることになる。急に、もういやだ、という気分に襲《おそ》われた。ひどくまずいことになっているのはわかってるけど、何はともあれ、今は休みたい……ぼくは横になり、寝入《ねい》ってしまった。

何時間か眠《ねむ》っていたにちがいない。警官たちに起こされたのは、そろそろ日が暮れるころだった。警察は、ぼくをふるえあがらせようとして長いこと独房《どくぼう》に入れておいたのかもしれないが、そうだとしたら、作戦ミスだ。なにせ、ぼくは目を覚ました直後は、どうしようもなくぼーっとしてしまうのだ。目がちゃんと開くようになるまでだって、三十分はかかってしまう。ぼくのことをよく知っているやつなら、だれだってわかっていることだ。目はちゃんと開かない、まともに話すこともできない、一人じゃ何もできない。だけど、頭だけはしっかり働く。長年の経験から、この状態を利用するすべも心得ている。

ともかく、独房《どくぼう》に入ってきた警官は、ぼくをゆすり、耳もとで叫《さけ》んだ。ぼくは目が開かなかったから、そいつがほかにも何かしていたのかどうかはわからない。警官はしまいに、ぼくの腕《うで》をひっぱって立たせ、背中を突《つ》いた。ぼくは歩きだし、壁《かべ》にぶつかった。警官はまたぼくをひっぱってむきを直し、うしろから押《お》した。そのあと、警察署の入口のあたりまでどうやって進んだかは、自分でもぜひ見たかった。きっとジグザグに歩いていったはずだ。何度もどこかにぶつかっては警官にひっぱられ、むきを直されたけど、またすぐべつのところにぶつかってしまう。だれか二人がずっとぼくをどなりつけていた。

やっと止まらされたと思ったら、だれかがぼくのすぐ前で息を吐《は》いたらしく、風とにおいを感じた。

「いや、目が見えないわけじゃない。こいつ、目を閉じてやがる」とその男は言うと、今度はどなりだした。「アルフ（英国の詩人コールリッジの詩『クブラ・カン』に出てくる桃源郷を流れる聖なる川）にかけて、目を開けろ、この野郎！」

ぼくは口を開き、「まだできないんです」と言おうとしたが、しゃべってみるとこんなふうに聞こえた。「まま、え、きらい」

「おまえ、どうかしたのか？　薬物でもやってんのか？」その警官がわめいた。

「いいえ、はらぺこで寝《ね》たせいです」と言ったつもりだったけど、耳に聞こえたのは――「んにゃ、ぺこ、ねいす」

「こいつ、よそ者ですね」もう一人の警官が決めつけた。

これはほんとのことだったから、「そー、そー」と言った。そして「よそ者あつかいされるのは、きのうからもう三度目ですよ」とつけくわえようとしたが、口から出たのは――「おつかいさきの、さんどーす」

「サンドースなんて地名は聞いたことがない。おまえはどうだ？」

もう一人よりいばっている感じがする、前にいる方の警官が、不機嫌《ふきげん》そうに言った。プラスチック容器でモモを煮《に》て焦《こ》がしたみたいな、アフターシェーブローションのいやなにおいがぷんぷんした。

もう一人が言った。「ありません。これも調書に書きますか？」

「先に名前だ」えらい方が言った。それからぼくにむかってどなった。「名前を言え！」

なぜかぼくは、どんなにぼーっとしてても、名前だけは言えるのだ。全部つながってしまっただけで、「ニックマロリー」とちゃんと言えた。

えらい方が言った。「今言った名前を記録して所持品を調べろ。身元が確認できるものか、盗《ぬす》んだものがあれば、それも書いておけ」

ドスンドスンという足音のあと、きしむような音がした。えらい方の警官がぼくから離《はな》れ、どこか奥の方にすわったらしい。もう一人の警官がペンで何か書いているらしいカリカリいう音もした。それから警官はペンを置いて、ぼくのポケットを探りはじめた。チャリチャリと音がして、そいつが不機嫌《ふきげん》そうにうなった。どうやら小銭五十六ペンスと十ポンド紙幣《しへい》を二枚、それとうちの鍵《かぎ》を見つけたらしい。鍵《かぎ》はおやじがよくなくすから、返してもらわないとこまるんだけど。

部下の警官が言った。「見たことない金ですね。この平たい金属のものは……鍵《かぎ》かもしれません」

「鑑識《かんしき》にまわせ。護符《ごふ》かもしれんぞ」えらい方が言った。

「かぎ、かえって」とぼく。

えらい方はぼくを無視して続けた。「金は、この世界で盗《ぬす》んだものではないな。祈禱《きとう》師長《しちょう》猊下《げいか》はこの〈ロッジア〉（イタリア建築などで「一方が外部にむかって開放された柱廊」という意味がある）の金しかお持ちでなかった」

「しかし紙幣《しへい》の文字はロッジア語ですね」もう一人の警官がいぶかしげに言った。

「おそらく、どこかほかの世界で盗《ぬす》んだのだろう。まあ、それはどうでもいい。こいつがこの町でおかした重罪が問題なんだ。おい、おまえ！」えらい方の警官がどなった。「目を開け！」

「えき、ない」ぼくは言った。

「公務執行妨害《こうむしっこうぼうがい》、と書いておけ」えらい警官は部下に言うと、ぼくにむかって続けた。「よく聞け」よそ者にはっきりわからせるように、大声でしゃべってくる。しかも、声はどんどん大きくなっていく。

「おまえは、公共の場所で魔炎《まえん》を出したかどで、訴《うった》えられている……」

そうか、あのピンクのおばさんはそのことでぶうぶう言ってたのか！

えらい警官はびんびん響《ひび》く声でどなった。「……この行為《こうい》は、重罪にあたるのだ。もし立証されれば、否応《いやおう》なしに終身刑《しゅうしんけい》だ。この町の刑務所《けいむしょ》は、列車の線路の地下にある。楽しいところじゃないぞ。だから、質問に答える際にはよく考えたうえで、真実をありのままに言うんだな。おまえは魔法使《まほうつか》いか？」

「いえ」

「だが、魔炎《まえん》の出し方を知っているのだろう？」えらい警官はどうだ、と言わんばかりだ。「ということは……」

「知らない」

「……すなわち、おまえは魔法使《まほうつか》いだということだ。え、なんだって？」えらい警官はすっとんきょうな声を出した。

「知らない。できない。見当、つかない」ぼくは言った。なんとかしてまともにしゃべろうと、必死になっていた。「ばかなおばさん。目、悪い。めがねいる」

それを聞いた警官たちは、しばしだまってしまった。部下の警官が口を開いた。「ジョスリンさんが今年、魔法使用罪《まほうしようざい》でだれかを告発したのは、これで四度目です。過去三件はどれも……」

「わかっとる、わかっとるって。だが祈禱師長《きとうしちょう》がたには、もっと検挙《けんきょ》の数をあげろとせっつかれているのだ。どうしたらいいんだ？」えらい警官はいらいらした調子で言った。

「おばさんをていほ」ぼくは言ってみた。

「だまってろ！」二人が声をそろえてどなった。

またしばらくしんとしてしまった。聞こえるのはペンがカリカリいう音と、えらい警官がいらだたしそうに何かをたたいている音だけだ。たぶん、机か何かを指でコツコツ鳴らしながら、ぼくが魔法使《まほうつか》いだと証明する方法を考えているのだろう。やっと、ひっついていたまぶたが開けられそうな気がしてきた。とにかくまわりのようすを知らなくちゃ、と思ったぼくは、がんばって、うっすらとだが目を開けた。どこか横の方から射《さ》しこむ日の光の中で、黄色のもやもやした影《かげ》に見えるのが、えらい方の警官だろう。「ベルヴィング場《ば》は平均値。テレパシー場《ば》はやや高いが……数値としてはたいしたことないな。パワーはほぼゼロか……」とつぶやいている。

目がひとりでに半分くらい、ぱっと開いた。えらい警官の前に、真鍮《しんちゅう》とガラスでできた装置があり、日の光を受けてきらめいている。装置は小さな歯車や、ぐるぐるまわる光る棒を組みあわせたもので、棒の先は全部ぼくにむけられていた。えらい警官は、机をコツコツやっていたんじゃなく、装置にたくさんついている真鍮《しんちゅう》のボタンをたたきながら、数値を読んでいたのだ。

たいへんなことになっているぞ、と思ったものの、まだ眠《ねむ》くてたまらなかった。しかたないから、むりに目を覚まそうとするのはやめ、半分眠《ねむ》った状態のままでいることにした。あの装置が、起きぬけのぼーっとしたぼくの数値を表しているのなら、その方が好都合だ。えらい警官のいらいらしている顔が少しずつはっきり見えてきた。最初に入口で見かけた、あの口ひげを生《は》やした男がこいつだったんだ。ものすごくもじゃもじゃしたひげだ。

「最近魔法《まほう》を使った形跡《けいせき》はほとんどなし。これじゃ、確証がないってことじゃないか、くそっ！」

「となると、放浪罪《ほうろうざい》でいきますか？」部下の警官が言った。

「そうだな」えらい警官は言うと、またぼくにむかってがなりはじめた。「おい、おまえ！　しゃんとして話を聞け！」

ぼくはせいいっぱい、しゃんとして見せた。といっても、ちょっと背筋《せすじ》をのばしただけで、すぐにまた前かがみになってしまった。えらい警官は言った。「まったく……まあいい。公共事業で働けば、態度も改まるだろう。おまえは運がいい。実に運がいい。おまえが襲《おそ》った、かの祈祷師長猊下《きとうしちょうげいか》は、告訴《こくそ》は望まないとおおせだし、おまえの魔法使《まほうつか》い度の計測値は、いずれも疑わしいという程度だ。あとひと目盛でも高ければ、法定許容範囲《ほうていきょようはんい》を越《こ》え、今ごろは刑務所《けいむしょ》に直行しているところだ。だが今回の拘留《こうりゅう》理由は、放浪罪《ほうろうざい》のみとなったわけだ。〈ロッジア〉への入国許可証、または〈ロッジア〉の通貨を持たない者がつかまるとどうなるか、これから教えてやる。今後おまえは夜間外出禁止となる……わかるか？　聞いているんだろうな？」

ぼくはうなずいた。

えらい警官は続けた。「夜間外出禁止であるから、日没前《にちぼつまえ》に、第十四層にある公共繊維《せんい》事業本部へ出頭しなければならない。そこでおまえは、織物工場での仕事と寝場所《ねばしょ》をあてがわれる。だが日没後《にちぼつご》に外をうろうろしているところを見つかったら、即《そく》、刑務所《けいむしょ》行きだ。わかったか？」

ぼくはまたうなずいた。

「よし。法の定めるところにより、この『トークン』をおまえにやる。受けとれ」

ぼくが手をさしだすと、えらい警官は大きな丸いメダルのようなものをのせた。どんなものかはこのときはよく見なかった。えらい警官の顔をじっと見つめ、この口ひげを吸いこんじゃうことはないのかな、と考えていたからだ。ふわふわでたっぷり広がっているから、眠《ねむ》っているあいだに吸いこんで窒息《ちっそく》したっておかしくない。べつに、そうなればいい、と思ったわけじゃない。この人は自分の職務に忠実なだけなんだ。

「このトークンを使えば、一回の食事とひと晩の寝床《ねどこ》が無料で与《あた》えられる。だがその後は、われわれ同様、寝食《しんしょく》をえるためには働かねばならない。おい、ライト、こいつを階段へ案内して、上へむかわせろ」

「お金と鍵《かぎ》は、返してもらえないんですか？」ぼくはきいてみた。

「だめだ。放浪罪《ほうろうざい》で捕《とら》えられた者の財産は、すべて町に没収《ぼっしゅう》される決まりだ。さあ行け。日没《にちぼつ》まで、あと一時間しかないぞ」

ああそうかい、ご親切にどうも！　と思っているあいだに、部下の警官に腕《うで》をつかまれ、出口へ連れていかれた。

外の屋根つき通路に出ると、むかい側のがけのちょうど上あたりまで沈《しず》んできた夕日が痛いほどまぶしかった。あたりの人通りはぐっと少なくなっている。そこらにいた人はみんな、ぼくが数メートル先の角までひったてられていくのを見て眉《まゆ》をひそめ、そっぽをむいた。連れていかれたのは、階段とエレベーターが中に入った巨大《きょだい》な塔《とう》の入口だった。中は照明がかなり暗かったが、壁《かべ》に掲《かか》げられた何枚ものはではでしい大きな表示はなんとか読めた。《第十一層》とひとつにある。べつのには《利用券を常時携帯《けいたい》のこと》とある。あとは《エレベーター》《階段》《大商店街》《布市》で、それぞれに方向を示す矢印もついている。

「エレベーターを使ってもいいですか？」ぼくは警官にきいてみた。

「エレベーターは有料だ」と警官は言い、《階段》の矢印のさす方向へぼくを押《お》した。

「早くのぼるんだ。おまえのトークンは第十四層の食い物屋ならどこでも使えるが、急がないと食べる時間がなくなるぞ。日が暮れたら、サイレンが鳴る。そのときまでに公織《こうせん》本部にたどりつかなかったら、逮捕《たいほ》されるからな」

　警官がしゃべっているあいだに、ずっと下の方でまた列車が到着《とうちゃく》したらしく、勢いのあるそうぞうしい音と、生《なま》あたたかいくさいにおいが上がってきた。ああいう列車が走る地下にある刑務所《けいむしょ》に入れられたらどんな気分になるかは、だいたい想像がつく。ぼくは階段をのぼりはじめた。

　幅の広い、しっかりとした作りの上等な石の階段だった。頭上にはシャンデリアみたいな照明がついている。ぼくはどんどんのぼった。もし警官がまだしぶとく見ていたとしても、もうぼくの足さえ見えなくなっただろうな、と思うところまで来ると、明かりの下で立ちどまり、トークンをよく見てみた。白地に青い字が書いてあるエナメル塗《ぬ》りの小さな円盤《えんばん》だ。おもてには「ロッジア公共繊維《せんい》事業」、ひっくり返すと「標準食一、宿泊《しゅくはく》一」とあった。

これって、放浪罪《ほうろうざい》でつかまりました、という証拠みたいなもんだな。トークンをポケットにしまい、ぼくは次の層をめざしてのぼっていった。当然、次は第十二層のはずだ。

と思ったら、とんでもなかった。次に見つけた表示は《第十一層A　住居区六九〜一〇〇四二》と書いてあり、右側にある豪華《ごうか》な階段の方をさしていた。そっちには行かずに、また少し上がると、今度は左をさしている表示に行きあたった。《第十一層B　高位祈禱師長会《こういきとうしちょうかい》「聖ジャゼプタ」の祈《いの》りの館《やかた》》とある。そっちの階段はまばゆいばかりの白に塗《ぬ》られているが、今のぼっているのはあっさりとした作りで、まっすぐ上に続いている。どうやら想像したのとちがって、層はただまっすぐに上に積み重なっているわけじゃなく、あっちこっちにずれながら、がけにはりついてるらしい。第十二層はさらにだいぶ上がったところにあり、ちっとも高級そうじゃなかった。階段を使う人が多いのか、段の真ん中あたりがへこんでいて、表示は左右への矢印つきの《店》とだけある。

そのころには脚《あし》が痛くなっていた。寝不足《ねぶそく》で歩きまわるとたいていそうなるのだ。そこで、ちょっとひと休みしようと思って、第十二層をぶらついてみた。通路にはずっと先まで小さな店がぎっしりならんでいて、どの店もあふれんばかりの商品を店先にならべている。明るい照明に照らされ、大にぎわいだ。宝飾品《ほうしょくひん》に野菜、本、服、おもちゃ、パンも売っている。その先は柱が邪魔《じゃま》で見えなかった。なんて楽しそうなんだろうと、ついぼんやりながめていたら、体がぶるぶるふるえだした。まだ服がしめっているせいで、じっとしていると寒さが身にしみてくるのだ。線路の地下の刑務所《けいむしょ》を思い出し、また階段に戻《もど》った。

たぶん第十二層Aと第十二層Bの入口は《家》と番地の書かれた表示しかなかったと思う。第十三層も同じだった気がする。そのあたりまで来ると、もうのぼるのに必死で、あんまりよく見なかった。ただ、階段がいっそうすりへって汚《きたな》くなってきたことと、天井《てんじょう》の明かりが弱くなったことには気づいた。第十三層Bにさしかかったときだけは、表示に目をうばわれてしまった。右をさして《セックス》、左に《麻薬《まやく》》とあったのだ。

「いいじゃないか、このぐらい、オープンで！」ぼくはゼイゼイしながら言った。ここでのぼるのをいったんやめて、右も左も立ちよりたいのは山々だが、もう相当のぼったあとだから、腹がぺこぺこだ。この町に来てから、ついてないことばかりだから、どこかの店で「標準食一」を出してもらったとたん、日没《にちぼつ》を告げるサイレンが鳴りだして、食べそこなうなんてことにもなりかねない。そこで、先に進むことにした。そこから先の階段はあちこちひび割れていたり、ゆがんでいたりするうえに、すみの方にごみがたまっていて汚《よご》れ放題だったけど、なんとか第十四層までのぼりきった。

最初に目にとびこんできたのは、さらに上の層へ続く階段の上にかかっていた、赤と白のエナメルの表示だ。《警告《けいこく》　これより上、放射能汚染域《ほうしゃのうおせんいき》》とある。

「ふうん、楽しそうだな、まったく！」これ以上のぼらずにすんでよかった。第十四層の左や右をさす表示にはいろんな工場の名前がずらずらとならんでいた。そして右をさしている表示の方のいちばん下に、《公共繊維《せんい》事業本部、受付時間：日の出より日没《にちぼつ》まで》と書きたしてあった。「よし」ぼくは右へ行った。食べ物のにおいがただよってくる。

そこの通路は狭《せま》いうえに天井《てんじょう》が低く、太くて四角い柱はとてもきれいとはいえないしろものだった。放射能に汚染《おせん》された第十五層以上を支えるためだけに作られた柱なのは、明らかだった。床《ゆか》は黒ずんでべとべとしている。でも実を言うと、そこでまず目がいったのは、ぎゅうぎゅうにひしめきあう、たくさんの小さな食い物屋だ。もう食い物のことしか考えられなかった。例の「スカンブル・エッグ」を食ってから、何時間たったかわからない。ぼくは立ちならぶ店を一軒《けん》一軒《けん》見ていった。

さっきの警官の言ったことはうそだった。窓にはってあるメニューに「とれたてスコッピン、三トークン」「ビンダル五個で四トークン」などと書いてある店や、色とりどりのはり紙がいっぱいあって、どの工場のトークンが使えるかを示している店は何軒《なんけん》もあったけど、「公織《こうせん》トークン使用可」というはり紙があったのは、たったの一軒《けん》。しかたなく、その店に入った。

げっそりするような汚《きたな》い安食堂だ。窓ガラスには油の筋《すじ》がついているし、むきだしの蛍光灯《けいこうとう》みたいなやつが何本か、かすかに青っぽく光っているだけで、中はうす暗い。客たちは奥《おく》にあるガラスばりのカウンターの前にならんで、料理を待っていた。カウンターのむこうでは、エプロンをした陰気《いんき》そうな太ったおばさんが、皿に料理をべしゃんべしゃんともりながら、「ビンダルがほしけりゃ、あと一トークン出しな」とか「ペスローは売りきれたよ」などと大声で言っていた。客たちは皿を受けとると、くたびれたようすで古びたプラスチックのテーブルに着き、食べはじめている。壁《かべ》についた栓《せん》から出る飲み物だけはただのようで、どの客も何度となくコップにつぎに行っていた。黄色っぽくて、少し泡《あわ》が立つ飲み物だ。

ぼくはちょっと立ちどまり、店のようすをうかがっていた。ここにいる人たちも全員、刺繡入《ししゅうい》りの服を着ているが、どれもぼろぼろで、糸がほつれていたり、模様のちがう刺繡布《ししゅうぬの》でつくろってあったりする。太ったおばさんのエプロンでさえ刺繡入《ししゅうい》りだが、だいぶ古そうだ。

おばさんがこっちをじろりとにらみつけ、あごをしゃくった。ぼくはトークンをさしだした。

「これだと、コリーがけニプリンか、クラプティコのどっちかだけだよ」おばさんは、食べ物の入ったかいば桶《おけ》みたいな入れ物を、大きな木のへらでたたきながら言った。「どっちにするの？　早く決めな」

「クラプティコ」と札がついているものは灰色で水っぽくて、油がいっぱい浮《う》いていた。「ニプリン」は白くて、見た目はなんとなくマッシュポテトに似ている。こっちの方が腹がふくれるな、と思ったから、ニプリンにした。おばさんはニプリンの上にオレンジ色の「コリー」をかけると、ぼくのトークンをさっとうばいとって、大きな黒いスタンプを押《お》した。

「もうこれで二度と使えないよ」おばさんはきつい調子で言うと、アイスクリームにウエハースをさすみたいに、トークンをニプリンにつっこみ、皿をそのままこっちへよこした。「ピックとスプーンは、むこうはしのトレーの上だよ」

ピックは大きな釘《くぎ》のようなもので、スプーンはちっこいシャベルのようなものだった。それぞれひとつずつ取って、あいているテーブルにむかった。ほかの客はみな、ぼくがわきを通ろうとすると体をよじってよけた。飲み物を取りに行ったときも、やっぱりだれもがよけた。壁《かべ》の栓《せん》をひねりながら思った――そうだよ、こっちは放浪者《ほうろうしゃ》さ。どこからどうやって来たかなんて、おまえらにわかるわけないんだ！

それにしても、この飲み物はいったい何だ？ 錆《さび》くさくて、ちょっと甘《あま》い。「これ、なんですか？」いちばん近くのテーブルにいた女の人に、できるだけていねいにきいてみた。

女の人は、頭がおかしいのかしら、という目でこっちを見て返事した。「水でしょ」

「……ふうん」

ぼくは自分の皿に視線を戻《もど》した。それから、ほかの人が大釘《おおくぎ》と小シャベルをどんなふうに使っているかうかがった。みんな大釘《おおくぎ》で刺《さ》したり、小シャベルですくったりしている。じゃあ、ぼくもやってみよう。でも、シャベルですくって口いっぱいにほおばったとたん、クラプティコの方にすればよかった、と後悔した。ニプリンはワサビみたいに辛《から》いし、コリーはコリーでしょっぱい唐辛子《とうがらし》みたいなのだ。それで、ひっきりなしに往復して変な味の水をもらってくるはめになった。この水は毒なんじゃないかと思いながらも、ガブガブ飲んで、結局全部なめるように食べてしまった。ニプリンの味は、まる一日口に残りそうだ。

自分の皿とコップをカウンターのそばの大箱に入れ、店を出たときには、おなかがかっと熱いことをのぞけば、とてもいい気分になっていた。ごつい柱に支えられた黒っぽい通路をずっと進んでいくうちに、茶色い横長の建物の前に出た。窓らしいものがほとんどない。大きな扉《とびら》の全面に、青と白のエナメルで書かれた表示があった。《公共繊維《せんい》事業本部　受付時間八時から十六時まで。夜間受付は緊急時《きんきゅうじ》のみ。建物周辺をうろつかないこと。トークンと貨幣《かへい》は交換不可《こうかんふか》》……といった言葉がずらずらとならんでいる。しばらくじっとにらんでいたら、扉《とびら》のすぐ横にまたべつの表示があるのが目に入った。《扉《とびら》を開くには公織《こうせん》トークンを挿入《そうにゅう》のこと》。その下にポストの投入口に似た穴があった。

トークンを入れたくはなかった。だが、さっきのえらい警官はとっくに電話をして、ぼくがむかっていると伝えたはずだ。線路の地下の刑務所《けいむしょ》のことを思うと……ぼくはニプリンまみれのトークンを取り出し、投入口に押《お》しこんだ。

トークンがガランガランけたたましい音をたてて落ちていく。その音に、ぼくはぎょっとしてとびあがった。

あんまりびっくりしたせいで、やっと、完全に目が覚めた。今までは人に言われるままゾンビみたいに動いていたが、こうしていきなりぱっちりと目が覚めてみると、体ががたがたふるえているのがわかった。激しい怒《いか》りがこみあげてくる。知らない人をロマノフと勘《かん》ちがいしたってだけで、なんで織物工場で奴隷《どれい》みたいに働かされなくちゃならないんだ？　ロマノフだってまだ見つけてないし、その前に、あと二回だれかを助けなくちゃいけないんだぞ。それに、あとであの子、ロディも助けなくちゃいけない。約束したんだから。そうだ、ほんとに助けるつもりでなくちゃ、助けた数のうちには入らないはずだ。なのにぼくは、自分からこんないやなところに入ろうとしているんだ。ばかじゃないか。なさけない。

ぼくは大きな表示がとめつけてある扉《とびら》にくるりと背をむけ、走って通路をひき返し、食い物屋の前を通って階段のところまで戻《もど》った。警察は、ぼくが下の層に逃《に》げたと思って捜《さが》すに決まってる。そこでぼくは、《放射能汚染域《ほうしゃのうおせんいき》》という警告《けいこく》の表示の下を通り、上の層へとかけあがった。

2

ぼくの計画は実に単純だった。下からぎりぎり見えない高さまでのぼって階段にすわり、警察が来るのを待つ。そして連中がぼくを捜《さが》して下へひき返したら、あとについていく。警察はぼくを追いかけているつもりで、実はつけられている、というわけだ。

だが、思ったのとはちがう展開になった。今度の階段はわりと短かった。白いタイルでできた段はひびだらけで、すべりやすい。天井《てんじょう》には明かりがなくて暗いし、今までの階段がまっすぐだったのとちがって、のぼりながらカーブしていて、すぐに下から見えなくなった。それで気が楽になったと思ったら、頭上に夕焼け空が見えた。この上はがけのてっぺんなのだろう。

そう思うと、むくむくと好奇心《こうきしん》がわいてきた。危険な放射能ってのがどこから出ているのか知りたくなって、そのまま上がっていった。

階段のてっぺんに着く前に、かなり上の方に背の高い針金の柵《さく》が見えた。柵《さく》にはまたエナメルの表示がついていて、ぎらぎらとした日の光に照らされていた。《飛行場　立入禁止》。用心しながらのぼっていくと、柵《さく》の下に小さな家がひしめきあっているのが見えてきた。柵《さく》はその家々の屋根にのっかっている。家の形はまちまちだが、どれも小さい。下の層の建物をいろいろ見てきたあとだと、人形の家か、犬小屋みたいに見えた。外壁《がいへき》に塗《ぬ》ってあるペンキは、ぼろぼろにはがれていた。

ここには貧しい人たちが住んでいるんだろう。最後の何段かを上がると、その人々の姿が目に入った。ものすごくたくさんの人がいる。大人は小さな家の前にある平たい岩に腰《こし》をおろし、みんなで刺繡《ししゅう》に精を出していた。右も左も見渡《みわた》すかぎり、腕《うで》という腕《うで》がすばやく動いているし、針という針が夕日を受け、ちらちら光っている。子どもたちは大人に用を言いつけられて、走りまわっていた。だれかが「九番の赤をもっと」とか、「百二十五番の花の図案を持ってこい」などと言うたびに、子どもの一人が取りに走るのだ。布を広げてせっせと刺繡《ししゅう》している大人たちのまわりは足の踏《ふ》み場《ば》がなかったから、子どもたちはたいてい、がけのはしすれすれのところを走っていた。ここにはつかまれる柱もないし、胸《きょう》壁《へき》もないのに。見ていてぞっとした。

ぼくは階段の上に立ったまま、動けなかった。一歩でも前に出たら、だれかの足か、すぐ横にある明るい花の刺繡《ししゅう》か、反対側にある緑色と金色の葉の冠《かんむり》の刺繡《ししゅう》のど真ん中を、自分の汚《きたな》いでかい靴《くつ》で踏《ふ》んづけてしまいそうだ……そんなことを考えていると、キーンという金属的な音が耳をつんざいた。飛行機のようなものが飛行場から飛び立ったのだ。ぼくの知っている飛行機の飛び方とは、ずいぶんちがう。飛行機はぼくの頭すれすれを勢いよく飛んでいった。ぼくはあわててかがもうとしてうしろの階段を踏《ふ》みはずし、ころげ落ちそうになった。がけのはしっこを爪先《つまさき》でつかむように立っていた男の子は、ちっともゆれずに、ばかにしたような目つきでこっちを見ている。

その子には知らんぷりして、轟音《ごうおん》をたてて上空を飛んでいく飛行機を見送った。こうして峡谷《きょうこく》の上に立って見渡《みわた》すと、あたり一面、平《たい》らで砂っぽい。一見すると真《ま》っ平《たい》らな砂漠《さばく》のようだが、くねくねした黒っぽいひびが数本走っている。このひびが峡谷《きょうこく》で、町のある場所なのだ。遠くの方はひび割れのない本物の砂漠《さばく》が広がっているように見えるが、さらに遠くに、夕日を浴《あ》びて何かオレンジ色に光るものがあった。飛行機はそこにむかって飛んでいるようだ。

「ちょっときいてもいいですか？」ぼくは右側の足もとにいた男の人に声をかけてみた。かなりの年よりで、顔の片側に醜《みにく》いかさぶたのようなものがあったから、あまりじろじろ見ないようにした。かさぶたはおじいさんの片目をふさいで、もしゃもしゃにひげの生《は》えたあごまで広がっている。

おじいさんはとても感じのいい人だった。せっせと刺繡《ししゅう》を続けながら、「ああ、いいともさ」とかなりなまりのある言葉で答えた。

「じゃあ……放射能って、飛行場の飛行機から出ているんですか？」

「いやいや、お天道様《てんとさま》からだよ」おじいさんは言い、青緑色の糸をかみ切るのと、新しい糸を針に通すのをひと息にやってのけた。手品みたいな早わざだ。

おじいさんがまた刺繡布《ししゅうぬの》の上にかがみこむと、そのすぐうしろで同じ布に金緑色の糸で刺繡《ししゅう》していた女の人が言った。「あのねえ、ほんとは日が暮れないうちからここへ来ない方がいいんだよ」女の人が針を持っている方の腕《うで》には、じくじくした腫《は》れ物ができていた。

「でも、放浪罪《ほうろうざい》だとかで、逮捕《たいほ》されちゃったから」ぼくは言った。

「ああ、やつらのやりそうなこった」左の方で花の模様を刺繡《ししゅう》していた人が声をあげた。「布を織る工場は、いつだって人手が足《た》りないからね」

話しているうち、だれもかれもがうちとけてきた。そのとき用を言いつけられていなかった子どもたちが、次々にがけのはしぎりぎりのところをちょこちょこっちへ走ってきて、階段のそばで体のバランスをとりながら、ぼくをじっと見つめた。一人の女の子がきいてきた。「どこから来たの？」

「地球から」

子どもたちはみんな、どっと笑った。「やあね！　ここはどこも地球でしょ。どこの人か、ってこと！」と女の子。

「地球っていっても、いろいろあるんだ。ぼくはつい最近、少なくとも三種類の地球の世界を見てきたんだと思う」

するとぼくのすぐうしろにいた、小さな子が言った。「うわあ！　なんか、ロマノフみたいだね」

ぼくはどきっとし、鳥肌《とりはだ》が立つほど興奮してしまった。「ロマノフだって？　ロマノフは、ここに来たことがあるの？」

「来るともさ」ぼくの足もとにいるおじいさんが言った。「今日もしばらく前に来とったな。けっこうちょくちょくやってくるんだ、ここの高さがちょうどいい、とか言ってな。やっこさんが行く世界の中には、地面が第十一層より高いところがいくつかあるらしくてな。第十一層からここまで上がってきちゃ、ちがう世界へ出ていくんだ」

腕《うで》に腫《は》れ物がある女の人が言った。「ロマノフはあたしたちにとてもよくしてくれるんだ」

おじいさんがうなずいた。「そうそう。やっこさんは来るたびに、わしらに新しい〈日よけの呪文《じゅもん》〉を持ってきてくれる。おかげで孫たちはこんなものができずに育っていけるのさ」おじいさんはちょっとだけ刺繍《ししゅう》の手を休め、顔のかさぶたをつついてみせた。皮の堅《かた》いパンをたたいたような音がした。

「いいやつだよ、ロマノフは。やっこさんとは親しいのかね？」

「けさ、はじめて会ったばかりなんです。たぶんけさだと思うんですけど、もしかしたらきのうだったかもしれません。また会いたくて捜《さが》しているんです。どこに行ったか、知りませんか？」ぼくはきいた。

おじいさんは刺繍《ししゅう》をしながら肩《かた》をすくめた。「もう家に帰ったんじゃないかね。第十一層へおりて、そこから行くといい」

「どっちにしろ、下に戻《もど》った方がいいよ。このぐらい日がかたむいていたって、あたって体にいいわけないんだから」腕《うで》に腫《は》れ物がある女の人が言った。

「十分まではだいじょうぶ！　ロマノフが言ってた」ぼくのそばでバランスをとっていた女の子が、きっぱり言った。

十分か。十分のあいだに、知りたいことがいっぱいある。ぼくは針金の柵《さく》に囲まれた上の方を指さした。「放射能がそんなにひどいのに、あんな高いところに飛行場があって、だいじょうぶなんですか？」

近くにいた人たちがこぞってくすくす笑いだした。

「やつらは白い防護服《ぼうごふく》をぶくぶくに着こんで、特別のはねあげ戸から上がってくるのさ！」三枚むこうの布の刺繍《ししゅう》をやっていた人が大声で言った。

「それに飛ぶのはだいたい夜なんだ。〈ロッジア〉の人間はそうするのさ。夜なら安全だから」べつのだれかが言った。

ぼくは、今では光る点にしか見えないほど遠くへ行ってしまった飛行機を目で追った。オレンジ色に光るところに着陸するらしく、だんだん高度をさげているようだ。

「あのパイロットは勇気がありますね」ぼくは言ってみた。

「いやいや。飛行機はしっかり守られている。祈禱師長《きとうしちょう》たちがまじないをかけとるんだ」おじいさんが教えてくれた。

「なんだ。それじゃ、飛行機がむかっている、あのぴかぴかしたものはなんです？」

ぼくのうしろにいた小さな子が言った。「〈ザナドゥ〉（英国の詩人コールリッジの詩『クブラ・カン』に出てくる桃源郷をさす）っていうんだよ」

「なぜそう呼ばれているのかは知らんがね。野菜やなんかを育てているドームのことさ」と、おじいさんがつけくわえた。

「ニプリンとか？」とぼく。

みんなが、顔をしかめて笑いだした。「そうそう、あれも！」

一緒《いっしょ》になって笑っているあいだに、日が沈《しず》み、ふいに青っぽい暗闇《くらやみ》がおとずれた。と、すぐに、家々の外灯に明かりがついた。驚《おどろ》いたことに、だれもかれも布の上にかがみこんだまま、何事もなかったように刺繍《ししゅう》を続けている。おじいさんも、顔のかさぶたがゆれるほど大笑いしていたが、仕事の手は休めなかった。まるで顔にドブネズミがしがみついているみたいに見える。

と、下の町全体からサイレンが聞こえてきた。牛の群《む》れが悲しげに大声で鳴きさわいでいるような音だ。やれやれ！　これでぼくは夜間外出禁止の命令を破ったことになる。

「ニプリンときたもんだ！」おじいさんはひいひい笑いながらしゃべっている。サイレンの音は聞きなれているのだろう。鳴っても気づかないらしい。「やつらはなあ、ニプリンを育ててるんじゃない、育たないようにしてるんだ！　どんなに防ごうとしても、全部の植木鉢《うえきばち》からにょきにょき生《は》えてきちまうんでな。いつも安く売りに出されているが、わしらはぜったい買わない。工員のやつらだって手を出さない。今じゃ、囚人《しゅうじん》が食わされているんだと」

ぼくは身ぶるいした。あの味はまだ口に残っている。線路の地下の刑務所《けいむしょ》や、ニプリンの食事のことを思うと、急に不安がつのってきた。「ぼくはどうすればいいでしょう？　第十一層におりた方がいいとおっしゃいましたけど、もうサイレンが鳴ったから、おりたら逮捕《たいほ》されてしまいます」ぼくは言った。

「サイレンが鳴っても、三十分は猶予《ゆうよ》があるんだよ」腕《うで》に腫《は》れ物がある女の人が言った。

おじいさんがまたくっくっと笑った。「猶予《ゆうよ》のことは教えてくれなかったんだな？　公共繊維《せんい》事業所じゃ、工員をおどかしておきたがるからな。だがな、夜間外出禁止のやつらが施設《しせつ》に戻《もど》るとちゅう、階段が混《こ》んでいて遅《おく》れちまったなんて話は、めずらしくもないんだぞ。まるまるひと晩帰らなかったやつもいたっけな」おじいさんはそう言って、一瞬《いっしゅん》顔を上げた。ウィンクしたような気がするけど、かさぶたで隠《かく》れている方の目だったから、ほんとにしたのかどうかはわからない。

「教えてくださってありがとう」ぼくは言った。

「いやいや。だが下に行く前に、わしらからもひとつ、質問していいかね？　わしと、息子たちと、娘《むすめ》たちみんなが、ききたいと思っとることがあるんだ」おじいさんは針を持った手をのばして、また縫《ぬ》う手を休め、緑の刺繍《ししゅう》の布を囲んでいる六人を指さした。腕《うで》に腫《は》れ物がある女の人も、その一人だった。

「もちろんです。なんでしょう？」

　この町で何をしているのかって、きかれるのかと思った。なにしろぼくは、思いっきり自己中心的だから。でもおじいさんはこう言った。「今わしらが作っているこの大きな四角い刺繍《ししゅう》は、わしが最近考えついたものなんだ。まだ完成はしてないが、よく見てくれ。大金持ちになったつもりで、これに高い金をはらう気になるか、ならないか、理由と一緒《いっしょ》に教えてくれんかね」

　実をいうと、ぼくは金持ちだ。大金持ちといっていい。だけどこのおじいさんにそう言うのは恥《は》ずかしい気がした。どっちみち、言ったって信じてくれないだろうし。そこで、だまっておじいさんたちが囲んでいる四角い布を見おろした。日が暮れる前から、何度も目に入っていて、すごいと感心していたものだ。外灯に照らされている今は、生きて育っているものに見える。一面の緑や金の渦巻《うずま》き模様が、今にも動きだしそうなのだ。まだ刺繍《ししゅう》してない部分があちこちに白く残っているけど、主なデザインは見てとれた。すばらしい、のひとことに尽《つ》きる。

「これ、最高だよ！　ぼくだったらいくらでもはらうよ。こんなきれいなもの、そうないからね」ふと、おやじにあげたらきっと大喜びするだろうな、と思った。書斎《しょさい》の壁《かべ》に何かかけたいと前々から言っていたのだ。がらんとした壁《かべ》を見るのはもう飽《あ》きた、って。金をはらう方法と家に持って帰る方法さえわかれば、ぼくが買う、ってこの場で言いたいくらいだ。

おじいさんは言った。「さて、ここからがいちばんききたいところだ。大金持ちのおまえさんは、この四角いのを買ったあと、どうするかね？」

「壁《かべ》にかけますよ。かけて、ながめます。そのたびにちがった印象を受けるんじゃないかな。そんな気がします」

おじいさんはうれしそうにひざを打った。「そうれ見ろ！」どうやらこの新しい刺繍《ししゅう》をめぐって、家族でもめていたらしい。刺繍《ししゅう》していた家族全員が、ちらりとぼくを見上げ、ほっとしたような笑顔を見せた。

「そう。むだなことしてるわけじゃないってわかって、よかったわ。これがばさばさ裁《た》ち切られて服にされたら、いやだもの」腕《うで》に腫《は》れ物がある女の人が言い、それからぼくの横で爪先《つまさき》立ちしているいちばん小さい子に声をかけた。「シビー、十四層におりて、人がいないか見ておいで。だいじょうぶだったらこの人に教えておやり。でも、気をつけるんだよ。おまえが工場で働かされるはめになっちゃ、たまらないからね」

おかげでだいぶ助かった。ぼくはみんなにさよならを言うと、つるつるするタイルの階段が最後に曲がるところまで、シビーについておりていった。先に下までおりたシビーがだれもいないよ、と合図してくれたので、ぼくもかけおりて、第十四層の黒くべとべとした床《ゆか》をつっきり、ごみがたまった次の階段を大急ぎでおりていった。

そこから下の階段には、人がたくさんいた。おりればおりるほど、人の数は増えていった。どの層でもたいてい、人の声や足音、そうぞうしい音楽が聞こえた。おじいさんたちが教えてくれたことは本当だったのだ――この町では、夜に動きまわる人が多いらしい。低い層であっても、日が出ているあいだは出歩かない方が安全だ、ということなのかもしれない。

《セックス》《麻薬《まやく》》の層の近くで人だかりにぶつかったときは、警官がいるんじゃないかと、怖《こわ》くてどきどきした。でもじきに、階段には警官なんて一人もいないと気づいた。ぼくが警官なら、階段ばかりパトロールすると思うけど。あんなもこもこの黄色いブーツをはいているから、のぼるのがたいへんで、そんな気にならないのかもしれない。ぼくは、あやしいところなんかない普通《ふつう》の人だ、という顔をして、人混《ひとご》みをかきわけ、下へ急いだ。だれもぼくには目をとめない。

「祈《いの》りの館《やかた》」の表示があるところまで来ると、少し用心して進んだ。館《やかた》の方から単調な歌声みたいなのが響《ひび》いてきて、頭の中で何かがぱちぱちはじけるような感じがした。魔法《まほう》が行われているのだ。きっと、公式の魔法《まほう》なんだろう。気をつけなきゃ。どっちみち、ひざも痛くなってきたので、最後の方はそろそろとおりていき、第十一層に近づくと、さらにぐっと歩みをゆるめた。思ったより簡単だった。最後のひと続きの階段はかなり混《こ》んでいたから、壁《かべ》に背をつけて一段一段おりながら、人の頭ごしに第十一層の入口の巨大なアーチのむこうをうかがった。

まもなく、二人組の警官が人混《ひとご》みをぐんぐんかきわけ、通りすぎていくのが目に入った。よかった、これで少なくとも五分はひき返してこないはずだ。ぼくは足を早め、さっとアーチをくぐると、さっきロマノフを見つけたと思って追いかけた通路を急いだ。なんであんなばかなまちがいをしたんだろう、と首をかしげながら。

通路はすごくにぎわっていた。笑っている人、しゃべっている人、ぶらぶらしている人、街頭音楽に耳をかたむける人、拍手喝采《はくしゅかっさい》する人、明るい照明のともる店に出入りする人でいっぱいだ。店のいくつかは、夜も刺繡《ししゅう》した布を売っていた。第十五層で作っていたのと、まったく同じ模様もあった。だが、夜からダンスホールや居酒屋に変わった店もあって、最初にこの世界に来てショーウィンドーをのぞきこんだ店を見つけるのがたいへんだった。たしかエレベーターの一台の少し先だったな、と思い出して、やっと、客が外のテーブルで、大きくてはでなポットに入った飲み物を飲んだり、甘そうなケーキを食べたりしている店が、昼に見た布屋だろう、と見当をつけた。

そこで横目で見るような感じで、あの小道を捜《さが》してみると――あった。暗くけわしい、岩だらけの道が、雨でかすかに光っている。前とちっとも変わらないようすだ。ぼくはその小道にとびこんだ。

次の瞬間《しゅんかん》には、真《ま》っ暗闇《くらやみ》の中、ごつごつした岩の道をよろめきながら歩いていた。闇《やみ》にとびこむちょっと前に目に入ったものが、次々と頭に浮《う》かんだ。見覚えのある顔がいくつかこっちをむいた気がする。一人はまちがいなくジョスリンさんだった。ただ、ピンクとうす紫《むらさき》の服を、夜用なのか、ベージュとはでな緑のに着替《きが》えていた。あと、花の刺繡《ししゅう》でいっぱいのスーツ姿の男にも見覚えがあった。あのもじゃもじゃの口ひげは、えらい方の警官だ。仕事を終え、普通《ふつう》の服――ダリアの花の刺繡《ししゅう》で埋《う》めつくされた服が、普通《ふつう》といえるかどうかは知らないけど――を着て、夜の町に出かけていたのだ。それからぼくと同じ年ごろの、あごのとがった男の子も見たな。あの祈禱師長《きとうしちょう》の上の息子かも……

でもあいつらはあの無茶苦茶《むちゃくちゃ》な町にいて、ぼくは今、この小道にいるんだ。そこで、手探《てさぐ》りで進んで左側の壁《かべ》を見つけると、濡《ぬ》れたざらざらの岩にそって歩いた。じきに小道がふた手にわかれたところの真ん中にそびえる、突《つ》き出た岩壁《がんぺき》の部分にたどりついた。やったあ、という気持ちになって、最初に来た方から見て右手側の道に、くるっとまわりこんだ。

やったあ、よりは、やれやれ、という気持ちに近かったかもしれない。

こっちの道も濡《ぬ》れていて真《ま》っ暗《くら》だった。あの青い炎《ほのお》は、どうやってみても作り出せない。前のは酔《よ》っぱらいにもらっただけで、自分で作る方法は、教わらなかった。うまくいったという気分がどんどん失せていくのを感じながら、ぼくは手探《てさぐ》りで進んだ。あと二回だれかを助けないと、行きたいところには行けないんだっけ、と思い出したとたん、どっと疲《つか》れが襲《おそ》ってきた。濡《ぬ》れた岩の上に横になり、眠《ねむ》ってしまいたくなる。でも、そんなことをしたら、二度と目を開けることはない気がしたから、必死でがまんした。ピシャピシャ、パサパサいう音がまた聞こえてくるようになった。腹をすかせた獣《けもの》が、ぼくを狙《ねら》っているんだろうか。

酔《よ》っぱらいがしていたみたいに、歌ってみた。でもいかにもおびえているような、頼《たよ》りない声しか出なかった。そこで次には、何かほかのことを考えようとした。〈ロッジア〉の町のことを思い出してみる。刺繍《ししゅう》職人たちを、太陽の殺人光線がふりそそぐがけのてっぺんに住まわせるなんて、とんでもないよな。あの人たちが一人残らず死んでしまったら、下の店のやつらだって売るものがなくなって困るだろうに。ロマノフが日よけの呪文《じゅもん》をあげてくれて、ほんとによかった。これでロマノフがいい人だってわかったし、ロマノフを捜《さが》そうとしているのはまちがってない、ってわけだ。

ロマノフに軽蔑《けいべつ》されたときのことは、なるべく思い出さないようにした。

代わりに、あのロディという女の子について考えた。あの子が政治のもめごとをぼくにどうにかしてほしいなんて言いださなきゃ、なんとかしてあの子のそばへ行く方法を本気で考えたのにな。あの子はかなりいい線いっていたぞ。丘《おか》の斜面《しゃめん》で倒《たお》れないようにバランスをとっていたロディのようすを思い出すと、どきっとしてしまう。でもロディの方は、ぼくのことをただの道具としか思ってないような目で見ていた。あれはいやだ。それに、自分が王だのマーリンだのといった連中と関わりあうなんてことも、想像できない。支配するとか皇帝《こうてい》になるとかいったことから、わざわざ身をひいたっていうのに。やっぱり、ロディを助けに行くのは、数年先にしたい。

さらに進みながら、数年後のロディはどんなふうになっているだろう、と想像してみた。会うのがちょっと楽しみだ……と、道幅《みちはば》がずいぶん広くなったことに気づいた。少しだけ圧迫感がなくなり、足音の響《ひび》きも軽くなった。

待てよ？　これじゃこの先、正しい道が右にわかれてみろ、気づかずに通りすぎてしまうじゃないか。そう思ったぼくは、道の真ん中へ出ていき、片手を突《つ》き出してそこらを探《さぐ》ってみた。

すると、むこうからも何かがこっちを探《さぐ》ってきた。

なんなのかはわからないけど、じっとりして冷たい。ぼくをつんつんつつき、手を探《さぐ》り、さらに顔をさわってくる。ぼくはギャーッと叫《さけ》んであとずさり、水たまりにしりもちをついた。ヘビだ、と思った。ところがヘビの方も悲鳴をあげ、あとずさった。と、しりの下の地面がゆれた。ぼくはしりもちをついたまま、がくがくふるえながら目を凝《こ》らした。暗闇の中、二本の木と、上からぶらさがってゆれているらしいヘビの影が見えた。きっと森に迷いこんだんだ。

『ああ、お願い！　助けて！』木だかヘビだかが言った。『迷子《まいご》になって、動けないの！』

「おまえ、ヘビか？　何へビだ？」ぼくはたずねた。

『へビじゃない！　ゾウよ！』絶望《ぜつぼう》しきったような返事が返ってきた。

今度はしゃべるゾウだって？　でも、もう話ができるヒョウにも会っているんだから、驚《おどろ》くことはないじゃないか。どうせ、長い長い、はちゃめちゃな夢を見ているだけなんだ。

『それをいうなら悪夢だわ、アタシにしてみれば』ゾウが言い返してきた。『アタシ、しゃべっているわけじゃないよ。そっちの方が、四本足の仲間の考えていることを、聞きとるのがうまいんだわ。ねえお願い、助けて！』

ゾウがばかでかい前脚《まえあし》を、ぼくのすぐ前で落ち着かなそうにもぞもぞ動かす音がした。ひどく興奮しているようだ。たぶん、ぼくにゾウがよく見えないのと同じで、ゾウの方にもぼくが見えていないのだろう。これじゃ、いつ踏《ふ》みつぶされてもおかしくない。ぼくはあわてて立ちあがると、大声で言った。

「よし、わかった。たぶんどっちみち、きみを助ける運命だったんだよ。きみはどこに行きたいんだ？」

『前はいや！　真っ暗なんだもの。でも、うしろをむくこともできないの！』

ゾウは、大声でパオーパオーと鳴きだした。鼓膜《こまく》が破れそうなすごい声だ。しかも、恐《おそ》ろしくてわけがわからなくなったのか、足をどたどた踏《ふ》み鳴らしはじめた。こっちまで恐《おそ》ろしくなってきた。こいつ、頭がおかしくなったのかな？

「やめろ！　今すぐ静かにしないと、助けてやらないぞ！」ぼくはどなった。

と、たちまち静かになった。このゾウは人間に大声で命令されることになれているようだ。ゾウはすなおにあやまった。『ごめんなさい』

「いいよ。こんなところでパニックを起こしたら、よけいまずいことになるだけだからね。きみはどこからどうやって来たの？」

『サーカスの大テントの外で、出番を待っていたら、突然《とつぜん》大きなつむじ風が来たの。テントはみんな倒《たお》れたり飛ばされたりして、人間たちは悲鳴をあげていたわ。アタシも悲鳴をあげちゃって、逃《に》げ出したの。そしたらちょうど小道が見つかって、安全そうだったから、ずっと走ってきたんだけど、だんだん道が細くなってきちゃって、とうとう……』ゾウは大きく息を吐《は》き、また足を踏《ふ》み鳴らしはじめた。

「ほらほら、落ち着けよ！　サーカスでは、なんて呼ばれていたんだ？」ぼくはきいた。

足踏《ぶ》みがやみ、ゾウは恥《は》ずかしそうにうちあけた。『ミニ』

ぼくは思わずふきだした。

『パドミニっていうほんとの名前を短くしただけよ。アタシ、ちゃんとしたレディーよ』ミニはつんとしたように言った。

ぼくは言った。「じゃ、ぼくは紳士《しんし》だ。ぼくがここにいるいきさつは、話すと長くなるからやめとくよ。名前はニック。いちおう説明しておくと、ニコソデスっていうほんとの名前を短くしただけだ。ロマノフって人に会いに行くとちゅうなんだ。ロマノフなら、ぼくもきみも助けてくれると思うな。さあ、うしろをむくのを手伝ってあげるから……」

ミニは反対した。『うしろはむけないの。狭《せま》すぎるから！』

「だいじょうぶだって」ミニが興奮しすぎないよう、言ってやった。「でなきゃ、うしろむきに歩けるように手伝って……」

『うしろむきになんか歩けない！』ミニは取り乱してきた。

「じゃあ、前に進もう。落ち着いて、よく気をつけてやればだいじょうぶ」ぼくは手をのばし、ミニのゆれる鼻をなんとかつかまえた。「さ、おいで」ぼくはきっぱりとした口調《くちょう》で言った。今まで一度もゾウを歩かせたことなんてないから、どうやったらいいかさっぱりわからないけど、自信たっぷりに言えば、ゾウも自分もその気になると思ったのだ。「前においで」と、よくわかっているふうに言った。

だけど、取り乱したゾウに、暗いところでむきを変えさせようとしたやつなんて、いるんだろうか。そもそも何がどうなっているかさえちゃんと見えなくて、体のむきを変えるには、たぶん狭《せま》すぎるところでだ。まあ、いないと思うけど、よした方がいい。ものすごくたいへんだから。ぼくだって、ほかにうまい方法を思いついていたら、ぜったいやらなかった。しまいにはひざががくがくしてきて、もうあきらめたくなった。おまけに、ずっとミニをなだめつづけなくちゃいけなかった。ミニは地面がゆれるほどがたがたふるえながら、『むりったらむり！』って悲鳴をあげる一方で、ぼくにつかまれた鼻が痛い、と文句《もんく》も言った。そこで、長くて太い牙《きば》を手探《てさぐ》りで見つけ、鼻の代わりに持ってみたが、これもミニは気に入らなかったようだ。

『ハーネスがついてるから、持つならそれにしたら？』とミニ。

ぼくは手をのばし、ミニのでかい顔にかかっていた、ジャラジャラ音のする革ひものようなものを探《さぐ》りあてた。雨のせいですっかり濡《ぬ》れて、ねばねばぬるぬるしていたけど、えい、と横へひっぱってみた。と、ミニは小道を横にふさぐような格好《かっこう》になって、ますます取り乱してしまい、すさまじい声でさわぎだした。ぼくは「やめろ、やめるんだ！　でないときみを、このまま置いていっちゃうぞ。落ち着けったら！」と言いつづけ、ミニは『だめ、むり、むり！』とわめきつづけた。

ぼくはせいいっぱい声をはりあげてどなった。「じっとしろって、言ってるだろ！　うしろの方はどうなってるんだ？」

『がけにぴったりくっついちゃってる。けってやりたい！』

「やめとけよ。けったって、いいことないって。それより、いいか、これから前足《まえあし》の裏をこっち側のがけにあてて上げていって、うしろ脚《あし》で立つんだ。それから、うしろのがけから離《はな》れるように、うしろ脚《あし》で少し前に歩く。次に、前脚《まえあし》を少しずつ左の方にずらしながらおろしていく。そうすれば反対側をむくことになる。できるか？」ぼくは言った。

『わかんない！』とミニ。

「できるって」とぼく。

ミニが人間を信用するように育てられていなかったら、とても言ったとおりにやらせることはできなかったと思う。うしろ脚《あし》で立つ訓練も受けていたおかげもあるかもしれない。ただ、ミニはとちゅうですぐ右と左がわからなくなってしまうのだ。ガリガリ岩をこする音、文句《もんく》を言うミニの声がひっきりなしに聞こえた。ミニは二度、うしろ脚《あし》で立てたが、二度とも前脚《まえあし》をもとのむきにおろしてしまい、ぼくはあやうく踏《ふ》まれるところだった。結局、ミニが脚《あし》を正しいむきにおろすまで、ぼくはハーネスをつかんだまま岩をのぼり、横から押《お》しつづけてやらなければならなかった。

ミニはまるで家をバリバリこわすみたいな音をたてて、左へまわっていった。何かがこすれ、ちぎれるようなものすごい音がして、牙《きば》の一本ぐらい折れたんじゃないかと思った。ぼくの方もミニのあたたかい大きな横腹とがけのあいだにはさまれてすりつぶされそうになり、一瞬《いっしゅん》ぞっとした。そのときぼくは岩にひざをつき、腿《もも》に顔をくっつけるようにして縮《ちぢ》こまっていた。ミニがまたもとのむきへ足をおろそうとしたので、正しい方向を教えてやろうと背中で押《お》し、身の危険を感じて、もう一度体をそらした。たぶん、本当に危ないところだったと思う。だがようやくミニは、正しい方にまわってくれた。前《まえ》脚《あし》をおろすときはかなり軽《かる》やかだった。ゾウってのは、その気になればけっこうすばやく動けるらしい。

実際、そのときのミニは完全に「その気」になっていた。自由になれたのがよほどうれしいらしく、どしんどしんすごい音をたてて小道をかけていった。ぼくの方は、濡《ぬ》れた岩をずるずるすべり落ち、水たまりにすわりこんでしまった。両足のひざこぞうと片足の親指が、もげてしまった気がした。

3

ミニは五十メートルくらい先で立ちどまり、ぼくを待っていた。心配そうに巨大《きょだい》な耳をいっぱいに広げている姿が、うす暗がりの中で黒く浮《う》かびあがっている。ぼくは足をひきずりながら、ミニのもとへむかった。

『だいじょうぶ？　ひょっとして、アタシのせいでけがしちゃった？』

なんて思いやりのあるゾウなんだ。ぼくが追いつくと、ミニはさらにこう言った。

『またハーネスを握《にぎ》ってくれないかしら。その方がアタシ、安心するの』

これまたなんてやさしいんだろう。ぼくはありがたくハーネスをつかみ、ミニによりかかるようにして、小道の切れるところまで一緒《いっしょ》に歩いていった。たいして歩かないうちにひざの痛みがおさまり、足の親指の感覚も戻《もど》った。やがて、小道の両側のごつごつした岩肌《いわはだ》が見えるようになって、もう少し行くと、ななめにおりていく感じがしたあと、とある世界のしっとり濡《ぬ》れた草の斜面《しゃめん》に出た。ミニの脚《あし》が草を踏《ふ》んでキュッ、キュッと音をたてる。あたりは淡《あわ》いピンク色の光にみち、すばらしく明るかった。

だがミニは『どうしよう！　目が片方見えない！』と叫《さけ》び、またあわてふためきはじめた。

顔を上げると、銀の飾《かざ》りがついたピンクと朱色《しゅいろ》のハーネスが見えた。ハーネスの上の方は平たい帽子《ぼうし》のようになっているが、岩壁《がんぺき》にこすれたのか、帽子《ぼうし》が横にずれて片目と片方の牙《きば》の上にかぶさっている。

牙《きば》は帯金《おびがね》で保護されていたおかげで、どっちも折れてなかった。

「見えなくなったわけじゃないよ。頭をさげてくれれば、ぼくが直してあげる」

ミニはすぐに頭をさげた。本当にしっかり訓練されているようだ。ぼくは濡《ぬ》れて重たいハーネス一式をひっぱり、顔と鼻からはずしてやった。ミニはハーネスがジャラジャラと足もとに落ちると、せいせいしたように言った。

『ああ、すっきりした！』それからあたりを見まわし、大きな灰色の目をぱちぱちさせた。ゾウのまつげって、うそみたいに長くてもしゃもしゃしているんだな。

『夕暮れだわ！』とミニ。

「これで二日のあいだに三回、夕暮れを見るわけか」とぼくは言って、夕日の方をふりむいた。

見渡《みわた》すかぎり広がる水の上に、ピンクと金色の光が、さんさんとふりそそいでいる。あっちからもこっちからもかすかな水音が、サラサラ、ザワザワと聞こえた。やさしく、強く、潮の香《かお》りが押《お》しよせてくる。

『ここはどこ？』ミニがきいた。

「ロマノフの住むところだ」広がる水を目にしたとたん、そうだとわかった。海か巨大《きょだい》な湖のように見えたものの、左手側は珊瑚礁《さんごしょう》の海みたいに透《す》き通《とお》った青で、フリルみたいな小さな波が白い砂に打ちよせているのに、正面はにごった水で、イグサが茂《しげ》る水辺にさざ波が立っている。右手の方にもイグサは茂《しげ》っているが、正面のより背が高く、風なんて感じられないのに、ばさばさなびいていた。水は灰色で波が高い。目を細めてみると、それぞれの水の境界線が見えた。巨大《きょだい》なピザに入った切れ目みたいに、水平線にむかってのびている。赤と紫《むらさき》の雲の合間で沈《しず》みかけている太陽さえ、オレンジ色の部分と、小さい赤い部分にわかれていた。すごく変な光景だ。ロマノフは世界のかけらの寄せあつめでできた島に住んでいる、とデイヴが言っていたとおりだ。

ロマノフがここにいるのなら、あの斑点《はんてん》ネコがいつ現れてもおかしくないってことだ。そう思うと急に、目的の場所に来られたのに、それほどうれしくなくなった。

『どうしよう』ミニは前脚《まえあし》をもぞもぞさせ、片方のうしろ脚《あし》をもう片方にこすりつけている。はにかんでいる巨大《きょだい》な女子生徒って感じだった。『変な場所だけど、何か食べられるものはないかしら？　おなかがぺこぺこなの』

ゾウはトラと互角《ごかく》に戦える、と何かで読んだことを思い出したぼくは、ごくんとつばをのみこみ、答えた。「行ってきいてみよう。でももし、このくらい大きい、白っぽい動物が出てきたら……」ぼくは胸の真ん中あたりに手を持ってきて大きさを示し、続けた。「……その、なんだ、けったりできるかな？　でなきゃ、踏《ふ》みつけるとか？」

ミニは自信なさそうに言った。『できるかもしれないけど。獰猛《どうもう》なの？』

「ああ。でもロマノフも一緒《いっしょ》なら、心配はいらない。ロマノフの言うことはよく聞くから」と、ぼく。

『そう、よかった』とミニ。

ぼくたちはつぎはぎになった水に背をむけ、島の丘《おか》の、緑の草の茂《しげ》る斜面《しゃめん》をのぼっていった。ぼくはあのでかいネコがいつ現れるかと気が気ではなく、そわそわあたりを見まわしていた。ミニはものほしそうに、遠くに固まっていっぱい生《は》えている木の方へ鼻をぶらぶらゆらした。つぎはぎ効果で、木の緑の色合いも三種類あった。

『あれ、食べてもいい？』とミニ。

「ロマノフはいやがると思うな。さ、おいで」とぼく。

ぼくたちは草地の色の境を越《こ》えて、黄色っぽい草の上を歩いていった。茂《しげ》みがあると、ぼくは用心深くかきわけ、ミニは踏《ふ》みつけていく。だから、もしあの斑点《はんてん》ネコがいたら気づいたはずだが……どうやらこのへんにはいないらしい。丘《おか》の上の少し平らになったところまでたどりつくと、横手にレンガ造りの高い塀《へい》があった。塀《へい》が高すぎて、ぼくにはむこうが見えなかったが、ミニには楽々のぞきこめた。塀《へい》のむこうへ何度となく鼻をのばしては、きまり悪そうにくるんと戻《もど》している。

「さっき言った動物はそっちにいる?」ぼくはきいてみた。

『野菜があるだけ。おいしそうなにおい』

さらに進んで、塀《へい》の角から用心しいしい行く手をうかがうと、下の方にまた水の広がりが見えた。こっち側のは深く青い海だ。岸に、マツの木々に隠《かく》れるように平屋建ての細長い家がある。テレビで見る大金持ちの家みたいな、品のいい家だ。海側にはとびこみ台と、大きな見晴らし窓がいくつかあり、新しく作られたばかりのようなきれいな木造部分が多い。大きなネコの姿はなく、ほっとした。「ロマノフの家はすぐそこだ」ぼくはミニと一緒《いっしょ》にくだっていった。

家の近くまで来て傾斜《けいしゃ》がゆるくなると突然《とつぜん》、めんどりの群《む》れがコッココッコ鳴きながら、どっと走ってきたから、心臓がとびでるほど、ぎょっとした。めんどりたちはミニの四本の脚《あし》のあいだにも入ってしまい、ミニは踏《ふ》みつぶしちゃいけないと思ったらしく、立ち往生《おうじょう》した。

『この子たちも、おなかをすかせているようね』

そこへ、白っぽい生き物がとびはねるようにかけよってきたので、またもやぎょっとした。だが、そいつは白いヤギだった。人を見くだすような態度のあのネコと同じくらい大きい。

ミニがいぶかしげにきいた。『さっき踏《ふ》みつけてほしいって言ってたのは、このヤギ？』ぼくはヤギが苦手だ。あのにおいと角《つの》と、変な目が嫌《きら》いなのだ。「ち、ち、ちがうよ！　こいつはただのヤギだ」ぼくはあとずさりしながら言った。ミニは興味を持ったように、ひゅっと鼻をのばした。ヤギは恐《おそ》ろしそうにミニを見つめると、大声で鳴きながらすっとんで逃《に》げた。

「どうしたんだろう？」とぼく。

『彼女《かのじょ》、ゾウを見たのははじめてなのよ。そんなことより、早く食べるものを見つけて！』

「わかった」なんとかしてやらなきゃと思って、家の横長の側にあった、かっこいい木の扉《とびら》へむかった。ノックをしたら、扉《とびら》が内側に開いてしまった。「ごめんください」ぼくは声をはりあげた。返事がないので、うす暗い廊下《ろうか》へそろそろと足を踏《ふ》み入《い》れた。中はとてもあたたかく、静かで、けずりたての木のにおいがぷんぷんする。「どなたかいらっしゃいませんか？」ぼくはそう言いながら、右手にあったドアを開け、中をのぞいた。

そこはとびきりモダンなキッチンだった。だれもいなかったが、焼きたてのパンとコーヒーのにおいがする。まだニプリンの味が口に残っていたぼくは、ちょっと吐《は》きけがした。キッチンのドアを閉め、廊下《ろうか》のまっすぐ奥《おく》にある次のドアへとむかった。

開けるなり、海を望む大きな見晴らし窓から射《さ》しこむ夕日に、一瞬《いっしゅん》目がくらんだ。革と木と清潔なカーペットのいいにおいがする。横長で天井《てんじょう》が低いこの部屋はリビングで、すごく品がいい。ほんとにきれいで、うちにもこんな部屋があったらな、と思ってしまった。すわり心地がよさそうなソファとふかふかのクッション、夕日を照り返している低いテーブルがいくつかと大きな本棚《ほんだな》があるだけで、ごてごてした飾《かざ》りがほとんどない。最高だ。でも、ここにもだれもいなかった。

廊下《ろうか》はリビングの前で直角に曲がり、家の真ん中を通っていた。屋根にある細長い明かり取りから光が射《さ》しこんでいる。つやつやの木の床《ゆか》をギシュ、ギシュと踏《ふ》みながら次のドアのところへ行き、開けてみた――掃除用具《そうじようぐ》入れだ。次――最新式のバスルームで、どうやって使うのか、見てもよくわからない。次のドアは反対側にあった。中は真《ま》っ暗《くら》だ。人をあざけるような態度のあのネコに追われていたとしても、この中に入る気にはならなかったと思う。「入るな！」という気配《けはい》が、暗闇《くらやみ》からわっと押《お》しよせてくるようだ。ここはロマノフの仕事部屋だろう。急いであとずさって、暗闇《くらやみ》の前でドアを閉ざした。

　これで、ドアはあとひとつ、つきあたりにあるものだけになった。きっとロマノフはどこかほかの世界に出かけていて留守なんだ、という気持ちになっていたけど、念のためにそのドアも開けてみた。

　広々とした上品なベッドルームだった。何もかもが四角くて白い。四角く白いベッドのすぐむこうの窓では、白のうすいカーテンが吹きこむ風になびいている。白いカーペットに点々と、服やなんかが落ちていた。ドアのすぐそばにスエードのジャケット、そのむこうにシャツ、それにのっかるようにブーツがひとそろい、続いて靴下《くつした》。それから肌着《はだぎ》、タオル、財布《さいふ》。スエードのズボンはベッドわきの白い椅《い》子《す》にだらしなくかけてある。ベッドでは、ロマノフがぐっすり眠《ねむ》っていた。枕《まくら》の上に黒髪《くろかみ》の頭がちょっとのぞいている。

　ぼくはひどく恥《は》ずかしくなって、あわててドアを閉めようとした。ロマノフは疲《つか》れきって帰り、服を脱《ぬ》ぎ捨《す》てて寝《ね》たんだってことは、見ればわかる。わざわざ起こして「すみません、外におなかをすかせたゾウがいるんですけど」なんて言えるか？……でもミニは、やはり腹をすかせためんどりたちに囲まれて、外で突《つ》っ立っている。ゾウって、ほんとにたくさん食べないと生きていけないんだよな、かわいそうに。最後に何か食ったのは、いつなんだろう？

しかたがない、ぼくがロマノフにカエルに変えられたりしたら、ミニにはさっきの木を食べてもらおう。覚悟《かくご》を決めると、ごくっとつばをのみ、スエードのジャケットをまたいで、点々と落ちている衣類の横を通っていった。ベッドのそばに立ち、のぞきこんでみる。つつこうと思って指を一本のばしたけど、ロマノフの肩《かた》にふれる勇気は出なかった。何に変えてもいいけど、殺すのだけはかんべんしてくれ！　と思いながら口を開いた。

「あのう……すみません」

ロマノフがごろりとこっちをむいた。ぼくはさっと身をひいた。一瞬《いっしゅん》、じっと見つめあってしまった。ロマノフはただ疲《つか》れているだけではないようだ。ぐあいが悪いらしく、病人っぽいにおいがした。

「なんだ、またおまえか！」ロマノフはしゃがれ声でうめいた。

「だいじょうぶですか？」

「軽い流感《りゅうかん》にかかったらしい。おまえ、ここで何をしている？」とロマノフ。

「おなかをすかせたゾウと一緒《いっしょ》なんです。そのへんに生《は》えている木を食べさせてもいいですか？」

「だめだ！」ロマノフはうなると、ジグザグに見える横顔を片手でこすった。なんとか頭をはっきりさせようとしているのだろう。「ゾウ、って言ったか？　本当か？」

「ええ。あなたも通った、暗い岩の小道で身動きがとれなくなっていたんです。名前はミニっていいます。サーカスが竜巻《たつまき》に襲《おそ》われたらしいです」

「ええい、くそ！」ロマノフは両手で顔を覆《おお》った。「おまえ、本物か？　また悪夢を見てるわけじゃないだろうな」

「本物ですよ。まちがいありません。ゾウもです」

「おまえが子どもをぞろぞろ連れてくる夢を、もう何度も見ているんだが」

そういえば、去年のクリスマスにおやじが流感《りゅうかん》にかかったときも、しょっちゅうぼくを呼んでは、見たばかりの変な夢の話をしていたっけ。「流感《りゅうかん》のせいですよ。ぼくは本物です。ミニが食べていいものはありませんか？」

「ゾウの食べるものなんて、見当もつかん」ロマノフはそう言ったあと、また頭をはっきりさせるようにふった。「わかった。家に近い方から数えて三番目の物置に行って、戸を開けながら、ゾウの食い物がほしいと言え」

「ありがとう。めんどりたちのぶんは？」

「同じ物置に、コムギの箱がある。バケツ一杯《ぱい》ぶん、地面にばらまけ」

「ヤギはどうしたらいいんですか？　乳しぼりはするんですか？」できればやりたくないと思っていたから、「ヘルガのことか？　いや、あいつは今は乳を出さない。トウモロコシを少しやればいい」と言われたときには、すごくほっとした。

「それから……あの……あの大きなネコは？」これがいちばん気になっていたことだ。

ロマノフは答えた。「島にはいない。森の中だ。世話は必要ない」

ぼくは大きく胸をなでおろした。おかげですっかり、人に親切にしたい気分になった。おやじに今日は学校を休んでもいいよ、と言われたときも、きまってこういう気分になるんだ。「それで、あなたは？　何か食べ物を持ってきましょうか？　パスタだったら作れますけど」

ロマノフはぶるっと体をふるわせ、「いや、おれはいい。寝《ね》ればよくなる」と言って、寝返《ねがえ》りをうち、ふとんをかぶってしまった。

ぼくは広々とした白いベッドルームを忍び足で出ていき、玄関《げんかん》へむかった。外へ出るなり、ミニがそびえるように立っているのが目に入った。ミニがどれほど大きいか、忘れていた。コッココッコと鳴きさわぐめんどりたちに囲まれて、心配そうにそわそわしている。

『食べ物は見つかった?』

「ああ、まかせとけ。みんなついてこい、動物部隊の行進だ!」ぼくは家にそって早足で歩きだした。思ったとおり、めんどりたちもうるさくさわぎながら、急いであとを追ってくる。ほんとに単純だな、めんどりって。おかげでミニも、そのあとからついてこられるようになった。

物置はどれも真新しくきれいで、家にぴたっとくっついて、隙間《すきま》なくならんでいた。三つ目の前まで行ってみたが、なんのへんてつもない大きな物置のようだ。一瞬《いっしゅん》、ロマノフはぼくをやっかいばらいしたくて、頭に浮《う》かんだことを適当に言っただけだったのかな、と思った。でも、いちおう、戸を開けながら「ゾウの食い物……」と言ってみた。

そのとたん、めんどりたちとミニがうしろからつめかけてきて、あやうく踏《ふ》みつけられそうになった。めんどりたちは大声で鳴きながらどどっと中へ入っていったし、ミニは『ああ、うれしい!』と言いながら、中から巨大《きょだい》な葉っぱの束みたいなものを鼻でひっぱりだした。きっちり束ねた干し草のようなものも出している。ぼくはめんどりたちのあいだを縫《ぬ》って、そろそろと中へ入り、飼料の山に埋《うず》もれかけた大きな木箱の前に行った。壁《かべ》にかかっていたバケツをおろし、木箱の中のコムギをすくっていると、ミニが『サトウキビだ! 大好きなの!』とさわぐのが聞こえた。見るとヤギもぴょんぴょんやってきて、ミニからうばうようにして、自分もサトウキビにありついていた。

ぼくはミニからかなり離《はな》れたところにバケツの中身をばらまいた。顔を上げると、ヤギがサトウキビをかみしだきながら、おやじが本に書く悪霊《あくりょう》のような目で、こっちをじっと見ていた。ヤギはすぐに、めんどり用のコムギも食べに来た。ぼくはヤギ用のコムギの山をべつに作ってやるしかなかった。ミニは鼻をのばし、干し草の束をつかんで持ちあげ、三角形に見えるおもしろい形の口に押《お》しこんでは、また鼻をのばす、という動きをくり返している。本当に腹ぺこだったようだ。めんどりたちも同じなのだろう。尾を上げ、くちばしをさげ、いそがしそうに食べている。

「ま、気のすむまでがんがん食べな」ぼくはその場を離《はな》れ、ほかの物置をのぞきに行った。ひとつにはかなりスピードが出そうなモーターボートが入っていて、ガソリンとはちがう燃料のにおいが、つんと鼻をついた。もうひとつの物置の中は、園芸用具ばかりだ。それから丘《おか》の上のレンガの塀《へい》に戸がついているのが目に入ったから、中がどうなっているのか見に行った。

ミニは塀《へい》のむこうに野菜があると言っていたけど、その言葉から想像していた菜園とは、まるっきりようすがちがっていた。とにかくだだっ広いのだ。砂利道《じゃりみち》で区切られたいくつもの長方形の畑がえんえんと続き、ありったけの世界から全種類かき集めてきたみたいに、ありとあらゆる野菜と果物が植わっていた。一歩、中へ入って見渡《みわた》しただけで、イチゴにリンゴ、オレンジ、ネギ、ペポカボチャ、メロン、レタスがあるのはわかったし、何だかわからない緑色のものがたれさがっているのも見える。オクラもある。トマトに似た黄色い実もある。ずっと遠くの畑には、花も植わっているようだ。

と、ヤギがひょこひょこやってきて、開いた戸の隙間《すきま》から中に入ろうとした。ヤギってのは、そばにあるものはなんだって食べてしまうことぐらい、ぼくだって知っている。こいつを菜園に入れたとわかったら、ロマノフはいい顔をしないだろう。そこで、戸を閉めようとしたが、ヤギは戸のむこうから押《お》し返してきた。菜園をごちそうでいっぱいの天国だと思ったにちがいない。その力の強いことったら。

ぼくは中から戸に背を押《お》しつけて閉じようとし、ヤギは外からぐいぐい押《お》し開けようとして、激しい押《お》しあいになった。五分くらいかかってなんとか閉め出したときには、こっちはへとへとになっていた。

それから砂利道《じゃりみち》をぶらぶらしてみたけど、あまり遠くまでは行かなかった。さまざまな目にあったせいで、全身がずきずき痛んだ。服はまだしめっていて、ちょっとかびくさいし、ほとんど日が暮れてしまった今は、ひやっとして冷たい。もう一週間くらい一睡《いっすい》もしていないみたいな気分だった。トウモロコシが高くのびているところで、あとでヤギにやろうと思って数本もいだあと、イチゴが実っているのが目に入り、いくつか口に入れてみたけど、舌がまだニプリンの味でまひしていたから、もうひき返すことにした。

ヤギは外で待ちかまえていた。まずい、と思ったぼくは戸を閉め、トウモロコシをヤギに投げてやった。ヤギは一本にすばやくかぶりつき、またもや悪霊《あくりょう》みたいな目つきでぼくを見ながら、がりがりかみはじめた。

ぼくは言ってやった。「礼はいらないよ!」

物置の方に戻《もど》ると、ミニが鼻で葉っぱの束をかかえてでんと立ち、幸せそうに目を閉じていた。めんどりたちは思うぞんぶん食べたらしく、いなくなっている。

「これで役目は、はたしたよな」ぼくはもう寝よう、と思って家の中に入った。リビングのソファに目をつけていたのだ。ヤギにとっての菜園と同じで、ぼくにとってはソファが天国だ。

と、廊下《ろうか》の先の方で電話が鳴りはじめた。

音を止めなくちゃ、と大急ぎで走った。おやじが流感《りゅうかん》にかかったとき、電話の音がどれだけ気にさわるか、話していたのを思い出したのだ。おやじはさんざん悪態《あくたい》をついていただけだったが、ロマノフなら本当に恐《おそ》ろしいことをやりかねない。

廊下《ろうか》はもう、だいぶ暗くなっていた。電話はずっと奥《おく》の壁《かべ》ぎわの台の上にあったので、見つけるのに一分はかかった。今にもロマノフがベッドルームからとびだしてきて、右へ左へ呪文《じゅもん》を投げつけ、早く電話に出ろと責めたてるんじゃないかと気が気じゃなかった。

やっと見つかった電話は、昔ふうのダイヤル式のやつだった。ぼくはあわてて受話器を取った。

「ずいぶん待たせてくれたじゃない！」ぼくがひとことも言わないうちから、女の声が聞こえた。「ロマノフ、あなたがどこに行ってたかなんて知らないし、知りたくもないけど、今回だけはちゃんと話を聞いてちょうだい！」

すごくいやな感じがした。正直いって、おふくろの声を思い出した。おふくろと同じで、声はやさしそうなのに口調がきつく、つめよってくるようだから、思わず腰がひけ、逃《に》げ出したくなる。この人は本当に機嫌《きげん》が悪そうだ。そこで、おふくろにいつもやっていたみたいにだまらせようとした。

「申しわけございませんが、ロマノフさんはただいま電話に出られません」

「でも、私は妻なのよ！」やさしい声だけど、つべこべ言うな、という雰囲気《ふんいき》が伝わってくる。「すぐに電話に出してちょうだい」

「それはいたしかねます、奥様《おくさま》。今夜はロマノフさんはまったくお話しできませんので」

「話せないって、どういうことよ？」相手は声を荒《あら》らげた。こういう人は、流感にかかっているというくらいの理由でひきさがったりはしないだろう。どう返事をしようかと悩《なや》んでいると、むこうからまた聞いてくれた。「だいたい、そういうあんたはだれなのよ？」

しめしめ、これならうまくやれそうだ。「私はただの飼育係でございます。ロマノフさんにゾウの世話をするよう、頼《たの》まれておりまして」

　相手は叫《さけ》んだ。「ゾウの世話ですって？　あの人、サーカスでも始める気？」

「たしかに動物はたくさんいますが、ロマノフさんがどういうおつもりかは、私には見当がつきません。ロマノフさんが直接お答えできるときに、かけなおしてくださいませんか？」

「わかったわ。いつかけたらいいか、教えてちょうだい」

「それはお答えいたしかねます。ですが、私はロマノフさんに一週間だけの約束で雇《やと》われましたので……」

「一週間もですって！　かんべんしてよ！」相手は叫《さけ》んだ。本気で怒《おこ》らせたときのおふくろの口調とそっくりだった。ガチャン、カチッ、ツーと、電話がすぐに切れる音がした……

　ぼくは思わずにやにやしながら、もうロマノフもぼくもこの女に邪魔《じゃま》されることがないよう、受話器をはずしたままにしておいた。それからそろそろと、すごくモダンで変わっているあのバスルームへむかった。服を脱《ぬ》ぎ、乾《かわ》かそうと思ってあたたかいパイプにかけたことは覚えている。けど、そのあとは、リビングのソファが思った以上に心地《ここち》よかったということしか、記憶《きおく》にない。

7 ひきつづきニック

1

その夜はずっと、ロディの夢ばかり見ていたようだ。この家には何か変な夢を見せる力があるのかもしれない。ロマノフはぼくがたくさんの子どもと一緒《いっしょ》にいる夢を見たと言っていたけど、ぼくの夢の中のロディも、いつも子どもたちに囲まれていた。「二人っきりで話がしたいんだ！」とぼくが言うたびに、ロディは心配そうな顔をして答える。「そんなこと言ったって、この子たちの世話をするのは、私しかいないのよ」そこでぼくが言う。「ぼくたちがちゃんと話しあわないと、全部のバランスが崩《くず》れてしまうんだぞ」すると、こう言い返される。「サラマンダーのせいよ」毎回、背景はちがうけど、くり返される会話はいつも同じ。さっぱりわけがわからない。

次の朝は、電話の音で目が覚めた。音はしつこく鳴りつづけている。

ぼくはなんとか起きあがり、低いうなり声をあげ、毛布代わりのタオルを体に巻きつけたまま、ふらふらと廊下《ろうか》に出ていった。起きぬけのぼくがどんな状態かは、前に説明したと思う。ぼくは電話台にがつんとぶつかり、電話機をまるごと床《ゆか》に落としてしまい、そのまま受話器を手で探《さぐ》りあてた。静かになるかと思って、ぶんぶんふりまわしてみたが、音がやまなかったから、耳に押《お》しあて、また吠《ほ》えるようにうなった。

「今度はあなたなんでしょうね、ロマノフ？」あの感じの悪い女の声だ。

「グォー!」とぼく。

「ちゃんと聞いてちょうだい。私はね、ずっとがまんにがまんを重ねてきたのよ。あなたのよこす、わずかな手当てで、どれほどがんばってやりくりしてきたか……」

ぼくはまたうなった。でもたぶんそれが、いかにもロマノフがやりそうなことだったのだろう。相手はぼくをロマノフだと思いこんでしまい、えんえんとしゃべりつづけた。少ないお金で体面をたもつのは本当にたいへんだ、とか、同じ服を二度も着なくちゃならなくて、人にじろじろ見られた、とかいったような話ばかりだ。ぼくはすっかりいらいらしてしまった。

「じゃあ、少しは自分でかせいだらいいじゃないか!」と言ったけど、実際には「じゃわしわじゃじゃか!」というように聞こえたにちがいない。

「何よ、ロマノフ、あなた酔《よ》っぱらっているの?」

「まだコーヒーも飲んでないせいだ」と言ったつもりが、「まあこいものんだいせ」になってしまった。

「やっぱり酔《よ》ってるのね!」ロマノフの奥さんはなんだか勝ち誇《ほこ》ったように言った。「あのね、ロマノフ、私はあなたのことが心配でたまらないの。こっちにいれば、輝《かがや》かしい地位が手に入れられたっていうのに、だれもがあなたにひれふそうというときに、この私を捨てて、そっちの島に行っちゃったでしょう。あのときもあなたのことが理解できなかったけど、今だって理解できないわ。あなた、サーカスを始めようとしているそうね。まったく、お酒も飲みはじめたって聞いても、驚《おどろ》かないわよ。すぐにこっちへ戻《もど》ってらっしゃい。取り返しがつかなくなる前に、まっとうな人たちの中に戻《もど》って暮らすことになさいって。あなたの面倒《めんどう》は、私がちゃんと見てあげるから。ねえ、ロマノフ、私ならあなたを助けてあげられるのよ。あなたのまわりには、よくない連中がいるみたいじゃない。あなたが雇《やと》った飼育係はまるっきりなってないし、ゾウまで飼いはじめたなんていうのは、心が助けてくれって叫《さけ》んでいるしるしに決まってるわ……」

　このあたりで、もう聞きたくないと思って受話器を電話に戻《もど》したけど、なぜかロマノフの奥さんの声は、廊下《ろうか》にわあわあ響《ひび》きつづけた。ロマノフがいかに弱い性格か、しっかりした女の人の助けがどれほど必要かなどと、とうとうと話している。ロマノフがこの人から逃《に》げたのもむりないな。ぼくは床《ゆか》にすわりこんだまま、五分くらい聞いていた。ロマノフがこの人をだまらせよう？　眠《ねむ》くてちゃんとは考えられないが、声はどうやら、ぼくの右肩《みぎかた》の方から魔法《まほう》で流れこんできているようだ。ここではなんでも魔法《まほう》で働くんだ。と思ったら、いい考えが浮《う》かんだので、ため息をつきながらもまた受話器を取った。

　ロマノフの奥さんはもうかなり怒《おこ》っていて、こんなことを言っていた。「返事ぐらいしたらどうなの、ロマノフ！　しないなら、今言ったことを本当にやってやるわよ。私だって魔法《まほう》が使えるんですからね。このまま意地をはりつづけるつもりなら、ありったけの力を手に入れて、心底後悔《しんそここうかい》させてやるから。何年かかろうと、ぜったいやってやるから見てらっしゃい！　あなたのその態度にはもううんざり……」

　ぎゃあぎゃあうるさいなあ、と思いながら、ぼくは声の伝わってくる見えない糸みたいな経路を慎《しん》重《ちょう》に探《さぐ》り出し、その糸をくるっとひねった。時計の針を指でまわすのと同じような調子だ。すると声はかすれていき、やがてとぎれとぎれのささやきになって、とうとうまったく聞こえなくなった。ロマノフの奥さんはまだしゃべりつづけているんだろうけど、声は見当ちがいのところへ届いているはずだ。海の上かなんかに響《ひび》き渡《わた》っているんじゃないかな。廊下《ろうか》はもうすっかり静かだ。

　ああ、いい気分！　ぼくは背中を丸め、タオルを体に巻きつけたまま、バスルームに服を取りに行った。

服は乾《かわ》きすぎて、厚紙みたいに硬《かた》くなっていた。ばりばりとのばしながらパイプからはずしたとき、きのうより配管が普通《ふつう》になっているような気がした。まだまともにものが見えてなかったから、たしかとはいえないが。足をひきずってキッチンに行ってみると、ここもなんだかちがっている——たぶん、狭《せま》くなったんじゃないかな。まあいい、コーヒーが先だ。四杯《はい》は飲まないと、ぼくはまともに目が覚めない。コーヒーのありかはにおいでわかる。これはぼくの得意わざ。すぐにコーヒーの入った缶《かん》と、ポット、フィルターを見つけた。やかんは、と捜《さが》すと、料理用ストーブの上でしゅうしゅうと湯気《ゆげ》の立つ音がした。この料理用ストーブは中に火がついている黒光《びか》りしたやつで、ゆうべ見た覚えがまったくなかった。オーブンを開けてみると、焼きたてのパンが入っていた。

よし、いいぞ、と思って、今度はバターを捜《さが》して嗅《か》ぎまわった。

すると、流しの上の窓のところに行きついた。バター入れが、水のはってあるボウルの中で冷やしてあった。それを手探《てさぐ》りで取ろうとしたとき、窓がさっと開き、しなやかに動くねばねばしたものが入ってきて、ぼくの顔にさわった。ぼくはぎょっとしてうしろにとびのいた。思わず悲鳴をあげるところだった。あんまりびっくりして、心臓がどきどきして、あっというまにぱっちり目が覚めてしまった。実はそうなってよかったことがあとでわかるのだが、このときのぼくはかんかんだった。寝起《ねお》きのぼーっとしている時間は、けっこう気に入ってるんだ。ねばねばしたものは、なんのことはない、ミニの鼻だった。夜のあいだにぼくが死んだとでも思っていたのか、心配そうにぼくをさわりまくっている。

ぼくはミニに毒づいた。

『だって、家の中があんまり静かだし、どこにいるかもわからなかったんだもの！』ミニは言った。

「寝《ね》てたに決まっているだろ、ばかだな！」ぼくはどなった。

『あっ、そうか!』ミニはとたんに、もじもじしている女子生徒みたいなしぐさを始めた。うしろ脚《あし》を恥《は》ずかしそうにこすりあわせている。『ほんとにごめんなさい、でもアタシ……』

「腹がへってるんだろ」ぼくは低い声を出した。「やれやれ! ゆうべ物置いっぱいに入ってた食い物を、たらふく食ったばかりだってのに!」

ミニは言いわけした。『ヤギだってずいぶん食べたのよ』

「わかったわかった、わかったよ!」ぼくは扉《とびら》を開けてずんずん外に出ていき――妙《みょう》なことに、けさは玄関《げんかん》がキッチンについていて、まっすぐ出られるようになっていた――家にそって物置にむかった。中に入ってみると、物置はほぼからっぽになっていた。ほんのひとつかみだけ残っていたものも、ちょうどヤギが平《たい》らげているところだ。「出ろ!」ぼくはヤギにむかって言った。

ヤギはくちゃくちゃ口を動かしながら、こっちをむいた。「ふん!」という顔をするつもりだったようだが、こっちの気分を読みとったのか、気が変わったらしい。おとなしくとことこと外へ出てくると、ミニとめんどりたちを残し、どこかへ行ってしまった。

ぼくは物置の戸をバタンと閉め、「ゾウの食い物。めんどりの食い物。ついでにヤギの食い物も」と言ってまた開けた。物置の中は天井《てんじょう》までぎっしり、干し草と小枝と濃厚飼料《のうこうしりょう》(容積のわりに、栄養分が多くふくまれている飼料。穀類、マメ類、イモ類、油かす、ぬかなど)の大きなかたまりでいっぱいで、穀物箱のところまでたどりつくのもひと苦労だった。バケツでコムギをすくうとき、ぼくは言った。「よし。これからはいつもこういうふうに中を食べ物でいっぱいにしておくんだ、さもないと怒《おこ》るからな、わかったか? いちいち戸を開け閉めしないといけないなんて、ばかげてるよ。ゾウが自由に食べられるようにしろよな」

それからめんどりたちにえさをやり、むっとした気分のまま、早くコーヒーを飲もうと、ずんずんキッチンへ戻《もど》っていった。とちゅう、家の壁《かべ》ぞいにあった花壇《かだん》の中に卵が産んであるのを見つけ、拾いあげた。そのときも、変だな、と思った。ゆうべは、この壁《かべ》は形がそろった石ときれいな白木でできていたはずだ。ところが今は、どう見ても白い漆喰《しっくい》の壁《かべ》だ。でも、とにかくコーヒーが飲みたかったから、気にしないことにした。

キッチンに入ると、卵を古い木のボウルに入れ――あとでロマノフが食べると言うかもしれない――やっとコーヒーにありついた。でも、思っていたほどゆっくり朝食を食べてはいられなかった。あんまり短い時間でちゃんと目が覚めてしまったものだから、どうも調子がくるったらしく、いらいらして落ち着かなかった。厚く切ったパンにバターをたっぷり塗《ぬ》り、食べながらロマノフのようすを見に行った。奥《おく》さんの声を止めたことを話してやらなくちゃ、と思ったのだ。

けさ見ると、白くて四角いベッドルームはあまり広いとはいえなかった。窓も小さくなった気がする。床《ゆか》に点々と落ちた服の間隔《かんかく》も、ぜったい前に見たときの半分くらいになっている。朝日に照らされたロマノフの顔は、きのうよりぐあいが悪そうだった。汗《あせ》で髪《かみ》はべたっとしているし、日に焼けた顔は灰色に黄色を塗《ぬ》り重ねたようなひどい色になっている。上にかがみこんでみても、身じろぎせず、目も開けなかった。

やばいぞ、これは……まあ、流感《りゅうかん》ってのはよくなる前にいったん重くなるっていうけどな。ぼくはロマノフに声をかけた。「何か食べませんか？　それとも、風邪薬《かぜぐすり》でも捜《さが》してきましょうか？」

ロマノフは不機嫌《ふきげん》そうに寝返《ねがえ》りをうっただけで、返事をしなかった。医者を呼ぶ方法は思いつかなかったから、ゆうべと同じようにただそっと部屋を出て、ドアを閉めた。

廊下《ろうか》を歩いていたら、電話機をけってしまった。バターでべたべたの手で拾いあげると、チリンチリン音がする。おもちゃの電話機だ。赤と青のプラスチック製で、電話線らしいものもないし、台の上にごろんとある黄色のプラスチックの受話器ともつながっていない。ぼくはまじまじと見つめてしまった。

「コードレス電話？　それとも、おもちゃそっくりの携帯電話《けいたいでんわ》か？」と口に出してみたものの、どちらでもないとわかっていた。これはまぎれもなくおもちゃだ。キッチンに戻《もど》ってかごを捜《さが》しながら、ぼくはつぶやいた。「こういうのこそ魔法《まほう》ってもんだ。この島は魔法《まほう》だらけだな。たぶん、こっちがまどわされなきゃいいんだろうな」

かごを持って外に出て、めんどりがもっと卵を産んでるんじゃないかと捜《さが》してみた。思ったとおりだ。草むらや、すみの方にうまいこと隠《かく》してあるのが、次から次へと見つかった。

『あら、よかった！』心配そうに耳を広げているミニが、うしろからのしかかるようにしてのぞきこんだ。『ひとつでも踏《ふ》んじゃったらどうしようって思ってたの。それなあに？』

ぼくはミニを見上げ、卵について説明しようとした。ところがそのとき、ミニのうしろにある菜園の塀《へい》が目に入った。まちがいなくきのうより低くなっていて、古びたレンガもところどころ崩《くず》れている。しかも、思っていたよりずっと家の近くにある。

「なあミニ、この場所、だんだん小さくなっている気がしないか？」

ミニは答えた。『あら、そうよ、小さくなってるわ。ここからあの木が生《は》えているところまで、けさは百歩で行けちゃったもの。わけをきこうと思ってたの』

「ロマノフが病気だからかもしれないな」ぼくは言った。

だが、ミニは聞いていなかった。耳を広げ、鼻を家の背後の空にむけて高く上げている。ぼくも首をのばして見上げてみた。家が邪魔《じゃま》で、空しか見えなかったけど、ブンブンいう音が聞こえてくる。

「なんだろう？」とぼく。

ミニがこっちをむき、きれいな灰色の賢《かしこ》そうな目で、まっすぐにぼくを見た。

『空を飛ぶ乗り物ね』灰色のまつげがもしゃもしゃ生《は》えたまぶたを、さかんにまばたきさせている。

『なんだか……よくない感じがする』

ぼくはきいた。「こっちへ来るのか？」

『だと思う』

「それじゃ、家の前に立って、玄関《げんかん》をふさいでてくれないか。だれだろうと、中に入れちゃいけないって気がするんだ。ロマノフは病気なんだから」ぼくは言った。

2

ミニが玄関《げんかん》の前に横むきに立つと、ぼくは灰色でしわだらけの横腹に頭をつけるようにしてその前に立った。じきに、ミニの巨大《きょだい》なしりと屋根のへりごしに、空飛ぶ乗り物が見えてきた。ちょうど空の白っぽい部分から青い方へ移るところだ。二色の空の境界線を越《こ》えるとき、ちょっとがくんとゆれた。そのせいでスピードが落ちたのかもしれないが、青い部分をつっきるのにずいぶん時間がかかった。そこから灰色と銀の雲がもくもくわいている部分へ移るときにもがくん、となったあと、空飛ぶ乗り物はブンブンいいながら、雲のあいだを縫《ぬ》って進んだ。なかなか近づいてこないから、結局ここに来ようとしているわけではないんじゃないか、と内心期待していた。もちろん、甘《あま》い考えだとわかってはいたけど。

五分くらいたつと、空飛ぶ乗り物は耳をつんざくような音をたてて家の上空を旋回《せんかい》し、丘《おか》のてっぺんの菜園の塀《へい》のわきにおりたった。回転翼《かいてんよく》がないヘリコプターのようなもので、白くてかなり小型だった。そのヘリコプターから、燃料のひどいにおいがただよってきて、ミニは鼻を上にくるんと曲げた。めんどりたちは先を争って逃《に》げ出した。ぼくは卵が入ったかごをぎゅっとかかえ、ヘリコプターのとがった後部に大きく書かれた数字と文字を見ていた。ちょうどそこへ、くちゃくちゃ口を動かしながらやってきたヤギも立ちどまり、そっちをじっと見た。

ブンブンいう音が止まったとき、ぼくは言った。「ロマノフの奥《おく》さんじゃないかな。けさ、ものすごく怒《おこ》らせてしまったんだ」

ぽん、とドアが開き、刺繍《ししゅう》ずくめの上着を着た男の子が二人、草の上にとびおりた。続いて大人の男が、いばった態度でおり立ち、あたりを見まわしながら、刺繍《ししゅう》だらけの上着のすそをひっぱってぴんとさせ、金縁《きんぶち》のめがねをまっすぐ直した。男は子どもたちにむかってぶっきらぼうに何か言うと、三人そろって草の斜面《しゃめん》をおりはじめた。家にむかってくるようだ。

ぼくはぎょっとした。〈ロッジア〉の町でロマノフとまちがえた、あの祈禱師長《きとうしちょう》じゃないか。二人のガキも一緒《いっしょ》だ。ぼくをつかまえにやってきたにちがいない。町へ連《つ》れ戻《もど》されたりしないように、ミニがあのヘリコプターをけとばして、ばらばらにしてくれないかな？

と、ミニが言った。『いやよ、やらないわ！　アタシをなんだと思っているの？』

じゃあ、やつらに卵を投げつけるしかないか、と思いながら、三人が近づくのを見守った。あのときの印象のとおりだ。祈禱師長《きとうしちょう》は、自分はぜったい正しいと信じきった顔をしている。学校の先生がよく見せる、あのいやらしい表情だ。男の子たちも似たようなものだ。年上の方は髪《かみ》が黒くて気どったやつで、いい子ぶっている。前にぼくをつねりまくった年下の方は、金髪《きんぱつ》であごがとがってて、ネズミみたいにこそこそした、いやなガキだ。

三人はそろってミニを見上げたあと、ヤギを見おろし、肩《かた》をすくめると、横目でぼくを見た。祈禱師《きとうし》長《ちょう》はへの字に曲げていた口を開き、「ニック・マロリーか？」と言った。ぼくはうなずいた。たぶん、〈ロッジア〉の町の警察にぼくの名前を聞いたんだろう。

「ロマノフという名の汚《けが》らわしき者は、この家の中にいるんだろうな？」と祈禱師長《きとうしちょう》。

汚《けが》らわしいのはおまえの方だろ！　ぼくは言った。「なんでそんなことをきく？」

「その者を消しに来たのだから、きくのは当然だろう」と祈禱師長《きとうしちょう》。わかりきったことをすごくばかな相手に言って聞かせるような口調《くちょう》だ。「玄関《げんかん》わきにさがって、畜生《ちくしょう》どもをどけてくれたまえ」

ぼくは祈禱師長《きとうしちょう》のまじめくさった冷たい顔を見つめた。金縁《きんぶち》めがねの奥《おく》のうすい色のけわしい目を見て、ほんとになんでこんなやつをロマノフと見まちがえたんだろう、と改めて思った。それに、今の返事を聞いて、すごく気になったことがある。「待ってくれよ。ロマノフに、このぼくを消せと言って、金を渡《わた》したことはないだろうな？」

三人がひどくびっくりした顔になったから、これは見当ちがいだったらしい。血色《けっしょく》の悪い年下のネズミのやつの方があっけにとられたようになったが、すぐにあざけるような表情を浮《う》かべた。年上の方は目をぱちくりさせている。祈禱師長《きとうしちょう》もあぜんとしていたが、やがて、なんてあわれなやつだ、と言いたげな顔つきになった。「そのようなことを考えるとはな。私が汚《けが》れた者と金で取引するなどと思いつくようでは、是《ぜ》が非《ひ》でも正しい指導と矯正《きょうせい》をしてやらねばならん。早急に〈ロッジア〉に連れ帰り、おまえのまちがいを正してやる。だがまずは、その玄関《げんかん》からどけ」

「じゃ、〈ロッジア〉にいたとき、ぼくに何か呪文《じゅもん》をかけた覚えは？　かけたに決まってるんだ。それしか説明のつけようがないからな」

祈禱師長《きとうしちょう》は顔をこわばらせた。「私の前では言葉をつつしめ。口のきき方がなっとらんぞ。そのような汚《きたな》いことはいっさいしておらん。もっとも、合法的なことに関しては、たしかにしたと認めよう。もう何年も前から、ロマノフの隠《かく》れがへ導いてくれる者が私のもとに現れるよう、日々しかるべき祈《いの》りを唱えておったのだ。きのう、それが聞き届けられ、おまえが現れた。そこで、このジョエルが……」祈《き》禱《とう》師長《しちょう》はいかにも父親らしい態度で年上の子の頭に手を置いた。「……おまえの逃《に》げ出すときを見のがさず、おまえとわれわれをつないだ。おまえがわれわれを、ロマノフの居場所へと導くようにな。すべては汚《けが》れなき正式な方法で行われたのだ」祈《き》禱《とう》師長《しちょう》は口をぎゅっと一文字に結び、ぼくをじっと見つめた。

「つまり、何かしたことはまちがいないけど、呪文《じゅもん》っていう言葉は汚《けが》らわしいから使うな、ってわけだね」ぼくは言った。

祈《き》禱《とう》師長《しちょう》はぼくをにらみつけた。二人の男の子たちは目くばせしあった。二人とも、すごく喜んでいるようだ。

ミニが鼻からため息をもらした。『どういうことか、わかんない』

「気にするなよ、こいつらはみんないかれているんだ」ぼくは声には出さず、ミニに返事した。おもしろいことに、ほかの三人はミニがしゃべったことに気づいていないらしい。まるで、ミニがこいつらには拾えない周波数に声を乗せて話しているみたいじゃないか。ぼくは祈《き》禱《とう》師長《しちょう》に言った。

「失礼に聞こえたのならあやまりますけど、どういう呼び方をしようと、汚《きたな》い手を使ったことに変わりはないですよ。なんの理由もなく、ぼくを逮捕《たいほ》させたんだから。だいたい、ロマノフがあなたに何をしたっていうんです？」

すると、男の子たちが二人して、祈《き》禱《とう》師長《しちょう》の代わりに口を開いた。まず小ネズミのやつがこう言った。

「あいつはなあ、とんでもなく悪いやつなんだ。こんな、ぼくらに見つからないところに隠《かく》れたりしてさ」

すると、年上のジョエルがさえぎった。「ジェイフェス、おまえはだまってろ！　ロマノフは正しいやり方で祈《いの》らないし、えせの祈《いの》りで労働者たちをそそのかして、そいつらが金をもっと要求するようにしたんだ。そうですよね？」そしていい子ぶった顔で父親の祈禱師長《きとうしちょう》を見上げた。

祈禱師長《きとうしちょう》はうなずき、またジョエルの頭をなでた。小ネズミのジェイフェスは「知ったかぶり！　えこひいき！」とつぶやいたが、祈禱師長《きとうしちょう》は知らん顔だ。ぼくは言った。

「もっと金をくれって言うのはあたり前だろ！　おまえたちの服にいっぱいついているきれいな花だって、あの人たちが外で放射能を浴《あ》びながら、刺繡《ししゅう》したものなんだぞ」

祈禱師長《きとうしちょう》はいかにもぼくをあわれんでいるような、悲しそうな顔をしてみせ、「おまえは真実がわかっていないな」と沈《しず》んだ声で言った。「ロマノフを始末したら、喜んでおまえを『祈《いの》りの館《やかた》』に迎《むか》え、一から教育しなおしてやろう」

それを聞くと、二人の男の子たちは思いっきりにやにやし、また目くばせをしあった。こいつらにとってもうれしいことなんだろう。爪先《つまさき》が鋼《はがね》になった靴《くつ》でけるとかして、歓迎《かんげい》してくれる気だな。そこで、二人に言ってやった。

「おまえたちの考えてることはわかってるぞ、やってみろよ！　ぼくの方が大きいんだからな。やりあって、指の一本もなくさずにすむと思うなよ」

ジョエルはばかにしたようにくすくす笑い、小ネズミのジェイフェスが言った。「ふん、だけど、おまえは祈《いの》りでしばられてしまうんだ。ぼくらは好きなようにできるんだぜ」

祈禱師長《きとうしちょう》は、われ関せずといった顔で突《つ》っ立っている。ぼくは言ってやった。「ずいぶんとかわいげのあるお子さんですね、おたくのぼっちゃんたちは。子どもが子どもなら、父親も父親だ！」

だが、祈禱師長《きとうしちょう》はぼくの言葉を無視して言った。「畜生《ちくしょう》どもを動かせ。玄関《げんかん》からどくんだ」

ぼくは言い返した。「どいてもいいですけど、そっちにとっていいことはありませんよ。ロマノフはここにはいないんだから。言いませんでしたっけ？　ぼくもロマノフを捜《さが》してわざわざここまで来たのに、むだ足だったんです」

祈禱師長《きとうしちょう》はこの言葉も無視し、両手を肩《かた》の高さに上げ、手のひらをこっちにむけながら言った。「いかなる入口も開く祈《いの》りの聞き届けられんことを！」

とたんに、かなり強く押《お》してくる力を感じた。ミニの体もゆらいだ。ヤギは倒れそうになり、ぼくも思わず、ミニの腹にめりこむように一歩さがってしまった。ミニは鼻をのばして卵をつかむと、力に押《お》されたためではなく、花壇《かだん》の中にもうひとつ卵を見つけたからだった。ところがこれは、くるんと持ちあげ、ぼくがかかえていたかごにそっと入れて、『これ、見落としてたでしょ！』と誇《ほこ》らしげに言った。

祈禱師長《きとうしちょう》はあわてたどころではなく、目をむいて、ぱっと両手をおろした。男の子たちはあんぐりと口を開けた。〈ロッジア〉の町では生きたゾウなんてめったに見られないんだろう。でも、祈禱師長《きとうしちょう》が何よりショックだったのは、自分の魔法《まほう》がミニには通用しないらしいとわかったことだと思う。ここに来て、巨大《きょだい》な消極的抵抗《しょうきょくてきていこう》（非協力または非暴力的な方法によって政府などに反対の意思表示をすること）に、あってしまったわけだ。祈禱師長《きとうしちょう》は考えこんだ。

だが祈禱師長《きとうしちょう》はあきらめなかった。一歩さがると、ぼくには聞こえないくらいの小さな声で、鼻歌みたいなのを歌ったり、何か唱えたりしはじめた。両手をのばし、空中に何かの形をていねいに描《えが》いていく。ぼくはなんの形か考えないようにした。でも、バスケットを持ったぼくの輪郭《りんかく》にまちがいない、という気がする。描《か》き終えると、祈禱師長《きとうしちょう》は厳《きび》しくも慈愛《じあい》にみちているという表情を作り、ぼくを見た。

「わかっていないようだな。私を通すまいとがんばるほど、おまえは苦しむことになるのだぞ。ニック・マロリー、今、おまえのことを祈《いの》ってやった。おまえは後悔《こうかい》と絶望《ぜつぼう》にさいなまれるであろう――しぶとく抵抗《ていこう》すればするほど、それだけひどい目にあう。私は今からこのいまわしい島をひとまわりしてくる。戻《もど》るまでのあいだに、その非協力的な態度を改めておくがいい。さあ来い、子どもたち」

祈禱師長《きとうしちょう》は念入りに手入れされた大きな手を広げ、男の子たちの頭をそれぞれ片手でつかむと、来たのとは反対の、物置のある方へむけて押《お》した。でも二、三歩歩くとすぐ手を放《はな》し、一人でずんずん前に出て、木立がある方をめざして斜面《しゃめん》をのぼっていった。いつだって自分が先頭を歩かないと気がすまない性格なのだろう。子どもたちはぼくのところへひき返してきた。

「あいつが父親だって？　冗談《じょうだん》じゃない！　ぼくたちはあいつの下にいる少年《しょうねん》祈禱師《きとうし》の中で、いちばん優秀《ゆうしゅう》だってだけだ。わかったか？」ジョエルが言った。

「おまえなんか嫌《きら》いだ」ジェイフェスも言いそえた。祈禱師長《きとうしちょう》の息子だと思われたのが、よほど気にさわったようだ。

血がつながっていようといまいと、おまえらと祈禱師長《きとうしちょう》はどう見ても同類だよ、というようなことを言おうとして、口を開いたそのときだった。ぼくが見落としていたまたべつの卵を、ジェイフェスが踏《ふ》んづけた。刺繡《ししゅう》だらけのズボンの足がつるっとすべり、しりもちをつく。ベチャッ。

ぼくは思わず笑った。こりゃいいや。最高！

だがジェイフェスの方は、最低の気分になったらしい。立ちあがると、ぼくをじろりとにらみつけてきた。いや、にらみつけたなんて生《なま》やさしいもんじゃない。殺人鬼《さつじんき》が犠牲者《ぎせいしゃ》に斧《おの》をふりおろすときに見せそうな、正気をなくしたみたいな目つきだった。もともと血色《けっしょく》の悪い小さい顔が、灰紫《はいむらさき》みたいな変な色にぱっと染《そ》まった。ぼくは一瞬《いっしゅん》、ぞっとした。

「これでおまえのことが本気で嫌《きら》いになったぞ。見てろよ」ジェイフェスは低い声でぼくにささやいた。

ぼくは背筋《せすじ》に寒気《さむけ》が走った。

だが何と言われようが、ぼくはこいつの倍も背が高いのだ。ぼくは言い返した。「見ているよ。おまえがまた、ばかを見るだけだと思うけどな」

ジェイフェスはだまってぼくに背をむけ、真っ黄色になったしりを隠《かく》そうともせず、先に行っていたジョエルと祈禱師長《きとうしちょう》のあとを追って足早に歩いていった。

三人の姿が見えなくなると、ぼくはすぐさま行動を起こした。祈禱師長《きとうしちょう》の言った「後悔《こうかい》と絶望《ぜつぼう》」がわいてきた、という気はしなかった。祈禱師長《きとうしちょう》はたぶん、次の作戦を隠《かく》すために、こけおどしで言っただけなのだろう。あいつはこれから家のまわりを歩いて、玄関《げんかん》以外に入りこめそうな場所がないか、捜《さが》すつもりなんだ。そう思ったら、ロマノフのベッドわきの窓が開いていたことを思い出した。ぼくはミニに言った。

「急がないと。ぼくが中に入っているあいだ、玄関《げんかん》を守っててくれ」

『いいわ。あの人たち、家の中にいる人を本気で殺そうとしているの？』

「まちがいない。何をされても中に入れないでくれ」

ぼくはミニの腹の下をさっとくぐりぬけて玄関《げんかん》を通り、キッチンのテーブルに卵のかごをどん、と置くと、くるりとふりむいて、中から扉《とびら》にかんぬきをかけた。これで少し安心だ。キッチンの窓は閉めなくてもよさそうだ。頼《たの》んだとおり、ミニが玄関《げんかん》の前に陣取《じんど》って、窓まで覆《おお》っていたからだ。おかげでキッチンはずいぶん暗い。それに、また狭《せま》くなった気がするけど……ぼくはキッチンをかけぬけ、廊下《ろうか》を走ってロマノフのベッドルームにむかった。ベッドルームもまた狭《せま》くなっていて、ちょっとじめじめしていたけど、大事なのは、部屋にはロマノフ以外、だれもいなかったことだ。間に合った。ぼくは両開きの窓をバタン、バタンと閉め、かけ金《がね》をぎゅうっと、もう二度と上げられないと思うほど、きつくおろした。

音をたてたせいで、ロマノフがうめき声をあげ、寝返《ねがえ》りをうったが、ぼくは気にしなかった。

次にはベッドルームをとびだし、バスルームにかけこんだ。ここもすっかり小さくなってしまっていたが、壁《かべ》の高いところにある窓は、もともと開かないもののようだ。そこで、廊下《ろうか》を横切り、ロマノフの仕事場だと思った部屋にむかった。ドアを開けてみたものの、昨日と同じで、中に入る気にはなれなかった。どうせ、中は真っ暗だ。窓はない、ってことかもしれない。でも念のため、ドアをバン、と閉めると、電話台をひきずってきて前をふさいだ。ぼくを中に入れない力のようなものが、外から祈禱師《きとうし》長《ちょう》が入ろうとするのも防いでくれるといいけど、と思いながら、次にはリビングへとむかった。たしか、リビングには、大きな窓がいくつもあった。あれをひとつでも割られたら、簡単に入られてしまう。

でも、そこにたどりつく前に、角《つの》とひげのある邪悪《じゃあく》そうな白いものが廊下《ろうか》の角から顔を出し、こっちにむかってきた。思わず悲鳴をあげそうになり、一メートル以上とびすさってから気がついた。ちぇっ、なんだ、あのヤギじゃないか。ぼくのあとから家の中へとびこんできたにちがいない。

「ぼくに近づくな、さもないと何をするかわからないぞ!」ぼくはヤギに言った。

それからリビングに入った。一瞬《いっしゅん》、立ちどまってまじまじと見てしまった。本棚《ほんだな》はもとのとおりだったけど、ソファは全部なくなっている。ぼくがベッドに使ったものまで。代わりに、虫食いだらけの古いひじかけ椅子《いす》がまばらに何脚《なんきゃく》か置いてあった。うす汚《ぎたな》い敷物《しきもの》がところどころに敷《し》いてあるだけの木の床は、すごく古びている。窓は今でもたくさんあったけど、記憶にあるような、現代ふうのきれいな色の木枠《きわく》の窓ではなかった。いろんな窓のよせ集め、と言えばいいだろうか。今にもこわれそうな枠《わく》に、小さいガラスがいくつもはめこまれた細長い窓があるかと思えば、新品の白い木枠《きわく》に一枚板のガラスがはめこまれた大きく長い窓もある。外の物置にでもつけたほうが似合いそうな、ゆがんだ小さな窓も五つ六つあった。かけ金《がね》の形がひとつひとつちがっているが、どれもたいして役にたたない。ぼくは部屋の中を走りまわって窓をバタバタ閉め、かけ金《がね》のかかりがとくにゆるいものは、窓とかけ金《がね》の隙《すき》間《ま》に本をはさんだ。大きな一枚板のガラスの窓がいちばん心配だった。これじゃ、簡単に割られてしまう。でも窓に顔を押《お》しつけて見おろしてみると、窓の真下まで海がせまっていた。家の下の方に大きな白波がぶちあたっていて、深さがかなりありそうだ。これならだいじょうぶかもしれない。もちろん、祈禱師長《きとうしちょう》が空を飛べるなら、話はべつだけど。

ふりむくと、ヤギがあとについてきていた。ヤギと目が合い、こいつと一緒《いっしょ》に家の中に閉じこもってしまったことに、はたと気づいた。ヤギの体臭《たいしゅう》が強いことは知っていたが、室内だと、思った以上にぷんぷんにおう。強烈《きょうれつ》な悪臭《あくしゅう》だ。

ぼくはヤギに話しかけた。「よしわかった。いてもいいけど、ここにある本をちょっとでも食べたら、ロマノフに殺されるからな」ロマノフは本当にそうするにちがいない。ここにあるのはどれも革ばりの、『ジャハーン・アンバーグラフのいつわりなき真の旅行誌』といった題がついた本ばかりだ。おやじはいつも、この手の本を目玉のとびでるような値段で買って、ぼくにはさわらせてもくれない。

ヤギはずる賢《がしこ》そうにぼくから目をそらし、ひじかけ椅子《いす》をじろじろと見はじめた。

「ああ、どうしても何か食べたいっていうんなら、そっちにしとけ」ぼくは言った。

それからやっぱり、キッチンの窓も閉めておこうと思い、急いで戻《もど》った。ヤギはここから入ったのだろう。テーブルに置いといたパンを勝手に食ったらしく、食べかすが石の床《ゆか》一面にちらばっている。

ありがたいことに、ミニはちゃんとすぐ外に立っていてくれた。窓をしっかり閉める前に、ミニのしわだらけの灰色の腹の下から外のようすをうかがった。めんどりたちは草のあちこちをまたついばみはじめていたし、ヘリコプターは上の斜面《しゃめん》にまだ停《と》まっているようだ。祈禱師長《きとうしちょう》と男の子たちの姿は、どこにも見えない。

石の床《ゆか》にはいつくばって、パンくずを集めながら考えた。きっと三人は、物置のどれかに入りこんで、危険なまじないでもやっているんだろう。とすれば次には、ロマノフのところに行って、まじないをやつらの方にはじき返せるかやってみるしかない。ぼくは料理用ストーブの炎《ほのお》の中にパンくずを投げこむと、ベッドルームへむかった。

ところがドアにたどりつかないうちに、めんどりたちがバタバタぎゃあぎゃあさわぐ音が聞こえてきた。続いて、思いもよらない音がした——あのヘリコプターの耳をつんざく振動音《しんどうおん》。やつらがここを去っていく——でなきゃ、去るふりをしているか、だ。わなにちがいない。

でも正直いって、むだ骨《ぼね》を折ってばかを見たのかな、という気もしていた。流しに身を乗り出して、窓の外のミニのしわだらけの灰色の腹の下から、ようすをうかがおうとしたが、その前にミニが玄関口の方に動いた。ぼく同様、びっくりしているようだ。ヘリコプターの後部の先端《せんたん》についたプロペラみたいなものがまわっているのが、はっきり見えた。前部は今にも飛び立ちそうに、上むきにかたむいている。だがドアはまだ開いたままだ。あざやかな赤い刺繍《ししゅう》の服の男の子が、両腕《りょううで》をふりながら、菜園の塀《へい》にそって丘《おか》をかけていく姿も目に入った。ジェイフェスだ。取り残されまいと必死らしい。

それだけでも驚《おどろ》いたのに、もっとびっくりしたことに、もう一人べつの人物がいた。ツイードの服を着た年配の男で、この家へむかってくるようだったが、とちゅうで足を止め、肩《かた》ごしにふりむいてヘリコプターを見ていた。もとは軍人だったんじゃないか、と思わせる雰囲気《ふんいき》がある。この人があの三人を怖《こわ》がらせて、追いはらったのかな？　ともかく、その人とぼくが見ている中、ジェイフェスはヘリコプターの開いたドアへかけより、よじのぼってのりこむと、あわてて閉めようとしたがうまくいかず、また開けた。だからヘリコプターがブンブンとものすごい音をたて、勢いよく上昇《じょうしょう》していくあいだも、ドアはまだ半開きのままだった。やっとドアが閉まると、ヘリコプターはぶるぶるゆれながら、かなりの猛《もう》スピードで菜園の上空を通り、海のかなたへと飛びさった。

もと軍人らしい男は肩《かた》をすくめ、こっちにむかって歩きはじめた。くたくたにくたびれているみたいに、少し足をひきずっている。

その歩き方を見るなり、だれなのかわかった。青い炎《ほのお》をぼくにくれた、あの酔《よ》っぱらいだ。なんだよ、いったい！　玄関《げんかん》を閉めたままにして、床《ゆか》にふせて隠《かく》れた方がいいだろうか。

そのあいだに酔《よ》っぱらいはもう、玄関《げんかん》にたどりついていた。「さあさあ、ゾウさん！　さっさとのいたのいた！」という声が聞こえる。しかも、ミニがすなおに玄関から離《はな》れていく音もした。ミニは図体《ずうたい》がでかいわりに、ひかえめでおとなしすぎるところがある。そのあと、酔《よ》っぱらいは扉《とびら》をがんがんたたきだし、「おーい、この家、だれかいないのか？　開けろ、この野郎！」と叫《さけ》んだ。

すると、ぼくもミニとまったく同じように、言われたとおりにしてしまった。軍人みたいな命令口《く》調《ちょう》のせいかもしれない。かんぬきをはずして扉《とびら》を開けるとすぐ、酔《よ》っぱらいがよろよろと入ってきたので、ぼくはわきによけた。

「やあ、人がいたのか。よかった。頼《たの》む、コーヒーがあったらくれないか？　二日酔《ふつかよ》いで、ふらふらで、もう死にそうなんだ」酔《よ》っぱらいはそう言うなり、キッチンのテーブルの椅子《いす》をひきだして、へたりこんだ。テーブルにひじをつき、年よりっぽい筋《すじ》ばった両手で顔を覆《おお》っている。「コーヒーをくれ！　ブラックだぞ！」酔《よ》っぱらいは本気でほしそうに、かすれ声で言った。

コーヒーがほしいという気持ちは、ぼくにもよくわかる。毎朝感じているから。そこで料理用ストーブの熱くなっているところへさっとやかんを置き、ほかにいるものを捜《さが》しはじめた。「今いれます」

「恩に着るよ」酔《よ》っぱらいはため息をついた。着ているツイードのスーツはびしょびしょで、すわっているうちに蒸気《じょうき》が出てきた。顔色は青白くて、くたくたらしく、ぼくに目をむけようともしない。玄関《げんかん》口《ぐち》からのぞきこんでいるミニさえも、目に入らないみたいだった。でも、どうしてこんなに酔《よ》ってるのか、言いわけしなくては、と思ったらしく、ぼくがコーヒーをいれているあいだ、ぽつり、ぽつりと説明を始めた。「ふだんは、こんなじゃないんだ。つまり……飲まないと、〈闇《やみ》の小道〉を歩けなくてな……しらふであそこを通るなんて……ぜったいできない……シャーマンのやるようなことたあ、得意じゃない……もう酔《よ》いはさめてるんだが……頭がぐるぐるして……時間がかかりすぎた……ロマノフの島が、まさか過去にあるとは、思わなかったんだ……うまいことやったもんだ、この島は、ずるいじゃないか……十年、過去にさかのぼらないと、来《こ》られなかったぞ……だが島の一部は、未来ともつながっているようだがな……ロマノフが未来のできごとを知っているのは、そのせいにちがいない……どうやってやるのか、聞いてみなくちゃ……もちろん、金をはらって……先に料金をたずねるのを、また忘れるかもしれないから、やつに会う前に、注意してくれないか……おう、ぼうや、ありがとう。助かるよ。きみはえらい！」

ぼくは見つけた中でいちばん大きいマグカップに濃《こ》いコーヒーをなみなみとそそぎ、酔《よ》っぱらいの手に持たせてやった。酔《よ》っぱらいは熱々のコーヒーをあっというまに飲みほすと、もっと、というようにカップをさしだした。二杯目《はいめ》は、だまってゆっくりとすすっていた。濡《ぬ》れた服から蒸気《じょうき》が出て、だんだんましな顔色になっていく。三杯目《ばいめ》もたっぷりついで渡《わた》すと、さっきよりはしゃんとしたすわり方になり、しゃべり方もてきぱきとしてきた。「さっきの飛行艇《ひこうてい》は、大あわてで飛び立ったりして、いったい何をやっていたのかね？」

「どうしてあんなに急いで飛んでいったのかは、ぼくにもわかりません。あなたのことが怖《こわ》かったんでしょうか」

「相手によっちゃ、そうかもしれんな」

「〈ロッジア〉の祈禱師長《きとうしちょう》と、お付きの二人の子どもですよ。ロマノフを殺したいだとかで、ぼくを利用して……」

酔《よ》っぱらいが口をはさんだ。「それで説明がつく。われわれマジドは、ここ何世紀か、がんばって祈《き》禱師長《とうしちょう》どもを押さえつけているからな」

「マジドなんですか？　あなたが？」ぼくはきいた。すごくうれしくなった。これまでマジドには三人会ったことがあるけど、これでもう一人増えたってわけだ。

「なんの因果《いんが》か知らんがな」とマジドは言い、それっきりだまってしまった。小さな口ひげをなで、疲《つか》れたようにカップの中をにらんでいる。それから言った。「ロマノフは何をしてやつらを怒《おこ》らせたんだ？　そんなふうに、あちこちで騒動《そうどう》をひきおこすような真似《まね》は、もうやめてほしいんだがな。といっても、私に止められるわけがない。やつの魔法《まほう》の力は、こっちのなんかより、はるかに強いからな。私の自慢《じまん》は道義心《どうぎしん》に厚いことくらいだ。せいぜいそれを利用するしかない。おいぼうや、何か食べるものはないかね？　空腹で死にそうなんだが」

ぼくはテーブルの上のかごに目をやった。「卵は？」

マジドは激しく身ぶるいした。「卵はだめだ、二百ポンド（英国の通貨。一ポンド約二百円）相当もの酒を飲んだあとでは！　とても食えん！　ほかには何もないのか？」

「えーと……パンはついさっき、ヤギが食べちゃったけど……」もしかしたらと思ってふりむき、さっきパンが入っていたオーブンに手をのばし、開けてみた。すると、また一斤《きん》入っていた。ああ、よかった。魔法《まほう》ってのはこうでなくちゃ！「もう一斤《きん》ありますよ」

　さらに戸棚《とだな》から大きなチーズのかたまりも見つけ、ボウルから出したバターと一緒《いっしょ》にテーブルにならべてあげた。マジドは品定めするようにちらっとテーブルに目をやった。ヤギがさっきひじかけ椅子《いす》を食べようかという目で見ていたのに、そっくりだ。それからマジドはいきなりパンをひっつかみ、ナイフを手に食べはじめた。食べること食べること、結局、一斤《きん》全部平《たい》らげてしまった。食べ終わるまで、マジドもぼくも、ひとことも口をきかなかった。

　マジドはもう調子が戻《もど》ったらしく、いつのまにか、ぼくを見透《みす》かすようにじっと見つめていた。そのするどい目つきに射《い》すくめられて、何色の目かはよく見なかった。目のふちが赤くなっていたことしか覚えていない。マジドは言った。

「さて、ぼうや、きみのことだがな。ロマノフもとうとう弟子をとることにしたのかね？」

「いいえ……というか、弟子にしてくれたらいいなとは思ってるんですけど……その、自分の世界への戻《もど》り方がわからなくて。だけど、ここに来てみたらロマノフが病気だったから、まだ何もきいてないんです」

「なんだ、そうか！」マジドはわかった、という顔になり、ぼくを指さして言った。

「思い出したぞ！　あのときの子か。私が魔炎《まえん》をやったぼうやだな。炎《ほのお》は少しは役にたったか？」

「そりゃあもう。でも一度ひっこめたら、出せなくなってしまったんです」

するとマジドはいっそうするどい目つきになった。「きみは、ひょっとして〈地球〉から来たのか？」

ぼくはうなずいた。

マジドは言った。「だと思ったよ。あの世界の連中は普通《ふつう》、魔炎《まえん》をおこすのが苦手なんだ。気候風土のせいかもしれん。名前をきいてもいいかね？」

「ニック・マロリーです」とぼく。「でも正確には〈地球〉の出身じゃなくて……」

「ああ、だが実際にきみが生まれたのは、〈地球〉だと聞いたぞ。きみのおやじさんによると、おやじさんと異世界から来たおふくろさんが出会って結婚《けっこん》したとき、おふくろさんはもう、きみを身ごもっていたそうだがな」

ぼくが驚《おどろ》いて目を見開いていると、マジドはこうつけくわえた。「きみを追いかけられる状態になるよう、しこたま飲んでいるあいだに、おやじさんがきみのことをいろいろ教えてくれたんだ。おやじさん、酒代《さかだい》を二百ポンドほどもはらうはめになったんじゃないかな。だが、きみがこんなに大きくて、目をひく顔だちだとは言ってなかったな。だからあの小道では気づかなかったんだ。もっと小さい子だと思っていたんだよ。まあ、ともかくこれで、ロマノフに金をはらってきみを見つけてもらう必要はなくなったというわけだ」マジドは立ちあがり、昔ふうの慇懃《いんぎん》なしぐさで手をさしのべた。「会えてうれしいよ、ニック。私はハイド、マクスウェル・ハイドだ」

「えっ？　あの作家の？……どうも」ぼくは度肝《どぎも》を抜《ぬ》かれてしまった。

3

われに返るとすぐ、マクスウェル・ハイド氏にききたいことを百ぐらい思いついたけど、ハイド氏は疲《つか》れきってもうふらふらだった。

「あとでな。今は寝《ね》かせてくれ。二時間もすれば元気になる。長く寝《ね》なくてもいいんだ。二時間だけ」

ハイド氏は言った。

そこで、リビングへ案内した。ヤギのことはすっかり忘れていた。ヤギはひじかけ椅子《いす》を食べていたところで、口から布のきれはしをだらんとたらしたまま、文句《もんく》あるか、といわんばかりの目つきでぼくたちを見上げた。「こいつ！」とぼく。

マクスウェル・ハイド氏は「こんなのと同じ部屋では寝《ね》ないぞ！」と言うと、ヤギの片方の角《つの》としりのあたりをつかみ、キッチンへ押《お》していった。キッチンではしばらく、ガチャガチャ、メーメーと、さかんに騒々《そうぞう》しい音がしていたが、やがてハイド氏は玄関《げんかん》を開け、ヤギをけって外に追い出したようだ。

ぼくは感心してしまった。

そのあいだにぼくは、ふたつのひじかけ椅子《いす》とスツールをひきずってきてならべ、ハイド氏の寝《ね》場所を作ってあげた。ヤギが食べてしまったところを隠《かく》そうと思って全体に床《ゆか》の敷物《しきもの》をかぶせてみたら、まずまずの寝床《ねどこ》に見えるようになった。

「やあ、ありがとう」戻《もど》ってきたマクスウェル・ハイド氏が、体についたヤギの毛をはたきながら言った。「昼食の時間には起きるから、そのときに話をしに行く、とロマノフに伝えておいてくれないか」ハイド氏はぼくが作りあげた寝床《ねどこ》の上に横になると、すとんと寝入《ねい》ってしまった。ぼくがリビングのドアを閉めたときには、もういびきをかいていた。

それからロマノフのところに行ってみたけど、話はできなかった。意識不明のようだったのだ。顔色は真《ま》っ青《さお》で、顔じゅうじっとり汗《あせ》をかいているし、病人っぽいにおいがこれまでにもまして強い。窓を開けようとしたが、さっき力を入れすぎたせいで、かけ金《がね》はびくともしなかった。しかたなく、部屋を出た。あとは何をしたらいいのだろう。

そうだ、昼食の用意だ、と気づいて、キッチンに戻《もど》った。卵はもちろんあるが、マクスウェル・ハイド氏は好きじゃなさそうだったし、チーズはハイド氏が平《たい》らげてしまった。あちこち捜《さが》しまわったが、ほかに唯一《ゆいいつ》料理の仕方を知ってるパスタは、どこにもなかった。ぼくはちょっと心配になってきた。マクスウェル・ハイド氏には、なんでもきちんとやってあげたいのに。なにしろおやじは、ハイド氏を高く買っていた。ぼくだって、べつの意味でハイド氏はすごい人だと思っている。マジドの一人として、あらゆる世界をうまく動かしているんだから。ハイド氏は、何が起ころうと、食事だけは決まった時間にきちんと出てくるものだ、と思うタイプにちがいない。

だけどロマノフのことの方が、もっとずっと気がかりだった。ほんとなら、病院に入院しなくちゃならないほど悪いはずだ。でもどうしたら病院に連れていけるか、見当もつかない。

祈禱《きとう》師長《しちょう》のことを考えると、さらに心配になった。きっとまた戻《もど》ってくるはずだ。飛び立ったのは、ぼくを外におびきだすためなんだ。ぼくがここでのこのこ出ていったりすれば、あいつは祈りの集中攻撃でぼくを倒し、ロマノフもやっつけるに決まってる。

　ぼくはまたコーヒーを作り、キッチンの椅子《いす》にすわって飲みながら、ちろちろ燃えているストーブの炎《ほのお》をじっと見つめた。不思議なことに、炎《ほのお》は燃料がなくてもいつまでも燃えているようだから、薪《たきぎ》とかは捜《さが》しに行かなくてもよさそうだ。格子の奥《おく》でゆらめく黒と赤とオレンジがまじった炎《ほのお》を見ていると、少し落ち着いて考えることができた。

　マクスウェル・ハイド氏がマジドだったとは、びっくりだ。しかもぼくを捜《さが》しに来たなんて。きっとおやじのところに連れ帰ってくれるんだ。そう思うと、ほっとした。あのロディって女の子を助けるために何かするのは、ずっと先のことになるにちがいないから。でもロディが出てくる夢を見たせいか、先のばししないで、すぐやった方がいいんじゃないか（怖《こわ》いけど、ちょっとわくわくする）、という気もした。ただその場合、マクスウェル・ハイド氏が、ヤギにやったみたいにむりやり、ぼくをさっさと〈地球〉に追い返すつもりだったらやっかいだぞ。それにしても、マクスウェル・ハイド、と姓《せい》と名をいつもつなげて思い浮《う》かべなくちゃならないのが笑える。「ハイド氏」だけだと、「ジキル博士（スティーヴンソン作『ジキル博士とハイド氏』。二重人格を持った主人公の話）」が浮《う》かんでくるし、「マクスウェル」だけだと、銀のハンマー（連続殺人鬼のことを歌ったビートルズの曲『マクスウェルの銀のハンマー』から）を想像してしまうんだ……

　それからようやく、なんてばかばかしい、くだらないことばかり考えているんだろう、と気づいた。ぼくときたら、まじめに考えようとしているときにかぎって、どうでもいいことばかり思いついてしまうんだから、まったく腹がたつ。むしゃくしゃして立ちあがり、外に出た。そうせずにはいられない気分だった。

　島全体も明らかに小さくなっていた。家の玄関《げんかん》と菜園の塀《へい》のあいだにあった斜面《しゃめん》は、ちょっとした土手みたいなものに縮《ちぢ》んでいた。木立も近よってきている。どこを見ても妙《みょう》に荒《あ》れていて、今では草地と草地の境界線が菜園から放射状にのびているのが、はっきりと見えた。菜園のレンガ塀《べい》は、今はだいたい石に変わっている。低く崩《くず》れ落ちている部分も多い。その手前にいるミニが、すごく大きく見える。ミニはぼくが外に出ていくなり、鼻をひゅっとひっこめ、きまり悪そうにぶらぶらさせはじめた。またうしろ脚《あし》をこすりあわせている。なんだか、あわてているようだ。

「何してるんだ?」ぼくはきいた。

『何も』とミニ。

そのときヤギが、呼んだ? というようにぴょんぴょんはねてきたから、ミニとの話はそれきりになってしまった。ヤギを見たとたん、菜園には食べ物が山ほどあることを思い出したのだ。そうだ、マクスウェル・ハイド氏には、昼食にイチゴを出してあげよう。そこで、崩《くず》れかけた塀《へい》についているがたがたの門のところへ行き、苦労してこじあけた。が、中を見るなりがくぜんとし、棒立ちになった。あのみごとな菜園は今や、枝や葉のからみあった狭《せま》い家庭菜園みたいになっていて、低いリンゴの木が塀《へい》にそってぐるりと植わっているほかは、どこもかしこも雑草だらけだ。ぼくがまじまじと見ているあいだに、ヤギがさっさとぼくのわきをすりぬけて入りこみ、パンとひじかけ椅子《いす》を腹いっぱい食べたことなど忘れたように、まだ小さい芽キャベツをかじりはじめた。ミニもなにげないようすでぼくの肩《かた》ごしに鼻をくねくねのばし、いちばん手近にあったリンゴの青い実をもいで言った。

『アタシ、これ大好き。食べるとおなかがおかしくなるけど』

それで突然《とつぜん》思い出した。たぶんテレビで見たんだと思うけど、ゾウはすごく胃が弱いのだ。ぼくはかんかんになった。本当は、朝の電話から始まった一連のできごとすべてに腹がたっていたのに、ミニにやつあたりして、どなりだしてしまった。

「食うな！　ばかなゾウだな！　胃がおかしくなっちゃうぞ！　このうえおまえまで病気になるつもりか？　そもそも、おまえがやっていることは泥棒《どろぼう》だぞ！」

ミニは鼻をひっこめ、ぎょっとしたようにぼくを見た。すごく傷ついたらしい。このときのミニの悲しげな灰色の目は、きっと一生忘れないだろう。『やさしい人だと思ったのに』ミニは言い、小道をくだったときと同じすばやさでくるりとうしろをむき、離《はな》れていってしまった。

ぼくはすごくいやな気分になった。でもほかにすることも思いつかなかったから、むっつりしたまま菜園の雑草をかきわけ、食べられそうなものを捜《さが》した。あんまりなかった。葉の先が茶色くなったレタスがひとつと、枯《か》れかかった茎《くき》の先に実った、まだ青いトマトがいくつか、それとぶよぶよしたプラムがひと握《にぎ》りだけだ。これだけじゃなあ、と思いながらも、トレーナーのすそでくるみこみ、菜園を出ようとしたとき、ミニがかけもどってきた。

『ねえ、来て！　恐《おそ》ろしいものを見つけちゃったの！　お願い、来て！』

ミニは耳を広げたりおろしたりしていた。鼻を上にむけ、足をどすどす踏《ふ》み鳴らしている。目玉までぐるぐるまわしてるってことは、相当興奮しているのだ。

「わかった。今行く」ぼくは家にとびこみ、野菜をどさっと置き、ヤギが入らないよう、忘れずに玄関《げんかん》を閉めると、ミニのあとについて島のむこうはしまで走っていった。つぎはぎの草地を次から次に横断《おうだん》していくうち、ほんの百メートルくらいで着いてしまった。

ミニは小さな木立をすぎたところで足を止めた。全身をがたがたふるわせながら、『この下……』と言い、さっと鼻で方向を示した。『アタシはこれ以上行けない！　ぜったいむり！』

ミニが足を止めたのは、海からかなり高くなっているがけの上だった。草の茂《しげ》るがけのふちから、白い小石がたくさんころがるなだらかに傾斜《けいしゃ》した岩棚《いわだな》をふたつおりていかないと、海には近よれない。岩《いわ》棚《だな》の上には、ミニがすべりながら下にむかった足あとが残っていた。帰りの足あとは、もっと深くえぐれている。ミニがどうしてここに来たのかは、すぐわかった。小石の浜があるここの水は、南国の海みたいにきれいな青緑色で、波もおだやかだ。あたたかい風も吹《ふ》いている。まさにゾウが水浴《あ》びするにはぴったりだな……

ぼくはぴたりと足を止めた。

男が一人、水の中にいた。波打ちぎわの浅瀬で、ゆらゆらとゆれていた。服は茶色と赤に染《そ》まり、てらてらと輝《かがや》いている。最初、男は水からゆらりと立ちあがろうとしているように見えた。ちょうど、そんな動きをしていた。でもそのあと、波に押《お》されて体が横むきになり、ひび割れた金縁《きんぶち》めがねごしにこっちを凝視《ぎょうし》している片目が見えた。祈禱師長《きとうしちょう》だ。その目の上下は、赤と白がまざりあってぐちゃぐちゃになっている。それを見たとたん、死んでいますように、と思った。あんなふうに頭をたたきつぶされても生きているとしたら、残酷《ざんこく》すぎる。澄《す》んだ水が、頭のまわりだけ、赤茶色の雲のようににごっていた。体がゆれるたびに、小さなハエがたくさん、あわてたようにブンブン飛び立った。また波に押されて、背中がこっちをむいたときには、刺繡《ししゅう》の上着がざっくり裂《さ》けていて、赤い中に白い肩胛骨《けんこうこつ》らしいものがのぞいているのもちらっと見えた。ハエがたかって、すぐに隠《かく》れてしまったけど。

ぼくはそっと一歩だけ近よってみた。と、足が木の棒のようなものにぶつかった。死体からぱっと目をそらし、見おろしたら、凶器《きょうき》と思われる鋤《すき》と斧《おの》が、砂利《じゃり》の上に落ちていた。刃の部分に赤いねばねばしたものがべったりとつき、髪《かみ》の毛《け》もたくさんくっついている。ジェイフェスがヘリコプターへかけよったときのようすが頭に浮《う》かんだ。あのときは、服の刺繍《ししゅう》が真《ま》っ赤《か》なのかと思ったけど……。ぼくはげえっとなった。止めようがなかった。恥《は》ずかしいけど、こういうことはまったく苦手なんだ。すっかりわけがわからなくなって、バシャバシャと水に入り、目を見開いたままの祈禱師長《きとうしちょう》の生気《せいき》のない顔にふれた。たしかに死んでいる。ぼくはだーっとかけだし、小石をザクザク踏《ふ》んで死体が見えないところまで行くと、吐《は》いた。鼻にまで上がってきた胃液《いえき》まじりのコーヒーの味を感じながら、草の茂《しげ》るがけの上に戻《もど》ったころには、ミニよりもがたがたふるえていた。

『やっぱりだれか死んでた？』ミニがきいた。

「ああ。ひどいもんだ。どこかほかのところに行こう。マクスウェル・ハイドさんが起きるまでは、どうしようもないから」

ぼくたちは菜園の塀《へい》のそばの日だまりへひき返した。ぼくはどさっと腰《こし》をおろした。ミニは何度となくぼくの肩《かた》に鼻をまわしては、ひっこめていた。ぼくが生きていることをたしかめたかったんだと思う。だいぶたってから、ぼくは口を開いた。

「さっきはどなったりして、ごめん。むしゃくしゃしてたんだ」

『いいのよ。みんなの食事の面倒《めんどう》を見なくちゃいけないんだものね。アタシは――あの――、ニックが外に出てくる前にも、ずいぶんたくさんリンゴを食べちゃったの』

「それはやめといた方がよかったかもな」ぼくはつぶやいた。それからしばらくめんどりたちがコッコッとあたりをつつきまわっているのを見ていたが、ふと思い出して言った。「ぼくたちが最初に着いたところの近くにも、南の海って感じの場所があったよ。そこで水浴《あ》びしたら？」

ミニは沈《しず》んだようすで答えた。『もう水浴《あ》びはしたくなくなっちゃった』

そのまますわっていると、家の玄関《げんかん》が開き、すっかり元気になったマクスウェル・ハイド氏が出てきた。服はまだちょっとしめっているようだけど、ひげも身なりもきちんと整えていて、しゃんとしたようすだ。ハイド氏はぼくに声をかけてきた。「おい、しっかりしろよ。そんなしけた顔してたんじゃ、まわりまで暗くなるじゃないか。きみもだが、ゾウもだな。いったい、どうしたんだ？」

「ついてきていただければ、わかります」ぼくは立ちあがり、背のびをしてミニをなでてやり、言った。

「ミニはいやだったら、来なくていいよ」

『ありがとう。じゃあ、やっぱり教えてくれたところへ水浴《あ》びしに行くわ』ミニは言った。

「うん、それがいい。でも、おぼれたりするなよ。これ以上何かあったら、耐《た》えられないよ」

『あら、ゾウってぷかぷか浮《う》くのよ』ミニは鼻をくるんと上げて、笑うように口を開き、どしんどしんと行ってしまった。

ぼくはしぶしぶ、ミニがむかったのとはちがう方角へ、マクスウェル・ハイド氏を案内した。歩きながらも、足が重く感じる。ハイド氏は、するどい目つきでぼくを見て言った。「では、きみは、あのゾウが言っていることがわかるのかね？」

「はい。ハイドさんもわかるんでしょう？」

ハイド氏は首を横にふった。きれいに櫛《くし》ですいた白髪《しらが》まじりの髪《かみ》がいっしょにゆれた。「いや、私はわからん。だれもが持ちあわせている才能ではないからな。あのゾウは、なぜロマノフに飼われているのか、言っていたか？」

「ロマノフは何も……実は、あのゾウはロマノフのものじゃないんです。あの〈闇《やみ》の小道〉で動きがとれなくなっているところを、ぼくが見つけました。もともとはサーカスのゾウだったんですけど、嵐《あらし》に

ご愛読ありがとうございます

今後の出版の参考のため、みなさまのご意見・ご感想をお聞かせください。
このはがきを送りいただいた方には、カタログと特製ポストカードを差し上げます。

の本《ほん》のなまえ

の本《ほん》を読《よ》んで感《かん》じたことをおしえてください。

通信欄

編集部へのご意見や出版をご希望する作家・画家などお知らせください。

の本はどこでお知りになりましたか?

書店　2広告　3書評・記事　4人の紹介　5図書館　6その他

りがな)
名前　（　歳）

住所　〒

ールアドレス

子様の
名前　（　歳）　（　歳）　（　歳）

ご記入のご感想を、「子どもの本だより」などPRに使用してもよろしいですか?
右の□に✓をご記入ください。□許可する□匿名なら許可する□許可しない

メールアドレスをご記入いただいた方には、新刊の案内等をお送りする場合があります。
尚、ご記入いただいた個人情報は上記の目的以外での利用はいたしません。

あって……嵐《あらし》というより、話の感じでは竜巻《たつまき》のようでしたけど、それであわてふためいて逃《に》げ出したそうです。ハイドさんが言ったとおり、三番目にぼくの助けを必要とした相手があのゾウだったんですよ」それにしても、ロディのあと、二番目に助けたのはだれだったんだろう？〈ロッジア〉のだれかだろうとは思うけど、思いあたる節《ふし》がない。

ハイド氏が言った。「なるほど、それを聞いてほっとしたよ。ロマノフはなんでまたゾウなんぞ飼いはじめたのかと、気になってたまらなかったんだ。きみはどんな動物の言葉でもわかるのかね？」

「ヤギはだめです」とぼく。ヤギは、ちょうど木立のあいだからおりてきたところだった。葉のついた枝をくわえている。好奇心《こうきしん》でいっぱいという顔つきだ。

マクスウェル・ハイド氏が言った。「ヤギってのは、普通《ふつう》の動物とはちがうからな。そろって頭がおかしいときてる。さて、見せてくれるものというのは、どこにあるんだ？」

「この下です」ぼくは小石を踏《ふ》んで岩棚《いわだな》のとちゅうまで下へおり、顔をそむけて指さした。「下の水の中」

「うひゃあ！」とハイド氏。岩棚《いわだな》をおりていく音がしたあと、「これはひどい！　鋤《すき》でめった打ちにされるとは！」と叫《さけ》ぶ声が聞こえた。それから水音と砂利《じゃり》の音がした。祈禱師長《きとうしちょう》の死体を海からひきあげているんだろう、と思ったけど、やっぱり見る気にはなれなかった。「あまり苦しまずに死んだことを願ってやるしかないな」ハイド氏はぼくのそばまで戻《もど》ってくるなり、ちょっとつばをのんで言った。

「あれはだれだ？」

「〈ロッジア〉の祈禱師長《きとうしちょう》です。ロマノフを殺したがっていたんです」ぼくもちょっとつばをのみこんで答えた。

「どうりで刺繍《ししゅう》に見覚えがあると思った。ミイラ取りがミイラになった、か？　まあいい、吐《は》きそうになるんなら、ここにいてもしょうがない。家へ戻《もど》ろう。ききたいことがある」

ほっとして小石だらけのがけを上がっていくと、てっぺんでヤギと出くわした。「うわっ！……ま、まさか、こいつ、あれを食べようとはしないでしょうね？」ぼくはきいた。

「肉食はしないと思うが、念のため、食べられないようにしておこう」ハイド氏はまたヤギの角《つの》としりに手をかけ、相手がメエとも鳴けないうちに物置の方へ押《お》し戻《もど》してしまった。そしてぼくに声をかけた。

「ロープを捜《さが》してきてくれ。物置のどれかにあるはずだ」

そこで、家のすぐとなりの物置を、まずのぞいてみた。ここにはかっこいいモーターボートが入っていたはずだ、と思ったら、今はあわれなほど古ぼけた、平底の小舟《こぶね》しかなかった。でも横の壁《かべ》に、ロープがひと巻きかかっていた。園芸用具と、のこぎりも一本ならべてかけてあり、さらに何もかかっていない鉤《かぎ》がふたつあった。

「鋤《すき》と斧《おの》は、そこの物置にあったものみたいですよ」ぼくはマクスウェル・ハイド氏にロープを渡《わた》しながら言った。

いくら押《お》さえつけてもヤギがぴょんぴょんはねていたので、ハイド氏は少しいらいらしているようだったが、冷静な口調《くちょう》で返事した。「そう遠くから持ってくるはずがないからな。ロープの片方のはしをこいつの首にぐるりとかけるんだ、早く」

ぼくはなんとか言われたとおりにロープをかけた。と、ロープのはしが勝手に動き、ひとりでに巻きついて堅《かた》い結び目を作りはじめたので、あとはほれぼれとながめているだけでよかった。

「ありがとう。ふう、やれやれ！」マクスウェル・ハイド氏は少し荒《あら》い息をつきながら立ちあがり、

「落ち着きのない、くさい獣《けもの》だなあ、ヤギってのは」と言うと、家にむかって歩きだした。ぼくはあとを追いながら、心配になってふりむいてみたところ、もう一方のロープのはしはいつのまにか物置のドアの取っ手に結びつけてあり、ヤギはすでにロープがぴんとはるくらい遠くまで行っていた。魔法《まほう》もヤギもたいしたもんだ。

ハイド氏が言った。「たしかに、子どもが血まみれで飛行艇《ひこうてい》にむかって走っているのを見て、妙《みょう》だと思ったんだ。だがあのときは疲《つか》れていたからな」

そうだよ、血だったに決まってるじゃないか。刺繍《ししゅう》の柄《がら》だと思った自分が、つくづくばかに思えた。

「あれを操縦《そうじゅう》していたのはだれなんだ？」マクスウェル・ハイド氏がきいた。

「もう一人の少年《しょうねん》祈禱師《きとうし》のはずです。ジョエルという名前の。ほかに操縦士《そうじゅうし》がいたのじゃなければ」

「少年かもしれんな。全速力で急上昇《きゅうじょうしょう》したり、がたがたゆれる飛び方をしたりして、いかにも素人《しろうと》っぽかったからな。で、そいつらがここにいたあいだ、ロマノフはどうしていたんだ？」

ぼくはかばうように言った。「ベッドで寝《ね》てました。すごくぐあいが悪いんです。祈禱師長《きとうしちょう》が家に入ってきたらたいへんだと思って、家じゅうの窓を閉めてまわったときも、ちゃんといましたよ」自分がぺらぺらしゃべるのを聞きながら、このときはじめて、不思議だな、と思った。ここに来てからずっと、ぼくはロマノフの面倒《めんどう》を見たり、ロマノフを守ろうとしたりしている。でもロマノフは、ぼくが殺すに値《あたい》する人間だったら、金とひきかえにあっさり始末する気だったんだぞ。ロマノフがぼくに防御《ぼうぎょ》の呪文《じゅもん》でも使ってるんだろうか？　いや、そうとは思えない。たぶん、ぼくがただ、あの人を崇拝《すうはい》しているからなんだ。ぼくはまたかばって言った。「あいつらは本気でロマノフを殺そうとしていたんです。汚《けが》れているからだ、って。でもロマノフは、刺繍《ししゅう》の仕事をしている人たちに、放射能を防ぐ呪文《じゅもん》をあげただけなんですよ」

「ふむ、それでやつらを怒《おこ》らせたわけか」マクスウェル・ハイド氏は考えこむように言った。「よし。きみはゾウに玄関《げんかん》をふさがれ、家の中に閉じこもっていたのを私がこの目で見ているし、体に血もついていないようだから、無罪だろう」ハイド氏は玄関《げんかん》の扉《とびら》を開けて中に入っていった。ぼくもあとについてキッチンへ入ると、ハイド氏はさらに言った。「だがロマノフの方は、きみの証言のみが頼《たよ》りだ」

「さすが、推理小説家ですね」とぼく。

すると、ハイド氏がいきなり怖《こわ》い顔でふりむいたので、ぎょっとしてあとずさり、家の外へ出てしまいそうになった。ハイド氏は言った。「私はマジドでもある。この事件を調べるのはマジドとしての務《つと》めだ」いかにも威厳《いげん》たっぷりの態度だ。ぼくは、葬式《そうしき》のときに大声で冗談《じょうだん》を言ってしまったような気分になった。が、そのあとハイド氏は表情を少しゆるめた。

「しかしまずはこの件について、きみの意見がききたいんだ」ハイド氏はぼくを連れてリビングにむかい、ドアを開けて言った。「さて、ここはいったいどうなっているんだね?」

一瞬《いっしゅん》、ぽかんとしてしまった。リビングはもう、物置のひとつといってもおかしくないくらい、ひどい状態だった。壁《かべ》は灰色の板に変わり、たわんでいるし、下の方は緑のコケが生《は》えている。板ばりの床《ゆか》はかなりいたんでささくれが目立ち、穴も開いている。穴ごしに、床下へ入りこんだ海が波立って、ちらちら光っているのが見えた。窓は全部ゆがんでいて、クモの巣だらけだ。ハイド氏が寝《ね》られるようにとさっきならべたふたつの椅子《いす》は……敷物《しきもの》を上にかけておいてよかった。両方とも、ぼろぼろのデッキチェア（木や金属パイプの枠にキャンバス地をはった、折りたたみ式のひじかけ椅子）になってしまって、片方のキャンバス地はかなりひどく裂《さ》けている。

「ロマノフのぐあいがすごく悪いせいじゃないかと思うんですけど」ぼくは言った。

ハイド氏が納得がいかない、というように顔をしかめてこっちを見たので、ぼくはさらに説明した。

「ここに来て、ロマノフを見つけてからというもの、島といい家といい、何もかもがどんどん小さく、汚《きたな》くなっているんです。ぐあいが悪すぎて、ここの魔法《まほう》を支えきれなくなってるんじゃないでしょうか？」

マクスウェル・ハイド氏はいかめしい顔をして言った。「それはまず考えられない。この島も、中のものも、ロマノフがどうこうしなくても維持《いじ》されているはずだ。でもなければ、ロマノフはここを離《はな》れられないじゃないか。この島は、島を構成するすべての世界から力をもらってなりたっているのだと思う。各世界からほんの少しずつもらうのであれば、世界間のバランスも、たもてるというわけだ。うまくできているよ、まったく。ロマノフはこういうことが得意なんだ。で、どこにいる？　この件も調査しなくては」

「こちらです」ぼくはハイド氏をベッドルームへ案内した。

ここもひどいことになっていた。狭苦《せまくる》しい小部屋に変わっていて、厚い壁《かべ》は、水滴《すいてき》がしたたるほどじっとり汗《あせ》をかいているうえ、全体に黒いかびの点が見える。部屋にはむっとするほど病気のにおいがこもっている。ロマノフは狭いベッドの上で死人のように横たわっていた。祈禱《きとう》師長《しちょう》と変わらないといってもいいくらい、ひどいようすだ。頰《ほお》はこけ、汗《あせ》で髪《かみ》がはりついている頭は、灰色の頭蓋骨《ずがいこつ》みたいだ。ジグザグの顔の輪郭《りんかく》もよけいけわしく目立つ。でもよく見ると、まだ息はしているとわかり、ほっとした。

「うわっ……！」とマクスウェル・ハイド氏。

ぼくが窓を開けに、というか、開くかどうかもう一度やってみようと、部屋に足を踏《ふ》み入れると、ハイド氏はどなった。「止まれ！　じっとしてろ。動くんじゃない！」

ぼくはロマノフのスエードのジャケットを踏《ふ》みかけて、ぴたりと足を止めた。

「なんの病気でしょう？」

「調べてみよう」マクスウェル・ハイド氏は、ロマノフの上にかがみこむと、汗《あせ》ばんだひたいにそっと手をふれ、何かぶつぶつ言った。ロマノフは身じろぎもしない。それからびっくりしたことに、マクスウェル・ハイド氏は、見えない糸をたどっていくかのようにロマノフから手を遠ざけ、宙を探《さぐ》っていき、やがてほとんどぼくのひたいにふれるところでとめた。「だと思った」とハイド氏はつぶやくと、また宙を探《さぐ》り、逆にロマノフのところへ戻《もど》っていく。

「なんですか？」とぼく。

「見てみろ。それとも、きみには見えないか？」

言われたとたん、ぼんやりとではあるけど、ぼくにも見えるようになった。すごく汚《きたな》らしい灰色っぽい黄色の光が、ロマノフの頭とぼくの頭をつないでいた。ほんとにぞっとする。ぼくはまた吐《は》きそうになった。「見えます」

「ロマノフにさわったか？」マクスウェル・ハイド氏はするどい声できいた。

ぼくは思い出してみた。たしか、さわってはいない。「さわってないと思います。そういう気にならなかったので。というのは……」

マクスウェル・ハイド氏がさえぎった。「それは不幸中のさいわいといえよう。さわっていたら、ロマノフはとっくに死んでいただろう」そして、背筋《せすじ》をのばして、ぼくの目をじっと見た。「きみがロンドンで姿を消してから、これまで何をしてきたか、くわしく聞かせてもらわねばならんな。だが何よりも先に、海にいるゾウのところへ行ってくれたまえ。服はあとで私が〈打ち消しの魔法《まほう》〉をかけてやるから、全部脱《ぬ》いで浜《はま》に置いておけ。そして頭から海にもぐれ。塩水ほど邪悪《じゃあく》な魔法《まほう》を落とすのに効果的なものはないからな。だから、もしゾウが真水《まみず》に入っていたら、そこには入るな。ちゃんとした海水を見つけろ。さあ、行け。きみが水浴《あ》びをしているあいだに、私はこっちの方をなんとかする」

ぼくはたちの悪い病気にかかっていると宣告されたような気分で、こそこそと出ていった。自分がすっかりいやになってしまった。ミニが青く透《す》き通《とお》った水の中に体をひたし、鼻で吸いあげた水を自分の背中にかけているのを見ても、明るい気持ちにはなれなかった。

「それ、塩水?」ぼくはきいてみた。

『すごくしょっぱいわよ。くしゃみが出ちゃうくらい』ミニは楽しそうだ。

本当かな、となめてみたら、ミニの言うとおりだった。しょっぱくて舌が焼けそうだ。塩分が濃《こ》くて体が楽々浮《う》くから、ロマノフはここに死海（西アジアにある塩湖）の一部を持ってきたのかな、とさえ思った。ミニはぼくが一緒《いっしょ》に海に入ったのが、うれしくてたまらないようすだ。おかげで、じきにぼくもだいぶ気持ちが楽になった。ミニはころがり、ぼくはしぶきを上げ、一緒《いっしょ》にバシャバシャ走りまわったり、水をかけあったりした。

だいぶたってから、ふと岸の草の上に目をやると、マクスウェル・ハイド氏がぼくの服を丹念《たんねん》に調べていた。海から上がって近づいていったら、ぼくの靴《くつ》の中に息を吹《ふ》きこんでいるところだった。

「これでいい。衣類はもうだいじょうぶだ。きみはどうか、見てみよう。くるっとまわって……腕《うで》を上げて……しゃがんで、頭の上も見せてくれ。そうだ。よし、きみもだいじょうぶだ」ハイド氏はぼくに古いぼろぼろのタオルを渡《わた》してくれた。「体をふいて、服を着るんだ」

そう言うとすぐ、むこうへ行ってしまった。ぼくはその背中に声をかけた。「ロマノフはだいじょうぶですか？」

「よくなるだろう。早く来い。昼食だ」

キッチンに入っていくと、ハイド氏は料理用ストーブの前に立ち、フライパンで大量のスクランブル・エッグを作っていた。さっきぼくが取ってきた、なさけないレタスとうらなりのトマトは、まあまあまともなサラダになっているし、パンもまた一斤《きん》焼きあがっている。

「卵はいやだ、と言っていませんでしたっけ？」ぼくは塩気でべたべたする頭をかきながらきいた。

「それはけさの話だ。トレーを捜《さが》してくれないか、それと、ナイフやフォークも。ロマノフが少しは食べる気になってくれるといいんだが」

食事の用意がすっかりすむと、ぼくがロマノフのところに持っていきましょうか、と言ってみた。が、ハイド氏は、「わからないのか？　だれかがきみのせいに見せかけてロマノフを殺すという、なんともひどい魔法《まほう》をかけたんだぞ。もう解《と》けたとは思うが、用心に越《こ》したことはないからな」と言って、紅茶をたっぷり入れた大きなティーポットと、ばかでかいマグカップも一緒《いっしょ》にトレーにのせ、自分でロマノフのところへ持っていった。戻《もど》ってきたときは、満足そうだった。「まずまずだな。食欲が戻《もど》ったらしい。きみも食べなさい。食べながらでいいから、聞かせてくれ。きみがロンドンで私のそばに立っていたときから今まで、いったい何をやってきたのか、くわしく話してほしいんだ」

そこでぼくは話しはじめた。マクスウェル・ハイド氏は何度か話の腰《こし》を折り、今のところをもう一度、と命じた。最初は、アーノルド、チック、デイヴ、ピエールの四人とクリケットのスタジアムを守る魔《ま》法《ほう》をかけた話をしたときだった。

ぼくが二度目に説明すると、ハイド氏は叫《さけ》んだ。「ああ、やっとわかった！　あの世界か！　プランタジネット帝国《ていこく》とかいうのが、ヨーロッパの大部分を支配していて、ロシア・トルコ連合国をひどく警《けい》戒《かい》している、あそこだな。ひとつたしかにわかるのは、この『対ロマノフ魔法《まほう》』はそこでかけられたんじゃないってことだ。帝国《ていこく》が異常に警戒《けいかい》しているのはな、私に言わせれば、あそこの賢者《けんじゃ》たちがへぼだからにすぎない。きみがくわわった魔法《まほう》ってのも、いいかげんな仕事の典型といっていい……どうしてそんな悲しそうな顔をしている？」

ぼくはまた、あの四人の賢者《けんじゃ》に申しわけない、という気持ちになっていた。「あの人たちをやっかいな立場に立たせてしまったからです。アーノルドと、ほかの三人を。あんなふうに、新入りのふりをしたりして。必死でぼくを捜《さが》していたから、きっとすごくこまったことになっているんだと思います」

マクスウェル・ハイド氏はため息をついた。「かもしれんな。私が調べてきてやろう。どうせ、調べなくちゃならんのだし。だがな、正直いって、スパイとして射殺されるのをまぬかれる手は、ほかになかったと思うぞ。きみは直感的に正しいことをしたんだよ。さあ、続けたまえ」

ぼくは話しつづけた。で、森でクロヒョウに会ったところまでいくと、またさえぎられた。さらに、賢者《けんじゃ》たちがそこへぼくを捜《さが》しに来たことを話したときには、こうきき返された。「その連中の姿はかすんでいた、と言ったな？　いいか、よく考えるんだ。その連中は体ごと来ているわけではなかったが、きみは本当に実体としてそこにいた、と思うか？」

「そんな感じでした。むこうにぼくのことが見えていたかどうかは、わかりません。だから逃《に》げ出そうと思って、〈闇《やみ》の小道〉に上がっていったんです。でも、小道ですわって考えているうちに、やっぱりロマノフを捜《さが》しに行こう、と決めました」

マクスウェル・ハイド氏は言った。「おい、ちょっと待て。ロマノフに軽蔑《けいべつ》されているように感じた、と言ったよな？　それに、きみは明らかにやつのことをひどく怖《こわ》がっていた。いったいなんでまた、ロマノフに相談しようなどと思いついたんだ？　どうしてもそうせずにはいられない、という衝動《しょうどう》のようなものでも感じたんじゃないか？」

ぼくはうなずいた。「そうかもしれません。でも……ぼくを消せと頼まれた人と知りながらなぜ、と思うでしょうが、あんなすごい人ってほかにいないから、助けてもらいたくなったんだと思います。アーノルドたちなんかより百倍も力がある魔法使《まほうつか》いに見えたから。金ならぼくにもはらえますし。ところで、さっきのあの悪い魔法《まほう》、ロマノフがぼくを捜《さが》しに来る前にもう、ぼくにかけられていたんじゃないですか？　ぼくがここに着いたときには、すでにぐあいが悪くなっていましたよ」

「弱り目にたたり目だったのかもしれんがな。それについてはあとでよく考えてみよう。続けたまえ」

と、マクスウェル・ハイド氏。

話を続けていくうちに、マクスウェル・ハイド氏自身に出会ったところまで来た。ハイド氏は顔をしかめた。ひどく酔《よ》っぱらっていたことが恥《は》ずかしかったのかもしれない。と、そのとき、キッチンのうしろの方からブンブンいう音が聞こえてきたので、ハイド氏もぼくも、さっとふりむいた。さっきはなかった大きな冷蔵庫が現れていて、ちゃんと動いている。

マクスウェル・ハイド氏は、すっくと立ちあがった。「そうか、ロマノフの調子がよくなってきたということか」そう言って冷蔵庫を開けてのぞきこみ、うれしそうな声をあげると、大きなチーズのかたまりをひとつと、イチゴのプディングらしきものをいくつか出してきた。容器には見たことがない文字が書いてあったけど、味はイチゴのムースみたいだ。ぼくたちはひとつずつ食べ、ハイド氏はロマノフにもひとつ持っていった。

おかげで話が中断されて、ぼくとしてはうれしかった。あのロディって女の子と会ったときのことを思い出すと、今でもなんだかわからない感情がわきおこる。どぎまぎするっていうか、なんていうか。だから、ロディの話はすっかりはぶいてしまいたかったのだ。ぼくはすわったまま料理用ストーブを見つめながら、ロディのことにふれずに話す方法を考えた。といっても、それはもうストーブとは呼べないものになっていた。戸がいくつかついた白い台で、火の気《け》がない。本当にロマノフはよくなっているんだ。これほどほっとするながめはなかった。

そのうちマクスウェル・ハイド氏が戻《もど》ってきてすわり、続きを話せと言った。革のひじあてがついた上着の片ひじをつき、とがったあごを支えている。そこでぼくは、ハイド氏に会った話にすぐつなげて、〈ロッジア〉でのできごとを語り、そのあとミニと会ったことや、ここへ来てどうなったかまで話してしまった。ロディのことはひとこともなしだ。マクスウェル・ハイド氏はうなずいたり、ちょっと不満そうに鼻を鳴らしたりしていたが、今度はさえぎったりしなかった。

ヘリコプターが飛び立ってしまったところまで話し終えると、ハイド氏はやっと口を開いた。

「わかった。考えなくてはならんことだらけだな。あとでよく検討してみるとしよう。だがふたつだけ、今すぐ言えることがある……ひとつは、この『対ロマノフ魔法《まほう》』がきみにかけられたのはいったいいつか、ということだ。きみの話を聞きながら、はじめは祈禱師長《きとうしちょう》がやったのかもしれんと考えた。あの連中ならやりそうなことだからな。祈《いの》りという名のもとに、汚《きたな》いことをいろいろやっているんだ。だが考えれば考えるほど、きみがロンドンから異世界へ送られたときにかけられたにちがいない、と思えてきた。やったのはもちろん、きみを送った人物だ。しかも、私の目と鼻の先でな」ハイド氏は怒《おこ》ったようにフン、と鼻を鳴らした。「講演の前で私がいかに緊張《きんちょう》していたかってことだな。でなければ、気づいたはずだ。ともかく、これで納得がいくか？」

ぼくはうなずいた。それならつじつまが合う気がする。

「つまり、きみには敵がいるわけだ。そいつはロマノフを嫌《きら》うのと同じくらい、きみを嫌《きら》っている。心あたりの相手はいないか？」

敵というと、ぼくの本当の父親が治めていたコリフォニック帝国《ていこく》に関係する人物だろうか。だがハイド氏とあれこれ話しあったところ、ハイド氏は首を激しく横にふった。

「ちがうな。どうもすっきりしない。そいつはきみにだけじゃなく、ロマノフにもたっぷりうらみがあるはずなんだ。もちろんロマノフにもきいてみるが、やつはその帝国《ていこく》には近よったこともないと思う。やつもばかじゃないから。まあいい、ふたつ目の疑問に移ろう。私が知りたいのは、きみが、十年前の過去にさかのぼったのはいつか、ということだ。私は十年前に来《こ》なくちゃいけないとわかってからも、やり方をつかむのにまるひと晩かかったんだがな。きみはいつ、時をさかのぼったことに気がついた？」

「え？　ただここに来ただけなんですけど……」と言いながら、考えてみて、自信はなかったが、言った。「もしかしたら、小道がふた手にわかれてるところを通ったときに、何か起きたのかもしれません。何か変な感じがしたから……でも、よくわからないや」

「どうやったかについては？」と、マクスウェル・ハイド氏。ぼくがわからないと首をふると、ハイド氏はため息をついた。「そうだな、たぶん自分でも気づかずに直感でやってしまったのだろうな。まあいい。最後に起きたいやな事件に関しては、疑問の余地《よち》はほとんどなさそうだ。祈禱師長《きとうしちょう》はきみを道案内に使って、二人の少年と一緒《いっしょ》にロマノフのところへやってきたが、結局ここで少年たちに殺された。動機《どうき》はなんだろうな？」

冷酷非情《れいこくひじょう》な先生みたいな、祈禱師長《きとうしちょう》の金縁《きんぶち》めがねをかけた顔を思い出したら、口のはしがひきつった。ぼくは言った。「祈禱師長《きとうしちょう》に一度でも会ったらわかります。あいつらは祈禱師長《きとうしちょう》を嫌《きら》っていたんです。本気で憎《にく》んでたんじゃないかな」マクスウェル・ハイド氏がまたするどい目つきでぼくを見たので、さらに言った。「ひどいガキどもだったから、あいつらに同情する気はありません。でも、昔教わった中で最悪の先生がどんな感じだったか、思い出してみてください」

マクスウェル・ハイド氏はちょっとたじろいだ。「ああ、わかった。アメとむちならぬ、祈《いの》りとむち、だな？　とすると、飛行艇《ひこうてい》をあやつるたちの悪い殺人犯の少年が二人、野放《のばな》しになっているわけか……しかもこの二人は、ロマノフの居場所も知ってしまった」ハイド氏はまたがたんと立ちあがった。「ロマノフに警告《けいこく》しておいた方がよさそうだ」

ハイド氏が席をはずしているあいだ、ぼくは冷蔵庫から出してきたバナナ・プディングをふたつとチョコレート・プディングをひとつ平《たい》らげ、気分がよくなった。ハイド氏は、ぼくがロディの話をはぶいたことには気づいていないみたいだ。それに、最初は疑っていたかもしれないが、今はもうぼくが無実だと信じてくれている。そう思うと、ほっとした。

マクスウェル・ハイド氏は戻《もど》ってくるなり、言った。「知らせてきた。ロマノフは、連中がもう来《こ》れないよう、できるだけ早くこの島に手をくわえると言っている。だが、きみたち二人の共通の敵に関しては、謎《なぞ》が深まるばかりだ。ロマノフはきみの帝国《ていこく》と関わりを持ったことはまったくないそうだから、そっちの筋《すじ》ではありえない。しかもロマノフときみは、きのうまではなんの関係もなかったわけで、他のつながりも考えにくい。それはそうと、きみと私で祈禱師長《きとうしちょう》の死体を始末してやる、とロマノフに約束したのでな。一緒《いっしょ》に来てくれ」

ハイド氏は折りたたんだシーツをかかえて玄関《げんかん》へむかい、ついてこいと合図をした。ぼくはごくりとつばをのみ、プディングをよけいに食べたりしなきゃよかったと思いながら、あとを追った。

島がだいぶもとの大きさに戻《もど》っていたので、死体があるところもずいぶん遠くなっていた。三百メートル近く歩いたところで、ヤギのそばでうろうろしているミニに出会った。ヤギもミニもしょんぼりしている。

ミニは悲しそうにわけを説明した。『おなかがごろごろするの』

「いったいいくつリンゴを食べたんだ?」ぼくはきいた。

『木まるごと二本ぶん』ミニは正直に答えた。

「じゃあ、悪いのはだれかわかるだろ。干し草をいっぱい食べてみたらどうかな。で、ヤギはどうしたんだ?」

『しばりつけられてるのがいやなんだって』とミニ。

「そいつはお気の毒、って言ってやりな」とぼく。

そのあとの作業は最悪だった。小石をザクザク踏《ふ》んで浜におり、祈禱師長《きとうしちょう》の死体にシーツをかけるのを手伝ったのだ。なるべく見ないようにしたけど、おぞましくてぞっとした。すぐにバナナの味とにおいが鼻のあたりまで上がってきてしまい、先にがけの上に戻《もど》って、草むらに腰《こし》をおろすことになった。

マクスウェル・ハイド氏もあとから上がってきて、言った。「あいつと凶器《きょうき》をここの海岸ぞいに海に流せば、境目《さかいめ》のところから、もともとこの海岸があった世界へ送れるんじゃないかと思うんだがね。そっちの世界の連中は迷惑《めいわく》するうえ、わけもわからないだろうが、ここに残しておいた場合にロマノフがこうむる害《がい》にくらべれば、たいしたことないだろう。殺された人間の死体はかならず、現場にひどい悪運をもたらすからな。ただこまったことに、ロマノフはこの部分の海をどの世界から持ってきたのか、思い出せないと言うんだ。少し考えてみよう」

ぼくはうなずき、つばをのみこんだ。ちょっとしたら、少し気分がよくなってきたので、顔を上げてマクスウェル・ハイド氏の方を見ると、ハイド氏は背筋《せすじ》をのばしてしゃんとすわり、しめったツイードのズボンのひざを両手でかかえるようにしていた。仕事をてきぱきとこなしていきそうな、細い手だ。何かわかりましたか、ときいてみようとしたとき、ハイド氏の方もくるっとこっちに顔をむけ、先に口を開いた。

「おかしい、つじつまが合わないぞ。とちゅうで三人助けろと言ったはずだ。だがきみの話では、二人しか助けていない。ゾウのことを一人ぶんと数えて、もう一人が刺繍《ししゅう》の布について聞きたがったじいさんだったと考えても、一人足《た》りないじゃないか。まさか祈禱師長《きとうしちょう》も数に入るのか？」

自分の顔がゆっくりとほてっていくのがわかった。さっきまでキッチンにあったストーブの火みたいに熱い。「えーと、そうかもしれません」

ハイド氏の目つきが倍もするどくなった。視線が顔の横に突《つ》き刺《さ》さる。ハイド氏は言った。「正直に言いたまえ。もう一人はだれだ？」

ぼくは白状《はくじょう》した。「そのう、女の子が……でも、まだ実際には助けてはいないから、ちがうかもしれないんですけど。アリアンロードっていう名前の子です。でもロディと呼んでほしいと言ってました。

〈ブレスト〉とかいう世界にいると言うので、ロマノフに会ったあとでそっちに行くって言ったんです」

沈黙《ちんもく》がおとずれた。しばらくのあいだ、聞こえるのは何種類かの海風に、木がざわめく音だけだった。ロディのことを隠《かく》していたのは、まずかったかもしれない。

それから、マクスウェル・ハイド氏は突然《とつぜん》こう言った。「ふむ！　アリアンロードだと！　ありえんことだ！　いや、だじゃれじゃないぞ。髪《かみ》は金髪《きんぱつ》だったか、黒かったか？」

「黒でした。年はぼくと同じくらいです」

「ふうむ」ハイド氏はまた言った。「きみは手助けをまだひとつやり終えてないんじゃないか、と言おうとしたところだったが、実際そうだったわけだな。それで、私の孫娘《まごむすめ》は、きみに何を頼《たの》んだんだね？」

「ま、孫娘《まごむすめ》っ？」ぼくは声が裏返ってしまった。

ハイド氏はうなずいた。「そのはずだ。アリアンロードというめずらしい名前で、魔法《まほう》が使え、ロディと呼べと言い、〈ブレスト〉の世界に住む。となれば、あてはまるのはただ一人、私の孫のうちで、いちばん年上の娘《むすめ》というわけだ」

「つまり……」ぼくは息をのんだ。「あなたもその〈ブレスト〉っていう世界の人なんですか？」

「そうだ」とハイド氏は言うなり、ふふふと笑った。

「でもどうして……」とぼくが言いかけると、ハイド氏はあとをひきとって続けた。

「どうして私が〈地球〉で推理小説を出版しているかって？　〈トゥーレ〉（「世界の果て」という意味）〈テランズ〉（ラテン語の「地球」に由来すると思われる）といった世界や、ほかのいろいろな世界でも出版しているぞ。ブレスト以外のたいていの読者は、私の書く平行世界がいかにも実際にありそうでいいとほめてくれるのだが、私はもちろん、

〈ブレスト〉のことを書いているだけだ。私にはめずらしくもないし、あいにく、〈ブレスト〉の連中にもおもしろくない。〈ブレスト〉では私の本はちっとも売れなくてね。あんまり売れ行きが悪いから、マジドとしての能力を利用して、ほかの世界でちょいとかせいでみようかと思ったわけだ。……それで、ロディは何をしてもらいたいと言ったのかね？」

　ハイド氏は話の最後にさりげなく何か言って、相手をどきっとさせるのが好きらしい。ぼくは少しもじもじしながら言った。「何か陰謀《いんぼう》があるんだそうです。マーリンがそれに関わっているとかで、ロディは外の世界からの助けがほしいと言ってました」

　マクスウェル・ハイド氏は目を細くした。はるか遠くから、そのマーリンって人のようすをのぞいているような感じだ。それから首を横にふり、言った。

「ロディの勘《かん》ちがいだろう。そうに決まっている。あの子はかっとなりやすいところがあるのでな。あのマーリンはまだ若いが、そんなに浅《あさ》はかな人間ではない。マーリンになる者はだれしもそれなりの人物だ。何かちがう計画のことを、ロディがすっかり誤解しているのかもしれん。きっとそうだ。あの子もまだ子どもだから。よし、わかった。私がきみのおやじさんと話をつけてやる」ハイド氏は立ちあがった。「その前に祈禱《きとう》師長《しちょう》の死体をなんとかしてしまおう」

　ぼくものろのろと立ちあがった。「ぼくの父と話をつけるって、どういうことですか？」

　ハイド氏はがけを先におりていきながらふり返った。「きみを〈ブレスト〉に連れていく前に、おやじさんの了解をえるべきだろう。きみの無事な姿も見せてやらなくちゃな」

　ぼくは目を丸くしてハイド氏を見た。ハイド氏は大まじめな顔でこっちを見上げている。

「いいか、きみにはやり残したことがあるだけじゃない。きみは、私が酔《よ》っぱらっても楽にはできないことが軽々できてしまう。しかも、動物と話ができ、祈禱師長《きとうしちょう》がきみにかけようとした祈《いの》りの魔法《まほう》を、自分で防ぐこともできた。並《なみ》たいていの人間にできることじゃないぞ。きみが命を落としたり、自分の世界に害がおよぶようなことをしでかさないうちに、〈ブレスト〉の私の家へ来てもらい、ちょっとばかり基本的なことを教えてやるのが私の責務《せきむ》だと感じるのだ。わかったかね?」

「上《うえ》の衆《しゅう》がそうしろって言っているんですか?」だといいな、と思って、ぼくはどきどきしながらきいた。

「上《うえ》の衆《しゅう》だと、ふん!」ハイド氏は砂利《じゃり》の岩棚《いわだな》をザクザクおりはじめ、肩《かた》ごしにこっちを見ながらしゃべりつづけた。「マジドはな、たいていのことはおのおの自由に判断して行動できるんだ。やるべきことをやるのみ。さあ、来たまえ」

8
ロディ

1

すごく暑かった。グランドと私は、暗い気分でベルモント城の門の陰《かげ》に腰《こし》をおろし、これからどうしようかと話しあっていた。リヴァプールだかサウサンプトンだかニューカッスルだかまで行けたとしたって、そのうちのどこに〈王の巡《めぐ》り旅《たび》〉がいるのかわからないし、お金はほとんど持っていない。

「まずは、王様がどこにいるか、ちゃんと知ってる人たちを捜《さが》さなくちゃ」グランドが言った。

「それだけでもたいへんよ。王様はいつも急に行き先を変えてしまわれるでしょ。それに、〈巡《めぐ》り旅《たび》〉の人たちの遠話《えんわ》番号だって毎日変わってしまうのよ。私たちが知っている番号は、もう使えないの。だから〈巡《めぐ》り旅《たび》〉の人たちには遠話《えんわ》で場所をきいたりできないわ」

「でもきみのもう一人のお祖父《じい》さんは、ずいぶん簡単に〈巡《めぐ》り旅《たび》〉を見つけてやってきたじゃないか」

「それは、ハイドお祖父《じい》ちゃまがマジドだからよ。ロンドンのお祖父《じい》ちゃまのところまで行けたらいいんだけど、ここからロンドンじゃ、リヴァプールとかと同じくらい遠いものね。遠話《えんわ》番号もわからないし……でも、お祖母様《ばあさま》の方だったらわかるわ。お城に戻《もど》って、遠話器《えんわき》を貸してくださいって頼《たの》んでみましょうよ」

私たちは曲がりくねった砂利道《じゃりみち》をとぼとぼとひき返すと、光る真鍮《しんちゅう》の握《にぎ》りをひいて、ふたたび呼《よ》び鈴《りん》を鳴らした。何回も何回も。グランドは巨大《きょだい》な鉄のノッカーを持ちあげ、ノックもした。でも、だれも出てきてくれなかった。

二人でまたとぼとぼ門の方へおりていったとき、グランドががっくりした顔で言った。

「そりゃ、そうだよね。主人があのスペンサー卿《きょう》なんだから、使用人たちだっていやなやつに決まっているよ。知らんぷりしているんだ、きっと」

最低の気分だった。私たちはげんなりして門の陰《かげ》にもう一度すわりこんだきり、どうしたらいいかわからなくなった。

だいぶたってからやっと、グランドが沈《しず》んだ顔で話しだした。「ぼくにも訪ねていける親戚《しんせき》がいたらよかったのになあ。ロディは、ロンドンより近いところに親戚《しんせき》の家はないの？」

「わかんない。もちろん、お祖母様《ばあさま》の住むディンバー館《やかた》はあるけど、一度も訪ねたことがないから、行っていいかどうかは……パパの方の親戚《しんせき》よ。お祖母様《ばあさま》とハイドお祖父《じい》ちゃまは離婚《りこん》したの。行ってもいやがられるだけかも」

「ここからどのくらいのとこに住んでるの？」とグランド。

「グロスター地方って、遠い？」と私。

グランドはとたんに元気を取《と》り戻《もど》した。「何言ってるんだよ！」と言うなり、自分の荷物にとびつき、地図帳を出した。「グロスター地方っていったら、すぐそばじゃないか。ひょっとしたらここだって、グロスター地方かもしれないよ！」グランドは猛烈《もうれつ》な勢いで地図帳をぱらぱらめくっていく。

「グロスター地方のどのへん？」

今度は私が、自分の荷物にとびつく番だった。アドレス帳を出すと、すぐに「ハイド」のところを開いた。ちがった、ハイドじゃなかったんだ。お祖母様《ばあさま》は結婚《けっこん》していたときも、「ディンバー」の姓を捨てようとしなかったのだから。そこで、Dの見出しのところを開いてみたら、実はディンバー家の住所はそらで覚えていたことに気づいた。ママに毎年、新年のあいさつの手紙を書かされたり、ディンバー家の一人一人の誕生日に、カードを送らされたりしていたからだ。「サットン・ディンバー町、ディンバー館《やかた》」私は読みあげた。遠話《えんわ》番号も書いてあったけど、今は役にたたない。

グランドは地図帳をめくり、地名をひとつひとつ指でさしながら、一生懸命《いっしょうけんめい》読んでいった。グランドは、地図をながめるのは好きだけど、書いてある地名を読むのには苦労するのだ。でも、とうとうこう言った。「見つけた！　この城も同じページにのってる。六十キロくらいしか離《はな》れてないみたいだよ、ロディ！　歩いてもいけるくらいだ」

「でも、何日もかかっちゃうわ！　歩くのは時間がかかるもん」

「じゃあ、道に出て、乗せてくれそうな車を見つけようよ」

そこで、荷物をつめなおし、一緒《いっしょ》に出発した。だけど私は、ディンバー家に行くことにはまだためらいがあったから、日がぎらぎら照りつける道に出たとき、グランドにこううちあけた。

「言っとくけど、ディンバー家の人たちって、ドーラ叔母《おば》ちゃまの教えてくれたことが本当だとしたら、すごく変なのよ」

「でも、きみのお父さんは変じゃないよ」とグランド。

「パパはお祖父《じい》ちゃまに育てられたからよ。ディンバー家には、男の人はだれでも、七年たつと館《やかた》から出ていくというしきたりがあるの。だからパパもお祖父《じい》ちゃまも、館《やかた》を離《はな》れなくちゃならなかったのよ。でも、『そのころには私も、いいかげんうんざりしていたんだ』って、いつかお祖父《じい》ちゃまが言ってた。ディンバー家は、魔女《まじょ》の血筋《ちすじ》なんだって。それ以上くわしいことは知らないけど」

グランドはうらやましそうにため息をつき、きっぱりと言った。「ぼくが大人になったら、ほんとに変な家族を少なくとも三つは持ってやるんだ。すごくおかしな親戚《しんせき》がいっぱいほしいもん」

むんむん暑い生《い》け垣《がき》にはさまれた道を根気よく歩いていくあいだは、グランドの言ったことが本当にできるかどうかで言いあいになった。本道とぶつかったところで、私はたしかこう言っていた。

「でも変な奥《おく》さんを三人持つんなら、三重結婚《じゅうけっこん》するか、二回離婚《りこん》するかしなくちゃいけないのよ。そんなこと、やる気になる?」……それからふいに、「ちょっと待って」と言った。

道が本道とぶつかったところの日陰《ひかげ》の片すみに、スピードウェル（薬用ハーブの一種。ゴマノハグサ科）の青い花がいっぱい咲《さ》いているのが目に入ったのだ。とたんに、なぜか冬の森の情景が頭に浮《う》かんだ。灰色の綿毛《わたげ》がついた種でいっぱいの植物のつるが木にからみ、たれさがっている。「おじいさんのひげ（綿毛がひげに似ていることから）」ってよばれている野生のクレマチスだ。「旅人の喜び（生け垣などに生え、旅人がよく目にすることから）」ともいうんだっけ、と考えていると、このクレマチスの花のファイルが、頭の中でいきなり開いた——【旅と遠征《えんせい》】だ。【体外離脱《たいがいりだつ》】と【変身】も参照のこと、とある。でもそっちは必要なさそうだ。スピードウェルは【旅と遠征《えんせい》】の中でも、普通《ふつう》の旅の項目《こうもく》の中にあった。スピードウェル、つまり「速く進む」という名前どおり、旅がすみやかにつつがなく進む（スピードウェルはアイルランドなどで旅のお守りに使われた）ための簡単な呪文《じゅもん》だった。これこそ今の私たちに必要なもの。「道三本の出合う地にて行うが最良」とある。ここはその条件にもぴったりだ。かげろうのゆらめく熱い本道が二方向にのびていて、そこにぶつかる城からの道が三本目になる。

グランドは荷物を下に置き、無表情で待った。私はみずみずしい小さな花を七つ、つんだ。そのときは頭の中の花のファイルのことで一生懸命《いっしょうけんめい》になっていたから、グランドのようすが少しおかしいことに気づかなかった。グランドは感じよくふるまおうとしていたけど、本当は私のことがねたましくてたまらなくなっていたのだ。グランドからすれば、魔法《まほう》をいっぱいもらったり、おもしろい親戚《しんせき》がたくさんいたりと、私ばっかり運がいいように思えたのだろう。それにひきかえ、自分には何もなく、ただくっついてまわることしかできないというので、あと少しで爆発《ばくはつ》しそうになっていたらしい。グランドがかっとなると、〈ひっくり返しの魔法《まほう》〉で、おかしなことをあれこれしでかしてしまうのだ。

でも私はそのときはただ暑くてたまらず、目に入る汗《あせ》をまばたきではらいながら、呪文《じゅもん》の古語の詩を現代の言葉に訳そうとがんばっていたから、グランドのことは考えもしなかった。

まず、三本の道に小さな花をていねいにひとつずつ投げる。続いて、「旅の花、スピードウェルよ、われらを守り、すみやかに進ませたまえ」と言いながら、さらに三つ放《ほう》る。最後に、七つ目の花をこれから行く方向の道に落とした。

それからやっとグランドが目に入ったけど、暑さでかっかしてるんだ、としか思わなかった。グランドのそばかすの上に、透明《とうめい》な汗《あせ》の玉がぷつぷつ浮《う》いている。

「歩かなくちゃいけないの？」グランドがきいた。

「うん、たぶん」

グランドは低い声でうなったけど、結局また一緒《いっしょ》に歩きはじめた。

呪文《じゅもん》が働きだすまでにはしばらくかかった。二人とも足が熱くて、おまけに、痛くなってきた。道から熱気がもわもわ上がっているせいで、何もかもがゆらめいて見えた——道の片側には、こぶみたいな緑の丘《おか》がたくさんあり、やはりゆらいでいたし、反対側には金や緑のコムギ畑が続き、その上にかすみがかかっているようだ。畑のむこうの黒々とした木々はそよともせず、熱気でかすんでいる。さらに、道のずっと先の方には、実際には存在しない池がきらきら輝《かがや》いているように見えた。

またべつの道とまじわったところで、グランドはとうとう歩けなくなってしまった。「このままじゃ、ロディの呪文《じゅもん》が効《き》いてくる前に死んじゃうよ」と言って、道しるべのそばの、短いむちのような枯れ草の中にすわりこんでしまったのだ。荷物の中からパンケーキの最後の何枚かを出して、これ、食べない？　というふうに見せたけど、グランドは食べたくないと言った。しかたなくパンケーキの袋《ふくろ》をしまっていたら、やっとはじめて車が姿を見せ、バリバリブルブル音をたてて、埃《ほこり》っぽい生《い》け垣《がき》にはさまれた道を走ってきた。しかも、続けて三台も。私たちは勢いよく立ちあがり、手をふった。

どの車に乗った人も、にこやかに手をふり返し、そのまま行ってしまった。

「今度こそ、もう死んじゃう」とグランド。

車を停《と》めて乗せてもらうなんて、（あとでお祖父《じい》ちゃまに聞いた話だと、知らない人の車に乗せてもらうのは、実はすごく危ないらしい）やったことのなかった私たちは、ひたすら手をふりつづけた。車は何台もただ通りすぎていった。でもしばらくして、やっと一台が停《と》まってくれた。車の正面に「医師」と書いてある。運転していた男の人が窓から顔を出し、きいた。

「急患かい、それともただのあいさつかい？」

私たちは車にかけよると、事情を説明した。男の人はまじめな顔になって言った。

「サットン・ディンバー町は私が診療《しんりょう》してまわっている地域からかなり離《はな》れているな。だが、できるだけのことはしてあげよう。乗った乗った。ここらの地域の看護師を捜《さが》しに行こう」

医師は村の診療所《しんりょうじょ》まで乗せていってくれた。道中《どうちゅう》で覚えているのは、自分で車の窓を開けたことと、吹《ふ》きこんできた風が熱かったことくらい。ただ、医師の車が診療所《しんりょうじょ》の前の車よせにキキーッと停《と》まったとき、ちょうど看護師が緑の小さな車に乗りこもうとしていたことは、はっきりと覚えている。医師は看護師に私たちをひき渡《わた》すと、タイヤをきしらせ、走りさった。

看護師はわりとよくいるような厳《きび》しい感じの女の人で、子ども二人だけで歩きまわるなんてとんでもないことです、もう二度としてはいけませんよ、と言った。サットン・ディンバー町はこの看護師の担当している地域でもないそうだけど、すぐ近くの町までなら、と車に乗せてくれたから、日にあたって輝《かがや》く生《い》け垣《がき》のあいだの道を走りながら、看護師の長話を、汗《あせ》をかきかき聞くことになった。看護師は、日照《ひで》りで井戸《いど》や貯水池《ちょすいち》がみんなひあがりかけているのよ、と言って、こまったように首をふっている。ちょっとお高くとまったしぐさだ。私たちが〈王の巡《めぐ》り旅《たび》〉においてきぼりにされたいきさつを話したら、急にずいぶん親しげになって、日照《ひで》りの話はしなくなった。

「そう、それなら世間知らずでもしかたないわね。普通《ふつう》の暮らしを知る機会がなかったんでしょう？いいこと、私はこれから足の悪いおじいさんを世話しに行かなくちゃならないから、たいしたことはしてあげられないけれど、広場に連れていって、どこからサットン・ディンバー行きのバスに乗ればいいか、教えてあげるわ。バス代は持ってる？」

二人で手持ちのお金を数えてみたところ、ちょうど足《た》りるとわかった。

看護師は言った。「バスの運転手に、ディンバー館《やかた》の前でおろしてくれるよう、頼《たの》みなさい。サットン・ディンバー町にむかう道のとちゅうにあるから。町まで行ってしまったら、二キロ近く歩いてひき返すはめになるわよ」そして、広場まで来ると、こう教えてくれた。「あそこが停留所《ていりゅうじょ》。『チェッカーズ』という看板の宿屋のすぐ前で待っていなさい。でないと、運転手は乗らないのかと思って行ってしまうわ。次のバスは二時半に来るはずだから、もうすぐよ」

看護師が車を停《と》めたので、私たちはドアを開けて出ようとした。と、看護師がきいた。「ところで、あなたたちが来るって知っているんでしょうね、ディンバー家の人は？」

「いえ、それが……」私が説明しようとすると、看護師はたちまち舌打ちをし、しゃべりだした。

「まあ、たいへん！　じゃあ、私がこれから行くおじいさんのところから、ディンバー家に遠話《えんわ》で知らせておきます。そんなふうにいきなり人を訪ねたりしちゃ、いけないのよ。王様じゃないんだから」

「それぐらいわかってるよ」グランドが低い声で言ったけど、看護師は聞こえなかったらしく、すぐに車で行ってしまった。

バスは〈巡《めぐ》り旅《たび》〉のバスより乗り心地《ごこち》が悪かった。グロスター地方のすみずみをまわっているのかと思うほどあちこちへより、村の緑地のそばなどでエンジンをかけたまま停車しては、うだるほどの暑さの中、ほかのバスと連絡《れんらく》するために長いこと待ちつづけた。

バスの中からやっと見えてきたディンバー館《やかた》は、ただ一軒《けん》だけ高台《たかだい》に立っていたので、空を背にくっきりと映《は》えていた。道路から二メートルほど上がった土地に、殺風景《さっぷうけい》な前庭があり、そこにだれか立っている。看護師は言ったとおり、ディンバー家に知らせておいてくれたらしい。

ブルブルうるさくて暑いバスからおりるとき、心配そうに私たちを待っている人の顔がはっきりと見えた。ひと目でジュディス叔母様《おばさま》だとわかった。ドーラ叔母《おば》ちゃまと年格好《としかっこう》が同じくらいだ。

ディンバー館《やかた》は、思ったのと全然ちがった。名前から、かなり大きい館《やかた》なのだろうと思いこんでいたけど、ずいぶんこぢんまりしていた。細くて高い建物で、窓がいっぱいついていて、まるで町にならんだ家の一軒《けん》だけが逃《に》げ出してきたみたいだ。人をよせつけない雰囲気《ふんいき》があるというほどでもないけど、こんな普通《ふつう》の家が郊外《こうがい》にぽつんとあると、なんだか変な感じがする。何段にも積まれたレンガは段ごとに色合いがちがっていて、いちばん下は深い赤の小さなタイルみたいに見えた。古代ローマ時代のレンガよ、とジュディス叔母様《おばさま》が教えてくれた。つまり、ディンバー館《やかた》はディンバー家同様歴史が長く、二千年近く前からここに立っていることになるんだって。

「でもディンバー家の歴史はもっと古いのよ」と叔母様《おばさま》はつけくわえた。

でももちろん、こんな話をしたのは、私たちが叔母様《おばさま》とあいさつしてからだ。はじめに私たちがバスをおりると、ジュディス叔母様《おばさま》は高台《たかだい》のはしにそって大股《おおまた》で歩きながら、「やっと来たわね！　こっちよ！」と大声で言って、目につきにくいところにあった、庭に上がる横手の階段を指さした。待っててくれた人がいて、私もグランドも、すごくほっとした。叔母様《おばさま》はこの暑さの中、肩《かた》にかけた藤色《ふじいろ》の手織りのショールをかきよせるようにして、私たちが階段をのぼっていくのを心配そうに見守っていた。心配性《しんぱいしょう》なんだな。背が高くてほっそりしていて、顔も細い。長い黒髪《くろかみ》には白髪《しらが》がいっぱいまじっている。きまじめでやさしくて、芸術家ふうで、年のわりにけっこうきれいだった。階段のてっぺんで待っていた叔母様《おばさま》は、にっこりとあたたかい笑みを浮《う》かべ、握手《あくしゅ》の手をさしだしてきた。細くて冷たい手だった。

「王様に置いていかれてしまったんですってね。そんな恐《おそ》ろしいことが起こるなんてねえ！　もちろん、お父様たちと連絡《れんらく》がとれるまで、ずっとうちにいてくれていいのよ。きっとあちらも死ぬほど心配しているでしょうから、そんなに長いことにはならないはずだわ。ただ〈巡《めぐ》り旅《たび》〉がどこにいるのかを知っている人が、今のところ見つからないというのがこまるところだけれど……まあ、きっとなんとかなるでしょう。今にわかるわ」

叔母様《おばさま》はしゃべりつづけながら、レンガの小道を通って館《やかた》へ案内してくれた。歩くとちゅう、見まわしてみると、庭にはラヴェンダーのこんもりした茂《しげ》みと、丸く刈《か》りこまれたツゲの木が一本あるほかは、草がぼうぼう生《は》えているだけだった。変なの。魔女《まじょ》は薬草を育てるもので、たくさんの植物に囲まれて暮らしているものだと思っていたのに。グランドとは目を合わせないようにした。グウィンお祖父様《じいさま》と同じで、家の外のようすにかまわない人たちなんだって、グランドが気づかないはずがなかったから、恥《は》ずかしかったのだ。燃えるように明るいピンクのバラの木が、ポーチを美しく飾《かざ》っているのを見たときは、ほっとした。

家の裏手の方から、きいきいと動物の鳴き声みたいな音が聞こえてきた。グランドはそのとき、この家ではブタを飼っているのかな、と思ったそうだ。でも玄関《げんかん》を一歩入ると、外の音は聞こえなくなった。中は暗く静かで、入口から石の低い踏《ふ》み段が上に続いている。

「ああ、足もとに気をつけて！」と叔母様《おばさま》が叫《さけ》んだときにはもう遅《おそ》く、二人とも段につまずき、すぐ近くにあった木製の織機《おりき》にぶつかっていた。

「ここの織機《おりき》はみんな私のものなの」ジュディス叔母様《おばさま》はすまなそうに言った。うす暗い玄関《げんかん》ホールには、織機《おりき》がずらりとならんでいて、新しい敷物《しきもの》みたいなにおいがした。通り道の邪魔《じゃま》なところに紡《つむ》ぎ車《ぐるま》が置いてあり、グランドはそれにもぶつかるところだった。ジュディス叔母様《おばさま》が紡《つむ》ぎ車《ぐるま》のうしろにあったドアを開けながら説明した。「私は布を織る仕事をしているの。なかなかよく売れるのよ。自分でも驚いているくらい。さ、そこの階段の上に荷物を置いて、こっちにお入りなさい……来ましたよ、お母様」

「お入り、さあお入り！　これでやっとアリアンロードをこの目で見られるんだね！」ドアのむこうのキッチンにいたお祖母様《ばあさま》が叫《さけ》んだ。「どこにいるんだって？　ああ、そこかい！　背が高いねえ！　さあさ、お入りったら。よく顔を見せておくれ。男の子の方もだ」

お祖母様《ばあさま》の名前は、「ヘプジバー・ディンバー」という。でもすぐに、「ヘピィとお呼び！」と言われた。娘《むすめ》のジュディス叔母様《おばさま》とは、似ても似つかない。お祖母様《ばあさま》はかなり小柄《こがら》で、私より頭ひとつぶんくらい背が低くて、太った体にコルセットをしめているらしく、ひもでぐるぐる巻きにしたクッションみたいに見える。上半身はひらひらの蝶結《ちょうむす》びがついたオレンジ色にきらめくブラウス、下は黒の短いタイトスカート。ジュディス叔母《おば》さまは、素足《すあし》に芸術家ふうの凝《こ》った作りの幅《はば》の広《ひろ》いサンダルをつっかけていたけど、ヘピィはきらきらした黒いハートの柄入《がらい》りのストッキングに、かかとが七センチくらいある茶色いハイヒールをはいていた。ヘピィはにこにこして、ぷっくりした両手をふりながら大急ぎで近づいてきた。両手の指の一本一本に、指輪がいくつもはまっている。髪《かみ》はオレンジ色に染めてあり、唇《くちびる》は真っ赤に塗《ぬ》りたくられ、てらてら光っている。

この姿を見たとたん、ああ、私の方があの看護師よりよほどお高くとまってる、と気づいた。恥《は》ずかしい話だけど、本当のことだった。宮廷《きゅうてい》で育ってきたせいだろう。宮廷《きゅうてい》の人の多くは、私もふくめ、シビルのことをひどく下品だと考えていた。でもヘピィとくらべたら、シビルなんて上品な方だ。これほど品のない女の人には会ったことがない。きりりとして育ちのよさそうなハイドお祖父《じい》ちゃまが、この人と結婚《けっこん》していたなんて、信じられない。離婚《りこん》したことより、そっちの方が不思議だ。宮廷《きゅうてい》で礼儀《れいぎ》作法《さほう》をしっかりしつけられていなかったら、にっこりほほえみ返したり、おしろいのにおいがぷんぷんするほっぺたにうれしそうにキスをするなんてことは、ぜったいできなかったと思う。心の冷たい娘《むすめ》になった気がして、すごくいやな気分だ。でも、それが本当の自分だった。

グランドの方は、おじぎと握手《あくしゅ》だけという、軽いあいさつですんだ。でもおじぎのとちゅうでひらひらの蝶結《ちょうむす》びに鼻が近よったときと、二十個ほどもある指輪に手がふれたときは、目を丸くしていた。お祖母様《ばあさま》は私たちの腕《うで》をつかみ、キッチンのいちばん明るいところへひっぱっていきながら「顔をよく見せておくれ」と、何度も言った。目がだいぶ悪いにちがいない。なにしろ、キッチンはこの家の中で特に明るい部屋だったのだ。いくつもある窓から日がたっぷり射《さ》しこんでいたし、部屋じゅうが明るい色の手織りの敷物《しきもの》や、手編みのカバーがついたクッションで飾《かざ》られていた。大きなテーブルには、人や花の模様が織りこまれた、赤と白のとてもきれいなテーブルクロスがかかっている。あんまりすてきなので、ほれぼれとながめていると、ジュディス叔母《おば》さまが顔を赤らめた。

「ええ、それも私が作ったのよ」

「こんなにきれいな織物だったら、よく売れてあたり前ですね！」私は言った。

そのあいだじゅう私とグランドの顔をじろじろ見上げていたヘピィは、こんなことを言いだした。

「まあ、まあ！　この娘《こ》はおまえに少し似ているんじゃないかい、ジュディス？　心配そうな目つきがそっくりだ。しかもなんだい、この魔力《まりょく》の強さは！　まったく、頭ん中に変なもんがこんなにつまってなかったら、ぜったいうちの三人目の魔女《まじょ》にしちまうところだったんだけどねえ。そうすりゃ、うちのこまった問題がふたつ三つ片づいたっていうのに」

それを聞いてはっとし、テーブルクロスからヘピィに視線を戻《もど》した。ヘピィは目が悪いわけじゃなかったのだ。私たちをお日様のあたるところまでわざわざ連れてきたのは、〈頭の中を読みとる魔法《まほう》〉を使うためだったらしい。ヘピィはとても力のある魔女《まじょ》なのだ。

私がこのことに気づいたとわかると、ヘピィはからからと笑いだした。それから、口紅を塗《ぬ》った口を残念そうにゆがめたので、まわりにしわがいっぱいよった。「惜《お》しいねえ。頭の中にあるもののせいで、あんたはまるっきりべつの方向に進みはじめてしまったようだ、アリアンロード。失敗したよ、こうなる前に、もっと早いとこあんたに会うべきだった。さて、ぼうや、あんたの方はどうなってるだろう？」ヘピィはグランドの顔をじっとのぞきこむと続けた。「名前はアンブローズだね？」

「ふだんはグランドと呼ばれてます」

ヘピィはまたもやからからと笑いだした。「そりゃあぴったりだ！　うなってるような声だもんね！　でもいったいどうしたっていうんだい？　あんたの頭はすっかりこんがらかっているじゃないか！」

「読み書き障害《しょうがい》だから」グランドは吐《は》き捨てるように言った。

「だめだめ、そんなふうに思いこんじゃ。それは頭の中がごたついてるってことを、今ふうのぎょうぎょうしい言い方に変えただけさ。しゃんとすりゃ、治っちまうもんだ。だいたい、こんなに頭がごちゃごちゃになってるあんたを放《ほう》っておくなんて、あんたの母さんはいったい何をやっているんだろうね？　だれなんだい……ああ、わかった。あのシビル・テンプルだね。昔からよくばりで、わがままで、おつむの足《た》りないうわついた娘《むすめ》だったよ。あれが母親じゃ、むりもない！　あんたは父親と暮らすべきだよ」

よけいなお世話だわ！　私はヘピィをゆさぶってやりたくなった。グランドは顔を赤らめ、きまり悪そうに体をゆらし、ぼそぼそと言った。「父の居所《いどころ》は、だれも知りません」

「奥《おく》さんから逃《に》げ出して、宮廷《きゅうてい》から姿をくらましたんだろ。知ってるよ。でも捜《さが》しに行くべきだね。王にあちこちひっぱりまわされる暮らしが、子どもにいいわけがないんだから。それはあんたも同じだよ、アリアンロード」とヘピィ。

「あの……ヘピィ、ロディって呼んでくれませんか？　そうしてほしいんですけど」私は言った。

「どうしてだい？　ロディなんて、男の名前じゃないか！　男になってどうしようってのさ」ヘピィは甲高《かんだか》い声で言い返してきた。「あんたもそろそろ、そんなくだらない空想ごっこはやめて、自分の受け継《つ》いだものにしっかり目をむけたらどうなんだ？」

私は怒《いか》りで顔がかあっと熱くなるのを感じた。あとひとことでも何か言われたら、本気でけんかしてしまいそう。私、ヘピィが嫌《きら》い。どうやらむこうも、私のことが嫌《きら》いだ、という気がする。

2

さいわいなことに、グランドと私がそれ以上いやな思いをする前に、こんろの上のやかんがピーピー鳴りだした。ヘピィは、コツコツとあわただしい靴音《くつおと》をたてて、お茶をいれに行った。そしてすぐに、手編みのポットカバーをかぶせたすごく大きなティーポットを手に、コツコツと戻《もど》ってきた。グランドと私は、ハイヒールの危なっかしい足どりを、はらはらしながら見守っていた。ヘピィが今にも敷物《しきもの》にひっかかってころぶにちがいないと思ったけど、だいじょうぶだった。奇跡《きせき》みたい。

ジュディス叔母様《おばさま》の方はテーブルを整え、覆《おお》いのかかったお皿を出していた。「キュウリのサンドイッチしかないの。夕食はもうちょっといいものを作るわ」叔母様《おばさま》はすまなそうに言った。

「お茶！　お茶の時間だよ！」ヘピィが金切《かなき》り声《ごえ》をあげた。お祖母様《ばあさま》の叫《さけ》び声《ごえ》を何かにたとえるなら、オウムが汽笛《きてき》の真似《まね》をしたときの声、っていう感じに近い。ヘピィの叫《さけ》び声《ごえ》はこのあともずいぶん聞くことになったけれど、これよりいい説明は思いつかなかった。

ヘピィの声は裏庭にも難《なん》なく届いたのだろう。二キロ近く離《はな》れた町にいても、聞こえたかもしれない。すぐに裏口の扉《とびら》がさっと開き、壁《かべ》にバターン、とぶつかるより早く、小さな女の子が二人、とびこんできた。そのあとに大きな黄色い巻き毛のイヌが続く。すると、今までクッションの上でうたた寝《ね》していた黒ネコが目を覚まし、ぱっと逃《に》げ出した。グランドがあとでこう言っていた。

「あのときのネコのようすで、二人がどんな子かわかったよ。あのネコ、賢《かしこ》いよね」

小さい女の子の片方は、だぶだぶのズボンに白いランニングという格好《かっこう》だった。もう一人はきらきらしたピンクのドレスを着て、すそをずるずるひきずっている。たぶんヘピィの服だろう。服装がこれほどちがっていなかったら、二人を見わけるのはまずむりだった。まったく同じうす茶色の髪《かみ》を同じ縦《たて》ロールにして肩《かた》までたらしているし、青白い小さな顔は同じように生意気《なまいき》そうで、大きな青い目もそっくりだ。

ちょっとのあいだ、キッチンは大さわぎになった。イヌは吠《ほ》えるし、ヘピィは叫《さけ》ぶ。

「イルザビル、裏口をお閉め！　イザドラは、またあたしの服を勝手に着て！」

同時に、ジュディス叔母様《おばさま》もしゃべっていた。「私の双子《ふたご》の娘《むすめ》よ。そっちがイザドラで、こっちがイルザビル。さあ、二人とも、いとこのアリアンロードと、お友だちのアンブローズにごあいさつなさい」

これまた同時に、双子《ふたご》のうち、ズボンをはいた方が、「きゃあ、びっくり！」と叫《さけ》び、大げさにあとずさると、壁《かべ》にぴたっと背中をつけた。そして、「いやだ、男の子がいるわ！　近づけないで！」と言いながら、グランドから身を守るように、顔の前に腕《うで》を上げた。ところが、絹のドレスを着た方は、とろけるような笑みを浮《う》かべ、両腕《りょううで》を広げてグランドにかけよっていきながら、いかにも芝居《しばい》がかったよく響《ひび》く声で、「わーい、男の子だ！　私がお相手する！」と叫《さけ》んだ。

そのあと、私があっけにとられて、この双子《ふたご》は男の子に対する態度で見わけられるかも、と思っていると、たった今までにこにこしていたドレスの方が、グランドからぱっととびのき、悲鳴をあげた。

「お母様！　こんなに大きくて乱暴な男の子を、どうしてうちに入れたの？」たちまち、もう一人がとろけるような笑顔を作って両腕《りょうで》を広げ、くねくねとグランドに近よってわめいた。

「キスして、ねえ、キスして！」

グランドの顔は見ものだったけど、ぎょっとするのもむりないと思う。

「いとこと握手《あくしゅ》しな！」ヘピィが叫《さけ》んだ。

もちろん、双子《ふたご》が握手《あくしゅ》なんかするわけがない。この双子《ふたご》は、そういう普通《ふつう》のあいさつはつまらないと思っているのだろう。だぶだぶのズボンをはいたイルザビルは、ひざを深く曲げておじぎをすると、わめいた。「まあ、ほんとにわざわざ宮廷《きゅうてい》から、この粗末《そまつ》な家に来てくださったんですの？」

一方、イザドラはピンクのドレスをサラサラゆらし、「でも私が宮廷《きゅうてい》に行ったら、だれよりも目立つに決まっているわ」と言った。

「そうかもしれない。いい目立ち方じゃないと思うけど」私は言った。

双子《ふたご》はどちらも、私の言うことなんか聞いてなかった。それぞれテーブルのそばにあった椅子《いす》にどさっとすわると、「今日のおやつはなあに？」と叫《さけ》びながら、お皿の覆《おお》いをぱっと取った。片方が「やだ！　キュウリ大《だい》っ嫌《きら》い！　キュウリアレルギーなのよ！」とキンキン声で言うと、もう一人がわめいた。「わーい、キュウリだ！　だーい好き！」今度も、これで二人の見わけ方がわかった、と思ったとたん、二人は役を入れかえ、キュウリが嫌《きら》いだと言った方が、「やった、いただき！　おいしそうなサンドイッチ、全部私が食べるんだ！」と言いだした。一方、もう一人はぐずりはじめる。「おかあさまー！　これ、食べらんない！　私、キュウリエネルギーなの！」

「アレルギー、でしょう。キュウリはだいじょうぶなはずだけど」ジュディス叔母様《おばさま》が心配そうに言った。

「だいじょうぶじゃないもん」あとの方が訴《うった》えるように言った。

「そうよ、この子だめなのよ。ぶくぶく泡吹《あわふ》いちゃうんだから」もう一人も訴《うった》えた。

いつまでたってもこの調子だった。宮廷《きゅうてい》では子どもはみんなすごくお行儀《ぎょうぎ》よくしてなくちゃいけなかったから、普通《ふつう》の小さい女の子がどんな感じかわからなくなっていたんだ、と最初は思おうとした。たしかにそれもあったかもしれない。でもじきに、イルザビルとイザドラは、今まで普通《ふつう》だったことなんか一度もないんだ、とわかってきた。どちらも二分以上、性格が変わらずにいることはなさそうだ。まわりの目を惹《ひ》きつけられるなら、何を言おうが、何をしようがおかまいなし、という感じ。

ジュディス叔母様《おばさま》は、こまったわねという顔でほほえみながら、心配そうに見守っているだけだ。

ヘピィはというと、誇《ほこ》らしげに二人を見つめながら、「おもしろい子たちだろう？」とくり返していた。それからグランドにきいた。「どっちがどっちか、わかるかい？」

「いいえ、もうどうでもよくなりました。どっちもイジーと呼ぶことにします」

双子《ふたご》が声をそろえ、きいきい言った。「なんなの、それ！　ばっかみたい！　イジーだなんて、意地悪《いじわる》！」そのすぐあとに、片方は「お母様！　これってひどくない？　私、傷ついちゃった！」、もう片方は「わあ、すてき！　イジーって呼んでくれるの？」と続けた。それからまた同じことを、役を入れかえて言う。

私は、ジュディス叔母様《おばさま》にシビルとマーリンのことをうちあけようと思っていた。家の中でただ一人、おだやかで話のわかる人に見えたから。叔母様《おばさま》ならきっと、どうしたらいいか教えてくれるだろう。でもお茶のあいだは、とても話せそうになかった。二人のイジーがうるさすぎて、だれもまともにものを考えたりできないからだ。

ジュディス叔母様《おばさま》はこっちを気づかうような顔で言いわけした。

「あなたに会えて、二人ともとってても興奮しているのよ。あなたやダニエル伯父様《おじさま》や〈巡《めぐ》り旅《たび》〉の話をしょっちゅう聞いているものだから」

お茶がすむなり、イジーたちは椅子《いす》からぴょんととびおり、キャーキャーさわぎながら裏口の扉《とびら》へかけていった。でもヘピィが、「待ちな！　アンブローズとイヌも連れてって、一緒《いっしょ》に庭で遊ぶんだ！これからアリアンロードに、うちの家宝を見せてやるんだから」と、双子《ふたご》よりもっとうるさい声でわめくと、二人は扉《とびら》のところで立ちどまった。

「えーっ、どうして？　私も見たい！」イルザビルが叫《さけ》んだ。

「ふん、あんなばかみたいなもの！」イザドラはあごをつんと上げ、髪《かみ》をうしろにはらってきっぱりと言った。「お金をくれると言われたって、見たくないわ」

それからまた当然のように、二人がそれぞれ逆のことを言った。イルザビルはさらに、もうあきあきした、とでもいうように深いため息をつき、つけくわえた。「家宝なんて……ああ、つまんない！」

一方、グランドはというと、イジーたちと遊べと言われて、あからさまにいやな顔をしていた。イヌも一緒《いっしょ》でなかったら、きっと行かないと言いはったと思う。私たちは、ずっと前からイヌを飼いたいと思っていた。グランドの方が私よりもっとほしがっていたのだけど、王室旅官長《りょかんちょう》のところの人たちによると、〈巡《めぐ》り旅《たび》〉では生き物を飼っちゃいけないのだそうだ。グランドはイヌの巻き毛の背中に手を置き、庭へ出ていった。ヘピィとジュディス叔母様《おばさま》は、私の先に立って織機《おりき》のならんだ玄関《げんかん》ホールを通り、表の道側の部屋のドアを開けた。

よかった、これでちゃんと話ができるかもしれない。

入っていったのは、しんと静まり返った部屋だった。背の高い年代物の家具や、ガラス戸つきの本箱がところせましと置いてある。めったに使っていない部屋のように見えたけど、今にして思えば、きっと毎日出入りしていたはず。お祖母様《ばあさま》たちは、どうやってかは知らないけど、この部屋ではイジーたちをおとなしくさせていたのだろう。

静かな部屋で三人だけになると、ヘピィが口を開いた。「やれやれ、これで落ち着いて考えられるようになったよ！　あの子たちのうちのどっちかを追い出す日が、早く来るといいんだけどね！」

それを聞くと、ジュディス叔母様《おばさま》はつらそうな顔になり、私に説明してくれた。「ディンバー家の魔女《まじょ》はいつも三人と決まっているの。三世代から一人ずつ、それ以上はだめ。七年後には、すごくつらい選択《せんたく》が待っているわ。三人目として、イザドラとイルザビルのどっちかを残すのだけど、どちらがいいかなんて、見当がつかないもの。あんなにそっくりな双子《ふたご》から片方だけ選ぶなんて、むりよ」

「まだ選ぶ時間はじゅうぶんあるよ。よけいな心配はよしな、ジュディス」それからヘピィは私の方をむいて続けた。「ジュディスにはいつも言ってやっているんだけどねえ、アリアンロード。あたしが若かったころ、ジュディスとドーラのうちのどっちかを選ばなくちゃならなかったときだって、そりゃあつらい思いをしたんだよ」ヘピィはくつくつと笑った。「しかもねえ、娘《むすめ》より先にあんたの父さんを産むなんて、よけいややこしいこともしちまったもんだ。ディンバー家では、最初の子が男だってのは、双子《ふたご》が生まれたのと同じくらい、前代未聞《ぜんだいみもん》のことだったのさ」

「お祖父《じい》ちゃまがロンドンに連れていかなかったら、パパのことはどうするつもりだったんですか？」

私がきくと、ヘピィは答えた。

「ああ、丘《おか》のむこうにやったんじゃないかね。ここで生まれた男の子はみんなあそこに送るんだ。男の魔法使《まほうつか》いばかりの一家が住んでいる農場があるんだよ。普通《ふつう》は婿《むこ》もそこからもらうんだけど、あたしはたまたま、マクスウェルにほれこんじまったもんだから。ああそうだ、こんな話になったから、ついでにはっきり言っておくけどね、アリアンロード、あんたが男の子を連れてきたのは、とてもこまるんだよ。あんただけならいくらでも長いことといてくれていいんだけど、縁《えん》もゆかりもない男は、七日間しか泊《と》めてやれない。あんたは、あたしたちにどうしてほしいんだい？」

「……そうですね、とても親切にしていただいたことですし、この家にご迷惑《めいわく》はかけたくありません。王様のいらっしゃるところを見つける方法を教えていただけたら、すぐにでもグランドと一緒《いっしょ》に〈巡《めぐ》り旅《たび》〉に戻《もど》ろうと思います」私は言った。

ヘピィは背の高いジュディス叔母様《おばさま》を見上げた。叔母様《おばさま》の方は、またもや心配そうな顔になっている。ヘピィが言った。「ふん！　そうかい、〈巡《めぐ》り旅《たび》〉がどこにいるか、おまえにもわからないんだね？　だと思ったよ。宮廷《きゅうてい》の魔法使《まほうつか》いどもが、また王の居場所を隠《かく》しているんだ」

「どこかの港町だとは聞いたんですけど」私は言ってみたけど、ヘピィはとりあってくれなかった。

「いや、どこにいるかわかったもんじゃないよ。それよりまず、ロンドンのあんたのお祖父《じい》さんの家に行くのがいい。マクスウェルなら、あんたの代わりに見つけてくれるよ。そういうのは得意だから。ジュディスや、あとでちょいとマクスウェルに遠話《えんわ》をかけてくれないか？　あたしがかけたら、どなりあいになるだけだからね」

「もちろんですわ。でも先に……」ジュディス叔母様《おばさま》は私の方を見てにっこりした。

「そうそう、先にこの子にディンバー家の家宝を見せなくちゃね。うちの血筋《ちすじ》の女の特権だもの」ヘピィは言い、ずんどうの体をしゃんとさせ、せかせかと部屋の奥《おく》にむかった。奥《おく》の壁《かべ》には、こげ茶色のオーク材の羽目板《はめいた》が一面にはってあった。ヘピィは指輪だらけのぽっちゃりした片手を、板の一カ所にあてた。そしてこっちをふり返り、「さあ、見ておいで」と言うと、魔法《まほう》を使った。私の頭の中にある魔法《まほう》とはまるっきりちがう、長年使われてきたことがわかる、古くて重々しい感じのする魔法《まほう》で、思わずぞくっとしてしまった。羽目板《はめいた》の壁《かべ》に、今までなかった戸が二枚現れ、食器棚《しょっきだな》のように両開きにギギーッと開きはじめたときには、いっそうぞくぞくした。中で何かがきらめく。古い木材と、咲《さ》いたばかりの花の甘《あま》い香《かお》りがまざったようなにおいがする。

ジュディス叔母様《おばさま》が私の肩《かた》に手をまわし、ぽっかり開いた方にむかって背中をそっと押《お》しながら、静かに言った。「ディンバー家の〈徳《とく》の器《うつわ》〉よ。美と力にみちているわ」

私は、はっと息をのんだ。赤いベルベットの布で内ばりしてある棚の中には、金や銀のカップ、ボウル、皿、水さしなどがたくさん置いてあった。どれもすばらしく上品な形をしていて、細工《さいく》もみごとだ。金属の表面に浮《う》き彫《ぼ》りがある器《うつわ》もあれば（意味ありげな浮《う》き彫《ぼ》りだけれど、どういう意味かはわかりそうでわからない）、サファイアや真珠《しんじゅ》がいくつも埋《う》めこまれた器《うつわ》もあった。とりわけ美しいと思ったのは、カットグラスの大きなゴブレットだ。金線細工《きんせんざいく》（金の細い線を用いた宝飾品）でできた脚《あし》が花弁《かべん》の形をしたガラスの器《うつわ》を包むように支えている。棚の中央には金の取っ手がついた広口《ひろくち》のりっぱな聖杯《せいはい》（キリスト教の儀式で用いる杯）があり、こまかな連続模様がびっしりとついていた。そのまわりには、長いこと使われたためか、あちこちへこんだ金属のカップがたくさん置いてあった。どれもこれも、とてつもなく古いものだが、力がみなぎっていて、生きている、という感じがする。あふれでる力で、ひとつひとつの器《うつわ》がいっそうつややかに輝《かがや》いているようだ。どの器《うつわ》がいちばんきれいだろう、クリスタルグラスのゴブレットかな、聖杯《せいはい》かな、それとも真珠《しんじゅ》やサファイアがあちこちにはめこまれている、小さくて変わった形の花びんかな……と考えているうちに、あふれる力があまりに強いせいか、ふたつの小さな光が器《うつわ》から器《うつわ》へと躍《おど》りだした。まるで目のようだ。

「たいしたもんだろう?」ヘピィがいとおしそうに言った。

ヘピィのオウムみたいな声が響《ひび》いたとたん、目のような光は消えてしまった。でも力にみちたあたたかな感じは残った。この〈徳《とく》の器《うつわ》〉はとても力強くて、頼《たよ》れそうな感じがするから、ここでならシビルとマーリンの話をちゃんと伝えられる、と思った。

「私たちの力は、ここの器《うつわ》の中にしまってあるの」ジュディス叔母様《おばさま》が両手を胸《むな》もとで組みあわせてふるわせ、うっとりしたように言った。たくさんの器《うつわ》の輝《かがや》きで、叔母様《おばさま》のほっぺたも金と銀に光っている。一瞬《いっしゅん》、叔母様《おばさま》がものすごく美人に見えた。

「しかもどうだい、あたしたちはこの力を毎日使っているんだ」と、ヘピィ。

「そう、この地方で必要なことに、毎日使っているわ。今は日照《ひで》りをやわらげようとがんばっているの。それから、最近このあたりの魔法《まほう》のバランスが崩《くず》れてきているから、もとに戻《もど》そうとしているのよ」と、ジュディス叔母様《おばさま》。

「ここにある器《うつわ》をみんな使うんですか?」私はきいた。

「ああ。でも、もちろん全部いっぺんに使うわけじゃないよ。日にちと、月の位置によって決まっているんだ。使うときにはかならず、血を一滴《てき》ずつ落とす。これがあるから、男にうろちょろしてもらっちゃこまるんだよ。ね、いかにも女の秘《ひ》めごとって感じだろう?」ヘピィが言った。

正直いって、そんな感じは受けなかった。赤いベルベットの布がはられた棚から感じられる力は、女とか男とかいうのとはさして関係ないもののような気がする。でもよけいなことは言わないでおこう、と思って、「……ほんとにすてきですね。強くてきれいで……」と言いかけたけれど、ふいにこれまでおさえこんできた不安な気持ちがあふれだし、思わずこんな言葉を続けてしまった。

「ああ、お祖母様《ばあさま》、叔母様《おばさま》、『国を起こす』には、何から始めたらいいんですか?」

「なんてことを!」ヘピィは棚の両開きの戸をバタンと閉めた。羽目板《はめいた》にあった戸の形の線は、あっというまにかき消えた。「この子ったら、そんなことは口に出すもんじゃないんだよ! しかも家宝を前にして言うなんて、もってのほかだ! 考えてもだめだよ! いったいなんでまた、そんなことを思いついたんだい?」

「そういうことは知らない方がいいのよ」ジュディス叔母様《おばさま》もとがめるように言った。「こっちに来てすわって、どうしてそんなことを言いだしたのか、教えてちょうだい。何か心配事があるんでしょうけど、大げさに考えていると思うわ」

二人とも、私のことをただの空想好きの子だと思ってるんだ、とわかって、ため息が出た。それでも言われたとおり、ジュディス叔母様《おばさま》のさした背もたれがまっすぐの椅子《いす》にすわり、説明しはじめた。不安でたまらなくて、今にも涙《なみだ》がこぼれそうだった。自分の声がふるえているのがわかる。

やっぱりうまく説明できなかった。ヘピィは笑ってなだめはじめた。

「そりゃちがう。何か勘《かん》ちがいしたに決まっているよ。マーリンが悪い側につくなんてことはありえないし、宮廷《きゅうてい》の魔法使《まほうつか》いは、王に忠実《ちゅうじつ》な者だけが選ばれているんだ。あんたが話したようなことは、この〈ブレスト〉じゃ起こりっこない。世界という世界の中で、いちばん安定しているところなんだからね。あんたは大人の話を誤解したんだよ。それだけのことだ」

ジュディス叔母様《おばさま》も、私をなぐさめるように言った。「暗闇《くらやみ》の中で大人が三人で話しているのを耳にしたら、いろいろと変なことを想像してしまうかもしれないわね。どんどん想像をふくらませて、悪い夢を見るようになったって、ちっとも不思議じゃないわ。でもね、もしその人たちの話を昼間に聞いていたら、ずいぶん印象がちがったんじゃないかしら」

私は必死で言い返した。「だけど、叔母様《おばさま》だってさっき、魔法《まほう》のバランスが崩《くず》れてきてるって言ったじゃありませんか。グウィンお祖父様《じいさま》だって言っていたわ……」

「しいっ！」ヘピィは怖《こわ》い顔になった。「うちではその名前は出さないでおくれ。だいたい、あんたにあのお方《かた》の考えがわかるようになるまでには、まだ何年もかかるだろうよ。さあさ、アリアンロード、もう悩《なや》むのはやめて、庭で遊んでおいで。ジュディスがマクスウェルに遠話《えんわ》してくれるから、寝《ね》るまでにはうまいこと手はずがついてるよ。まあ見ておいで」

私はがっかりして、ジュディス叔母様《おばさま》が織機《おりき》のあいだから遠話器《えんわき》をひっぱりだしたのを横目で見ながら、裏庭に出ていった。前庭同様、草ぐらいしか生《は》えていないうえ、まわりは金網《かなあみ》の柵《さく》で囲まれている。グランドはイヌを抱《だ》きかかえて草の上にすわり、すごくぼーっとした顔をしていた。

イジーたちは庭じゅうをはねまわっていた。「ばかみたい！」一人が言った。「この男の子、ばっかみたい！　ディンバー家のしきたりが理解できないなんて！」と、もう一人も言った。

双子《ふたご》は私を目にするなり、グランドをからかうのはやめ、金網《かなあみ》を背に逆立《さかだ》ちし始めた。

「あんたは理解できるでしょ？」イザドラが私に言った。ドレスがめくれて顔にかぶさっていたので、声がこもってよく聞こえない。私は全然聞こえなかったふりをした。二人よりグランドのことが気がかりだった。でもグランドは、ただぼんやりとした顔をしているだけだ。これまで何千回とアリシアにからかわれてなれているせいで、やりすごし方《かた》がわかっているのだろう。

イルザビルが足で網《あみ》をガシャガシャけりながら、きっぱりと言った。

「ディンバー家の女はずっと結婚《けっこん》したままでいることはぜったいないの。しきたりにそむくことになるから。どっちにしても、私はサーカスに入ろうかと思っているんだけど」

「片親家族を発明したのはディンバー家よ」イザドラがスカートの中から言った。それから足をおろしたけれど、ピンクの絹のスカートがなかなか下に落ちなかった。やっと顔が出ると、イザドラはハアハアしながら言った。「うちのしきたりは、何千年も前から、続いているの。でもね、私は、結婚《けっこん》はしない。男の子って、ばっかみたいだもん。サーカスもよ。私は、将来、名女優になるんだ」

「なれるんじゃない？」と私が言うと、イルザビルも足をおろした。

と、思ったら、すぐにまたびょーん、ともう一度逆立《さかだ》ちをした。「私はお金持ちの魔法使《まほうつか》いと結婚《けっこん》するの。それで、宝石とか、口紅とか、いっぱい買ってもらうんだ。七年たったら、お金は全部もらって、だんなを追い出してやる。だって、ディンバー家の三人目の魔女《まじょ》に選ばれるのは、イザドラじゃなくてわた――あいたっ！」

イザドラが「あんたじゃない！」とわめきながらかけよって、おなかをどんと押《お》した。イルザビルは悲鳴をあげ、倒《たお》れてしまった。

「このいやなちび魔女《まじょ》！」イルザビルがどなった。とっくみあいの激しいけんかが始まった。銃声《じゅうせい》みたいなすごい音がして、ピンクのドレスが破けた。

グランドは、と目をやると、このさわぎを見ても聞いてもいないようだ。このとき私は、グランドはアリシアやシビルにいつもやっているように、イジーたちを無視しているだけだと思った。何かたくらんでいたなんて、考えもしなかった。

3

グランドのたくらみがわかったのは、その日の真夜中のことだった。でもその前にも、いろいろなことがあった。まず、ジュディス叔母様《おばさま》はロンドンに二十回以上、遠話《えんわ》をかけた。叔母様《おばさま》は遠話器《えんわき》のところから戻《もど》ってくるたびに、いっそう心配そうな顔になった。

「どういうことかしら？　何度かけても話し中だなんて！」

「そう心配しなさんな。たぶん、ドーラがあの下劣《げれつ》な男としゃべっているんだよ。あのジェロームってやつとさ。でなきゃ、何か急な事件が起きて、マクスウェルが使っているのかもしれないよ。明日の朝早く、またかけなおしてごらん。それでもだめなら、あたしが魔法《まほう》でマクスウェルの頭の中に直接呼びかけてやるよ。今やってもいいんだけどさ、マクスウェルが怒《おこ》るに決まってるから、なるべくやりたくないんだ。むこうにとってまずいときにばっかり、つかまえちまうらしいのさ」ヘピィはそう言って、からからと笑った。

それでもジュディス叔母様《おばさま》は、やっぱり心配していた。叔母様《おばさま》はそういう人みたいで、やさしそうな細い顔をこわばらせたまま、一人、夕食のしたくを始めた。お手伝いしましょうかと言ったけど、させてくれなかった。この家では、子どもは手伝わないらしい。そこでキッチンを離《はな》れ、グランドをイジーたちから守ってあげることにした。

双子《ふたご》たちももう、どうするとグランドがいやがるかを見つけ出していたようだ。一人がくるくるまわりながらグランドに近よってはつつき、「長っ鼻《ばな》！　長っ鼻《ばな》！　ばっかみたいな長っ鼻《ばな》！」とはやしてる一方、もう一人が反対側からくねくねと近づき、とびっきりかわいい声を出す。「こんなことしてごめんなさい、でもそのかわいいそばかす、そんなにいっぱいどこからもらってきたの？」それからもちろん、また役を入れかえるのだ。

これにはグランドもまいったらしい。私が行ったとき、グランドはどうしたらいいかわからない、という顔をしていた。私はイジーたちをそれぞれ片手でつかまえると、乱暴にゆすってやった。

「いい、あんたたち、これ以上グランドをからかったりしたら、二人ともノミに変えてやる。本気よ。グランドのことはほっといて。わかった？」

二人は身をよじって、無邪気《むじゃき》そうにこっちを見上げた。

「でも、男には何をしてもいいんでしょ？」イザドラが言った。

「ヘピィがそう言ってるもん」とイルザビル。

「でも私はだめだって言ってるの。あんたたちは甘《あま》やかされて育った、世間知らずのちっちゃい魔女《まじょ》だけど、もう好きなようにさせないわ。これからはヘピィじゃなくて、私の言うことを聞きなさい。いいわね？」

二人はピンク色の小さな口をぽかんと開けた。「えっ、でも……」

「でも、じゃありません。私にいい子ぶってみせてもだめ。かわいいなんて全然思わないから。二人とも、少しおしおきされた方がいいわ」私は二人の頭と頭をゴン、とぶつけ、もっと強くぶつけてやりたかったな、と思いながら、その場をゆうゆうと立ちさった。

二人が私の背中を憎々《にくにく》しげに見ているのが感じられた。だからその晩は、何かとんでもない仕返しをされるとばかり思っていたけど、意外にも、双子《ふたご》は私に敬意をはらうことにしたようだった。この子たちはこれまで、だれにも叱《しか》られたことがなかったんじゃないかしら。私に叱《しか》られていやな思いはしたけど、少しは反省したのかもしれない。

とはいえ、その夜、二人はグランドのベッドに何かぬるぬるするものを入れたらしい。グランドはかわいそうに、イジーたちのとなりの小さな屋根裏部屋をあてがわれたのだ。私の方は、その下の二階にある広々とした客用寝室《きゃくようしんしつ》で寝《ね》ることになった。背の高いすてきなベッドがある。頭板と足板のところは真鍮《しんちゅう》の棒でできていて、それぞれの横棒には真鍮《しんちゅう》の玉飾《かざ》りがたくさんついている。枕《まくら》がいくつも置かれ、毛布代わりに大きなパッチワークキルトがかけてあった。

ジュディス叔母様《おばさま》が言った。「キルトはていねいに使ってね。私のひいお祖母様《ばあさま》が作ったの。あなたのひいひいお祖母様《ばあさま》、ってことよ。もうかなりくたびれてきているの」

「きれいですね」ほんとにそう思ったから、私は言った。それから、大きな窓を見た。上に真鍮《しんちゅう》のカーテンポールがついていて、大きな真鍮《しんちゅう》のリングが通してある。そこからさがっているカーテンはベッドのキルトと同じくらいきれいだし、ずっと新しそうだ。

「カーテンは叔母様《おばさま》が織ったんですか？　とってもすてき」

「ええ、まあ、それは私が作ったの」叔母様《おばさま》は答えると、すまながっているような、心配そうなほほえみを浮《う》かべ、部屋を出ていった。叔母様《おばさま》にしては、かなりうれしそうな表情だった気がする。私は先祖伝来のパッチワークキルトの下にもぐりこむなり、すとんと寝入《ねい》ってしまった。もうくたくただったのだ。

しばらくして、また夢を見た。グウィンお祖父様《じいさま》のところで見た夢と、よく似ていた。キルトの下に体を残してするりと浮《う》かびあがり、窓を通りぬけ、田園風景を見おろしながら急いで飛んでいく。青くかすむ畑や暗い雑木林《ぞうきばやし》が、目の下に何キロも先まで広がっていた。やがてベルモント城に着いたので、さっと地面近くへおり、あの〈内庭〉へむかった。

でも今回は、中には入らなかった。鳥のように塀《へい》の上にちょこんととまり、湿気のある静かな庭を見おろした。なんの音もしない。馬と人の頭蓋骨《ずがいこつ》を刺《さ》した、グウィンお祖父様《じいさま》のおぞましい旗竿《はたざお》はまだそこにあり、庭を見ているあいだじゅう、目のすみに白っぽい影《かげ》のようについてまわった。

庭はひどいありさまになっていた。芝生《しばふ》はからからに乾《かわ》き、茂《しげ》みも木も枯《か》れそうだ。ため池や水路を流れる水には、もう勢いが感じられない。ため池にそそいでいた水の音は、前は深みのある大きな歌声のようだったのに、バチャ、ビチャ、と耳ざわりな変な音しかしていなかった。動物の頭の形をしたそそぎ口の中には、水が一滴も出なくなっているのもある。でもこれは、シビルのしわざによって起きた変化のうちでも、わかりやすいものだ。もっとよく見てみると——見るだけでなく、一生懸命《いっしょうけんめい》感じてみると——何もかもに、うす黄色の影《かげ》のようなくさった膜状《まくじょう》のものがかかっていた。芝生《しばふ》も花も、その膜《まく》に覆《おお》われている。中でも、膜《まく》が木にだらんとかかっていたり、水と一緒《いっしょ》にぐじゅぐじゅと流れていたりするようすは、吐《は》きけがするほど気持ち悪かった。

やっぱり私の言ったこと、まちがってなかったじゃない！　ヘピィとジュディス叔母様《おばさま》にあんなことを言われたせいで、ちょっと自信をなくしていたところだった。本当に何かを勘《かん》ちがいしたか、シビルとスペンサー卿《きょう》とマーリンの話も、三人がここにグウィンお祖父様《じいさま》を呼び出したのも、全部ただの夢だったのかもしれない、と思いはじめていたのだ。でも今は——少なくともこの夢を見ているあいだは——実際にあったことだとわかった。

ふと横を見ると、塀《へい》の上の私のそばに、だれかが悲しそうに立っていた。そびえるように背が高い、すらりとした女の人で、風もないのにドレスがひらめいている。長い髪《かみ》が植物のつるのようになびいてきたせいで、私はその人に気づいた。それでも、最初のうちはただの幻かと思った。その人の姿は、うすぼんやりとした白っぽい雲のようで、うしろにある木や空の星が透《す》けて見えていたのだ。でもそのあと、大きな目に見つめられて、やっぱり本当にいるんだ、とわかった。顔だけ見ると私と同じくらいの年のようだけど、実はこの庭よりも年をとっているにちがいない。夢でここに来ている私よりも、ずっと存在感があった。

「ここは力ある聖地のひとつだったのに」女の人はつぶやいた。「国をつなぎとめていたのに」

そしてため息をつくと、私に見ているよう合図してから、シビルのせいで現れたくさった膜《まく》の下に手をのばした。そして、まだ残っている庭のよい部分をつかみ、やさしくひっぱった。ひきだされたのは、全体がかすかにきらめく、苔《こけ》でできた巨大《きょだい》な布のようなもので、庭に残されたすべての力、徳、善なるものをたたえていた。女の人はぽたぽたと水がしたたる布を肩《かた》にかけ、体にしっかりと巻きつけた。雨や森や澄《す》んだ深い湖のような、いいにおいがする。

女の人は考えこむように言った。「しばらくはまた、手もとに置かなくては」ひとりごとのようだったけど、私に聞かせたかったらしい。「これによって、ひどくバランスが崩《くず》れてしまうでしょうけど」

女の人がもっと何か言うのではと待っていると、客用寝室《きゃくようしんしつ》で私を呼ぶ声がしたので、急いで戻《もど》らなければならなくなった。体を置いて出かけているときに、自分の名前を呼ばれると、こんなふうにひき戻《もど》されてしまうのだ。大急ぎで戻《もど》ったから、夜の田園風景が眼下《がんか》をすっとぶように流れていった。そして、真鍮《しんちゅう》のベッドの上にどさっと落ちた。起きあがってみると、めまいがした。

もう夢を見ているわけではないことはわかっていた。四角い布を縫《ぬ》いあわせた、くたっとしたキルトが手に感じられたし、ベッドの真鍮《しんちゅう》の棒とカーテンポールの両方がカタカタ鳴っているのも聞こえた。

「だれ？　なんの用？」私は寝《ね》ぼけた声で言った。

「それ、返事をしたぞ！」満足げな声がした。続いてさらに、何人かの声が同時に聞こえてきた。

「われらだ」「われらは話がしたい」

部屋の床《ゆか》近くから、ちらちらする黄色っぽい光（その光のもとを、次の朝捜《さが》してみたけど、結局何も見つからなかった）が射《さ》していた。私は黄色い光の中でまばたきし、目を凝《こ》らした。ベッドの足板の横棒の上に、なんとも奇妙《きみょう》な生き物というか、精が、鳥のようにとまっていて、ピンク色っぽい目をきらきらさせて私を見つめていた。けっこう大きくて、少なくとも一階で寝《ね》ている巻き毛のイヌくらいはある。突《つ》き出た胸の両わきにはひだみたいなものが長くたれている。翼《つばさ》かもしれない。手で真鍮《しんちゅう》の横棒を握《にぎ》って、鳥みたいな顔をこっちにむけている。でもいちばん奇妙《きみょう》なのは、体がほとんど透明《とうめい》だったこと。つまり、ついさっき会った女の人と同じように、体を透《す》かしてむこうが見えるのだ。ただ、女の人が霧《きり》か雲だとすれば、こっちはふくらんだ風船みたいな感じで、むこう側がかすかにピンク色がかって見えるだけだ。床《ゆか》の方から射《さ》す光がなかったら、まるっきり姿が見えないほどうすい。同じ光のおかげで、窓の上のカーテンポールにも似たような精がずらりとのっているのが、急に見えるようになった。そっちにいる精はもっと小さくて、さまざまな姿形をしている。

「あなたたちはだれなの？」私はきいた。

「われはディンバー家の聖杯《せいはい》に住まうもの」ベッドの方にいる大きな精が重々しい声で言った。

「カーテンの上のものどもは、ディンバー家の家宝なるほかの器《うつわ》を住まいとしている。われらは何百年も前にディンバーの者に呼ばれしときより、あれらの器《うつわ》に住まい、命ぜらるるままに魔法《まほう》を行ってきた。これはまちがったことではなかろうか?」

「そう、われらは奴隷《どれい》なのではなかろうか?」カーテンポールの上の一人が、甲高《かんだか》い声をあげた。

「男《お》の子《こ》はそう申した」べつの一人が歌うように言った。

「われらはかつて自由の身であった。呼び出《い》だされ、魔法《まほう》により束縛《そくばく》されるまでは」さらにもう一人が調子を合わせた。

「かくゆえに、これはまちがったことではなかろうか? 男《お》の子《こ》はそう申した。今の世ではわれらを閉ざしおくこと、あるいは、われらの意を問うことなく働かせることは法にて禁じられている、と教えられた。ディンバーの者どもはこの法を破っている、と。これはまことか?」

どうしよう! これで、家宝があれほど生き生きとしていたわけがわかった。目みたいだと思ったふたつの小さな光が、本当に目だったということも。あれはのぞき見しているグランドの目だったのだ。もともとむしゃくしゃしていたところへ、私にだけ宝物を見せるからイジーたちと遊んでなさい、とヘピィに追い出されたことが、よほどしゃくにさわったのだろう。

「ちょっと待って、よく考えるから」私はゆっくりと言った。なかなかまともにものが考えられなかった。まだ頭の半分は〈内庭〉に残っているような気がする。「グランドが言ったんでしょ? ディンバー家の奴隷《どれい》にされているって。つまり、あなたたちは聖杯《せいはい》とかの器《うつわ》の中で暮らして、ディンバー家の人たちに命じられるとおりに、魔力《まりょく》を使わなくちゃいけないのね。この家の人たちは、どうやってあなたたちを器《うつわ》の中で暮らすようにさせたのかしら?」

「呪文《じゅもん》と儀式《ぎしき》によって。われは生《い》け垣《がき》の中を住まいとし、思うがままにただよう身であったが、ある日突然《とつぜん》、聖杯《せいはい》の中へむりやりひきこまれ、わが力はイライザ・ディンバーなる者にあやつられることとなった。ほかのものどもも、おのおのべつのディンバーに同じ目にあわされた」と、大きな精。

カーテンポールの上の何人かがさえずるように言った。「あらがいようがなかった。かけられし呪文《じゅもん》が強すぎた」

「でも、それはずいぶん昔のことなのでしょう？　そのころの法は、今とはちがっていたかもしれないわ。それに、奴隷《どれい》とはいえない気がするけど。ごほうびはもらっているのよね？」私が言うと、カーテンポールの上の精たちが、また口々にぺちゃくちゃしゃべりだした。なんだか鳥のさえずりみたいだ。

「血をくれる」と一人が声高らかに言うと、べつの一人が「だが血はわれらの本来の食物ではない！」と続け、またべつのがピーピー声で「ほうびとはなんだ？　働きたいと、のべたことなどないのに」と言った。小さいのが「ほうびは、光り輝《かがや》く器《うつわ》に住まわせてもらうこと」と答えたが、ほかのものたちが声をそろえて「自由の方がよい！」とさえずり、小さいのをだまらせてしまった。次に、中くらいの大きさのが、声高らかに言った。「だが呪文《じゅもん》と血なかりせば、われらはすでに絶《た》えている」

大きな精がまじめな顔で、私を見つめた。「これはまことなり。だがそもそもわれらの意が問われなかったのであるから、奴隷《どれい》だ、と男《お》の子《こ》は言った」

私はしかたなくうなずいた。「まあたしかに、そうかもしれないけど。でも私のところに来たのはどうして？」

カーテンポールの上の、中くらいの精が歌うように言った。「男《お》の子《こ》の部屋のまわりには、破りがたき〈防御《ぼうぎょ》の魔法《まほう》〉がかかっている。中に入れない」

それを聞いても驚《おどろ》きはしなかった。私だって、イジーたちのとなりの部屋でひと晩すごさなくちゃならなくなったら、ぜったいだれも部屋に入れないようにするだろう。へえ、グランドにもそんなことができたんだ、とは思ったけれど、グランドはいつだって、魔法《まほう》をやってみるまでは、ちゃんとできるかどうか自分でもわからないのだ。それはそれとして……

「まだどういうことかわからないわ。グランドからそこまで聞いたのなら……ほかの人の意見も聞きたいと思って、私のところに来たの？」

大きな精は答えた。「男《お》の子《こ》はヘプジバーか、ジュディス・ディンバーと話しあえと申しておった。だがその者たちは、われらの存在を知らぬのだ。今も、われらの声で眠《ねむ》りから覚ますことができなかった。そこで男の子の勧《すす》めし、今ひとつのことを、行うべきであろうかと問いたい」

「まあ……今ひとつのことって？」

「宝を去り、ディンバーの者の言いなりになるのをやめよ、と」カーテンの上から小さいのがぴいぴい言った。

ほかのも口々にしゃべりはじめた。数えてみたら十二いる精たちが、透明《とうめい》なのどをふるわせ、「よい助言！」「悪い助言！」「今まで助言などされたことがなかった！」「今までわれらに気づいた人間もいなかった！」などと口々に言っている。まるで枝にとまったスズメの群《む》れみたいだったけど、大きい精が動きだすと、また静かになった。

大きい精は、体のわきにたれたひだをたたんだり、ぱたぱたさせたりしはじめた。ジュディス叔母様《おばさま》が藤色《ふじいろ》のショールをひっぱって肩《かた》にかけなおすときと、そっくりの動きだ。ほかのものたちはしんとなった。大きい精は言った。「来たるべき未来を思いはかるならば、このままでおれば、われらの運命は定まったようなもの。よって、われらは男の子《おこ》の勧《すす》めにしたがうべしと考える」

小さいものたちは、カーテンポールの上ですごく不安そうに体をよせあった。私はぴんときた。精たちの言う意味がわかったのだ。私だって、イジーの奴隷《どれい》になる運命だとしたら、逃《に》げだしたくなるに決まってる。「なるほどね。でも、そんなにひどいことにはならないかもしれないわよ。あの子たち、イヌにはとてもやさしいじゃない」私は言ってみた。

大きい精は、きらきらするピンクの目で悲しそうに私を見つめただけだった。私は続けた。

「えーと、だけど……ヘピィとジュディス叔母様《おばさま》はあなたたちの存在を知らないのなら、あなたたちに急にいなくなられたりしたら、わけがわからないと思うの。それじゃ叔母様《おばさま》たちが、ちょっとかわいそうじゃないかしら。今は実際、何をしてあげているの？」

「われは秘密の儀式《ぎしき》を、またみなでは、このあたりの魔法《まほう》と地の安定を守るべき魔法《まほう》を。だが今のディンバーの婦人はどちらも、われらなしでもそれを行う力をじゅうぶん持ちあわせている、とわれらは考える」

でもヘピィたちはあの宝物が大好きなのだ。とても大事に思っている。この精たちがいなくなってしまったら、家宝も、塀《へい》の上にいた女の人が善なるものを取りさってしまったあとの〈内庭〉みたいになるだろう。

「ねえ、問題はイルザビルなんでしょ？　でなきゃ、イザドラね」私は言った。

精たちは何も言わなかったけど、だれもが恐《おそ》ろしくはりつめたようすでじっとしているから、図星《ずぼし》なのがわかった。忠誠心《ちゅうせいしん》が厚いから、ディンバー家の悪口を言えないだけなんだわ。さて、どうしたらいいだろう？　まったくもう、グランドったら！　すごい仕返しをしてくれたじゃない！

私は言った。「あなたたちもこの家のイヌと同じように生きていて、れっきとした存在だってことを、どうにかしてヘピィたちにわからせたらいいんじゃないかしら」

すると、部屋じゅうぴいぴい大さわぎになった。よく朝方に鳥が鳴きさわぐことがあるけど、その鳥がいっせいに自分の寝室《しんしつ》に入ってきたような感じ。

「知ってくれさえすれば！」

「長いことつかえてきたのに、われらはただの道具だと思われている！」

「一度でも礼を言ってくれれば！」

「そうだ、われらも人間と同じく、れっきとした民《たみ》なのだ！」

「でもあの者たちには、われらが見えぬ、見えぬどころか聞こえもせぬ！」

「あの者たちに知ってもらわねば！」

あんまりうるさくて、自分が次に何を言おうとしていたのか、わからなくなってしまった。私はようやくきいた。「家宝に住まわされる前は、どういう民《たみ》だったの？」

大きいのが答えてくれた。「この地に住まう精なり。人間どもには見えぬようだが、われらはどこにでもいる民《たみ》だ。夏にはゆらゆらただよい、歌う。熱い空気のはしごをのぼり……」

そこから先は聞きのがしてしまった。頭の中の花のファイルがひとつ、いきなり開いたせいだ。遅《おそ》かったじゃない、とむっとしたけど、とにかくそこに全部、知りたいことの答えがあった。

またビロードモウズイカのファイルだ。「目に見えない昼の民《たみ》：非常に魔力《まりょく》の強い透明《とうめい》な民《たみ》で、国じゅうに群《む》れをなして存在し、気ままに楽しく暮らしている。命令にしたがわせることもできるが、礼《れい》儀正《ぎただ》しく接すること。怒《おこ》らせると嵐《あらし》、洪水《こうずい》、干魃《かんばつ》などを起こすことがある。【悪の魔法《まほう》：奴隷《どれい》の入手】

も参照せよ」古《いにしえ》の魔女《まじょ》は、この精たちのことをよく知っていたのだ。

また話が聞きとれるようになったときには、大きい精がこう言っていた。「……真夏のことであった。呪文《じゅもん》をかけられ、われはあたたかなわが寝所《しんじょ》からひっぱりだされ、冷たい金の聖杯《せいはい》に押《お》しこめられた。衝撃《しょうげき》であった。そのときからわれの存在が世の役にたつようになったことは認めよう、だが……」

「礼儀正《れいぎただ》しく接すること」か。それに、もともと忠誠心《ちゅうせいしん》があるのよね。だったら……私はきいてみた。

「ねえ、自分から進んでディンバー家を助ける気はない？」

「むろんある。われらは働くのがいやなのではない。命じるのでなく、頼《たの》んでほしいのだ」大きい精が体のわきにたれたひだをひらひらさせながら言った。

「お願いします、と」カーテンの上の一人がぼそぼそ言った。

「それはそうよね。じゃあこうしたら？　本当にいなくなるんじゃなくて、一日かそこら、家宝から離《はな》れるの。そうして、ヘピィたちが気づくまで待つのよ。私も、本当は生きている民《たみ》を、知らずに奴隷《どれい》にしていたんだって伝えるわ。それで、もしヘピィたちがあなたたちと話をしたいと言ったら、毎回ていねいに頼《たの》んでくれさえすれば、これからも喜んで仕事をすると教えてあげればいいのよ。奴隷《どれい》にするのはまちがっている、ってちゃんと言うの。どうかしら？」

精たちは、こういう言葉を待っていたらしい。よくぞ言ってくれた、とぴいぴい甲高《かんだか》い声をあげはじめた。何度もお礼を言われて、私はちょっと得意になり、にんまりしながらまた眠《ねむ》りについた。だれにとっても正しいことをした気分だった。グランドのたくらみをつぶしたうえ、目に見えない奇妙《きみょう》な民《たみ》を助けることができたし、ヘピィとジュディス叔母様《おばさま》も、長いあいだ恐《おそ》ろしい過《あやま》ちをおかしていたことに気づくだろう。それにこれで、見えない民《たみ》に対してだけでも、イジーたちを礼儀正《れいぎただ》しくさせることができるようになるかもしれない。
でも結局、ちっとも思ったようにはいかなかったのだ。

4

朝早くにも、何か儀式《ぎしき》があることになっていたらしい。私はヘピィの金切り声《かなきりごえ》で目が覚めた。ヘピィはオウムみたいな声で、ずっとわめきつづけている。私はねまき姿のままベッドからとびだすと、階段をかけおり、堅苦《かたくる》しい雰囲気《ふんいき》のあの居間にむかった。うしろからグランドも、まだズボンしかはいていないのに、あくびをしながらそのままどたどたおりてくる。

羽目板《はめいた》の壁《かべ》の「食器棚《しょっきだな》」が開いていた。ちらっと見ただけで、中の家宝に生気《せいき》がなくなっているのがわかった。まだ美しいことは美しいけれど、きのうのような輝《かがや》きはなくて、りっぱな工芸品という以外に特別なところは何もない、カップとお皿と花びん。ただの上等な食器類、といってもいい。

青のサテンのツーピースを着てめかしこんだヘピィが、ハイヒールをはいたまま「食器棚《しょっきだな》」の前をぴょんぴょんとびまわり、悲鳴をあげていた。すてきなレースのショールを肩にかけたジュディス叔母《おば》様《さま》も、手をもみあわせている。イジーたちもいた。部屋のべつべつのすみに離《はな》れてすわって、怖《こわ》がっているし、しゅんとしてもいるようだ。どちらも、フリルがいっぱいついた黄色いドレス姿で、頭に黄色いリボンを蝶結《ちょうむす》びしている。きのうにもまして、どっちがどっちかわからない。

どうしよう、大事な儀式《ぎしき》だったたみたい！

「見ておくれよ！」ヘピィが大げさに腕《うで》をふって「食器棚《しょっきだな》」を指さし、キンキン声でどなった。「〈徳〉

がなくなってる！　だれかがあたしたちの力をそっくり盗んだんだ！」

「いいえ、ちがいます、ヘピィお祖母様《ばあさま》」私は言いながら、さっとあたりを見まわした。あの大きな精は、開いた食器棚《しょっきだな》の片側の戸の上に腰《こし》かけていた。悲しげで、心配そうにしている。ひらひらたれたひだは、ヘピィの顔にふれそうだ。でも実を言うと、その姿がすぐに見えたわけじゃなかった。この奇《き》妙《みょう》な精たちを日の光の下で見つけることは、とてつもなくむずかしいのだ。よく見ると、ほかのものたちも部屋のあちこちにとまっていた。マントルピースの上の花びんのそばでじっとしていたり、大きな振子《ふりこ》時計の上や、ガラス戸つきの本箱の上にのっていたりする。「みんなここにいますよ」と言ったけど、ヘピィが悲鳴をあげつづけたから、私も声をはりあげ、もう一度ゆっくりはっきりと言った。

「ヘピィお祖母様《ばあさま》！　みんな、ここに、います！　家宝の中で暮らしていた、民《たみ》は、みんな、この部屋の中にいるんです！」

「どういうことだい？」ヘピィがわめいた。

「家宝の中の力のことです！　大昔のディンバー家の人たちが、目に見えない民《たみ》に呪文《じゅもん》をかけて、宝の中にむりやり住まわせて、そして……ディンバー家のために器《うつわ》を魔力《まりょく》でみたすように命じたんです。人間とは見た目がちがうけど、みんなちゃんと生きているんです。人間と同じように、れっきとした民《たみ》なんですよ。ねえ、ヘピィお祖母様《ばあさま》、ジュディス叔母様《おばさま》、ほんとに見えませんか？　この部屋のいろんなところに鳥みたいにとまっているんですけど。もう何世紀ものあいだ、ディンバー家の家宝につなぎとめられたままで……」

　ヘピィがものすごい形相《ぎょうそう》になったから、ちょっと口ごもってしまったけど、がんばって話を続けた。

「……この民《たみ》たちが、ゆうべ、私に会いに来たんです。今まで仕事をするときに、お願いしてもらったことが一度もないのに気がついた、と言って。ディンバー家への忠誠心《ちゅうせいしん》が厚いから、だまって出ていく気はないけれど、民《たみ》である自分たちが、ものみたいにあつかわれてきたことが気に入らないそうです。だから私は、こうしたらいいんじゃないかしらって……」

ヘピィは悲鳴をあげた。このときの声のすごさにくらべたら、今までのヘピィの金切り声《かなきごえ》なんか、ちっともたいしたことはなかった。ヘピィは叫《さけ》び、どなり、ののしり、わめきちらした。

「なんだって！ この宮廷《きゅうてい》から来た嬢《じょう》ちゃんは、うちの家宝のあつかい方について、私に説教しようってのかい！ この私に？ なんて生意気《なまいき》な！」

「お祖母様《ばあさま》たちがきちんとお願いしてくれるだけでいいんですって」私は必死で言ったけど、ヘピィに聞こえたとは思えない。

ヘピィはどなりつづけた。「涼《すず》しい顔をして、よくそんな図々《ずうずう》しいことが言えたもんだ、生意気《なまいき》な！」それから、「生意気《なまいき》な！」をくり返しながら、「ジュディスや、こんなことを言われたことがあるかい？生まれてこのかた、こんな恩知《おんし》らずには会ったことがないよ！ これがあたしの血をわけた孫だなんて！」とときいきい叫《さけ》んだ。

ヘピィの声ががんがん響《ひび》いているあいだ、ジュディス叔母様《おばさま》は心配そうな顔で、もう少しくわしいことを聞かせて、と言ったので、私はせいいっぱい説明した。でも、グランドのことを言いつけたくなかったのと、家宝の民《たみ》がイジーたちを怖《こわ》がってるということを、二人の母親である叔母様《おばさま》にはどうしても言えなかったのとで、うまく話せなかった。叔母様《おばさま》は納得できなかったようだ。ヘピィの方はどうせ、納得する気などさらさらなかったみたい。

「でもね、奴隷《どれい》にされているって、家宝に教えたのはなぜなの？」ジュディス叔母様《おばさま》はしんぼう強くきいてきた。どう説明しても、叔母様《おばさま》は家宝に民《たみ》が住んでいるとは信じられないらしい。「どういうわけで、いきなりそんなことをしたの？」

するとと突然《とつぜん》、グランドが口を開いた。「ロディじゃない。ぼくがやったんだ。家宝に最初に話しかけたのはぼくだ。きみたちは奴隷《どれい》にされているんだ、って。ほんとのことだもん」すごく低くて落ち着いた声だ。

それを聞いて、ヘピィはいっそうかんかんになった。怒《いか》りのあまり、ぴょんぴょんとびはね、グランドにむかってわめいた。「出ていけ！　今すぐ服を着て、荷物をまとめな！」ヘピィが目をひんむいてにらみつけたから、グランドは青くなり、部屋からとびだしていった。

「あの子にはあと一秒たりともうちにいてほしくないね！　出ていってもらう！　今すぐに！　それからあんたも！」ヘピィは今度は私の方をむいて叫《さけ》んだ。「ひきょうだったらありゃしないよ、この裏切り者！　あんたも出ていくんだ！」

私もヘピィに負けないくらい腹がたって叫《さけ》んだ。「私はひきょうじゃないし、裏切り者でもないわ。助言を求めてきた民《たみ》に、きちんと返事をしただけなんだから。そっちこそ、ちゃんと聞いてないじゃない！」

「ひきょうだし、冷たい娘《むすめ》だ！　うちに入れてやったのに、陰《かげ》でこそこそ勝手なことを！」ヘピィがどなる。

「しょうがないじゃない！　そっちに見えなくて、こっちには見えるんだから！」私も叫《さけ》ぶ。

「しかもうそつきだ！」ヘピィがどなり返した。「ジュディス、二人を車に乗せて、キャンダスの奥方《おくがた》のところに連れていくんだ。あのかたならどうにかしてくださるだろうよ。あたしはもううんざりだ」

結局ヘピィの言ったとおりにすることになったけれど、心配性《しんぱいしょう》のジュディス叔母様《おばさま》は、その前にみんなで朝食を食べなくちゃいけないわ、行き先は遠いから、と言って聞かなかった。そのうえ、イジーたちも一緒《いっしょ》に車に乗せていきます、と言いはり、こうつけくわえた。「お母様がそんなに気がたってるんじゃ、二人を置いていったりしたら、よけいいらいらしてよくないわ」

ヘピィが、あたしはかわいい双子《ふたご》たちのせいでいらいらしたことなんか一度もない、いらいらするのはここにいるだれかのせいだ、と私をにらんで言い返しているあいだに、私は部屋のあちこちで悲しそうにすわっている見えない精たちにあやまった。「ごめんなさい。どうやらうまくいかな……」

そこまで言いかけて、とびかかってきたヘピィに、廊下《ろうか》へ押《お》し出されてしまった。ヘピィはわめいた。

「ここにいるやつらとはあたしが話す！　あたしに権利があるんだ！」

少なくとも、精たちがいるってことは認める気になったようね。私は食欲がわかないまま、出されたトーストをもそもそとかんだ。イジーたちはもう本当には怖《こわ》がっていなくて、陰《かげ》でこっそり笑いあっている。この子たちも精がいることを信じる気になったんだといいけれど、二人の態度からはどうだかわからない。双子《ふたご》はヘピィの言うことならだいたいなんでも信じるようだから、もしヘピィが信じたのなら……ううん、そんな甘い期待は捨てて、せいぜい二人が車の中で大さわぎしませんように、とだけ祈っておこう。これだってむりな願いかもしれないけど。

前庭の下に、がけをけずったくぼみがあり、車はその中に停《と》めてあった。すごく新しい現代ふうの車だったから、驚《おどろ》いてしまった。ジュディス叔母様《おばさま》が運転する車なら、変な言い方かもしれないけど、「手織り」って感じのする旧式の車かと思っていたのだ。ヘピィ以外の全員が乗りこんだ。ジュディス叔母様《おばさま》は私を助手席にすわらせたから、グランドはうしろでイジーたちにはさまれてすわるはめになった。叔母様《おばさま》は何も言わなかったけれど、ひょっとするとこれが、ディンバー家がもてなした恩を仇《あだ》で返したグランドへのおしおきなのかもしれない。グランドはフリルいっぱいの黄色いドレスの二人にはさまれ、青ざめて暗い顔になっていた。

たぶん、私も似たような顔をしていたと思う。車が生《い》け垣《がき》のあいだの白く熱い道をとばしていく中、恥《は》ずかしくてたまらなくなってきた。本当は私も、ディンバー家がもてなしてくれた恩を仇《あだ》で返してしまったのだから。ゆうべ、ジュディス叔母様《おばさま》とヘピィを起こしに行って、私の部屋の中に集まった民《たみ》を見せようとするか、説明だけでもするのが、分別《ふんべつ》のあるやり方だったんじゃないかしら。もっとも、そうしていたとしても、けさのさわぎがゆうべ始まっただけ、という気もする。ヘピィはきっと、けさと同じようにうるさくわめいただろう。どうしてかっていうと……そう考えると心がちくちく痛むけど、ヘピィと私はおたがいのことが嫌《きら》いだからだ。なんてことだろう。普通《ふつう》、お祖母《ばあ》ちゃんと孫は仲がいいはずなのに。ゆうべ、ジュディス叔母様《おばさま》一人だけでも起こせばよかったのに、それすらしなかったのは、ベッドの足板にあの精がとまっているのを見た瞬間《しゅんかん》に、ヘピィを出しぬいてやれそうだ、と思ったせいだ。ほくそ笑むというのに近い、勝ち誇《ほこ》った気持ちになったのだ。私ってなんていやらしいんだろう。

こんなことばかり頭に浮《う》かんで、あんまりいやな気持ちになったから、何か話して気をまぎらわせずにはいられなくなった。「キャンダスの奥方《おくがた》ってどなたですか?」

「ばっかみたい! キャンダスの奥方《おくがた》を知らないんだって!」イジーのどちらかが言った。

「いいこと、キャンダスの奥方《おくがた》はね、それは力のある魔女《まじょ》で、ひと目見ただけであんたの皮をはぐことだってできるんですよ!」もう一人のイジーが、やたらと気どった調子で言った。

「二人とも、静かにしなさい」ジュディス叔母様《おばさま》がいつものおだやかな口調《くちょう》で言うと、私にむかって続けた。「キャンダスの奥方《おくがた》は『治めの貴婦人《きふじん》』よ、アリアンロード。と言って、わかるかしら?」

「いえ、さっぱり」

「ふうん、なんにも知らないんだ、宮廷《きゅうてい》の物知りさんは」イジーの一人がからかうと、もう一人も一緒《いっしょ》になって言った。「そう、実はね、この子はまるっきりものを知らないんですの。どうかやさしくしてあげて。勉強が足《た》りなかっただけですから」

今日の二人は、私を攻撃《こうげき》の的《まと》にしているようだ。この子たちのやりそうなことだ。私はふりむき、おどすように声を低くして言ってやった。「きのう、ノミの話をしたでしょ。本当にやってほしい?」

二人は憎々しげな目つきでこっちを見て、だまりこんだ。

ジュディス叔母様《おばさま》は、何事もなかったかのように話を続けた。「治めの貴婦人《きふじん》っていうのは……そうね、あなたは知らなくてもむりないかもしれないわ。今や宮廷《きゅうてい》も〈巡《めぐ》り旅《たび》〉も、みんな男の側の魔法《まほう》が中心ですものね。治めの貴婦人《きふじん》というのは、女の『マーリン』にあたる役職よ。マーリンと同じくらい力があるけど、政治とかには関わらないで、もっと土地に根ざした魔法《まほう》を治めているわ。つまりキャンダスの奥方《おくがた》はね、うちみたいな代々の世襲魔女《せしゅうまじょ》がきちんと仕事をしているか、目を光らせていらっしゃるの。といっても、もともと私たち魔女《まじょ》はみんな、国の安泰《あんたい》のために一生懸命《いっしょうけんめい》働いているわけだから、奥方《おくがた》も、とてもやさしくしてくださるわ。ともかくそれほど力のあるかただから、母も奥方《おくがた》のことを思いついたのだと思うわ」

はじめて聞く話だった。マーリンにならぶ力のある人がほかにいるだなんて。ひょっとすると、シビルもキャンダスの奥方《おくがた》のことは知らないかもしれない! だとしたら、キャンダスの奥方《おくがた》に会いに行くのは、恥《はじ》というより、ありがたいことだわ。孫娘《まごむすめ》としてひどいことをした、とばかり考えなくてすむようになったから、心の中でジュディス叔母様《おばさま》に感謝した。

叔母様《おばさま》は運転を続け、私は助手席にすわって窓の外を見ながら、マーリンに対抗《たいこう》できる力について考えていた。そのうち、家宝の精たちに似た、野に暮らす民《たみ》の姿が、見えることに気がついた。色はついていないほぼ透明《とうめい》といっていい民《たみ》たちで、そこらじゅうにいっぱいいて、みんなとっても幸せそうにしている。熱い空気が大好きらしく、満足そうにくつろいでいる。生け垣《いがき》にすわってゆらゆらゆれている精もいれば、実りかけのコムギの畑の上をふわふわただよっている精もいる。私たちのすぐ近くまで来て、見えなくなってしまうものも。どれもみな透明《とうめい》な体のむこうに、遠くの森や丘《おか》が透《す》けて見えていた。きのうまでなら、暑さでできたかげろうだと思っただろうけど、今日はちゃんと、いろいろな形や大きさの生き物だとわかる。ただ、聖杯《せいはい》に住んでいた精ほど大きいのはいなかった。

車が巻きおこす風で、生け垣《いがき》のそばの草むらにいた精が、ごろごろころがったりとびあがったりしているのも目に入った。急にこうした精が見えるようになったのはどうして？　古《いにしえ》の魔女《まじょ》からもらった知識のおかげで、生き物を見る力が働くようになったのかしら——ううん、精たちが存在することを知るだけで見えるようになるんだ、という気がする。でも、グランドはどうして知っていたの？　家宝の中に精がいることに、どうやって気づいたんだろう？

ジュディス叔母様《おばさま》が車を停《と》め、燃料を補給しているあいだ、みんなでいったん暑い外に出た。私は汗《あせ》をかきながら、グランドにこのことをきいてみた。イジーたちは私たちのまわりをとびまわり、悪口を言っている。

グランドはびっくりしたように答えた。「小さいときからずっと見えてたよ」

みんなが乗りこむと、車はまた走りだした。グランドはイジーたちにふりまわされまいとしてか、後部座席でずっとだまっていたけど、そのせいでかえって、からかいの的《まと》になっていた。イジーたちはどんどん声をはりあげ、意地悪《いじわる》なことを言いたてた。

「この子ったらばっかみたい！　ずっと口を閉じちゃって！　貝みたい！」

「貝じゃないわ。カタツムリよ！　じとじとしているんだもの！」

二人のさわぎがあまりひどくなると、私はふり返り、「ノミ！」と言ってやった。ジュディス叔母様《おばさま》は聞こえないふりをしているように見えた。

ずいぶん長いこと車に乗っていた。お昼には、炎天下、どこかの村の緑地に車を停《と》め、地元のパン屋から買ってきた〈うましパン〉を食べた。古くなっていていやなにおいがしたし、かちかちでおいしくなかった。イジーたちはそれぞれひと口かじると、「太っちゃうからもういらない」と言い、緑地の真ん中へかけていってしまったので、グランドが残りを平《たい》らげた。イジーたちは緑地じゅうを側転《そくてん》してまわった。村の子どもたちがぞろぞろやってきて、黄色のレースつきパンツをじろじろ見ていたけど、郵便局から出てきた大柄の女の人に追いたてられ、家の中へ入っていった。

ジュディス叔母様《おばさま》は、こうしたこともちっとも目に入らないようだった。みんなで焼けるように熱い座席に戻《もど》ってきて、〈うましパン〉がもう残っていないことに気づいたイジーたちが文句《もんく》を言いだしたときも、どうでもよさそうに、「どうせそんなにおいしくなかったわよ」と言い、また車を出した。

それから到着《とうちゃく》するまでは、イジーたちの文句《もんく》をえんえんと聞かされた。暑い、おなかすいた、こんなのひどい……。やがて外には、てっぺんに木がずらりとならぶ、なだらかな緑の丘《おか》が続くようになった。白い道は丘のあいだをまっすぐにのびている。そのうち、青空の下の地平線に細い塔《とう》が見えてきた。

「あそこがソールズベリー（イングランド南部の都市。尖塔で有名な大聖堂がある）よ。もうすぐ着くわ」ジュディス叔母様《おばさま》はそう言ったあと、わりと厳《きび》しい口調《くちょう》でイジーたちに注意しはじめたから、私はびっくりした。

「キャンダスの奥方《おくがた》はとてもお年を召《め》しておいでだし、お気にさわるようなことでもしでかしたら、ヘピィお祖母様《ばあさま》や私がお叱《しか》りを受けることになるんだから、おうちにうかがったら、本当にいい子でお行儀《ぎょうぎ》よくしていてちょうだい。できますか？」

「だって、私はいつだっていい子よ」片方のイジーが答えた。もう片方がぶうぶう言った。「おばあさんなんかつまんない！　車に残ってちゃいけない？」

「いけません。あなたたちに会えなかったら、きっとがっかりなさるわ」叔母様《おばさま》はそんなふうに言ったけど、親ばかの勘《かん》ちがいもいいところ。

車はソールズベリー市のはずれまでやってきて、高い常緑樹《じょうりょくじゅ》の生け垣《いがき》の前でやっと停《と》まった。少し緊張《きんちょう》しながらみんなと一緒《いっしょ》に生《い》け垣《がき》の囲いの中に入り、小道を通っていくと、家の玄関《げんかん》に着いた。ジュディス叔母様《おばさま》が緑色の扉《とびら》を押《お》して開けた。中は涼《すず》しくて、とても上品な感じだった。叔母様《おばさま》は一歩中に入り、大声で言った。「キャンダス様！　ジュディス・ディンバーです。おうかがいすることはごぞんじでしたよね？」

「知っていましたよ。こちらにお入り」声が返ってきた。

声のした部屋へぞろぞろ入ると、お茶のポットや食べ物がたっぷりのったテーブルがあり、そばの低い椅子《いす》にキャンダスの奥方《おくがた》らしき人がむこうをむいて品よくすわっていた。ふりむいたその人は、細《ほそ》面《おもて》のきれいなおばあさんで、髪《かみ》は豊かな白髪《はくはつ》だった。脚《あし》はびっくりするほどすらっとしていて、絹のストッキングをはいている。イジーたちを目にするなり、キャンダスの奥方《おくがた》がぎょっとしたような顔になったので、私は思わずふきだしそうになった。

「双子《ふたご》たちも連れていらっしゃるとは思いませんでしたわ」と奥方《おくがた》。なるほど、イジーたちがときどき使っている気どった口調《くちょう》は、キャンダスの奥方《おくがた》の真似《まね》だったらしい。すごく古風で、育ちがよくて、言葉づかいがていねいだから、気どっているようにもとれるのだ。

「お会いしたら、きっと喜んでくださると思ってましたわ！」イジーの一人が言った。奥方《おくがた》そっくりなしゃべり方。キャンダスの奥方《おくがた》はちょっとたじろいだ。

一方、もう一人のイジーはぶっきらぼうに「そのおじさんはだれ？　家の中で長靴《ながぐつ》をはいちゃいけないんだよ」と言い、ティーカップを手にしてテーブルのそばに立っていた人を指さした。よれよれの麻《あさ》の上着を着た、感じのいい年配《ねんぱい》の男の人だ。たしかに緑のゴム長《なが》をはいている。男の人はちょっと驚《おどろ》いたような顔で自分の長靴《ながぐつ》を見おろし、指をさしたイジーの方を見たけれど、返事はしなかった。

と、キャンダスの奥方《おくがた》が言った。「ああ、そうだわ、ソールズベリーを紹介《しょうかい》しましょうね。ちょうど、あなたがたの問題について相談していたところなんですよ」

「ソールズベリーさん？」とジュディス叔母《おば》様《さま》。

「ええ、ソールズベリー市本人よ」と奥方《おくがた》。

「まあ！」叔母《おば》様《さま》はうろたえてショールを肩《かた》にきちんとかけなおし、グランドと私を紹介《しょうかい》した。緑のゴム長《なが》をはいた町と話すなんて、叔母《おば》様《さま》も思ってもみなかったにちがいない。

でもイジーたちは平気だった。片方が「うそでしょ！」と言うと、もう片方もうなずいた。

「町と話ができるわけないじゃない」そして二人とも、じろじろとソールズベリー市を見た。

ジュディス叔母《おば》様《さま》は例によって、二人の態度に気づかないふりをして言った。「あまり長くはお話しできませんの。帰りも長い道のりですので」

「まずはお茶を召《め》しあがって。行きよりずっと早く帰れるようにしてさしあげますから」キャンダスの奥方《おくがた》はきっぱりと言い、さらに宙にむかって声をかけた。「お茶をもっと頼《たの》むわ。あればケーキもね」

そこで、私とグランドとジュディス叔母様《おばさま》は、ふかふかの椅子《いす》にお行儀《ぎょうぎ》よく腰《こし》かけた。でもイジーたちは、趣味のいい部屋の中を歩きまわっては、手あたりしだいのものをつついたりひっぱったりしはじめた。スツールの上で気持ちよさそうに寝《ね》ていた太った灰色のネコは、危ないところで高い飾り棚《かざだな》の上に避難《ひなん》し、全身の毛を逆立《さかだ》てて、恐《おそ》ろしそうにイジーたちを見おろした。キャンダスの奥方《おくがた》は心配そうにネコを見上げた。でもジュディス叔母様《おばさま》はショールをまたかきよせただけで、グランドと私が〈巡《めぐ》り旅《たび》〉においてきぼりにされたいきさつを話しだした。

ティーポットがひとつと、ざっくり大きく切ったケーキが、入口からふわふわと空中をただよってきた。イジーたちはネコにのばした手をとめ、目を見はった。グランドはおもしろそうにケーキの動きを目で追っている。私も、射《さ》しこんでくる日光の方をむいて目を細めてみた。透明《とうめい》な鳥みたいな精たちの姿が四つ、かろうじて見えた。精たちはティーポットとケーキを、奥方《おくがた》のそばの小テーブルへ運んでいく。

「変なことしたら、だめよ！」私はグランドがまた何かしそうな気がして、強い調子でささやいた。

グランドはうしろめたそうに私を見返し、にやっと笑った。それから何か魔法《まほう》を使った。グランドが魔法《まほう》を使ったのかどうかは、ふだんはよくわからない。体を動かさないし、表情もほとんど変えないからだ。でもこのときは、まちがいなく使ったとわかった。いきなり心がゆさぶられたように感じたし、ひどい恐怖《きょうふ》に襲《おそ》われたように、体が勝手にびくんと動いたからだ。キャンダスの奥方《おくがた》も身じろぎした。

私は、よしなさい、とグランドをなじろうとした。

ちょうどそのとき、灰色のネコがぶらぶらとたらしていたしっぽを、イジーたちの一人がつかんだ。ギャッ、とネコが鳴き、飾《かざ》り棚《だな》がゆらいで、中の上等のうす手の磁器《じき》がカチャカチャいった。すると驚《おどろ》いたことに、ジュディス叔母様《おばさま》がすっくと立ちあがって、イジーたちをどなりつけたのだ。

「イザドラ、今すぐ手を放《はな》しなさい！　二人とも、こっちに来るんです！」

双子《ふたご》は私と同じくらいびっくりしたらしく、ふくれっつらで母親の方へ歩いてきた。

「ここ、つっまんなーい！」イザドラがぐずると、イルザビルはかわい子ぶって言った。「でも私たち、とってもいい子にしてるでしょ、お母様？　約束したもの」それからいつもどおり、役を入れかえた。

「ちっともいい子じゃありません！」叔母様《おばさま》はぴしゃりと言った。まるで叔母様《おばさま》らしくなく、顔を真《ま》っ赤《か》にして怒《おこ》っている。「キャンダス様におわびをなさい。そうしたらすぐ家に帰ります」と二人に続けると、今度は奥方《おくがた》にむかってあやまった。「本当に失礼いたしました。もうおいとましなければ。家まで遠いものですから」

ジュディス叔母様《おばさま》は、イジーたちを押《お》しながら、部屋を出ていこうとした。二人は足をふんばって逆《さか》らった。「ケーキを食べてから！」イルザビルが文句《もんく》を言った。

「いけません、悪い子だったんですから。まっすぐうちに帰って、お祖母様《ばあさま》にたっぷりしかってもらいます」

イジーたちはわあわあ泣きだした。玄関《げんかん》の扉《とびら》がバタンと閉まったあとも、ギャーギャービービーいう声が聞こえた。車のドアが開く音、閉まる音、エンジンのかかる音がしているあいだもずっとだ。走さる車の音が聞こえなくなってやっと、静かになった。

キャンダスの奥方《おくがた》が口を開いた。「まあまあ！　今のはどういうことかしら？」

「グランドがやったのね？」と私。

グランドは顔を赤らめ、低い声で言った。「あの子たちはジュディスおばさんに呪文《じゅもん》をかけて、どんなに悪いことをしても気づかれないようにしていたんです」

「で、あなたはその呪文《じゅもん》を解《と》いたの？」と奥方《おくがた》。

「解《と》いたわけじゃありません。二人はヘプジバーおばあさんにも同じ呪文《じゅもん》をかけていたんです。だから双子《ふたご》の方に魔法《まほう》をかけて、二人のやっていることがだれにでもはっきり見えるようにしました。そうすれば、帰ったときへプジバーおばあさんにも見えるだろうと思って。むずかしかったです。車に乗りこんでからずっとやっていたんですけど、ここに来て、やっとうまくかかりました」

キャンダスの奥方《おくがた》は言った。「まあまあ、普通《ふつう》なら、あなたにはたくさんおこごとを言わないといけないところよ。魔法《まほう》で人の性格や印象を変えたりするのは、許されないことなんですよ。そういうのは悪い魔法《まほう》です。ただ、今のは、双子《ふたご》にとっては当然の報《むく》いだったと認めましょう。ただ、お茶の一杯《ぱい》も飲まずに、また運転するはめになったジュディスには気の毒だったわね。ジュディスに約束した、帰りを早める魔法《まほう》を使ってあげるとしましょう。あなたがたは先にケーキを食べていらっしゃい。すぐにすむわ」

キャンダスの奥方《おくがた》は立ちあがった——ちょっとよろよろしている。かなりのお年で、体がこわばっているのだ。ソールズベリー市は押《お》しだまったまま、私たちにケーキをまわしてくれた。ネコは上からおりてきて、グランドのひざの上にのり、ゴロゴロいいはじめた。だれに助けてもらったかよくわかっているらしい。私は、見えない精が切ったからか、ちょっと形がひしゃげているケーキを食べながら、キャンダスの奥方《おくがた》が曲がった指先で空気をあちこちからかき集め、ひだを作るようなしぐさをしているのを見ていた。

奥方《おくがた》はつぶやいた。「どこか適当な別世界を見つけて、そこに道を車ごと持っていって、扇子《せんす》のように折りたたむのよ、車が山のところだけを通るように……」

この呪文《じゅもん》は知っていた。まったく同じじゃないかもしれないけど、似たようなことができるのを。クレマチス（旅人の喜び）のファイルの中の【現実世界の旅】という項目にあった、「道中を短くする六つの方法」のうちのひとつだ。私は呪文《じゅもん》を唱える奥方《おくがた》を見守りながら、奥方《おくがた》はほかの五つの方法もごぞんじなのかしら、と思った。

私がまだケーキを食べおわらないうちに、わめくイジーたちというお荷物をのせた叔母様《おばさま》の車は、もうあと少しで家にたどりつくところまで進んでいた。キャンダスの奥方《おくがた》はさすがだ。私の頭の中の花のファイルには説明がないことまでやっていた――ほかの車まで呪文《じゅもん》に巻きこまれたりしないように、おばさまの車が通るなり、道をもとに戻《もど》していたのだ。これには感動してしまった。

「さあ、すんだ！」とキャンダスの奥方《おくがた》は言い、叔母様《おばさま》たちの車の旅を大幅に短縮してあげたことで疲《つか》れてしまったらしく、力なく椅子《いす》にすわりこんだ。ソールズベリー市も、低い椅子《いす》にギシギシと音をたてて、ゆっくりと腰《こし》をおろし、奥方《おくがた》にお茶を入れたカップを渡《わた》した。奥方《おくがた》はソールズベリー市ににっこりと笑いかけると、今度は私の方をむいた。若いころはものすごい美人だったにちがいない。「ジュディスにはこれぐらいしてあげなくてはね。さて、ヘプジバー・ディンバーにも手に負《お》えないという、あなたたち二人の問題というのはなんなの？」

私は話したくなかったから、ただこう言った。「グランド？」

するとグランドが、家宝の中の見えない精たちについて話した。

「あらあら。どうしましょう」と奥方《おくがた》。そのとき、ケーキののったお皿が奥方《おくがた》のそばに現れて、いかがですか、というようにゆらゆらゆれた。「どうもありがとう」奥方《おくがた》はそっちにむかってていねいな口調《くちょう》で言い、ひときれ取ると、今度はグランドにこう言った。「私はお礼を言うのだけは忘れないようにしているけれど、どういうごほうびをあげるかについては、しょっちゅう頭を悩《なや》ましているわ。残念だけど、二流の魔法《まほう》の使い手の多くは、捕《と》えた民《たみ》にひどいしうちをしているのよ。でも、ディンバー家の人たちが自分でもわからずにこの民《たみ》のことを利用していたなんて、正直言ってはじめて知りましたよ。すぐにもっとくわしく調べなくては」それから私の方をむいて続けた。「だけど、問題はそれだけではないのでしょう?」

私はうなずいて、シビルとスペンサー卿《きょう》、マーリンがしたことを話した。奥方《おくがた》が首を品よくかたむけて熱心に聞いてくれたので、やっと信じてくれる人に出会えた、と思いかけた。でもその期待は、奥方《おくがた》の次の言葉で打ち砕《くだ》かれてしまった。

「あら、そんなことはありえないわ。今のマーリンは若いし、マーリンになってまもないから、私も会ったことはないけれど、あなたが言うような反逆行為《はんぎゃくこうい》に手を染《そ》めるなんてことはないと思いますよ。つまりね、そんなことをする人なら、そもそもマーリンには選ばれなかったはずなんです。マーリンが何か新しい考えを思いついて話していたのを、あなたが誤解したのではないかしら」

私はがっかりして言った。「〈小さき民《たみ》〉の一人は私の話を信じてくれました」キャンダスの奥方《おくがた》にはなんとしてもわかってもらわなくちゃいけない。マーリンに対抗《たいこう》できる力を持った人なんだから。「深刻《しんこく》に受けとめてくれて、『国を起こす』といいって教えてくれました」

「とんでもない!」キャンダスの奥方《おくがた》はするどい口調《くちょう》で言った。「なんてことを勧《すす》めたのかしら! 口に出すのもいけないようなことを！　〈小さき民《たみ》〉はほとんどがとても賢《かしこ》いけれど、中にはいたずら好きなのもいるのよ。あなたが会ったのは、いたずら者だったんじゃないかしら。あなたがまだ子どもだってことに気づかなかったのかもしれないわね。いいこと、よく聞いてちょうだい」

キャンダスの奥方《おくがた》は前に身を乗り出し、うす緑色の大きな切れ長の目で、私を真剣《しんけん》に見つめた。「〈ブレスト〉の魔法《まほう》は、たいそう複雑にからみあったものなの。〈ブレスト〉の太古の昔、古代、近代、そして現代の魔法《まほう》がもつれあって、国土の上にバランスよくのっているの。あなたが今言ったのは、魔法《まほう》の土台をゆるがすことと同じよ。そうしたら全体のバランスが崩《くず》れるか、ひょっとすると、ばらばらに吹《ふ》き飛《と》んでしまうかもしれない。そうなってはこまるのよ。〈ブレスト〉の魔法《まほう》は、まわりの何百とあるほかの世界の魔法《まほう》をたもっているんですもの。これでわかってもらえるわね」

「でももし、〈ブレスト〉の魔法《まほう》がすっかり悪いものになってしまったら……」と私が言いかけると、キャンダスの奥方《おくがた》がさえぎった。

「たしかに、万が一そうなったら、起こすしかないかもしれない。でも、今は悪くなっていませんよ。とてつもなくずる賢《がしこ》い者が私の目をごまかしているのでないかぎり、私にはわかるはずです。何もおかしなことにはなっていないと感じますよ」

奥方《おくがた》のそばの小テーブルにのっていた遠話器《えんわき》が、さえずるように鳴りだした。ソールズベリー市がそっちを見てうなずき、はじめて私たちの前で口を開いた。「やっとロンドンにつながりました」レンガがこすれあうような、低く響《ひび》く静かな声だ。

キャンダスの奥方《おくがた》はソールズベリー市ににっこりとほほえむと、遠話器《えんわき》を取りあげた。

「もしもし、マクスウェル・ハイドさん？……あら、ドーラなのね？　ハイドさんはいらっしゃる?……そう、では帰られたらすぐに伝えてくださるかしら、そちらのお孫さんをあずかっておりまして、これから……ええ、アリアンロードです。それとお友だちのアンブローズ・テンプルも一緒《いっしょ》です……いいえ、今晩二人がそちらに到着《とうちゃく》する、とお伝えくださるだけでけっこうよ。ソールズベリー市が送っていきますから、何も心配なさることはありませんよ」

キャンダスの奥方《おくがた》は遠話器《えんわき》を置いてほほえんだ。「さあ、これで何もかもが片づいたわ」

奥方《おくがた》は知るよしもなかったけれど、実際には、全然片づいていなかった。

9
ニック

1

マクスウェル・ハイド氏がぼくを〈ブレスト〉へ連れていきたいと言ったら、おやじがあっさり聞き入れてしまったので、ぼくはものすごく驚《おどろ》いた。

〈闇《やみ》の小道〉をいやがって、低い声でぶつぶつぼやきつづけるマクスウェル・ハイド氏をぼくがひっぱるようにして、二人で〈地球〉に戻《もど》ってみると、おやじはまだあのロンドンのホテルにいた。集まりに参加していたほかの人たちは、もう何日も前にホテルを去っていたのに、おやじはまたしても家の鍵《かぎ》をなくしてしまったから、残ってぼくを待っていたらしい。ぼくの持っていた鍵《かぎ》は〈ロッジア〉の警察にとられてしまったと説明しても、おやじは顔色ひとつ変えず、じゃあホテルから鍵屋《かぎや》に電話するよ、と言っただけだった。

なんでぼくがびっくりしたのかって？　おやじはふだん、超自然的《ちょうしぜんてき》なことはいっさい信じないようにしてるんだ。きっと、自分の小説に山ほど登場させている悪霊《あくりょう》が本当にいるかもしれないなんて、考えたくないのだろう。なのに今は、異世界があることをはっきり認め、そのひとつに住んでるマジドの存在も信じただけじゃなく、そこにぼくが一緒《いっしょ》に行くことだって許したわけだ。

おやじはぼくにこっそり言った。「あのハイドさんは、たっぷり酔《よ》わなくちゃおまえを捜《さが》しに行けないと言って、おれに二百ポンドも酒代《さかだい》をはらわせたんだ。ふたつ三つ、役にたつことを教わってこい。

少しは見返りをもらわなくちゃな」

これは、ぼくがホテルの廊下《ろうか》で自分のそばからいきなり消えてしまって、ひどく心配したんだということを、おやじなりに伝えようとした言い方なのだ。ぼくはじんときてしまった。おやじは着替《きが》えを何枚か買ってくれさえした。マクスウェル・ハイド氏に腕《うで》をひっぱられて〈ブレスト〉までくだっていくあいだも、ぼくは驚《おどろ》きと感動でぼーっとしていた。

マジドのやり方で〈世界のはざま〉を通るときは、まるで丘《おか》をくだるような感じがする。丘《おか》のほとんどは草に覆《おお》われているが、もやもやしたかすみのようなものがかかったアスファルトの地面らしきところも、ところどころにある。もやもやしたかすみの中に、さまざまな世界への入口があるらしい。歩きながら、草地の広がっている方に横目を使うと、〈闇《やみ》の小道〉があらゆる方向にのびているのが見えた。すごく興味をひかれたけど、ハイド氏は、小道がここにもあるとは気づいていないようだった。

やがてぼくたちはアスファルトの地面を踏《ふ》み、マクスウェル・ハイド氏のロンドンの家の前に立った。ぼくは急に興奮し、どきどきしてきた。さあ、ロディに会うんだ！　と楽しみな反面、これから見知らぬ世界の政治に首をつっこまなくちゃならないと思うと、ちょっといやな気もした。だが、ロディがその場に現れる気配はいっこうになかった。通りには、いかにもロンドンらしい背の高い家が何軒《げん》もならんでいる。どれも、ぼくの世界のロンドンにあるどんな家より、ずっとかっこよくて、色あざやかだ。

マクスウェル・ハイド氏はつやつやした緑色の玄関扉《げんかんとびら》の鍵《かぎ》を開けながら、家がきれいなわけを説明した。「ロンドンに突然《とつぜん》、王がおいでになるかもしれないからなんだ。家が汚《きたな》くなってくると、市から塗《ぬ》りなおしを命じられるんだよ」

それって、ファシズム（全体主義的、独裁的な政治理念、またはその政治体制）じゃないか？　「塗《ぬ》る色まで決められたりするんですか？」ぼくは、落ち着かない気持ちをさとられないように、きいた。

「いや、いや。どう塗《ぬ》るかは家の持ち主にまかされているよ。ただ、たとえばもし私が、家の外壁《がいへき》にはだかの女の絵をたくさん描《か》かせようとしたら、さすがに文句《もんく》を言われるだろうな」

〈ブレスト〉のロンドンバスは、赤じゃなくて明るい青だった。ちょうどぼくたちが家に入ろうとしたとき、一台がうしろを通りすぎていったのだ。においからすると、燃料はディーゼルじゃないらしいが、くさい点では負けてなかった。

「おーい、帰ったぞ！　客を連れてきた！」玄関《げんかん》マットで靴《くつ》の泥《どろ》を落としながら、ハイド氏は叫《さけ》んだ。

ぼくの世界の普通《ふつう》の家の中とはずいぶんちがうにおいだ。少しスパイスが効《き》いた感じかな。マクスウェル・ハイド氏の娘《むすめ》のドーラとその息子のトビーが、廊下《ろうか》の奥《おく》からぱたぱたと出てきた。娘《むすめ》のドーラはハイド家の家事をきりもりしているらしいが、すごく変わった人だ。髪《かみ》を真《ま》っ赤《か》に染《そ》め、ペルーの先《せん》住民《じゅうみん》みたいにはでな色がまじった服を、重ね着している。服の模様はまちまちだ。ビーズなどの飾《かざ》りをじゃらじゃらと体じゅうにつけているが、そのほとんどは魔法《まほう》のお守りらしい。トビーはぼくより年下で、びくびくしているように見えることをのぞけば、ごく普通《ふつう》の子という感じだ。年上の人のそばにいつもくっついていたがるのは、その方が安心な気がするからだろうか。顔はすごく青白くて、髪《かみ》は赤毛に近い。

「あら、東方《とうほう》からのお友だちなの？」ドーラがうれしそうな声をあげた。

ぼくは〈地球〉でも、インドやギリシャの出身だと思われることが多い。わずらわしいけど、こんなふうに言われるのには、なれている。よその世界から来たんだ、とマクスウェル・ハイド氏がはっきり言っても、ドーラは聞こうともせず、東方《とうほう》の国々のめずらしい魔法《まほう》について、しつこく質問してきた。

東方《とうほう》の魔法《まほう》に夢中、って感じだ。

ドーラが「あなたたちの昼食になるものがないか、見てこなくちゃ」と大声でひとりごとを言いながら行ってしまうと、ハイド氏がぼくに言った。

「ドーラのことは気にするな。母親の家を追い出されて受けた心の傷が、いまだに癒《い》えていないんだ。かわいそうだが、もともと神経が細かったようでな」

昼食になるものは家になかったらしく、トビーが〈うましパン〉とかいうものを買いにやらされた。〈うましパン〉は分厚《ぶあつ》いピザにちょっと似ている。タマネギなどの具をパン生地《きじ》に入れて焼き、上に細切りのチーズをぱらぱらとふりかけたものだ。ドーラは食料を買うのを忘れるという変なくせがあったから、トビーがちょくちょくお使いに出され——どこで何を売ってるかわかってからは、ぼくもだ——、チーズやケーキ、紅茶なんかを買ってきた。〈ブレスト〉の人たちは朝から晩まで紅茶を飲み、一緒《いっしょ》にケーキを食べる。ぼくにはとても考えられない量だ。店では紅茶をつめた茶色い大袋《おおぶくろ》をたくさんと、べたべたするケーキを六十種類くらい売っている。店主の五割くらいは中国人ふうだ。コーヒーはチョコレートの店に行かないと買えないし、値段も紅茶よりずっと高い。

ただありがたいことに、マクスウェル・ハイド氏は裏庭で野菜を育てていた。この世界のロンドンの人たちは、たいていそうするらしい。まるで郊外《こうがい》に暮らしているみたいだ。おかげで、たいていいつも、何かしら食べるものはあった（夕食がビーツだけだった夜は、かなりげっそりしたけど）。到着《とうちゃく》した日も、マクスウェル・ハイド氏はまず庭に行き、花や野菜の育ちぐあいをたしかめていた。家の裏口を出るとすぐ芝生《しばふ》があり、そのまわりにダリアなどいろいろな花が植えてあった。奥《おく》が菜園になっている。ダリアはまだ小さくて、固く乾《かわ》いた土の上で葉がもこもこと茂《しげ》っているだけだったが、ハイド氏はこのダリアをとりわけ大事にしているらしく、早速ホースで水をやっていた。

昼食のあと、ハイド氏はぼくをリビングに呼んで、ブレスト諸島《しょとう》の地図を見せてくれた。トビーもハイド氏によりかかり、ぼくたちのひじの下からのぞきこむように一緒《いっしょ》に見ていた。〈ブレスト〉の世界では、あらゆることがぼくの世界に似ているようで、似ていなかった。島の形もそうで、ブレスト諸島《しょとう》はブリテン諸島《しょとう》によく似ていたが、そっくりではなく、フランスのある南東の方から全体をぎゅうっと押《お》したあと、アイルランドのある西へひきのばしたような感じだ。だから西側のウェールズとコーンウォールはだいぶ広いし、スコットランドは、海岸線がさほど入り組んでない。

「きみが見ると、イングランドの東海岸がずいぶんまっすぐだと映るだろうな。こっちの世界の方が海《かい》抜《ばつ》が高くなっているんだ」マクスウェル・ハイド氏が言った。

見ると実際、ノーフォークやリンカーンシャー（いずれもイングランド東部地方）はほとんどなくなっているし、ヨークシャー（イングランド北部地方）もかなり細くなっていた。その代わりに南の海岸あたりがフランスに近く、ワイト島（イングランド南岸近くにある島）がチャネル諸島《しょとう》（ワイト島よりさらに南でフランスのノルマンディー半島の西方にある）にほとんどくっついている……とそのとき、さらに大きなちがいをひとつ見つけた。

「鉄道は走ってないんですか？」ぼくは言った。

「鉄道って、何？」トビーがきいた。

「列車だよ。汽車ぽっぽ」

「いや、交通手段は道路と運河だけだ。ブレストの工業の発達の歴史は、きみのところとはかなりちがうんだよ。きみらは『コケール』を発見してないしな」マクスウェル・ハイド氏が言った。

「何を発見してないですって？」

「コケールだよ。汽車ぽっぽ」トビーが言い、笑いだした。やるじゃないか。トビーのことをばかなのかと思ってたけど、まちがいだった。まあ、ぼくは、小さい子のことは、よくわからないからな。

そのあと、マクスウェル・ハイド氏がぼくの世界の英国と似《に》て非《ひ》なる〈ブレスト〉の歴史について語りだしたので、すっかり頭が混乱してしまった。記憶《きおく》に残ったのは、ブレストの王はひとつの場所にとどまることがなく、年がら年じゅう、家臣をぞろぞろひきつれて国をめぐっているということ。これは〈ブレスト〉が、ぼくの世界の百倍も魔力《まりょく》にみちているせいじゃないかと思う。大昔は、国の魔法《まほう》を治めるために、王が国じゅうをまわる必要があったそうだ。だが今は「マーリン」と「治めの貴婦人《きふじん》」という人が王の代わりに魔法《まほう》を治めているのに、王は相変《あいか》わらず旅をしているという。

実は、こういうことを覚えているのは、ハイド氏が話のついでに、ロディも両親ともが廷臣《ていしん》だから王について旅をしているんだ、と言ったからだ。ぼくは、マーリンについてロディが言ったことを思い出しながらも、王の一行が今どこにいるのかハイド氏にもわからないと聞いて、がっかりしてしまった。

「どうかしたのか？」ぼくの表情を見て、ハイド氏がきいてきた。

ロディについてあれこれしゃべるなんて恥《は》ずかしくて、できそうになかったから、ぼくはあわてて言いつくろった。「賢者《けんじゃ》たちのことが気になって。アーノルドと仲間たちを、すごくまずい立場に追いこんじゃったんじゃないかと……」

「ああ、〈プランタジネット〉の連中だったな。思い出したよ。言ってくれてよかった。二日ぐらいして、きみがここに落ち着いたら、私が行って見てこよう」

ハイド氏はそう言ったけど、ぼくはすぐにここに落ち着き、規則正しい毎日をすごすようになった。ロディのことは話題にのぼらなくなって、ほっとした（と思うんだけど）。朝食をとり、目がちゃんと開くまでコーヒーを飲んだあとはいつも、ハイド氏が魔法《まほう》のレッスンをしてくれた。これはすごくありがたかった。教わるのは基本的な決まりごとが多かったが、やっと魔法《まほう》を習えるようになったのは本当にうれしかった。たしかに決まりがなきゃ、魔法《まほう》だってうまく働かないのかもしれない。ただ、ロマノフから魔法《まほう》の奥《おく》の深さについてちょっと聞いた話を思い出すと、どうしても疑いたくなるのだ——つまり、決まりというのは魔法《まほう》全体のほんの一部にしか関係してなくて、魔法《まほう》を深く知れば知るほど、あることにあてはまる決まりが、ほかには通用しないとわかるんじゃないか、って。

それでもぼくは、決まりごとを一生懸命《いっしょうけんめい》覚えようとした。魔法《まほう》ってのは不思議だ。ひょいとできてしまうのもあれば、いつまでたってもできないのもあるのに、その中間、がんばればできるようになる、という魔法《まほう》はないのだ。理論についても同じだった。はなから簡単にわかるものと、いくら考えてもわからないものの両極端《りょうきょくたん》しかない。マクスウェル・ハイド氏はレッスンのあと、ぼくに魔法《まほう》理論の練習問題を出すと、書斎《しょさい》に閉じこもり、ノートパソコンみたいなやつをカタカタ打って、新作の推理小説を書く。なんだかおやじを見てるみたいな気になる。ぼくの方は、問題を解《と》くのにまる一日かかってしまう。

ぼくは問題を前にして〈ブレスト〉版のボールペンをかみながら、トビーが本気でうらやましいと思っていた。秋から始まる新学年を前に、長い夏休みに入っていたトビーは毎日、通りで友だちと遊んでいたからだ。トビーの声がうるさく聞こえてくる。家の中ではネズミみたいに静かにしているくせに、外に出ると、何キロも先まで届きそうな大声を出すのだ。トビーが汗《あせ》だくになって、笑いながら帰ってくるころ、ぼくはやっと理論の問題を終え、ドーラのコーヒーミルで頭を粉々にひかれたような気分になっている。

日に日に暑くなってきたから、理論の問題を考えるのはますますつらくなった。しかも、もうひとつ妙《みょう》なことに悩まされたせいで、自分はドーラみたいに変なんじゃないかと思うようになっていった。

一方、マクスウェル・ハイド氏は大事なダリアのことを心配した。「このところ、日照《ひで》り続きだなあ。ダニエルはちゃんと仕事をしているんだろうか。国王とペンドラゴンの会合のために晴天をもたらしたのはいいが、こういつまでも雨をふらせてくれないのなら、文句《もんく》を言ってやらなくてはいかんな」

このダニエルっていう宮廷付《きゅうていづ》きの主任天気魔法使《まほうつか》いが、マクスウェル・ハイド氏の息子でロディの父親だ、と聞いたときは、へえーっと思った。この一家には魔法《まほう》の才能がたっぷりと受けつがれているようだ。

とにかく、毎日すごく暑くてからからに乾燥《かんそう》し、じきに通りでかげろうが立つようになった。ある日窓から見ていると、ドーラが父親に代わって庭の水まきをしようとして、巻いてあったホースを取り出し、ほどきはじめた。何かぶつぶつ言いながら、ホースの筒先《つつさき》を花壇《かだん》にむけている。でも、反対はしを蛇口《じゃぐち》につなぎ忘れているから、水は出ない。そこへ、トビーが通りから庭に入ってきて、ホースを蛇口《じゃぐち》にそっと取りつけ、栓《せん》をひねった。水が突然《とつぜん》じゃーっと出て、靴《くつ》がびしょぬれになり、ドーラはびっくりしていた。いかにも、この親子らしい。トビーはいつも、母親がまぬけなことをしそうになると、こっそり助けているのだ。

さてぼくは、前にも言った妙《みょう》なことが気になってたまらなくなっていた。つまり、透《す》き通《とお》った生き物みたいなのが、宙をふわふわただよっているのが見えるのだ。いろんな姿をしたものがいるが、中でも細長いやつは暑いのが嫌《きら》いなのか、家の中へ涼《すず》みに来ているようだった。ぼくが自分の部屋で問題を解《と》いているあいだ、部屋じゅうをゆらゆらしていた。室内だと外よりだいぶ見づらくて、かろうじて見えるくらいなのだが、顔を上げるたびにその数はどんどん増えている気がした。丸っこいやつは逆に、熱が大好きらしく、たくさん集まって通りにすわっていたり、プールに入っているみたいに、ふわんとゆっくりはねたりしている。もっと変な形をしたやつは、ドーラのあとをついてまわっていた。これがいちばん気になった。なにしろドーラは、そいつらにしょっちゅうぼそぼそ話しかけているみたいだったから。ぼくは、その生き物が見えることをずっとだれにも言わないでいた。

ある朝、マクスウェル・ハイド氏がぼくにまた魔炎《まえん》をおこさせようとした。「ゆっくり。じっとして。胸骨《きょうこつ》の下にある力を使って、自分の両手に光をみたしてみようと考えるんだ」ハイド氏は言った。

やっとやり方がわかった気がして、もう少しでできそうだ、と思ったとき、透《す》き通《とお》ったやつが一体、ひょろひょろとやってきて、ぼくの手の上にちょこんとすわってしまった。部屋にいたほかのやつらも集まってくるのが見える。ぼくはのったやつをふりはらおうと、手をぱたぱたふった。

「おりろ！　離《はな》れろったら！」言ってしまってから、前の晩の夕食のビーツみたいに顔が真っ赤になったのが自分でもわかった。「えー、あー、そのう……」

「安心したまえ」ハイド氏は落ち着きはらったようすで、にっこりした。「見えない民《たみ》は魔法《まほう》のにおいをかぎつけてよってくるんだ。気にするな」

ぼくは言いわけがましく言った。「こういうのは、ぼくの世界にはいませんよ」

「いや、いるとも。私は、〈地球〉に行ったときはかならず見えているよ。だがこの〈ブレスト〉ではちっとも見えん。自分の世界では見えないものなのかもしれん。さあ、魔炎《まえん》を出してみろ」

そうしたいと思ったが、さっきつかめそうだった感覚は、もう消えていた。自分の頭が変じゃないとわかってほっとしたら、浮《う》いている生き物たちに興味がわいて、かえってちらちらと見てしまい、集中できなかったせいもあると思う。ぼくは思わずきいた。「こいつらはどうして、とくにドーラさんのまわりにいっぱいいるんですか?」

「ドーラは魔法《まほう》のお守りを山ほどつけているからな。かわいそうな子だよ、できそこないの呪文《じゅもん》ばかり唱えて暮らしているんだから」ハイド氏はため息をついた。「おそらく、姉のジュディスに劣《おと》っていないと示しているつもりなんだろうな。早く立ちなおってくれるとよかったのだが、トビーが生まれてしばらくは落ち着いていたのに、離婚《りこん》したら前よりよけいひどくなってしまった」

ドーラは週に二回、夜になると黒ずくめの服を着て、黒玉のネックレスだのブレスレットだのをじゃらじゃらつけ、巨大《きょだい》な丸い帽子《ぼうし》をかぶり、どこかへ出かけていく。ドーラが夜出かけるところをはじめて見た日、こんなことを言われた。「魔法《まほう》サークルの集会に行くのよ。一緒《いっしょ》に来ない、ニック?」視線はなぜか、ぼくの顔より左にずれている。

「すっぱだかで輪になって走りまわるのが好きでないなら、やめた方がいいぞ」マクスウェル・ハイド氏がすかさず口をはさんだ。トビーはひどく恥《は》ずかしそうな顔になった。

「うーん……今夜は遠慮《えんりょ》しときます。でも誘《さそ》ってくれてありがとう、ドーラさん」ぼくが答えると、ドーラはとがめるように言った。

「とっても開放的で、自然のままの気分になれる、めったにない場なのに。東方《とうほう》の人ってみんなそうね、瞑想《めいそう》にふけってばかりいるんだもの。もっとのびのびしなさいな。一緒《いっしょ》に来てごらんなさい。サークルの仲間はすばらしい人ばかりよ」

「もうわかったから、さっさと行きなさい」マクスウェル・ハイド氏は言い、ドーラが出かけてしまうと、今度はぼくに話しかけた。「こう言ってもきみは信じないかもしれんが、ドーラはその魔法《まほう》サークルの連中の中では、いちばんまともなんだ。サークルのことは、近いうちによく調べたほうがよさそうだ。プランタジネット帝国《ていこく》の件をすませたら、とりかかるとするか。サークルの連中はときどき、なんともばかげた危険なことをもくろんだりするからな」

二日後、ハイド氏はプランタジネット帝国《ていこく》のようすを見に行くことに決めた。出発前に、ぼくとトビーにこづかいをくれ、ニックにロンドンを案内してやるんだぞ、とトビーに言うと、通りへ出ていき、バス停のそばでふっと姿を消した。ぼくとトビーは、その同じ場所からバスに乗った。

2

〈ブレスト〉のロンドンは大火《たいか》（ロンドンの大半が焼けた一六六六年の大火事）がなかったせいか、ぼくの世界のロンドンとはずいぶんようすがちがっていた。メイフェア（ロンドン中心部。ホテルやビルが立ちならぶ）にはわらぶき屋根の農家がならんでいるし、公園もちがう場所にある。焼けつくような暑さだったけど、トビーとぼくはすごく楽しくて、あちこち歩きまわった。ぼくが国会議事堂とかの歴史的建造物は見たくない、と言うと、トビーは、どっちにしても議会はウィンチェスターで開かれているから行けないし、もともと議会は大事じゃないよ、と返事した。そこでぼくらはピカデリーの常設《じょうせつ》サーカスを見に行き（ロンドンの中心にピカデリー・サーカスという呼び名の広場があるが、ここにサーカスがあるわけではない）、動くロウ人形を楽しみ（マダム・タッソーのロウ人形館という観光名所があるが、ここの人形は動かない）、みやげもの屋などが立ちならぶロンドン橋（大火の前は木造の橋の上に家がならんでいた）にも行った。ロンドン塔《とう》もある。船が通るときにはねあがるタワー・ブリッジもあったが、ぼくの世界のものとは見た目が全然ちがっている。それにテムズ川を通る船の数が圧倒的《あっとうてき》に多かった。とちゅうで食べたアイスクリームも、〈地球〉のとは全然ちがう味だった。

あまり暑かったから、帰りは水上バスに乗った。トビーはヴォクソール（テムズ川南岸の地域）・ヴァンパイアという、応援《おうえん》しているハーリング（ホッケーに似たアイルランドの伝統競技）チームのホームグラウンドの場所を、指さして教えてくれた。〈ブレスト〉にサッカーはないらしい。ハーリングはサッカーにくらべてかなり危険なゲームのようで、ヴォクソール・ヴァンパイアでは先週も二人の選手が試合中、首の骨を折ったという。チームはヴォクス・ヴァンプスとか、ただヴァンプスと呼ばれているそうだ。ぼくがウルヴズ（ウルヴァーハンプトン・ワンダラーズという英国のプロサッカーチームの愛称）やハマーズ（ウェストハム・ユナイテッドという英国のプロサッカーチームの愛称）と言うのと同じだ。

ぼくはトビーのことがすごく好きになった。これはぼくにとっては思いがけなかった。自分よりずっと年下の子を気に入ったことなんて、今までなかったから。

家に戻ると、マクスウェル・ハイド氏もちょうど帰ったところだった。

「早かったですね！」ぼくは声をかけた。

ハイド氏はすました顔で、かすかにほほえんだ。「私はプロだよ、ニック。事件に関係したおえらがたに直接あたった方が早いから、賢者養成学院《けんじゃようせいがくいん》に問いあわせたんだ。私はマジドで、最近マルセイユで起きた潜入事件《せんにゅうじけん》を調べている、と言ってな」それを聞いてぼくは笑った。でもハイド氏は真剣《しんけん》な顔で続けた。「本当のことじゃないか。実際マジドなんだし、この件を調べていたんだから。相手もあっさり答えてくれたよ。残念だが、きみの言った四人は気の毒に、やはりやっかいなことになったそうだ。その日の晩、皇室警護《けいご》の任を解《と》かれたんだと。四人が全責任を負《お》わされることはなかったが、無能なきみを見ても本物の新入りではない、と見抜けなかった点が問題にされたらしい。だが、きちんと訓練を受けた賢者《けんじゃ》はひっぱりだこだから、もう四人とも新しい仕事を見つけているよ。チックことチャールズ・ピックとピエール・ルフェヴルは今フランスで働いているし、アーノルド・ヘッセとデイヴすなわちデイヴィッド・クロフトは、カナダの国内警備《けいび》にあたっている」

ああ、よかった。ぼくはものすごくほっとした。

「カナダって、どこにあるの？」トビーがきいた。

ハイド氏が説明した。「北アメリカ大陸の一部だ。いくつかの世界では、ヨーロッパ人がたくさん移住して……」

でも説明はそこでとぎれた。ドーラが真《ま》っ青《さお》な顔でリビングにとびこんできたからだ。ドーラはドアをバタンと閉めると背を押《お》しあて、ハアハアあえぎ、ぶるぶるふるえだした。「庭に出ちゃだめよ！　今、レタスを取りに行ったら……」

「どうした？　レタスにかじられたか？」と、マクスウェル・ハイド氏。

ドーラはさらにぶるっとふるえた。「いいえ！　そこまで近よらなかったわ。芝生《しばふ》に白い悪魔《あくま》がいるの。角《つの》が生《は》えてるわ！」

「なんだと？　たしかか？」とハイド氏。

ドーラはまたもや身ぶるいした。「もちろんよ。幻なんかじゃなかった。私はふだんぼーっとしているかもしれないけど、幻と本物を見わけることぐらい、ちゃんとできるわ。その悪魔《あくま》、ダリアを食べていたの」

それを聞くなり、マクスウェル・ハイド氏は「なんだとぉ！」とどなり、オリンピックの短距離走選《たんきょりそう》手みたいな勢いで庭へとびだしていった。わきに突《つ》き飛ばされたドーラを横目に、ぼくとトビーはあとを追った。すごくおもしろそうだ。

オーブンの中みたいに熱くなった庭に、その白い悪魔《あくま》がいた。葉っぱを一枚口からたらし、花壇《かだん》から頭を上げ、マクスウェル・ハイド氏の姿を見るなり、うれしそうにぴょんぴょんはねてきた。

ハイド氏はぴたっと足を止めた。「……ニック、私はこのヤギを知っている気がするんだが？」

「ええ。ロマノフのです。あなたのあとを追ってきたようですね」内心、ミニが来てくれたのならよかったのになあ、と思った。急に、たまらなくミニに会いたくなった。ホームシックみたいな感じだ。

「だが、なぜだ？」とハイド氏。ヤギはふざけるように角《つの》を何度もふりあげながら、ハイド氏のまわりをひょこひょことはねている。ぼくたちが前に島でくくりつけたロープが首にかかったままだが、はしの方は、かみちぎったらしくてぼろぼろになっている。

「ヤギはきっとあなたのことが好きなんですよ。角《つの》としりをつかまれてずんずん押《お》されてから、すっかりあなたの虜《とりこ》になったんじゃないですか」

マクスウェル・ハイド氏はかみちぎられたロープのはしをなんとかつかんだ。「うへっ！　ヤギがこんなにくさいなんて忘れていたよ」そしてヤギの口からたれている葉っぱをつかもうとしたが、手が届いた瞬間《しゅんかん》、葉っぱはごくんとのまれてしまった。

「私の丹精《たんせい》こめて作りあげた『レッド・ロイヤル・ボタン』が……！　ダリアで腹でもこわすといいんだがな」ハイド氏はぼくの方をむいた。「こいつの名前はなんだっけ？　すぐ忘れてしまう」

「ヘルガです」とぼく。

ヤギがズボンを食いちぎりそうになったので、ハイド氏は角《つの》をつかんで遠ざけた。

「ヘルガは腹がへる、か。腹ぺこらしいぞ。トビー、お母さんに近くで動物の飼料を売っている店に遠《えん》話《わ》して、ヤギのえさを一トンぶん注文しろと言ってこい。ニック、きみは奥の物置へ行って、杭《くい》と木槌《きづち》、それにいちばんじょうぶそうな物干し綱《づな》を捜《さが》してきてくれないか」

「鎖《くさり》の方がいいんじゃありませんか？」ぼくは言ってみた。

「ああ、だが、とりあえずは綱《つな》でいい。魔法《まほう》で強めるから」ハイド氏は息を荒くしている。ヤギはますます激しく暴れているようだ。「早くしろ！」

この晩はそれから、とんでもなくいそがしいことになった。

まず、トビーとぼくで芝生《しばふ》へ杭《くい》を打ちこもうとしたが、けっこうたいへんだった。トビーが木槌《きづち》をふりおろしたら、ぼくの足の親指にあたったので、ぼくがうばいとってやってみたが、地面が固くて、杭《くい》はちっとも刺《さ》さってくれなかったのだ。ほんとは地面のせいというよりは、ぼくも木槌《きづち》をうまく杭《くい》にあてられなかったからなんだけど。ようやくなんとか打ちこむと、マクスウェル・ハイド氏がひきずってきたヤギを、三人がかりで杭《くい》につないだ。これでもうダリアは食べられないだろう。

と思ったら、結局同じことを二度くり返すはめになった。これでよし、とマクスウェル・ハイド氏がむこうへ行きかけるたびに、ヤギが勢いをつけてあとを追おうとし、杭《くい》が芝生《しばふ》から抜《ぬ》けてしまったのだ。トビーがひからびた〈うましパン〉を持ってきてやったら、ようやくおとなしくなり、その隙《すき》にマクスウェル・ハイド氏が自分で杭《くい》を打ちこんだ。

やっとヤギをきちんとつなぎとめたとき、ヤギのえさを山と積んだトラックみたいな車が到着した。トビーとぼくは、玄関《げんかん》から家の中を通り、干し草のかたまりや、ころころした食べ物がつまった袋《ふくろ》を何度もよろよろと裏庭へ運んだ。袋《ふくろ》のひとつはとちゅうで破けてしまったが、とにかく全部、裏庭の芝生《しばふ》へひきずっていった。ハイド氏が、ヤギのまわりにひざの高さまでえさを積みあげ、囲いを作った。と、ヤギは、花壇《かだん》の花の半分ほどとトビーにもらった〈うましパン〉のほとんどを食べてしまったことも忘れたみたいに、がっつきはじめた。

「そらな、言ったとおりだろう？　こいつは腹ぺこだったんだ」とハイド氏。

このヤギはふだんからこうなんだ、と思ったけど、口には出さなかった。

ヤギに出くわしたショックのせいか、ドーラはいつもより頭がしっかりしているようだった。普通《ふつう》のお母さんみたいに、廊下《ろうか》や奥《おく》の部屋に干し草の束やころころしたえさがちらばっているわよ、と文句《もんく》を言い、トビーとぼくに片づけを命じた。ぼくたちがあと始末《しまつ》をしていると、電話が鳴った。いや、〈ブレスト〉では電話じゃなくて遠話《えんわ》というものを使っている。働きは電話とほぼ同じで、ジリリーン、と、昔の目覚ましみたいな音で鳴るから、ぎょっとしてとびあがってしまう。しかも、すぐに受話器をとらないと、首を絞《し》められているうめき声みたいないやな音に変わるから、ますます不愉快《ふゆかい》になるのだ。

ドーラは最初の呼び出し音を耳にするなり、悲鳴をあげてとんでいき、ひどい音に変わる前に受話器を取った。

出ると、またすぐに悲鳴をあげ、まるで汚《きた》ないものみたいに受話器を突《つ》き出し、言った。

「トビー！　あなたのお父さんよ！　こっちに来て代わってちょうだい」

それから面倒《めんどう》なことになった。どうやらトビーの父親は親としての権利を主張しているらしい。つまり、トビーを自分のところにひきとりたいようなのだ。ドーラはトビーを父親に渡《わた》すのはぜったいにいやだ、と言う。マクスウェル・ハイド氏は外でがつがつ食べるヘルガをながめていたが、しぶしぶ中に入ってきて、遠話《えんわ》を代わった。ハイド氏が話しているあいだ、ドーラは廊下《ろうか》の壁《かべ》ぎわに置かれた古いソファにすわって、くり返しぶつぶつ言っていた。「お父様がトビーをあいつのところに行かせたりしたら私、気が変になっちゃうわ！　きっとよ！」とか「今夜も魔法《まほう》のサークルの集会があるってこと、忘れないでほしいわ。いやな気分では行きたくないの」とか。

このようすじゃ、夕食はなしってことになりそうだ。ぼくはその場を離《はな》れ、風呂《ふろ》に入ることにした。

風呂《ふろ》がすんでまた下におりたときには、廊下《ろうか》はゆらゆらただよう透《す》き通《とお》った生き物たちでいっぱいになっていた。細くてうねうねしたタイプのこいつらは、感情が大きくゆれ動いているところに好んでよってくるのだろう。トビーの件はひとまず決着がついていた。マクスウェル・ハイド氏が、金曜に車でトビーを父親のところに連れていき、日帰りすることになったらしい。ぼくも一緒《いっしょ》に来て田舎を見るといい、と言われた。ドーラはハイド氏とぼくの二人が一緒《いっしょ》なら、トビーをちゃんと連れて帰ってくれると思ったのか、反対しなかった。

話がまとまったお祝いに、ぼくがべたべたのケーキを買いに行かされた。帰ると夕食の用意ができていたので、ほっとした。夕食のあと、ドーラはまた黒ずくめの格好《かっこう》になり、出かけていった。ぼくたち三人は、やれやれとひと息ついた。

トビーとハイド氏は晩になると、いつもまったく同じことを、同じ順番でしていた。まず、テレビみたいなものをつけ、それぞれ決まった椅子《いす》にすわって見る。テレビみたいなものは額縁《がくぶち》に似ていて、壁《かべ》にかかっている。ニュースかハーリングの試合しか放送しないようだ。ドラマっぽいものを楽しみたかったら、本を読むしかない。音楽を聴《き》くには、コンサートに行くか、「キュベット」というカセットに似た四角いものを使う。ニュースはいつもとことん退屈《たいくつ》だったし、ハーリングはルールがよくわからなかったから、ぼくはたいてい本を読んだ。

今晩テレビをつけたときは、ハーリングのニュースをやっていた。ぼくはマクスウェル・ハイド氏が勧《すす》めてくれた本を読みながら、聞くともなく聞いていた。ヴォクス・ヴァンプスが三試合連続で負けたとかで、監督《かんとく》がくびになるらしい。ぼくの世界でもよく聞く話だな。本はすごくおもしろかったから、しばらく夢中になって読んでいるうち、こんな言葉が耳にとびこんできた。「……今日、国王は、フランドルの貿易高官とノーフォークで会見され、通貨問題の解決を……」ぼくはふと顔を上げた。国王って、どんなやつなんだろう。

画面に国王が映っていた。いかにも王って感じで背が高く、りっぱなひげを生《は》やしている。そばにいる若い男は、皇太子らしい。かんかん照《で》りの太陽の下、どこかの草原を歩いている。ものすごく風が強いようで、王と王子のコートも、二人を出迎《でむか》えているビジネスマンふうの人たちの上着もばたばたとはためいていた。高官たちのグレーのスーツ姿を見たときは、〈地球〉に戻《もど》ったような気がした。でも、風でひるがえった上着の裏地は、全員ちがう明るい色だった。ぼくの世界のビジネスマンのスーツには、こんなはでな裏地はついてない。

本に目を戻《もど》そうとしたとき、カメラが――〈ブレスト〉で使っているものはカメラとはいわないのかもしれないが――王のうしろにひかえているきれいに着飾《きかざ》った人々を順に映しはじめた。ロディがいるかもしれないと思ったから、そのまま見ていたが、どうやら大人だけのようだ。ニュースキャスターが言った。「交渉《こうしょう》は宮廷《きゅうてい》付き魔法使《まほうつか》いたちのあいだで起きた議論により二度中断されましたが……」

「おい、なんだって？」と、マクスウェル・ハイド氏。

「結局、国王は宮廷《きゅうてい》付き魔法使《まほうつか》いたちとともにイングランドの某所《ぼうしょ》へむかうことに同意され、やっと議論はおさまりました。場所については、明らかにされていません」次はまたハーリングの試合のニュースだった。

「某所《ぼうしょ》だと？　なんの話だ、これは？　魔法使《まほうつか》いどもは何をたくらんでる？」マクスウェル・ハイド氏は、さっと立ちあがり、遠話器《えんわき》へ走った。

三十分くらいして戻《もど》ってきたときもまだ、不満そうに首をひねっていた。「さて、どういうことだろうな。ダニエルはさっきの話に関わる会合に出ているらしい。連絡《れんらく》がつかなかったから、代わりに王の秘書室を呼び出すことになったよ。だが出た若い女はほとんど何も知らないようだった。その女の話だと、昼間あったのは議論というほどのものじゃなく、シビルが何か愚《おろ》かな提案をしてもめただけのことらしい。ばかブタシビルめ！　いや失敬《しっけい》、私はシビルのことを、いつもそう呼んでいるんだ。ともかく秘書室の女は型どおりの返事をするだけで、たいしたことは教えてくれなかった。まあ、どうせ知っていることもそうないんだろうが。ただ、何にせよ、王はだいじょうぶです、とくり返していたよ。まあ大方、内輪《うちわ》もめだろうな。さてトビー、ゲームを出すんだ」

そのあと、ハイド氏とトビーはいつもどおり、ボードゲームで遊びはじめた。二人は毎晩テレビを見たあと、このゲームをするが、いつも白熱した戦いになる。駒《こま》とボードをのせた小テーブルをはさんですわり、ひどく緊張《きんちょう》した顔で勝負する。顔が見えなくても、二人のまわりに集まってくる細長い透《す》き通《とお》った生き物の数を見れば、熱の入りようがわかるというものだ。どちらも、何がなんでも勝つという気迫《きはく》にみちていた。

ぼくも少しルールを教わった。ハーリング同様、よくわからない。今日も知らんぷりするのは悪いと思って、二人の戦いをちょっと見ていたけど、コンピュータゲームが無性《むしょう》にやりたくなってしまっただけだった。でも、〈ブレスト〉にぼくのコンピュータを持ってきたって、ここの動力のシステムはまるっきりちがうから、動かないだろうな。そこでぼくは、また本を読みだした。

章をひとつ読み終えたころには、トビーが優勢《ゆうせい》になっていた。低い声でうなっていたマクスウェル・ハイド氏が、いつものずるい手で、お祖父《じい》ちゃんは年よりなんだからもっと手かげんしてくれないか、と言いだしたとき、ドーラが帰ってきた。

ドーラは、目を大きく開き、ほうけたようなうす笑いを浮《う》かべて、リビングに入ってきた。同時に、ものすごい苦痛と恐怖《きょうふ》の感覚が襲《おそ》ってきたので、ぼくらは三人とも、ぱっとふり返った。ドーラは何かの生き物のしっぽをつかんでぶらさげていた。

ぼくが、ぼんやりした生き物の姿を見てとったときにはもう、とんでいったマクスウェル・ハイド氏が、ドーラの手からその生き物をはたき落としていた。小テーブルがガタンと倒《たお》れ、生き物は大きな食器棚《しょっきだな》の下に逃《に》げこんだ。

「ドーラ！」ハイド氏が叫《さけ》んだ。

ドーラは面食《めんく》らったようにハイド氏を見つめた。「ただのサラマンダー（火の精といわれる伝説上のトカゲ）よ、お父様」

「なんだろうと、痛みを感じる生き物なんだ！　あんなふうに持ち歩くやつがあるか！」ハイド氏はいらだたしげに言った。

「だって、集会でみんなもらったのよ！　私たちの魔法《まほう》を強めてくれるんですって」とドーラ。

「ほう、そうなのか？」ハイド氏はビーズがジャラジャラついた黒いそでの上からドーラの腕《うで》をぐいとつかみ、小テーブルの横の自分の椅子《いす》にすわらせた。小テーブルは、トビーが起こしたところだった。

「さあ、おまえの魔法《まほう》サークルのメンバー全員の名前と住所を書き出すんだ」ハイド氏が言うなり、ドーラの前に紙が一枚、現れた。ハイド氏は上着の胸ポケットにさしていたペンを取り出し、ドーラにむりやり持たせた。「書きなさい」

「でも、どうして？」ドーラが帽子《ぼうし》の下からハイド氏を見上げた。わからないふりをしているというわけではなさそうだ。

「とにかく書け！　今すぐに！」ハイド氏はどなると、ドーラの鼻先に紙を突《つ》きつけ、怒《いか》りにまかせてガサガサふった。

ドーラは青くなり、言われたとおりに書きはじめた。ちらばったゲームの駒《こま》を集めていたトビーが、食器棚《しょっきだな》の近くにころがっていた駒《こま》を拾いあげ、きいた。

「サラマンダー、この下から出そうか？」

「いや、放《ほう》っておけ」ハイド氏はぶっきらぼうに言った。「かわいそうに、すっかりおびえているからな。ニック、階段の下の物入れから、ふたのついたかごをありったけ、出してきてくれ」

ぼくがリビングのドアを開けると、トビーがさらにきいた。

「でも、家に火をつけたりしないかな？」

「水の魔法《まほう》で囲っておくよ。ドーラ、おまえはどんどん書くんだ。ニック、さっさとかごを持ってこい。緊急事態《きんきゅうじたい》だぞ」マクスウェル・ハイド氏が言った。

3

ぼくはピクニック用のバスケットと、くさいにおいがする魚釣《さかなつ》り用《よう》のびく、造花がいっぱいついた、ラフィアヤシのはでなかごを出してきた。「これでいいですか？」と声をかけたとき、マクスウェル・ハイド氏はドーラの上から書いた紙をのぞきこんで、名前の数を数えているところだった。ハイド氏はこっちを見もせず、「ああ、いいぞ」と言い、ドーラにむかって続けた。「まだ十一人ぶんしかないぞ、ドーラ。おまえを入れて十二人だ。全部で十三人いるはずだろう？　サークルのボスはだれだ？」

「あら、ブランタイアさんを忘れていたわ」とドーラは言い、書きたした。

ドーラが書き終わってペンを持ちあげるなり、ハイド氏は紙をひったくった。「ようし、トビー、ニック、かごを持ってついてきなさい」そして紺色の宵闇《よいやみ》に包まれた、あたたかな外へずんずん出た。ぼくとトビーがついて出ると、ハイド氏は玄関《げんかん》の扉《とびら》をバタンと閉め、通りを大股《おおまた》で歩きだした。ぼくたちはあわててあとを追った。「さいわいにも、ここに書いてあるばかどもは全員、歩いていけるところに住んでいる。まずは、性根《しょうね》の曲がったうるさいブランタイアばあさんだ」とハイド氏。

ぼくは魚釣《さかなつ》り用《よう》のびくをトビーに渡《わた》すと、ハイド氏にきいた。「これから何をするんですか？」

「サラマンダーの救出に決まっているじゃないか。さもないと、ロンドンが半焼しかねんからな。虐《ぎゃく》待《たい》も止めねばならん。そうだ、二人に教えておくことがふたつある」ハイド氏は言いながら、角をさっと曲がり、テムズ川の方にむかった。「ひとつは、サラマンダーはわが国に昔からいる生き物ではない、ということだ。大半はモロッコか、サハラ砂漠《さばく》に生息《せいそく》している。つまりここにいるものは、だれかが意《い》図的《とてき》に輸入したことになる。おそらくは乱暴な運び方をしたのだろうな。もうひとつ。サラマンダーは、傷つけられたり、ひどく恐《おそ》ろしい思いをしたりすると、非常に強い魔力《まりょく》を放出するということだ。ドーラの一味のような、ばかな魔女《まじょ》どもに虐待《ぎゃくたい》でもされてみろ、魔力《まりょく》が激しく噴《ふ》き出して、あっというまに燃えあがってしまうんだ。これで、どうして急いでいるかわかったかね？」

たしかにわかった。ぼくたちは小走りでハイド氏についていった。かごが体に何度となくぶつかる。通りの先を曲がり、さらに次の通りの先も曲がって、家がぎっしりならぶ静かな路地に入った。感じのいい小さな家の前まで来ると、マクスウェル・ハイド氏が小さな真鍮《しんちゅう》のノッカーで扉《とびら》をゴンゴンたたいた。だいぶ間があってから、扉《とびら》が細く開いた。隙間《すきま》から上目《うわめ》づかいでにっこりしたのは、レンズが半月型の小さなめがねをかけた、巻き毛のおばあさんだ。

「こんばんは、ブランタイアさん。お宅のサラマンダーをひきとりに来ました」マクスウェル・ハイド氏は言った。

ブランタイアおばあさんは、妙《みょう》にかわいらしいしぐさで、目をぱちくりさせた。

「サラマンダー？　なんのお話かしら？」

「のんびり話しているわけにはいかんのです」ハイド氏は言い、いきなりマジドの力を使った。すると、外見はまったく同じなのに、いきなり恐ろしい人に変わったように感じた。巨大《きょだい》な山がどっしりとかまえているとも、大規模な天災が襲《おそ》ってきたともいうような、人を圧倒《あっとう》する雰囲気《ふんいき》だ。おもしろいな、と見ていたら、思い出した。ぼくも小さいころ、年上のやつらにいじめられそうになったとき、似たようなことをやっていたっけ。

ハイド氏は言った。「サラマンダーを渡《わた》してもらおう。今すぐにだ」

ブランタイアおばあさんはハイド氏をちらりと見ると、奥《おく》の部屋にかけこみ、小さな檻《おり》を持ってたちまち戻《もど》ってきた。その檻《おり》からはほんのりと光がもれているだけでなく、パニックと恐怖《きょうふ》の感情がびんびん伝わってくる。「これですけど。いったいどうして……」

マクスウェル・ハイド氏は檻《おり》を受けとると、かすんで見えるおびえたサラマンダー三匹《びき》を魚釣《さかなつ》り用《よう》のびくに移して、言った。「もう安全だと教えてやれ、トビー。なるべく強く念じるんだぞ。さて、ブランタイアさん、こいつらはどこで手に入れたんだね？」

「いったいどうして……」ブランタイアおばあさんはまた同じことを言いかけた。

「どこで、ときいているんだ。答えた方が身のためだぞ。どうせわかることなんだし」とハイド氏。

ブランタイアおばあさんはかわいらしく口をすぼめ、傷ついたように言った。「どうしてもとおっしゃるなら言いますけど、イーリング（ロンドン中心街より西側にある区）にある小さながらくた屋から買ったんですよ。『トニオの珍奇屋《ちんきや》』という店です。一ダースたったの六ペンスでね。いったいどうして……」

「ありがとうございました。ではごきげんよう」マクスウェル・ハイド氏は言うと、急いで歩きだしながらぼくたちに言った。「つまり、十三人にわけるために、たぶん二十四匹《ひき》買ったということだ。残り二十匹《びき》を十一人で割ると、ほかのやつらはだいたい二匹《ひき》ずつ持っている計算だな。くそっ！」

次の家へ急ぐとちゅう、トビーがこまったことになった。トビーがなだめても、サラマンダーたちは安心するどころか、ますます熱を帯《お》びてきたのだ。びくは生焼《なまや》けの魚みたいなくさいにおいを放《はな》ちはじめた。ぼくはびくをひったくって自分の顔の高さに持ちあげ、ハイド氏がブランタイアおばあさんを圧《あっ》倒《とう》したのに似た力を、サラマンダーたちに使ってみた。

「だいじょうぶだってば。こっちは助けてやったんだぜ。もう安全なんだ。安心しろ！」

サラマンダーたちはぼくを信じてくれたようだ。おもしろい。ミニと同じで、ちゃんと頭が働くんだ。小さな頭で必死に考えて、ぼくの言うことを理解してくれたらしい。三匹《びき》が少し落ち着いたから、トビーにまたびくを渡《わた》し、ひき続きなだめてもらった。

それからも大いそがしだった。暗い中、三人で家から家へかけまわり、マクスウェル・ハイド氏が次々に相手を威圧《いあつ》して、怖《こわ》がって絶望《ぜつぼう》しているサラマンダーたちをむりやりひきとっていった。びくとピクニックのバスケットがいっぱいになり、ラフィアヤシのかごに入れてみたら、すぐに煙《けむり》が上がってパチパチいいはじめたので、あわててぼくがどなるようにしてなだめなくちゃならなかった。また、訪ねたうちの二軒《けん》では、ハイド氏と家の人とのあいだで、玄関口《げんかんぐち》で激しい言い争いが起きた。相手が二匹《ひき》隠《かく》しているはずなのに、一匹《びき》しか持ってないふりをしたせいだ。どこの家のやつも、立ちさるハイド氏に「警察を呼んでやる！」とどなった。

十二軒《けんめ》目の家は、火事になっていた。ぼくたちが着いたときには、オレンジ色の煙《けむり》が一階の窓という窓からもくもく出ていて、消防自動車がカンカン鐘《かね》を鳴らしながら走ってくるところだった。玄関《げんかん》がバタンと開き、年とった男の人がよろよろと出てきて叫《さけ》んだ。「助けてくれ！」

トビーとぼくは、その人と一緒《いっしょ》にとびだしてきた二匹《ひき》のサラマンダーをつかまえようとかけよった。トビーは狙《ねら》った一匹《びき》をつかまえたが、ぼくはかごをふたつ持っていたために、つかみそこなってしまった。そいつはすぐそばにあった下水溝《げすいこう》にするりと姿を消した。たぶん今も、どこかの下水管の中にいるんじゃないだろうか。

「水につけてみただけなんだ！　水にちょっとつけただけなんだぞ！」年とった男の人は腹をたてたようにハイド氏に言った。

「ならば、当然の報《むく》いですよ。家が焼け落ちるといいんだ。トビー、ニック、行こう」ハイド氏は言い、ぼくからピクニックのバスケットを取りあげた。ぼくたちはぞろぞろ歩いて二十二匹《ひき》のサラマンダーを連れて帰った。サラマンダーたちには重さがないみたいだった。かごがぼんやりと光って、魚くさいにおいやラフィアヤシのにおいを放《はな》っていなかったら、中はからっぽだと思ってしまいそうだ。

家に着くと、マクスウェル・ハイド氏はまっすぐ裏庭にむかった。「このひどい暑さがサラマンダーにはかえってさいわいしたよ。甲《こう》の損《そん》は乙《おつ》の得《とく》という、ことわざどおりだな。花壇《かだん》の草の中でもじゅうぶんあたたかいだろう。この庭にいるかぎり安全だと伝えてやってくれ、ニック」

「ひょっとしてヤギが……」トビーが言いかけたが、ハイド氏はさえぎった。

「ヤギもばかではないだろう。サラマンダーを食ったりしたら、胸焼けどころじゃすまないことぐらいわかってるさ」

ヤギは綱《つな》が届くぎりぎりのところまでやってくると、ぼくたちがかごを横にしてふたを開けるのを、興味しんしんで見ていた。中からトカゲみたいな形の小さな光る生き物たちがはいでてきて、彫像《ちょうぞう》みたいに一瞬《いっしゅん》ぴたっと止まったあと、一目散《いちもくさん》に花壇《かだん》の中へかけこんだ。トカゲによく似ているが、光の点々でできた渦巻《うずま》きのようなものが頭や背中から出ている。ぼうっとかすんでいるすごく小さなドラゴンみたいで、とてもきれいだ。

「あいつらにひどいことをする人の気が知れないよ」リビングに戻《もど》るとき、トビーが言った。ぼくは返事しなかった。毎晩決まってやることの三つ目に早くとりかかりたい、とそればかり考えていたからだ。

ココアを飲んで、ベッドに入って眠《ねむ》ること。十二人もの魔女《まじょ》や魔法使《まほうつか》いたちに会って、くたくただった。

リビングに入ってすぐ、目にとまったのは、帽子《ぼうし》をかぶったままソファにすわっているドーラの姿だった。黒いサテンのスカートの上で、サラマンダーが体をのばしてくつろいでいるのが、はっきりと見える。光る点々の渦巻《うずま》きが全部、やさしくゆれていた。これほど満足そうにしている生き物は見たことがない。ドーラは顔を上げ、うしろめたそうな笑みを浮《う》かべると、不安そうに小声で言った。

「私、ずいぶんひどいことをしちゃったわね？　こんなにかわいい子に！」

今まで青ざめてはりつめたようすだったトビーが、ふっと表情をゆるめ、ココアを作りに行った。

「な、根はやさしいんだよ、ドーラは」トビーのあとから一緒《いっしょ》に廊下《ろうか》に出たとき、ハイド氏がぼくに言った。「ただ、人に影響《えいきょう》されやすいんだ。二階に来て、汚《よご》れた洗濯物《せんたくもの》を出すのを手伝ってくれ。今度は洗濯《せんたく》かごがいりそうだからな」

「いったい何をするんですか？」ぼくはうめいた。

一緒《いっしょ》に急いで階段を上がりながら、ハイド氏は説明してくれた。「『トニオの珍奇屋《ちんきや》』だよ。ブランタイアのばあさんが、トニオだかだれだか知らんが店のやつに警告《けいこく》の遠話《えんわ》を入れる前に、そこで売っているサラマンダーを残らず保護してこなくちゃならん。ブランタイアのばあさんには〈禁止の魔法《まほう》〉をかけておいたが、朝までには解《と》かれるに決まっている。甘ったるい顔して、あれはとんでもないくわせ者の魔女《まじょ》だ。ネズミが食ったら、がんになったっていう、人工甘味料《じんこうかんみりょう》のようなもんだな」

そこで、大急ぎでココアを一杯《ぱい》飲むと、大きな洗濯《せんたく》かごをマクスウェル・ハイド氏の車の後部座席に押《お》しこみ、トビーがとなりになんとかすべりこんで、三人でイーリングへむかった。出発したとき、ロンドンじゅうで真夜中を告《つ》げる鐘《かね》が鳴っていた。

にがくんがくんとゆれる。そのせいで、ぜんまいじかけみたいな〈ブレスト〉の車は〈地球〉のとはちがう。〈ロッジア〉で見た飛行機《ひこうき》に似て、ぜんまいじかけみたい

にがくんがくんとゆれる。そのせいで、恐《おそ》ろしく酔《よ》いやすかった。ぼくは何度もつばをのみこみ、気をまぎらわそうと、必死で外をにらんでいた。ココアの味がいつまでも口に残っている。道路の両側は明かりの消えた家々から、やがて同じように暗い生《い》け垣《がき》に変わった。

かなりの道のりだった。〈ブレスト〉では、イーリングはずいぶん田舎にあるようだ。イーリングの村はずれらしいところにさしかかると、車を停《と》め、みんなでサラマンダーの気配を探ってみた。すぐに、何百匹《びき》ものサラマンダーが近くにいると感じられた。狭《せま》い場所に押《お》しこまれてひどくつらい思いをしているらしい。その気配がする方向へゆっくりと車を進めた。サラマンダーの放《はな》つ感情がとほうもなく強く感じられるようになったころ、目的の場所が見つかった。片側が空地になっている裏通りだ。生《い》け垣《がき》の先に一本だけ街灯が立っていたおかげで、あばら家の一階にあるガレージの二枚扉《にまいとびら》に、南京錠《なんきんじょう》がいくつもかかっているのがかろうじて見えた。

ガレージの扉《とびら》のむこうから感じられる絶望《ぜつぼう》と恐怖《きょうふ》の感情があまりにすさまじかったので、ぼくたちはあわてて行動を開始した。トビーとぼくは洗濯《せんたく》かごを車からひっぱりだし、ガレージの扉《とびら》の前に置いて、ふたを開けた。そのあいだにマクスウェル・ハイド氏は南京錠《なんきんじょう》にマジドの魔法《まほう》を使い、あっというまに扉《とびら》を開けはなった。すると、サラマンダーたちの存在を感じるだけでなく、見ることもできるようになった。ガレージの奥《おく》に置かれたテレビくらいの大きさの檻《おり》ふたつの中に、何百匹《びき》ものサラマンダーがつめこまれていた。サラマンダーたちが少しでも広い場所を探して必死になってごそごそはいまわり、おたがい上になったり下になったりしているせいで、檻《おり》全体がちかちかと光って見える。トビーはだっとかけだしたが、たどりつく前に、彫刻《ちょうこく》ののったテーブルにぶつかってしまった。すぐうしろに続い

ていたぼくは立ちどまり、落ちてきた彫刻《ちょうこく》をぎりぎりのところで受けとめた。

「待て！」マクスウェル・ハイド氏が声をひそめて言い、青い魔炎《まえん》を出してくれた。

おかげでガレージの中が少し明るくなり、古い家具でいっぱいなのがわかった。しかも、ひとつひとつの上に、彫刻《ちょうこく》やつぼがのっかっている。サラマンダーの檻《おり》は、奥《おく》の壁《かべ》によせてある古いピアノの上にあった。その手前には、ひしゃげた石炭入れがたくさん置いてあり、さらにその前には炉格子《ろごうし》がいくつかならんでいる。こんなものにつまずいてころんだら、どれほど大きい音がするか、想像するだけでも怖《こわ》くなる。

三人の中ではぼくがいちばん脚《あし》が長かったから、大股《おおまた》でそうっと家具を越《こ》えていき、近い方の檻《おり》をつかんだ。中のサラマンダーたちはものすごく怖《こわ》がっていて、金属に砂を吹《ふ》きつけるような音をさかんにたて、檻《おり》の中を動きまわった。檻《おり》をトビーに渡《わた》そうとしたときには、髪《かみ》がちりちり焼けはじめ、持っていられないくらい熱くなっていた。もうだいじょうぶだよ、と念じてみても、サラマンダーたちは恐怖《きょうふ》のあまり、「聞く」ことすらできないらしい。ぼくががまんしきれなくなって檻《おり》をトビーにさっと渡《わた》すと、トビーはマクスウェル・ハイド氏に押《お》しつけ、ハイド氏は取り落としそうになりながらも、外の草の上に静かに置いた。ふたつ目の檻《おり》はもっと騒《さわ》がしく、熱くなったので、ハイド氏が洗濯《せんたく》かごのわきにどさっとおろしたとき、ジュッと草が焼けるような音がした。洗濯《せんたく》かごに火がつかないように、ハイド氏は何か魔法《まほう》をかけたはずだ。それからトビーとハイド氏が二人で檻《おり》を開け、洗濯《せんたく》かごの方にかたむけ、サラマンダーたちを移そうとした。

だがかごにおさまったのはせいぜい半数くらいだった。残りはかごの内側をわっとかけのぼり、開いていたふたを越《こ》えて逃《に》げてしまった。一匹《いっぴき》はトビーの体によじのぼり、死にものぐるいで首に巻きついた。首を絞《し》められたトビーはか細《ぼそ》い悲鳴をあげた。やけどするほど熱いはずなのに、大声はあげまいとこらえているのだ。べつの一匹《ぴき》は、マクスウェル・ハイド氏のズボンの中に入りこんだ。ハイド氏はびくっとし、足を踏《ふ》み鳴らした。魔炎《まえん》に照《て》らされた顔が苦痛にゆがんでいる。でもやはり懸命《けんめい》に声をおさえ、ふたつの檻《おり》をぼくに渡《わた》してよこし、ピアノの上に返せ、というしぐさをした。トビーは、か細《ぼそ》い悲鳴をあげながらも、洗濯《せんたく》かごのふたを閉めた。ぼくがかろうじて見える家具やらなんやらを大股《おおまた》で注意深く越《こ》えていたとき、上の階から床板《ゆかいた》がきしむ音と人の声が聞こえてきた。大あわてで檻《おり》を両方とも戻《もど》すと、飛ぶような勢いでガレージの外へ出た。床《ゆか》を踏《ふ》んだ記憶《きおく》がないから、ほんとに宙を飛んだのかもしれない。外に出た瞬間《しゅんかん》、二階の窓に明かりがともった。ぼくは洗濯《せんたく》かごにかけよって、片手で持ちあげ、ぐいと車に押《お》しこんだ。すぐあとからトビーが、首からサラマンダーをはずそうともがきながらとび乗った。ぼくも助手席に乗りこみ、続いてマクスウェル・ハイド氏が運転席にとびこんできて、レースのスタートみたいにすばやく発進した。

車がうなりをあげて走りだしてから、うしろを見てみた。ハイド氏はいつのまにかガレージの扉《とびら》に南京錠《きんじょう》をかけなおしていたようだ。閉じた二枚扉《にまいとびら》の隙間《すきま》から、明かりがもれている。

「むこうが警察に連絡《れんらく》したらどうなるんですか？」ぼくがきいた。

「どうもならんよ。サラマンダーはほとんどの人には見えないんだ。警察が存在を認めるはずがない。ええい、こんちくしょう！　ニック、私のズボンに火がついてないか、見てくれないか？」ハイド氏が歯を食いしばっている。

「ついてませんよ」とぼく。

「それにしちゃ、熱いんだがな。しかしまずいなあ、ハートフォードシャー地方（イングランド南東部の地方）、いやミドルセックス地方（イングランド南東部の旧地方名）かもしれんが、とにかくこのあたりにサラマンダーをばらまいちまった！」

帰り道にもいろんなことが起こった。一キロ近く走ったあと、ハイド氏のズボンの中に隠《かく》れていたサラマンダーがやっと出てきたから、ペダルと一緒《いっしょ》に踏《ふ》まれないうちにと思って、ぼくがつかまえた。そのときになって、車の床《ゆか》にサラマンダーがひしめいているのに気づいた。洗濯《せんたく》かごから逃《に》げ出したものはほとんど、この車の中にとびこんでいたのだ。あたたかくて安全そうに見えたからだろう。サラマンダーたちがブレーキとアクセル、そして〈ブレスト〉の車にはさらにふたつついているペダルの下に、すぐもぐりこんでしまうので、ぼくがひっきりなしにひっぱりだしてやることになった。じきに、手がやけどだらけになった。マクスウェル・ハイド氏は運転しながらずっと悪態《あくたい》をついていた。魔女《まじょ》や魔法《まほう》使《つか》い、がらくた屋の主人、サラマンダーの密輸入業者たちがありとあらゆるひどい目にあえばいいとまくしたてながら、サラマンダーたちをけってはわきに押《お》しやっている。これでは、洗濯《せんたく》かごの中のサラマンダーたちがちっとも落ち着かないのも当然だった。かごがくすぶってパチパチいいだしたから、トビーに、中のやつらをなだめてやれよ、と言おうとしてふりむいた。だがトビーはかごに頭をのせ、眠《ねむ》ってしまっていた。首に巻きついたサラマンダーは、トビーの頭の上で丸くなっている。

ぼくはしかたなく、サラマンダーたちに歌を歌ってやった。それしかできることは思いつかなかった。気持ちが落ち着きそうな歌を、知っているかぎり、片っぱしから歌った。『ゴールデン・スランバー（十七世紀初頭の英国の劇作家トーマス・デッカー作詞の子守歌をもとにビートルズが作った歌）』『バイ・ベイビー・バンティング（古くから親しまれているマザーグースの子守歌）』『まぶねのなかで（クリスマスキャロル。英国ではカーク・パトリック作曲のものがよく知られている）』と続けると、ハイド氏は悪態《あくたい》をつくのをやめ、笑いだし、むせてしまった。そこで次は高音から低音にさがる旋律《せんりつ》が多い、気が休まりそうなスコットランドの歌をいくつか歌ってみたけど、これはあまり効果がなさそうだったから、いちばん効き目《き》があった『ゴールデン・スランバー』をもう一度歌いだした。

「すーやすや眠《ねむ》れー、目覚めは笑顔でー！」ぼくは声をはりあげた。すごいな、ビートルズは。歌えば歌うほど、サラマンダーが次々に座席の隙間《すきま》やドアポケットから出てきて、ぼくの上にすわりこんだ。家に着くころには、ぼんやり光るサラマンダーがぼくの上にどっさりのっていて、どれもが光る点々のような渦巻《うずま》きを不規則にふるわせ、盛大にゴロゴロいっていた。洗濯《せんたく》かごの中のやつらはそこまで幸せそうじゃなかったけど、とりあえず落ち着いていた。

マクスウェル・ハイド氏は車を家の真ん前につけ、玄関《げんかん》の扉《とびら》を魔法《まほう》でぱっと開けた。ぼくはぎくしゃくと車をおり、踏《ふ》み段《だん》を上がった。と、ぼくにのっかっていたサラマンダーたちがいっせいに前にとびおり、燃えながら動く玄関《げんかん》マットみたいに、廊下《ろうか》を突《つ》っ走《ぱし》って裏口にむかった。ぼくは裏口を開け、そいつらを庭に出してやった。それから車のところへ戻《もど》ってハイド氏がトビーを起こすのを手伝い、洗濯《せんたく》かごを庭に運ぶのにも手を貸した。かごを開けると、きらきら光り輝《かがや》くサラマンダーたちが大量に走り出たから、ヘルガはぴょこぴょこはねてよけた。

「こんなにいっぱいいて、ちゃんとえさをやれるんですか？」ぼくはかすれた声で聞いた。

「えさはいらん。太陽のエネルギーを吸収して生きているんだ。少なくとも、聞いた話ではな。本当だといいんだが」マクスウェル・ハイド氏は答え、トビーには二階へ上がって寝《ね》なさいと言った。トビーは自分になついたサラマンダーを連れていった。ぼくは寝《ね》る前にもう一度ココアを飲みたくなり、作りだした。

「これで国じゅうのサラマンダーが集められたんでしょうか？」マクスウェル・ハイド氏が車をガレー

ジに入れて戻《もど》ってくると、ぼくはしわがれ声できいた。『ゴールデン・スランバー』を歌いすぎたせいで、声がかれてしまっている。

ハイド氏はココアを吹いて冷《さ》ましながら、首を横にふった。「いやいや。大規模な密輸のほんの一部を押さえたにすぎないだろう。まだたくさんどこかにいるはずだ。何匹《なんびき》かは明日あたりロンドンで火事を起こすだろうから、つかまえに行けばいい。ほかの場所でも同じことだ。週末には倉庫を二、三、襲《おそ》わなくてはならないかもしれんな。明日になったら、サラマンダーがどういう経路で国内へ運びこまれているか、できるだけ調べてみるとしよう。まずは、寝《ね》ることだ」

4

　次の日には家じゅうがサラマンダーだらけになっていた。庭はもちろん、屋根の上にもびっしりいるし、何百匹《びき》かは家の中のあたたかい場所を見つけ、思いもよらないところで丸くなっていた。台所のオーブンレンジはドーラのサラマンダーがすでに占領《せんりょう》していて、他の仲間が近よろうとすると火花を吐《は》いたし、トビーの首まわりには、トビーのサラマンダーが一日じゅう巻きついていたから、その二カ所にだけはみんなよりつかなかったが、ほかの場所は大にぎわいだった。ぼくはノートの上にのっかったのをはらいのけたり、服に入ったのを追い出したりするのでいそがしかった。サラマンダーは遠話器《えんわき》の上にも、たかっていた。ハイド氏はシャツ一枚で汗《あせ》をかきかき、輸送会社に片っぱしから遠話《えんわ》して、空《から》箱《ばこ》らしいものを暑い国から輸入しているところはないか捜《さが》していて、群《むら》がったサラマンダーの上に何度となく腰《こし》をおろしてしまった。

　昼ごろ、ハイド氏は遠話《えんわ》を中断し、焼けるように暑い庭の芝生《しばふ》に出て、ぼくと一緒《いっしょ》にお茶を一杯《いっぱい》だけ飲んだ。飲みながらぼくは、屋根をびっしり覆《おお》ったサラマンダーたちがぷるぷるふるえているようすを見上げていた。目を細めてみると、サラマンダーも、透《す》き通《とお》った民《たみ》も、ただのかげろうに見える。透明《とうめい》な民《たみ》は明らかにサラマンダーに興味をひかれたらしく、山ほど集まってきていた。ヤギのヘルガは、めずらしく少し不安そうだ。

ぼくは、まだこのひどい暑さが続いていてよかったですね、とハイド氏に話しかけた。

ハイド氏も屋根を見上げながら言った。「まあ、そうだな。しかし、乾燥《かんそう》しすぎだ。おびえたサラマンダーが一匹《びき》、ちょいと火花をとばしただけで、どうなることか……。それにしても腹がたつのは、この生き物たちを輸入するなんていう、わざわざやらんでもいい残酷《ざんこく》なことをやるばかが、いるってことだ！　騒ぎを起こしたいだけなら、往来《おうらい》の激しい道や送力線《そうりょくせん》を狙《ねら》えばいいんだ。あるいは大きな力がほしいのなら、ブレスト諸島《しょとう》には魔力《まりょく》の結集地点が何百もあるんだぞ。何も生きたものを虐待《ぎゃくたい》することなんかないのにな」

「どこから運ばれてきたか、わかったんですか？」ぼくはきいた。

「まだだ。でもきっと見つけてやる」ハイド氏は答え、また遠話《えんわ》をかけに行った。

夕食のあと、ハイド氏はサラマンダーがエジプトのどこか（名前を聞いたけど〈地球〉にはない地名だ。少なくとも、ぼくは聞いたことがない）から飛行機で運ばれてきていたことをつきとめた。次の輪送便がロンドンの空港に到着《とうちゃく》するのは、土曜の夜遅《おそ》くだというのもわかったらしい。

「ニック、トビー、土曜は徹夜《てつや》になると思ってくれ」ハイド氏は機嫌《きげん》よさそうに言うなり、テレビみたいなものをつけて、毎晩の日課を始めながらつけくわえた。「それから二人とも、私が洗濯《せんたく》かごをもうふたつ買うのを忘れているようだったら、教えてくれ」

テレビみたいなものに画像が現れ、マンチェスターにむかう荷船《にぶね》が突然《とつぜん》炎《ほのお》に包まれた、と伝えた。ノリッジに行くとちゅうの大型トラックにも同じことが起こり、さらにブリストル市の中心街が火事になったらしい。ハイド氏はニュースを聞きながら、朝からずっとメモをとるのに使っていた鉛筆《えんぴつ》をいらいらしたようすでかじった。「国じゅうあちこちに運ばれているな。なんでだ？　いきなりこんなにいろんな場所で強い魔力《まりょく》をほしがりだしたのは、どこのどいつだ？」

「荷船《にぶね》のサラマンダーが、無事に岸に上がれたといいんだけど」トビーが自分の肩《かた》の上に寝《ね》そべっているサラマンダーを、一本指でやさしくなでながら言った。

「そうだな。ところでそのサラマンダーだが、明日おまえの父親に会いに行くときには、家に置いていくんだぞ」と、マクスウェル・ハイド氏。

トビーは青くなり、ぜったいにいやだ、という表情になった。が、意外にも、文句《もんく》を言ったりはしなかった。これでトビーの父親がどんな人なのか、なんとなくわかった。

父親はジェローム・カークという名前で、今は一人暮らしをしていて、住んでいる農家は、白亜《はくあ》の丘《きゅう》陵地帯《りょうちたい》——〈ブレスト〉ではリッジウェイ・ダウンズと呼ぶらしい（英国ではオックスフォード南東に、ノース・ウェセックス・ダウンズという丘陵地帯があり、そこにリッジウェイ「背の道」と呼ばれる、先史時代に作られた小道が通っている）——のすぐ南にある。ロンドンからさほど遠くはないけど、〈ブレスト〉には大きな自動車道がたった二本しかなく、それさえも曲がりくねっているから、昼前にその人のところに着こうとすると、ぼくにとってはとんでもない早朝に出発しなくちゃならなかった。二人に車の中へ押《お》しこまれたときには、ぼくの目はまだ開いていなかった。

はじめのうちは、また酔《よ》いそうな気がして、鉄道を敷《し》かないなら、せめて二、三本はちゃんとした道路を造れよな、とぶつぶつつぶやいていた。でも目が開くと気分がよくなり、乳白色《にゅうはくしょく》のもやの上に突《つ》き出た緑の丘《おか》の連《つら》なりが、国の背骨のように見える景色の美しさに、見とれる余裕もできた。道は丘《おか》の上には近よらないまま、枯《か》れかけた木々の下をくねくね通っていく。

そのうち、車は細い小道へと曲がり、さらに何度かもっと細い小道に入ったあと、ある丘《おか》の南側のふもとの、木立に囲まれた農家に到着《とうちゃく》した。

ぼくたちは車からおりて玄関《げんかん》に近づき、ペンキが塗《ぬ》られていない扉《とびら》をノックした。陰気《いんき》な雰囲気《ふんいき》の古ぼけた黄色の家だ。ぎらぎらまぶしい外から家の中に入ったときには、どうしてこんなに暗いんだろう、とびっくりした。床《ゆか》は暗い色の石だたみで、低い天井《てんじょう》に走る梁《はり》は、ここ五十年くらい塗《ぬ》りなおしたこともなければ埃《ほこり》をはらったこともなさそうだ。家じゅう埃《ほこり》だらけで、あちこちにものがちらばっている。

トビーの父親は、ぼくたちの方をちゃんとむかないで、部屋の中をふらふら歩きまわってばかりいた。もじゃもじゃのあごひげを生《は》やしていて、血管が浮《う》いた大きな鼻にくらべ目はかなり小さく、うるんでいる。おなかもでっぷりしてるなあと思ったけど、ほとんどずっとうしろ姿を見ていたせいか、ひざの出ているだぶだぶのズボンをはいた、がに股《また》の太い脚《あし》が目についた。この人は夜寝《ね》るときに、脱《ぬ》いだズボンを椅子《いす》か何かに立てかけておくんじゃないかな。ズボンはきっと、はいているときと同じように曲がった形で、朝までそのまま、立っているんだ……なんて想像してしまった。

ジェローム・カークは画家だというのだが、あまりそういうふうには見えなかった。ひとつの小部屋にはイーゼルや絵の具なんかが置いてあったけど、ほかの部屋のものと同じように埃《ほこり》まみれだ。

ジェロームはぼくたちに会ってもあまりうれしそうではなく、「来たのか。ほんとに来るとは思わなかったよ」と言った。

トビーの方も、ちっとも喜んでるようすじゃない。「やあ、お父さん」と沈《しず》んだ声で言っただけだ。ジェローム・カークはトビーのことは歓迎《かんげい》する気らしく、歯をむきだしてにたあっと笑うと、トビーの背中をばん、とたたいた。それから一人で、ふらふらと奥《おく》へ行ってしまった。

ちょっとしてから、ジェロームが大きな陶製《とうせい》の水さしを持ってふらりと戻《もど》ってきた。

「のどが渇《かわ》いてるだろう。おれが作った洋ナシの酒だ、飲まないか？」

マクスウェル・ハイド氏とトビーは、口をそろえて「けっこうです」とことわったけど、ぼくはすごく暑くてのどがからからだったから、「いただきます！」と答えた。ジェローム・カークが埃《ほこり》っぽいグラスに少しそそいでくれているとき、ハイド氏が「あまり勧《すす》めないよ」みたいなことをつぶやいた気がするけど、ひと口飲むまでは、その意味がわからなかった。

まずいなんてものじゃなかった。あっというまに車酔《くるまよ》いしたような気分になった。げっぷがうまく出なくて、胃液が口まで上がってきちゃったときみたいな味。毒を飲まされた、と思ったくらいだ。

だがジェローム・カーク本人も同じものを大きなジョッキになみなみそそいで飲みはじめたから、毒ではないらしい。ジェローム・カークは片手にジョッキ、もう片手に水さしを持ったまま、またふらふらと家の奥《おく》に入っていき、ぼくたちを呼んだ。「……外の果樹園を見てくれ」

ジェロームを追ってキッチンの裏口から外に出るとき、ぼくはチャンスとばかりにグラスの中身を流しに捨て、代わりに水を入れて飲んだ。トビーがそれを見てくすくす笑った。マクスウェル・ハイド氏は涼《すず》しい顔で自分もグラスに水をくみ、トビーにも一杯《ぱい》やった。それから三人とも外に出た。ひざまで草がぼうぼうで、イラクサの茂《しげ》みもあちこちにある。

果樹園というだけに果物《くだもの》の木はいっぱいあったが、どれもたいしたものじゃなかった。ねじくれた老木ばかりで、枝がだいぶ折れているし、残った大枝も元気がなく、青い小さなリンゴだの、虫食いのプラムだのがふたつ三つ実っているだけだ。おやじがこれを見たら、かんかんになるだろうな。うちの庭の果物《くだもの》の木をものすごく大事にしているから。マクスウェル・ハイド氏も、おやじと同じ考え方をするらしく、口をへの字にすると、早々にどこかへ離《はな》れていってしまった。この庭でぼくがいちばん興味をひかれたのは、こわれかけたテーブルに、布をかけたものが置いてあったこと。その上を大きなハチが何匹《なんびき》もブンブン飛びまわっている。どうやら昼食らしい。

でもまだ、当分おあずけなのはまちがいない。トビーもいつのまにか姿を消していたから、ぼくは水を飲み飲み、イラクサをよけながら果樹園の斜面《しゃめん》をゆっくりとくだっていった。さて、ぼくたちははるばるここまで、いったい何をしにやってきたんだろう？

くだりきったとき、ジェローム・カークがしおれた緑の草を踏《ふ》んでいきなり現れ、ぼくはイラクサまじりのブラックベリーの大きな茂《しげ》みを背に、追いつめられてしまった。相手はこういうことになれているらしい。それから話しているあいだずっと、ぼくは逃《に》げ出そうとうろうろしつづけたが、右に行くとブラックベリーのとげだらけの太い茎《くき》、左によると、イラクサとアザミにぶつかってしまった。それならと、前にいるジェロームのわきをすりぬけようとしたら、相手がふらりと近よってきて、行く手をふさがれた。結局、ぼくはよけい追いつめられ、とげだらけの茂《しげ》みにぴたりと背をつけて、体じゅうをちくちく刺《さ》されることになった。ふだん、その気になればどんなこともすりぬけてみせるこのぼくが、完全に逃《に》げ道をふさがれてしまうなんて。ぼくはすっかり気が動転してしまった。

「トビーのやつを誘うつもりだったが、おまえの方がずっとよさそうだ。魔法《まほう》の才能がわき返っているようだからな。マクスウェル・ハイドなんかにくっついて何やってんだ？」ジェロームが言った。

「魔法《まほう》を教わってる」と返事しながら右によったらとげにぶつかり、左によったらイラクサに刺《さ》された。

「学ぶ必要があったから」

ジェローム・カークはブラックベリーの茂《しげ》みにむかってつばを吐《は》いた。「ふん、マジドがなんだってんだ。どうせ、『上《うえ》』の許しなしには何ひとつできやしないんだ。主人にへつらう子イヌと一緒《いっしょ》だ。おれたちの仲間になれよ。ぜったいその方がいいぞ」

ぼくはまたもや、右のとげの方によりながら言った。「えっと……おれたちって？」

そのとき、とげにぶつかってそれ以上動けなくなり、ジェロームの鼻に浮《う》き出た赤い血管と汚《きたな》らしいあごひげを見つめるしかなくなった。この〈ブレスト〉じゅうで、こいつぐらい仲間になりたくないやつはいない。こんなやつが父親だなんて、トビーもかわいそうに。そりゃ、ぼく自身の本当の父親だってかなりひどいやつだったたってことはいろんな人から聞かされたけど、一度も会わないまま死んじゃったからな。そいつの代わりに今のおやじを父親に選ぶことができて、ほんとによかった！　そんなことを考えながら、「だれのこと？」と続けてきいた。

ジェロームは顔を近づけてきて、手に持った水さしをぐるぐるふりまわしながら、熱心に語りだした。ぼくは体をそらし、水さしとジェロームの息からただよってくる洋ナシの酒の、吐《は》きたくなるようなにおいを避《さ》けようとした。

「おれたちというのは、ある秘密結社《ひみつけっしゃ》のことだ。名前はつけてないが、ちゃんと存在していて、どんどん仲間を増やし、力をましているところだ。マーリンが頭《かしら》になってくれてからは、風むきはよくなる一方だ。おれたちはな、このブレスト諸島《しょとう》から古くさい閉鎖的《へいさてき》な魔法《まほう》を一掃《いっそう》するんだよ。宮廷《きゅうてい》の腰抜《こしぬ》けどもやマジドや、そういうやつらにへいこらしている連中をみんな追っぱらって、代わりに新しい活力、新しい人間たち、今の体制じゃ活躍《かつやく》の場が与えられず、小物とばかにされている魔法《まほう》の使い手たちを呼びこむんだ。おまえは若い。おれたちの新しい勢力の一員になった方がいい。やつらのくだらない決まりに押《お》さえつけられるのは、おまえだっていやだろう？」

ジェロームはこんな調子で長々としゃべりまくった。ときどき、またさっきみたいにどこかへふらふら歩きだすそぶりを見せたが、実際にはむしろこっちにせまってきたので、ぼくはますます身動きできなくなった。上《うわ》くちびるにたまる汗《あせ》をなめながら、わなにはまった気分で突《つ》っ立っているしかなかった。

ジェロームは話し続けた。「よく考えてみるんだ。おれたちはな、まったく新しい魔力《まりょく》のみなもとも見つけたんだぜ。サラマンダーさ！ どうだい、頭がいいだろう？ お堅《かた》い連中はぜったい思いつかないようなアイディアだと思わないか？」

それからさらに顔を近づけてきて、ジョッキと水さしを片手にまとめて持ち、血管が浮《う》き出た大きな鼻の横を指でつついてみせた。ぼくは思わずまじまじと見てしまった。このしぐさが、ないしょだぜ、という意味だと知ってはいたが、テレビの中とかじゃなくて、だれかがほんとにやるところを見たのは、はじめてだった。

「しかもだ、新しいアイディアは、まだほかにも続々と生まれているんだぜ。おれは全部知っている。結社《けっしゃ》の主要メンバーだからな。おれがここに住んでいるのは、近くに眠《ねむ》る古《いにしえ》の魔法《まほう》を見はる役目をしているからだ。ほんとだぜ。それから、もうひとつ教えてやろう」ジェロームはまたもや鼻をつついてみせた。「おれたちは、あと少しで表舞台《おもてぶたい》に躍《おど》り出るところまで来ているんだ。迷ってる時間はあまりないぞ。ぜひ考えてみるんだな。仲間に入りたくなったら、いや、もちろんそうなるに決まってるが、帰る前におれにむかって、ただうなずいてくれればいい。いいな？」

そのころにはうしろの茂《しげ》みに体が半分入りこんでいた。「わかった」ぼくは蚊《か》の鳴くような声で言った。

ジェロームはうなずき、やっとだぶだぶのズボンのしりをこっちにむけ、ふらふらと離《はな》れていった。

ぼくがどれほどほっとしたことか！

それから、早くマクスウェル・ハイド氏を見つけて、今聞いた話を伝えなくちゃ、とあせりだした。

もし本当に革命みたいなものが起ころうとしているんなら、一刻を争うはずだ。ロディの話ともぴったり合う。だが、あちこち捜《さが》したのに、マクスウェル・ハイド氏はどこにもいなかった。やっと見つけたときには、ハイド氏はあのこわれかけたテーブルのところで、ジェローム・カークとトビーと一緒《いっしょ》にすわっていた。昼食にしようと、三人でぼくのことを待っていたのだ。

その昼食はちょっとした試練だった。冷《さ》めた肉とパンはまあいいとしても、テーブルの真ん中に、やはり自家製らしい、くらっとくるような強烈なにおいの野菜の酢漬《すづ》けが、山もりになっていたのだ。大きなハチが狙《ねら》っているのはこれだった。ぼくはマクスウェル・ハイド氏に、至急ないしょで話したいことがある、と食事中何度も伝えようとしたけど、どうしてもうまくいかなかった。なにしろ全員が、ハチをよけるのに大いそがしだったのだ。

でも昼食がそろそろ終わりに近づき、マクスウェル・ハイド氏とジェローム・カークが政治のことで言い争いを始めたとき、はたと気がついた——ばかだな、いったい何を心配しているんだろう？　帰り道に話せばいいじゃないか！　トビーは口論が始まるとすぐ、さっさとどこかへいなくなった。そこで、ハチにうんざりしていたぼくも、そっと席を離《はな》れた。

トビーが行った方に見当《けんとう》をつけて、家の正面側に出て道路を渡《わた》り、かんかん照《で》りの丘《おか》の斜面《しゃめん》をのぼると、くねくね上がる小道が見つかったので、そこを歩いていった。ぼくの背丈《せたけ》くらいある茂《しげ》みのあいだをあっちへ曲がりこっちへ曲がりしていくうちに、急勾配《きゅうこうばい》の草地に出た。ここで小道はふた手にわかれている。

ぼくは足を止めた。ガン、と頭をなぐられたみたいに、ジェローム・カークが古《いにしえ》の魔法《まほう》の近くに住んでいる、と言ったのはうそじゃなかった、とわかった。右手にある暗い森からむっとした熱さが感じられ、ガサガサと葉音が聞こえてくる。木は老木ばかりのようで、どれもぴんとまっすぐ立っている。見つめていたら、恐《おそ》ろしくてたまらなくなってきた。何かはわからないが、この森の中には、ものすごく古くて、強大な力を持つ……恐《おそ》るべきものがいるにちがいない。とても近づく気にはなれなかった。この中に入ったのだとしたら、トビーはぼくなんかよりずっと勇気があるということだ。

そこで、森の方に行くのはやめて、左に曲がった。この道は丘《おか》のてっぺんをまわりこむように続いていた。この高さまで来るとそよ風が吹《ふ》いていて、先が枯《か》れて針金みたいになった草がカサカサいっている。やはり針金に似た水気のない花が一面に咲いているところもあり、ぴりっとした香《かお》りがただよってきた。ブンブンいったり、とびはねたりする虫はいっぱいいたが、大きなハチは一匹《ぴき》もいない。こんなに平和でいいのかな、という気がした。斜面《しゃめん》の下の方には森や野原が続き、遠くは青くかすんでいる。見上げると、真《ま》っ青《さお》な空と丘《おか》のてっぺんが見える。丘《おか》は緑に覆《おお》われ、ところどころ皮がむけたように白い岩肌《いわはだ》があらわになっていて、丘《おか》の骨みたいに見えた。

ぶらぶら歩くうち、草地のあいだに白い岩肌《いわはだ》がのぞくところが増えてきた。これは下の道を走っていたとき車から見えた、白亜《はくあ》の丘陵《きゅうりょう》の尾根《おね》で、今は尾根《おね》づたいに西へ歩いているのだろう、と気づいた。それなら、この白いのはほんとに骨みたいなもんだ——〈ブレスト〉の背骨なんだから。ぼくは歩きながら何度となく尾根《おね》を見上げた。一キロ半くらい歩いたあと、ほかの場所よりさらに白い岩肌《いわはだ》があらわになった巨大《きょだい》な岩の前に来た。岩には、こぶみたいに突《つ》き出たところがいっぱいあり、自然にできたとは思えない形をしていた。西の方へ細長くのびた部分は、真ん中に細い割れ目が入っている。東の上の方は大きく出っぱっていて、真ん中が少しくぼんでいる。

さっきから骨みたいだ、と思っていたけど、この岩はまさに巨大《きょだい》な頭蓋骨《ずがいこつ》みたいじゃないか。ばかでかいあごを持つ、ゾウなんかより何倍も大きい巨大《きょだい》生物の頭蓋骨《ずがいこつ》だ。体全体もとてつもなく大きくて、尾根《おね》にそって、白亜《はくあ》と草に埋《うず》もれてべたっと横たわっていたりして……

本当に何かの恐竜《きょうりゅう》の化石かもしれない、と思うと、すっかり興奮してしまった。もしよじのぼってみてから、やっぱりただの白亜《はくあ》の岩肌《いわはだ》だとわかったら、がっかりするだろうなとは思ったが、結局のぼりはじめた。

近くで見れば見るほど、ますます巨大《きょだい》な頭蓋骨《ずがいこつ》に思えてきた。あごみたいに見える部分の先端《せんたん》まで来たときには、上あごの上に鼻孔《びこう》みたいなへこみがふたつあるのがわかった。さらにじっと見ると、白地に白を重ねたようなうろこ状の模様がうっすらと全体についている。もりあがった頭の部分のくぼんでいるところなんて、いかにも眼窩《がんか》にまぶたがかぶさっているというようすだ。まぶたのふちには白くて硬《かた》そうなまつげみたいなものまでついている。

ぼくは思わず大声を出した。「びっくりしたなあ！　本物の巨大《きょだい》な化石だぞ、これは！」

『だれが、化石、だと？』斜面《しゃめん》から声がした。

ぼくは何メートルか下の草の上へころげ落ちた。それほど仰天《ぎょうてん》してしまった。しかも、がけ全体がドドドド、と音をたてて持ちあがり、大きな口が開いたせいで、ふり落とされたような感じにもなったのだ。見上げると、まぶただと思ったものが開いていた。巨大《きょだい》な緑の目がひとつ、こっちを見おろしている。

身じろぎもできなかった。「じゃあ、なんなんですか？」とだけ、かろうじて言った。きいきいいう小声しか出なかったが、それでもきかずにはいられないほど、ぼくは興味をひかれていた。

巨大《きょだい》な頭が答えた。『イングランドの、白の、ドラゴン、だ。人間、どもは、もう、われの、話を、せぬ、のか？』

「いえ、その、もちろんします」ぼくはあわてて返事した。ぼくの世界にも〈白のドラゴン〉についての伝説があるから、魔法《まほう》がさかんな〈ブレスト〉になら、本当にいたっておかしくないかもしれない。

「でも、そうしょっちゅうじゃありません」と正直につけくわえながらふりむいて、斜面《しゃめん》の上の方を見てみた。ただのもりあがった草地だと思っていたが、そこは巨大《きょだい》な体だったのだ。これが丘《おか》から出てきたら、ぼくはつぶされて死ぬことまちがいなしだ。しっぽは、さっきの森のあたりまでずっとのびているにちがいない。とにかく話を続けなくちゃと、思いつくまま、まぬけなことをしゃべりはじめた。

「そのー、ずいぶん長いこと、ここにいらっしゃるんでしょうね？」

『始まり、から、だ』という返事。声が出ると、振動《しんどう》がぶるぶると全身に伝わってきて、斜面《しゃめん》がぼやけてみえた。『われは、要《かなめ》の、時まで、眠《ねむ》る。今が、そのとき、か？』

「今？　いや、ち、ちがいます、全然。ぼくは、たまたまここに来ただけなんです」

巨大《きょだい》な緑の目がまばたきした。まぶたが閉じ、開く。それからまた閉じた。また眠《ねむ》りについてくれるんだといいな、と思ったけど、実際には考えこんでいるだけなのにちがいない。大きな頭脳を働かせてじっくり考えている感じで、脳がギリギリきしむ音が聞こえる気もした。

目がふたたび開き、地をゆるがす声が響《ひび》いた。『われは、たまたま、目覚める、ことは、ない。われの、なす、ことに、たまたまは、ない。しかるべき、理由、なしに、呼ばれは、しない』

「ええ、そ、そうですよね」恐怖《きょうふ》で頭の中が真っ白になっているせいか、こういうばかなことを口走ってしまう。「ぼ、ぼくは、あなたを呼びに来たわけじゃありません。ほんとです！」ぼくはそろりそろりと斜面《しゃめん》をあとずさりはじめた。でも、丘《おか》がふたたびぼやけて見えるほどゆれ、白亜《はくあ》と草と土が上からばらばらふってきたので、足を止めないわけにはいかなかった。

声はこう告《つ》げた。『呼ばれる、ときには、われは、腹を、たてる、ものと、こころえて、おけ。多くの、人間が、そちの、行《おこな》いを、なげく、で、あろう。さあ、行け』

何があったって、こんなやつを呼ぶ気になんかなるわけがない。

ぼくは巨大《きょだい》な緑の片目を見上げたまま、丘《おか》をおりていった。ドラゴンの方も、ぼくがよろよろしながら来た道を急いで帰っていくのを、目玉だけ動かしながらずっと見送っていた。ひざのふるえがとまらなかった。ドラゴンの目がもうぼくを追えないところまで行くと、ぼくはだっとかけだし、むんむん暑いハリエニシダの茂《しげ》みのあいだを走りぬけた。下の道に出て、車のわきにトビーとマクスウェル・ハイド氏が立っているのが見えるまで、一度も足をゆるめなかった。ぼくはだらだら汗《あせ》を流して二人に近づいた。ハイド氏は怖《こわ》い顔をしていた。トビーはなぜか、ぼくと似た気分でいるように見えたけど、二人ともぼくに待たされて、腹をたてているのかなと思った。

「すみません、遅くなって」ぼくは適当にあやまった。たった今起きたことは、一生だれにも話せないような気がした。「思ったより遠くまで行っちゃって」

「二人とも、乗りなさい」マクスウェル・ハイド氏が言った。

ぼくたちが乗りこむと、ハイド氏はすぐに車を出した。ぼくの気持ちが少し落ち着いたのは、何キロか走ってからだった。ぼくはずっと考えていた——あんな生き物がいたなんて！　でっかいやつ！　草の下で横になって、ただ何かを待っているなんてな。あいつが出てくるようなことになったら、そりゃあ人間はなげくにちがいない。

ロンドンにだいぶ近づいたころ、マクスウェル・ハイド氏がひどく冷たい声でしゃべりだした。

「トビー、今後は父親との関係を断《た》ちなさい。どうやら悪い連中の仲間になっているようだから」

あっ、そうだった！　ドラゴンに度肝《どぎも》を抜かれて、ジェローム・カークと話したことなんかすっかり忘れていた。でもばかなジェロームは、ハイド氏まで仲間にひきこもうとしたようだから、ぼくがわざわざ教えなくてもいいのかもしれない。

「うん、ぼくも誘《さそ》われた」トビーが小声で言った。

「そのせいで、そんな暗い顔をしているのか？」ハイド氏がトビーにたずねた。

「ううん。森のせいだよ」とトビー。

「森がどうしたっていうんだ？」ハイド氏はつっけんどんに言った。

「うーんと……背の高い人たちがいたんだ。ほんとにいたのかどうかは、よくわかんない。でも怖《こわ》かった」

「どう怖《こわ》いんだ？　悪魔《あくま》みたいなやつらだったのか？」とハイド氏。

「そうじゃない。天使なのかと思ったくらいだから。でも、時が来たのか、って何度もきいてきて、ぼくには意味がちっともわからなかったんだもん。森も同じことをきいてきたんだ」

どうやらトビーは、ぼくと同じくらい恐《おそ》ろしい目にあったらしい。ハイド氏は、相手の話がさっぱりわからないときに人が言うように「ふむ」とつぶやいただけで、それ以上きいたりはしなかった。トビーはさぞかしほっとしただろう。ハイド氏は次にぼくの方に首をかたむけてきいた。「それで、ニック、きみもあのジェロームくんと話をしたんだろう？」

「ええ。サラマンダーを運びこんでる連中の仲間だそうです」

マクスウェル・ハイド氏はまた「ふむ」と言った。今度のは、不機嫌《ふきげん》そうな重々しい響《ひび》きだ。それからロンドンに着くまで、ずっと怖《こわ》い顔で前だけをにらんでいたから、ぼくが言ったことについて考えていたにちがいない。

家に着いたときには、もう夕暮れになっていた。車を停《と》めると、ハイド氏は言った。

「もうさっきの話はやめにしよう。腹がぺこぺこだ。ハチまで食っちまうんじゃないかと心配で、昼はろくに食えなかった」

おもしろいもので、疲《つか》れていたせいでよけい、早くみんなで中に入って、毎晩の日課にとりかかりたくてしょうがなかった。

中ではドーラがおろおろしたようすで、両手をもみあわせて突《つ》っ立っていた。べつにぼくたちの帰りが遅《おそ》いのを心配していたわけじゃなくて、今日は七種類のチーズを買ってきたうえ、ジャガイモもゆでたのに、その先どう料理したらいいかわからなくなっていたのだ。ぼくたちは気にしなかった。サラマンダーたちをはらいのけ、テーブルにとびつき、うす切りにしたチーズと一緒《いっしょ》に冷たくなったジャガイモを食べた。それから三人でリビングにどたどた入っていき、テレビみたいなものをつけた。ハーリングのニュースの最後に、ぎりぎり間に合った。

そのあと、マクスウェル・ハイド氏とトビーはいつものゲームを取り出した。ぼくは二人の横で椅子《いす》にゆったりすわり、ほっとひと息つきながら、魔法理論《まほうりろん》の本を開いた。退屈《たいくつ》ではあるが、こういう静かな時間をすごせるのが、うれしくてたまらない。ドーラはソファにすわり、『夢判断』という雑誌をぱらぱらめくっていた。

ゲームが終盤《しゅうばん》にさしかかり、ハイド氏がしきりにうなり声をあげるようになったころ、ぼくは内容がさっぱり理解できないまま、同じページを三度読み返していた。と、そのとき、ドーラがソファからさっと立ちあがり、悲鳴をあげた。

部屋に突然《とつぜん》、馬にまたがったたくさんの男たちが、物音ひとつたてずに現れた。同時に風も吹《ふ》きはじめたが、やはり音はしないまま、ぼくの本のページがめくれ、ドーラの染めた髪《かみ》が横になびいた。ドーラは悲鳴をあげながら片手で髪《かみ》を押《お》さえると、もう片手で、スカートが腰《こし》までまくれあがりそうになるのを止めた。同じ風で、騎手《きしゅ》たちのマントも大きくうねっている。騎手《きしゅ》の数は、リビングの収容能力をはるかに超《こ》えているはずなのに、みんなちゃんとそこにいた。ぼくのすぐ近くにいる騎手《きしゅ》は、軍旗《ぐんき》のようなものを握《にぎ》っていた。いや、よく見ると軍旗《ぐんき》じゃなくて、馬の頭蓋骨《ずがいこつ》を串刺《くしざ》しにした粗末《そまつ》な竿《さお》だ。先の方に馬の血まみれの生皮《なまがわ》が何枚もひらひらとはためいている。じっと見ているうちに、吐《は》きけがしてきた。

先頭に立つ騎手《きしゅ》は白い馬にまたがり、全身黒をまとっている。ただ、風にひるがえるマントの裏地は白い。

「このようなことをして申しわけない」その騎手《きしゅ》が言った。ドーラのあげつづける悲鳴の方がはるかにうるさかったから、聞こえたはずがないのに、騎手《きしゅ》の言葉はなぜかはっきりと聞きとれた。かなり強いウェールズなまりがある。騎手《きしゅ》はマクスウェル・ハイド氏の上にかがみこんで続けた。「許せ。私は魔《ま》術《じゅつ》にしばられ、否《いや》が応《おう》でもこうせねばならぬのだ」

騎手《きしゅ》はハイド氏の腰《こし》に腕《うで》をまわすと、子ネコを抱くように軽々と馬上にひきあげた。ハイド氏は「いったいどういう……」と言いかけたが、すぐに気を失ったようにぐったりとして、白い馬の背にうつぶせに乗せられるままになった。

ぼくたちの中でちゃんと行動できたのは、トビーだけだった。ぱっと白い馬の前に立ちはだかると、叫《さけ》んだのだ。「やめろ！　お祖父《じい》ちゃんをおろせ！」

「ああ、できればそうしたいのだが」騎手《きしゅ》は言い、トビーが前にいないかのように馬を進めた。トビーが大あわてでよけると、小テーブルと椅子《いす》のひとつがバタバタと倒《たお》れ、ゲームの駒《こま》がちらばった。馬に乗った騎手《きしゅ》たちはリビングからかけさった。同時に風もやんだ。騎手《きしゅ》たちは壁《かべ》を突《つ》きぬけたわけじゃない。自分たちのいた空間をマクスウェル・ハイド氏ごと持ちさったという感じだった。

騎手《きしゅ》たちの姿が消えると、ドーラの悲鳴はいっそううるさくなったように聞こえた。

「お父様を連れていっちゃった！　あれはグウィン・アプ・ニース（ウェールズの伝説上の人物で冥界の王とされる。「ニースの息子グウィン」という意味。ニースはウェールズの伝説的な英雄）よ！　冥界《めいかい》の王が、お父様を連れていっちゃった！」

あんまりすさまじい声だったから、玄関《げんかん》でノックの音がしたのを聞きのがすところだった。

10
ロディとニック

1　ロディ

キャンダスの奥方《おくがた》はとても年をとっているうえ、少し脚《あし》が悪いようで、杖《つえ》がないと歩けない。私たちを玄関《げんかん》まで送ってくれたけれど、外へ出ようとはせず、玄関口《げんかんぐち》で礼儀《れいぎ》正《ただ》しい古風な態度でグランドと握手《あくしゅ》をし、私にはお別れのキスをした。乾《かわ》いたくちびるが私のほっぺたをかすめたとき、私はちょっと身をひいてしまった。キスがいやだったわけではない。くちびるがふれた瞬間《しゅんかん》に、キャンダスの奥方《おくがた》がうまく歩けないのは右の腿《もも》を痛めたせいだ、とわかったからだ。あの廃墟《はいきょ》の村の魔女《まじょ》そっくり。強い力を持つ女の人はみんな、右脚《みぎあし》を痛めることになっているのかしら？

「ソールズベリー市とお行きなさい。手配はすべてすんでいるわ」キャンダスの奥方《おくがた》が言った。

私とグランドは、緑のゴム長《なが》をはいて大股《おおまた》で歩くソールズベリー市のあとから外へ出て、通りを歩いていった。曲がり角に来たとき、なめらかな毛をした大きなレトリバーが、黒いのと金色のと一匹《ぴき》ずつ現れ、ソールズベリー市の両わきについて静かに歩きはじめた。グランドは大喜びし、背の高いソールズベリー市の顔を見上げてきいた。「このイヌ、あなたのですか？」

ソールズベリー市はうなずいた。「イヌの一匹《ぴき》や二匹《ひき》はかならずいる。もちろん、ちゃんとそれぞれに飼い主がいるがね」

「おっしゃる意味が……あ、たぶんわかりました」とグランド。

ともかく二匹《ひき》は、イヌらしくあちこち嗅《か》ぎまわりながら、町はずれまでついてきた。高い小さな丘《おか》の前の広場に出ると、イヌたちは急にいっそうそわそわとしはじめた。一匹《びき》が停《と》まっていた茶色の角ばった古い車に近よると、うしろ脚《あし》を片方上げ、おしっこをした。

「おい、そこのこんちくしょう、汚《きたな》いことするんじゃない！」丘《おか》の方から叫《さけ》び声《ごえ》がした。

よく見ると、その小さな丘《おか》はすごく変わっていて、家がたくさん埋《うず》もれてできているみたいだった。窓やドア、壁《かべ》が草の合間《あいま》からのぞき、丘《おか》のてっぺんまでずっと続いている。丘《おか》の中腹に、倒《たお》れかかるようにして木が生《は》えている戸口があり、草に覆《おお》われた踏《ふ》み段《だん》の上に一人の浮浪者《ふろうしゃ》ふうのおじいさんがすわっていた。

「おまえは自分のくそイヌのしつけもちゃんとできないのか？」おじいさんが甲高《かんだか》いしわがれ声でソールズベリー市にむかってわめいた。

「ちゃんとできているさ。こいつらは私の道路は決して汚《よご》さないからな」ソールズベリー市は答えると、私たちにむかって言った。「私の兄、オールド・セーラム町（ソールズベリー市がすぐ南に新市としてできるまで栄えた町。今は廃墟）だ」

私とグランドは口をぽかんと開け、オールド・セーラム町を見上げた。オールド・セーラム町は立ちあがると、丘《おか》をすばやくくだってきた。やはりゴム長《なが》をはいていたけど、色は黒で、汚《よご》れてひびが入っている。上着とズボンはあまりに古びていて、もとはどんな色だったのかわからない。背の高いソールズベリー市とくらべると、ノーム（地中の宝を守る小人）みたいに小さく見える。半分はげた白髪頭《しらがあたま》が、ソールズベリー市の腰《こし》にかろうじて届くくらいの背丈《せたけ》だ。オールド・セーラム町はグランドを正面から見つめると、ふぞろいな歯をのぞかせ、いたずらっぽくにやりと笑った。「言っとくがな、おれの方が兄なんだぞ。そいつが造られる計画もなかったころに、王に勅許状《ちょっきょじょう》をもらって、町として認められたんだ。今だって、ウィンチェスターの議会に議員を一人送りこんでるんだからな。おれんとこは腐敗選挙区《ふはいせんきょく》（英国で、有権者がごく少数なのに議員を出して問題となっていた選挙区。住民がいなくても、土地の所有者は議員を送ることができた。十九世紀に廃止された）なのさ」

「兄は私ほど自分の町に愛着を持っていないから、ここを離《はな》れてきみたちをロンドンまで連れていけるんだ」ソールズベリー市が言った。

　オールド・セーラム町は顔をひどくゆがめた。顔が細長い卵形になるくらい大口を開け、下くちびるを前に突《つ》き出した。泣きだすのかと思ったけど、いきなりぱちん、と口を閉じた。まるで生きたクルミ割り人形が怒《おこ》っているみたいだ。「愛着だと、笑わせるな！　つまらない廃墟《はいきょ》なんぞに愛着を感じるやつがいるか？　なあ、腐敗選挙区《ふはいせんきょく》でいたってちっとも楽しくないんだぞ。住民はもう一人もいないってのに」オールド・セーラム町は背の高いソールズベリー市の方をくるっとむき、すねたようすで顔を見上げた。「ロンドンのやつがおれを入れてくれる保証はあるのか？　なあ、どうなんだ？」

「市のはずれまで二人を連れていってから、交渉《こうしょう》してみてくれ」ソールズベリー市が答えた。

「じゃあ、おまえがやつに、おれが行くことをちゃんと伝えておけ。あんな遠くまでむだ足を運びたくはないからな」オールド・セーラム町が言い返した。

「もし兄貴が入れてもらえなくても、あとはこの子たちが二人でバスかタクシーを使って行けるはずだ」ソールズベリー市は、緑のゴム長《なが》の片方のかかとを軸《じく》に、くるりとうしろをむきながら言った。

「しかしロンドンには伝えておこう。もう出発してくれ」

「ああ、行くよ、行けばいいんだろ。どうせおれは、しがない腐敗選挙区《ふはいせんきょく》さ。おまえがやりたくない仕事は、みんなおれにまわってくるんだ」オールド・セーラム町はぼやくと、今度は私たちに言った。

「じゃあ、出かけるぞ。ぼさっと突《つ》っ立ってるんじゃない。それともロンドンに行きたくないってのか？」そしてよたよたと古い茶色の車に近より、運転席にとび乗って、中からまた呼んだ。

「さあさあ、乗った乗った。これぞソールズベリー自慢《じまん》の車だ。やつはふだん、主教《しゅきょう》とキャンダスのばあさんしか乗せてないんだぞ。これに乗れるのは、そりゃあ名誉《めいよ》なことなんだぜ」

グランドと私は、ぴかぴかにみがかれた茶色のドアを急いで開けながら、ちらっと顔を見合わせた。「腐敗選挙区《ふはいせんきょく》」がどういうものかよくわからなかったけど、オールド・セーラム町自身はたしかにくさったようなにおいを放《はな》っていた。私たちの横を通ったときに一瞬《いっしゅん》、かすかにではあるけど、すごくくさいにおいがしたのだ。つやつやした茶色の革ばりの座席に乗りこんでみると、同じにおいがぷんぷんしていた。暑い日につまった下水溝《げすいこう》からただよう悪臭《あくしゅう》みたいに、においはいっこうに弱まる気配がない。しかも今日は暑いときている。グランドと私は大急ぎで取っ手をまわし、両側の窓ガラスをおろした。どちらも半分までしか開かなかったうえに、くすんだ黄色になっているせいで、窓の外の景色がとても奇妙《きみょう》な感じがした。二匹《ひき》のイヌを連れて家々のあいだを去っていくソールズベリー市の下半分は、嵐《あらし》の前みたいなあやしい黄色の日光に照らされているように見えるし、それにくらべて上半分は妙《みょう》に青く感じられるのだ。開けてもくさいにおいは消えなかった。

「イヌの糞《ふん》さ」オールド・セーラム町がエンジンをかけながらぶつぶつ言った。「やつは自分の通りは汚《よご》させやしない。それでイヌどもはいつもおれの町に来てやるから、このおれがくさくなっちまうんだ。まったくなあ、腐敗選挙区《ふはいせんきょく》でいたっておもしろいことは何もないよ」

オールド・セーラム町は運転するあいだ、ほとんどずっとこの調子でぼやいていた。こっちに話しかけているのか、ひとりごとを言っているのかわからなかった私たちは、つやつやの座席に深くすわって、オールド・セーラム町の機嫌《きげん》を損《そこ》ねないように「へえ」「えっ？」「本当に？」と、ときどき相づちをうちながら、においが少しでもうすらぐように風を浴《あ》びていた。風が熱いのには弱ったけれど。
オールド・セーラム町はちょっとまわり道をした気がする。少なくとも、グランドはぜったいそうだったって言ってる。私だって、そんなに行かないうちにストーンヘンジ（ソールズベリーの北の平原にある、先史時代に作られた環状列石）の横を走っているのに気づいたときは、どうしてこっちに来たのかしらと思った。

オールド・セーラム町は誇《ほこ》らしげに叫《さけ》んだ。「見ろよ！　よおく見るんだ。あれこそが真の石造建築《せきぞうけんちく》ってもんだ！　石はああいうふうにあつかわなくちゃ！　昔はこれも、みんなおれのものだったのになあ……なんて思うと、涙《なみだ》が出るよ」

グランドと私は、ストーンヘンジを見ようと身を乗り出した。グランドがオールド・セーラム町に礼儀正《れいぎただ》しく言った。「じゃあ、昔はとほうもない魔法《まほう》の力をお持ちだったんですね」

「魔法《まほう》だと？　魔法《まほう》なんていう呼び方を超越《ちょうえつ》した、奇跡《きせき》の地だぞ、ここは！　まったく泣けてくるよ」

グランドはさらに何かお愛想《あいそ》を言っていたが、私は声が出せなかった。大小のりっぱな石がならんだ環《わ》を、嵐《あらし》の前みたいなあやしい黄色に見える窓ガラスごしに見たとき、地の力がより強まって感じられ、急に頭の中で不思議なことが起こりはじめたのだ。私はさらに体を起こして、ガラスを通さずに、ストーンヘンジがちゃんとした灰色に見えるようにした。それでやっと、不思議な感じがするのは、古《いにしえ》の魔女《まじょ》の花のファイルのひとつがストーンヘンジに反応し、ひきだされたためとわかった。ノバラ【力の地】だ。でもその中の知識は、糸車か何かみたいにくるくると回転していて、読みとることができない。最初は、ストーンヘンジのことは特に知らなくてもいいせいなのかと思った。でもそのあと、この場所がファイルに入っていないからだ、と気づいた。古《いにしえ》の魔女《まじょ》が生きていたころは、ストーンヘンジはまだ作られていなかったのだ。そう思ったら、すごく妙《みょう》な気分になって、窓のそばのつり革《かわ》につかまって目をつぶり、通りすぎるのをひたすら待った。

そのあとはロンドンへむかう本道を走ったようだけど、小さな町に近づくたびに横道にそれて、埃《ほこり》っぽい生《い》け垣《がき》のあいだの細く白い小道をくねくね通り、町を越《こ》えるとまた本道に戻《もど》る、というのをくり返した。

「町は避《さ》けないといかん。けんかはごめんだ。おれんとこは通るな、腐敗選挙区《ふはいせんきょく》め、なんてことを言われたらいやだからな。いやあ、おもしろくないもんだぜ、そういうのは！」オールド・セーラム町がぶつぶつ言った。

また本道に戻《もど》ってからしばらく行くと、左側は黒っぽい木立で、右側の遠くの方には緑の丘《おか》がいくつも連《つら》なるところにきた。夕焼け空が車の背後に広がりはじめている。気がつくと、グランドと私はそろって、その連《つら》なる丘《おか》に注目していた。あの丘《おか》には、何かある。頭の奥《おく》で、ノバラ【力の地】のファイルがまた開いた。今度はもっと変だった。丘《おか》から感じる大きな力の一部は、古《いにしえ》の魔女《まじょ》がファイルを作ったときよりずっと昔から存在した古いものだけど、残りの部分はファイルにない新しい力だとわかったのだ。新しい力も、ストーンヘンジと同じくらい強いようだ。

「あれ、なんですか？　あっちにあるもの」グランドがきいた。ちょっとめまいがしているみたいだ。

「さあな。何か古いもんだろう、おれとは関係ないね。どうせおれはしがない腐敗選挙区《ふはいせんきょく》だ」とオールド・セーラム町。

さらに走っていくうちに、変な感覚はだんだんうすれていったけど、何かが私たちの気をひこうとしてでもいるのか、なかなか完全には消えなかった。夕焼けの赤が空全体を覆《おお》った。と、突然《とつぜん》、車がジグザグに走りだし、オールド・セーラム町がどなった。「どけ、どけ！　フロントガラスからどけってんだ、こんちくしょう！」

キキーッという音がして、がっくん、と車が停《と》まった。

「おい、どっちか外に出て、その変なやつを始末してくれ！　コウモリだろうとなんだろうとかまわん。そいつのせいで前が見えん」オールド・セーラム町が命令した。

グランドと私は、オールド・セーラム町の指さしたフロントガラスを見た。でも、黄色っぽいガラスに何匹《なんびき》かハエがくっついている以外、何もなさそうだ。

「とっぱらうんだ！」オールド・セーラム町がわめいた。

私たちはため息をつき、暗くなってきた道へごそごそと出た。とたんに、さわやかな露《つゆ》の香《かお》りとしめった干し草のにおいに包まれた。「あいつ、頭がおかしくなっちゃったんだ」グランドは生《い》け垣《がき》のわきに停《と》まっている車のガタガタブルブルいう音にまぎれて、低い声で言った。

「もともと変なのかもよ」私も言った。

私たちはそろそろと車の前にむかった。フロントガラスはやっぱりどこもおかしくないように見えたけれど、長い茶色のボンネットの上に身を乗り出して目を凝《こ》らすと――ワイパーにしがみついていた何かが、逃《に》げようとして、車の屋根へごそごそのぼりだした。グランドが手をのばし、ちょっとだけ魔法《まほう》を使い、その生き物の背中についている、うすいひらひらしたものをつかんだ。グランドはそれを両手で持ちなおすと、私の方にさしだした。ほとんど透明《とうめい》な生き物がぶるぶるふるえている。

「なんだと思う？」とグランド。

「早く殺しちまえ！」オールド・セーラム町が窓から顔を出し、命令した。

その生き物は怖《こわ》がって、うろたえているみたいだった。しかも、ぼんやり光りはじめた。

「だめ、殺しちゃ。サラマンダーじゃないかしら。すごくめずらしいのよ」私は言った。

「あちっ！　熱くなってきたよ！　うん、きっとサラマンダーだ。なだめる呪文《じゅもん》、早く教えて！」とグランド。

私が呪文《じゅもん》を唱えると、グランドもすぐ覚えて、一緒《いっしょ》に唱えだした。二人でふるえているサラマンダーの上にかがみこんでいるのを、オールド・セーラム町が皮肉《ひにく》っぽい目つきで見ていたが、やがてこう言った。「害獣《がいじゅう》だぞ。家に火をつけるんだからな、そいつは」

「ええ、でももう落ち着いたから、火は出しませんよ。生《い》け垣《がき》に放《はな》してあげたら、グランド」私は言った。

するとグランドが言った。「行きたくないってさ。外国から来て、迷子になったんだ。どこか恐《おそ》ろしいところから逃《に》げ出して、どこに行けば安心か、わからないんだって」

「へえ、そいつ、おまえに話すのか？」オールド・セーラム町がいやみたっぷりに言った。「信用するなよ。ただの害獣《がいじゅう》なんだから。生《い》け垣《がき》に投げこんじまえ」

「話すっていうのとはちがうんです。でも、本当のことを伝えてくれてると思います」グランドは答えると、私の方をむいた。「ロディ、きみのハイドお祖父様《じいさま》のところに連れていって、どうしたらいいかきいてみようよ」

「いいんじゃない」私は言った。オールド・セーラム町のいやな言い方にはっとさせられていなかったら、私もいやみったらしいことを言ってしまったかもしれない。サラマンダーの話がわかるグランドが、うらやましくてたまらなかった。

オールド・セーラム町の方は、またさっきみたいにひどく顔をゆがめて、卵を縦《たて》にひきのばしたような顔をしたあと、クルミ割り人形みたいに下あごをバチン、と閉じた。グランドがサラマンダーをやさしく抱《だ》いて車に乗りこむと、オールド・セーラム町は言った。「おれは知らないぞ。そいつがこの車に火をつけたら、ジュージュー焼けちまうのはおれじゃなくて、おまえたちなんだからな。おれはそう簡単には燃えないんだ」

「じゃあ、腐敗選挙区《ふはいせんきょく》だといいこともあるんですね」私は乗りこみながら言った。露《つゆ》のおりたさわやかな晩の空気を吸ったあとだと、車内のくささは耐《た》えがたかった。

「そりゃそうだが、戻《もど》ってソールズベリーに車が燃えちまったなんて言ったら、やつはそりゃあ腹をたてるだろうよ」オールド・セーラム町が言い返した。車を出してからも、十五キロほど進むあいだ、ずっとぶつぶつ言っていた。「ロンドンに着かなかったって言ったら、殺されちまうよ。勅許状《ちょっきょじょう》を取りあげられて、議員も出せなくなるに決まってる。それに、おれはものが燃えるにおいも大《だい》っ嫌《きら》いなんだ。身の毛、じゃない、レンガがよだつほどぞっとするよ」

「静かにして」グランドが小声で言い、サラマンダーにむかって、なだめの呪文《じゅもん》をそっと口ずさんだ。サラマンダーはそのうち、グランドの腕《うで》をよじのぼり、肩《かた》に乗っかって身を落ち着けると、うれしそうにぷるぷる体をふるわせはじめた。グランドのことがうらやましいし、においはひどいし、オールド・セーラム町はぶつぶつ言いつづけている。いたたまれなくなった私はそっぽをむき、窓の開いたところから外を見ていた。

しばらくして、あたりがだいぶ暗くなってきたころ、車とならんで白い馬が走っているのに気づいた。見上げると、馬の背にだれかがまたがっている。ひるがえった黒いマントの白い裏地が目についた。

あっ、と思ったときには、グウィンお祖父様《じいさま》がかがみこんで、窓の開いたところからこっちをのぞきこんでいた。「これで召喚《しょうかん》されたのは三度目になる。たくさんの人を連れさらねばならない。だが、これはよい知らせでもある。もう一度呼ばれることになれば、私の方がやつらを好きなようにできるのだから。だが今回は実に残念だ」

私が返事をする間もなく、お祖父様《じいさま》は白いめす馬にむかって舌を鳴らした。と、馬は足を早め、道の先へかけていってしまった。

グランドが目を丸くした。「車より速く走ってっちゃったよ！　お祖父様《じいさま》はなんて言ったの？　ぼくにはよく聞こえなかった」

「二人だけの話よ」と私。お祖父様《じいさま》の話を聞いてどんなに不安になったか、グランドには言いたくなかった。なにしろシビルはグランドの母親なんだし、そのシビルがまた何か悪いことをしたのはたしかなのだから。ああ、一刻も早く頼《たよ》れるマジド、大好きなハイドお祖父《じい》ちゃまに会いたい。お祖父《じい》ちゃまならわかるはず。シビルとその一味が今度は何をやったのか、教えてくれるだろう。今ここにいて、教えてくれたらいいのに。オールド・セーラム町が曲がり角や十字路でスピードを落とすたび、もっと速く！　とどなりたくなった。急にゆっくりになり、「ロンドン」の標識の前で車が停《と》まってしまったときには、ほんとにどなってしまった。「停《と》めないで！」

「そりゃあできない。ここから先はロンドンだ。まずは話をつけないと」と、オールド・セーラム町。オールド・セーラム町はライトをつけたままエンジンを切り、車をおりてしまった。腹をたてた私はバン、とドアを開け、外へとびだした。少しして、グランドも出てきた。座席に残ったサラマンダーはくるんと丸まっている。都市と田舎それぞれの、暑い夜のにおいと、オールド・セーラム町のにおいがまじりあってただよってきた。うしろの田舎道では生《い》け垣《がき》がガサガサいっている。前方には、いかにも郊外《こうがい》の住宅地らしい、街灯に照らされた道路が続いていたが、車の前はふたつのつややかで巨大《きょだい》なものでふさがれていた。一瞬《いっしゅん》何かと思ったけど、ヘッドライトに照らされて光るふたつのものは靴《くつ》だった。

ゆっくりと顔を上げていくと、ロンドン市の姿が見えた。ものすごく大きな影《かげ》みたいで、都市の紫《むらさき》色《いろ》の空を背にそびえている。「ここで何をしている？」ロンドン市はオールド・セーラム町に言った。

ロンドン市の声はひときわ変わっていた。騒《さわ》がしい往来《おうらい》の音と、ソプラノ、アルト、テノール、バスなど、いろいろな音域のコーラスを合わせたような声だ。コーラスには、かなりの上流階級らしい声から、生粋《きっすい》のコックニー（ロンドンなまりを話す労働者階級）という感じの低い声、外国ふうのなまった声まであり、あらゆる階級の響《ひび》きがまじっていた。なんだか合唱団のコンサートを聴《き》いているような気分になる。

オールド・セーラム町はおじぎをし、手をもみあわせてヘッドライトの前に出ると、また変なふうに顔をゆがめてあごをバチンといわせ、同情を誘うような声でしゃべりはじめた。

「閣下《かっか》、私はしがない腐敗選挙区《ふはいせんきょく》でして、けっしてあやしい者ではございません。閣下《かっか》のご領域をおかすつもりなどまったくなかったのですが、使命を与えられてしまったものですから。ここにおります二人を、マジドのところへ車で届けろと言われたのです。ちょっと強引じゃないかと私は思ったんですがね、あわれな腐敗選挙区《ふはいせんきょく》ごときがおえらがたに命令されたら、どうしようもないじゃございませんか？閣下《かっか》に不愉快な思いをさせようとはまったく……」

「だれに命じられたのだ？」オールド・セーラム町の言うことに耳をかたむけていたロンドン市が、何重にも聞こえる声で言った。ロンドン市の顔がとても変わっていることは、ほとんど光があたっていなくても見てとれた。意志の強い高貴な顔に、いろんな顔を少しずつまぜたみたいなのだ。片方の頬《ほお》の一部は、ずるそうにつりあがっているし、片方の眉《まゆ》じりと口の一部は意地悪そうにねじれたままだ。目のだ。

片方はガラス玉かと思うほど、左目と右目では光り方がちがった。そのロンドン市から、都市らしいタールとレンガのにおいがむわっとただよってきた。よどんだ川の悪臭《あくしゅう》もちょっぴりまざっているようだ。

オールド・セーラム町はあわれっぽく訴《うった》えた。「キャンダスのばあさんです、閣下《かっか》。ソールズベリーは、あのばあさんの頼《たの》みならなんだってひきうけちまうんですよ。やつはいやな仕事はみんな私に押《お》しつけるんだ。今回だってそうです。私には関係ないことだってのに」

ロンドン市がオーケストラみたいな声で言った。「キャンダスの奥方《おくがた》はかつて、比類なき美女だった。彼女《かのじょ》のことはよく知っている。バークレー広場（英国ではかつて高級住宅地だった）でよく名士たちを招待していた。その後イタリア人の伯爵《はくしゃく》と結婚《けっこん》した」

「へえ、でもだんなが死んだあと、肩書《かたが》きだのなんだのをいっさい捨てて、こっちに戻《もど》ってきたんですよ。今はソールズベリーに住んで、国の魔法《まほう》を仕切っているんです」

「知っている。彼女《かのじょ》のことを話すときは、きちんと敬意をはらえ」ロンドン市の声がとどろいた。

でも、オールド・セーラム町は不満げに言った。「承知いたしました。しかし閣下《かっか》、お言葉を返すようでございますが……りっぱな川をまたいでらっしゃる閣下《かっか》のようなおかたに申しあげるまでもないことですが、人間どもはしょせんすぎゆくものでございます。テムズ川の流れのごとく。キャンダスの奥方《おくがた》だろうと、ここにおります若いもん二人だろうと、それは変わりません。人間どもは、現れてはすぐ去っていきます。でも、閣下《かっか》は永《なが》らえる。私でさえ生きつづけているのですよ、閣下《かっか》」

「われわれは人間により、人間のために育ったのだ」ロンドン市はがんがん響《ひび》く声で言った。建築現場のハンマーの音みたい。

「閣下《かっか》はそうお思いになってもけっこうでございますが、今の私は、ウィンチェスターの議会に議員を一人送りこませてもらっていることぐらいしか、人間をありがたがる理由がないわけでして。いや、申しあげたいことはですね、閣下《かっか》、どの人間が来ようが去ろうが、閣下《かっか》にはどうでもいいということですよ。ですから、この二人をマジドのところに連れていってもよろしいでしょうね？」

「それはどういう理屈《りくつ》だ？」ロンドンがきいた。

私はどんどん不安になっていった。とにかく早くお祖父《じい》ちゃまのところに行きたいし、ふたつの町が私たちのことで言いあいをしているのを、ただ聞いていなくてはならないのは落ち着かない。でも、それだけではない。ディンバー家の家宝に住んでいた民《たみ》みたいな、ほぼ透明《とうめい》な精が見えるようになった今では、ここにも精がいるとわかったのだ。見えるだけじゃなくて、動く音も聞こえる。今日、日の高いうちに見た精たちとは感じがちがった。昼間見た精たちは、ぶらぶらしているだけの害のない昼の民《たみ》だったようだ。今ここにいるのは、夜の民《たみ》だ。親しげなものはほとんどいない。精たちは言い合いにひかれて集まっていた。うしろの生《い》け垣《がき》がかすかにざわめき、ぱちぱちまたたく小さな光でいっぱいになっている。車のうしろからは青っぽい影《かげ》がせまってくる。

グランドにも精たちが見えるようだ。ロンドン市とオールド・セーラム町が話すのを聞きながら、何度も生《い》け垣《がき》の方をふり返っている。

ようやくロンドン市が、遠くの都会のざわめきみたいな声で、考え考え言った。

「その二人の人間が入ることに反対はしない。そもそも私が人間を入れまいとしたことがあるか？　ここからはバスかタクシーを使わせればいいだろう」

「でもぼくたち、お金がないんです！　きのう全部使っちゃって」グランドが不安そうに、ロンドン市を見上げて叫《さけ》んだ。

ロンドン市は何重にも聞こえる声を響《ひび》かせ、突《つ》きはなすように言った。

「さもなければ、歩かせればいい」

オールド・セーラム町は顔をしかめ、道の暗がりや生《い》け垣《がき》の方をちらっと見ると、下くちびるを前に突《つ》き出して言った。「いや、歩かせるとなるとですね、閣下《かっか》、二人の身に危険がおよぶかもしれません。失礼を申しあげるつもりはございませんが、無事に送り届けろ、と言われておりますので」

「私は人間どもに、財産はもちろん、身の安全を保証したことなどない」

「へえ、たしかに閣下《かっか》はどんな人間もすぐ金持ちになれる町ではありませんよ。それは私だってわかっておりますす。金持ちになって楽しく暮らす人間がいる一方で、他人の家の戸口の踏《ふ》み段《だん》で寝《ね》るやつも、強盗《ごうとう》にあうやつもいるのは、閣下《かっか》のせいじゃございませんって。閣下《かっか》はあずかり知らないことです。でも今は、そういうことをお話ししているわけじゃないんで。キャンダスの奥方《おくがた》の望みどおりに、私がこの二人をある家へ送ることをお許しいただきたいと申しあげているんです。これが無茶《むちゃ》なお願いですかね?」

長い沈黙《ちんもく》が続いた。ロンドン市はどこか遠くの音に耳をすましているようだった。たしかに何か聞こえる。消防車か、救急車のサイレンだろうか。そのうち時計の鐘《かね》も鳴りだした。と、巨大《きょだい》なロンドン市は背筋《せすじ》をのばし、話しだした。何重にも聞こえる声には、おもしろがっているような響《ひび》きがあった。

「実はこの私も、ある命令にしたがわざるをえなかったのだ。決まった時間がたたないと、かけられてしまった〈封《ふう》じの魔法《まほう》〉を解《と》くことはできなかったようだ。魔法《まほう》が効《き》いているうちはどうにもしようがなかったが、今はもう通してやれる。車に乗って、好きなところへ行くがいい」ロンドン市はつやつやした巨大《きょだい》な靴《くつ》をはいた足を片方持ちあげ、すぐそばの家のならびを越《こ》えて、となりの通りにおろした。もう片方の足を持ちあげる前に、家々をまたいだまま、よく響《ひび》く声でおかしそうに笑って言った。

「もちろん、私もずっとついているよ」

それはたしかにそうだろう。私たちがああよかった、と思いながらとび乗ると、オールド・セーラム町が市内へと車を走らせた。窓が開いたところから外を見るたびに、家々を踏《ふ》まないようにしながら横を歩いているロンドン市の、影《かげ》のような巨大《きょだい》な姿が目に入った。

ハイドお祖父《じい》ちゃまの家まで、ものすごく時間がかかった気がする。むかっているあいだじゅう、不安でどうかなりそうだった。シビルはグウィンお祖父様《じいさま》に何かをさせているあいだ、私たちを近づけない魔法《まほう》をロンドン市にかけることまでできるようになったらしい。だとしたら、シビルの力は今や恐《おそ》ろしく強くなってしまったということだ。なんとしても、ハイドお祖父《じい》ちゃまに知らせなくちゃ。

でもシビルは私の想像をはるかに超《こ》えるようなことをしていたのだ。オールド・セーラム町がようやくお祖父《じい》ちゃまの家の前に車をキキーッと停《と》めると、私はすぐにとびだして玄関《げんかん》へかけつけた。ノッカーでガンガンたたいているあいだ、オールド・セーラム町がグランドにぺちゃくちゃ言っているのが聞こえた。「いやあ、礼なんかいいんだよ。おれはただの雑用係だからな。おまえも早いとこ行った。おれのことは気にするな、どうせしがない腐敗選挙区《ふはいせんきょく》さ……」グランドはグランドで、オールド・セーラム町に聞いてもらおうと声をはりあげていた。

「でもぼくたち、ほんとに感謝しているんです。ほんとに、ほんとに、ありがとうございました。あっ、ちょっと待って、行っちゃう前に、サラマンダーを出させて……」

オールド・セーラム町の車が去っていき、グランドがサラマンダーを肩《かた》に乗せて、踏《ふ》み段《だん》に立つ私のところにやってきても、まだ玄関《げんかん》にはだれも出てこなかった。もう一度ノッカーで扉《とびら》をたたいたら、やっといとこのトビーが顔を出した。

トビーはふだんから顔が青白いけど、このときは真《ま》っ青《さお》で、呆然《ぼうぜん》としていた。奥《おく》の方から、なんともすさまじいわめき声とすすり泣きが聞こえる。ドーラ叔母《おば》ちゃまの声だわ。

「どうしたの？　何があったの？」

トビーはのどをごくっと鳴らし、答えた。

「お祖父《じい》ちゃんが、たった今、さらわれたんだ。冥界《めいかい》の王が連れていったんだって、お母さんが言ってる」

私は頭から冷水《れいすい》を浴《あ》びせられた気分になった。

「シビルのやつ、ぜったい許さないから」私は言った。

2　ニック

　ロディがこんなに高飛車《たかびしゃ》な子だとは思わなかった。いろんなできごとのせいで気が動転していたんだろうけど、それはぼくたちだって同じなんだ。まったく、あんなふうにマクスウェル・ハイド氏が連れさられて、いらだったり怖《こわ》くなったりしないわけがない。変な言い方だけど、何か恐《おそ》ろしいことが起こったんじゃなくて、まだこれから起こりそうな気がしていたのだ。

　ぼくは、倒《たお》れた家具をもとに戻し、ゲームの駒《こま》を拾いあげたりしながら、ドーラをなだめていた。サラマンダーたちは走りまわっているし、透明《とうめい》な生き物たちはあちこちに群《む》れをなして固まっている。

「しーっ、しーっ、サラマンダーたちが怖《こわ》がるじゃないか。わめいたってどうにもならないだろ」と言っていたとき、ロディがトビーともう一人の男の子をひきつれ、ずんずんリビングに入ってきた。

　ロディは部屋の中をぎろりとにらんだ。暗い火花が飛《と》んだ気がしたくらい、するどい目つきだった。それさえのぞけば、ぼくの覚えていたとおりで、のびのび育った木という雰囲気《ふんいき》があった。だぶだぶの古いズボンと古い灰色のセーターという格好《かっこう》でも、スタイル抜群《ばつぐん》なのがわかる。かなりやせているけど、やせぎすっていうのじゃなく、全身にきれいな丸みがある。それに、いいにおいがした。床《ゆか》にしゃがんでいたぼくのところにも、その香《かお》りは届いたのだ。胸がどきどきして、足がふるえだした。顔がぱっと赤くなったあと、またすうっと血の気《け》がひくのを感じた。

でもロディはほんとにのびのび育ったらしく、自分が人をそんな気持ちにさせることがあるなんて、考えてもみないようだ。実際、だれにどう思われようと、気にしない子だった。なにしろ開口《かいこう》一番、こう言ったのだ。「何よ、ここ、まるで爆弾《ばくだん》が落ちたみたいじゃないの！　サラマンダーもあふれ返ってるし。火事になるかもしれないって、だれも思わないの？」

これを聞いたとたん、ぼくの胸のどきどきはおさまった。いや、おさまったわけじゃない、今度は怒《いか》りでどくどくいいだした。今しがた顔が赤くなったり青くなったりしたのは、ゲームの駒《こま》を捜《さが》してソファの下へ手をのばしたせいだ、というふりをすることにした。

ロディはぼくにきつい口調《くちょう》で言った。「ちょっと！　お祖父《じい》ちゃまがいなくなったときのようす、くわしく話してくれない？」

ぼくは立ちあがった。背が高いおかげで、ロディにちょっと覆《おお》いかぶさるような格好《かっこう》になった。

「まずは『あらニック、また会えてうれしいわ』とかなんとか言ったらどうだ？……静かにしなよ、ドーラおばさん」

「そうよ、叔母《おば》ちゃま、静かにして」ロディは言うと、またぼくを見た。「あなたのことはもちろん覚えてるわ。でもこれは急を要するの」

「グウィン・アプ・ニースが来た。ぼくの世界の伝説にもあるから、わかったんだ。馬に乗ってここへ現れて、マクスウェル・ハイドさんを馬の背に乗せると、行ってしまった」

ちょうどこのとき、ドーラが叫《さけ》ぶのをやめ、涙《なみだ》で顔をぐしょぐしょにしたまま、ソファからこっちにとんでくると、急にばかていねいな紹介を始めた。「ニック、こちらは私の姪《めい》のアリアンロード・ハイドと、そのお友だちの、アンブローズ・テンプルよ。ニックはお父様の弟子になった東方《とうほう》の人なのよ、ロディ」

ぼくはかちんときて、叫《さけ》んだ。「東方《とうほう》の人間じゃない！　言ったじゃないか！」

ロディもぴしゃりと言った。「この子はグランドって呼んで！　言ったでしょう！」そして、ぱっとまたぼくの方をむくと、強い口調《くちょう》で言った。「お祖父《じい》ちゃまがどこに連れていかれたか、見当はつかないの？」

そんなのきかなくたってわかるじゃないか。冥界《めいかい》だろ。でもロディがあんまりかっかしていたから、そうは言わず、「〈探知《たんち》の魔法《まほう》〉をやってみてもいいよ。けっこううまくなったから」と答えた。

「じゃあ、やって」ロディは命令し、またくるっとドーラの方をむいた。「叔母《おば》ちゃま、グランドはすごく疲《つか》れてて、おなかもすいてるの。グランドに夕食を出してもらえない？　それと、〈王の巡《めぐ》り旅《たび》〉が近くにいないのなら、私もグランドも、今夜は泊《と》めてもらうことになると思うの。グランドのぶんのベッドはある？　トビーと一緒《いっしょ》に寝《ね》られるかしら？」

ぼくは話題のグランドってやつに目をやった。鉤鼻《かぎばな》で、顔じゅうそばかすだらけの変わった顔をしていて、トビーより少し年上のようだ。ロディが言うほど疲《つか》れているようには見えないけどな。グランドはトビーとくすくす笑いあっていた。どちらも、首のまわりにサラマンダーを巻きつけているからだ。ドーラにあれこれ命令して、うまくいったためしはない。マクスウェル・ハイド氏などは、ドーラにむかって命令口調《くちょう》でものを言わないようにいつもすごく気をつけていた。何かしてほしいときはなおさらだ。

案《あん》の定《じょう》、ドーラはロディを見つめると、めそめそしはじめた。ソファにすわりこみ、両手をもみあわせ、うめくように言った。「でも、ジャガイモに合いそうな料理を思いつかなかったのよ！」

「とにかく、グランドに何か食べさせてよ！」とロディ。

ドーラが役にたたないとなれば、ロディは次に、トビーにびしばし命令しはじめるだろう。でも今日のトビーは、すでにたいへんな一日をすごしたんだ。顔を見れば、くたくたなのがわかる。

そこでぼくは「こっちに来いよ」と言って、ロディたちをダイニングに連れていった。テーブルにはまだ、チーズと冷たいジャガイモが出ていた。ぼくは皿とナイフを取ってきて、見つけた野菜の酢《す》漬《づ》けもならべた。

グランドはちょっと目をむき、低くて変な声でつぶやくように言った。「キャンダスの奥方《おくがた》のところでケーキをいっぱい食べたから、ジャガイモはいらないや」

「チーズだってあるのよ」ロディはやさしく言いながら、グランドのために椅子《いす》をひいた。「とにかくすわって、少しでもいいから食べて」

このグランドってやつのことになると、ロディはずっとこんな調子だった。ほかの人には、グランドにはあれがいる、これがなくちゃいけない、なんてことばかり言って、グランド本人に対しては、面倒《めんどう》見《み》のいい姉、というよりは、口やかましい母親みたいな態度をとるのだ。まるでグランドが世界でただ一人の人間だ、といわんばかりだ。見ているといらいらする。いいかげん、そいつのことはほっとけよ、と言ってやりたくなる。それはともかく、食べ物を目にしたとたん、ぼくはいつものように食欲がわいてきたので、テーブルについた。酢《す》漬《づ》けの野菜を瓶《びん》からすくい、今日二度目の夕食にとりかかった。トビーもぼくの横にすわり、一緒《いっしょ》に食べはじめた。

「何をやっているの？」ロディがきつい声できいた。

「食べてる」

「お祖父《じい》ちゃまの居所《いどころ》の探知《たんち》はどうなったのよ！」

ぼくはなだめるように言った。「食って元気が出たら、始めるよ」

ロディは、あきれたわ、という顔になった。「あのとき、助けてくれるって言ったじゃない。なのに、あなたったら……邪魔《じゃま》しようっていうのね！」

「きみもそんなにいらいらしたり、いばりちらしたりするのをやめれば、もう少し人とうまくやっていけるんじゃないか？」と、ぼく。するとロディは、ものすごい形相《ぎょうそう》になった。これほどかんかんになった人の顔は見たことがないくらいだ。怒《いか》りのあまり、しゃべることもできないらしい。トビーが今にも笑いだして、ジャガイモをのどにつまらせてしまいそうな顔でぼくを見た。ぼくはロディに言った。

「なあ、いいからすわって、きみも食べろよ」

ロディは傲慢《ごうまん》な女王みたいな目つきでぼくをにらんだ。「言ったでしょう、陰謀《いんぼう》があるのよ」

「そうだね、ぼくもそれは信じるよ。でもだからって、食べることをやめなくちゃいけないわけじゃないよね。食べながらでも、これからのことを相談できるだろ？」

ロディはしぶしぶ自分の前の椅子《いす》をひいた。「グランドもすわって。今いちばん大事なのは、〈王の巡《めぐ》り旅《たび》〉がどこにいるかを見つけることよ」

「まだノーフォーク地方（イングランドの東海岸側にある地方）にいるよ。けさのニュースで言ってた」とトビー。

「そう」ロディは、ちょっと拍子抜《ひょうしぬ》けしたような顔になった。「とにかくすぐにパパとママと連絡《れんらく》をとらなくっちゃ。……そうだわ！　お祖父《じい》ちゃまの家なら、パパのいちばん新しい遠話《えんわ》番号がわかるはずよね！」そう言いながら、ロディはすぐにも遠話器《えんわき》のところへ行く気なのか、椅子《いす》をまたテーブルの下に押《お》しこもうとした。

だが、グランドが止めた。「すわりなよ。ニックが言っていることは正しいと思うな。宮廷《きゅうてい》の人たちはだれも、ぼくらが何か知っているなんてわかってないんだから、話すのはよく考えてからにしないと。下手すると、ロディのお父さんたちがやっかいなことになるかもしれない。まずは何をしたらいいか、みんなで決めようよ。つらい思いをしてるのは、ロディだけじゃないんだからね」

グランドにかかると、ロディはなんてすなおになるんだろう。グランドの静かにうなるような声に耳をかたむけると、すぐにすわったのだ。

実際、グランドはけっこういいやつみたいだ。話をしてみてすぐ、わかった。まあ、だからといって、これからのことが決めやすくなったわけでもないけど。正直いって、ぼくはとほうにくれていた。マクスウェル・ハイド氏がたぶん死んでしまった今、ぼくたち子どもだけで王だの政治だのに関わったり、マーリンみたいな力のある人たちに対抗したりできるとは思えなかった。

「ロマノフにきけたらなあ」ぼくは言った。

3 ロディ

ニックくらいしゃくにさわる人はいない。何かやってと頼《たの》んでも、まあまあとなだめられるだけ。すごく礼儀正《れいぎただ》しいし、どう見たってハンサムすぎるくらいハンサムな顔にやさしい表情を浮《う》かべるくせに、ちっとも動こうとしない。もっとこまるのは、ニックの方からなんだかぐいぐい押《お》してくるような感じがずっとしていること。暑苦しくて、うっとうしい。どういうつもりなのかよくわからないし、ぜったいやめてほしい。ドーラ叔母《おば》ちゃまのゆでた、いたんでしまったみたいな色のジャガイモを、何度投げつけたくなったかわからない。

結局、とことんまで話しあいをした。ニックはふたこと目には、ロマノフと話すべきだ、なんてぶつぶつ言うだけで、役にたたなかったけど。ロマノフなんて人のことは聞いたことがなかったから、私はとりあわなかった。で、やっと、何からやっていくかが決まった。まずグウィンお祖父様《じいさま》がハイドお祖父《じい》ちゃまを連れていった場所を捜《さが》すこと。次に私の両親に、今起きていることをうちあける。

食べ物を片づけると、ニックはようやくまじめに〈探知《たんち》の魔法《まほう》〉にとりかかった。私はあんまり期待していなかった。ニックは、リビングの床《ゆか》に本や地図をいっぱい敷《し》きつめ、まわりをインクや水を入れたボウルと、ひもにつるしたさまざまな重りで囲むと、その上にかがみこむようにしてすわった。サラマンダーが二十匹《びき》ぐらい、けげんそうに近よってきていて、危なっかしいったらない。ニックの横にはグランドとトビーがしゃがんだ。三人の頭上にはたくさんの透明《とうめい》な生き物たちが浮《う》かんでいる。

グランドとトビーは、ニックにああしたら、こうしたら、と言っていた。ドーラ叔母《おば》ちゃまもソファから何かと口を出した。「ほんとにわかってやっているの？」とか、「東方《とうほう》ではそういうふうにやるの？」とか、「そのインク、こぼしたらお父様が機嫌《きげん》を悪くするわよ！」なんてことばかり。

私ならいらいらするのに、ニックはずいぶん落ち着いていた。きっとあれこれ言われてはいても、グランドたちにあこがれの目で見られていたおかげだわ。グランドはニックのことを、これまで会った中でいちばんすてきな人だ、と思うようになりそう。ニックくらいの年の男の子で、グランドをまともに相手にしたのは、ニックがはじめてだから。宮廷《きゅうてい》の男の子たちは、グランドをばかにするか、魔法《まほう》が使えるというのでびくびくするか、その両方だった。トビーの方は、もうずいぶん前からニックのことを慕《した》っているらしい。

でも私はというと、ウェールズでやった、世界の外に助けを呼ぶ魔法《まほう》は失敗だったかもしれない、と本気で思いはじめていた。でなきゃ、こんな思いあがった未熟な魔法使《まほうつか》いが出てくるはずがないじゃない？　がっかりだわ、と思いながら、一人で廊下《ろうか》に出て、遠話器《えんわき》を見つけた。

お祖父《じい》ちゃまの遠話帳《えんわちょう》は、よくあるとても便利なものだった。かけたい相手の名前を文字で打つと、遠話帳《えんわちょう》がぱっと開き、その遠話《えんわ》番号を見せてくれるのだ。ちゃんと新しい番号に変わっていますように、と祈《いの》りながら、「ダニエル・ハイド」と打ちこんでみると、遠話帳《えんわちょう》が開いた。番号は、以前のものではないからだいじょうぶそうだ。宮廷《きゅうてい》の番号は、たいていアルファベット二文字と数字三つからできている。これにはＤＨ１４５とあったので、そのとおりかけてみた。

けっこう長いこと鳴りつづけたあと、やっとだれかが遠話器《えんわき》を取り、息が切れたような高い声で言った。「宮廷付き天気魔法使い《きゅうていづてんきまほうつか》、代理です」

ああ、よかった！　つながったのがあんまりうれしくて、その声の主《ぬし》がグランドのあのいやな姉、アリシアだってことにすぐには気づかなかったし、わかったあとも気にならなかった。だってアリシアは王のお付きで、ほかの人がいそがしいときに遠話《えんわ》を取るのも仕事のひとつなんだから。私は言った。

「ああ、アリシア！　ロディよ。パパと替《か》わってくれない？　急いでるの」

アリシアも声を聞いてすぐ、私だとわかったみたい。いつものようにいやな感じのくすくす笑いをした。「あら、あんたなの！　どこにいるの？　ウェールズに行ったきり、もう戻《もど》ってこないものと思ってたんだけど」

「おあいにくさま、今はロンドンよ。父とすぐに話したいの。遠話《えんわ》に出してもらえない？」

アリシアはよけいくすくす笑いだした。「いいえ、むりだわ」

「それはいったいどうしてかしら？」と私。

「ここにはいないからよ。もうずいぶん前から〈巡《めぐ》り旅《たび》〉にはいないの。二週間前に、反体制的な魔法《まほう》使《つか》いはみんな追放されたから」

またもや、冷水《れいすい》を浴《あ》びせられたような気分になったけど、負けじとていねいに言った。

「それなら、父が今どこにいるか、教えてもらえないかしら？」

「そりゃあ、知りたいでしょうね！　でもあんたのお父さんは、決してだれにも見つけられないところにいるの。あんたのお母さんも一緒《いっしょ》にね。それからね、ロディ、あんたはもうここに遠話《えんわ》をかけてきちゃいけないのよ。宮廷《きゅうてい》の一員じゃなくなったんだもの。だから私もあんたと話してちゃいけないんだわ」ものすごく勝ち誇《ほこ》った声だった。遠話《えんわ》をかけてきたのが私だとわかったときからずっと、これを言うのを楽しみにしていたらしい。「あんたの両親は、王への謀反《むほん》をくわだてたかどで、おとがめを受けたんですからね」

「そう、教えてくれてどうもありがとう。じゃあ、今はだれが天気を司《つかさど》っているの？」私はきいた。

「今はだれもやってないけど……でも王様が退位されたら、すぐに新しい人が任命されると思うわ」アリシアは答えた。

「ふうん。王様は退位されるわけ？」

「私、そんなこと言ってないわ！」アリシアはあわてて言い返した。とんでもないことをうっかりもらしてしまったという口調《くちょう》だ。

「もちろん、何も聞かなかったわよ。いろいろ教えてくれてほんとにありがとう、アリシア。それで、グランドはどうしたらいいのか、教えてもらえないかしら？」

アリシアは冷たく言い返した。「あら、あの子、あんたと一緒《いっしょ》なの？　じゃあ宮廷《きゅうてい》に送り返してちょうだい。でもノーフォークにじゃないわよ。明日の朝すぐ、出発するから。えっと……やあねもう、あの子ったら、本当に世話が焼けるんだから！　そうねえ、あさって、ソールズベリー平原まで送ってちょうだい。私たちはまだ着いていないかもしれないけど、待たせておけばいいわ。それじゃあね、ロディ。話せてとーってもうれしかったわ」アリシアは遠話《えんわ》を切った。

私は突《つ》っ立ったまま、通話の切れた音がしている受話器をじっと見た。しばらくはぼーっとしたまま、こんなにずっと暑かったのもしかたないわ、パパは天気を変えられなかったのよ、とだけ考えていた。それから、急にアリシアが憎《にく》らしくなった。アリシアは、私の心を傷つけられるなら平気でうそをつく人よ。だから今の話は、本当のはずがない。私は受話器を乱暴におろし、遠話帳《えんわちょう》をパシンと閉じると、今度は「アニー・ハイド」と勢いこんで打った。ママならきっと、そんな話は全部うそよって、言ってくれるにちがいない。

ママの新しい遠話《えんわ》番号はAH369。でも、かけてみると、機械的な声がこうくり返すだけだった。

「おかけになった遠話《えんわ》番号の持ち主は、現在、宮廷《きゅうてい》の一員ではありません。おかけになった遠話《えんわ》番号の持ち主は、現在、宮廷《きゅうてい》の一員では……」

受話器をおろし、お祖父《じい》ちゃまのうちのみすぼらしい暗い色の壁紙《かべがみ》を見つめた。パパもママも、いなくなってしまったらしい。ハイドお祖父《じい》ちゃまもいなくなったし、王様は退位するっていうし、陰謀《いんぼう》があることに気づいている人は、私たちのほかにはいない、となると……いったいだれに話せばいい？　だれなら助けてくれるの？　グウィンお祖父様《じいさま》は、ハイドお祖父《じい》ちゃまをさらったのだから、話せない。ロンドン市だって逆《さか》らえなかった。じゃ、ほかのだれに話せるというの？

キャンダスの奥方《おくがた》のことが頭に浮《う》かんだ。あの人はかなりの力を持っている。今日の午後は言っても信じてくれなかったけど、もう信じてもらわなくちゃ。

私はまた遠話帳《えんわちょう》をパチッと閉じた。治めの貴婦人《きふじん》の番号を、お祖父《じい》ちゃまが知らないはずがない。思ったとおり、やっぱりのっていた。その番号にかけてみると、呼び出し音はえんえんと鳴りつづけた。脚《あし》を痛めている人だから、出るのに時間がかかるかも、とブルブルいう音からピッピッという音に変わっても、そのまま待っていた。キャンダスの奥方《おくがた》が椅子《いす》からよいしょと立ちあがり、ゆっくり足をひきずりながら広い部屋の奥《おく》から廊下《ろうか》に出るまでには、このくらいかかるかもしれない。そのあとも、もうしばらく待ってみた。でも、だれも出ない。

私は受話器をのろのろとおろし、またもや壁紙《かべがみ》をにらんだ。それからためしにソールズベリー市の番号にかけてみた。キャンダスの奥方《おくがた》の遠話《えんわ》番号のうちの、ソールズベリーの市外局番にあたる部分だけ。すると、呼び出し音は鳴らず、ただしーんとしていた。あんまり長いこと静かだったから、もうあきらめようかな、と思ったとき、妙《みょう》に沈《しず》んだ一本調子の声がした。

「ソールズベリー市だが」

「あっ……よかった！　あのう、キャンダスの奥方《おくがた》に遠話《えんわ》してみたんですけど、だれも出てくれなくて……えーと、こちらはアリアンロード・ハイドです。奥方《おくがた》はだいじょうぶなんでしょうか？　お休みになっているとかでしょうか？」

ソールズベリー市が沈《しず》んだ声で返事した。「残念ながら、キャンダスの奥方《おくがた》はもう私のところにはいない。今夜、しばらく前に、家から連れさられたのだ」

「だれ？　だれに連れさられたの？」

ちょっと沈黙《ちんもく》があってから、ソールズベリー市が答えた。「『ニースの息子《グウィン・アプ・ニース》』だと思う。私は邪魔《じゃま》しないよう命じられた。申しわけない」

「いいんです。ロンドン市でさえ命じられたとおりにしなくちゃならなかったんだから、どうしようもなかったんですよね。奥方《おくがた》がどこに連れていかれたか、ごぞんじですか？」

またもやちょっと沈黙《ちんもく》があった。「……いいや」

「わかりました、とにかくありがとうございました」私は遠話《えんわ》を切り、またしても壁紙《かべがみ》をじっと見た。それから、こうなったら最後の手段、と遠話帳《えんわちょう》の「ヘプジバー・ディンバー」のところをパチッと開き、しぶしぶその番号にかけた。

ブルブルからピッピッピッピッに変わってても、呼び出し音は鳴りっぱなしだ。あんまり長いこと鳴りつづけたから、双子のどっちかでもいいから出てよ、と思いはじめた。あきらめて受話器をおろしたときには、こう考えた——今夜は金曜だもの。みんなでどこかに出かけたのかも。でも、もうずいぶん遅《おそ》い時間だったから、まだ帰っていないなんてことはまずありえなかった。

しばらくして、リビングに戻《もど》ると、ニックが顔を上げた。すごくびっくりしているようだ。「マクスウェル・ハイド氏はまだ生きている！　まちがいないよ！」

「でも居場所はどうしても見つけられないんだ」トビーがつけくわえた。

グランドがニックに言った。「ぜったいこの世界じゃないところにいるんだよ。そうじゃなきゃ、結果の説明がつかないもん」三人はどうやら、出た結果をめぐってあれこれ言いあっていたところらしい。

ドーラは私をまじまじと見たあと、明るい声で言った。「ねえ、どうかした？」

「いいえ、全然どうもしないわ！　パパとママが宮廷《きゅうてい》から追放されて、王様はもうじき退位されることになってて、キャンダスの奥方《おくがた》とディンバー家の人たちもさらわれたってだけよ！　なんにも問題ないでしょ！」

男の子たちはいっせいに私を見上げた。

「えーっ？」とニック。

「それしか言うことないのっ？」私は悲鳴に近い声で叫《さけ》んだ。

ドーラは私の言ったことをちっとも聞いていなかったみたいに、やさしくほほえんだ。

「ねえ、ロディ、悪い『気』は全部放《はな》った方がいいわよ。ここにすわって、思いっきり泣きなさいよ。そりゃあすっきりするから」

私はぶっきらぼうに言った。「あらそう？　どうもご親切に！」

そしてすぐそばにあった古ぼけた椅子《いす》にすわり、わっと泣きだした。グランドもトビーもニックも男の子だから、ものすごく面食《めんく》らった顔をして、私に背をむけてしまった。それで今度は、本物の悲鳴をあげたくなった。

4　ニック

その夜、グランドはぼくの部屋の寝椅子《ねいす》で寝《ね》た。マクスウェル・ハイド氏の寝室《しんしつ》はロディが使うのがいい、とみんな思ったし、トビーの部屋には寝椅子《ねいす》がなかったのだ。トビーはそれで助かった。グランドほど落ち着きのない寝方《ねかた》をするやつは、どこの世界を捜《さが》したっていないと思う。ごろんごろん寝返《ねがえ》りをうって寝椅子《ねいす》のスプリングをギシギシいわせたかと思えば、サッカーの応援《おうえん》に使うラトルの音みたいにうるさいいびきをかき、おまけに「あれもこれもひっくり返ってて、ぼく、ぜったいできない！」なんて寝言《ねごと》を叫《さけ》んだりするから、ぼくは何度も目を覚ましてしまった。そうすると、不安と恐怖《きょうふ》の思いが一気によみがえり、横になったまましばらく悶々《もんもん》とするはめになる。

ぜったいロマノフを捜《さが》して、どうしたらいいか、きくべきなんだ。マクスウェル・ハイド氏がいなくなったうえ、ロディの言ったことも起こったんだとしたら、〈ブレスト〉はどんどんまずい状態になっているはずだ。ロマノフならどうしたらいいか、わかるだろう。すごい力の持ち主なんだから。ロマノフを見つけるために通らなくちゃいけない、あの異様《いよう》な〈闇《やみ》の小道〉が近くにあるのも感じられた。けど、入り方がまるっきりわからない。ほかの世界へひょいと移動できないのと同じで、だれかに助けてもらうか、押《お》されるかしないと、一人では行けないようだ。

そんなことを考えているうちに、空が明るくなってしまった。鳥の鳴き声がする。サラマンダーたちが真っ先に朝日を浴《あ》びようと、さわさわと走っていく音もする。グランドはもうすっかり落ち着いてすやすや眠《ねむ》っていたが、こっちはこれから寝直《ねなお》すのは、もうむりな気がした。

「くそー！」ぼくはしかたなく起きあがった。

変な感じだった。九割方寝《ね》ぼけていて目が開かないふだんとちがって、目はぱっちりと開いていたし、頭もさえている。グランドのせいで、ひと晩じゅう起きていたせいだろうか？　ぼくは服を持って下におり、キッチンで着替《きが》えた。コーヒーを用意しているあいだに、ドーラお気に入りのウサギの縁飾《ふちかざ》りがついた鏡をのぞきこんでみた。下まぶたがたるんで、でかい黒いくまができているだろうと思ったのに、ふだんどおりだった。ただ、不機嫌《ふきげん》そうに見えるだけだ。

コーヒーをマグカップにそそぎ、さあ飲むぞ、というとき、玄関《げんかん》のベルが鳴った。そのとたん、自分が本当に不機嫌《ふきげん》なんだ、とわかった。のろのろと玄関《げんかん》にむかうあいだに、さらにあと二回ベルが鳴った。扉《とびら》をノッカーでガンガンたたく音もする。

「わかった！　わかったわかった、わかったってばさ！　玄関《げんかん》まで瞬間移動《しゅんかんいどう》しろってのか？」ぼくは叫《さけ》ぶと、扉《とびら》をぐいと開けた。

けっこう小さい女の子が二人、踏《ふ》み段《だん》にそわそわと立っていた。二人とも、プリーツスカートのセーラー服を着ている。左側の子のは青地に白のラインが入っていて、右側の子のは白地に青のラインだ。このちがいがなかったら、二人の区別はつかない。ぼくのむっつりした顔を見たとたん、二人はぎゅっと抱《だ》きあい、そっくりな顔で、ぎろりとぼくを見つめた。

「これ、きっとお祖父様《じいさま》のペットのサルよ」青い服の方が言うと、白い方はうっとりとしたようにため息をついた。「機嫌《きげん》の悪い男って大好き！」

「家をまちがえてるよ」ぼくは言った。

「まちがえてないわ。マクスウェル・ハイドさんに用があるの」青い方が言った。白い方が説明した。「私たちは孫で、私はイザドラ、こっちはイルザビル。急用だって伝えて」

「ここにはいない。連れさられたんだ」

ぼくたち三人は、ぼんやりと見つめあった。それからイルザビルの方が、百歳《さい》かと思うような口調《くちょう》で言った。「まったく、男の子って、ほんとにうそつきだわねえ」

イザドラもうなずいて言った。「家の中を調べなくちゃ」

二人は抱《だ》きあうのをやめ、ぼくの両わきから中に入ろうとした。ぼくは二人の首の高さに腕《うで》を広げて止めた。

「ちょっと待て。朝の五時半にお祖父《じい》さんを訪ねてくるってのはどういうわけだ？　ここんとこ、陰謀《いんぼう》とかがいろいろあるんでね。マクスウェル・ハイドさんが本当にきみたちのお祖父《じい》さんだという証拠《しょうこ》はあるのか？　ハイドさんは、きみたちのことなんかひとことも言ってなかったぞ」

「ひどい、傷ついたわ！」イルザビルが悲劇のヒロインみたいな顔をして言った。

「あんたこそ、だれよ？　お祖父様《じいさま》はあんたのことだって、ひとことも言ってなかったわ！」イザドラが言った。それから、示しあわせたかのように、二人で同時にぼくの腕《うで》を力いっぱい押《お》しはじめた。ぼくは押《お》し返《かえ》した。二人は何か魔法《まほう》を使ってわきをすりぬけようとしているようだ。だからといってこりはしなかったが、ますますあやしいと思えてきたから、ぼくは押《お》し返《かえ》しつづけた。左のやつはぼくの腕《うで》にかみつき、右のやつはぼくのむこうずねをけりつけ、二人同時に叫《さけ》んだ。

「中に入れてっ！」

これはもう、ぜったい陰謀《いんぼう》の一部で、マクスウェル・ハイド氏の家を襲《おそ》おうとしているんだ、と思ったぼくは、二人の細い腕《うで》を片方ずつつかみ、通りに放《ほう》り出そうとした。

「近所じゅうの人を、起こしてやるから！」イルザビルがおどした。

イザドラが金切《かなき》り声《ごえ》をあげた。「キャーッ、乱暴しないでっ！　助けて！　児童虐待《じどうぎゃくたい》よー！」

このさわぎで家の中のみんなが当然、目を覚ました。ただし、ドーラは起きてこなかった。ぼくよりも朝に弱いらしい。まずグランドが、シャツのボタンをとめながら現れて、うなるような声で言った。

「なんだい、イジーたちじゃないか！　もうかんべんしてくれよ！」

双子《ふたご》はわめいたりもがいたりするのをやめ、ぼくの両側から、うんざりした顔で視線を交《か》わした。

「またあの『ばっかみたい』だわ！」一人が言った。

もう一人がグランドにむかって命令した。「ロディを連れてきて」

「私ならここよ」うしろから眠《ねむ》そうなロディの声がした。「あんたたち、こんな朝早くから玄関口《げんかんぐち》でわめきちらして、何やってるの？」

「このでっかいインド人の男の子が痛いことするのよ、ロディ！」イザドラが訴《うった》えた。

ロディは言い返した。「されて当然じゃないかしら。どうしてここにいるの？　ジュディス叔母様《おばさま》がよこしたの？」

と、双子《ふたご》の一人はいきなり、おしとやかな子って感じになり、もう一人はしゃきしゃきと元気になった。「それがね、お母様は消えてしまったの。ヘピィお祖母様《ばあさま》もよ」おとなしくなった方が、悲しそうに言った。

「シンプソンさんに頼《たの》みこんで、車で連れてきてもらったの。私たち、知っていること、いっぱいあるのよ」しゃきしゃきした方がきっぱりと言った。

それからおたがいの態度を入れかえ、せりふもとりかえてしゃべった。より目を使って二人を見ていたんだっけ、と思ったほど、きれいに入れかわっている。

ロディはため息をつき、ぼくに言った。「中に入れてやって。そんなことが起きたんじゃないかと思ってたの」

ぼくは一も二もなくイジーたちを放《はな》した。二人はすかさずぼくの横を通り、バレエを踊《おど》るみたいに、腕《うで》をゆっくりふりながら、爪先立《つまさきだ》ちでちょこまか中へ入っていった。

「イヌはどうしたんだ?」二人が軽やかに通りすぎたとき、グランドが声高《こわだか》にきいた。

「司祭《しさい》さんのところ」イジーの一人が、足を止めずに肩《かた》ごしに言ったあと、「食べ物を!」と心からほしそうに続けた。

「司祭《しさい》のおばさんは、私たちのことも面倒《めんどう》見るっていったの。でも逃《に》げてきたのよ」ともう一人が言い、「キッチンへ!」といかにも行きたそうにつけくわえた。

二人は急にかけだし、キッチンにむかった。ぼくたちが追いついたころには、シリアルの箱を全部見つけ出して、ボウルにせっせとふり入れ、ありったけのミルクをかけていた。パフライス（米をふくらませたシリアル）が床《ゆか》いっぱいにちらばった中にぼくのマグカップも落っことされて、コーヒーが床《ゆか》にとびちっている。

ぼくはむっつりとしたまま、ぞうきんで全部ふきとった。そのあいだにグランドが、やかんをまた火にかけた。

ロディがいらいらしたように言った。「私たちはトーストを食べましょうよ。この子たちったら、とにかくまずはおなかいっぱい食べないと、まともに話もできないみたいだもの」

ロディはひどく青い顔をしていた。ゆうべは眠《ねむ》れなかったのか、目の下に青いくまができている。きのうよりいっそう気がたっているようだ。こんなにぴりぴりしてないといいのに。ぼくはコーヒーをいれなおしながら思った――恋《こい》って、こんなにやっかいなものだとは知らなかった。女の子を一度めちゃくちゃ好きになると、見かけだけ好きっていうのではすまなくなる。いつのまにか、性格までも受け入れるはめになるんだ。五時半なんていうとんでもない朝っぱらから、こんなことに気づくなんて！

「こいつら、きみのいとこだってこと？」がつがつ食べているイジーたちをあごでさし、ロディにきいてみた。

「そうよ。ドーラ叔母《おば》ちゃまのお姉さんの子ども。この双子《ふたご》、最悪なの」

少なくともロディにはそれがわかるくらいの分別《ふんべつ》があるらしい。血は水より濃《こ》いね、なんてことは、ロディにはぜったい言ってはいけない。ぼくも、本当の両親はひどい人たちだったから、この点にかぎっていえば、ロディと似た者同士かもしれない。といっても、こんな共通点から恋《こい》がうまくいったりはしないと思うけど……

コーヒーをイジーたちからできるだけ離《はな》してテーブルの上に置きながら、自分がまだロディを彼女にするつもりでいると気づいて、びっくりした。べつに脈ありってわけでもないのにな。

眠《ねむ》そうな顔をしたトビーがキッチンをのぞき、イジーたちを見て青くなった。そして「ひゃあ！　今こいつらは、かんべんしてよ！　ぼく、ヤギの面倒見《めんどうみ》てくる」と言うなり、行ってしまった。

グランドはくっくっと笑って「不人気率百《ふにんきりつ》パーセントだな」とつぶやくと、ロディにむかって言った。

「ロディ、ほら、トーストができてるよ。食べなくちゃ」

ロディはきつい声で言い返した。「食べないなんて言った？」

「言ってないけど、見てるばっかりじゃないか」グランドはうなるような声で言い、ロディがひと口食べるのを見届けてから、今度はイジーたちの方をむいた。

「さて、へピィおばあさんとジュディスおばさんは、いつ、どうやって、いなくなったんだ？」

ボウルに四杯目《はいめ》のシリアルを入れていたイザドラが、グランドを見上げて言った。

「その前に、ミルクをもっとと、トーストをちょうだい」

「ミルクはきみたちが全部使っちゃったよ」ぼくが言った。

「だったら、ひとことだってしゃべんない」と、イルザビル。

「そうはさせないわ。あんたたちのどっちかが自分でトーストを作って、もう一人がしゃべりなさい」

ロディはトーストをまたひと口ほおばり、もごもごと続けた。「じゃなきゃ、ノミ、よ」

イジーたちは天使みたいな顔つきになり、そっと視線を交《か》わした。

「変だわ、どうしてみんな、私たちに親切じゃないの？」と、イルザビル。

「私たちのすごい魅力《みりょく》が、ここのだれにも通じないなんて」と、イザドラ。

「すごい魅力《みりょく》って、どれのことだ？　人に親切にしてもらいたかったら、まず自分から親切にしろよ。何が起きたか話す気がないなら、おまえらの頭と頭をぶつけてやってもいいけど、どうする？」とぼくが言うと、二人はふんぞり返ってこっちをにらんだ。でも少しすると、イルザビルがガタンと立ちあがり、ぶすっとした顔でパンを切りに行った。

イザドラも同じようにぶすっとした顔で、しゃべりだした。「本当は何があったかよくわからないの。夕食の前にね、私たちは庭にいたの。へピィお祖母様《ばあさま》とお母様は家宝と話をつけようと大さわぎしてて、つまんないから、中には入らないようにしてた。そしたら、中から馬がいななくような音がしたわ。へピィお祖母様《ばあさま》が叫《さけ》んだのもちょっと聞こえたけど、それはめずらしいことじゃないでしょ？　また家宝にどなっているのかと思って、気にしなかったの……」

イザドラが話しているあいだ、イルザビルはかわい子ぶった笑みを浮《う》かべ、こまったようにぼく、グランド、ロディを順に見ていた。だれかが代わりにトーストを作ってくれないかと待っているようだ。だがぼくらは知らん顔をした。

イザドラは続けた。「それから、すごくいっぱい馬がいるみたいな足音と鳴き声がしたけど、そんなに長いあいだじゃなかったわ。なんだろう？　と思っちゃった。で、そのあとおなかがすいて中に入ったら、お母様もお祖母様《ばあさま》もいなくなってたのよ。家じゅうどこを捜《さが》してもいなくて、しかも夕食は下ごしらえしかしてなくて、生《なま》のまんま！　おなかがぺっこぺこになっちゃった！　暗くなるまで待ったのにお母様たちが戻《もど》ってこなかったから……」

そのとき、トビーがキッチンに入ってきた。パン切り包丁をパンの上でゆらゆらさせているだけだったイルザビルを押しのけ、包丁をうばってパンを何枚も厚切りにし、チーズをのせてグリルにつっこみながら、「ヤギが杭《くい》を食いちぎりそうだよ」と言った。

「あとで見に行くよ。それでどうしたんだ、イジー？」ぼくが言った。

イザドラは言った。「お母様たちは帰ってこないんだな、ってなんとなくわかったの。それで、おなかがすいてたまらなかったから、へピィお祖母様《ばあさま》のお財布《さいふ》を見つけて、中のお金を持ってお店にむかったんだけど、とちゅうで、シンプソンさんはいつもできたての紅茶をお店に仕入れるために、金曜の夜からロンドンの空港へ出かけるんだってことを思い出して……」

「ね、私たち、いろんなこと知ってるでしょ」イルザビルがぼそっと言った。

「トーストの作り方は知らないらしいけどね」グランドはイルザビルに言ってから、イザドラにきいた。「それで、イヌをそのまま家に置きざりにして、こっちへ来ちゃったんじゃないのか？」

「そんなことぜったいしないもん。いったん戻《もど》って服を着替《きが》えてから、司祭《しさい》のおばさんのところに行って、起きたことを話したの。私たちはロンドンのお祖父様《じいさま》のところに行かなくちゃ、お祖父様《じいさま》はマジドだからって言って……」

イルザビルが口をはさんだ。「で、ジャクソンは司祭《しさい》さんにあずかってもらったんだからね！　司祭《しさい》さんは私たちも一緒《いっしょ》に、って言ったんだけど、シンプソンのおばさんにロンドンまで連れてってもらうからってことわって……」

「それで走っていったら、シンプソンさんがちょうど出発するところにぎりぎり間に合ったの。シンプソンさんはため息をついて、『じゃ、乗りなさい』と言ってくれたから、とび乗ったわ」と、イザドラ。

「でも何もかも大急ぎだったから、夕食を食べそこねたの」イルザビルが言い、ものほしそうにトビーが作ったチーズがたっぷりのトーストに目をやった。

この二人が、たいへんなことになってうろたえているのはまちがいなかった。ただし、どうも母親がいなくなったのより、夕食を食べそこねたことの方がショックみたいだ。「どう思う？」ぼくはロディにきいた。

「シビルを止められそうな魔法《まほう》の使い手はみんな、姿を消しちゃったみたいね。きっと、ほかの世襲魔《せしゅうま》女《じょ》も残らず連れさられてるんだわ」ロディは言った。

「調べてみた方がいい？」グランドがきいた。

「調べてどうするの？　そんなことより、何かちゃんとした手をうたなくちゃ！」ロディは組みあわせた両手をよじって言った。「でも、いったい何をしたらいいのかしら？」

ぼくは言った。「ロマノフを捜《さが》すんだ」

すると、ロディが食ってかかった。「あなたってきのうからそればっかり！」

性格も受け入れるんだぞ、と思ったものの、この調子じゃ、先に愛想《あいそ》が尽《つ》きてしまいそうだ。

「理由はこうだ。まず、ロマノフはいくつもの世界の中で、いちばん強い魔力《まりょく》を持っているそうだ。魔《ま》法《ほう》のことならなんでもまかせろって感じなんだ。それに、ロマノフはハイドさんのことをよく知ってい
て……」

ロディのいらいらした表情が、驚きにかわった。「そんなこと、一度も言わなかったじゃない！」

きみが言うひまをくれなかったからだろ、という言葉はのみこみ、ゆっくりと息を吸いこんでから、
ぼくは続けた。「だから、助けてもらえると思うんだ」

「じゃあ、その人をどうやって見つけるの？」ロディがつんけんした口調《くちょう》できいた。

よくぞきいてくれたよ……。「それが、ロマノフはどこかひとつの世界に住んでるわけじゃないんだ。

いくつかの世界のきれはしからできている、変わった島にいて、行き方はなんとなくわかるんだけ
ど……」

ロディはため息をついた。「つまり、見つけられないってことね」

「そうは言ってない……」とぼくが言いかけると、トビーが静かに口をはさんだ。

「ヤギだよ。あのヤギ、ロマノフのだって言ってたよね」

「それだ！」ぼくは叫《さけ》び、立ちあがった。その勢いで、まわりじゅうの椅子《いす》がタイルの床《ゆか》にガタンガタ
ンと倒《たお》れた。不思議だったのは、これだけすごい音がしても、ドーラが起きてこなかったことだ。

N

「さあ、行くぞ！」ぼくは言った。

11
ロディとニック

1　ロディ

　イジーたちが現れたときには、うそでしょ？　と思った。これで、ヘピィとジュディス叔母様《おばさま》がやっぱりいなくなっていたことがはっきりして、陰謀《いんぼう》は私の想像じゃなかったと裏づけられたわけだけど、それにしても、もういやになってしまう。

　しかもイジーたちは、私たちと一緒《いっしょ》にロマノフという人を捜《さが》しに行くって言いだした。のびるチーズがたっぷりのったトーストを夢中で食べている二人を残して、さっさと私たちだけで行ってしまえばよかったのに、二人が「なんの話？」とわめいたとき、ニックがまずい返事をしてしまったのだ。きみたちはここにいて、何があったかドーラおばさんに話すんだ、小さい子は〈闇《やみ》の小道〉には行かない方がいい、なんて言っちゃったんだもの。それを聞いたイジーたちは、めそめそするわ、文句《もんく》を言うわ、なんとか私たちをときふせようとするわ、とてつもない大さわぎを始めた。しかも、どれもうまくいかないとわかると、二人一緒《いっしょ》に声をはりあげてわめきだした。おかげで少なくとも、グランドは朝食をたっぷりとることができたけど。

　グランドとトビーが食べ終わったとき、私は降参《こうさん》し、「わかった、一緒《いっしょ》に来ればいいわ」と言った。とたんに二人はめそめそするのをやめ、油でべとべとの手をセーラー服でぬぐってとびついてくると、「ロディは世界一すばらしい、いとこよ！」と叫《さけ》んだ。私は二人を押《お》し返《かえ》し、こう言ってやった。

「でも、お芝居《しばい》みたいなことはやめて、ちゃんといい子にしてなくちゃだめよ」

すると二人はすっかりいい子ぶって、ひどいわ、傷ついた、という顔をした。私は、「とにかく、そのべとべとの手でさわらないで。私に取り入《い》ろうったってだめよ」とくぎを刺《さ》した。

「そうだよ、もう魔法《まほう》で人を惹《ひ》きつけようとするのはやめとけ。二人とも、まるで年食って落ち目になった映画スターみたいだぜ。六歳《さい》というより、六十歳《さい》って感じだぞ」ニックが言った。

たしかイザドラだったと思うけど、白い服の方が叫《さけ》んだ。「六歳《さい》なんかじゃないわ、もうすぐ九歳《さい》になるんだから！」

「何歳《なんさい》でもいいよ。とにかくもう、うんざりだ。早く行こう」とニック。

私たちがぞろぞろと庭に出たちょうどそのとき、ヤギがとうとう、かじっていた杭《くい》をバキンと折ってしまった。ニックがだっとかけていき、杭《くい》の両はしをつかんだ。そうしないと、ヤギをつないだ鎖《くさり》が、杭《くい》からはずれてしまうから。

「いいか、ヘルガ。ぼくたちを、ロマノフのところへ連れていってもらいたいんだ」ニックはヤギに言い、私たちにむかって続けた。「全員、このヤギに飼い主のところへ連れていってほしい、と強く念じるんだ」

いかにもたちの悪いヤギって顔をしたヘルガは、そしらぬ顔でニックを横目でちらっと見上げただけで、くちゃくちゃと食べたものを反芻《はんすう》している。私たちはヘルガを取り囲み、ニックに言われたとおり、必死で念じた。私は、古《いにしえ》の魔女《まじょ》の花のファイルの中に、助けになりそうな呪文《じゅもん》がないかしら、と捜《さが》してみた。でも魔女《まじょ》は、ヤギがいかに手に負《お》えない動物か、よくわかっていたらしい。ティーゼルのファイルの中に【牧羊犬なしにヒツジを追う方法】【家畜《かちく》の呼びよせ】【ブタを動かす方法】というのはあったし、さらに捜《さが》していくと【イヌのしつけ】【タカを呼んで手にとまらせる方法】【ノラネコを手なずける方法】まであったのに、ヤギについてはひとつもないのだ。

そこで、ヤギに使える魔法《まほう》を捜《さが》すのはあきらめ、旅の呪文《じゅもん》を見ていった。前に使ったスピードウェルの呪文《じゅもん》や、キャンダスの奥方《おくがた》が使った呪文《じゅもん》も見つかった。【体外離脱《たいがいりだつ》】の魔法《まほう》もずらずらと出てきた。でもどれも、なんだかちがう気がした。普通《ふつう》の旅の呪文《じゅもん》というのは、よく知っている国の中を旅するときに使うもののことだし、体外離脱《たいがいりだつ》の方は、自分の体を置いていくわけだから、これからしようとする旅に合わないんだもの。結局使えたのは、【旅に幸運をもたらす方法】だけだった。

ヤギが動きだすのを待っているうち、今日がとてもいい陽気なのに気づいた。かすかにかすみがかった青空が広がっていて、まわりじゅうのものが息をひそめ、何かすばらしいことが起こるのを待っているみたいだ。遠くに何本もかすんで見える煙突《えんとつ》のむこうから、ロンドン市の低いつぶやき声がはっきりと聞こえる。私たちが立っている芝生《しばふ》は露《つゆ》に濡《ぬ》れて灰緑色になっていたけれど、サラマンダーたちが動きまわったところには、濃《こ》い緑色の足あとがついていた。銀色に見える遠くの時計塔《とけいとう》が、三十分ごとの鐘《かね》を打ちはじめた。音階が上がったり下がったりさがったりするその音は、ロンドン市が私たちをはげまして歌ってくれているかのようだ。

ニックはずっと、ヤギに言うことを聞かせようとすごく力を出していたから、私の頭の中にも、草の生《は》えた平《たい》らな岸が、ちらちらと浮《う》かんできた。海は、それぞれちがう色の大きな三角形にわかれている。時計塔《とけいとう》の鐘《かね》が鳴り終わると、ヤギがため息をついた。それからさっとニックのわきをすりぬけ、すばやくぴょんぴょんはねていった。ひっぱられた鎖《くさり》がジャラジャラ音をたて、ぴんとはった。

「みんな、ぼくから離《はな》れないように、一列につながるんだ。前の人から手を放《はな》すんじゃないぞ」ニックが言った。

みんなそれぞれ、近くにいた人に急いでつかまった。グランドはニックのシャツを、私はグランドのシャツを、しっかりつかんだ。私にしがみついたイジーの一人が「スカートをつかまないで。プリーツがくしゃくしゃになっちゃうじゃない！」と言ったときには、露《つゆ》のおりた芝生《しばふ》のすみから庭のななめむこうへ、全員で走りだしていた。ヤギのうしろを一列になってどたどた走ったりして、はた目から見たらばかみたいだろうな、と思ったらもう、庭ではないところに来ていた。急なくだりの土の道をだだっとかけおり、すぐにトンネルに入った。イジーの一人が「暗ーい！」と悲鳴をあげた。と、まもなく、トンネルのむこうに、見たこともないほどあやしい空間が見えてきた。

夏の夜空のような場所だった。暗いけれど、どこかに明かりがあるのか、完全に真っ暗ではなく、青っぽい。でも星はない。ぞっとするのは、この空が上にも下にも広がっていたことだ。そこは広大な暗い青の空間だった。正面を見ると、手前からはるか先まで、島らしいものが点々と連なり、明るく光っている。どの島もべつべつにただ浮《う》かんでいて、糸を抜《ぬ》いた一連のビーズか、巨大《きょだい》な踏《ふ》み石みたいに見える。島の形は少しずつちがっているけれど、どれもさまざまな色合いの緑や金、青に輝《かがや》いていて、暗い青の空間に光る切れぎれの通路のようだった。島の幅《はば》はどれも、三メートルくらいしかない。

私がトンネルの終わりに近づいたとき、ヤギはすぐ近くの島にとび乗った。島はがくんと沈《しず》み、ぐらり、ぐらりとヤギの足もとでゆれた。

私は息をのんだ。「そんなこと、できないわ！」見ているだけでもめまいがする。

「しかし、おもしろいな」先に土のトンネルの出口にたどりついたニックが、ハアハア息をつきながら言った。声の調子は、私と同じくらい怖《こわ》がっているようなのに、言うことはずいぶん落ち着いている。

「きっと島のひとつひとつが、べつの世界なんだ。ヤギから見ると、こうなってるんだな」

ヤギは島の上をどんどんかけていったので、ニックもあとを追って、島にとび移ることになった。ニックがのると、島はもちろん、また沈《しず》んだ。グランドがニックのすぐあとをとび、私も続いてとぶはめになった。島はさらに沈《しず》んだだけでなく、残りの三人ものると、左右にがくがくかたむきだした。とても立ちあがれない。このまますべりでもしたら、このがらんとした青い夜空に落ちて、落ちて、落ちつづけるんだ……と思ったら、恐《おそ》ろしくてたまらなくなった。

私は片手でグランドのシャツをぎゅうっとつかんだまま、もう片手と両ひざで、ざらざらしたガラスみたいな感じの島の上をはっていった。下をのぞきこむと、かすかに海や大陸、山や川が小さく見え、思わず目をつぶってしまった。島のはしまで来て、目を開けて立ちあがり、がらんとした空間をとびこして、次の島に移らなくちゃならなくなったときには、恐《おそ》ろしさのあまりおかしくなりそうだった。

島の間隔《かんかく》は、私がやっととびこせたくらいだった。イジーたちとトビーにはむりだろう。ニックにそう言うと、ニックは鎖《くさり》を強くひっぱってヤギを止め、沈《しず》んだりぐらぐらゆれたりしているすべりやすい島の上で、待っていてくれた。私はうしろをむいて両手をのばし、まずイザドラ、続いてトビーを抱《だ》きとめた。最後はイルザビルだ。ところがイルザビルは足をすべらせ、落ちそうになった。とっさに両手首をつかんだけど、心臓がとびだすかと思うほど、どきどきして、腕《うで》の力が抜《ぬ》けてしまいそうだった。

しかもなお悪いことに、イルザビルをなんとか立たせてやったとき、来た方がいやでも見えてしまった。光る島々の列は、そっちにもずっとのびていた。どの島が〈ブレスト〉かなんて、わからないくらい。前とうしろの区別もつかない。ヤギがいなくなったら、完全に迷子《まいご》になると気づいて、ぞっとした。イジーたちも、きゃっと悲鳴をあげた。トビーは歯をガチガチいわせている。全員がふるえていたと思う。でも、ニックが鎖《くさり》をひく力をゆるめたとたん、ヤギはだっと走りだし、もう少し近くに浮《う》いていた次の島へとんだので、私たちもついていくしかなかった。

続く二、三の島は、落ちることをなるべく考えないようにして、かなり速く進んだ。どの島も私たちが通りすぎたあとで、上下左右に大きくゆれた。

ニックとヤギは、その次の島で、いきなり島の中へつっこんでいった。ああ、よかった！　着いたのね！　心底ほっとして、グランドのあとに続いて入ると、中はまたトンネルになっていた。

と、前にいるニックが叫《さけ》んだ。「おいおい！　ここはちがうぞ、ヘルガ！」

やってきたのは、木と本のにおいがぷんぷんする図書室だった。私は泣きたくなった。ここから出て、また島から島へとんでいかなくちゃならないとしたら、もうとてもがまんできない。

照明の弱い、暗い図書室には、黒っぽい本がぎっしりならんでいる。突然《とつぜん》、横から声がして、はじめて人がいることに気づいた。「だれだ、きみたちは？　どうやってここに入ってきた？」

私たちは全員、ぱっとそっちをむいた。壁《かべ》のひっこんだところに、ランプに照らされた机があり、ニックぐらいの年の男の子が四人、ペンを手にすわっていた。机の上には、開いた本や紙がどっさりのっている。男の子たちは驚《おどろ》いた顔をしているけれど、態度はちょっとえらそうだ。ニックもよく、こんなふうにえらぶっている。ニックの年ごろの男の子って、みんなそうなのかも。四人の男の子たちは、新しそうな生成《きな》りのスエードの上下を着ている。服の前は、インクや食べ物や化学薬品のしみがいっぱいついて汚《よご》れていたけど、そのしみも新しい感じがした。

「まちがえた。今、出ていくところ」ニックが言った。

「だけど、なんでヤギなんか？　わけを言えよ」男の子の一人が言った。

「こいつの世界じゃ、移動の呪文《じゅもん》にヤギと双子《ふたご》が必要なんじゃないか？」べつの一人が言った。

「移動？　異臭《いしゅう》のまちがいだろ？」ともう一人。

四人目の男の子は顔がにきびだらけで、ほかの三人よりさらにえらそうにしていた。その子は目を細くし、ニックをじろりと見ると、仲間に言った。「おい、こいつはマルセイユで皇子《おうじ》に近づこうとした、にせの新人賢者《しんじんけんじゃ》だぜ。心の特徴《とくちょう》を見通したらわかったよ」そして、ニックにはこう言った。「怖《こわ》がらなくていい。護衛部隊《ごえいぶたい》にどうやってもぐりこんだか教えてくれたら、おまえのことはだまっててやる」

「あれもまちがいだったんだ」ニックはヘルガを歩かせようと、鎖《くさり》をひっぱりながら言った。でもヘルガは机の上の紙に目をうばわれているらしく、まるで動こうとしない。「そこの紙をヤギから遠ざけろ。そばにあるものはなんだって食うぞ」とニック。

「えっ？　本もか？」手前の席にすわっていた男の子がきいた。

「じゃあ、フューセクの『魔法大全《まほうたいぜん》』を食わせてみよう」と、その子のとなりの席にいた男の子が言いだした。「ぼくはもう、この本には食傷気味《しょくしょうぎみ》だから。今度はヤギが食う番だ」その子は身を乗り出して、大きな革表紙の本をヤギの目の前でふってみせた。

と、そのとき、部屋の奥《おく》のドアがバタンと開き、あごひげを生《は》やした太った大男がずんずん入ってきた。やっぱりスエードの上下を着ているけど、この人のは年季《ねんき》が入っているらしく、黒ずんでてかてかしているうえ、おなかのあたりがきつそうだ。服の上には、流れるような黒いローブをまとっている。ひと目で、先生だとわかった。にきびだらけの男の子がすました顔をしているから、きっとこの先生を魔法《まほう》で呼びよせたのにちがいない。

「何事だ？」先生が大声できいた。

ニックは、ちらっと私を見た。もうだめだ、というような顔だ。私も同じ気持ちで見返した。トビーとグランドは呆然《ぼうぜん》としている。四人とも、言葉もなく突《つ》っ立っていた。

するとと思いがけないことに、これはたいへんなことになったと感じたのか、イジーたちが助けに入ってくれた。

イザドラが叫《さけ》んだ。「うわあ！　ぱんぱんにふくらんでるおなかって、だーい好き！」イルザビルは、ころころころがるような声で言った。「でも、おひげはいやよ！　そってほしいなあ！」

双子《ふたご》たちは先生のところへひらひら舞《ま》うようにとんでいき、抱《だ》きついた。イルザビルは手をのばして先生のあごひげをなでるなり、声をあげた。「いやーん！　やっぱりちくちくする！」

一方、イザドラは、スエードの服がきつそうな先生のおなかに顔をすりよせ、「すてき！　こんなに太ってて！」とささやいた。二人とも、しゃべりながら〈惹《ひ》きつけの魔法《まほう》〉をさかんにくりだしているのが感じられた。

やはり何かの魔法《まほう》を始めていたところだった先生は、イジーたちのせいですっかり平静さを失い、一歩さがると、へらへら笑いだした。おかげで私たちは、はっとわれに返り、ここを離《はな》れるよう、ヤギをせかしはじめた。私は念じた。早く動いて、ここを離《はな》れるのよ！

「頼《たの》むよ、ヘルガ！　ロマノフだぞ！」とニック。

ロマノフ、と聞いたとたん、ヘルガは頭を上げ、ぴょんぴょんはねはじめ、来た方へかけもどっていった。ニックがヘルガにぐいとひっぱられ、私はニックにしがみつく。グランドはイジーの一人の片《かた》腕《うで》をとり、トビーはそのイジーのもう片方の腕《うで》と、もう一人のイジーの片腕《かたうで》をつかみ、グランドはさらに私の髪《かみ》をわしづかみにしたから、すごく痛かったけど、ともかく全員で暗いトンネルにかけこんだ。

次の瞬間《しゅんかん》には、この世界のてっぺんに出ていて、ヘルガはもう次の島へとび移っていた。

自分たちののった島が沈《しず》んでゆれはじめたとき、ニックがぜいぜい息を切らして言った。「ありがとう、イジーたち！」

この空間は、さっきよりいやな感じがした。たぶん、どれほど怖《こわ》いところかわかってしまったからだと思う。輝《かがや》く島々はどれもすごく小さく見えるし、とび移るたびに縦横《たてよこ》に激しくゆれる。だけど、なるべく気にせず、先頭のヤギの白いおしりから目を離《はな》さないようにして進んだ。ヤギは上手に、島から島へぴょんぴょん移っていく。まうしろから見ると、ヤギはおもしろい形をしていた。しっぽのすぐ上に、コートかけのフックが二本突《つ》き出ているみたいなのだ。でもヘルガが次の島めがけて宙に浮《う》くたび、めまいがした。そこで、足もとの島の中にぼんやり見える地形を見おろすようにしてみたけど、かえってひどいことになった。じっと見ていると、島の中へひきこまれてしまうのだ。気がついたら、両ひざがガラスみたいな表面の下に沈《しず》み、下についていた片手も、緑と茶色の大陸の方へとずぶずぶと入りかけていた。

「こんなの、いや！」私は叫《さけ》んだ。

私のすぐ前にいたニックは、両手で杭《くい》を持って、水上スキーをするみたいに島から島へとひっぱられていくしかなかったから、私より怖《こわ》い思いをしているはずなのに、こう言った。

「何言ってるんだよ、ロディ。こんなめずらしい経験はそうないぞ」

グランドがうなるように、そうだと言い、トビーまで賛成したときには、自分の耳が信じられなかった。イジーの一人なんて、「こんなことをした人間って、私たちがはじめてじゃない？」と言っている。みんな私より勇気があるんだ、と知って、ショックだった。それからは、立ちあがってまっすぐ前を見ていようとがんばった。重みで沈《しず》む、すべりやすい島の上を進むときと、次の島をめがけ、上にも下にも何もない空間をとぶときと、どっちの方が怖《こわ》いかはわからなかった。でもいちばん怖《こわ》かったのは、島にとび移りそこねて、ほかの人たちも道連れにして落ちそうになったとき。この旅はいつまでも続く気がした。

が、突然《とつぜん》、おしまいになった。見た目は今までのとちっとも変わらないひとつの島に着くなり、ヤギがメエーッ、と大声で鳴いてぴょんぴょんはね、アヒルが水にもぐるときみたいに頭から下につっこんでいったのだ。私たちは全員あとについて、緑色の明かりに照らされたトンネルをかけおり、森に出た。森の中には斑点模様《はんてんもよう》のあるすごく大きなネコがいて、ばかにしたような目つきでこっちを見ていたけれど、そのわきを通りすぎ、森を抜《ぬ》けたら、ロマノフの島だった。

2　ニック

ロマノフの斑点《はんてん》ネコが目に入ったとき、やっとたどりついたんだ、とわかった。そいつはぼくたちを見て、いかにもあざけるようにしっぽの先をぴくっと動かしたが、ぼくはすごくほっとしていたから、気にならなかった。ぼくのクロヒョウも、ぼくの世界の入口でこんなふうに待っていてくれたらいいのになあ、と思っているうちに、もうロマノフの島に着いていた。本当にうれしかった。さっきの島の道はすごかったが、正直いって怖《こわ》かった。ロディは今にも気絶しそうな顔をしていた。ほかの小さい連中とちがって、どれほど恐《おそ》ろしく危険なことをしたか、ちゃんとわかっていたんだ。

島に着くなり、イジーたちはキイキイ声で「ねえ、どうして海や空がしましまなの？」としつこくききはじめた。

ぼくはかがんでヘルガの首から鎖《くさり》をはずしてやり、ヘルガが丘《おか》のむこうへかけていくのを見送りながら、イジーたちに言った。

「なあ、少し静かにしてくれよ。ここはいろんな世界が集まってできてるんだ。だからさ」

片方のイジーが言った。「もっとやさしくしてくれない？　あの太ったおじさんから助けてあげたでしょ」

ぼくは答えなかった。突然《とつぜん》、はっとひらめいたのだ。ヘルガがぼくたちをプランタジネット帝国《ていこく》の世界の図書室に連れていったのは、マクスウェル・ハイド氏があそこへ行ったことがあるからなんだ！ヘルガはマクスウェル・ハイド氏にぞっこんだから、ぼくたちにしり（「ケツ」なんて言ったらおやじに怒《おこ》られるもんな）をたたかれて、とっさにハイド氏を捜《さが》しに行ったのだろう。

「ちゃんと返事してよ！」さっきのイジーがわめいた。

「ねえ、何か言ってちょうだい、ニック！」もう一人がやさしくささやいた。

「ノミ！」ロディがどなった。

と、双子《ふたご》が恐《おそ》ろしそうに息をのんだ。ロディの言った妙《みょう》な言葉のせいもあるかもしれないが、ちょうどそのとき、丘《おか》のむこうから、ミニがどすどすやってきたからじゃないかと思う。ミニは耳を大きく広げ、鼻を一生懸命《いっしょうけんめい》こっちへのばしている。ミニが大きいってことを忘れていた。いや、覚えていたよりずっと大きくなっているようだ。前より体つきもがっしりして、自信にみちて見える。

イジーたちは悲鳴をあげ、べつべつの方向に逃《に》げ出した。ロディはぺたんとへたりこみ、グランドとトビーは、ささっとロディのうしろにまわった。でもミニは、ぼく以外には目もくれず、ドシンドシンまっすぐにやってきて止まると、興奮のあまり足を踏《ふ》み鳴らしながら、ぼくを鼻でさわりまくった。顔も、胸も、わきも。灰色のヘビにからみつかれているみたいな感触《かんしょく》だ。

『ニック！　ほんとにニックなのね！　会いたくて会いたくてたまらなかった！』ミニは言った。

ぼくはミニの鼻の下に入り、せいいっぱい両腕《りょううで》をのばして、二本の牙《きば》のあいだにある顔に抱《だ》きついた。両方の牙《きば》に、新しくてかっこいい、魔法《まほう》がかかっている感じがする金の輪がはまっている。

「ぼくも会いたかったよ、ミニ。ずっときみのことを思ってたんだ」

ミニはぼくの肩《かた》に鼻をまわした。『アタシもよ！　ずっと、ずっと、待ってたんだから。十年も！』

「十年だって？」

『そうよ。数えてたもの。最後に会ったのは、アタシがあのリンゴをいっぱい食べちゃったときでしょ？　ニックがいなくなったあとも、おなかのぐあいがなかなかよくならなくて、ロマノフが魔法《まほう》で治してくれたの。それが今から十年前のこと』

とても信じられない話だ。「本当にここでは十年もたったのか？　ぼくにとってはまだ三週間なんだけど」

でもこれで、ミニがすごく大きく見えた説明がつく。前に会ったときは、まだ子どものゾウだったが、すっかり成長したのだ。

うしろでトビーとグランドが、ぼくたちについて話しているのが聞こえた。トビーが言った。「あのゾウは、ほんとうにニックに話しかけてるようだね」

グランドが答えた。「そうだね。品のいい、深みがある声なのはわかるけど、なんと言っているかは、ぼくには聞きとれない。きみはどうだい？」

ミニがぼくにきいた。『だれなの、このまじめくさった、お利口《りこう》そうなぼうやたちは？』

ぼくはそれを聞いてくすくす笑ってしまった。トビーとグランドはときどき、やけに落ち着きはらったしゃべり方をするんだ。ぼくはふりむき、全員を紹介《しょうかい》した。「こいつはミニ。ぼくの親友のゾウだ。ミニ、そっちがトビーで、こっちがグランド。草の上にすわってる女の子がロディだ。あっちにいる双《ふた》子《ご》はイザドラとイルザビルだけど、どっちがどっちかは、ぼくにきかないでくれ」

『はじめまして』ミニが品よく鼻をゆらしながら言った。

とたんに、イジーたちは大きくあとずさった。ロディの方は立ちあがり、「はじめまして、ミニ」と返事をした。つまり、三人の女の子たちは、みんなミニの言葉がわかるってことだ。これはおもしろい。

「ロマノフはいる？」ぼくはきいた。

『ええ、どこからか戻《もど》ったばかりよ。家にいるわ』とミニ。

そこで、全員で丘《おか》をのぼり、家にむかってくだっていった。今はもう、すっかり手入れの行き届いた家になっていた。白木と大きさのそろった青い石でできていて、窓はどれもとても大きい。かっこいい白い玄関扉《げんかんとびら》の前では、ヘルガがめんどりたちに囲まれ、さかんにメエメエ鳴いていた。ぼくたちが近づいていくと、ちょうどロマノフがタオルで顔をふきながら出てきた。なんのさわぎかと思ったらしい。

ぼくたちはいっせいに足を止めた。

「あなたの言ってたことがわかったわ」ロディがささやく。それくらい、ロマノフから発散している力はすごかった。すっかり元気になっているらしく、全身に力がみなぎっている感じがする。そのことをのぞけば、ほっそりしてはいるが力強いジグザグの浅黒い横顔なんか、前と全然変わってなくて、とても十年も年をとったとは思えなかった。

「またおまえか」ロマノフがぼくに言った。一本調子で、ちっともうれしそうじゃない声だ。「十年前、おまえが子どもをたくさん連れて、やってくる悪夢を見た」

「あなたのぐあいが悪かったときですよね。そのせいで夢が変なふうにゆがんだのかもしれませんよ。ぼくたち、助けがいるんです……」

ぼくが話しているあいだじゅう、ヘルガはロマノフを角《つの》で押《お》し、足を踏《ふ》み鳴らして、メエメエ鳴いていた。「ちょっと待て」ロマノフはぼくに言い、両手をヘルガの頭の上に置いた。それからすぐ、わき腹の方を探《さぐ》った。「ああ、これはたいへんだ。だが、もうだいじょうぶだぞ」ロマノフはヘルガに言うと、片方の角《つの》をつかんで、家の横へひっぱっていきはじめた。

「ヘルガがどうかしたんですか？」ぼくはきいた。

「陣痛《じんつう》が起きている。もうじき子ヤギが生まれるんだ。おれはこいつが落ち着いて産めるように、物置へ連れていって寝《ね》わらを敷《し》いてくるから、おまえはめんどりにえさをやってくれないか。ほかの者は中に入って、キッチンで適当に何か飲んでいてくれ」

イジーたちは両手をきゅっと組みあわせ、有頂天《うちょうてん》になって声をはりあげた。「ヤギの赤ちゃんだって！」「生まれるところ、見に行こうっと！」

ロマノフは肩《かた》ごしに少しこっちをむき、ジグザグの横顔の片目でじっとイジーたちを見た。

「だめだ」

言ったのはそれだけだったが、イジーたちはぴたりと口をつぐみ、ヘルガに背をむけると、ロディのあとについておとなしく家の中へ入っていった。

ぼくは飼料の物置へむかった。ミニもぼくにつきあってぶらぶらと歩いてきて、ぼくがめんどりたちにコムギをやっているあいだ、そばに立って見ていた。そのうち、片方のうしろ脚《あし》でもう片方をこすりはじめたので、ははあ、と思ったぼくは、物置にゾウの食料も出させた。なんだか、ずっとここで暮らしていたみたいにくつろいだ気分だ。となりの物置から、ロマノフがわらを運んでいる音や、ヘルガにやさしく話しかけている声が聞こえた。ロマノフが、あふれる魔力《まりょく》でヘルガに魔法《まほう》をかけているのも感じられた。たぶん、出産を楽にしてやるものだろう。こんな暮らしこそ、人生ってものだよな！ ロマノフは当分のあいだ、ヘルガから手が離《はな》せそうになかったので、ぼくは先に家へむかった。

今のキッチンはすごく広々していて、現代ふうだった。ぼくがいたときにもあったものといえば、大きな木のテーブルぐらいだ。トビーとグランドは冷蔵庫を開けて、おいしそうな食べ物や飲み物をあさっている。ロディはイジーたちをどなりちらしていた。

「二人のうちどっちでも、グランドが気を悪くするようなことを、あと一度でも言ったら、あっというまにひどい目にあわせてやるから！」

グランドはぼくが見たところ、気を悪くしているようすはまったくなかった。腕《うで》いっぱいにかかえたカップ入りのプディングをテーブルに置いたところで、さあ食うぞという、うれしそうな顔をしている。イジーたちの方だって、グランドの気を動転させるようなことなどしていない。テーブルの上のプディングをさっと手に取り、ふたつの山にわけていた。片方の山は、好きだとわかっている味。もう片方の山は、はじめて見るけど、食べたらすぐ好きになりそうな味だ。この双子《ふたご》にしちゃ、めずらしく普通《ふつう》の女の子らしくしている。でもこれはきっと、ロディの性格なんだ。さっきのように怖《こわ》い目やいやな目にあったあとは、まずグランドのことでさわぎたてたくなるらしい。ロディはがみがみ言いつづけている。

「おいしそうなのだけ、二人で全部取らないで。グランドにだって、好きな味のプディングを食べる権利があるのよ。もちろん、トビーにもね」最後は、つけたしみたいな言い方だった。

「ロディ、きみにだって好きなものを食べる権利があるんじゃないか？　それとも、権利があるのはグランドだけか？」

まずいことを言った。ぱっとこっちを見たロディは、顔を真《ま》っ赤《か》にしていた。目は暗黒の星のようだ。これは面倒《めんどう》なことになるぞ、と思ったとき、ぼくのすぐうしろで声がした。

「ちょっと待て。何か変だぞ」

全員、ぎょっとした。ロマノフだ。物音ひとつしなかったから、入ってきたことにだれも気づかなかったのだ。ぼくたちがびくびくしながら見つめていると、ロマノフはするどく食い入るような目つきで、一人一人を見ていった。怖《こわ》いけど、勇気をふりしぼったように、トビーが言った。「ヤギはだいじょうぶですか？」

「ああ。あとは自分で産みたいらしい」ロマノフは言いながら、さらにじっと顔を見くらべている。でも今度は全員ではなく、ロディとグランドだけを代わるがわるじろじろ見ていた。ロディはさっぱりわけがわからないようだったが、グランドの方は、四度目か五度目にするどい目で見つめられたころから、そわそわしはじめた。顔が赤くなり、そばかすの合間にしみのような赤い点々が出てきて、しまいには、はしかにかかったみたいになった。

「おまえ、何をやってるか、自分で言えるな？　それともおれが言ってやろうか？」くだけた口調《くちょう》だが、ロマノフがグランドを厳《きび》しく問いつめているとわかった。

グランドはきゅっと口を閉じた。が、また開くと、のろのろとうなるように言った。

「い……言い、ます」

「言え」ロマノフが、にべもなく言った。

「ぼく……ぼく……」グランドが言いかけたとき、ロディがさえぎった。

「グランドは何もしていないわ。いじめないで」

グランドはしょげた顔でロディをちらっと見ると、「それが……やってるんだ」と言った。「三歳《さい》のときからずっと。ぼく……ぼく、ロディに〈惹《ひ》きつけの魔法《まほう》〉をかけて、ロディがぼくを大好きになって、だれよりもまず、ぼくの面倒《めんどう》を見るようにしたんだ」

ロディはすぐに言い返した。「でもそれは、そのころのグランドがすごく小さくて、さびしかったからでしょう？」

グランドは首を横にふった。「でも、今はちがう。なのに今だってずっとやってる。どうしてかっていうと……その方が楽だから。ロディがぼくの代わりに字を読んでくれるし、勉強の手伝いをしてくれるし、ひっくり返らない魔法《まほう》を使ってくれる。おかげで、ぼくはやらなくてすむんだ」

「つまり、怠《なま》けているわけだ」ロマノフがずばりと言った。

グランドはうなずいた。しょげ返っていて、長い鼻までうなだれているように見える。そして「もう魔法《まほう》を解《と》いた方がいいですよね？」と言った声は、うなるというよりは、うめいているように聞こえた。

ロマノフが言った。「ああ。なぐさめになるかどうかはわからんが、ひとつ教えてやろう。おれも子どものころは、どんな魔法《まほう》もひっくり返すくせがあって苦しんだ。だが、本気で努力したら、ひと月で解決法が見つかった。それからは、たいていの人より、なんでもよくできるようになった。普通《ふつう》の人間は何かに必死になることなど、ほとんどないからな」

土気色《つちけいろ》みたいなひどい顔色になっていたロディが、金切《かなき》り声《ごえ》をあげた。「ちがう！　こんなのうそよ！　私が私じゃなくなっちゃうじゃない！」

ロマノフはただ肩《かた》をすくめた。グランドはすねたように口をへの字にし、「ほんとなんだ。ごめん」と言った。

これを聞くなり、ロディは絶望《ぜつぼう》したように大きな悲鳴をあげ、キッチンをとびだして家から出ていった。玄関《げんかん》の扉《とびら》がバタンと閉まる音がすると、ロマノフがぼくにむかってぶっきらぼうにうなずいて、出口の方をあごでしゃくった。あとを追え、という意味らしい。ぼくは一瞬《いっしゅん》、まじまじとロマノフを見てしまった。これまでずっとだまされたまま生きてきたことに気づいたばかりのロディが、ぼくなんかにそばにいてほしいわけがないじゃないか。だけどロマノフがまた勢いよくあごをしゃくったから、しかたなく外へ出た。

ロディは菜園にむかう斜面《しゃめん》のとちゅうで、こっちに背をむけて立っていた。そのむこうにはミニがいた。菜園の塀《へい》のそばで、ものほしげに中の果物《くだもの》に鼻をのばしたり、ひっこめたりしながら、またもじもじとうしろ脚《あし》をこすりあわせている。ミニはぼくに言った。『この女の子、とっても悲しそう』

「うん、そうなんだ」とぼく。

ロディはくるっとふりむき、叫《さけ》んだ。「あっち行って！」

「すぐ行くよ。でもその前に、気持ちを話してみないか」

「むりよ！」ロディは両手を握《にぎ》りしめて背筋《せすじ》をのばし、顔を上げた。つぶった目から涙《なみだ》が流れ落ちている。やがて、ロディはぽつぽつと話しだした。だれかにうちあけずにはいられなかったのだろう。

「小さいときからずーっと、一生懸命《いっしょうけんめい》グランドの面倒《めんどう》を見て、ひどいお母さんとお姉さんから守ってあげるのが、私にとってはその……あたり前のことになっていたの。それなら、私はシビルやアリシアよりいい人、ってことになるでしょ？　自分のこと、やさしくて、感じがよくて、愛情たっぷりの性格だとずっと思ってた。でも、グランドの方が魔法《まほう》で私に面倒《めんどう》を見させていたのなら、実はそんな人じゃないってことになるわ。私、自分がどんな人なのか、もうわからない。ひょっとしたら、宮廷《きゅうてい》のだれよりもわがままでいやな人間なのかもしれない。ねえ、わかる？　よく知ってるつもりだった世界が、みんなまやかしだった、といきなり気づかされたようなものなのよ。もう大事だと思えるものが、ひとつもなくなっちゃった！」

ぼくは言った。「うん、わかるよ。グランドにもちょっと感心するけどな。多元《たげん》世界の中でも、ぼくより自分本位なやつは、あいつくらいじゃないか？　だけどさ、魔法《まほう》なんかかけられなくたって、グランドのことが好きになっていた、とは思わないか？」

ロディはヒステリーを起こしたように、きいきい声で叫《さけ》んだ。「わかんない！」

ロディがほんとにおかしくなりそうに見えたから、ぼくは少しあわてた。「なあ、こういうふうに考えてみたら？　グランドの面倒《めんどう》を見たこと自体は、そう悪いことでもなかったんじゃないかな？　共生……つまり、人間とイヌやネコの関係みたいなもので……」

『ゾウもよ』ミニが口をはさんだ。

「ゾウも。きみとグランドは二人とも、宮廷《きゅうてい》ではずいぶんさびしい、みじめな思いをしていたようだけど、きみがグランドの面倒《めんどう》を見るようになってからは、そう、たしかにグランドはさびしくなくなった。でもきみだって、好きになれる相手ができたんだ。それにぼくは、きみはすごくいい人だって思うよ。だからグランドが何もしなくても、やっぱり面倒《めんどう》を見てやったんじゃないかな。あいつもさ、きみが自分からそうしてくれることを信じてればよかったんだよ」

ロディは両手をぎゅっと握《にぎ》りしめ、顔に押《お》しあてた。「もうあっちへ行って、ニック！　ほんとに一人になりたいの。戻《もど》って、ロマノフに陰謀《いんぼう》のことを話してきてよ。グランドじゃ、ちゃんと話せるかどうか信用できないもの……」気まずい沈黙《ちんもく》があってから、ロディは腹だたしげに続けた。「もうグランドのすることは、何ひとつ信用できないわ！」それからいきなり、えっ、えっと声をつまらせて泣きだした。泣いているというよりは、せきをしているみたいに聞こえる。

ぼくはロディを抱《だ》きしめた。ほんの一瞬《いっしゅん》だけ、重みのある生身《なまみ》の体がぼくの腕《うで》の中にあった。濡《ぬ》れた顔がぼくの頰《ほお》にあたる。生身《なまみ》の人間を、むずかしい性格ごと抱《だ》きとめたような感じだ。なんだ、この不思議な感覚は……？

と、ロディは勢いよくぼくをふりはらい、島のむこう側へかけていってしまった。

ぼくはミニに、「ロディを見ていてくれ」と言うと、家にひき返した。簡単にあきらめた、とロマノフに思われないといいんだけど。だが、島じゅうロディを追いまわすのはまっぴらだ。ロディだってそんなことをされたら、本気で怒《おこ》りだすにちがいない。

ロディはああ言ったけど、グランドは思いのほか上手に、知っているかぎりのことを説明したようだった。ぼくがキッチンに戻《もど》ってみると、ロマノフはすぐに剃刀《かみそり》みたいにするどいジグザグの横顔をぼくにむけ、きいてきた。

「おまえはマーリンがこの件にどう関わっているか、知ってるか？」

「知りません。マーリンって人には会ったこともありません。マクスウェル・ハイドさんならわかるかもしれませんけど。ぼくが知っているのは、〈ブレスト〉には悪いやつらがたくさんいて、魔力《まりょく》を増幅《ぞうふく》するためとか言って、サラマンダーを密輸していることくらいです。ああ、それから、グウィン・アプ・ニースがハイドさんをさらっていくところは見ました。マーリンの命令だ、とロディは思っているようです。マーリンじゃなきゃ、シビルという女の人だそうですけど」

ロマノフはぼくを片目で見つめたまま、剃刀《かみそり》みたいな横顔の眉《まゆ》を上げ、言った。「マジドを誘拐《ゆうかい》し、マーリンと冥界《めいかい》の王をあやつる女か……この陰謀《いんぼう》のせいで、たくさんの世界がかき乱されてしまうことになるぞ」それからグランドの方をむいて、きいた。「そのおまえの母親の名は、なんだって？」

「シビル・テンプルです」グランドは答えた。

ぼくからは横顔しか見えなかったが、ロマノフはすごく複雑な表情を浮《う》かべた。怒《いか》り、驚《おどろ》き、軽蔑《けいべつ》、不安、あわれみ、さらに、ぼくにはちょっと理解できないほかのさまざまな感情がよぎったものの、どの気持ちになるべきか自分でもわからない、という感じだった。ロマノフはしばらくだまっていたあと、こう言った。「きっと自分が何をしでかしているのか、わかってないんだろう。あいつは昔からよくばりで、ばかだった。おれのかつての妻、シビルはな」

「……へえ」とグランド。

「ああ。へえ、だ」とロマノフ。

頭の中の歯車がゆっくりかみあって、やっとどういうことかわかった。「へえ！」ぼくも言った。とたんにロマノフが勢いよくこっちをふりむいたので、思わず一歩あとずさってしまった。

「シビルって人がこんなことをしたのは、ぼくのせいかもしれません。十年前って言いましたよね？あなたのぐあいが悪かったとき、奥《おく》さんだという人が電話してきたんです。ぺちゃくちゃしゃべられてうんざりしたから、むこうの声がこっちに届かないようにしてしまいました。むこうはその直前に、何かすごく悪いことをやってやるって、大声でおどしてたんです」とぼく。

ロマノフはそれを聞いて、考えこんでしまった。口を一文字にきゅっと結んだ顔が、見ていてすごく怖《こわ》かった。

ロマノフはやっと口を開いた。「もう、すぎてしまったことだ。シビルはふだんから、なんやかやと人をおどしていた。おれがしょっちゅう怒《おこ》らせていたからな。だが今は、みんなで反省している場合ではない。魔法《まほう》のバランスをもとに戻《もど》そうとした者は、一人もいないのか？」

「いないと思います」ぼくは答えた。グランドもこう言った。

「陰謀《いんぼう》があるってロディが言っても、だれも信じてくれなかったんだ。〈小さき民《たみ》〉の一人は、ロディに国を起こせって勧《すす》めたけど」

「それで？　起こしたのか？」ロマノフはすぐに、するどい口調《くちょう》できいた。ひどくせっぱつまった、危険を感じているような言い方だ。

ぼくたちははっとし、不安になってロマノフを見つめた。二人のイジーさえもだ。グランドは答えた。

「いいえ、やり方がわからなかったんです」

ロマノフは椅子《いす》からガタンと立ちあがった。「まったく……！〈小さき民《たみ》〉がそう勧《すす》めたのなら、そのとおりにするもんだ！　おれがあの子に教えてやろう……」

ロマノフは、目つきだけでロディをここへひき戻《もど》せるみたいに、ドアをぎろりと見た。それから言った。「だれか一人、ロディを捜《さが》してこい。トビーといったな、おまえが行け。残りは、連れさられた者の名前を、知っているかぎりあげてくれ。〈ブレスト〉に行く前に、その連中がどうなったかを調べた方がよさそうだ」

3　ロディ

だめ、グランドのことをどう思っていたかを思い出すと、今でもすごくいやな気持ちになる。私の心は、ヤギと一緒《いっしょ》に渡《わた》ったあの浮島《うきしま》みたい。支えてくれるものが何もなくて、気持ち悪いくらいぼこぼこ沈《しず》んで、まわりじゅうががらんとしていて……このときのことは何も書かないことにする。きっとニックは、ロマノフについて書くことがいっぱいあるはずだもの。

4　ニック

トビーと一緒《いっしょ》に戻《もど》ってきたロディは、死人みたいな顔をしていた。

ロマノフは自分の仕事部屋にこもっていた。その部屋からものすごい魔法《まほう》の力があふれていたから、グランドもぼくも、汗《あせ》が出てしょうがなかった。イジーたちも、「腕《うで》のうぶ毛が逆立《さかだ》ってる！」と大さわぎだ。大げさでうるさくて、まったくいらいらさせられた。

それからロマノフがキッチンへとびこんできて、ロディを見るなり「よかった。こっちへ来るんだ」と言うと、ロディを連れてリビングにむかいながら、説明しはじめた。「おれは、これからおまえが〈ブレスト〉でどんなことをすればいいか、自分だったら何から始めるかしか、教えられない。実際のやり方は自分で見つけないと……」リビングのドアが閉まるまでに聞こえたのは、これだけだった。

戻《もど》ってきたときのロディは、前より少しは元気になっていた。ロディに話し終わると、ロマノフはまた仕事部屋に入っていったらしい。ふたたびものすごい魔法《まほう》の力があふれてきて、イジーたちがきいきい言いだした。でもありがたいことに、魔法《まほう》の力はすぐにおさまり、ロマノフはゆっくりとキッチンに戻《もど》ってきた。困惑《こんわく》した顔をしている。

「さらわれた連中がどこにいるかは、わかった。だが、いったいどういうことなんだろうな、これは……。おまえたち、もう食べ終わったか？　よし。では全員で〈ブレスト〉に戻《もど》るが、その前にまず、さらわれた連中を連れ戻《もど》しに行くぞ」

ロマノフは何か決心すると、あっというまに実行しはじめるから、こっちはおいてきぼりを食らったような、息もつけない気分になる。ぼくたちがロマノフにせきたてられて外に出ると、すごく得意げなようすのミニが、きびきびと近づいてきた。背中には細長い空色の座席がとりつけられている。六人くらいは背中合わせにすわれそうだ。動物園で一度、こういうのに乗ったことがある。

「かっこいいな！」ぼくはミニに声をかけた。

『ね、そう思うでしょ？　お出かけって大好き。もう何度もしているけど、いつだってわくわくするの』とミニ。

ロマノフがきいた。「本当に七人で乗ってもだいじょうぶか？」

ミニはばかにしないで、というように長い鼻を鳴らした。『もちろんよ。アタシ、大きいのよ』

突然《とつぜん》、家の前に、はしごつきの高い足場みたいなものが現れた。これを使って座席に上がれ、ということだろう。左右の重さの釣《つ》りあいがとれるように考えてすわれ、とロマノフが言ったので、トビーとロディ、片方のイジーがミニの右側の席にのぼった。そのあいだにロマノフは、もう一度ヘルガのようすを見にとんでいった。もう一人のイジーとグランドとぼくが左側の座席に乗れるように、ミニがぐるっと体のむきを変えてくれていると、ロマノフが戻《もど》ってきた。顔に切りこみが入ったみたいに口を開け、にやにやしている。

「ヘルガはだいじょうぶでしたか？」トビーが心配そうに声をかけた。

「だいじょうぶだ。二匹《ひき》産んだ。めすとおすだ」ロマノフが返事した。

トビーはうれしそうな顔をしたあと、気がとがめているように、「こんなにすぐ子ヤギが生まれるような状態だったんなら、むりやりここに来させない方がよかったんですよね？」と言った。イジーたちは、すぐに生まれたての子ヤギを見に行く、とわめきだした。

ロマノフは近い方にいたイジーをじろっと見て、そっちだけはだまらせると、ぼくに目を移し、言った。「おすとめす、一匹《ぴき》ずつというのは、いいバランスだ。幸先《さいさき》がいいと考えたいところだな」今までとちがって、ぼくを仲間だと思ってるみたいな口調《くちょう》だった。

それからロマノフもはしごをのぼってきて、座席の前のミニの首のあたりにまたがり、ゾウ使いみたいに身を低くした。「ようし、ミニ。出発だ。北の水へ」

ミニはすぐに歩きだした。家のまわりをぐるっとよけてまわりこみ、草の生《お》い茂《しげ》る土手をくだって、グシュグシュ、バチャバチャ大きな音をたてながら、沼《ぬま》みたいなところにまっすぐ入っていった。背中の座席がゆらゆらゆれる。島から百メートル近く離《はな》れて、おだやかな風に髪《かみ》をあおられるようになったころ、ぼくは蚊《か》に悩《なや》まされながら、乗り物酔《よ》いしそうになるのをこらえていた。横むきにすわっていたので、進む方向を見ようとすると、グランドと片方のイジー、それにロマノフの頭ごしにのぞかなくちゃならなかったせいもあるが、とにかくゆれるのがつらい。音をたてて歩いているミニの足もとも気になった。ぼくはミニが深みにはまるんじゃないかとびくびくして、何度も下を見た。だがこの沼《ぬま》は、どこまでもずっと浅かったようだ。沼《ぬま》の水がかきたてられて、周囲三メートルくらいに大きな茶色の泡《あわ》がボコボコたち、くさいにおいが上がってくるだけだった。

ずるい、赤ちゃんヤギを見たい、と泣きわめくイジーたちの声が、うるさくてたまらなかった。ロディがしかりつけても、ちっとも静かにならない。ぼくは二人を無視することにした。広々とした見晴らしのいいところに出て、うしろの島も見えなくなったころには、双子《ふたご》の声は気にならなくなっていた。

まもなく前方に、ぼんやりとかすむ岸が見えてきた。岩場らしいごつごつしたところは、淡《あわ》いピンク色をしている。

ミニがその岸へよいしょと上がったから、こっち側のイジーがずずっとかたむいてグランドにぶつかり、グランドはぼくの方へすべってきた。ミニは陸の上を、どすんどすんと進んでいった。あたりは岩だらけの砂漠《さばく》のようだ。むしむしする暑さで、何もかもがぼーっとかすんでいる。イジーたちはヤギのことは忘れ、今度は暑さに文句をつけはじめた。でもミニがまともな舗道《ほどう》の上に足を踏《ふ》み出すと、双子《ふたご》は静かになった。頭上に高い天井《てんじょう》があるらしく、少し涼《すず》しくなったのだ。

しばらくは、どこにいるのかわからなかった。ただ、においに覚えがあり、どきっとした。それから、今いるトンネルみたいなところの横手、つまりぼくから見ると正面に、店がずらっとならんでいるのが目に入った。首をまわして真《ま》うしろを見る。ミニのすぐむこうに胸壁《きょうへき》、遠くには店や家がならぶがけ、そのあいだの峡谷《きょうこく》にかかる橋……。ミニの背の上でゆられながら巨大《きょだい》なエレベーターの前を通ったとき、はっきりわかった。ここは〈ロッジア〉の町だ。

しかし、前とはかなりようすがちがっていた。ミニが歩いている舗道《ほどう》は、あちこちがくぼんだり、いたんだりしている。風でゴミが舞《ま》い、エレベーターはペンキがはがれかけている。アーケードの奥《おく》の店も、ずいぶんさびれていた。板が打ちつけられて閉まっている店もけっこうあるし、開いている店も、ショーウィンドウに「九十パーセントオフ！」とか、「全品大放出セール！」なんていう捨てばちなはり紙がしてある。中をのぞいても商品はあまりなく、刺繡《ししゅう》のない質の悪そうな布が何ロールか置いてあるだけだ。客も全然いなかった。

「ここはいったい、どうなっちゃったんですか？」ぼくは声をはりあげてロマノフにきいた。

「最上層の労働者たちが町を去った」ロマノフも大声で返事した。「自分たちが作っているものは、高い値で売れる芸術品だ、とだれかに教わったらしい。それ以来、壁《かべ》かけ作りに精《せい》を出すようになったんだ。二、三年前に、おれが手助けして、ほかの世界に移住させてやった。今ではみんな、そこでいい暮らしをしているよ」

気がついたら、ぼくは座席のすみで小さくなって、かっと熱くなった顔を隠《かく》そうとしていた。うそだろ？　ぼくは、刺繍《ししゅう》がすばらしい、と一人のおじいさんを気軽にほめた。ただそれだけのことで、十年後にはひとつの町の経済そのものが、がたがたになっているなんて。そんなこと、予想できるか？

そのとき、だれかが叫《さけ》ぶ声がした。「おい、そこの！　止まれ！」

ミニは少し歩調をゆるめたが、「そのまま進め」とロマノフが言った。

ミニはまた足を速め、叫《さけ》び声の主《ぬし》はあわててわきによけた。黄色い制服姿が目に入った。そいつはどいたあとも叫《さけ》びつづけた。「この層は動物禁止だぞ！　いったいどういうつもりだ？」

ゆられながら追いこすとき、ぼくはそいつの怒《おこ》った顔を見おろした。この顔、知ってるぞ。あのえらそうな方の警官だ。今も警官として働いているらしい。だがあのときとはちがって、落ちぶれてみすぼらしくなったうえ、年をとってしわが増《ふ》え、不安そうな顔つきになっている。着古《きふる》した黄色い制服はあちこちつくろってあり、かなりだぶついている。だいぶやせたようだ。ただし、ひげだけは前のとおり、もじゃもじゃだった。

そいつもこっちを見上げた。こいつ、どっかで見たことがあるぞ……という顔になり、それから、はたと思い出したらしく、ぼくを指さした。「おい、おまえ！　ニック・マロリーだろう？　十年前、工場の労働義務《ぎむ》を放棄《ほうき》して逃《に》げ出したな。ちょっと待て！」

しかし、ミニは落ち着いたようすで堂々と歩きつづけた。警官はあっというまにうしろに取り残された。

階段のところの太い柱に、「エレベーター故障中《こしょうちゅう》」というはり紙があるのがちらっと見えた、と思ったら、次の瞬間《しゅんかん》には、これまでとはずいぶんようすのちがう、かなり荒《あ》れはてた通路にいた。高い屋根のあちこちに開いた穴から、ぎらぎらする日光が何本も線を描《えが》いて射《さ》しこんでいる。

ふりむくと、警官の姿はどこにもない。今やミニの横の大峡谷《だいきょうこく》の壁《かべ》にあるのは、崩壊《ほうかい》した建物ばかりだった。窓があったらしいところには、真っ暗な空間がぽっかり開いている。橋も半数は崩《くず》れ落ちていた。

「いったいどうなっちゃったの?」トビーがきいた。

「ここはさっきのところと似てはいるが、別の世界だ。〈ブレスト〉から連れ去られた人々は、ここから近い、もうひとつべつの世界にいる。この一連の峡谷世界《きょうこくせかい》では、日光にあたると危険だから、なるべく日陰《ひかげ》を通っていける道を選んでいるんだ」ロマノフが答えた。

ミニは通路を進みつづけ、さらに建物のあとすらないべつの通路を歩いていった。直射日光を避《さ》けて、右へ右へと曲がっていく。やがて、工場の廃墟《はいきょ》のようなものの下を通り、何もない峡谷《きょうこく》のてっぺんに出た。今思うと、そこの世界の峡谷《きょうこく》はそんなに深くなかったのかもしれない。ともかく、そこからだと、木が枝わかれするように、谷があらゆる方向に曲がりくねってわかれているのが、ひと目で見渡《みわた》せた。まるで不毛《ふもう》の地が熱でひび割れた、という感じだ。いちばん大きくて暗いひびの先で、何かがちらちら光った。

ロマノフがその光るものをさして言った。「捜《さが》している人々は、あそこの〈ザナドゥ〉にいる。かなり守りが堅《かた》いと思うが、地下から中に入れないか、やってみるつもりだ」

ぼくは感心してしまった。ロマノフはぼくたち全員を、世界から世界へすいすいと移動させていたんだ。ちがう世界に移っていったという感じは全然しなかった。ロマノフが、というより、ミニがやったのかもしれないけど。考えてみれば、ミニにはもともとそういう才能があったはずだ。ミニのやつ、うらやましいな。

「さあおりるぞ、ミニ」ロマノフが言った。

ミニは、がれきと化《か》した建物が谷底までなだれ落ちている長い斜面《しゃめん》を、くだっていった。

5　ロディ

ロマノフが私たち全員をゾウに乗せて世界から世界へ移動したのは、変わっているけど、確実なやり方だったと思う。ロマノフは私が会ったことのある人の中でも、ひときわ頭が切れる人。でもあんまり魔力《まりょく》が強いから、一緒《いっしょ》にいると疲《つか》れてしまう。この人がシビルと結婚《けっこん》していたなんて！　今でもびっくりだわ。ハイドお祖父《じい》ちゃまがヘピィと結婚《けっこん》したことより、もっと意外。ただ、グランドとアリシアが、鼻の形をだれから受けついだのかは、これでよくわかった。

目的地に近づいたころには、混乱した気持ちもだいぶ落ち着いていた。でも、まだ変な感じは残ったままだった。ゾウの座席ががくんとゆれるたび、心配になって、ぱっとグランドをふり返ってしまい、なんでまだ心配しているのかしら、とうろたえてしまうのだ。たぶん、くせになっていたのだろう。グランドはどっちみち、まったくだいじょうぶそうだった。峡谷《きょうこく》のがれきの斜面《しゃめん》をくだるあいだ、ずっとがけの壁面《へきめん》を見ていて、底に近い岩棚《いわだな》にある大昔の崩《くず》れかけた家を指さし、あれは岩をくりぬいて作ってあるね、などとニックに話しかけていた。二人とも、興味しんしんで見入っている。

グランドは、放《ほう》っておいても全然平気なんだ、とわかって、私は恥《は》ずかしくなった。たとえばグランドがだれかにひどいことをされると、私はいやな気がするのに、グランド自身はどうってことないようだ。人よりも、いろいろな「もの」に興味があるから、気にならないらしい。ニックも同じ。グランドがこういう性格だということに今まで気づいていなかった自分が、ばかみたいに思えた。

谷底に着いてからは、それほどゆれなくなった。一年じゅう日が射《さ》さないところらしく、寒くてじめじめしていた。谷の真ん中に川がちょろちょろ流れていて、中に緑色のどろどろしたものが見えている。あたりには草一本生《は》えていない。ゾウは、自分と同じくらい大きな家が崩《くず》れ落ちて山になっているあいだを通り、川にそって歩いていった。そのうち、両側のがけが上の方でつながり、巨大《きょだい》な洞窟《どうくつ》になった。

イジーの片方が悲鳴をあげた。「いやだ！　きっとコウモリがいるわ！」

もう片方も叫《さけ》んだ。「暗いのいや！　怖《こわ》ーい！」

でも二人は、怖《こわ》がっているわけではなく、本当はおもしろがっているらしい。二人の声が洞窟《どうくつ》の中でくり返しこだまして、叫《さけ》び声が何重にも響《ひび》いた。イジーたちはこだまに気づくと、ますます大声を出してさわぎはじめた。

「やーっほーー！」

「おーーーいー！」

と、ロマノフがふりむいた。「静かに」

とたんにイジーたちは、しんと静かになった。ロマノフは、魔法《まほう》を使ったわけではないと思う。ただ、こんなに人をしたがわせる力強さがある人は、どこの世界を捜《さが》してもいないというだけ。そのあと、ロマノフは魔法《まほう》で光を出した。〈巡《めぐ》り旅《たび》〉の先生たちが出し方を教えてくれたような、小さな青い炎《ほのお》ではなく、赤っぽい明かりで、ゾウのひたいのあたりから、ほんのりとあたりを照らしている。ゾウはうれしそうに足を速めた。そのあと次々に通過《つうか》した洞窟《どうくつ》のようすは、明かりのおかげで、びっくりするほどあざやかに見えた。弧《こ》を描《えが》いた天井《てんじょう》から、石のカーテンみたいなものがさがっている。ひだがよって折りたたまれているようなその石は、赤や白、黄色、かすかな緑色のしまになっていて、川の黒光りする水面にも、逆《さか》さに映っている。ニックは脂《あぶら》の筋《すじ》が入ったベーコンみたいだ、と言った。ニックなら言いそうなことよね！　トビーはそれを聞いて、きゃっきゃっと大笑いした。

「静かに！」ロマノフがまた、するどくはりつめた声で言った。それからは全員、物音ひとつたてる気になれなくなった。

でも、ずっと口をつぐんでいることはできなかった。弧《こ》を描《えが》く天井《てんじょう》から、黄色がかったピンクの石が布のようにたれさがっていて、通るとき頭をさげなくちゃならないところや、濡《ぬ》れてきらめく象牙《ぞうげ》の指みたいな石が、丸い天井《てんじょう》からたくさんさがっている広間のようなところをつっきった。レースのように穴があいた階段みたいに見える石の前や、何本もの赤い柱が天井《てんじょう》を支えているところも通った。どこも、なんとも不思議なながめだから、つい声をあげたくなってしまう。一度などは、黒々とした高い岩壁《がんぺき》が、こちらの赤い明かりに照らされ、光のかげんで、こっちをにらんでいる怖《こわ》い顔みたいに見えた。そこで思わず悲鳴をあげてしまったのは、イジーたちだけじゃなかった。

でも運よく、このときには川音がかなりうるさくなっていた。川から離《はな》れては、角を曲がってまた出くわすたびに、川はますます高い滝《たき》になって流れ落ちていたのだ。たぶんその水音で、恐《おそ》ろしい人面岩を見たときのみんなの悲鳴もかき消されたのだろう。つかみかかろうとする巨大《きょだい》な手みたいな岩が壁面《へきめん》から突《つ》き出ていたときも、同じだった。今ではずっとのぼり坂になっていたから、気の毒なゾウの足どりは遅《おそ》くなっていた。そうぞうしい水音にまじって、ゾウの荒《あら》い息づかいが聞こえた。ロマノフがゾウをはげましているのもわかった。

とうとう、ロマノフが言った。「このあたりだぞ、ミニ。もうあと五、六メートルのぼればいい」

ゾウはすぐに、黄色っぽい岩壁《がんぺき》の方にむきを変えた。ここで止まるのだろう、と思ったのに、そのままままっすぐ歩いていく。私はぎょっとして両手で口を押《お》さえた。だれかのか細《ぼそ》い悲鳴も聞こえた。岩にぶつかってしまう！　ところが、目にはちゃんと見えるのに、ゾウは壁《かべ》などそこにないみたいにあっさりと突《つ》きぬけ、ずんずん上がっていった。顔のまわりには岩がある。見ることもできるし、岩だとわかる味もにおいもするのに、感触《かんしょく》だけがまったく抜《ぬ》け落ちている。その五、六メートルはいつまでも終わらないように思えた。やっと日の光の下に出てみると、大きな丸天井《まるてんじょう》の下にいた。

日の光といっても、サングラスを通して見るような色だった。丸天井《まるてんじょう》全体にうすい色がついていたのだろうけど、ほぼ全員が、雷雨《らいう》にでもなるんじゃないかと心配して、まず上を見た。それから、あたりを見まわした。

まわりじゅうに果物《くだもの》の木が生《お》い茂《しげ》っていた。どの木も黄色っぽい。妙《みょう》な色の光のせいでよけいそう見えるのだとしても、ここの木は五十年ぐらいほったらかしにされている気がする。私のひざのあたりには、ゆがんだ実のなったイチジクの枝が突《つ》き出していて、頭の上では発育不良の小さいオレンジがいくつかゆれていた。グランドは落ち着きはらってイチジクをもぎとり、ニックはオレンジに手をのばした。それから二人とも、顔をしかめて投げ捨てた。ここには食べられる果物《くだもの》なんて、ありそうにない。

ロマノフが指さした。「そっちに進め。木があろうと気にするな。とにかくまっすぐ行くんだ」

ゾウはロマノフのさした方をむき、歩きはじめた。木をどんどん踏《ふ》みつけて進んだから、ゾウが通ったあとはめちゃくちゃになった。通り道の木はすべて押《お》し倒《たお》され、実がばらばらと落ちた。枝がバキッ、幹がメリメリッと音をたてる。私たちのひざは小枝にひっかかれ、頭の上には木の皮や葉や果物《くだもの》がふってきた。通ってきた方をふり返ってみると、折れた木と踏《ふ》みつけられた果物《くだもの》がちらばる、乱暴に切り開かれた小道ができていた。ゾウは短いしっぽを興奮したようにぱたぱたとゆらしている。おもしろがっているらしい。それからまた行く手を見てみると、今度はリンゴの木々のあいだをバキバキ通るところだった。ゾウはしきりに鼻をのばしてはひっこめ、もいだリンゴを口に放《ほう》りこんでいた……ロマノフに気づかれるまでは。

「やめろ、ミニ！」ロマノフは、ゾウの頭をかなり強くバシッとたたいた。

ゾウはすねたように耳をぱたぱたさせ、先へ進んだ。じきに、ラズベリーの茂《しげ》みを踏《ふ》みつけ、のび放《ほう》題《だい》になったメロン畑へとやってきた。メロンは手入れされずに育ったものらしく、実が小さい。でもそんなメロン畑でも、ゾウが足を踏《ふ》み入れると、ものすごいことになった。グジャッ、ボン、とはでな音がして、種がとびちり、つぶれたメロンのにおいが襲《おそ》ってきた。私はこの光景に目をうばわれ、身を乗り出して下ばかり見ていたから、トビーが「着いたみたいだ」と静かに言ったとき、はっとした。

前方に白い塀《へい》で囲まれた場所があった。ゾウの肩《かた》に届くぐらいの高さの、プラスチック製みたいな半《はん》透明《とうめい》の塀《へい》だ。その中は光がもっと変なふうにかすんでいたけれど、奥《おく》に何人もの人の姿がぼんやりと見えた。

ロマノフが言った。「あと十歩進んだら、止まっておろしてくれ」

ゾウは言われたとおりにした。つまり、塀《へい》を突《つ》き破ったってこと。パン、パン、ベキッ！……塀《へい》はまっぷたつに割れた。それをさらに踏《ふ》みつけると、バリバリ、という音がした。でも、すぐむこう側にいる人たちは、だれ一人として気づいたようすがなく、生《お》い茂《しげ》る草の中にただ立っているだけ。綿《わた》でできているようなクモの巣状の網《あみ》が、天井《てんじょう》から何本もヴェールのようにたれさがり、一人一人を包みこんでいた。そのクモの巣みたいな網《あみ》のせいで、光が変なふうにかすんで見えるらしい。どうやら全員が、この網《あみ》に包まれているようだ。生きていることはまちがいないけれど、だからこそよけい、恐《おそ》ろしいながめだった。ときどき、立ち方を変える人や、首の凝《こ》りをほぐすように頭を動かす人がいる。動きはとてもゆっくりだ。まるで糖蜜《とうみつ》の中で動いているみたい。ただ、ほとんどの人は意識がはっきりしていないようだとわかって、逆に少しほっとした。白い網《あみ》でぼやけているピンク色の顔を見るかぎり、うつらうつらしているようだった。

ママとパパもこの中にいるんだわ！　そう思ったら、ゾウが片方の前脚《まえあし》を曲げながら持ちあげ、ロマノフがその上をすべって草地にとびおりるあいだも、じれったくてたまらなかった。ロマノフはおり立ったまま、白い網《あみ》に包まれてゆっくりと身をよじっている人々を長いことじっと見つめていたから、私はとうとう、「私たちもおろしてください！」とどなってしまった。

ロマノフはふりむき、ゾウの背の座席にすわっている私たちを見上げて言った。

「ひどく変わった呪文《じゅもん》だぞ、これは。解《と》くには、おまえたちにもできるかぎり協力してもらわないと。だれか、いい考えはないか？」

みんなで首を横にふり「いいえ」と答えたとき、はっと気づくと、もう地面におりていた。ゾウは私たちのそばにそびえるように立っていたけれど、すぐに塀《へい》の残骸《ざんがい》のむこうへひき返し、そこで縮《ちぢ》こまった（ゾウが縮《ちぢ》こまれるものなら、だけど）。

ニックはゾウに近より、鼻をなでてやった。「わかるよ。ぼくたちだって、ここは嫌《きら》いだ」それからニックはふいに、「ロディ！」と叫《さけ》び、網《あみ》の方を指さした。

やっぱりイジーたちだった。もやもやした網《あみ》に覆《おお》われて静かに立つ人々のすぐそばに、近づいている。一人は、いちばん近くの人の前で、でたらめなバレエのような激しい動きをし、もう一人は芝居《しばい》がかって両ひざをつき、両手を組んでしゃべっていた。「われに口を開け！　このイザドラが、せつに願い、命ず！　口を開け！」

イザドラが、その人物を捕《とら》えているヴェールのような網《あみ》にあやうく手をふれそうになったとき、私はなんとかかけつけると、二人ともひっぱって網《あみ》から遠ざけた。近くで見ると、ちょっと溶《と》けかけた綿菓《わたが》子《し》みたいで、べたべたしているのがわかる。「ばかね、さわっちゃだめよ！　あんたたちもとりこまれちゃうわよ！」

「でも呪文《じゅもん》を破ろうとしてたのよ！」イザドラが言い返した。

イルザビルは悲痛《ひつう》な声で言った。「どうしてだめなの？　あれ、ヘピィお祖母様《ばあさま》なのに！」

見直してみたら、たしかにヘピィだった。ヴェールのような網《あみ》に包まれた人の中でいちばん背が低く、ずんぐりしている。じっと目を凝《こ》らすと、白い網《あみ》ごしだからぼんやりとではあるけれど、髪《かみ》がオレンジ色なのもわかる。いちばんはっきり見えたのは、目だ。私が顔を近づけると、目がゆっくりと動き、こっちを見た。でも、私だと気づいているかどうかはわからない。もうお手上げだわ、という気持ちになった。ヘピィは魔女《まじょ》なのに！　まわりで網《あみ》に包まれているほかの人たちも全員、魔法《まほう》の使い手のはずだ。ヘピィにも、ほかの人たちにもこの呪文《じゅもん》が解《と》けないのなら、いったいだれに解《と》けるっていうの？

と、そのとき、白い網《あみ》の中で何かがきらめいた。よく見るとヘピィの片手が、ゆっくりゆっくり動いていた。それで、指にはめたたくさんの指輪が光ったのだ。ヘピィは手を持ちあげ、前後に動かした。のろのろとだけど、手をふっている——でなければ、祝福してくれているのかもしれない。私がここにいることがわかって、みんなをうまく助けられるよう願っていると、伝えてくれたのだ。絶望は吹《ふ》き飛び、歓声《かんせい》をあげたくなった。お祖母様《ばあさま》は本当にすごく力のある魔女《まじょ》だ。そのお祖母様《ばあさま》が祝福してくれたなんて！　このとき以来、私とお祖母様《ばあさま》は、おたがいのことが少しは好きになれたみたい。

私はお祖母様《ばあさま》にむかってにっこりした。お祖母様《ばあさま》が笑い返してくれたかどうかは、わからない。すぐに私は、イジーたちをグランドとトビーのところへひっぱっていった。「一人ずつ、つかまえてて。ぜったい、一瞬《いっしゅん》も放《はな》しちゃだめよ」だれかに何かしろってまた言いつけることができるようになったおかげで、元気が出て、自信もわいてきた。

グランドたちは顔をしかめた。でもトビーはやれやれというように肩《かた》をすくめると、言うとおりにしてくれた。グランドはいやいやイルザビルの腕《うで》をつかみながら、こう言った。「こいつらもこの白い呪文《じゅもん》にくるませちゃった方が、いいんじゃないの？」

私は言い返した。「とんでもない！」

一方ロマノフはニックを連れ、ヴェールのような白い網《あみ》に包まれた人たちのわきをゆっくりと進んでいた。どちらもときおり腰《こし》をかがめ、網《あみ》をじろじろ見ては、首をかしげている。トビーとグランドは、それぞれ双子《ふたご》をひっぱって、二人のあとを追った。私もそのあとからついていったけれど、囚《とら》われている人々のことはもうなるべく見ないようにした。ここにいる人の半数以上は、私もよく知っている宮廷《きゅうてい》の魔法使《まほうつか》いたちで、パパとママもいるはずだ。せめて助けてあげられそうだとわかってからでないと、こんな姿のパパとママを見るのはいやだった。

そのとき、頭の中の知識が、「ヤエムグラのファイルを見よ」と教えてくれた。細長いひょろっとした植物の絵も頭に浮《う》かんだ。茎《くき》も、緑色の小さな玉みたいな実も、くっつきやすいこまかいとげに覆《おお》われている。ファイルの見出しは【束縛《そくばく》】だ。これは役にたちそうだ。私はみんなのうしろをふらふらと歩きながら、【束縛《そくばく》】のファイルの中をひとつひとつ見ていった。項目《こうもく》が何百もあったのには、閉口《へいこう》した。ファイルは【口述《こうじゅつ》】と【所作《しょさ》】に大きくわかれていた。しかも、【口述《こうじゅつ》】の中にある呪文《じゅもん》を半分も見終わらないうちに、人を束縛《そくばく》するやり方は最初に思ったのとくらべて倍はある、と気づいた。【口《こう》述《じゅつ》】の呪文《じゅもん》はどれも【所作《しょさ》】の魔法《まほう》のひとつ、ないしはいくつかをくわえることで強めることができるし、逆に【所作《しょさ》】の魔法《まほう》に【口述《こうじゅつ》】の呪文《じゅもん》をくわえて使うこともできるからだ。

　いちばん最初に目を通した【所作《しょさ》】の中の魔法《まほう》は、昔からある○×《まるばつ》ゲームに似ていた。ゲームを始めるときの、縦二本、横二本を交差させた線を描《えが》くか、あるいは何かでその網《あみ》の形を作るかすれば、ほぼなんでも、自分の好きなようにしばることができるらしい。この網《あみ》をヤエムグラ——いろんなものにべたべたくっつく植物だ——で作れば、短い時間だが、すごく強力にしばることができる。さらに、網《あみ》を作りながら呪文《じゅもん》も唱えれば、ヤエムグラが朽《く》ちるまで、しばる効果が長もちする……といったぐあいだ。網《あみ》の作り方はほかにも何百とあった。クモの巣、あやとり、タッチング（シャトルという器具を使って小さな輪を編んでいくレース編み）、鉤針《かぎばり》編《あ》み、棒針《ぼうばり》編《あ》み……そのどれかを作ってから、呪文《じゅもん》をつけくわえてもいい。あるいは何か身ぶりをしながら、呪文《じゅもん》を唱えてもいい。踊《おど》ってもいい……ああ、こんなに種類があるなんて！

　そこまで目を通し終えたとき、白くもやもやした網《あみ》が大きくふくらんだところを、ぐるっとまわりこんだ。すると、痛々しいほどやせた男の人が一人、椅子《いす》にすわっているのが目に入った。椅子《いす》と男の人の下半身は、山ほどの白いもやもやに覆《おお》われていたけれど、上半身は自由で、低い塀《へい》にぐったりともたれかかっていた。塀《へい》はさっきゾウが突《つ》きぬけたものに似て、プラスチック製みたいだ。そのむこうは人の住まいのようで、ひじかけ椅子《いす》やテーブルが置かれている。さらに奥《おく》の方から、料理をしているようなにおいもただよってきた。男の人はここにすわらされ、自分は食べられない料理のにおいを嗅《か》がされているらしい。

なんてひどいことを！　と思ったとき、男の人が顔を上げ、こっちを見た。マーリンだ！　私は仰天《ぎょうてん》した。相手も驚《おどろ》いているようだ。

「だれだ？」とマーリン。この弱々しいかすれ声、よく覚えている。

「そっちこそ、だれだ？」とロマノフ。

マーリンはためらいがちに、弁解《べんかい》するように言った。「私ですか？　〈ブレスト〉の者です。〈ブレスト〉でマーリンに選ばれたのですが、さらわれて……」

グランドは、「うそをついてるんだ。そうだろ？」と言いながら、いかにもこのマーリンを信じていない、という目つきで私を見た。

「うそではない」マーリンが言った。そして首をそらし、うしろの塀《へい》にもたせかけたので、のび放題《ほうだい》のまばらなあごひげが見えた。やせこけた首ののどぼとけがぴょこんと動き、目から涙《なみだ》がこぼれた。このマーリンは泣く、と言って、ハイドお祖父《じい》ちゃまがうんざりしていたのを思い出したけど、このときばかりは泣いても当然だと思えた。「ここへさらわれてきてから、一カ月ほどたった。車からひきずりおろされ、目隠《めかく》しをされて連れてこられたんだ。そのときは、囚《とら》われたのは私一人だった。ほかの人たちはその後、あの男が何回かにわけて連れてきて……たしか三回だ。最後の人たちは、来たばかりだ。私は、その……実を言うと、一回目のときなどは、だれを連れてきたらいいか、助言さえ与えてしまった。その魔法使《まほうつか》いたちなら、この恐《おそ》ろしい呪文《じゅもん》を破ってくれるのではないかと思ったからなのだが……」マーリンは両手で顔を覆《おお》い、すすり泣きを始めた。

ロマノフは同情のかけらもない、一本調子の声できいた。「この呪文《じゅもん》がどういう性質のものか、見当はつかないのか？」

マーリンは顔を覆《おお》ったまま、首を横にふった。「こんなに変わった呪文《じゅもん》ははじめてです」

トビーはぞっとした顔で、小声できいた。「食べ物はもらってないの？」

「思い出したときにはくれることもあるが、あの男の頭は、人をしばっておくことでいっぱいなんだ。だが私の方も、食べ物をもらっても、消化することができない。束縛《そくばく》の呪文《じゅもん》のせいで体の働きまで遅《おそ》くなっているんだよ」マーリンは手をおろし、涙《なみだ》に濡《ぬ》れた顔でトビーを見て、かすかにほほえんだ。

グランドがきっぱりと言った。「そんなのおかしいよ！　あんた、マーリンだよね。少し前に〈ブレスト〉で見たよ。一カ月も前じゃない。ぼく、見たんだ。あんたがスペンサー卿《きょう》の城の〈内庭〉で、魔《ま》法《ほう》をかけた水のことを話してるのを」

マーリンはまた泣きだした。「誓《ちか》って言う……そんな〈内庭〉などというところに行ったことはない。うそじゃない！　スペンサー卿《きょう》の城には行っていない。ダービーシャー地方（イングランド中部地方）にある聖堂をおとずれたときに、さらわれたんだ。本当に、ここで一カ月近くすごしてきたんだ。塀《へい》に毎日しるしをつけて……」

「でも、見たんだ！」グランドが言いはった。

「きみがだれを見たか知らないが、それは断《だん》じて私ではない」マーリンはすすり泣きながら言った。

グランドはロマノフを見上げた。ロマノフは、冷静なひどく厳《きび》しい目で、マーリンを見おろしていた。

「泣く者は、泣きながら真実を吐《は》くものだ。おれはこの男を信じる」

「でもそれなら、マーリンのふりをした、にせ者がいるってことに……」と私が言いかけたとき、またべつの男の人が、塀《へい》のむこうから近づいてきた。

6　ニック

　ヴェールみたいなものに覆《おお》われた生ける屍《しかばね》の集団を見つけたときより、マーリンを見つけたときの方が、ひどいことをするなと思った。なにしろこっちはちゃんと生きているんだから。塀《へい》にも、マーリンの腰《こし》から下を包んでいるもこもこしたものにも、吐《は》いたものがべったりついている。このもこもこしたもののせいで、食べ物がうまく消化できなくなっているんだろう。マーリンは自分が吐《は》いたものを、日数のしるしをつけるのに使っていたらしい。

〈ブレスト〉にマーリンのにせ者がいる、とロディが声をあげたとき、どっしりと重そうな感じの男がのしのし歩いてきて、塀《へい》に手をかけて身を乗り出し、こちらをにらんだ。

　ひと目でわかった。ジョエルだ。あの祈禱師長《きとうしちょう》にくっついていた二人の男の子のうち、年上の方だ。まったく、大きくなっても変わらないやつっているもんだよな！　最初に会ったときも、黒い髪《かみ》がふさふさとしていたし、頰骨《ほおぼね》は突《つ》き出て、眉《まゆ》は今とそっくり同じように、何もかもにうんざりしているとでもいいたげに、しかめられていた。分厚《ぶあつ》いくちびるも、丸いあごも同じだ。特にあごは、今は黒っぽい無精《ぶしょう》ひげがたくさん生《は》えているものの、ほんとに前のままの形だ。目は疲《つか》れたように充血《じゅうけつ》していたが、皮肉っぽい目つきも覚えていたとおりだった。まあ、ぼくの方は、こいつを最後に見てからまだ三週間くらいしかたっていないが、ジョエルにとっては十年たっているんだから、じゅうぶん大人になるひまがあったってことだ。ジョエルはそこに突《つ》っ立ったまま、ぼくのことをはじめて見るような顔で、こう言った。

「おまえら、ここになんの用だ？」

「行方不明者を捜《さが》しに来たといったところだ。解放する気はないのか？」とロマノフ。

「ないね。おまえ、何者だ？」とジョエル。

「ロマノフという者だ。おまえも、この名は耳にしたことがあるかもしれんな」

「ああ」ジョエルは何かほかのことに気をとられているらしく、ぼんやりとしたようすだ。「嫌《きら》われ者ロマノフか。おまえがまだ生きているはずはないんだが。おれたちが……」

そこまで言いかけたところでジョエルはこっちを見て、やっと思い出したらしく、ぼくにむかって続けた。「おれたちはおまえを送りこんだ。おまえにロマノフを殺す呪《のろ》いをまとわせ、ロマノフにはおまえを殺せと金で頼《たの》んだ」

「そりゃどうも、ジョエル」ぼくは言った。

ジョエルは、ぼくの言うことなんか聞いていなかった。わけがわからない、という顔で話しつづけている。「マーリンをここへ連れてくる直前に、おれ自身がおまえを、おまえの世界のロンドンから異世界へ送り出した。なぜ死んでいない？　どうしてここにいるんだ？」

なるほど、そういうことだったのか。ぼくはすかさず言い返した。「さあね。おまえが言っていることは、ぼくにとっては全部、これから起こることなんじゃないか？」

ジョエルの頭を混乱させようとしたわけじゃない。こう言えば、この綿《わた》の網《あみ》みたいな束縛《そくばく》の呪文《じゅもん》をかけられなくてすむかと思ったのだ。どうせそのうちロマノフがぼくを殺すのなら、今わざわざ呪文《じゅもん》をかけなくてもいい、とジョエルが思うかもしれない。ぼくは続けた。「で、ジェイフェスはどこにいるんだ？」

「もちろん〈ブレスト〉にいて、やるべきことをやっている。おまえたち全員、さっさと立ちされ。ここにいてもいいことはない」ジョエルはそう言うと、ぼくたちに背をむけ、むこうへ行こうとしたが、ロマノフがするどい声で呼びとめた。

「ジョエル、〈ブレスト〉でやるべきこととは、なんなんだ？」

ジョエルは肩《かた》ごしにふりむくと、だるそうな、疲《つか》れた目つきでロマノフを見た。「おまえには止められないぞ、嫌《きら》われ者ロマノフ。今もおれの仕事の弱点を探《さぐ》っているようだが、おれは唯一《ゆいいつ》真なる方法でやっているのだから、おまえも手は出せないはずだ。何かできたとしても、もう遅《おそ》い。嫌《きら》われ者、おまえの破滅《はめつ》はすでに定まっている。おまえの仲間たちもだ」

「だが、なぜ〈ブレスト〉なんだ？」ロマノフはきき返した。

ジョエルは疲《つか》れきった顔をしていたが、皮肉っぽくにやりと笑った。「そこがバランスの要《かなめ》だからだ。すべての魔法《まほう》のバランスを崩《くず》し、手中におさめたときこそ、おれたちの大いなるつぐないがはたされるのだ。日没《にちぼつ》までに、〈ブレスト〉の魔法《まほう》のみならず、多くの世界の魔法《まほう》が、正当な者たちのものとなる。だからおまえらは全員、とっととここから立ちさり、破滅《はめつ》への道を歩むがいい」

ジョエルはもうこれ以上ぼくたちにはかまっていられない、というように、疲《つか》れた足どりで離《はな》れていった。それから遠くに見える椅子《いす》にすわりこむと、体をふたつ折りにして、草の生《は》えた地面をじっとにらんだ。

ぼくたちはみんな、力なくロマノフを見つめた。ロマノフも眉間《みけん》にしわをよせ、しかめっつらをしている。横から見ると、口と鼻のジグザグの上にもうひとつ、しわの出っぱりができたほどだ。

「何か妙《みょう》な考えにとりつかれているようだな。くそっ！　どういう様式《ようしき》の呪文《じゅもん》を使っているかもわからん！」ロマノフはうなった。

ぼくは言ってみた。「祈禱師長《きとうしちょう》が使う様式《ようしき》じゃないでしょうか？」

ロマノフは、ぱっとこっちをむいた。大きな手がかりがころがりこんできた、という顔をしている。

「たしかにそうかもしれん！　で、どんなのだ？」

でもぼくには、それ以上のことはわからなかった。これじゃあ、どうしようもない。

12
ロディとニック

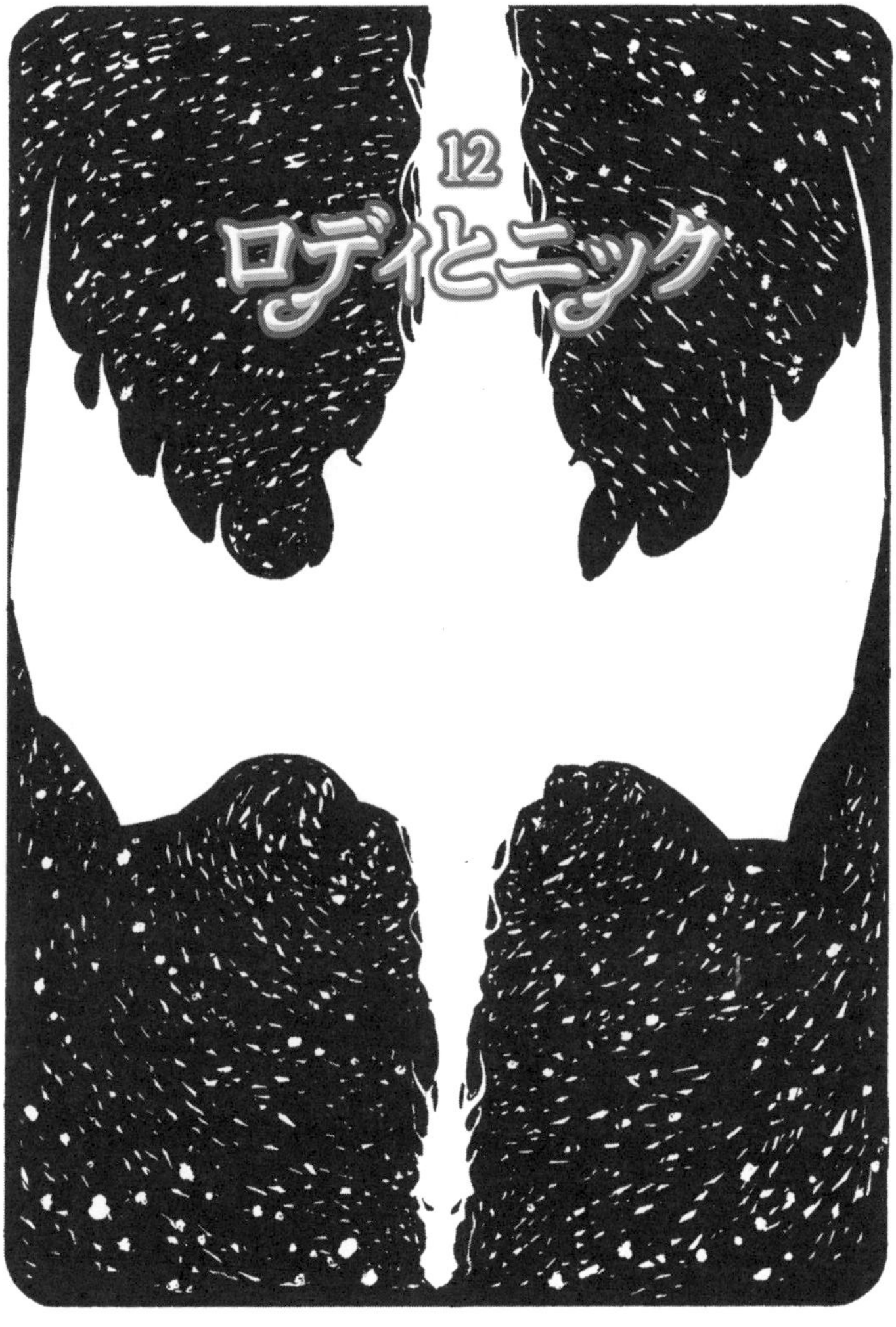

1　ロディ

ニックがうねうねした巨大《きょだい》な白いクモの巣みたいな網《あみ》のそばで、とほうにくれて突《つ》っ立っているあいだ、私は一生懸命《いっしょうけんめい》考えていた。これがなんらかの束縛《そくばく》の呪文《じゅもん》だってことは、まちがいない。古《いにしえ》の魔女《まじょ》のファイルの中には、この呪文《じゅもん》そのものは見つからなかったけど、ニックが「祈禱師長《きとうしちょう》」と言うのを聞いて、私はヤエムグラのファイルを見直しはじめた。宮廷《きゅうてい》の先生たちは、祈禱師《きとうし》たちの使う魔法《まほう》については、ほとんど教えてくれなかった。でも「祈禱《きとう》」というからには、言葉が主《しゅ》になった魔法《まほう》だと考えていいだろう。そこで、【束縛《そくばく》】の中の【口述《こうじゅつ》】の呪文《じゅもん》を、もう一度じっくり見ていったのだ。呪文《じゅもん》はどれもかなり簡単で、効果も長くは続かないものばかりだった――強いギース（古代ヨーロッパで力を持ったケルト人の言葉で、一種の呪い。ある決められた約束を破ると災難に見舞われるという）をかけるというのなら話はべつだけど、この場合はギースではないと思う。【口述《こうじゅつ》】による束縛《そくばく》は普通《ふつう》、網《あみ》を実際に何かで作ったり、あやとりをするといった動作も一緒《いっしょ》にやってはじめて、長続きするようになる。網《あみ》を言葉だけで作り出して長くもたせようとするなら、呪文《じゅもん》をくり返し唱えつづけないといけないのだ。

「そうか！　あのジョエルって人、頭の中でずっと呪文《じゅもん》を唱えているのね！　だからあんなにくたびれているんだわ！」私はつぶやき、ロマノフの方をむいた。ロマノフはいらいらしたように指を鳴らしていた。私がやっていたみたいに、自分の頭の中の知識を探《さぐ》っているようだ。

「言葉による束縛《そくばく》です」私は言った。

ロマノフがじれったそうに言った。「ああ、かなりこみ入ったやつだ。解《と》く手がかりが、ちっともつかめない」

「つかめないと思います。まずは、あの人が集中できないようにしなくちゃ。あの人が作っている言葉の網《あみ》にむりやり穴を開けないかぎり、どういうものかも見えてこないのではないでしょうか」

「どうやってあいつの気をそらす？」ニックが私のすぐそばに立ち、はっきりとした口調《くちょう》できいた。近くに来すぎていて、ニックのぬくもりまで伝わってくる気がしたので、少し離《はな》れた。と、ニックはまた近よってきて言った。「ジョエルがここに来てぼくたちと話したときだって、呪文《じゅもん》はずっと、ちゃんと効《き》いてるようだったぞ。考えなくてもできるようになってるんじゃないか？」

トビーがひじでそっとグランドを突《つ》いた。グランドはすぐに、わかった、というようにいたずらっぽくにやりと笑った。「じゃあさ、イジーたちをけしかけたら？」

グランドたちにつかまえられて、いい子ぶったようすでため息をついたり、そわそわしたりしながら、こんなあつかいってないわ、という顔をしていたイジーたちは、とたんにものすごく怒《おこ》りだした。

「けしかける？　イヌだと思ってるの？」とイザドラ。

イルザビルもキンキン声をはりあげた。「無視よ、無視！　この『ばっかみたい』は、私たちも白いクモの巣に包まれちゃえばいいと思ってるだけよ。さっきそう言ってたもん」

「静かにしてよ」トビーは言うと、椅子《いす》にすわって前かがみになっているジョエルの方を心配そうに見やった。

「そうだよ、それに〈惹《ひ》きつけの魔法《まほう》〉をあいつにかければ、おまえたちはかえって安全だろ」とグランド。

双子《ふたご》はそろって大げさなため息をついた。「私たちの〈惹《ひ》きつけの魔法《まほう》〉は、もう効《き》かないの」イルザビルが悲しげに言った。

「あら、効《き》くわよ。私たちには通用しないだけ」と私。

「あの太った先生には、ちゃんとかかったよね」とトビー。

グランドが説明した。「ぼくらは、おまえたちのことがよくわかってるから、かからないんだ。でも、あそこにいるやつはちがう。頭の三分の二は、束縛《そくばく》の呪文《じゅもん》でいっぱいみたいだし」

マーリンはすがるような目つきで私たちを見上げていた。私はロマノフに目をやった。ロマノフは考えこむように、イジーたちをじっと見ている。

「どう思いますか?」私はきいた。

「やってみる価値はあるかもしれないな。この子たちが少しでも呪文《じゅもん》にほころびを作ってくれたら、あとはおれがなんとかできる。やつの気をそらさないことには、打つ手がなさそうだからな」ロマノフは言うと、イジーたちにむかって続けた。「おまえたちには、強い〈守りの魔法《まほう》〉をかけてやろう」

「いやよ。そんなこと言われたって、ぜったいしない!」わいろをさしだしてきた外国の大使に廷臣《ていしん》たちが見せるような、恥《はじ》を知れといわんばかりのえらそうな態度で、イジーたちはロマノフを見た。一方で、少し心がゆれてもいるらしい。

ニックがマーリンの頭ごしに、二人の上にかがみこんで言った。「うそだろう、いくらでも好きなことをやっていいって言われたのに、ことわるなんて! 誇《ほこ》りってものがないのか? さあ、おまえたちの力を見せてくれよ」

二人は目を丸くし、ニックを見つめた。「べたべたしていいってこと？」イルザビルがきいた。

「失礼なことをしてもいいの？　でも、私、お行儀《ぎょうぎ》がいいのよ」と、イザドラ。

「そうか、できないんだな。わかったよ。たしかにあの太った先生のときは、むこうが呪文《じゅもん》をかけてくるのをとちゅうで止めてくれたけど、これはその百倍はむずかしいものな。頼《たの》んで悪かった。おまえたちにはむりなことだったよ」とニック。

それを聞くなり、イジーたちはぴんと背筋《せすじ》をのばし、顔を見合わせた。

「あたしたちの力、見せてやろうか？」とイルザビル。

「ええ、特別に、やってあげましょうよ」とイザドラ。

「よし」ニックは言うなり、手近にいた双子《ふたご》の片方をさっと抱《だ》きあげ、プラスチックの塀《へい》のむこうにおろした。ロマノフもにやにやしながら、もう一人を相棒《あいぼう》のとなりに立たせた。

「やっぱりできないと思うけど、まあ、やってみれば？」ニックは言った。

イジーたちは二人とも、つんとあごを上げてニックをふり返った。でも、まだ魔法《まほう》を始めようとはしない。こっちをむき、塀《へい》にもたれかかって、ふくれっつらをしている。

「ごほうびがほしいな」イザドラが言った。

「じゃないと、やる気にならない」とイルザビル。二人はずるそうな目つきでロマノフをちらっと見た。

「まったく、おまえたちは……！」言いかけたニックを、ロマノフがさえぎった。

「何が望みだ？」

「十五歳《さい》になったら、私たちのどっちかが、家を追い出されてしまうの」イルザビルが言った。

「だから、そのときはヘピィお祖母様《ばあさま》を死なせてくれないかしら？　そうすれば、ディンバー家はお母様と私たちだけになるから、二人とも家に残れるでしょ」とイザドラ。

正直な話、これを聞いたときにはぎょっとした。マーリンも口をあんぐり開け、私と目が合うと、おたがいに言葉もなく、やれやれと首を横にふった。でも男の子たちは、だまってなんかいなかった。それぞれ高さのちがうかすれた声で、こいつらは心の冷たい悪ガキだ、とか、もっとひどい言葉も使ってささやきあったあと、塀《へい》のむこうで祈《いの》るような姿勢ですわっているジョエルの方へ不安そうに目をやった。こちらがやろうとしていることがばれてはたいへん、と思ったらしい。

けれどもロマノフは、こそこそするつもりなどまったくないらしく、落ち着きはらった厳《きび》しい口調《くちょう》で言った。「おまえたちは、ずいぶんとものの見方が狭《せま》いな。本当に一生、同じ場所で、同じ儀式《ぎしき》をやってすごしたいと思っているのか？　おれはごめんだったぞ。そういう役目をやれと言われたのだが、耐《た》えられないと思って、逃《に》げ出したんだ」

イジーたちはあごのとがったちっちゃい顔を、ぱっとロマノフの方にむけた。びっくりしただけでなく、興味をひかれているようだ。「私たち二人も、出ていっていいってこと？」と、イルザビル。

「でも、うちは世襲魔女《せしゅうまじょ》よ。二人とも離《はな》れるわけにはいかないの」イザドラが残念そうに言った。

「そんなことはないと思うがな。ほかに親戚《しんせき》はいないのか？」と、ロマノフ。

イルザビルがイザドラの方をむき、「うちの血筋《ちすじ》の男たちにも、女の子がいっぱい生まれているわ」と言うと、イザドラもうなずいた。二人はそろって期待のまなざしでロマノフを見た。

と、ふいにマーリンが口を開いた。「親戚《しんせき》の娘《むすめ》の一人をおまえたちの代わりにすることぐらい、私の権限《けんげん》で楽にできる。だが、まずは私を自由にしてくれないと」

イジーたちはぎょっとしたようにマーリンを見た。そこにマーリンがいることを忘れていたみたいだ。

それから二人はまた背筋《せすじ》をぴんとのばし、あごをつんと上げた。

「やるわ」イルザビルがきっぱり言った。

「特別に」イザドラがつけくわえる。

「なら、さっさととりかかれ」とロマノフ。

二人はこっちに背をむけると、両腕《りょううで》を上げ、バレエを踊《おど》るようにゆらゆらさせながら、椅子《いす》にすわっているジョエルのところへちょこちょこかけていった。

「汗《あせ》くさいばかなおじさん、見ーつけた！」一人が声をふるわせて言う。

「ずっとお祈《いの》りしてる男の人って大好き！　なんて信心深いの！」もう一人の声が響《ひび》く。

「ああ、あなたってすばらしくいやな人！」二人が同時に叫《さけ》び、ジョエルに抱《だ》きついた。

みごととしか言いようがない。私は塀《へい》によりかかって見物した。ジョエルは度肝《どぎも》を抜《ぬ》かれ、椅子《いす》にすわったまま、おろおろするばかりだ。

「あいつ、もうのがれられないね」トビーが言った。このときばかりは、イジーたちの親戚《しんせき》であることが誇《ほこ》らしくてたまらない、という顔だ。

「〈惹《ひ》きつけの魔法《まほう》〉が、がんがん効《き》いてきてるぞ」グランドも言った。

私の横では、ロマノフがマーリンの椅子《いす》のわきにしゃがみ、汗《あせ》をかきながら、せっぱつまったようすでマーリンに話しかけていた。「友よ、援護《えんご》を頼《たの》む。呪文《じゅもん》の型を捜《さが》すのを手伝ってくれ。からみあった羊毛《ようもう》のような型らしい」

それから、さらにせわしげに私を見上げた。「〈ブレスト〉に行って、国を起こせ。ほかの三人にも手を貸してもらえ。本当は何週間も前にやるべきだったんだ。ここが片づいたら、おれも助けに行く。

そっちだ」ロマノフは塀《へい》にそったむこうを指さした。「行け！　早く！」

私たち四人は、言われた方へかけだした。数メートルも行かないうちに、左右が岩場になった、狭《せま》く暗い道に入りこんでいた。ニックがうめき、つまずきながら言った。

「この小道で何十億年もすごした気がするよ、ちくしょう！」

グランドとトビーと私は、先生に習ったとおりに念じて魔炎《まえん》を起こした。まじめに魔炎《まえん》を出そうとしたのは、これがはじめてだった。〈ブレスト〉に着いたときにはもう手遅《ておく》れかもしれない、と思うと恐《おそ》ろしくてたまらなかったけれど、包むように合わせた両手の中に青い炎《ほのお》が現れたときは、うれしくなった。

でもそのうれしさも、たちまちかき消えてしまった。私たちの三つの青い炎《ほのお》で、真ん丸い緑色の目がきらめくのが見えたのだ。しなやかな体の巨大《きょだい》な斑点模様《はんてんもよう》のネコが、こちらにかけてくる。四人とも、はっと息をのみ、岩壁《がんぺき》にぴたりと背をつけた。が、巨大《きょだい》なネコは私たちの前を素通《すどお》りしていった。何かほかにやることがある、というようすだった。ひどく殺気《さっき》だっていたから、ぞっとした。きっと、恐《おそ》ろしいことをしに行くのだ。

「ロマノフが呼んだんだな」ニックが言い、ため息をついた。そしてくやしそうに、また汚《きたな》い言葉を吐《は》いた。どうやらニックは、魔炎《まえん》が出せないらしい。

「はじめて会ったときは、ちゃんとひたいにつけていたじゃない」私は言った。

「あれは、マクスウェル・ハイドさんにもらっただけなんだ」とニック。しかたなく、トビーに先に立ってもらっている。本当にくやしそうだ。「たぶんまた、何時間もここでうろうろすることになるんだろうな」ニックはぶつぶつ言った。

何時間どころか、はてしなく長い時間がかかったように思えた。ただ、グランドが言っていたけど、ヤギを追って無限に広がる空間をぴょんぴょんとんでいくよりは、はるかにましだった。ヤギのときとくらべたら、どんなことだってましだ。私は、どうか間に合いますように、ロマノフに言われたとおりに、うまく国を起こせますように、とだけ願いつづけていた。でも、やりとげられたとしても、どんな恐《おそ》ろしいことになるのかしら……

私は不安な思いをふりはらうように、グランドに話しかけた。「イジーたちが〈惹《ひ》きつけの魔法《まほう》〉を使っているとわかったのは、グランドも私に同じことをしていたからだったのね？」

グランドはいつものように、ちょっとだけうしろめたそうな顔をしたあと、すぐに話題を変えた。

「ジョエルとかいうやつが言ってた『つぐない』って、どういう意味なのかな？」

ニックが答えた。「十年前、あいつともう一人の少年祈禱師《きとうし》は、師匠《ししょう》の祈禱師長《きとうしちょう》を殺したんだ。その罪のつぐないをしているつもりなのかもしれない」

「ええっ？　〈ブレスト〉やほかのたくさんの世界をめちゃくちゃにするのが、つぐない？　そんなのおかしいよ！」とトビー。

「でも、それこそが正しいことだ、と思いこんでるんじゃないかな。あいつにとっては、おかしくないんだ。でなかったら、あんなに一生懸命《いっしょうけんめい》になるはずがないだろう」とニック。

ニックとトビーはそのあともジョエルの考え方について話しつづけたけれど、聞いていても、私の不安な気持ちはちっともなくならなかった。いつもいらいらしているのはよくない、と前にニックに言われたけれど、どうしようもない。今だって、落ち着いてなんかいられない理由がたくさんあるもの。あのヴェールみたいな網《あみ》に包まれているはずのパパとママのことを考えてしまう。祈禱《きとう》の呪文《じゅもん》に囚《とら》われ、あ疲《つか》れた足を休めることはおろか、首の凝《こ》りをほぐすのもむずかしい状態で、ずっと立ちつづけているなんて。しかも、狂信的《きょうしんてき》で頭のおかしいあの男は、呪文《じゅもん》をますます強めているのだ。今ごろはロマノフとイジーたちも失敗し、祈禱《きとう》による呪文《じゅもん》に捕《とら》えられて、みんなと一緒《いっしょ》に突《つ》っ立っていることだってありうる。〈ブレスト〉を救うために何かできるのは、私たちしかいないのかもしれない。

もうこれ以上耐《た》えられない、と思ったちょうどそのとき、暗い小道が急にくだり坂になり、朝もやのかかった明るいところにとびだした。ロンドンのハイドお祖父《じい》ちゃまの庭の、出発したのとほぼ同じ場所だ。

ヤギに食いちぎられて短く残った杭《くい》のそばに、ドーラ叔母《おば》ちゃまが悲しそうに立っていた。

「ヤギがいなくなったの。知っていた？」と叔母《おば》ちゃま。

私たちが突然《とつぜん》現れたことには、ちっとも驚《おどろ》いていないようだ。抱《だ》きついていったトビーの頭をぼんやりしたようすでなで、叔母《おば》ちゃまはさらに言った。「みんな、きのうはどこに出かけていたの？　うちにいなくちゃいけなかったのに」

トビーが叔母《おば》ちゃまを見上げてきいた。「今日は何曜日？」

「日曜の朝よ。心配いらないわ、もう全員ここにいるもの」と、叔母《おば》ちゃま。

トビーはしまったという顔でふり返り、ニックを見た。「ゆうべは空港に行って、サラマンダーたちを救うことになってたのに」

「今となってはどうしようもないよ」ニックが答え、続けてドーラ叔母《おば》ちゃまに言った。「ドーラおばさんは、ハイドさんの車をときどき運転してますよね？　実は、ぜひ乗せていってもらいたいところがあるんですけど……」それからくるりと私の方を見た。「どこへだ、ロディ？」

ロマノフは、国を起こすことができる場所を五つ、教えてくれていた。私は言った。「ひとつはロンドンからそう遠くないわ。でも、その場所に名前はないの。どういうところか、教えてもらっただけ。本道を西にむかってもらえたら、近くなったのがわかったとき、そう言うから」

ドーラ叔母《おば》ちゃまは一も二もなく、いいと言ってくれた。何か食べ物を持っていって車の中で食べよう、とニックが言ったので、みんなで急いで家に入った。そのとき、グランドが私の耳もとでうなるように言った。「サラマンダーがいない。ここを出たときは、そこらじゅうにいたのに。どこに行ったんだろう？」

言われてみれば、たしかにおかしい。みんなで庭にいるヤギのところへむかったときは、サラマンダーをわざわざ捜《さが》しはしなかったけど、いることは感じられた。私たちをよけて逃《に》げていったり、あたたかいところで丸くなって、こっちのようすをうかがったりしていた。でも今は、気配がない。一生懸命《いっしょうけんめい》集中して心で探《さぐ》ってみて、やっと数匹《ひき》感じとれた。ひどく奥《おく》まった場所に隠《かく》れて、不安と恐怖《きょうふ》にふるえながら縮《ちぢ》こまっている。ほかのサラマンダーは、本当にここからいなくなったらしい。

変なのはこれだけではなかった。気がついてみると、どこもかしこも静かすぎた。日曜にロンドンに来たことはこれまでにもあるから、平日とくらべればずっと静かなのは知っている。それでも、遠くの往来《おうらい》のざわめきとか、たまに家の前を通るバスの地響《じひび》きとかはかならず聞こえていた。ところが今は、なんの音もしない。ハトやスズメの鳴き声さえ聞こえてこないのだ。お祖父《じい》ちゃまの庭を見まわしてみても、ぴくりと動くものすらなかった。虫一匹《びき》飛んでいないし、葉っぱ一枚ゆれていない。これって……何かがまちがってる。

2　ロディ

今、ニックがダイニングにおりてきて、この次に起こったことはぼくには全部は書けない、と言った。たしかにそうだろう。だから私は、ニックの代わりにできるだけもらさず書くけれど、ひとつだけ、私ではわからないことがあるから、それは自分で書いてね、と頼《たの》んだ。ニックは、やってみる、と言ってくれた。

さて、何かがすごく変だという気持ちは、車でロンドンを離《はな》れるにつれて、ますますつのっていった。ひどく蒸《む》し暑い日だったから、ドーラ叔母《おば》ちゃまはお祖父《じい》ちゃまの車の屋根をうしろにたたんで開けていた。おかげで空がよく見えた。その空のようすもおかしい。青空にうすい白い筋《すじ》みたいな雲がいくつも、大きな渦巻《うずま》きの形に浮《う》かんでいるのだけど、普通《ふつう》の雲とちがって流れていったりしないで、静止したままなのだ。渦巻《うずま》きから出ているかすんだ長い筋《すじ》はどれも、地平線のむこうの同じ一点をさしている。ニックは、竜巻《たつまき》のおばけみたいだと言った。

何もかもが、もやに包まれたようにかすんでいて、ぴくりとも動かない。普通《ふつう》の夏らしいあざやかな色彩はどこにも見えず、深くにごった水に映っているみたいに、あらゆる色が暗くぼやけている。ただよってくるにおいも変だ。いつもとちがって、車が起こす風で、透明《とうめい》な精たちが生《い》け垣《がき》からころがりでることもなかった。

道路を走るうち、左横にのびるリッジウェイ・ダウンズの緑の丘の輪郭《りんかく》が見えてきた。丘《おか》の上には灰色の雲が低くたれこめていた。こちらの雲はどんどん流れて、丘《おか》を滝《たき》のように落ち、青みがかった灰色の濃い霧《こきり》となって、車より速く西へ進んでいる。道が丘《おか》に近づくと、車はその霧《きり》に包まれてしまった。熱い水蒸気《すいじょうき》のせいで前がほとんど見えなくなり、ドーラ叔母《おば》ちゃまは車の速度をかなり落とした。霧《きり》がうねりながら私たちよりずっと速く、西にむかっていくのがはっきり見えた。

もう目的地にかなり近づいたらしく、私はぐいぐいとひっぱられるような、不思議な力を感じていた。きっと、ロンドンへむかうとちゅうで、グランドと一緒《いっしょ》に惹《ひ》きつけられたのと同じ場所だ。グランドと私、それにトビーがそろって叫《さけ》んだ。「ここだ！　もうすぐ着く！」私はドーラ叔母《おば》ちゃまに言った。

「次の角を左に曲がって……」

「あら、とんでもない」と叔母《おば》ちゃま。

本当に恐《おそ》ろしいことになったのは、それからだった。

私は言った。「でも、ぜったいここがいちばんいい場所なの。ロマノフがそう言ったのよ。森が……」

「あら、とんでもない」叔母《おば》ちゃまがくり返した。「トビーの父親が住んでるところに近すぎるもの。そんなところへ連れていけるもんですか」

トビーが叫《さけ》んだ。「でも、連れてってくれなくちゃだめだよ、お母さん！　ぼく、その場所に行ったことがあるんだ……森にいた人たちに、そのうち戻《もど》ってきて呼び出すって言ったから、その人たちはぼくを待ってるんだ。約束したんだよ！」

「でもね、私もサークルのために、これだけはやりますって約束したの。やらなかったら、仲間のみんなに怒《おこ》られるわ」と叔母《おば》ちゃまは言い、曲がろうとしなかった。

「ねえ、お願いだよ！」とトビー。こんなに取り乱したトビーは、見たことがない。涙《なみだ》がぼろぼろこぼれてシャツを伝《つた》い落ちている。私はドーラ叔母《おば》ちゃまが昔からかなり変だったことを思い出して、ぞっとした。トビーには、母親が今、たしかにおかしくなってるとわかっているのだ。

「じゃあ、どこへ連れていくつもりなんだよ？」助手席にすわっていたニックが、ドーラ叔母《おば》ちゃまにむきなおり、けんか腰《ごし》でどなった。

「ストーンヘンジ。そこに着けば、もうだいじょうぶ。そういう約束なの」

それを聞いて、私はちょっとほっとした。ストーンヘンジは、ロマノフが教えてくれたほかの四つの場所のひとつだったのだ。でもニックはあやしむような顔をしてきいた。

「ぼくたちをストーンヘンジに連れていけって、だれに言われた？　トビーのおやじか？」

ドーラ叔母《おば》ちゃまは落ち着いたようすでうなずいた。「ブランタイアさんにもよ。二人にいろいろ指示している感じのいい若い男の人も、そうしなさいって。マーリンだと言っていた気がするけど、よく覚えてないわ。とにかくその若い人がね、私にもこれぐらいのことはできるはずだって。だからきのう、あなたたちがみんないなくなっていたときは、すごく心配したのよ。仲間の人たちをがっかりさせたくなかったんですもの」

「お母さんってば！　ぼくだって約束したんだ！　車を停《と》めて！」トビーが叫《さけ》び、うしろの席で立ちあがって叔母《おば》ちゃまの肩《かた》をゆさぶった。でもそのせいで車が急に大きく横にそれたので、すぐに腰《こし》をおろした。

ニックは頭を働かせたらしく、こう言いだした。「ドーラおばさん、車を停《と》めて、まずトビーの約束を守らせてやったらどうかな？　そのあとストーンヘンジに行けば、おばさんの約束も守れるだろ？」

だけど叔母《おば》ちゃまは、首を横にふった。「いいえ。東方流《とうほうりゅう》のうまい言葉でまどわさないで。私をだまそうとしてもだめよ、すぐわかるんだから」そう言うと、うねる霧《きり》が車を追いこし、前へ前へと流れていく中、そのまま車をとばしていった。

ニックとトビーは、がっくりしたような目で私を見た。ニックは前にかがみこんでハンドブレーキをひこうとした。ニックによると、〈地球〉の車と操作《そうさ》が同じなのはこれだけらしい。けど、両手で力いっぱいひっぱっても、びくともしなかった。

「何かしかけをしたのか？」ニックは叔母《おば》ちゃまにきいた。

「なんにも。でもブランタイアさんは、私たちがかならず着けるようにするって約束してくれたのよ。ね、とっても魔法《まほう》がお上手でしょう？　さあ、おとなしくしていてちょうだい。この霧《きり》で、よく見えなくてたいへんなのよ」

グランドはとびおりられないかというように、立ちあがって車から横に身を乗り出してみた。でも、それには車の速度が速すぎるとわかったらしく、また座席に腰《こし》をおろし、こちらを見つめた。私は言った。

「だいじょうぶかもしれない。ストーンヘンジも、ロマノフが言っていた場所のひとつだから」

「ストーンヘンジこそが正しい場所なの。今日そこで、王が退位するのよ」ドーラ叔母《おば》ちゃまが楽しそうに言ったとき、うしろから車の屋根がするすると閉まりはじめた。気がつくと、ドアも開かなくなっていた。暑い車内に私たちを閉じこめたまま、叔母《おば》ちゃまは霧《きり》の中をひたすら運転しつづけた。自動車事故でも起こさないかぎり、車を停《と》めることはできないようだ。私の花のファイルは、どれひとつとして役にたたない。古《いにしえ》の魔女《まじょ》は自動車なんてものは知らなかったのだし、私だって、車のことはよくわからないんだもの。

でも、ほかのみんながいろいろやってみているのはわかった。グランドは、前方の道に通行人の幻《まぼろし》を出そうとした。でも気が動転していたのだろう、車のうしろに出してしまった。それから何キロか、影《かげ》みたいな人々の姿が霧《きり》の中を追っかけてくることになった。私も、叔母《おば》ちゃまが首の筋《すじ》をちがえる魔《ま》法《ほう》をやってみた。でもこれは、ブランタイアさんとかいう人が見越《みこ》して手をうっていたのか、叔母《おば》ちゃまが無視しただけなのか、効果はなし。トビーは、計器《けいき》が火を吹《ふ》く幻《まぼろし》を出した。でも叔母《おば》ちゃまはすぐ、トビーがやったとわかったみたいで、とがめるように言った。

「トビー、運転しているときに、いたずらしないで。危ないわ」

トビーがため息をつくと、火はぱっと消えた。ニックはというと……

ニック

そう、ぼくは……あのドラゴンを呼んだ。

あまりの怖《こわ》さに頭がいかれてしまったからじゃない。いや、たしかにほんとに怖《こわ》かったんだけど。まったく車を停《と》めようとせずにとばしつづけるドーラの、夢でも見ているような呆《ほう》けた笑顔は、それまでに目にしたものの中でもとびぬけて恐《おそ》ろしかった。でもドーラが「マーリン」と言ったとき、今は自分の身の安全だけを心配している場合じゃなく、もっといろいろな意味で深刻《しんこく》な事態《じたい》なんだとわかった。ジョエルが言っていたこと、ロマノフのひどくせっぱつまったようす、ロディがしてくれた話を考えあわせ、自分のできることは手遅《ておく》れにならないうちにやった方がいい、と思ったのだ。

ぼくはマクスウェル・ハイド氏が教えてくれたとおりに、目を閉じ、意識を集中した。これまでちゃんとできたことが一度もなかったのは、たぶん、必要に迫《せま》られていなかったせいだろう。自分が丘《おか》の斜《しゃ》面《めん》の上に浮《う》かんでいるのに気づいたときは、仰天《ぎょうてん》した。ちょうど、草がはげて、ドラゴンの巨大《きょだい》な白い頭がのぞいている場所だ。ドラゴンもぼくも、霧《きり》でぐっしょり濡《ぬ》れていた。ドラゴンは大きな緑の目を開き、自分の上を霧《きり》が勢いよく流れていくようすを目で追っていたが、すぐぼくに気づき、こっちを見た。ぼくの体は車の中ですわったまま、この丘《おか》からびゅんびゅん遠ざかっていたのだが。

『また、おまえ、か』とドラゴン。ロマノフとまったく同じことを言う。

『こたびは、われを、呼び出《い》だす、のか？』

「はい。ぼくは今、あなたを呼び出します」ぼくは言った。

『やや、遅《おそ》かった、ように、思う、が。まあ、よい。身を、ゆるめる、に、しばし、かかるで、あろう。われの、言葉を、思い出せ。われは、呼ばれる、ことを、好まない。多くの、人間、どもが、痛手《いたで》を、こうむるで、あろう。そちも、傷つくで、あろう。もう、行け』

ぼくはすぐさま、その場を去った。ぱっと車の中に戻《もど》ったときには、全身にふるえがきていた。見ると車は、今では霧《きり》の晴れたまっすぐな道を走っていた。ドーラはかなりの速度でとばしている。アクセルらしいものをぐっと踏《ふ》みつけたままだ。すごく怖《こわ》かった。

本当に怖《こわ》かった。そのうえ、ひどく暑かった。パパが消すひまがなかった〈晴れの魔法《まほう》〉が、暴走しかけているのかも。暑さもすさまじかったけれど、魔法《まほう》が行われているときに出る、消毒薬みたいな鼻をつくにおいも、ぷんぷんしていた。最初は、車のドアを開かなくしている魔法《まほう》のにおいかしらと思った。でもやがて、そこらじゅうがにおう、と気づいた。においは車の中で発生しているのではなく、外から来ているようだ。そしてとうとう、どういうことかわかった。大量の魔法《まほう》が動かされている。あたりのすべての魔法《まほう》がどこか一カ所にひっぱられ、吸いよせられているせいで、こんなにおいがしているのだ。

「たいへん!」私は言った。ドーラ叔母《おば》ちゃま以外の全員が、心配そうに私を見た。「魔法《まほう》が……だれかが、〈ブレスト〉の魔法《まほう》を全部、集めようとしているわ」

「どうやったら止められる?」ニックがきいた。

そのきき方は、本当にどうにかすれば止められると思っているような感じだった。ダムを造るとか、逆の方向にひっぱるとか……ニックが実際にどういうことを考えていたかは知らないけれど、とにかく、それを聞いた叔母《おば》ちゃまは、ますます車の速度を上げてしまった。ニックが本当にこのとほうもない量の魔法《まほう》の動きを止める方法を思いついてしまうかもしれないから、その前に早くストーンヘンジに着かなくちゃ、とあせったのかもしれない。叔母《おば》ちゃまが、旅を早める呪文《じゅもん》も使ったのがわかった。クレマチス（旅人の喜び）のファイルの五番目にある呪文《じゅもん》の、変形版だ。だれかべつの人が叔母《おば》ちゃまのために用意したのか、〈ブレスト〉のものじゃない感じがする。でも、効果はてきめん。ニックがどうやったら止められるのか、とたずねてから五分後にはもう、車はソールズベリー平原を走っていた。

広々とした緑の平原がどんどん外を流れていき、突然《とつぜん》、意外と小さいのにどっしりとしたようすのストーンヘンジが、目の前に現れた。

車は巨石《きょせき》のすぐ横の草の上を、ガタガタ走っていった。

「ぼくの世界にあるやつより、立っている石の数がずいぶん多いな」ニックが言った。

でも、私はほとんど聞いていなかった。ほかのいろいろなことに注意をひかれていたのだ。まず巨石《きょせき》のひとつの近くに、ソールズベリー市が立っているのが見えた。といっても、車で横を通りすぎたとき、緑のゴム長がちらっと目に入っただけだ。ゴム長《なが》の横に、ぼろぼろの上着がゆれるのも見えた気がした。オールド・セーラム町がしゃがんでいたのかもしれない。そして何よりも目をうばわれたのは、ストーンヘンジから少しくだった斜面《しゃめん》に、ぎゅうぎゅうに整列して停《と》まっているたくさんの車やバス、トラックだった。私は思わず、ああよかった！　やっと〈巡《めぐ》り旅《たび》〉に追いついたわ！　と、考えてしまった。

ばかね！　追いついたって今はかえってまずいじゃない、と思いなおしたとき、ドーラ叔母《おば》ちゃまが車を停《と》めた。私たちの味方になってくれそうな宮廷《きゅうてい》の人は全員、いくつもの世界をへだてた〈ザナドゥ〉の中で、白い網《あみ》みたいな束縛《そくばく》の呪文《じゅもん》に包まれているはず。案の定《あんじょう》、車は、停《と》まる前からかけよってきていた王のお付きたちに囲まれてしまった。お付きたちはすぐに、車のドアを全部開けはなった。アリシアをはじめ、たがいに同い年のお付きたちで、私が特に嫌《きら》いなメンバーが全員そろっていた。しかつめらしい顔をして、逃《に》げ道をふさぐように車を囲んでいる。礼儀正《れいぎただ》しい態度だけど、わざとらしい感じがするから、実はみんなして私たちをあざけっているのだ。

まずアリシアが、車内へ手をのばして私の腕《うで》をつかんだ。「どうぞこちらへ」

アリシアの爪《つめ》が腕《うで》に食いこんだけど、このときはほとんど気づかなかった。車から出たとたん、外で吹《ふ》きあれているすさまじい魔法《まほう》の嵐《あらし》に、すっかりぼーっとなってしまったのだ。古《いにしえ》の魔女《まじょ》の知識が、頭の中でめちゃくちゃな順番で開いていく——ベニクサフジ【渦《うず》】、ヤエムグラ【束縛《そくばく》】、ハリエニシダ【地と里《さと》の魔法《まほう》】、ビタースイート【悪意の呪文《じゅもん》、死の呪文《じゅもん》、生《い》け贄《にえ》】、ジギタリス【力の増強】——ほかにもたくさん開いて、頭がくらくらし、少しのあいだ、あたりのすべてが気持ち悪い色をした影《かげ》にしか見えなくなった。それからベニクサフジのファイルに焦点《しょうてん》が定まり、何が起きているかがわかった。

ここに、「渦《うず》」の中心があるのだ。〈ブレスト〉じゅうの魔法《まほう》と、〈ブレスト〉のまわりにあるいくつかのほかの世界の魔法《まほう》がすべて、ストーンヘンジのすぐそばのこの地点にむかって、耳には聞こえないうなりをあげ、渦《うず》を巻いて集まってきている。私にはそれがはっきりと感じられ、見ることもできた。青い空に何本もの線を描《えが》いているあの渦状《うずじょう》の白い雲は、魔法《まほう》の力の渦《うず》だったのだ。力の線はどれも、らせんを描《えが》きながらどんどん下降《かこう》し、私からほんの数メートルしか離《はな》れていない同じ一点へ集まっている。まるで巨大《きょだい》な槍《やり》の冷たい切《き》っ先《さき》が刺《さ》さっているみたいに見えた。慇懃《いんぎん》な態度のアリシアにひっぱっていかれたときには、力に圧倒《あっとう》され、思わず体をそむけて腰をかがめていた。

ものすごくいやな感じの女の人が、ドーラ叔母《おば》ちゃまをむこうへ連れていきながら、イヌをほめるみたいになでているのが、ちらっと見えた。「感心感心！　よくやったわ！　仲間の役にたてて、いい気分でしょう？」ばかなドーラ叔母《おば》ちゃま。うれしそうにうなずきながらも、恥《は》じているような顔をしている。

お付きたちが、渦《うず》の先端《せんたん》を輪になって囲んでいた人々をなれたようすでかきわけ、通り道を作ったのも、ちらりと見えた。集まっている人の中には、宮廷《きゅうてい》で見覚えのある顔もあったけれど、ほとんどははじめて見る人たちだった。ドーラ叔母《おば》ちゃまをほめていた人に似たいやな感じの女の人や、ひげを生やした、たちの悪そうな男の人がいっぱいいる。男の人たちの多くは髪《かみ》がぼさぼさで、司祭《しさい》のように胸に金の円盤《えんばん》をかけている。ドーラ叔母《おば》ちゃまみたいにぼーっとしている男の人や女の人もたくさんいて、その人たちは、ここへ何をしに来たのかわかっていないようだ。

人の輪の中に連れていかれると、そこが透明《とうめい》な精たちでいっぱいになっているのが、ぼんやりと見えた。魔法《まほう》のにおいを嗅《か》ぎつけて来てみたら、自分の魔力《まりょく》までが渦《うず》にひきよせられ、離《はな》れられなくなったらしい。精たちのかすかにしか見えない体が、私たちが通ったときにはじきとばされ、あっちへこっちへはずみながら空高くはねあがっていったあと、ふたたび魔法《まほう》の白い渦《うず》にひきこまれ、ぶつかりあいながら、勢いよく下へ落ちてきた。あたりには精たちの声にならない悲鳴と不安な気持ちがあふれ返っていた。精たちは、恐《おそ》ろしくてたまらない反面、わきおこる激しい興奮をおさえられないようでもあった。

人の輪の外からも、不安な気持ちがさらにひしひしと伝わってきていたけれど、だれの思いなのかはわからなかった。でも、そういう人がたくさんいることはたしかだ。ずいぶんと心配しているらしい。

輪の中にはシビルもいて、緑のスカートをがっしりしたひざのあたりまでたくしあげ、踊《おど》っていた。はだしの足の大きくて角ばった指が見える。何時間も踊《おど》りつづけているらしく、私たちを見て、「ヤー！」と叫《さけ》び、両腕《りょううで》をふりあげたとき、汗《あせ》のしみがわきの下から腰《こし》のあたりまで濃《こ》く広がっているのが見えた。

草の上に、椅子《いす》がふたつ、十メートルほどの間隔《かんかく》をあけてむかいあうように置いてあった。片方には王様がすわっていらした。威厳《いげん》はあるけれど、お顔は無表情だ。すぐ横には、エドマンド王子様が立っておいでだ。王様の椅子《いす》のうしろには、法衣《ほうい》をまとい、正式な高い帽子《ぼうし》をかぶった二人の大主教《だいしゅきょう》が立ち、どちらもとまどっているような、ちょっとぼんやりとしたほほえみを浮《う》かべている。ドーラ叔母《おば》ちゃま同様、何が起きているのかちっともわかっていないらしいけれど、とりあえず慈愛《じあい》にみちた態度でいなければ、と思っているようだ。

もうひとつの椅子《いす》には、マーリンがすわっていた——にせのマーリンが。本物のマーリンに会ったあとだと、ちがいがよくわかった。この人の顔はネズミみたいだし、金髪《きんぱつ》の色ももっとうすい。だけど、よく似ていることはたしか。どちらも、首が細くてのどぼとけが大きいし、顔は小さくて、あごがとがっている。だからこの人は、マーリンに取って代わるなんていう陰謀《いんぼう》を思いついたのかもしれない。でも今は、マーリンのふりをするのをやめているらしい。聖人めかしてすわっているけれど、にせマーリンの飾《かざ》りけのない茶色のローブからは、まがまがしい力がたちのぼっている。

にせマーリンのわきには、きちんとしたスーツを着たスペンサー卿《きょう》が、気どったようすで立っていた。反対側のわきには大きな箱がある。そしてにせマーリンの正面には、巨大《きょだい》な銀色のバケツ——大釜《おおがま》かもしれない——が置いてあり、冷たそうな白い煙《けむり》を上げていた。魔法《まほう》の渦《うず》の先端《せんたん》は、この大釜《おおがま》をさしていた。

グランドがそばでぶつぶつ言った。「ストーンヘンジの中でやらないなんて、変だよな。どうしてなのかな？」

「できないんだ。ストーンヘンジがこいつらを入らせないんだろう」ニックがちょっとうわのそらで答えた。知っている人に気づいたみたいに、にせマーリンをじっと見つめている。

人の輪のむこうにある灰色の巨石《きょせき》の集まりに目をやると、ニックの言ったことは本当だとわかった。どういうわけか、ストーンヘンジは目には見えても、そこに存在していなかった。何層かにわかれた現実の遠い方へ、逃《に》げてしまったようなのだ。そうすることで自《みずか》らを守っているらしい。

「ぜったいジェイフェスだ。あのネズミみたいな顔」ニックがつぶやいた。

シビルが踊《おど》りながら私たちの方へ近づいてくると、手をふってアリシアとほかのお付きたちをわきにどかせた。そして両腕《りょううで》を高く上げて、踊《おど》りを終えた。

「いよいよ儀式《ぎしき》を始めることができる！　生《い》け贄《にえ》が現れた！」シビルはどなり、ぱっとグランドの腕《うで》をつかんだ。汗《あせ》くさいにおいが、つんと鼻をついた。シビルはグランドに言った。「いい子にしていれば、そんなに痛い目にはあわせないから」

トビーと私は、シビルをまじまじと見てしまった。紅潮《こうちょう》した汗《あせ》だくの顔は、紙やすりみたいにざらざらしている。目は、酔《よ》っぱらった人みたいに、焦点《しょうてん》が合っていない。シビルはグランドをかわいそうだなんて、これっぽっちも思っていないのだ。

ニックが大きな手をのばしてシビルのでっぷりした手をつかみ、グランドからひきはなすと、シビルをにらみつけてどなった。「こいつに手を出すな！」

シビルはニックのうしろを見ているようなぼんやりとした目つきのまま、手探《てさぐ》りでまたグランドをつかまえようとした。

そのとき、にせマーリンがこっちをむいた。

とたんに、にせマーリンはかっと目を見開き、勢いよく立ちあがると、ローブをなびかせて大股《おおまた》でこっちへやってきた。アリシアを押《お》しのけ、ニックの真ん前に立ち、青白い小さな顔をニックの浅黒い顔にぐいと近づけた。「おまえ、なんでここにいる？　もうとっくに死んでいると思ったのに！　あのとき、おれを笑っただろう！」

これほど憎しみにみちた顔は、見たことがない。にせマーリンは全身をふるわせながら、憎しみをこめてつばを吐《は》きかけた。

ニックは体をそらして飛んできたつばをよけ、言った。「それがどうした？　おまえが卵を踏《ふ》んづけたんじゃないか。おかしかったから笑ったんだ」

「それがどうした、だと？」にせマーリンは金切《かなき》り声《ごえ》をあげた。「教えてやる！　あれから十年、おまえが死ぬ日を夢見てきたんだ！　今日こそ、おまえは本当に死ぬんだ！　とことんまで苦痛を味わえ！」にせマーリンはシビルの方をむくと、急に冷《さ》めた調子になって言った。「そっちの子どもは放《ほう》っておけ。こいつを使った方が、よほど力をえられる」それから落ち着いたようすで椅子《いす》に戻《もど》った。

いやだ、この人、頭がおかしい！　ぜったい変だ！　そういえばニックは、この人が人を殺したって言っていたっけ……私は恐《おそ》ろしくなった。

シビルはグランドをつかまえようとするのをやめた。すっかりにせマーリンの言いなりになっているようで、次にはニックにむかって、何か手ぶりをした。すると、渦《うず》の中を舞《ま》っていた透明《とうめい》な精の群れがおりてきて、ニックをとりまき、開《ひら》けた場所へひっぱっていきはじめた。私は止めようとした。だれであってもそうしたのか、ニックだったからこそなのかは、自分でもはっきりわからない。ただ、心臓がとびだしそうなくらい、どくどくいっていたことと、両手をのばして透明《とうめい》な精たちを止めようとしたことはたしかだ。ところが、手は空《くう》をつかむように精を突《つ》きぬけてしまった。精たちは魔法《まほう》の嵐《あらし》でわれを忘れてしまっているのか、私のことなど気にもとめない。まわりの人たちには、ニックが自分からよろよろと前に出て、草の上に倒《たお》れたように見えただろう。

「生《い》け贄《にえ》が自《みずか》ら進み出た！」シビルが高らかに言った。

にせマーリンはにやりとし、「いかにも」と言うと、椅子《いす》のわきの大きな箱についている小さな上ぶたをさっと開けて、やせこけた長い腕《うで》を中につっこみ、少し探《さぐ》ると、サラマンダーをひとつかみ取り出した。上ぶたがパチンと閉じたのと同時に、にせマーリンは煙《けむり》の出ている銀の大釜《おおがま》へ手をのばして、身をよじるサラマンダーたちをじわじわと中につっこんだ。

大釜《おおがま》の中は氷より冷たかったようだ。かわいそうなサラマンダーたちの声にならない絶叫《ぜっきょう》が、いなずまのように私たち全員の体を突《つ》きぬけた。でもニックは、もっとひどい衝撃《しょうげき》を受けていた。サラマンダーが絶叫《ぜっきょう》するなり、ニックの体は銀色のさざ波のようなものに包みこまれた。さざ波は重なりあいながら、銀の葉がびっしりならんでいるような波紋《はもん》を作っていく。ニックはまるで、日があたってきらきらしている浅い海の中にいるように見える。苦痛のあまりごろごろころがって、悲鳴をあげようとしているのに、声を出すことができないようだ。波紋《はもん》が合わさって大きな葉の形になるたびに、苦痛はますます強まるらしく、体を丸め、のばし、腕《うで》や脚《あし》をばたばたさせている。にせマーリンがつかんでいるサラマンダーたちの動きとそっくりだった。

「やはり、自《みずか》ら買って出た生《い》け贄《にえ》がいちばんだ」にせマーリンは言い、大釜《おおがま》からひきあげたサラマンダーたちが少し元気を取り戻したのを見ると、ゆうゆうとしたしぐさで、けむる大釜《おおがま》の中へまたつっこんだ。スペンサー卿《きょう》が興味しんしんのようすで体をかがめ、のぞきこんでいる。ほんとにいやなやつ！

「ああ、だめだよ、あんなことしちゃ！」トビーがひどく悲しそうな声をあげた。ニックを思って言ったのかもしれないけど、トビーのことだから、サラマンダーがかわいそうだ、という気持ちの方が大きいのかもしれない。

「そうだよ、だめだ」グランドも言った。

王様はようやく、まわりで起きていることにぼんやりと気づいたらしく、ニックを見て、にせマーリンに目を移すと、口を開いた。「これはいったい……？」

トビーはいてもたってもいられないのか、ぴょんぴょんはねまわっている。アリシアがトビーをひじで突《つ》き、言った。「やめて。邪魔《じゃま》しないで」

にせマーリンはにっこりして立ちあがり、自分の手の中で苦悶《くもん》のうちに死にかけているサラマンダーたちを王様に見せた。「陛下《へいか》、われわれが本日ここに集まりましたのは、古き昔の真の王政をこの国によみがえらせるためでございます。先にご説明申しあげましたとおり、陛下《へいか》は古き真の王の道をはずれておられます。陛下《へいか》は科学技術を重んじられ、〈ブレスト〉の魔法《まほう》をかえりみられませんでした。そのために、古きよき真の王政はゆがめられ、すたれてしまいました。ですから、陛下《へいか》は退位を決意なさった」にせマーリンは王様をするどい目つきで見ると、続けた。「そうでしたな、陛下《へいか》？」

王様は面食《めんく》らったように両手で顔をこすった。「退位だと？　……そうだな、そのようなことをいたすために、ここへまいったのだったな」と認めたものの、あんまり自信はなさそうだ。「退位すると、どうなるのだ？」

「もちろん、真の王が玉座《ぎょくざ》につくのです！」にせマーリンは細い声をはりあげ、宣言するように言った。「お二人の大主教《だいしゅきょう》、またほかのあらゆる宗教の聖職者がたのお立ち会いのもと、エドマンド皇太子殿下《こうたいしでんか》に正式に陛下《へいか》のあとを継《つ》いでいただき、生《い》け贄《にえ》の血を用《もち》いた古来《こらい》のしきたりにより、その座をたしかなものとするのです」

「なんと」王様は一瞬《いっしゅん》、ぎょっとし、不快そうな顔になったけれど、静かにうなずいた。「よろしい。もしエドマンドが……」

でもそのとき、にせマーリンのしたことに目をうばわれて、王様は言葉を切った。にせマーリンはかがみこみ、あわれなサラマンダーたちをまた大釜《おおがま》の白い煙《けむり》の中へ突《つ》っこんだのだ。サラマンダーたちは、とうとう死んでしまった。私はむちで打たれたような衝撃《しょうげき》を感じた。ニックはいっそう分厚《ぶあつ》いさざ波の膜《まく》に覆《おお》われ、姿がすっかり隠《かく》れてしまい、銀色の膜《まく》に包まれたものが、ころがり、もがいているようにしか見えなくなった。

「待たれよ」王様の背後にいたエドマンド王子様が前に進み出ると、膜《まく》に覆《おお》われたニックに目を凝《こ》らした。「私はこのような……いや、生《い》け贄《にえ》というのは、人間の生《い》け贄《にえ》なのか？　それはいかがなものか……それでどうなるというのだ？」

まあ、よかった！　エドマンド王子様はやっぱりちゃんとしたお方なんだわ！……と思ったら、シビルがどすどす近づき、王子様の腕《うで》に太った手をかけた。そして低い声ながら、わざとみんなに聞こえるように言った。「もし殿下《でんか》が望まれないのでしたら、今すぐ仰《おお》せください。殿下《でんか》には弟ぎみが四人おいでです。そのうちのどなたかが殿下《でんか》に代わって、唯一《ゆいいつ》の真なる道にのっとり、ゆくゆくは〈ブレスト〉の島々すべてを治めよう、とお考えになるかもしれません」

これが王子様にとっておもしろくない話なのは、明らかだった。なにしろ弟ぎみたちを嫌《きら》っているから。王子様は言った。「そういうことであれば……」

「では、マーリンの予言をお聞きください」シビルは言い、うしろへさがった。

王子様と王様は、にせマーリンをいぶかしげに見つめた。にせマーリンはにこやかにほほえみ、死んだサラマンダーたちを草の上に放《ほう》り出すと、両手を組みあわせてロープをひっぱるようなしぐさをした。これから予言を始める、という意味だ。でもこの男はただ、ふりをしているだけだ、と私にはわかった。にせマーリンは言った。「この生《い》け贄《にえ》により、われわれの新しい王が定まり、〈ブレスト〉のすべての力は王のものとなる。この生《い》け贄《にえ》により、われわれは国を起こし、平和と栄えをもたらし……」

そのあともいろいろしゃべっていたけれど、私はもう聞いていなかった。「国を起こし」という言葉を耳にしたとたん、にせマーリンはまさに今、国を起こそうとしているのだ、とわかったからだ。そんなことはさせちゃいけない、ぜったいこんなやり方では！　血の生《い》け贄《にえ》によって国を起こしたりしたら、〈ブレスト〉と近くの世界すべてが、悪い魔法《まほう》のはびこるところになってしまう。魔法《まほう》のバランスはもとに戻《もど》るどころか、完全に崩《くず》れることになるのだ。

私は恐怖感《きょうふかん》を必死で頭から追い出し、魔法《まほう》の渦《うず》に気をとられないようにしながら、古《いにしえ》の魔女《まじょ》のファイルをもう一度探《さぐ》った。ファイルが次々と頭の中をかけぬけていく――ベニクサフジ、ヤエムグラ、ジギタリス、ティーゼル、ハリエニシダ、ビロードモウズイカ、ノバラ、アザミ、ビタースイート。【毒】【見えない民】【性の魔法《まほう》】【旅】【死者】【鳥の魔法《まほう》】【変身】【召喚《しょうかん》】【束縛《そくばく》の解放】――激しい滝《たき》のように、次々と呪文《じゅもん》が流れていく。最初はどのファイルも、まったく役にたたないように思えた。でも、にせマーリンの「国を起こす」という言葉に激しい衝撃《しょうげき》を受けたせいか、やがて流れがゆっくりになった。ファイルはどうやら今までとはちがう順序で流れているようだ。ベニクサフジの【渦《うず》】から始まり、ヤエムグラの【束縛《そくばく》】【束縛《そくばく》の解放】が続く。この順序になっているとわかったとき、ファイルの流れがぱたりと止まった。私は気づいた。なんだ、国の起こし方は、ロマノフに説明してもらうよりずっと前から、ちゃんと頭の中にあったんだ！

ひとつひとつのファイルのいちばん最後には、古《いにしえ》の魔女《まじょ》が〈大いなる呪文《じゅもん》〉と名づけたものがついていた。どれも、それぞれのファイルにある呪文《じゅもん》が全部つめこんであるものだ。ロマノフの教えてくれたようなことをするには、すべての〈大いなる呪文《じゅもん》〉を解放すればいいらしい。

まず、【渦《うず》】のファイルを使い、魔《ま》法《ほう》の渦《うず》を作る。それから【束縛《そくばく》の解放】のファイルの最後にある〈大いなる呪文《じゅもん》〉にしたがって、魔《ま》法《ほう》の渦《うず》のもつれを解《と》く。さらにすべてのファイルの〈大いなる呪文《じゅもん》〉を、よいものも悪いものも一緒《いっしょ》くたに渦《うず》に放《ほう》りこむ。すると、全部の魔《ま》法《ほう》が解《と》き放《はな》たれるのだ。そのあとどうなるかは、神々のみぞ知る！　私は思わずグランドの方をむいた。これがすっかり終わったら、だれもがもう二度と魔《ま》法《ほう》が使えなくなるのかどうか、グランドの意見をききたかったのだ。

ところがグランドは、真《ま》っ青《さお》な顔に秘密めいた表情を浮《う》かべ、こっちを見ようともしない。その顔を見たら、心の痛みが、どっと戻《もど》ってきた。やっぱりグランドは私のことなんか、べつに必要じゃなかったんだ。私は利用されていただけ。グランドは私のことなんかちっとも……と、ここまで思ったとき、グランドも魔《ま》法《ほう》を使おうとしているのだと気づいた。見たところ、どこか一点にむけて魔《ま》法《ほう》を集中させているようだ。グランドにはむずかしい技だ。なんでもひっくり返してしまう性質に逆《さか》らって、力を思いどおりの方向にむけなくちゃならないんだもの。グランドは長い鼻の上に深いしわがよるほど顔をしかめ、集中していた。

にせマーリンがくだくだとしゃべっているあいだに、ニックを包むさざ波の膜《まく》は、だんだんうすれていった。ニックは激しくけいれんしたせいで、頭をかかえてぐったりと横たわっている。にせマーリンは膜《まく》が消えたことに気づくと、悪意にみちた表情を浮《う》かべて、予言の言葉を口にしながら箱へむかい、サラマンダーをまたひとつかみ取り出そうと手をのばした。

ちょうどそのとき、グランドの魔法《まほう》がうまくかかり、箱がこわれて四方に勢いよく開いた。トビーが歓声《かんせい》をあげた。それから少しのあいだは、愉快《ゆかい》なことになった。箱の側面がバタバタと倒れ、ふたがはねあがり、にせマーリンの顔にぶちあたった。中にぎゅうぎゅうにつめこまれて、つらい目にあっていた大量のサラマンダーたちは、最初につかみだされた何匹《なんびき》かが死んでからは恐《おそ》ろしさにおののいていたから、小さな火山のように噴《ふ》き出してきた。空中へとびだしたあとは、恐怖《きょうふ》のあまり、熱と光を放《はな》ちながらそこらじゅうを走りまわった。草に火がつき、煙《けむり》と炎《ほのお》が上がる。まわりの人々から悲鳴があがった。いちばんうるさくわめいていたのは、にせマーリンだ。スペンサー卿《きょう》は、しゃれた帽子《ぼうし》にサラマンダーが一匹《ぴき》のっているのにも気づかず、椅子《いす》についた火をたたいて消そうとしている。一方シビルは、灼熱《しゃくねつ》のサラマンダーがはだしの足の上にのったりしないように、あちこちへとんだりはねたりしていた。

でも、このさわぎも一分くらいしか続かなかった。サラマンダーたちは本当に恐《おそ》れおののいていたから、みんな全速力で逃《に》げていってしまったのだ。人々の足のあいだをあっというまにすりぬけ、少しずつ冷《さ》めながら、車やバスの下にもぐりこむものもいたが、ほとんどは斜面《しゃめん》をかけあがり、丘の上のストーンヘンジの巨大《きょだい》なトリリトン（二本の石柱の上に一本の石を横に渡したもの）のあいだに入っていった。あそこなら安全だろう。サラマンダーたちは、ストーンヘンジ自体と同じように、何層か遠い現実に行って隠《かく》れることができたようだ。

アリシアは当然のことながら、サラマンダーを逃《に》がしたのはグランドだと気づいていた。アリシアはだまったままグランドの片耳をつかむと、激しくゆさぶった。指の爪《つめ》がグランドの耳に食いこんでいるのが見える。「こいつったら！　このばか！」アリシアは小声で言った。

おとといまでなら、すぐにそっちに気をとられてしまっていただろう。でも今は、グランドは私からアリシアの注意をそらしてくれているんだ、とわかったたし、それが何よりありがたかった。すごくつらかったけど、グランドにはそのまま痛い思いをしていてもらうことにして、私は〈国を起こす魔法《まほう》〉にとりかかった。

「渦《うず》」は作らなくても、もう目の前にあった。私はベニクサフジの中の呪文《じゅもん》をちょっと使い、その渦《うず》をシビルやにせマーリンの魔法《まほう》から自分の魔法《まほう》に変えて、頭の中と結びつければよかった。頭の中がよけいぐるぐるしたけれど、それはできるだけ無視して次のヤエムグラのファイルへ移り、最後にある〈大いなる呪文《じゅもん》〉で【束縛《そくばく》の解放】の魔法《まほう》を始めようとした。

本来なら、束縛《そくばく》を解《と》きたいもののひな形《がた》を作り――この渦《うず》の場合は恐《おそ》ろしく複雑なあやとりのようなものだ――それをほどきながら、呪文《じゅもん》を唱えなくちゃいけないらしい。でも、今はそんなことをやっているひまはない。すべて頭の中でやるしかなかった。複雑なあやとりのようにこんがらかった魔法《まほう》の渦《うず》の形を思い浮《う》かべ、想像の中でほどきながら、呪文《じゅもん》も頭の中で唱えるのだ。どんなにがんばっても、指先で少しひもをひねるような動きをしてしまうのは、止められなかった。そうしないことには、とてもできそうにない。それから、呪文《じゅもん》の言葉を自分の言葉に直しているひまもなかった。古《いにしえ》の魔女《まじょ》の言葉をそのまま頭の中で唱えたけれど、少し声にも出してしまったと思う。

何よりも恐《おそ》ろしかったのは、これをやっても何も起こらないかもしれないということだ。だけど、魔《ま》法《ほう》に惹《ひ》きつけられる透明《とうめい》な精が大勢、渦《うず》の中からとびだして、私の頭の上に集まってきたから、なんらかの魔法《まほう》が働きはじめていることはまちがいなかった。アリシアたちお付きのだれかが、透明《とうめい》な精に気づいてしまうかもしれないと思ったけれど、だいじょうぶだった。トビーが、グランドの耳をつかんでいるアリシアの手にかみつき、お付きたち全員の注意をそらしてくれていた。お付きたちは集まって、トビーをアリシアから、アリシアをグランドから、ひきはなそうとしていた。もちろん、王の御前《ごぜん》でさわぐわけにはいかないから、声を出さずにだ。おかげで、私はみんなから少し離《はな》れて、束縛《そくばく》を解《と》く魔法《まほう》を続けることができた。

王様はまだ、ぼんやりと椅子《いす》にすわっていた。サラマンダーが逃げたことにも、にせマーリンが鼻血を出していることにも、お気づきでないようだ。にせマーリンは鼻血をていねいにハンカチでぬぐうと、ハンカチをシビルに手渡《てわた》して言った。「召喚《しょうかん》のための血に使え。サラマンダーが一匹《ぴき》もいなくなった。代わりにあの〈大いなる力〉を呼ぶんだ。急げ」そしてニックに近よると、元気を取り戻《もど》して起きあがろうとしてもできないように、片足で背中を踏《ふ》んで押《お》さえつけた。シビルの方は、赤いしみのついたハンカチをふり、歌うように呪文《じゅもん》を唱えはじめた。

「わからないいな、どうしてこれ以上魔法《まほう》がいるんだろう?」グランドがだしぬけに私のすぐ横にやってきて、ぶつぶつ言った。片耳から血が流れている。グランドはごたごたからするりと逃《に》げ出すのが上手だってことを思い出した。でも今はまだ、【束縛《そくばく》の解放】の〈大いなる呪文《じゅもん》〉の魔法《まほう》が三分の二ほどしか進んでいない。私は必死でグランドにうなずいたり、顔をゆがめたりして見せ、私の気を散らさないで、と合図を送った。グランドの口が「ああ」という形に開いた。わかってくれたようだ。それからさっと目の前から姿を消すが早いか、何人かのお付きが、ギャッ、と声をあげた。

ありがとうグランド、と思いながら、束縛《そくばく》を解《と》く魔法《まほう》の残りの三分の一を、ゆっくりとていねいにやっていった。九つのもつれと三つの結び目をほどき、最後の最後に頭の中で、まっすぐ一本になったひもを指のあいだにはさんでひきぬく、というのをやった。これで、もつれがまったくなくなり、束縛《そくばく》が解《と》かれたことを示すのだ。だけど、これでもまだ終わりではなく、次には花のファイルの〈大いなる呪文《じゅもん》〉をすべて、束縛《そくばく》の解《と》かれた魔法《まほう》の渦《うず》に、放《ほう》りこまなくてはならなかった。渦《うず》のせいで頭がさらにくらくらした。少し離《はな》れた横の方では、お付きたちがうめき声をあげたり、息をのんだりしている。シビルは一人、開《ひら》けたところに立ち、〈召喚《しょうかん》の魔法《まほう》〉を唱えていた。

すべてを渦《うず》の中へ送りこむのに、どれくらい時間がかかったのかはわからない。ある段階は、あっというまにできてしまった。とげのある乾《かわ》いた植物のファイルから、次の植物のファイルへ、頭の中を流れてくるひとつひとつにむかって「国を起こすため、ここに呼び出す」と念じながら、矢《や》つぎ早《ばや》に渦《うず》の中へ放《ほう》りこんだ。

べつの段階では、積み重なったさまざまなファイルの魔法《まほう》を、手をのばしてゆっくりひきよせる自分の姿が見える気がした。ひきよせた魔法《まほう》を見て感心し、思わず手を止めることもあった。【歌】と【思い】は複雑な色の渦巻《うずまき》模様《もよう》がびっしりと入っていて、本当に美しかったけれど、裏返してみると、なんともさえない色で、汚《きたな》いものがじくじく出ているところまであった。【時】と【永遠】の深遠《しんえん》さには、息をのんだけれど、このふたつの上にのっている悪魔《あくま》たちのことは、なるべく見ないようにした。

それから、たくさんの不思議な存在が何かを待っているようすが急に見えてきたときには、少しびっくりした。私はいつのまにか、トビーが行くと約束したという森に来ていたのだ。赤いマントをはおった王様ふうの人には、見覚えがあった。騎士《きし》や旗手《きしゅ》たちに囲まれ、馬に乗ったこの人は、ブレスト伯《はく》（〈ブレスト〉における「ブリテン伯」と思われる。ブリテン伯とはブリテン諸島が古代ローマ帝政下にあった時代に皇帝から指名された、ブリテンの安定を守る軍隊の総司令官。ローマ帝国撤退後もこの称号は残り、伝説のアーサー王はこの一人だったという説がある）だ。でも、一緒《いっしょ》にいる女の人たちがだれかはわからない。ほかに、ブレスト伯《はく》と廷臣《ていしん》たちほどには実体感がない背の高い人々も大勢いる。私が二本の木のあいだに立っているのに気づくと、全員がほっとしたような顔になり、「時はみちたのか」と、大声できいてきた。

「ええ。私のいとこはここに来ることができませんが、時はみちました」私は言った。ブレスト伯《はく》とその一行は、すぐに動きだした。まわりの木々が波打ち、ゆさゆさゆれる。

私はよいものも、悪いものも、どちらでもないものも呼んだ。鳥も、動物も、育つものも、不変なものも、太陽も、月も星も。そして最後に「世界」を呼ぶと、〈ブレスト〉が私の方へころがってきた。

そしてすべてが解《と》き放《はな》たれた。

なんとも不思議なのは、このすべてが、あっというまのできごとだったらしいこと。私がここまでやり終えても、シビルはまだ呪文《じゅもん》を唱えていたし、にせマーリンはニックの背中を踏《ふ》んづけたままだった。グランドとトビーも、まだアリシアとほかのお付きたちと無言でとっくみあっていた。だれも、今起きていることに気づいてもいないようだ。

実際には、恐《おそ》ろしいことが起きていた。〈ブレスト〉の世界が、多元《たげん》世界のはざまでころがって自由になりながら、ミイラの包帯《ほうたい》がほどけるように、魔法《まほう》を帯状《おびじょう》に解《と》き放《はな》っていく。ヤギのうしろについてとんで渡《わた》ったあの島々が、沈《しず》んだり回転したりしているのが見えた。ひとつなどは、横にかたむき、何もない空間に落ちていったし、べつのひとつは溶《と》けるように消えてしまった。ほとんどの島は、きらきらきら光るあざやかな色彩《しきさい》を失い、今では茶色のまだら模様《もよう》になっている。

ロンドン市が自分の町の高い建物のあいだを歩いていき、とある家の上に巨大《きょだい》な足を注意深くおろし、レンガが粉々になるまでつぶすのが目に入った。

べつの世界の海では大きな津波《つなみ》が起こり、茶色い肌《はだ》の人がたくさん住む家々をのみこんだ。波がひいたあと、家は一軒《けん》も残っていなかった。またべつの世界では、緑の丘《おか》の上でその世界を守っていた巨大《きょだい》な存在が、いぶかしげにあたりを見まわしていた。自分がなぜそこにいるのか、わからなくなったらしい。しばらくするとその存在は丘《おか》をおりて、平地を歩いていき、自分と似た三つの存在に出会った。その三つの存在もやはり、とほうにくれているようだった。私は申しわけない気持ちになった。そこは、私たちがまちがって図書室に入りこんでしまった世界だった。その世界ではすべての魔法《まほう》を、これら四方の守護神が司《つかさど》っていたのだ。さらにべつの世界を見てみると、魔法《まほう》がすべて鉄道に集まってしまい、とんでもない混乱が起きていた。ロマノフと行った巨大《きょだい》な峡谷《きょうこく》のある世界をのぞいたときには、ちょうど地面が割れ、〈ザナドゥ〉がきらめきながら地下の洞窟《どうくつ》へと落ちていくところだった。続いて、岩がちな地形全体も半分がた崩《くず》れ、もうもうと土煙《つちけむり》を上げた。パパとママがまだあそこにいるかもしれないのに、と思ったら、ぞっとした。

ブレスト諸島《しょとう》では、力の線（ストーンヘンジなど、「力の地点」を結ぶ線が存在するという説がある）が消えていき、すべての川から、殻《から》をかぶったぬるぬるしたものが頭を出して叫《さけ》んだ。「自由だ！　ついに解《と》き放《はな》たれた！」とたんに、川の水位が上がりはじめた。赤いドレスを着たマンチェスター市は、あわてて市のまわりに外壁《がいへき》を作りはじめた。ペニン山脈の下に何世紀も埋《う》められていたものたちが、〈封《ふう》じこめの魔法《まほう》〉から自由になり、はいだしてくる。そのすべてが邪悪《じゃあく》なものというわけではなかったけれど、〈ブレスト〉を覆《おお》っていた魔法《まほう》が次々にはがれ、ちぎれていくにつれ、国じゅうの荒《あ》れ野や森があやしげな力にみちてきた。海面も上《じょう》昇《しょう》している。

私、何をしたの？　いったい何をしちゃったんだろう？

魔法《まほう》はまだはがれつづけた。頭の中では、ハリエニシダ【地と里《さと》の魔法《まほう》】だけが、ほかのすべてのファイルがとっくに吸いこまれてしまったあとも、まだまだ渦《うず》へと送りこまれていた。それはそうかもしれない。ブレスト諸島《しょとう》の地はほかのどこよりも、分厚《ぶあつ》く魔法《まほう》に覆《おお》われているのだから。私は、魔法《まほう》が次々と帯《おび》のようにちぎれていくのを見守った。

ついにいちばん下から、これがこの国のおおもとかな、と思うものが現れた。茶色と緑のまじったかたまりみたいなものだ。と、それが動きだし、のびをし、体を起こした。そして頭をふって髪《かみ》をうしろにはらうと、私にむかってほほえんだ——そのときやっと、あの〈内庭〉から善なるものを持ちさった女の人だ、とわかった。

「あなたが生きている存在だなんて、知らなかった」私は言った。

「もちろん生きているわ。国はみな、生きているの。ありがとう。これですべてを思いどおりに直すことができる」

女の人は、とびきりすわり心地《ごこち》がいいソファに寝《ね》そべるような感じで横になり、ちぎれてただよう魔《ま》法《ほう》を、帯《おび》やスカーフのように体にまといはじめた。ゆっくり、ていねいに、体につける前にひとつひとつを見てたしかめながら。首を横にふって捨ててしまうものもあれば、あとにしようとわきによけておくものもある。見るなりにっこりして、肩《かた》や頭に巻きつけるなど、特別大事にあつかう魔法《まほう》もあった。

私は、何もかもをこわしてしまったわけではないのかもしれない。

と思ったとき、まるで私への答えみたいに、東からものすごいうなり声が聞こえてきた。似た音すら思いつかないほど、私はまったく聞いたことのない声だったけど、ニックはあとで、ジェット機とかいうものが低空飛行をしているのかと思った、と言っていた。ニックはそのとき、死ぬほどの痛みをくり返し味わったせいで、意識がもうろうとしていたから、ふいに自分の世界へ戻《もど》ったと勘《かん》ちがいしたんだって。でも、うなり声が二度目に響《ひび》いたとき、正体がわかったと言う。そして、自分がどこにいるかも。〈ブレスト〉にいるとわかったときは、あまりいい気持ちがしなかったそうだ。

だれもが東の方角を見た。シビルでさえもだ。でも巻きあがる大量の霧《きり》以外は、何も見えなかった。と、ドラゴンが霧《きり》の上に広がる青空に姿を見せ、こちらへむかって飛んできた。白い体が夕日を浴《あ》びて、金色を帯《お》びている。巨大《きょだい》なドラゴンだ。王様は王らしく、すっくとお立ちになったけれど、ほかの者たちは身をかがめた。ただ、にせマーリンだけは、あぜんとしたようすで立ちつくし、ドラゴンを見上げている。大主教《だいしゅきょう》たちはひざまずき、祈《いの》りだした。人々の中にいたほかの宗教の聖職者たちも、祈っていた。

ドラゴンはぐんぐんこちらへ飛んできた。近づくほどに、その巨大《きょだい》さがわかる。あと一キロほどのところで、ドラゴンはもう一度、すさまじい声をあげた。何か言葉を話しているようだったけれど、声が大きすぎてなんと言っているのかはわからない。でもニックは顔を上げ、叫《さけ》び返した。

「こいつだ！　ぼくを踏《ふ》みつけているやつ！」

『ああ！』ドラゴンが言った。開いた巨大《きょだい》な口の中で炎《ほのお》がゆらめいたのが、だれの目にもはっきりと見えた。

ドラゴンはもう、すぐそこに来ていた。魔法《まほう》の渦《うず》なんて存在しないみたいに突《つ》きぬけたから、渦《うず》の中にいたたくさんの透明《とうめい》な民《たみ》は、必死で逃《に》げ出した。上空にいるドラゴンの両翼《りょうよく》は、片方でストーンヘンジを、もう片方で宮廷《きゅうてい》の車やバスをすべて覆《おお》ってしまえるほど大きい。まるで巨大《きょだい》な象牙色《ぞうげいろ》のテントの下にいるみたいだった。

象牙色《ぞうげいろ》の巨大《きょだい》な姿から、きらめく白い鉤爪《かぎづめ》がおりてきた。大理石のような輝《かがや》きだけど、ずっと硬《かた》そうだ。鉤爪《かぎづめ》の一本が、にせマーリンをひっかけた。にせマーリンは宙へひきあげられながら、子どもみたいな甲高《かんだか》い悲鳴をあげた。それからドラゴンがとてつもなく大きな翼《つばさ》をはばたかせると、ドーン、と低い音がした。雷《かみなり》か、テントの中を強風が吹《ふ》きすさぶ音に似ている。そのはばたきで、東の霧《きり》がひきよせられてきて、ふいに雪がふりだした。渦《うず》に巻かれながらおりてくる雪のせいで、みんなの頭が白くなっていく。でもそれに気づいたのは、たぶん私だけだった。みんな、上昇《じょうしょう》していくドラゴンをぽかんと見上げていたからだ。巨大《きょだい》で白い、みごとな体。片方の前脚《まえあし》の鉤爪《かぎづめ》に、にせマーリンの小さな黒っぽい姿がぶらさがっているのが見える。

ドラゴンは獲物《えもの》をぶらさげたまま、夕日を浴《あ》びてぐるりと旋回《せんかい》し、平原のはるか西へむかうと、にせマーリンを落とした。私たちはみんな、小さな黒っぽい体が勢いよく落ちていくのを見守り、地面にぶつかる音が聞こえるのでは、と耳をすました。だけど、あまりに遠すぎたようで、何も聞こえなかった。

スペンサー卿《きょう》は渦《うず》を巻く雪の中、二人の大主教《だいしゅきょう》のそばにいたシビルに大股《おおまた》で近づいた。そして大主教《だいしゅきょう》たちも、やはりそばにいらした王様とエドマンド王子様もそっちのけで、シビルに言った。「こうなってかえって好都合《こうつごう》だ。これですべてを二人で山わけできる。早く生け贄《いにえ》に片《かた》をつけてしまおうじゃないか。今、私が殺そうか？　それとも、おまえはあくまで儀式《ぎしき》にこだわるのか？」

にせマーリンがいなくなると、シビルはだいぶ正気《しょうき》を取り戻《もど》したようだった。背筋《せすじ》をのばし、口を開いた。「儀式《ぎしき》を……」だがそこで口をつぐみ、怒《おこ》った顔でさっと横に動いた。

グウィンお祖父様《じいさま》が、白い馬の上からシビルを見おろしていた。雪の中、マントがばたばたはためき、手にした竿《さお》の先では血まみれの帯《おび》のような馬の皮が、らせん状にうねっている。お祖父様《じいさま》の従者《じゅうしゃ》たちがうしろにぞろぞろとひかえているのが、霧《きり》と雪を通して、ぼんやり見えた。

「遅《おそ》かったじゃないの！　私が呼んだら、すぐに来なさい！　さっさとその子を殺して。儀式《ぎしき》のしきたりどおり、その竿《さお》で心臓を突《つ》き通すのよ」シビルはお祖父様《じいさま》のいる方にむかってどなった。

ニックはそれを聞くなり、ぱっと体を起こし、はいつくばって逃《に》げ出した。

けれど、グウィンお祖父様《じいさま》はニックには目もくれず、シビルにむかって言った。「いいや。警告《けいこく》したはずだ。おまえは、私の言葉を聞こうとしなかったがな。おまえはすでに三度、私を呼び出した。しかし、このたびもなお呼んだ。よって、私がおまえを召喚《しょうかん》できることとなった。私は今、おまえを召喚《しょうかん》する」

このあとは、短いあいだにたくさんのことがいっぺんに起きたから、ほかの人たちが何を見、何をしていたか、あとからそれぞれ教えてもらった。私自身は、ほとんどずっとシビルを見ていた。シビルにはそのときはじめて、グウィンお祖父様《じいさま》の姿がはっきりと見えたらしい。シビルはお祖父様《じいさま》をまじまじと見つめた。クリーム色の頰《ほお》に赤い点々が浮《う》かび、焼く前の〈うましパン〉みたいな顔になった。シビルは口をあんぐり開け、両手を組みあわせてぺたっとひざをつくと、「どうか、命ばかりは！」と言った。

「だめだ。ついてくるがよい」

お祖父様《じいさま》は馬を前に進めた。シビルは、はいつくばってお祖父様《じいさま》のあとについていく。それ以上命ごいはしなかったし、文句《もんく》のひとつも言わなかった。

そのとき、行く手の霧《きり》と雪のむこうから、新たな騎手《きしゅ》たちが近づいてくるのが、ぼんやりと見えた。先頭の人物はよろいを着《つ》け、濃《こ》い赤のマントをはおっているようだ。マントは大きくうねり、ひらめいている。その人はお祖父様《じいさま》と従者《じゅうしゃ》たちを目にすると、手袋《てぶくろ》をはめた左手で、なれたしぐさで優雅《ゆうが》に手綱《づな》をひき、馬を止めた。そして右手を上げ、お祖父様《じいさま》に礼儀正《れいぎただ》しくあいさつした。馬は止まりたくなかったようで、頭をふりあげ、くつわをがちゃがちゃかんでいる。と、そこまで見たところで、横で始まったさわぎに目をうばわれてしまった。

グランドの話によると、まず、雪がうすく積もって濡《ぬ》れた草地の一画《いっかく》がグランドのすぐ横で口を開き、うしろむきにひざが曲がった〈小さき民《たみ》〉が大勢とびだしてきたのだそうだ。アリシアに渦《うず》のそばに連れてこられたとき、人の輪の外から感じられた不安な気持ちは、この〈小さき民《たみ》〉のものだったのだ。〈小さき民《たみ》〉は、どういうわけかこのとき、グランドとトビーをさらおうとしていた。グランドの方も、自分が狙《ねら》われている、とすぐにわかったそうだ。そこで、トビーの手をつかんで逃《に》げ出した。

私が見たのはそのあとの、〈小さき民《たみ》〉と雪まみれの王のお付きたちがもみあっているところだった。〈小さき民《たみ》〉が若いお付きの脚《あし》をつかんだり、長くとがった歯でかみついたりすると、お付きたちも負けじとけったり、なぐったりする。髪《かみ》にいっぱい雪をつけたグランドが、乱闘《らんとう》から抜《ぬ》け出そうとがんばっているのも目に入った。助けに行かなきゃ、と走りだして、これはグランドにかけられていた魔法《まほう》のせいでついたくせだわ、と気づき、足を止めた。でもそのあと、こまっている人を助けるのはあたり前でしょ、と思いなおして、やっぱりかけよっていった。でももう、乱闘《らんとう》は終わっていた。〈小さき民《たみ》〉がみんなしてアリシアを地面の中へひっぱりこむと、口が閉じて、地面はもとどおりになった。

アリシアったら、なんてうらやましい！　今でもそう思う。アリシアだけがあんなおもしろい目にあうなんて、ずるい！

渦《うず》を巻いて激しくふる雪の中、目を凝《こ》らしてまわりを見ると、グウィンお祖父様《じいさま》が開《ひら》けた草地をぐるっと一周し、連れていく者を選び終えるところだった。シビルと、輪の中にいた宮廷《きゅうてい》の魔法使《まほうつか》いたちのほとんどが、お祖父様《じいさま》の一行のうしろをおとなしく歩いていた。トビーのお父さんも、列の中にいたような気がする。

ニック

この部分は、ぼくが書いた方がいいだろう。ロディはこのとき、アリシアがもう二度と戻《もど》ってはこないということを、王のお付きたちに説明するのでいそがしかったそうだ。お付きたちは、アリシアはどこに行ったのかときいたが、それはロディにもさっぱりわからなかった。

ぼくは怖《こわ》くて、頭がぼーっとして、全身が痛くて、凍《こご》えていた。無茶苦茶《むちゃくちゃ》な悪夢を見ている気分だった。ぐしょぐしょの草の上にすわったまま、まつげに雪が積もるのにも気づかず、グウィン・アプ・ニースがブリテン伯《はく》――〈ブレスト〉の人たちがブレスト伯《はく》と呼んでいることは知っているが、ぼくの世界でいうとブリテン伯《はく》だ――にあいさつするのをぼんやりと見ていた。ブリテン伯《はく》といえば、アーサー王（英国の伝説的な王。祖国の危急存亡のときに再来するといわれる）もそう呼ばれていたはずだけど、はっきりとは覚えていない。たがいに礼儀《れいぎ》正《ただ》しく堂々とした態度をとっていたことから見て、二人は対等な立場なのだろう。赤いマントのブレスト伯《はく》が言った。「この変化のときに、よくぞお目にかかれましたな。ここにいる者はみな、御子《みこ》どのが連れて行かれますか？」

グウィン・アプ・ニースはおじぎをした。身も凍《こお》るような恐《おそ》ろしい笑みを浮《う》かべている。

「実に、よいときにお会いしました。わが獲物《えもの》はすでに手に入れましたが、大君《おおきみ》がお連れになるべき者も、そこに一人おりますぞ」グウィン・アプ・ニースは、馬の生皮《なまがわ》がひらめく気味悪い竿《さお》の先で、ロディがあとでスペンサー卿《きょう》だと教えてくれた男をさし示した。それから一同をひきつれ、馬でかけていってしまい、それきり見えなくなった。

ブレスト伯《はく》は手綱《たづな》を握《にぎ》っていない方の手で、うしろにいたたくましい大柄《おおがら》な騎士《きし》をまねきよせ、言った。「その者を捕《とら》え、いちばんうしろの馬の尾《お》にしばりつけよ」

騎士《きし》は身をかがめて馬の上からスペンサー卿《きょう》をつかまえ、うしろの方へひきずっていった。スペンサー卿《きょう》は、乱暴はよせ、などとさわいでいたが、だれも気にとめなかったためか、しばらくしたらだまりこんだ。そのあとは、この男の姿も見えなくなった。ブレスト伯《はく》は、ゆっくりと馬を進めていった。ぼくはぼーっとすわったまま、雪が魔法《まほう》の渦《うず》に巻きこまれ、ジェイフェスが残した煙《けむり》を上げる大釜《おおがま》にどんどんふりそそいでいるようすをながめていた。

ふと目を上げると、王――〈ブレスト〉の現国王――がブレスト伯《はく》に近づいて、馬の手綱《たづな》をつかんでひきとめようとしていた。王は気の毒に、ぼくと同じくらいみじめな気分になっているらしい。雪のせいで顔が真《ま》っ赤《か》にほてり、あごひげは白い雪がついてふわふわして見える。王はブレスト伯《はく》を見上げて言った。「お許しください。私は王として、あまりよく国を治めてまいりませんでした」

ブレスト伯《はく》は「かつての王たちも、よく治めたとは言えぬ」とやさしい言葉をかけ、そのまま馬を進めたので、王はその横を小走りでついていくことになった。

「一国をあずかるのは、たやすいことではないのだ」と、ブレスト伯《はく》。

王は叫《さけ》んだ。「それは重々《じゅうじゅう》承知しております！　こののちは、よりよく治めてごらんに入れます！　わが治世《ちせい》は、あとどれほど残されているのでしょう？」

王がいちばんききたかったのは、これだと思う。だが、ブレスト伯《はく》の答えはこうだった。

「それは、余《よ》が答えるべき問いではない。そなたが問うことも許されぬ。このうえは、真《まこと》に信を置ける者をそばに置くことだ。余《よ》はこれから国土をめぐらねばならぬので、これにて失礼いたす」

ブレスト伯《はく》は去っていった。目の前をたくさんの馬がかけていく。乗っているのは武具をつけた男たちや、うそみたいにきれいな女たち、それになんだか不気味な感じのする人々だ。王は見放《みはな》されたと思ったか、絶望《ぜつぼう》した顔でしばらくあとを追っていったが、結局あきらめた。雪にかすむ馬の列はとぎれることなく、王とぼくの前を通っていく。

同時に——グランドが言うには、ちょうど同じときに起きたことらしい——雪の渦《うず》の中にいたたくさんの透明《とうめい》な生き物たちが、勢いよく地面におりてきた。一緒《いっしょ》に、ふだんなら夜にならないと出てこない、暴力と血が大好きな黒っぽく透《す》き通ったものたちも、どっとやってきた。輪になっていた人々をちりぢりにさせながら、何百も、何千も、次から次へと。ブレスト伯《はく》の一行にもぶつかりそうなものだったが、妙《みょう》なことに、たがいにちがう空間にいるような感じだった。透明《とうめい》な生き物たちはすわりこんでいるぼくをはじめ、バスの中へ逃《に》げこみそこなった人々のそばで、絶叫《ぜっきょう》しはじめた。必死で逃《に》げまわる二人の大主教《だいしゅきょう》のそばでも、わめいている。一方、りっぱな騎士《きし》や貴婦人たちが、生き物たちを突《つ》きぬけて馬で通っていくのが見えた。本当に奇妙《きみょう》な光景だった。

このさわぎの中、ドラゴンも戻《もど》ってきた。広げた翼《つばさ》の陰《かげ》になり、あたりはさっと暗くなった。顔を上げ、渦《うず》を巻いてふりつづく雪ごしに目を凝《こ》らしてみたら、巨大《きょだい》なドラゴンが天空に浮《う》かんでいる姿が、灰色に見えた。ドラゴンはびんびん響《ひび》く声でぼくに話しかけてきた。

『端《はし》を、渡《わた》せ』

どういう意味か、ぼくにはわかった。そこで立ちあがり、透明《とうめい》な生き物たちの流れに逆《さか》らってよろよろと歩きだし、ぼくにふれることなく通りすぎていく馬の脚《あし》を次々に突《つ》きぬけ、煙《けむり》を上げている大釜《おおがま》に近づいた。大釜《おおがま》の陰《かげ》には、グランドとトビーがいた。雪をよけていたらしいが、雪は四方八方から吹《ふ》きつけていたから、効果はなかったと思う。二人がそこにいてくれて、すごくうれしかった。ぼくは全身がふるえていたうえ、サラマンダーを使った魔法《まほう》のせいで、まだときどきけいれんもしていたから、一人ではむりだとわかっていたのだ。

「手伝ってくれ。この渦《うず》の先端《せんたん》を、上にいるドラゴンに渡《わた》さなくちゃならない」

二人とも、かなり怖《こわ》がっているようだったが、ぼくと一緒《いっしょ》に両腕《りょううで》をのばして、大釜《おおがま》の上の渦《うず》の先端《せんたん》をつかんで持ちあげてくれた。

やってみると、びっくりするほど簡単だった。「なんだ、こんなにあっさり動くんだ！」とトビーが言ったとおりだ。重くもない。ただ持ちづらいだけだった。ぼくは二人よりずっと背が高いから、最後の三十センチくらいは、一人で持ちあげるしかなかった。渦《うず》は、ぼくの腕《うで》の中でブンブンうなり、すべり落ちそうになったり、ぐらぐらゆれたりした。だがなんとか支えていると、雪嵐《ゆきあらし》の中、輝《かがや》く巨大《きょだい》な鉤爪《かぎづめ》がおりてきて、渦《うず》の先端《せんたん》をひっかけて取ってくれた。

『よし、次は、変化を、呼ぶぞ』ドラゴンが言った。

ドラゴンが何をしたのかは、よくわからない。でも、すさまじい音で翼《つばさ》がはばたいた、と思ったら、何もかもが変わっていた。九十度くらい回転して、そこで止まってしまったように、魔法《まほう》という魔法《まほう》が変わったのだ。

3　ロディ

私が解《と》き放《はな》った魔法《まほう》を、ドラゴンは新しい形に固めてくれた。ドラゴンは魔法《まほう》の渦《うず》を九十度ひねると、そこで止めたのだ。渦《うず》が消え、魔法《まほう》が変わったと感じたとき、私は遠くへ去っていくグウィンお祖父様《じいさま》のうしろ姿をひたすら見送っていた。黒い姿は、雪の中でよく目立った。お祖父様《じいさま》たちの馬のあとを、たくさんの人が列をなして、とぼとぼとついていく。全員の姿が、どんどん小さくなって……

お祖父様《じいさま》はここにいたあいだ、一度も私のことを見なかった。お祖父様《じいさま》がどういう人かはもうわかっているから、見られなかったのはいいことなんだとは思うけど、でも私としてはやっぱり見てほしかった。ちらりとでもいいから、よくやった、という目をむけてくれたらよかったのに。けれど、そのまま去っていってしまった。

私はまばたきした。涙《なみだ》で景色《けしき》がぼやけてしまっている。あたり一面の雪が解《と》けはじめ、夕日を受けて虹色《にじいろ》にまたたいた。ストーンヘンジのトリリトンに白く厚く積もった雪も、ぎらぎら輝《かがや》いていた。ストーンヘンジももう、私たちと同じ現実に戻《もど》ってきていたのだ。さっきソールズベリー市とオールド・セーラム町がいたと思ったところに目をやってみたけれど、二人の気配はまったくなかった。そのときやっと、魔法《まほう》がどれほど大きく変わってしまったかに気づいた。これからは魔法《まほう》の力を使って何かを見たり、したりするのがむずかしくなりそうだ。たぶん、〈ブレスト〉に近いほかの世界でも同じことが起こっているのだろう。

ドラゴンはいなくなっていた。ぎらぎらまぶしい雪解《ゆきど》けの風景の中に、立っているのは私だけ。ほとんどの人は走りさったか、車で逃《に》げてしまったようだ。遠くのでこぼこの草地を、王室の二台のリムジンと一台のバスが、ゆれながら道路の方へ走っていくのが見える。からっぽのまま残された車やバスもたくさんあった。うち一台は、私たちが乗ってきた車だ。ドーラ叔母《おば》ちゃまの姿はなかった。ほかの魔《ま》女《じょ》に車に乗せてもらって、ロンドンに帰っていったのだ。

男の子たちは、そう遠くないところにいた。三人ともすっかりびしょぬれになって、錆《さび》だらけの古い大釜《おおがま》のそばにすわっている。ニックはがくがくふるえ、けいれんしていた。その姿を見たとたん、ローズマリーのファイルが頭に浮《う》かんだ。【癒《いや》し】だ。とたんにすごくほっとして、また泣きそうになってしまった。渦《うず》に放《ほう》りこんだとき、全部なくしてしまったんじゃないかと思って、あえて古《いにしえ》の魔女《まじょ》の知識を頭の中で捜《さが》さないようにしていたのだ。私はニックの方へよろよろ近づきながら、頭の中のローズマリーのファイルを大急ぎで見て、治《なお》してあげるのに使えそうな魔法《まほう》を捜《さが》した。

ニックのところへたどりつく前に、人の叫《さけ》び声《ごえ》がたくさん聞こえてきた。ストーンヘンジの丘の上からあのゾウが、注意深い足どりでおりてくるのが見えた。ロマノフがゾウの首の上にまたがっている。背中でゆれている左右の座席にはそれぞれ、心配のあまり身を乗り出しているママとパパの姿があった。お祖《じ》父《い》ちゃま——生身《なまみ》の人間の、しっかりしたハイドお祖《じ》父《い》ちゃま——も、キャンダスの奥方《おくがた》も乗っていた。

「ここの魔法《まほう》も変わったな」ロマノフが言った。ゾウが止まり、脚《あし》を曲げるように持ちあげると、ロマノフはすべりおりながら、「魔法《まほう》の変化のせいで足止めを食ってしまった」と言い、ぬかるんだ地面に立つなり、つけくわえた。「すまなかった」

ロマノフは、ほかの人たちもおろしてやった。パパとママが私を抱《だ》きしめ、お祖父《じい》ちゃまは片腕《かたうで》でトビー、もう片腕《かたうで》でニックの肩《かた》を抱《だ》いた。それからお祖父《じい》ちゃまは、ニックに話しかけた。

「おい、だいじょうぶか？」それを聞いて、ロマノフもニックのようすに気づき、近づいてきた。そして変化した魔法《まほう》を私が使ってみるより早く、二人であっというまにニックを癒《いや》してしまった。少なくとも体のぐあいは、すっかりよくなったらしい。でもお祖父《じい》ちゃまは、ニックの心が癒《い》えるまでにはもっと時間がかかるだろう、と私に言い、こうつけくわえた。「そんなにくやしそうな顔をするな、ロディ。ロマノフと私は、行く世界に合わせて魔法《まほう》を使うのになれているんだ」

そのとき、ゾウがどすどす走ってきたので、お祖父《じい》ちゃまはさっととびのいた。ゾウはうれしそうに、ニックの体に鼻を巻きつけた。

私はパパとママに何度もくり返し言っていた。「あの〈ザナドゥ〉が崩《くず》れ落ちたとき、まだ中にいるんじゃないかと思って心配したの！　ああ、よかった！」

気がつくと、キャンダスの奥方《おくがた》もすぐ横に来て、パパの腕《うで》につかまっていた。ひどく疲《つか》れたようすなのに、驚《おどろ》くほど気品にみちている。

「こちらに戻《もど》るあいだに、お母様から、あなたに旅の暮らしをさせずにすむならどんなにいいかと思っていらっしゃることを、何度もうかがいましたよ」奥方《おくがた》は言い、不思議な光を宿《やど》す青緑の瞳《ひとみ》で、私の目をのぞきこんだ。そしてうなずいた。「やっぱり。はじめて会ったときも、もしやと思ったけれど、今はっきりわかりました。あなたは私のあとを継《つ》いで『治めの貴婦人《きふじん》』となるべき娘です。私とともに暮らし、なすべきことを学んでもらわなくては」

それを聞くなり、ママは泣き声をあげた。「ああ、私はそんなつもりでは！　この子を私の年老《お》いた恐《おそ》ろしい父に近づけたりしたら、きっと何かたいへんなことが起こると思っていたけれど、そのとおりになってしまったわ！」

「だいじょうぶよ、ママ。グウィンお祖父様《じいさま》はどうすれば大事なものが見つかるか、教えてくれただけ」

キャンダスの奥方《おくがた》は言った。「私もあの洞窟《どうくつ》のようなひどい場所にいてくたびれてしまったから、回復するまでにはしばらくかかるでしょう。魔法《まほう》が変わったことにもなれなければいけないし。お嬢《じょう》さんには、ひと月後に来てもらうことにしましょう」

「はい、では、そのように」ママがさらに何か言いだささないうちに、パパが返事した。それからパパはあたりを見まわし、鼻をくんくんさせて、顔をしかめた。「私はすぐに〈巡《めぐ》り旅《たび》〉に戻《もど》らなくては。早いとこ天気をなんとかしないと、気象全体が取り返しのつかないことになりそうだ」

「パパの天気魔法《まほう》の台は、まだここにあると思うわ。いつもあれを積んでいたトラックが、あそこに見えるもの」私は言った。

「ありがたい！」とパパは言うと、解《と》けかけた雪で足をすべらせ、泥《どろ》をビシャビシャはねあげながら、トラックへむかって大急ぎでかけていった。

ハイドお祖父《じい》ちゃまは、ドーラ叔母《おば》ちゃまが停《と》めたままになっていた自分の車を見つけ、うれしそうに手をもみあわせた。「キーがささったままなら、よし。なくても、マジドの魔法で動かせばいいだけだ。ニック、トビー、来たまえ。夜になる前に、ロンドンへたどりつこうじゃないか」

ニックは首に巻きついていたゾウの鼻を、名残《なご》り惜しそうにほどいた。そしてロマノフに言った。

「ぼく、あなたのところに行きたいんですけど。あなたみたいな、自由な魔法使《まほうつか》いになりたいんです」

ロマノフはすっかり面食《めんく》らったようだ。でもそれから、まあいいか、というように肩《かた》をすくめた。

「好きにすればいい。どうせ息子は連れていくつもりだし」そしてグランドにむかってうなずいた。

グランドはいかにもグランドらしく、このときまで、だれからもすっかり忘れられていた。それをいいことに、いつのまにか魔法《まほう》を使って、人々が落としていったもの——櫛《くし》、ヘアピン、紙、ペン、硬貨《こうか》、ナナカマドの赤い実（ナナカマドを身につけていると、悪い魔法に対抗できるといわれる）をいくらか、それにブレスト伯《はく》の一行のだれかが落としたと思われる、真《ま》っ赤《か》に輝《かがや》く小さなブローチまで——をたくさん集めてきて、塔《とう》のようなものを作りあげていた。ぐらぐらしているけど、けっこうりっぱにできていて、奇才《きさい》の作った彫刻《ちょうこく》みたいだ。みんなが自分を見つめていることに気づくと、グランドは言った。

「この新しい魔法《まほう》、ぼくにはむいているみたい。前よりずっと楽に使えるよ」

ハイドお祖父《じい》ちゃまは顔をしかめ、グランドの作った塔《とう》を見おろすと、ロマノフに言った。

「いや、きみの息子を連れていかれてはこまるな。次のマーリンになるべき子だという気がするのでね。今のマーリンは、長くは務《つと》まらないだろう。もともと器《うつわ》が大きくなかったようだから」

ロマノフも顔をしかめた。「本人がなりたいと言わないかぎりは、だめだ。おれもマーリンになれと言われたことがあるから、どういう気がするかはよくわかっている」

ロマノフとお祖父《じい》ちゃまは、にらみあった。バチバチ火花が飛びそうだ。

ロマノフが言った。「いずれにしろ、この子はもう、シビルの手にだけは渡《わた》さない。そういえば、シビルはどこに行った？」

「もういません。グウィン・アプ・ニースに連れていかれました」ニックが言った。

ロマノフは、悲しみに沈《しず》む表情を作ろうとした。でも、ジグザグの横顔が、今まで見せたこともない形にどうしてもほころんでしまうようだ。ほっとした、うれしい、と思っているのがありありとわかる。ロマノフは結局、お祖父《じい》ちゃまにこう言った。「やれやれ。そういうことなら、やはりおれが連れていくしかないな。だが、ときどき二人でそっちを訪《たず》ねてやってもいい……月に一回でどうだ？」

お祖父《じい》ちゃまは不満そうだったけど、文句《もんく》を言おうとしたちょうどそのとき、茶色の四角い車が草の上をすべりながらぐるっと走ってきて、目の前に停《と》まった。キャンダスの奥方《おくがた》の迎《むか》えの車だ。運転席にはオールド・セーラム町がいて、私を見上げ、顔をしわくちゃにしかめて見せた。私は思わず笑ってしまった。オールド・セーラム町が私を元気づけようとしてくれたのかどうかはわからないけど、おかげで、知っている人たちみんなから離《はな》れることになるのはつらい、と思っていた気持ちが、だいぶ楽になった。私はお行儀《ぎょうぎ》よく、奥方《おくがた》が車に乗りこむのを手伝った。

キャンダスの奥方《おくがた》が私に「来月、迎《むか》えに行きますからね」と言うと、車は走りさった。

お祖父《じい》ちゃまが改めてロマノフにむきなおり、議論を蒸《む》し返そうとしたとき、いきなりストーンヘンジの中にさらに大勢の人が現れた。真っ先に巨石《きょせき》のあいだをすりぬけ、私たちの方へやってきたのは本物のマーリンで、恥《は》ずかしそうにロマノフにほほえみかけている。でも、そのすぐうしろにいたのはへピィだった。姿が見える前から、あのオウムみたいな声が響《ひび》き渡《わた》った。

「なんだい、ストーンヘンジじゃないか！　いったいどうやってここから家に帰れってのかねえ、ジュディスや、私はそれが知りたいよ！　うちまでは何十キロもあるんだよ！」

イジーたちも一緒《いっしょ》らしく、さえずるような声がする。

「ああ、このマーリン大好き！」「やだ、この人、あごが細すぎよ！」

ハイドお祖父《じい》ちゃまは、にわかに行動に移った。「急げ！　ニック、トビー、グランド、ロディ、全員私の車に乗るんだ！　アニー、このひと月は私がロディをあずかるよ」そう言って大急ぎで車の方へむかいながら、肩《かた》ごしにふり返り、ロマノフに続けた。「きみはここに残って、あと始末をしてくれないか？　ひと月たったら、ニックでもグランドでもかまわん、好きなやつをひきとりに来い！」

こういうふうに、なんでもやりたいようにやってしまうところが、いかにもお祖父《じい》ちゃまらしかった。

ロマノフも、車が動きだしたときには、声をあげて笑っていた。

ドーラ叔母《おば》ちゃまがその夜遅《おそ》くこっそり家に戻《もど》ってきたとき、叱《しか》らなかったのも、お祖父《じい》ちゃまらしかった。私は叱《しか》った方がよかったと思うけど。それからやっぱりお祖父《じい》ちゃまらしいと思ったのは、ニックの気持ちがひどく混乱しているのに気づくとすぐ、私とニックに、「特別課題」だと言って、それぞれ自分の身に起こったことをきっちり全部書く作業にとりかからせたこと。書いたものはお祖父《じい》ちゃまが、マジドの仕事に使うのだという。

だからそれから今までひと月、私もニックも、言われたとおりにしてきた。私はダイニングで、ニックは、グランドと一緒《いっしょ》に使っている二階の部屋で書きつづけた。おかげで、ニックも少しは気持ちが楽になったんじゃないかしら。どっちにしても、ほかにすることもあまりなかった。パパが天気を変えて、ずーっと雨ばかりにしているから。トビーとグランドは、サラマンダーたちを雨に濡《ぬ》れないでいられる場所に落ち着かせてやるのがすんでからは、すっかり退屈《たいくつ》してしまっている。

結局ここまで書くのにまるまるひと月かかってしまったけど、これでようやく終わり——ちょうどよかった。たった今、廊下《ろうか》からキャンダスの奥方《おくがた》の声が聞こえてきたもの。ああ、すごくどきどきしてきた。

4　ニック

マクスウェル・ハイド氏に、「上《うえ》の衆《しゅう》」に見せなくちゃいけないから書け、と言われてやってきた作業も、そろそろ終わりだ。だがぼくはまだ、なんというか、立ちなおれていない。ジェイフェスに実際にやられたことのせいではない。たしかにあれもすごく痛かったが、それよりも、心に憎《にく》しみの刃《やいば》を突《つ》き刺《さ》されたことの方が、はるかに痛手《いたで》になっているのだ。それから、自分がしたごくささいなことが、深刻《しんこく》な大事件をひきおこしてしまったということにも、ひどいショックを受けている。たとえば〈ロッジア〉の町で、おじいさんの刺繍《ししゅう》がみごとだとほめたのが原因で、町がすっかりさびれたこと。ロマノフの家で、ぼくがシビルの電話に出たせいで、シビルが権力をわがものにするための陰謀《いんぼう》をめぐらしはじめてしまったこと。それに、ぼくはジェイフェスのことを笑った。ただ笑っただけで……

こうした気持ちをマクスウェル・ハイド氏に話したら、大きな事件というのはえてして、非常にささいなできごとがきっかけとなって起こるものだ、と言われた。

「だが、おまえが笑ったためにジェイフェスが祈禱師長《きとうしちょう》を殺したとは、これっぽっちも思わんね。二人が飛行艇《ひこうてい》で逃《に》げ出してから、ふたたび姿を現すまでのあいだに、どれほど犯罪を重ねてきたかだって、わかったもんじゃない」ハイド氏は言った。

それでやっと勇気を出して、ジョエルがあのあとどうなったのか、きいてみた。

「うむ……私はまといつく綿《わた》の中から抜《ぬ》け出そうと必死だったから、はっきりと見てはいないのだが、体に斑点《はんてん》がある巨大《きょだい》なネコに、ずたずたにひきさかれたようだ。そっちに目が行ったときには、ネコは全身血まみれになっていたからな。だが、これはロディには言うなよ。あの子には耐《た》えられない話だ」

ハイド氏の言うとおりかもしれないけど、ロディは見かけよりは、ずっと芯《しん》が強い。少しずつではあったけど、ぼくはこのひと月で、ロディのことがだいぶわかるようになった。ロディのこまったところは、頭の中が魔法《まほう》でいっぱいだってことだ。ぼくの思いに気づかせるには、何年もかかりそうだ。でも、ぼくはあきらめない。ただ問題は、ロディが〈ブレスト〉に、ぼくが〈地球〉にいて、気づかせるなんてことができるかどうかだ。ぼくは、英国のおやじのところへ戻《もど》らなくちゃならない。おやじには面倒《めんどう》を見てくれる人が必要だ。今はそれがわかる。だからあのとき、ロマノフのところに行きたいなんて、口走るべきじゃなかったんだ。

だがロマノフのところに行きたいという気持ちに、変わりはない。マクスウェル・ハイド氏の十倍も厳《きび》しい先生になるだろうけど、それは覚悟《かくご》の上で、いろいろ教えてもらいたい。ロマノフみたいな自由な魔法使《まほうつか》いに、なんとしてもなりたいんだ。マクスウェル・ハイド氏のことは大好きだけど、ハイド氏がマジドであるがゆえの限界を感じてしまうことも多い。マジドは結局いつだって、上《うえ》の衆《しゅう》の言うとおりにしなくちゃならない。ぼくは、そういう仕事はがまんできないと思う。半年も働いたら、頭がおかしくなるだろう。

今、外の通りから、そうぞうしい音が聞こえてきた。窓からのぞいたら、キャンダスの奥方《おくがた》が茶色い車からおりるところだった。下に行って、ロディにさよならを言わないと。

それに、そうぞうしい音がしたのは車のせいではなく、近所の子どもたちがミニを囲んでさわいでいたからだった。ロマノフも、グランドを連れに来たのだ。グランドとは一緒《いっしょ》に行かない、今はまだむりだってことを、ロマノフにも説明しなくちゃ。

だけどあの島への行き方はちゃんときいておくんだ。そして、ぼくがいなくてもおやじはだいじょうぶだ、と思えるようになったら、そのときこそ、きっと行こう。

す。二人の飼育係と両親、私たち祖父母は、恐《おそ》ろしさのあまり、立ちすくむばかりでした。ところが、ゾウはすばやくポルカを踊《おど》るようなステップを踏《ふ》むと、上手にフランシスをよけてくれたのです。そして通りすぎるなり、ふりむいてフランシスに鼻をのばし、無事をたしかめると、また前をむいて散歩を続けました。

私はこれを見たとたん、自分はそのうち、ゾウの出てくる本を書くにちがいない、と思いました。そんなわけで、この本に登場したのが、ゾウのミニなのです。

ダイアナ・ウィン・ジョーンズ

日本の読者のみなさんへ

この『花の魔法《まほう》、白のドラゴン』は、十年以上も前から私の頭の中にあり、本になりたがっていた物語でしたが、実際書こうとするたびに、なぜか私が入院するはめになって断念《だんねん》する、ということをくり返してきました。

でもおかげで、入院中、物語の構想《こうそう》はますますふくらんでいきました。ロマノフという魔法使《まほうつか》いと、その男の住む奇妙《きみょう》な島や、がけの斜面《しゃめん》に造りあげられた町のイメージがわいたのも、何もない空間に浮《う》かぶ、光る島々の夢を見たのも、病院の中でした。

ただ、この物語が生まれるそもそものきっかけは、もっと前に起きた、ある事件でした。

私の孫娘《まごむすめ》のフランシスがもうすぐ二歳《さい》になるころ、息子夫婦と私たち夫婦とで、動物園に連れていったことがありました。ちょうど、ゾウが園内を散歩するショーを見物しようとしたとき、フランシスがいきなりかけだし、ゾウのすぐ足もとへ入ってしまったので

訳者あとがき

この物語の始まりの舞台《ぶたい》は、ブレスト諸島《しょとう》にある国。国を治める王が、いつも旅してまわっているという、ちょっと変わったところです。リムジンに乗った王を先頭に、車やバス、トラックが長い列をなして走りまわり、泊《と》まれる家がなければテントをはって野営《やえい》する、などということをしています。そんな国の話、聞いたことがないでしょう？　それもそのはず、これは〈ブレスト〉と呼ばれる異世界にある国なのです。地形は英国のブリテン諸島《しょとう》に少し似ているけれど、イングランド、ウェールズ、スコットランドが統合されている英国とはちがって、それぞれが独立した国で、みんな王制。テレビやパソコン、携帯《けいたい》電話に似たものもあって、科学はかなり発達していますが、魔法《まほう》もまたさかんで、政治を治める王とは別に、国の魔法《まほう》を治める役の人もいるのです。この〈ブレスト〉の世界は、ほかにいくつもある世界のなかでも、ひときわ魔法《まほう》にみちているため、さまざまな魔法《まほう》が複雑にからみあって、大地にしっかりと根をはっています。

ところがあるとき、〈ブレスト〉全体をゆるがすような、何か恐《おそ》ろしいたくらみを持つ人々がいる、ということを、廷臣《ていしん》の娘《むすめ》ロディが知ってしまいました。その陰謀《いんぼう》には、国の魔法《まほう》を治めている「マーリン」の位《くらい》に新しく就《つ》いた若者も加《くわ》わっているようなのです。でも、大人たちはそんなたくらみがあるとは、まったく気づきません。そこでロディは、祖父の助言を得て古《いにしえ》の魔女《まじょ》の〈花の魔法《まほう》〉を手に入れ、異世界（といっても、私たちの世界のことです）の男の子ニックに助けを求めるなど、国を救うべく行動を開始するのですが……

本書はダイアナ・ウィン・ジョーンズという、本国の英国ばかりか、世界じゅうで高い評価を受けているファンタジー作家による作品です。二〇〇三年に英国で出版され、現在のところ、作者の最新の長編児童文学です。〈ブレスト〉の世界の女の子ロディと、私たちの世界である〈地球〉の男の子ニックの二人の主人公の視点が交互《こうご》に出てきますので、最初のうちは話がとびとびになる感じがするかもしれませんが、やがてその二人が出会い、合流すると、二本の「糸」が巧《たく》みによりあわされて、視点が変わることでよけいおもしろくなる、と思えるようになるのではないでしょうか。二人の視点ならではの、人それぞれの見方、受けとめ方のちがいを楽しむこともできると思います。ニックがグランドのことを「グランドゥーン」と聞きちがえたのもそうですし、ほかにも、ニックとロディがたがいをどう感じているかや、同じできごとに対して何が印象に残り、なんと思ったかなど、興味深いちがいがたくさんありますので、ぜひ読みくらべてみてください。原書では、ニックの章とロディの章は書体を変えてあるのですが、日本語では読みづらくなってしまうため、本書の挿絵《さしえ》を描いた佐竹美保《さたけみほ》さんに二人のマークを作ってもらい、各ページにつけて、どちらが語っている部分なのかがひと目でわかるようにしました。ロディの頭文字《かしらもじ》R、ニックの頭文字《かしらもじ》Nをかたどった、小さくしてしまうのがもったいない気がするくらい、美しい装飾文字《そうしょくもじ》で、見返しに原寸大のものも入っています。

主人公の一人、ニックは、ジョーンズの一九九七年の作品『Deep Secret』にも登場しています。そのため、この本でのニックのセリフがときどきやや唐突《とうとつ》に感じられることがあるかもしれません。『Deep Secret』はコンピュータ・プログラマーの男性が主人公の、大人むけの作品で、今のところ日本では翻訳《ほんやく》出版されていませんが、ニックの話の補足《ほそく》として、少しだけ内容をご紹介《しょうかい》しようと思います。

まず、二作に共通する世界設定について。さまざまな条件のちがいによって生まれた世界が、無数に存在するという、多元《たげん》世界が舞台《ぶたい》です。そのうち半分は程度に差こそあれ、魔法《まほう》がさかんな世界。この多元《たげん》世界全体を見守り、望む方向にむける指揮《しき》をとっているのが「上《うえ》の衆《しゅう》」と呼ばれる存在で、七十人ほどいるとされています。上《うえ》の衆《しゅう》にも二種類いて、一方は完全に神的な存在、もう一方は人間だったことがある存在です。上《うえ》の衆《しゅう》は各世界に何人かずつ配置した「マジド」と呼ぶ魔法《まほう》の使い手たちに、世界の動向を導く実務《じつむ》をさせ、時に応じて報告書を書かせています。ですから本書も『Deep Secret』も、マジド本人、あるいはマジドに頼《たの》まれた人たちが、過去にあったことを説明する文書を書いている、という形式で進んでいきます。

さて、『Deep Secret』の主人公のうちの一人は、私たちの世界のマジドになってからまだ日が浅い、ルパートという男性。ルパートが担当している異世界のひとつ〈コリフォニック〉で、皇帝《こうてい》が暗殺される事件が起こり、その後継者《こうけいしゃ》を捜《さが》さなければならなくなりますが、さらに、新しいマジド仲間を捜《さが》す任務《にんむ》も加《くわ》わって、ジョーンズのほかの作品同様、物語は意外な方向にむかっていくのです。

『Deep Secret』では、ニックはもう一人の主人公の女性の、いとことして出てきます。実はニックは本書で本人が言っているように、コリフォニック帝国《ていこく》の後継者《こうけいしゃ》候補の一人だったのですが、実の母親がそのことを利用して何かをたくらんでいると小さいときから知っていて、母親の言いなりにならないよう、知らず知らず自分本位《ほんい》になることで、身を守ってきました。ニックが本書でもしきりに自分のことを「自分本位《ほんい》」と言っているのは、そのせいなのです。本当は、そんなに自分のことばかり考えているわけでもないのですけれど。

本書にも出てくるニックの養父《ようふ》は、ホラーファンタジーの有名な作家という設定ですが、売れる本を書くことは得意だけれど、それ以外の点ではまったく頼《たよ》りない人物です。だからニックも放《ほう》っておけないのだと思います。

英国での出版順からすれば、『Deep Secret』を先に読んだ方がいいと考えるむきもあるかもしれませんが、本書は英国でも『Deep Secret』とは別の出版社から出版され、シリーズと銘《めい》打《う》たれたものではない、独立した作品です。作者のジョーンズは、かならず順番どおりに読まなければいけない本というのは好きではないそうで、自分の作品はたとえシリーズとして出しているものであっても、その一冊だけ読んで楽しめるように心がけているとのことです。

ジョーンズは、これまでに四十作ほどの奇想天外《きそうてんがい》な楽しいファンタジーを書いています。その代表的なものは日本でもだいぶ紹介《しょうかい》され、徳間書店からだけでも「ハウルの動く城」シリーズ、「大魔法使《だいまほうつか》いクレストマンシー」シリーズ、『マライアおばさん』『七人の魔法使《まほうつか》い』『時の町の伝説』『呪《のろ》われた首環《くびわ》の物語』そして本書と、計十二冊にのぼりますし、東京創元社などからも何冊か出版されています。ジェットコースターに乗ったような、めりはりのきいた話の展開が、ジョーンズの得意とするところです。来年春には、英国でまた新たなクレストマンシーシリーズの一冊が出版されると聞いています。

本書の原題は『The Merlin Conspiracy』で、「マーリンの陰謀《いんぼう》」という意味です。予言者マーリン、ならびにアーサー王の伝説は、特に英国で根強《ねづよ》い人気があり、文学や芸術において広く題材に使われていますから、英国の人なら「マーリン」と聞くと、いろいろなイメージがわくのですが、日本ではまだそうもいきません。そこで、本書の題は『花の魔法《まほう》、白のドラゴン』としました。作者もこの題をとても気に入ってくれたそうです。ちなみに伝説の予言者マーリンはウェールズの出身で、アンブロシウスという名前だったという説があります。本書の登場人物にも、ちょっと似た名前の人が出てきますね。

もしも、あらゆる世界の中でいちばん強い魔力《まりょく》を持つロマノフのそばにいるという、「斑点《はんてん》ネコ」ってどういう動物だろう、と思われたら、チーターやヒョウといったネコ科の狩猟《しゅりょう》動物をまぜて、巨大化《きょだいか》させたものを想像してみてください。ロマノフ同様、どの世界に属するとは言いきれない生き物だ、と作者も言っています。

〈トーテム獣《じゅう》〉というのは、もともとはケルト民族やアメリカ先住民をはじめとする、世界各地の人々のシャーマニズム的な宗教で崇拝《すうはい》されてきた、部族の象徴《しょうちょう》とされる守り神的な動物のことです。また、〈トーテム獣《じゅう》〉は、だれにでもかならず一種類はいて、その人の生涯《しょうがい》を通じてよりそい、助けてくれるとも考えられています。人が夢を見ていたり、トランス状態になったりしたときに、その人のことを選んだ〈トーテム獣《じゅう》〉が近よってきてくれるとかで、この物語の中でもふれられているように、その人と〈トーテム獣《じゅう》〉はたがいに似たところがあるのだそうです。

それぞれの〈トーテム獣《じゅう》〉の意味には諸説《しょせつ》あるものの、クロヒョウは「深い洞察《どうさつ》、隠《かく》れた感情、自己反省」だといわれており、クロヒョウに選ばれた者は、異次元にいるものや異形《いぎょう》のものの声が聞けるようになるという説もあります。ちなみにネコは「狩人《かりゅうど》、独立性、早い回復、自由な思想、物質世界と精神世界を同一視できる」です。また、古《いにしえ》の魔女《まじょ》の家のあとに飛びかっていたチョウは、「バランス、変形、美しさ、勇気を持ってなんらかの変化を受け入れ、乗りこえていく」などの意味があります。なんだか古《いにしえ》の魔女《まじょ》、あるいはロディと関係がありそうな気がしてしまうのは、私だけでしょうか。

〈ブレスト〉の世界に、「リッジウェイ・ダウンズ」という場所が出てきますが、作者によると、英国のブリストルとロンドンのあいだにある丘《きゅうりょうち》陵地帯《たい》に相当《そうとう》するそうです。そこには「リッジウェイ」という先史時代からの小道が通っていますし、「アフィントンの白馬」として知られる、数千年前から存在する巨大《きょだい》な地上絵もあります。草地をけずって白亜《はくあ》の岩肌《いわはだ》を白い馬の形に見せたもので、ドラゴンの形だとする説もあるようです。さらに、近くにはウェイランズ・スミシーと呼ばれる大昔の墓室の遺跡《いせき》も存在しています。英国には、アーサー王と騎士《きし》たちがどこかの秘密の地下室に眠《ねむ》り、国の危機に呼ばれる時を待っているという民間伝承《みんかんでんしょう》があることから、作者の想像の中でその秘密の場所と遺跡《いせき》が重なったのではないかと思われます。

また、「グウィン・アプ・ニース」というのは〈冥界《めいかい》の王〉や〈妖精王《ようせい》〉など、いろいろな肩書《かたがき》を持った存在で、悪魔《あくま》のような残忍《ざんにん》な一面を持つといわれています。十一世紀ごろに書かれたといわれるウェールズの伝説物語で、青年キルフウフが、巨人《きょじん》の娘《むすめ》オルウェンと結婚《けっこん》するため、巨人《きょじん》が出した数々の難題《なんだい》をいとこのアーサー王の協力を得て解《と》いていく、という話があるのですが、その中に、アーサー王がグウィン・アプ・ニースに助けを依頼《いらい》するエピソードが入っています。また、同じ物語の中に、グウィン・アプ・ニースが別の男性の婚約者《こんやくしゃ》に恋《こい》をしてさらったうえ、追っ手に残酷《ざんこく》な仕打ちをしたために、アーサー王があいだに入り、その女性をいったん父親のもとに戻《もど》し、グウィンと男性は決着がつくまで毎年五月一日に決闘《けっとう》をする取り決めになった、とも書かれています。ひょっとすると、この女性がロディの祖母だったりするかもしれませんね。

最後に、作者から聞いたおもしろい話をひとつ。「マグワーツ」は魔《ま》よけなどにもよく使われる草で、ロディの花の魔法《まほう》のファイルの名前のひとつにもなっていますが、作者は母親から、十五世紀に百年戦争でフランスの危機を救ったジャンヌ・ダルクが、はじめてフランス王に会ったとき、マグワーツの花の刺繡《ししゅう》の入ったマントをはおっていた、と聞いたのだそうです。その後、百科事典で調べてもそういう話は見つけられなかったものの、作者はそれ以来マグワーツは頭の中で不思議なことが起こる人に似合う花、というイメージを持つようになったのだとか。ジャンヌは神の声を聞いたといいます。そしてロディは、魔女《まじょ》から花の魔法《まほう》をもらいました。

作者のダイアナ・ウィン・ジョーンズさん、原文とのつきあわせをしていただいた多賀京子《たがきょうこ》さん、またもやすばらしい絵を描《か》いてくださった佐竹美保《さたけみほ》さん、貴重な助言をたくさんくださった米田佳代子《よねだかよこ》編集長と上村令《うえむられい》副編集長、そしてずっと一緒《いっしょ》に奮闘《ふんとう》した同志、編集の飯島智恵《いいじまともえ》さんに、深く感謝いたします。

二〇〇四年七月　田中薫子《たなかかおるこ》

【訳者】
田中薫子（たなかかおるこ）
1965年生まれ。子どものころ、米・豪で計五年半暮らす。慶應義塾大学理工学部物理学科卒。ソニー㈱に入社、英語教材の企画などを担当。退社後、児童書の翻訳に携わる。主な訳書に「力と運動」（東京書籍）「ウサギの丘」（フェリシモ出版）「ぞうって、こまっちゃう」「じゃーん！」「魔法使いの卵」「時間だよ、アンドルー」「大魔法使いクレストマンシー クリストファーの魔法の旅」「同 魔女と暮らせば」「マライアおばさん」「時の町の伝説」（以上徳間書店）など。

【画家】
佐竹美保（さたけみほ）
富山県に生まれる。上京後、SF・ファンタジーの挿絵を描き始め、のちに児童書の世界へ。主な挿絵に、「十五少年漂流記」「メニム一家の物語」シリーズ（以上講談社）、「不思議を売る男」「宝島」「虚空の旅人」（以上偕成社）、「シェーラひめのぼうけん」シリーズ（童心社）、「ハウルの動く城」シリーズ、「魔法使いの卵」「マライアおばさん」「七人の魔法使い」「時の町の伝説」「大魔法使いクレストマンシー」シリーズ（以上徳間書店）、「これは王国のかぎ」「西の善き魔女」（中央公論新社）など。

【花の魔法、白のドラゴン】
The Merlin Conspiracy
ダイアナ・ウィン・ジョーンズ作
田中薫子訳 translation © 2004 Kaoruko Tanaka
佐竹美保絵 illustrations © 2004 Miho Satake
576p、19cm NDC933
花の魔法、白のドラゴン
2004年 8 月31日　初版発行
2018年 6 月25日　4 刷発行

訳者：田中薫子
画家：佐竹美保
装丁：鈴木ひろみ
フォーマット：前田浩志・横濱順美

発行人：平野健一
発行所：株式会社 徳間書店
〒141-8202 東京都品川区上大崎3-1-1　目黒セントラルスクエア
TEL(048)451-5960(販売) (03)5403-4347(児童書編集)　振替00140-0-44392
本文印刷：本郷印刷株式会社　カバー印刷：日経印刷株式会社
製本：ナショナル製本協同組合
Published by TOKUMA SHOTEN PUBLISHING CO., LTD., Tokyo, Japan.　Printed in Japan.
徳間書店の子どもの本のホームページ　http://www.tokuma.jp/kodomonohon/

ISBN978-4-19-861901-5

魔女と暮らせば

田中薫子 訳／佐竹美保 絵

両親をなくしたグウェンドリンとキャットの姉弟は、遠縁にあたるクレストマンシーの城にひきとられた。
だが、将来有望な魔女グウェンドリンは、城の暮らしがきゅうくつで我慢できず、魔法でさまざまないやがらせをしたあげく姿を消してしまう。
代わりに現れた、姉にそっくりだが「別の世界から来た別人だ」と主張する少女を前に、キャットは頭を抱える。やがて、グウェンドリンの野望の大きさが明らかになる事件が…？ **ガーディアン賞受賞作**。

トニーノの歌う魔法

野口絵美 訳／佐竹美保 絵

魔法の呪文作りで名高い二つの家が、反目しあうカプローナの町。両家の魔法の力がなぜか弱まって、他国に侵略されそうな危機の中、活路は失われた「天使の歌」をふたたび見出すことしかない。

だが大人たちは「危機は悪の大魔法使いのせいだ」というクレストマンシーの忠告にも耳を貸さず、互いに魔法合戦をくり広げている。

そのとき、両家の子どもたちトニーノとアンジェリカが、「呼び出しの魔法」に惑わされ、人形の家に囚われてしまい…？

魔法がいっぱい

シリーズ外伝

田中薫子・野口絵美 共訳／佐竹美保 絵

次代クレストマンシーのキャットは、イタリアからやってきた「興味深い魔法の力を持った少年」トニーノのことが気に入らない。でも、邪悪な大魔法使いにさらわれてしまった二人は、力をあわせ…？
クレストマンシーをめぐるおなじみの人々が大活躍する『キャットとトニーノと魂泥棒』をはじめ、『妖術使いの運命の車』『キャロル・オニールの百番目の夢』『見えないドラゴンにきけ』の計四編を収めた、クレストマンシーシリーズの外伝。

ダイアナ・ウィン・ジョーンズの代表連作

大魔法使いクレストマンシー

クレストマンシーとは、
あらゆる世界の魔法の使われ方を監督する、大魔法使いの称号。
魔法をめぐる事件あるところ、つねにクレストマンシーは現れる!

魔法使いはだれだ

野口絵美 訳／佐竹美保 絵

「このクラスに魔法使いがいる」なぞのメモに寄宿学校は大さわぎ。魔法は厳しく禁じられているのに…。続いて、魔法としか思えない事件が次々に起こりはじめる。突如襲う鳥の群れ、夜中に講堂にふりそそぐ靴の山、やがて「魔法使いにさらわれる」と書き残して失踪する子が出て、さわぎはエスカレート。

「魔法使いだ」と疑われた少女ナンたちは、古くから伝わる助けを呼ぶ呪文を、唱えてみることにした。「クレストマンシー!」すると…?

クリストファーの魔法の旅

田中薫子 訳／佐竹美保 絵

クリストファーは幼いころから、別世界へ旅する力を持っていた。クリストファーの強い魔力に気づいた伯父の魔術師ラルフは、それを利用し始める。
一方老クレストマンシーは、クリストファーが自分の跡を継ぐ者であることを見抜き、城に引き取る。だが、クリストファーが唯一心を許せるのは、別世界で出会った少女「女神」だけだった。やがてクリストファーの力をめぐり、城は悪の軍勢の攻撃を受け…?
クレストマンシーの少年時代を描く。

時空を元気よく駆け抜ける子どもたち

時の町の伝説

田中薫子 訳／佐竹美保 絵

歴史の流れから切り離されて存在する別世界〈時の町〉に、人ちがいでさらわれた11歳のヴィヴィアン。風変わりな少年たちとともに二十世紀へ戻ると、すでにそこは…？

アンドロイドに幽霊、〈時の門〉…

不思議議いっぱいの町と、さまざまな時代を行き来して華々しく展開する異色作。

英国の霧にかすむ湿原に脈うつ呪いとは?

呪われた首《くび》環《わ》の物語

野口絵美 訳／佐竹美保 絵

同じ湿原に暮らす〈人間〉と〈巨人〉、水に棲《す》む〈ドリグ〉。怖れ、憎みあっていた三種族の運命が、ひとつの呪われた首環をめぐって一つにあざなわれ、〈人間〉の長《おさ》の後継ぎゲイアは、巨人の少年と友だちになるが…？　妖精伝説・巨人伝説に取材した、独特の雰囲気ある物語。

魔法使いマーリンの恐るべき罠!

花の魔法、白のドラゴン

田中薫子 訳／佐竹美保 絵

魔法に満ちた世界〈ブレスト〉に住む、宮廷付き魔法使いの娘ロディは、国中の魔法を司る「マーリン」が陰謀を企てていることに気づいてしまう。一方、〈地球〉に住む少年ニックはある日、異世界に足を踏み入れ、ロディと出会うが…？　冥《めい》界《かい》の王、燃えあがるサラマンダー、古《いにしえ》の魔法に伝説の竜《ドラゴン》…多元世界を舞台に二つの視点から描かれた、波乱万丈のファンタジー巨編!

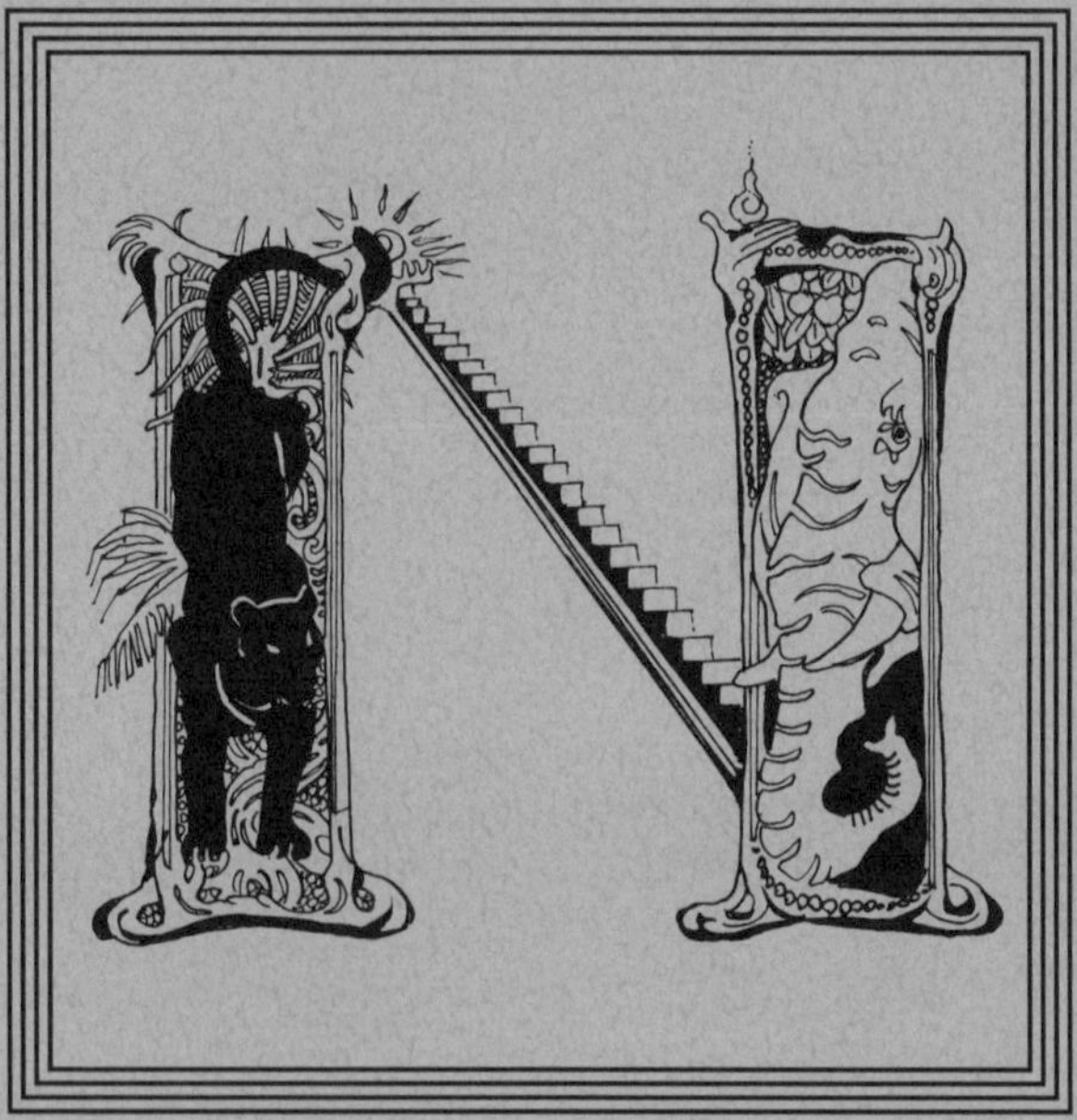